REVENGE

DOUGLAS PRESTON LINCOLN CHILD

REVENGE

EISKALTE TÄUSCHUNG

Ein neuer Fall für Special Agent Pendergast

Thriller

Aus dem Amerikanischen
von Michael Benthack

Weltbild

Die amerikanische Originalausgabe erschien 2011 unter dem Titel
»*Cold Vengeance*«
bei Grand Central Publishing, New York.

Besuchen Sie uns im Internet:
www.weltbild.de

Genehmigte Lizenzausgabe für Verlagsgruppe Weltbild GmbH,
Steinerne Furt, 86167 Augsburg
Copyright der Originalausgabe © 2011 by
Splendide Mendax, Inc., and Lincoln Child
Copyright der deutschsprachigen Ausgabe © 2011 by Droemer Verlag
Ein Unternehmen der Droemerschen Verlagsanstalt
Th. Knaur Nachf. GmbH & Co. KG, München
Übersetzung: Michael Benthack
Umschlaggestaltung: JARZINA kommunikationsdesign, Holzkirchen
Umschlagmotiv: www.shutterstock.com (© R. Gino Santa Maria)
Gesamtherstellung: CPI – Clausen & Bosse, Leck
Printed in the EU
ISBN 978-3-86365-093-3

2015 2014 2013 2012
Die letzte Jahreszahl gibt die aktuelle Lizenzausgabe an.

*Lincoln Child widmet dieses Buch
seiner Tochter Veronica.*

*Douglas Preston widmet dieses Buch
Marguerita, Laura und Oliver Preston.*

1

Während sie die kahle Flanke des Beinn Dearg hinaufstiegen, verlor sich das große, aus Feldstein erbaute Jagdhotel Kilchurn Lodge in der Dunkelheit, bis nur noch das sanfte gelbliche Licht hinter den Fenstern durch den dunstigen Nebel drang. Als Judson Esterhazy und Special Agent Aloysius Pendergast auf der Kuppe ankamen, blieben sie stehen, schalteten ihre Taschenlampen aus und horchten. Es war fünf Uhr morgens, das allererste Licht des Tages, kurz bevor die Rothirsche zu röhren begannen.

Keiner der beiden Männer sagte ein Wort. Der Wind strich säuselnd durch die Gräser und pfiff um die durch Frost rissig gewordenen Felsen. Sie warteten, doch nichts rührte sich.

»Wir sind früh dran«, sagte Esterhazy schließlich.

»Kann sein«, antwortete Pendergast leise.

Reglos standen sie da, während im äußersten Osten ein leichter grauer Lichtschein am Horizont heraufzog, der die kargen Gipfel der Grampian Mountains wie Silhouetten erscheinen ließ und die Umgebung in ein fahles Licht tauchte. Langsam begann die Landschaft, sich aus dem Dunkel abzuzeichnen. Die von schweren und stummen Tannen umstandene Lodge lag weit hinter ihnen, die Türmchen und dicken Steinmauern waren von Nässe überzogen. Vor den beiden Männern erhoben sich die granitenen Berghänge des Beinn Dearg und verschwanden in der darüberliegenden Dunkelheit aus dem Blickfeld. Ein Bergbach floss die

Hänge hinab und verwandelte sich in eine Reihe von Wasserfällen, die sich ins dunkle Wasser des dreihundert Meter unter ihnen gelegenen Loch an Duin ergossen, der in dem trüben Licht kaum sichtbar war. Zu ihrer Rechten und unterhalb von ihnen lag der Beginn einer ausgedehnten, als Foulmire, oder kurz: Mire, bekannten Moorlandschaft. Sie war überzogen von aufsteigenden Nebelschwaden, die den schwachen Geruch von Verwesung und Sumpfgas, vermischt mit dem unangenehmen Odeur verblühter Heide, zu ihnen heraufwehten.

Wortlos schulterte Pendergast wieder sein Jagdgewehr und ging, der Kontur des Berghangs folgend, leicht bergauf. Esterhazy folgte dichtauf, seine Gesichtszüge waren vom Deerstalker-Hut verdeckt und unergründlich. Je höher sie stiegen, desto deutlicher kam das Foulmire in Sicht. Begrenzt wurde das tückische Moor, das sich nach Westen bis zum Horizont erstreckte, von der glatten, dunklen Wasserfläche der ausgedehnten Insh-Marsch.

Nach einigen Minuten blieb Pendergast stehen und hob die Hand.

»Was ist denn?«, fragte Esterhazy.

Die Frage wurde beantwortet, allerdings nicht von Pendergast, sondern von einem seltsamen Laut, fremdartig und furchterregend, der aus einem nicht einsehbaren Glen heraufschallte: das Röhren eines brünftigen Rothirschs. Das Echo hallte über die Berge und Marschen wie der verlorene Schrei der Verdammten. Ein Laut voller Zorn und Angriffslust, der immer dann erklang, wenn die Hirschböcke über die Fells und Moore zogen und oftmals bis zum Tode um den Besitz eines Harems von Hirschkühen kämpften.

Das Röhren wurde von einem zweiten beantwortet, das vom Ufer des Loch heraufschallte, und dann erhob sich in einem fernen Tal ein weiterer Ruf. Dröhnend erklang das brünftige Röhren der Hirsche, eines nach dem anderen, über die weite Landschaft. Die beiden Männer horchten schweigend, merkten sich jedes einzelne Röhren und bestimmten dessen Richtung, Timbre und Kraft.

Schließlich sagte Esterhazy, dessen Stimme in dem scharfen Wind kaum zu hören war: »Der in dem Glen, das ist der Riese.«

Keine Antwort von Pendergast.

»Ich würde vorschlagen, den schnappen wir uns.«

»Der im Foulmire«, sagte Pendergast leise, »ist noch größer.«

Stille.

»Du kennst doch die Vorschrift für die Jagd hier. Das Betreten des Mire ist verboten.«

Pendergast machte eine kurze, abfällige Handbewegung. »Ich bin keiner, der sich immer an die Vorschriften hält. Du etwa?«

Esterhazy verkniff sich eine Antwort.

Sie warteten. Plötzlich verfärbte sich im Osten die Morgendämmerung rot, und das Sonnenlicht zog langsam über die karge Landschaft der Highlands. Tief unter ihnen wirkte das Foulmire jetzt wie eine Wüste aus schwarzen Sumpflöchern und sumpfigen Wasserläufen, Schwingrasenmooren und Treibsandflächen, unterbrochen von trügerischen grasbedeckten Wiesen und Tors, Hügel aus schroffem, auseinandergebrochenem Granitfels. Pendergast zog ein kleines Fernglas aus der Tasche und ließ den Blick über das Mire schweifen. Nach einer Weile reichte er das Fernglas

Esterhazy. »Er steht zwischen dem zweiten und dritten Tor, achthundert Meter im Moor. Ein Einzelgänger. Kein Harem.«

Esterhazy blickte durchs Glas. »Sieht aus wie ein Zwölfender.«

»Dreizehnender«, murmelte Pendergast.

»Die Pirsch auf den im Glen wäre viel leichter. Dort hätten wir mehr Deckung. Ich bezweifle, dass wir auch nur die geringste Aussicht haben, den im Mire zu erwischen. Einmal abgesehen von dem, äh, Risiko, dort reinzugehen, sieht der uns doch schon auf eine Meile Entfernung.«

»Wir nähern uns auf einer Sichtlinie, die durch den zweiten Tor verläuft, so dass der Felshügel zwischen uns und dem Hirsch liegt. Der Wind steht günstig für uns.«

»Kann sein, aber in dem Sumpfgebiet da unten gibt es jede Menge tückische Flächen.«

Pendergast drehte sich zu Esterhazy um und schaute sekundenlang in dessen kultiviertes Gesicht mit der hohen Stirn. »Hast du etwa Angst, Judson?«

Esterhazy, der einen Augenblick lang überrascht wirkte, wischte die Frage mit einem gekünstelten Lachen beiseite. »Natürlich nicht. Aber ich überlege eben, welche Erfolgsaussichten wir haben. Warum wollen wir Zeit mit einer ergebnislosen Pirsch durchs Mire verschwenden, wenn uns da unten im Glen ein genauso kapitaler Bursche erwartet?«

Ohne zu antworten, steckte Pendergast die Hand in die Hosentasche und zog eine Ein-Pfund-Münze heraus. »Kopf oder Zahl?«

»Kopf«, sagte Esterhazy widerstrebend.

Pendergast warf die Münze, fing sie auf und legte sie auf seinen Ärmel. »Zahl. Der erste Schuss gehört mir.«

Pendergast stieg als Erster die Flanke des Beinn Dearg hinunter. Es gab hier keinen Pfad, nur zerbrochene Felsen, kurzes Gras, winzige Wildblumen und Flechten. Während die Nacht dem Morgen wich, legten sich Nebelschwaden über das Moor, schwebten über die tiefliegenden Gebiete und strömten die kleinen Hügel und schroffen Felsen hinauf.

Leise und verstohlen gingen Pendergast und Esterhazy bis zum Rand des Sumpfs hinunter. Als sie am Fuß des Beinn auf einen Corrie, einen Gletschertopf, stießen, machte Pendergast Zeichen, dass sie stehen bleiben sollten. Rotwild besaß äußerst feine Sinne, weshalb sie enorm umsichtig vorgehen mussten, damit der Hirsch sie weder sah noch hörte oder roch.

Pendergast kroch auf allen vieren zum Rand des Gletschertopfs und spähte über dessen Rand hinweg.

Der Rothirsch befand sich ungefähr dreihundert Meter entfernt und schritt langsam in den Sumpf. Wie aufs Stichwort hob er den Kopf, schnüffelte und stieß abermals sein ohrenbetäubendes Röhren aus, das zwischen den Felsen widerhallte und erstarb, dann schüttelte er seine Mähne und begann erneut, am Boden zu schnüffeln und zu grasen.

»Mein Gott«, flüsterte Esterhazy, »was für ein kapitaler Bursche.«

»Wir müssen uns beeilen«, sagte Pendergast leise. »Er geht weiter in den Sumpf.«

Unterhalb des Rands des Gletschertopfs machten sie kehrt und hielten sich außer Sichtweite, bis der Hirsch sich auf einer Linie mit einem Tor befand. Dann wandten sie sich um und pirschten sich an die Beute an, wobei sie den kleinen Felshügel als Deckung nutzten. Nach dem langen

Sommer war der Boden in der Randzone des Mire einigermaßen fest, und Pendergast und Esterhazy bewegten sich schnell und leise, wobei ihnen kleine Erhebungen aus weichem Gras als Trittsteine dienten. Schließlich gelangten sie an die vom Wind abgewandte Seite des Felshügels und gingen dahinter in die Hocke. Der Wind begünstigte sie immer noch. Erneut hörten sie den Hirsch röhren – das Zeichen, dass er sie nicht gewittert hatte. Pendergast erschauderte, denn das Röhren ähnelte beim Ausklang auf unheimliche Weise dem Gebrüll eines Löwen. Er signalisierte Esterhazy, hinter dem Hügel zu bleiben, kroch den Hang hinauf und spähte vorsichtig zwischen einer Gruppe von Felsblöcken hindurch.

Der Rothirsch stand dreihundert Meter entfernt, hielt die Nase in die Luft und bewegte sich unruhig. Wieder schüttelte er die Mähne, das gefegte Geweih schimmerte. Er hob den Kopf und röhrte erneut. Ein Dreizehnender, mit mindestens einem Meter Geweihstangenlänge. Eigenartig, dass der Hirsch so spät in der Brunftzeit noch keinen größeren Harem um sich geschart hatte. Aber manche Hirsche waren eben Einzelgänger.

Pendergast und Esterhazy standen noch zu weit entfernt, um einen treffsicheren Schuss abgeben zu können. Ein einigermaßen guter Schuss würde nicht genügen; sie durften es auf keinen Fall riskieren, ein Tier von diesem Kaliber zu verwunden. Es musste ein Blattschuss sein.

Pendergast kroch den Hügel wieder hinunter, zurück zu Esterhazy. »Er ist dreihundert Meter weg, das ist zu weit.«

»Genau das hatte ich befürchtet.«

»Er ist enorm selbstsicher«, sagte Pendergast. »Weil niemand im Foulmire jagt, ist er nicht so aufmerksam, wie er es sein sollte. Der Wind bläst uns ins Gesicht, der Hirsch bewegt sich von uns fort – ich denke, wir können eine offene Pirsch wagen.«

Esterhazy schüttelte den Kopf. »Da vorn sieht der Boden ziemlich tückisch aus.«

Pendergast deutete auf eine sandige Fläche unmittelbar neben ihrem Versteck, dort war die Fährte des Rothirschs zu erkennen. »Wir folgen seiner Fährte. Wenn sich jemand im Sumpf auskennt, dann er.«

Esterhazy streckte den Arm aus. »Geh du voran.«

Sie entsicherten ihre Gewehre, krochen hinter dem Tor hervor und setzten sich in Richtung des Hirschs in Bewegung. Und in der Tat, das Tier war abgelenkt, es roch den Luftstrom, der aus nördlicher Richtung kam, und achtete kaum darauf, was sich hinter ihm befand. Sein Schnüffeln und Röhren überdeckte die Geräusche, die Pendergast und Esterhazy auf ihrer Pirsch machten.

Sie rückten äußerst vorsichtig vor und verharrten jedesmal, wenn der Hirsch stehen blieb oder den Kopf wendete. Langsam begannen sie, ihn zu überholen. Der Hirsch schritt weiter ins Mire, offenbar einer Duftspur folgend. Sie gingen in völliger Stille weiter, sprachen kein einziges Wort, hielten sich geduckt, ihre Hochland-Tarnkleidung der sie umgebenden Moorlandschaft perfekt angepasst. Der Weg, den der Hirsch einschlug, folgte fast unsichtbaren Linien einigermaßen festen Bodens, schlängelte sich zwischen Teichen mit sirupartigem Sumpf, zitterndem Morast und grasbewachsenen Wattflächen hindurch. Ob nun wegen der wenig vertrauenerweckenden Bodenbeschaffenheit, der Jagd oder aus irgendeinem anderen Grund, es lag eine zunehmende Spannung in der Luft.

Allmählich kamen Pendergast und Esterhazy in Schussdistanz: hundert Meter. Abermals blieb der Hirsch stehen, wandte sich zur Seite, schnupperte die Luft. Mit kaum merklicher Handbewegung signalisierte Pendergast, dass sie anhalten sollten, und ging vorsichtig in eine liegende Stellung. Er holte die H&H 300 nach vorn, setzte das Fernrohr ans Auge und zielte sorgfältig. Esterhazy kauerte zehn Meter hinter ihm, reglos wie ein Fels.

Pendergast spähte durchs Zielfernrohr, nahm einen Punkt vor der Schulter des Tieres ins Visier, holte Luft und wollte abdrücken.

Da spürte er, wie ihn am Hinterkopf kalter Stahl berührte.

»Tut mir leid, alter Junge«, sagte Esterhazy. »Halt das Gewehr mit einer Hand nach vorn und leg es hin. Langsam und ganz entspannt.«

Pendergast legte das Gewehr auf den Boden.

»Steh auf. Ganz langsam.«

Pendergast tat, wie ihm geheißen.

Esterhazy trat einen Schritt zurück und richtete seine Jagdwaffe auf den FBI-Agenten. Plötzlich stieß er ein Lachen aus, dessen rauher Klang über die Moorlandschaft hallte. Aus dem Augenwinkel sah Pendergast, wie der Hirsch erschrak, davonlief und schließlich im Nebel verschwand.

»Ich hatte gehofft, dass es nicht so weit kommen würde«, sagte Esterhazy. »Es ist schon verdammt tragisch, dass du auch nach zwölf Jahren keine Ruhe geben kannst.«

Pendergast sagte kein Wort.

»Du fragst dich wahrscheinlich, worum es hier geht.«

»Ehrlich gesagt, nein«, sagte Pendergast mit tonloser Stimme.

»Ich bin der Mann, nach dem du suchst. Der Unbekannte im Projekt Aves. Der, dessen Namen Charles Slade dir nicht nennen wollte.«

Keine Reaktion.

»Ich würde dir alles ja ausführlicher erklären, aber wozu? Ich mache das hier nicht gern. Aber dir ist sicher klar, dass es nicht persönlich gemeint ist.«

Immer noch keine Reaktion.

»Sag dein letztes Gebet, Schwager.«

Und dann hob Esterhazy langsam das Gewehr, zielte und drückte ab.

2

In der feuchten Luft ertönte ein leises Klicken.

»Verflucht!«, murmelte Esterhazy, entriegelte den Verschluss, nahm die defekte Patrone heraus und legte eine neue ein.

Klick.

Pendergast hob blitzartig sein Gewehr vom Boden auf und richtete es auf Esterhazy. »Deine gar nicht so schlaue List ist fehlgeschlagen. Ich habe dich seit deinem schlecht formulierten Brief, in dem du mich gefragt hast, welche Waffen ich mitbringe, in Verdacht. Ich fürchte, jemand hat die Munition in deinem Gewehr manipuliert. Und so schließt sich der Kreis: von den Platzpatronen, die du in Helens Gewehr gelegt hast, bis zu den Platzpatronen, die jetzt in deinem stecken.«

Esterhazy hantierte immer noch am Verschluss. Fieberhaft nahm er mit der einen Hand die defekten Patronen heraus, während er gleichzeitig mit der anderen in seiner Patronentasche nach neuer Munition kramte.

»Hör auf damit, oder ich bringe dich um!«, sagte Pendergast.

Aber Esterhazy ignorierte ihn. Er nahm die letzte Patrone heraus und schob eine neue in den Lauf, dann ließ er den Verschluss zuschnappen.

»Wie du willst. Die hier ist für Helen.« Pendergast drückte ab.

Ein dumpfes *Kleng!* erklang.

Pendergast, der die Situation sofort erkannte, drehte sich um und warf sich hinter einer Felszunge in Deckung, während Esterhazy einen Schuss abgab. Die Kugel prallte von einem Felsen ab und schlug kleine Stückchen heraus. Pendergast rollte sich weiter hinter die Deckung, warf sein Gewehr weg und zog den 32er Colt, den er als Ersatz mitgenommen hatte. Er stand auf, zielte und schoss, aber Esterhazy war schon auf der anderen Seite des kleinen Hügels in Deckung gegangen. Die Schüsse, die er abgab, prallten von den Felsen unmittelbar vor Pendergast ab.

Jetzt waren sie beide in Deckung, jeder auf einer Seite des Felshügels. Erneut hallte Esterhazys Lachen über das Land.

»Sieht ganz danach aus, als ob *deine* gar nicht so schlaue List ebenfalls fehlgeschlagen ist. Hast du etwa geglaubt, ich würde dich mit einem funktionierenden Gewehr ins Moor hinausgehen lassen? Tut mir leid, alter Knabe, ich habe den Schlagbolzen entfernt.«

Pendergast lag auf der Seite und drückte sich schwer atmend an den Felsen. Eine Pattsituation – sie befanden sich beidseits des kleinen Hügels. Was bedeutete: Wer immer als Erster oben ankam …

Pendergast sprang auf und krabbelte spinnengleich den Tor hinauf. Er kam im selben Augenblick wie Esterhazy oben an; sie prallten aufeinander, schlangen mit aller Kraft die Arme umeinander und rangen auf dem höchsten Punkt des Felshügels, dann gingen sie zu Boden und stürzten, sich verzweifelt umklammernd, die Felswand hinunter. Pendergast schob Esterhazy von sich weg und brachte seine 32er in Anschlag, aber Esterhazy schlug mit dem Lauf seines Gewehrs danach. Die beiden Waffen klirrten wie Schwerter. Gleichzeitig löste sich aus beiden ein Schuss. Pendergast packte mit der einen Hand den Lauf von Esterhazys Gewehr, sie rangen, um in dessen Besitz zu kommen. Pendergast ließ seinen Colt fallen, wollte Esterhazy das Gewehr mit beiden Händen entreißen.

Das Handgemenge setzte sich fort, alle vier Hände auf demselben Gewehr. Die beiden Männer drehten sich und schlugen um sich, jeder versuchte, den anderen abzuschütteln. Pendergast beugte sich vor und biss Esterhazy in die Hand, tief ins Fleisch. Esterhazy schrie auf, gab Pendergast einen Kopfstoß, so dass dieser nach hinten taumelte, und versetzte ihm einen heftigen Tritt in die Seite. Durch den Zusammenprall stürzten beide Männer erneut auf das durch Frost aufgeplatzte Felsgestein, wobei ihre Tarnkleidung zerrissen wurde.

Pendergast bekam die Hand auf den Abzug, zerrte und drehte und schoss erneut, um die Waffe leer zu bekommen. Dann ließ er das Gewehr los und verpasste Esterhazy einen Faustschlag an den Schädel, während Esterhazy das Gewehr wie einen Knüppel schwang und Pendergast einen heftigen Schlag auf die Brust versetzte. Pendergast packte den Gewehrschaft und versuchte erneut, Esterhazy die Waffe zu entwinden, aber mit einer überraschenden Bewegung riss dieser Pendergast nach vorn und versetzte ihm gleichzeitig einen üblen Tritt ins Gesicht, der dem FBI-Agenten fast die Nase gebrochen hätte. Blut spritzte überall hin; Pendergast taumelte nach hinten, schüttelte den Kopf und versuchte noch, ihn klar zu bekommen, als Esterhazy sich auf ihn stürzte und ihm erneut mit dem Gewehrkolben ins Gesicht schlug. Durch den Nebel und das Blut hindurch sah er, dass Esterhazy wieder Patronen aus der Munitionstasche kramte und ins Gewehr schob.

Pendergast kickte die Gewehrmündung mit dem Fuß hoch, sprang im selben Moment, als ein Schuss erklang, zur Seite, schnappte sich seine Pistole von dort, wo sie zu Boden gefallen war, rollte sich ab und erwiderte das Feuer. Aber Esterhazy hatte sich schon hinter dem Tor in Deckung gebracht.

Pendergast nutzte die kurze Feuerpause, sprang auf und rannte den Felshügel hinunter. Dabei erwiderte er mehrmals das Feuer, damit Esterhazy in Deckung bleiben musste, solange er davonspurtete. Unten am Hügel angekommen, sprintete er ins Moor, auf eine Senke zu, wo er rasch von dichtem Nebel eingehüllt war.

Dort, umgeben von einem Schwingrasenmoor, blieb er stehen. Der Grund unter seinen Füßen wackelte eigenartig, wie Pudding. Er tastete mit der Schuhspitze herum, stieß auf festeren Boden und begab sich tiefer ins Foulmire. Dabei trat er von Hügelchen zu Hügelchen, von Stein zu Stein und versuchte, sich von den sumpfigen Flächen fernzuhalten, während er gleichzeitig möglichst viele Meter zwischen sich und Esterhazy legte. Im Laufen hörte er mehrere Schüsse aus der Richtung des Tors, die ihr Ziel jedoch weit verfehlten: Esterhazy schoss auf Schemen.

Pendergast bog in einem Dreißig-Grad-Winkel ab und verlangsamte seine Schritte. Das Moor bot kaum Deckung, nur hier und da waren Gruppen zerbrochener Felsen zu sehen; einzig der Nebel würde ihm Schutz bieten. Was bedeutete, dass er sich weiterhin im Moor versteckt halten musste.

Er bewegte sich so schnell, wie es ihm klug erschien, und blieb häufig stehen, um mit der Fußspitze zu tasten. Esterhazy würde ihm mit Sicherheit folgen, ihm blieb ja auch nichts anderes übrig. Außerdem konnte er hervorragend Spuren lesen, vermutlich sogar noch besser als er. Im Gehen zog Pendergast ein Taschentuch hervor und drückte es sich gegen die Nase, um den Blutfluss zu stillen. Er spürte, wie die Enden einer gebrochenen Rippe aufeinanderrieben – Folge des wüsten Handgemenges. Insgeheim warf er sich vor, kurz vor Verlassen des Jagdhotels sein Gewehr nicht überprüft zu haben. Die Gewehre wurden im verschlossenen Waffenraum aufbewahrt, wie es den Vorschriften entsprach. Esterhazy musste mit irgendeiner List an die Waffe herangekommen sein. Ein, zwei Minuten, dann war der Schlagbolzen entfernt. Pendergast hatte seinen Gegner unterschätzt; das würde ihm nicht noch einmal passieren.

Plötzlich blieb er stehen und inspizierte den Boden. Dort erblickte er auf einer Fläche mit Kiessand die Fährte des Hirschs, den sie aufgescheucht hatten. Pendergast horchte und spähte in die Richtung, aus der er gekommen war. Der Nebel hob sich in Fetzen aus dem Mire und gab kurz den Blick frei auf die endlose Moorlandschaft und die fernen Berge. Der Tor, auf dem er und Esterhazy miteinander gerungen hatten, lag in Nebel gehüllt, sein Verfolger war nirgends zu sehen. Über allem lag ein graues Licht, im Norden war der Himmel dunkel, hier und da zuckten Blitze – ein heraufziehendes Gewitter.

Pendergast lud seinen Colt nach und begab sich noch weiter ins Moor. Dabei folgte er der kaum erkennbaren Fährte des Hirschs, der einen unsichtbaren, nur ihm bekannten Weg nahm, der sich sehr geschickt durch Schwingrasenmoore und Flächen mit Treibsand hindurchschlängelte.

Es war noch nicht vorbei. Esterhazy war ihm dicht auf den Fersen. Aber es konnte nur ein Ende geben: Einer von ihnen würde nicht zurückkehren.

3

Pendergast folgte der zunehmend undeutlicheren Fährte des Hirschs, die sich durch die zitternden Farne des Mire schlängelte, wobei er darauf achtete, festen Grund unter den Füßen zu haben. Während das Gewitter näher kam, verdunkelte sich der Himmel, in der Ferne grollte Donner über der Moorlandschaft. Pendergast ging schnell und blieb nur stehen, um den Boden nach Anzeichen dafür abzusuchen, dass der Hirsch vorbeigekommen war. Vor allem in dieser Zeit des Jahres, nachdem im Sommer auf vielen Schwingrasenmooren frisches Gras gewachsen war und sich eine trügerische Kruste darauf gebildet hatte, die unter dem Gewicht eines Menschen einbrechen würde, war das Moor gefährlich.

Blitze zuckten über den Himmel, und es begann zu regnen, schwere Tropfen, die wirbelnd aus den bleifarbenen Wolken fielen. Der Wind frischte auf, strich raschelnd über die

Heide und trug von der westlich gelegenen Insh-Marsch –
einer riesigen, glatten Wasserfläche mit kleinen Inselchen
und im Wind schwankendem Schilf und Röhricht – einen
modrigen Geruch herauf. Knapp zwei Meilen war Pendergast der Fährte gefolgt, die allmählich in höheres und
festeres Gelände führte, als er durch eine Lücke im Nebel
geradeaus eine Ruine sah. Scharf umrissen vor dem Himmel und auf einer Anhöhe stehend, zeichneten sich ein alter Pferch mit einer Steinmauer und eine Schäferhütte ab,
die hin und wieder von Blitzen erhellt wurden. Hinter dem
Hügel lag der gezackte Rand der Marsch. Pendergast inspizierte den niedergetrampelten Stechginster und stellte
fest, dass der Hirsch durch die Ruinen hindurch und weiter
in Richtung des ausgedehnten Sumpfgebiets auf der anderen Seite gegangen war.
Er stieg den Hügel hinauf und erkundete rasch die Ruine.
Die Hütte hatte kein Dach mehr, die Steinmauern waren
teilweise eingestürzt und mit Flechten übersät, der Wind
ächzte und pfiff durch das verfallene Gemäuer. Dahinter
führte der Hügel hinab zu einem Sumpfgebiet, das unter
einer Hülle aufsteigender Dunstschwaden versteckt lag.
Die ganz oben auf dem Hügel stehende Schäferhütte stellte
eine ideale Verteidigungsstellung dar und bot freien Blick
in alle Richtungen. Der ideale Ort, um einen Angreifer in
den Hinterhalt zu locken oder sich gegen einen Angriff
zu verteidigen. Und genau deshalb ging Pendergast daran vorbei und weiter bergab in Richtung der Insh-Marsch.
Erneut nahm er die Fährte des Hirschs auf – und war kurz-
zeitig verwirrt. Es schien, als ob das Tier in eine Sackgasse
gegangen war. Es musste sich von Pendergasts Verfolgung
bedrängt gefühlt haben.

Pendergast ging am Rand der Marsch zurück und gelangte schließlich in eine Zone mit dichtem Reet, wo ein Wallberg aus Schmelzwasserkiesen ins Wasser ragte. Eine Gruppe von Felsen, von den Eiszeiten glattgeschliffen, bot wenig, aber zufriedenstellende Deckung. Er blieb stehen, holte ein weißes Taschentuch hervor, wickelte es um einen Stein und legte diesen an einen sorgfältig ausgewählten Platz hinter einen Felsen. Dann ging er daran vorbei. Hinter den Schmelzwasserkiesen fand er, wonach er gesucht hatte: einen recht flachen, unter der Wasseroberfläche liegenden Felsen, der von Schilf umgeben war. Er sah, dass der Hirsch ebenfalls hier entlanggegangen und anschließend auf die Marsch zugesteuert war.

Es war unwahrscheinlich, dass man hier, hinter dieser Wand aus Reet, in Deckung ging, aber noch unwahrscheinlicher war es, sich hier verteidigen zu wollen. Und genau deshalb eignete sich dieser Ort dafür.

Pendergast watete zu dem flachen Felsen, wobei er darauf achtete, den auf beiden Seiten befindlichen Sumpf zu meiden, und ging, gut versteckt vor allen Blicken, hinter dem Schilf in Stellung. Dort kniete er sich hin und wartete. Ein Blitz zuckte über den Himmel, gefolgt von krachendem Donner. Wieder zog von der Marsch her Nebel auf, wodurch die Ruinen auf der Anhöhe vorübergehend nicht mehr zu sehen waren. Kein Zweifel, Esterhazy würde bald eintreffen. Das Ende war in Sicht.

Judson Esterhazy blieb stehen, um den Boden zu inspizieren. Er streckte die Hand aus und befingerte einige Kiesel, die der Hirsch auf seinem Weg beiseitegeschoben hatte. Pendergasts Fußabdrücke waren längst nicht mehr so deutlich zu erkennen, aber er sah sie trotzdem, denn in der Nähe war das Erdreich flachgedrückt, die Grashalme geknickt. Pendergast war keinerlei Risiko eingegangen, sondern war dem Hirsch weiter auf dessen gewundenem Weg durchs Foulmire gefolgt. Schlau. Kein Mensch würde es wagen, hier ohne Führer reinzugehen, aber ein Hirsch war ein exzellenter Führer. Während das Gewitter heranzog, wurde der Nebel dichter; es wurde so dunkel, dass er froh war, die – sorgsam abgedeckte – Taschenlampe dabeizuhaben, damit er den Weg vor sich sehen konnte.

Pendergast hatte offensichtlich vor, ihn ins Foulmire zu locken und zu töten. Pendergast tat zwar immer wie ein vornehmer Südstaatler, aber er war der unerbittlichste Mensch, dem er je begegnet war, und ein dreckiger Mistkerl von einem Kämpfer noch dazu.

Ein Blitz erhellte das menschenleere Moor, und da sah Esterhazy auf einer Anhöhe, gut vierhundert Meter entfernt, durch eine Lücke im Nebel den gezackten Umriss einer Ruine. Er blieb stehen. Es lag auf der Hand, dass Pendergast sich dort versteckte und seine Ankunft erwartete. Er würde sich dem verfallenen Gemäuer nähern, dem Lauerer auflauern ... Aber noch während er seinen geübten Blick über den Ort schweifen ließ, kam ihm der Gedanke, dass Pendergast zu intelligent war, um die naheliegende Option zu wählen.

Er konnte einfach nichts als gegeben voraussetzen.

Es gab zwar kaum Deckung in dieser kargen Landschaft, aber wenn er seine Aktionen zeitlich präzise plante, konnte er sich den dichten Nebel zunutze machen, der von der Marsch her aufzog und den nötigen Schutz bot. Wie aufs Stichwort wälzte sich erneut eine Nebelbank heran, die ihn in ihre farblose Welt des Nichts hüllte. Er hastete den Hügel in Richtung der Ruine hinauf, wobei er auf dem festeren Boden schnell vorankam. Ungefähr hundert Meter unterhalb der Kuppe ging er um den Hügel herum, damit er sich aus unerwarteter Richtung nähern konnte. Der Regen war stärker geworden, der Donner zog grollend über das Moor davon.

Er kniete sich hin und ging in Deckung, gleichzeitig riss der Nebel kurz auf, so dass die Ruine über ihm zu erkennen war. Von Pendergast war nichts zu sehen. Während der Nebel wieder näher kam, ging er, das Gewehr in der Hand, den Hügel hinauf, bis er an der Steinmauer ankam, die einen alten Pferch umgab. Er ging daran entlang und hielt sich geduckt, bis der Nebel wieder aufbrach, so dass er durch eine Lücke in der Steinmauer hindurchspähen konnte.

Im Pferch war niemand. Aber dahinter stand die Hütte ohne Dach.

Er näherte sich dem Bauwerk, indem er am Pferch entlangschlich und mit dem Kopf unterhalb der Mauer blieb. Kurz darauf stand er dicht angelehnt an der Rückseite der Hütte. Er wagte sich bis zu einem der zerbrochenen Fenster vor und wartete auf die nächste Lücke im Nebel. Der Wind frischte auf, pfiff zwischen den Feldsteinen hindurch und übertönte seine leisen Bewegungen. Er machte sich bereit. Und dann, als die Sicht ein wenig besser war, drehte er sich blitzartig zum Fenster und schwenkte dabei das Gewehr von einer Ecke der Hütte zur anderen.

Leer.

Er sprang über den Fenstersims, kniete sich in der Hütte hin und überlegte wie verrückt. Wie vermutet hatte Pendergast es vermieden, das Naheliegende zu tun. Er hatte eben *nicht* die strategische Anhöhe besetzt. Aber wo steckte er? Esterhazy stieß einen leisen Fluch aus. Pendergast war unberechenbar.

Als erneut eine Nebelschwade heranzog, nutzte Esterhazy die Gelegenheit, den Bereich rings um die Hütte zu inspizieren und Pendergasts Spur zu suchen. Die er auch fand, wenn auch nur mit Mühe. Wegen des starken Regens war sie bereits weitgehend verwaschen. Als er auf der anderen Seite des Hügels hinunterging, war durch die Lücken im Nebel kurz die Beschaffenheit des Geländes zu erkennen. Es handelte sich um eine Art Sackgasse – dahinter lag lediglich die Inih-Marsch. Also musste Pendergast irgendwo am Rand der Marsch in Deckung gegangen sein. Esterhazy spürte, wie ihn leise Panik ergriff. Durch die aufreißenden Nebelfetzen suchte er das Gebiet ab. Pendergast würde sich mit Sicherheit nicht im Schilf oder Röhricht verstecken. Aber da sah er einen schmalen Streifen Land, der sich bis in die Marsch erstreckte. Esterhazy zog sein Fernglas hervor und erblickte eine kleine Gruppe verstreut herumliegender Gletscherfelsen, die gerade so viel Schutz boten, dass man sich dahinter verstecken konnte. Und bei Gott, da war er: ein kleiner weißer Fleck, so eben hinter einem der Felsen auszumachen.

So hatte Pendergast sich das also gedacht. Er hatte sich hinter die einzige Deckung geflüchtet, die es weit und breit gab, und wartete dort, bis er, Esterhazy, vorbeikam, Pendergasts Spur am Rand der Marsch folgend.

Abermals hatte Pendergast für das Nicht-Offensichtliche optiert. Aber jetzt war Esterhazy klar, wie er den Plan seines Gegners durchkreuzen konnte.

Der höchst willkommene Nebel kehrte zurück. Esterhazy

stieg den Hügel hinunter, und schon bald befand er sich wieder zwischen den tückischen Sümpfen des Foulmire und folgte der Doppelspur von Pendergast und dem Hirschen. Während er sich dem Rand der Marsch näherte, ging er von Hügelchen zu Hügelchen, über Flächen aus schwankendem Morast. Er betrat wieder festeren Boden, verließ den Pfad und begab sich zu einer Stelle, von wo aus er freie Schussbahn in den Bereich hinter der Felsgruppe haben würde, hinter der sich Pendergast versteckte. Er kniete hinter einem kleinen Hügel nieder und wartete, dass der Nebel aufriss, damit er seinen Schuss anbringen konnte.

Eine Minute verstrich; zwischen den Nebelschwaden tat sich eine Lücke auf. Er sah das kleine bisschen Weiß in Pendergasts Versteck. Es gehörte wahrscheinlich zu seinem Hemd und bot genug Fläche, dass er den Schuss plazieren konnte. Esterhazy hob das Gewehr.

»Aufstehen, und zwar ganz langsam«, ließ sich die körperlose Stimme vernehmen, fast so, als käme sie direkt aus dem Marschwasser.

4

Esterhazy erschrak, als er die Stimme hörte.

»Wenn du aufstehst, halt dein Gewehr in der linken Hand, weit vom Körper weggestreckt.«

Esterhazy merkte, dass er sich immer noch nicht rühren konnte. Wie hatte Pendergast ihn derart überrumpeln können?

Zwing! Die Kugel bohrte sich zwischen seinen Füßen in den Boden, so dass Erde aufspritzte. »Ich bitte dich nicht noch einmal.«

Das Gewehr in der Linken, stand Esterhazy auf.

»Lass das Gewehr fallen und dreh dich um.«

Er tat, wie ihm befohlen wurde. Und da stand Pendergast, zwanzig Meter entfernt, mit der Pistole in der Hand, und erhob sich aus einer Gruppe Schilfgras, das anscheinend im Wasser stand. Aber jetzt sah Esterhazy, dass direkt unter der Wasseroberfläche ein kleiner mäandernder Pfad aus eiszeitlichen Felsen entlangführte, der auf beiden Seiten von Schwimmsand umgeben war.

»Ich habe nur eine Frage«, sagte Pendergast, dessen Stimme im heulenden Wind verwehte. »Wie konntest du nur die eigene Schwester töten?«

Esterhazy starrte ihn nur an.

»Ich verlange eine Antwort.«

Esterhazy brachte kein Wort heraus. Doch als er in Pendergasts Miene blickte, war ihm klar: Du bist tot. Er spürte, wie sich diese unaussprechliche, kalte Todesangst wie ein nasser Umhang um ihn legte und sich mit Entsetzen, Reue und Erleichterung vermischte. Er konnte nichts mehr tun. Doch zumindest würde er Pendergast nicht die Genugtuung verschaffen, würdelos abzutreten. Nach seinem Tod würde Pendergast in den vor ihm liegenden Monaten noch genügend Schmerz und Leid erfahren. »Bring's einfach hinter dich.«

»Also keine Erklärungen?«, fragte Pendergast. »Keine winselnden Rechtfertigungen, keine erbärmliche Bitte um Verständnis? Wie enttäuschend.« Der Finger krümmte sich am Abzug. Esterhazy schloss die Augen.

Und dann passierte es: ein plötzliches, überwältigend lautes Krachen. Esterhazy sah jäh aufblitzendes rötliches Fell, Geweihstangen – und dann brach der Hirsch durch das Schilf. Dabei streifte eine seiner Geweihstangen Pendergast und verfing sich an seiner Waffe, so dass sie im hohen Bogen ins Wasser fiel. Während der Hirsch davonsprang, geriet Pendergast ins Straucheln und schlug mit den Armen um sich. Da erkannte Esterhazy, dass Pendergast in ein Sumpfloch zu stürzen drohte, das lediglich von einer hauchdünnen Schicht Wasser überzogen war.

Esterhazy schnappte sich sein Gewehr vom Boden, zielte und schoss. Die Kugel traf Pendergast in die Brust, so dass er rücklings ins Sumpfloch geschleudert wurde. Esterhazy bereitete sich darauf vor, noch einen Schuss abzugeben. Doch einen zweiten Schuss, eine zweite Kugel – das würde er nicht erklären können. Wenn die Leiche überhaupt je gefunden wurde.

Er senkte das Gewehr. Pendergast kämpfte, der Sumpf hielt ihn fest, seine Kräfte schwanden bereits. Auf seiner Brust breitete sich ein dunkler Fleck aus. Die Kugel hatte ihn zwar nicht mitten in die Brust getroffen, aber sie hatte auch so verheerende Schäden angerichtet. Der Agent bot ein Bild des Jammers, die Kleider zerrissen und blutverschmiert, das helle Haar von Schlamm durchzogen und vom Regen dunkel geworden. Als er hustete, bildeten sich kleine Blutbläschen in seinen Mundwinkeln.

Das war's. Esterhazy war Arzt und wusste, dass sein Schuss tödlich gewesen war. Die Kugel hatte die Lunge durchschlagen und eine klaffende Wunde hinterlassen, außerdem konnte es sein, dass die linke Schlüsselbeinschlagader zerfetzt worden war, so dass die Lunge sich schnell mit Blut füllte. Und selbst wenn Pendergast nicht unrettbar im Morast versank, er würde in wenigen Minuten ohnehin seiner Schussverletzung erliegen.

Pendergast, dem der Schlamm schon bis zur Hüfte reichte, kämpfte nicht mehr und blickte zu seinem Mörder hoch. Das eisige Funkeln in den blassgrauen Augen verriet mehr von dem Hass und der Verzweiflung, als Worte je hätten ausdrücken können, und traf Esterhazy bis ins Mark.

»Du willst eine Antwort auf deine Frage? Hier ist sie: Ich habe Helen gar nicht getötet. Sie ist noch am Leben.«

Aber er konnte es einfach nicht ertragen, auf das Ende zu warten, wandte sich ab und ging davon.

5

Das Jagdhotel ragte vor ihm auf, aus den Fenstern fiel ein verschwommenes gelbliches Licht und drang durch den strömenden Regen. Judson Esterhazy ergriff den Türklopfer aus schwerem Eisen, zog die Tür auf und betrat taumelnd die Diele, an deren Wänden Rüstungen standen und riesige Geweihe hingen.

»Hilfe! Helft mir!«

Es war Mittagszeit, die Hotelgäste standen vor einem knisternden Kaminfeuer in der großen Halle und tranken Kaffee und Tee sowie Malt aus kleinen Whiskygläsern. Sie wandten sich um und blickten ihn erstaunt an.

»Mein Freund ist erschossen worden!«

Ein dröhnender Donner übertönte kurz seine Stimme und rüttelte an den bleiverglasten Fenstern.

»Erschossen!«, wiederholte Esterhazy und sank auf dem Boden zusammen. »Ich brauche Hilfe!«

Nach einer Weile, während alle starr vor Entsetzen waren, kamen mehrere Personen zu ihm herübergeeilt. Auf dem Boden liegend, die Augen geschlossen, spürte Esterhazy, wie sich die Leute um ihn scharten, und hörte Geflüster.

»Treten Sie zurück«, ertönte die gestrenge schottische Stimme von Cromarty, dem Hotelpächter. »Er muss Luft bekommen. Treten Sie bitte zurück.«

Esterhazy wurde ein Glas Whisky an den Mund gehalten. Er trank einen Schluck, schlug die Augen auf und versuchte, sich aufzusetzen.

»Was ist denn passiert? Was wollen Sie sagen?«

Cromartys Gesicht – penibel gestutzter Vollbart, Metallgestellbrille, sandfarbenes Haar, kantiges Kinn – schwebte über ihm. Das Täuschungsmanöver war Esterhazy leichtgefallen. Er war tatsächlich von Entsetzen gepackt, ausgekühlt bis auf die Knochen, konnte sich kaum auf den Beinen halten. Er trank noch einen Schluck. Der torfige Malt kratzte zwar in der Kehle, weckte aber auch die Lebensgeister.

»Mein Schwager … wir waren auf Rotwild-Pirsch im Mire …«

»Im Mire?« Cromartys Tonfall klang plötzlich scharf.

»Ein kapitaler Bursche …« Esterhazy schluckte und versuchte, sich zusammenzureißen.

»Kommen Sie mit zum Kamin.« Cromarty fasste ihn am Arm und half ihm auf. Robbie Grant, der alte Wildhüter, kam in den Raum geeilt und ergriff Esterhazy am anderen Arm. Gemeinsam halfen sie ihm, die durchnässte, zerrissene Tarnjacke auszuziehen, und führten ihn zu einem Sessel am Kamin.

Esterhazy ließ sich darauf nieder.

»Sprechen Sie«, sagte Cromarty. Die anderen Gäste standen um sie herum, die Gesichter ganz weiß vor Schreck.

»Oben am Beinn Dearg. Wir hatten einen Rothirsch gesehen. Unten im Foulmire.«

»Aber Sie kennen doch die Vorschriften!«

Esterhazy schüttelte den Kopf. »Ja, gewiss, aber er war einfach gigantisch. Ein Dreizehnender. Mein Schwager hat darauf bestanden. Wir sind ihm bis tief ins Mire gefolgt. Bis hinunter zur Marsch. Dann haben wir uns getrennt –«

»Sind Sie denn von Sinnen?« Das fragte der Wildhüter, Robbie Grant, mit schriller Tenorstimme. »Getrennt haben Sie sich?«

»Wir mussten den Hirsch stellen. Ihn in Richtung Marsch treiben. Nebel zog auf, die Sicht war schlecht, er ist aus der Deckung gekommen … Da habe ich eine Bewegung gesehen und geschossen …« Esterhazy holte tief Luft. »Ich habe meinen Schwager mitten in die Brust getroffen …« Er schlug die Hände vors Gesicht.

»Sie haben einen Verletzten im Moor zurückgelassen?«, fragte Cromarty zornig.

»O Gott.« Esterhazy brach in unkontrolliertes Schluchzen aus. »Er ist in ein Sumpfloch gestürzt … ist darin eingesunken …«

»Moment.« Cromartys Stimme klang eiskalt. Langsam, leise, jedes einzelne Wort betonend, sagte er: »Wollen Sie mir weismachen, Sir, dass Sie ins Mire gegangen sind, dass Sie Ihren Schwager angeschossen haben und dass er in ein Sumpfloch gestürzt ist? Wollen Sie mir das erzählen?«

Esterhazy nickte wortlos. Er verbarg noch immer sein Gesicht.

»Herrgott noch mal. Kann es denn sein, dass er noch lebt?«
Esterhazy schüttelte den Kopf.

»Sind Sie ganz sicher?«

»Absolut sicher«, stieß Esterhazy keuchend hervor. »Er ist
versunken. Es … es tut mir so leid!«, rief er klagend. »Ich
habe meinen Schwager umgebracht!« Er schaukelte hin
und her und hielt sich dabei die Hände an den Kopf. »Lieber Gott, verzeih mir!«

Betretenes Schweigen.

»Er hat den Verstand verloren«, sagte der Wildhüter leise.
»Ein klarer Fall von Moorfieber.«

»Schaffen Sie die Leute raus«, sagte Cromarty unwirsch
und wies auf die Gäste. Dann wandte er sich an den Wildhüter. »Robbie, ruf die Polizei.« Schließlich drehte er sich
zu Esterhazy um. »Ist das hier das Gewehr, mit dem Sie
Ihren Schwager angeschossen haben?« Er zeigte auf die
Waffe, die Esterhazy mit hereingebracht hatte und die nun
auf dem Boden lag.

Esterhazy nickte. Er fühlte sich so elend.

»Dass mir ja keiner etwas anrührt.«

Sich in gedämpftem Tonfall unterhaltend und kopfschüttelnd verließen die Gäste in murmelnden Grüppchen das
Zimmer. Ein Blitz zuckte, gefolgt von knallendem Donner. Regentropfen prasselten gegen die Fensterscheiben.
Esterhazy saß im Sessel, nahm langsam die Hände vom
Gesicht und spürte, wie die angenehme Wärme des Ka-
minfeuers durch die nasse Kleidung drang. Eine ebenso
wundersame Wärme kroch in sein Innerstes und verdrängte langsam den Horror. Erleichterung, ja Euphorie
machte sich in ihm breit. Es war vorbei, vorbei, *vorbei*.
Er hatte nichts mehr von Pendergast zu befürchten. Der

Geist war zurück in der Flasche. Der Mann war tot. Und was Pendergasts Partner betraf, D'Agosta, und diese Polizistin aus New York, Hayward – durch den Mord an Pendergast hatte er der Schlange den Kopf abgeschlagen. Das war wirklich das Ende. Und allem Anschein nach kauften ihm die schottischen Einfaltspinsel seine Geschichte auch noch ab. Nichts konnte ans Licht kommen und irgendeine seiner Aussagen widerlegen. Er war zurückgegangen und hatte alle Patronenhülsen eingesammelt – bis auf die eine, die gefunden werden sollte. Pendergasts Gewehr und die Patronenhülsen der Schüsse, die sich während der Rangelei gelöst hatten, hatte er auf dem Rückweg in einem Sumpf versenkt, so dass sie niemals gefunden werden würden. Somit würde nur ein Rätsel bleiben: Wo war das Gewehr? Was aber erklärlich wäre. Ein Gewehr konnte durchaus dauerhaft verlorengehen, wenn es erst einmal im Mire versunken war. Die Leute wussten nichts von Pendergasts Pistole, sie hatte Esterhazy ebenfalls verschwinden lassen. Und die Spur des Hirschs ließ sich, sofern sie das Gewitter überstand, voll und ganz mit seiner Version der Geschichte in Einklang bringen.

»Verdammt noch mal«, murmelte Cromarty, ging zum Kaminsims, nahm sich eine Flasche Scotch und goss sich ein großes Glas voll. Er trank in kleinen Schlucken, schritt vor dem Kamin auf und ab und ignorierte Esterhazy.

Grant kehrte ins Zimmer zurück. »Die Polizei ist schon auf dem Weg, die Beamten kommen aus Inverness, Sir. Unterstützt von einem Spurensicherungsteam der Northern Constabulary. Und sie bringen Draggen mit.«

Cromarty drehte sich um, stellte das Glas ab, schenkte sich noch einen Whisky ein und sah Esterhazy wütend an.

»Und Sie rühren sich nicht vom Fleck, bis die Beamten hier sind, Sie verfluchter Idiot.«

Noch ein Donnerschlag erschütterte das alte Jagdhotel aus Feldstein, während der Wind über die Moorlandschaft pfiff.

6

Die Polizei traf mehr als eine Stunde darauf ein; das zuckende Blaulicht der Einsatzfahrzeuge tauchte die mit Kies bestreute Auffahrt in grelles Licht. Das Gewitter war vorübergezogen, mittlerweile war der Himmel bleifarben, voll von schnell dahinziehenden Wolken. Die Polizeibeamten trugen blaue Regenjacken, Stiefel und wasserundurchlässige Hüte und stiefelten wichtigtuerisch durch die Diele mit den Steinwänden. Esterhazy sah ihnen von seinem Sessel aus zu und empfand es als beruhigend, dass sie phantasielos und behäbig wirkten.

Als Letzter betrat der leitende Beamte das Haus, er trug als Einziger keine Uniform. Esterhazy schaute ihn verstohlen an. Er war mindestens einen Meter neunzig groß und hatte eine Glatze mit einem Kranz heller Haare, ein hageres Gesicht und eine messerschmale Nase und hielt sich so stark nach vorn gebeugt, als ob er sich seinen Weg durchs Leben pflügte. Die Nase, die er gelegentlich mit einem Taschentuch betupfte, war gerade so rot, dass sie die seriöse äußere Erscheinung Lügen strafte. Er trug uralte Jagdkleidung: wasserabweisende Hose, enger Drillich-Pullover und eine offene, abgewetzte Barbourjacke.

»Hallo, Cromarty«, sagte er und streckte dem Pächter, der herbeigeeilt kam, locker die Hand entgegen.

Sie gingen zum anderen Ende des Zimmers und unterhielten sich leise, dabei blickten sie ab und zu in Esterhazys Richtung.

Schließlich kam der Polizeibeamte zu ihm herüber und setzte sich neben ihn in einen Ohrensessel. »Chief Inspector Balfour von der Northern Constabulary«, sagte er ruhig, bot ihm jedoch nicht die Hand, sondern beugte sich vor, die Ellbogen auf die Knie gelegt. »Und Sie sind also Doktor Judson Esterhazy?«

»Ganz recht.«

Balfour zog einen kleinen Stenoblock hervor. »Also gut, Doktor Esterhazy. Dann erzählen Sie doch mal, was passiert ist.«

Esterhazy erzählte seine Geschichte von Anfang bis Ende, wobei er oft innehielt, um sich zu sammeln oder seine Tränen zu unterdrücken. Balfour machte sich währenddessen Notizen. Als Esterhazy alles gesagt hatte, klappte Balfour den Notizblock zu. »Wir fahren jetzt zum Unfallort. Sie kommen mit.«

»Ich bin mir nicht sicher«, Esterhazy schluckte, »ob ich das durchstehe.«

»Aber ich«, sagte Balfour knapp. »Wir haben zwei Spürhunde dabei. Außerdem kommt Mr. Grant mit. Er kennt das Mire wie seine Westentasche.« Er stand auf und sah auf seine Uhr. »Uns bleiben noch fünf Stunden Tageslicht.«

Esterhazy stand auf. Seine Gesichtszüge verrieten, dass es ihm widerstrebte, mitzukommen. Draußen machten sich die Angehörigen des Suchteams mit Rucksäcken, Seilen und anderen Ausrüstungsgegenständen bereit. Am Ende der Kiesauffahrt führte ein Hundeführer zwei Spürhunde an der Leine auf einer Rasenfläche herum.

Eine Stunde darauf waren sie über den Berghang des Beinn Dearg hinwegmarschiert und am Rand des Foulmire eingetroffen, dessen sumpfige Abschnitte von einer unregelmäßigen Reihe von Felsen markiert wurden. Nebel lag über dem Moor. Die Sonne ging bereits unter, die endlose Landschaft verlor sich im grauen Nichts, die dunklen Sumpflöcher lagen still in der drückenden Luft, die leicht nach verwesenden Pflanzen roch.

»Doktor Esterhazy?« Balfour verschränkte die Arme vor der Brust und sah ihn stirnrunzelnd an. »Wo geht's lang?« Esterhazy blickte sich mit ausdrucksloser Miene um. »Es sieht alles so gleich aus.« Es hatte keinen Sinn, ihnen allzu sehr zu helfen.

Balfour schüttelte betrübt den Kopf.

»Die Hunde haben eine Fährte aufgenommen, hier drüben, Inspector.« Der Satz des Wildhüters, ausgesprochen mit einem starken schottischen Akzent, schwebte durch den Nebel. »Und ich sehe da auch was.«

»Ist das die Stelle, an der Sie ins Mire hineingegangen sind?«, fragte Balfour.

»Ich glaube, ja.«

»Also gut. Die Hunde gehen voran. Mr. Grant, Sie bleiben vorn bei ihnen. Ihr anderen folgt. Doktor Esterhazy und ich bilden den Schluss. Mr. Grant weiß, wo der Boden fest ist. Treten Sie stets in seine Fußstapfen.« Der Inspector holte gemächlich seine Pfeife hervor, die er sich eingesteckt hatte, und zündete sie an. »Und sollte jemand einsinken, rennt nicht gleich alle los wie die Trottel, sonst geht ihr selbst unter. Das Suchteam hat Seile, Rettungsringe und

Teleskopstangen mit Haken, damit können wir jeden wieder rausholen, der in dem Matsch stecken geblieben ist.« Er schmauchte seine Pfeife und sah sich um. »Mr. Grant, möchten Sie noch etwas hinzufügen?«

»Ja«, sagte der kleine, verhutzelte Mann, dessen Stimme fast so hoch wie die eines Mädchens klang, und stützte sich auf seinen Gehstock. »Wenn jemand von euch drin stecken bleibt, nicht strampeln. Ein wenig nach hinten lehnen und sich nach oben drücken lassen.« Er fixierte Esterhazy mit seinen Augen, die unter buschigen Brauen lagen, und funkelte ihn böse an. »Ich habe eine Frage an Doktor Esterhazy. Als Sie dem Hirsch durchs Mire hinterhergestiefelt sind, haben Sie da irgendwelche Landmarken gesehen?«

»Als da wären?« Esterhazys Tonfall klang verwirrt und unsicher. »Mir ist die Landschaft furchtbar leer vorgekommen.«

»Es gibt da Ruinen, Cairns und aufrecht stehende Felsbrocken.«

»Ruinen … ja, ich glaube, wir sind an ein paar Ruinen vorbeigekommen.«

»Und wie haben die ausgesehen?«

»Wenn ich mich recht entsinne«, Esterhazy runzelte die Stirn, als versuche er, sich zu erinnern, »war da ein Pferch aus Steinmauern und eine Hütte auf so einer Art Hügel, und links dahinter war, glaube ich, die Marsch.«

»Ah ja. Die alte Coombe-Hütte.« Und damit drehte sich der Wildhüter wortlos um und marschierte los durch das Gras, das Moos und die Heide, während die Spürhunde mit ihrem Führer sich beeilten, sein Tempo mitzuhalten. Er ging mit schnellen Schritten und gesenktem Kopf, schwang den Gehstock, stampfte mit seinen kurzen Beinen

37

auf den Boden, das struppige Haar ragte wie ein weißer Kranz unter der Tweedmütze hervor.

Eine Viertelstunde lang marschierten sie schweigend weiter, die Stille lediglich unterbrochen vom Geschnüffel und Gejaule der Hunde und den leise gesprochenen Anweisungen ihres Führers. Als die Wolken sich erneut zusammenzogen und die Dämmerung sich verfrüht über die Moorlandschaft senkte, holten einige der Männer lichtstarke Taschenlampen hervor und schalteten sie an. Die Lichtstrahlen stachen durch den kalten Nebel. Esterhazy, der Unwissenheit und Verwirrung vorgetäuscht hatte, fragte sich langsam, ob sie sich vielleicht wirklich verlaufen hatten. Alles wirkte so fremd, und er erkannte nichts wieder.

Als sie abermals in eine verlassene Senke hinabstiegen, blieben die Hunde plötzlich stehen, liefen dann schnüffelnd im Kreis herum und stürmten schließlich, an den Leinen zerrend, auf eine Fährte los.

»Ruhig«, sagte der Hundeführer und zog an den Leinen, aber die Hunde waren zu aufgeregt und fingen zu bellen an – kehlige Laute, die weit über das Moor hallten.

»Was ist denn los mit den Hunden?«, fragte Balfour schroff.

»Ich weiß es nicht. Zurück. Zurück!«

»Um Himmels willen«, rief Grant schrill, »haltet sie zurück!«

»*Verflucht* noch mal!« Der Hundeführer zog an den Leinen, aber die Hunde reagierten, indem sie mit voller Kraft nach vorn stürmten.

»Passen Sie auf, da!«, rief Grant.

Mit einem Aufschrei blanken Entsetzens versank der Hundeführer plötzlich in einem Schwingmoor. Er brach durch die Kruste aus Torfmoos, schlug mit den Armen um sich und zappelte. Gleichzeitig mit ihm sank einer der Hunde ein, dessen Gebell sich in ein schrilles Gejaule verwandelte. Er paddelte mit den Vorderläufen und hielt den Kopf vor Angst hochgereckt.

»Hören Sie auf zu zappeln!«, brüllte Grant den Hundeführer an. Fast wäre sein Ausruf im Angstgejaule des Hundes untergegangen. »Lehnen Sie sich zurück!«

Doch der Hundeführer hatte derart panische Angst, dass er ihm keine Beachtung schenkte. »Helft mir!«, schrie er, während er weiter mit den Armen um sich schlug, so dass der Matsch in alle Richtungen spritzte.

»Holt die Stange!«, befahl Balfour.

Ein Angehöriger des Spurensicherungsteams hatte bereits seinen Rucksack abgelegt und war dabei, eine Stange mit einem großen runden Griff am einen Ende und einer breiten Schlinge aus Seil am anderen aufzuschnüren. Er ließ die Stange wie ein Teleskop aufschnappen und kniete sich am Rand des Sumpfs hin, schlang sich das Seil um die Taille und hielt dem Hundeführer das Ende mit dem Griff hin.

Der Hund jaulte und paddelte.

»Helft mir!«, rief der Hundeführer, der im Sumpf feststeckte.

»Packen Sie den Griff, Sie verdammter Idiot!«, rief Grant. Diese schrille Anweisung schien beim Hundeführer anzukommen. Er streckte den Arm aus und packte den Griff am Ende der Teleskopstange.

»Ziehen Sie!«

Der Retter lehnte sich zurück und setzte sein ganzes Körpergewicht ein, um den Hundeführer aus dem Sumpf zu ziehen. Der Führer klammerte sich verzweifelt an den

Griff. Langsam und unter lauten Sauggeräuschen tauchte der Mann auf und wurde auf festeren Boden gezogen, wo er, über und über bedeckt mit klebrigem Morast, zitternd und nach Luft schnappend liegen blieb.

Währenddessen stieß der Hund ein gespenstisches Geheul aus und paddelte und schlug mit den Vorderläufen auf den Sumpf ein.

»Werfen Sie ihm die Schlinge über den Vorderleib!«, schrie Grant.

Einer der Männer knüpfte sein Seil bereits zu einer Schlinge. Er warf sie dem Hund entgegen, aber nicht weit genug. Der Hund kämpfte und jaulte und verdrehte derart die Augen, dass das Weiße zu sehen war.

»Noch mal!«

Der Mann warf das Seil noch einmal aus, und diesmal fiel die Schlinge über den Hund.

»Festzurren und ziehen!«

Der Mann zog, aber als der Hund das Seil um seinen Hals spürte, wand und wehrte er sich so sehr dagegen, dass es von ihm abglitt.

Esterhazy schaute zu, ebenso entsetzt wie fasziniert.

»Er versinkt!«, sagte der Hundeführer, der sich langsam von seinem Schreck erholt hatte.

Ein anderer Beamter bereitete eine Schlinge vor, diese war mit einem Laufknoten im Stil eines Lassos versehen. Er kniete am Rand des Sumpflochs nieder und warf das Seil vorsichtig aus. Daneben. Er holte das Seil ein, lockerte die Schlinge und machte Anstalten, das Lasso nochmals auszuwerfen.

Doch der Hund versank immer schneller. Inzwischen ragte nur noch der Hals aus dem Sumpf, jede Sehne gespannt, das Maul eine rosafarbene Höhle, aus der ein Laut drang, der jedes Jaulen überstieg und sich in etwas verwandelte, das nicht von dieser Welt war.

»Um Himmels willen – so unternehmen Sie doch etwas!«, rief der Hundeführer.

Uuuhuuu! Uuuhuuu!, jaulte der Hund fürchterlich laut.

»Noch mal! Werfen Sie das Lasso noch mal aus!«

Wieder warf der Mann das Lasso, wieder daneben.

Und dann herrschte plötzlich – ohne jedes Gurgeln – Stille. Das letzte erstickte Jaulen des Hundes hallte über die Moorlandschaft und verklang. Der Sumpf schloss sich über ihm, die Oberfläche war wieder glatt. Ein leichtes Zittern durchlief das Sumpfloch, dann war alles still.

Der Hundeführer, der aufgestanden war, sank auf die Knie zurück. »Mein Hund! O Jesus Christus!«

Balfour blickte ihm fest in die Augen und sagte ruhig, aber mit großem Nachdruck: »Es tut mir sehr leid. Aber wir müssen weiter.«

»Aber Sie können den Hund doch nicht einfach zurücklassen!«

Balfour wandte sich zum Wildhüter um. »Mr. Grant, führen Sie uns zur Coombe-Hütte. Und Sie, Sir, holen bitte Ihren zweiten Spürhund her. Wir werden ihn noch benötigen.«

Ohne viel Aufhebens setzten sie sich wieder in Bewegung. Der Hundeführer, von dem der Schlamm nur so herabtropfte und dessen Füße in den Schuhen quatschten, ging mit dem verbliebenen Spürhund vorneweg, der allerdings so sehr zitterte, dass er für die Arbeit nicht mehr zu gebrauchen war. Grant marschierte wieder auf seinen Stummelbeinen voraus und schwang seinen Stock, wobei er nur gelegentlich stehen blieb, die Spitze mit Wucht in den Boden hieb und irgendwelches unwirsches Gebrumm von sich gab.

Zu Esterhazys Erstaunen hatten sie sich doch nicht verlaufen. Das Gelände stieg an, im schwachen Licht zeichneten sich die verfallene Hütte und der Pferch ab.

»Wo geht's lang?«, fragte Grant ihn.

»Wir sind da durchgegangen und auf der anderen Seite runter.«

Sie stiegen die Hügel hinauf und gingen an den Ruinen vorbei.

»Hier, glaube ich, haben wir uns getrennt«, sagte Esterhazy und zeigte auf die Stelle, an der er von Pendergasts Spur abgewichen war, um ihn von der Flanke anzugreifen.

Nachdem er den Boden inspiziert hatte, brummte der Wildhüter irgendetwas und nickte.

»Gehen Sie voran«, sagte Balfour.

Esterhazy übernahm die Führung, dichtauf gefolgt von Grant, der eine starke Stablampe in der Hand hielt. Der gelbliche Lichtstrahl stach durch den Nebel und erhellte das Schilf und das Röhricht am Rand der Marsch.

»Hier.« Esterhazy blieb stehen. »Genau hier … ist er versunken.« Er zeigte auf das stille Sumpfloch an der Schwelle zur Marsch. Seine Stimme brach, er schlug die Hände vors Gesicht und schluchzte. »Es war ein Alptraum. Gott verzeih mir.«

»Alle zurückbleiben!« Balfour gebot den Leuten aus seinem Team Einhalt. »Wir stellen Scheinwerfer auf. Und Sie, Doktor Esterhazy, zeigen uns jetzt mal genau, was passiert ist. Die Forensiker untersuchen erst den Boden, danach suchen wir das Sumpfloch ab.«

»Sie wollen das Sumpfloch absuchen?«, fragte Esterhazy. Balfour sah ihn wenig freundlich an. »Ganz genau. Um die Leiche zu bergen.«

7

Esterhazy wartete hinter dem auf dem Boden ausgelegten gelben Absperrband, während die Angehörigen des forensischen Teams – nach vorn gebeugt wie alte Frauen und im Schein einer Batterie greller Scheinwerfer, die die karge Landschaft in ein gespenstisches Licht tauchten – das Areal nach Beweismitteln durchkämmten.

Er hatte die Suche nach Beweisen mit wachsender Befriedigung verfolgt. Es war alles in Ordnung. Das Suchteam hatte die eine Messing-Patronenhülse gefunden, die er ganz bewusst zurückgelassen hatte, und trotz des starken Regens war es den Männern gelungen, einige undeutliche Spuren des Hirschs zu finden und einige Abdrücke im Heidekraut zu kartographieren, die von ihm selbst und Pendergast stammten. Darüber hinaus hatten die Männer jene Stelle gefunden, an der der Hirsch aus dem Schilf hervorgebrochen war. Alles stimmte mit der Geschichte überein, die er der Polizei erzählt hatte.

»Okay, Männer«, rief Balfour. »Packt eure Sachen zusammen, wir suchen jetzt das Sumpfloch ab.«

Esterhazy verspürte tief in sich Vorfreude wie auch Widerwillen. So grausig das Bevorstehende auch war, es wäre eine Erleichterung, mit anzusehen, wie der Leichnam seines Widersachers aus dem Schlamm gezogen wurde. Denn es wäre das Schlusskapitel der ganzen Geschichte, der Epilog zum Kampf der Titanen.

Auf einem Blatt Millimeterpapier hatte Balfour die Maße des Sumpflochs – klein, ungefähr dreieinhalb mal fünf Meter – skizziert und ein Schema eingezeichnet, nach dem es abgesucht werden sollte. Im grellen Schein der Scheinwerfer hakten die Angehörigen des Spurensicherungsteams einen klauenartigen Draggen an ein Seil – die langen stählernen Zinken funkelten fast bösartig – und brachten anschließend ein Bleigewicht an der Öse an. Zwei Männer traten einen Schritt zurück und hielten die Seilrolle, während sich ein dritter am Rand des Sumpfbeckens aufstellte. Während Balfour seine Zeichnung konsultierte und leise Anweisungen gab, warf der dritte Mann den Haken über dem Sumpf aus. Der Haken landete im Morast auf der anderen Seite, das Gewicht zog ihn nach unten. Als er schließlich auf dem Grund zum Liegen kam, begannen die beiden hinteren Männer, den Draggen wieder einzuholen. Während dieser ganz langsam durch das Sumpfbecken gezogen wurde, das Seil sich straffte und spannte, verkrampfte sich Esterhazy gegen seinen Willen.

Eine Minute später kam der Draggen an die Oberfläche, voller Schlamm und Unkraut. Das Klemmbrett in der einen Hand, untersuchte Balfour mit der anderen latexbehandschuhten Hand die Zinken und schüttelte den Kopf.

Die Männer stellten sich einen halben Meter weiter zur einen Seite auf, warfen den Draggen wieder aus, holten ihn wieder ein. Erneut Unkraut. Sie rückten wieder einen halben Meter zur Seite und wiederholten die Prozedur.

Während Esterhazy jedes Auftauchen des mit Schlamm

überzogenen Draggens verfolgte, verspürte er ein zunehmend unangenehmes Gefühl in der Magengegend. Es schmerzte ihn überall, außerdem pochte die Hand, in die Pendergast ihn gebissen hatte. Die Männer näherten sich der Stelle, an der Pendergast eingesunken war. Schließlich wurde der Draggen genau über dieser Stelle abgeworfen, und das Team begann, ihn wieder einzuholen.

Der Draggen verfing sich an etwas unter der Oberfläche.

»Wir haben was gefunden«, sagte einer der Männer.

Esterhazy stockte der Atem.

»Vorsichtig jetzt«, sagte Balfour und beugte sich vor, sein Körper gespannt wie ein Flitzebogen. »Langsam und gleichmäßig.«

Ein weiterer Mann gesellte sich zur Seilmannschaft. Gemeinsam begannen die Männer, das Seil Hand über Hand einzuholen, während Balfour danebenstand und sie drängte, es ruhig angehen zu lassen.

»Das Ding kommt hoch«, brummte einer der Männer.

Die Oberfläche des Sumpflochs hob sich, der Schlamm schwappte zu den Seiten, und dann kam ein langer, baumstammähnlicher Gegenstand zum Vorschein, von Morast überzogen, unförmig.

»Macht ganz langsam«, sagte Balfour warnend.

So, als zögen sie einen großen Fisch an Land, hielten die Männer den Leichnam an der Oberfläche, während sie gleichzeitig Nylongurte und ein Netz darunterlegten.

»Alles klar. Holt ihn raus.«

Unter verstärkter Kraftanstrengung zogen sie den Leichnam vorsichtig heraus und legten ihn auf eine Plastikplane. Der Schlamm lief in dicken Rinnsalen daran hinunter. Plötzlich schlug ein derart grässlicher Gestank nach verfaultem Fleisch über Esterhazy zusammen, dass er jählings einen Schritt zurücktrat.

»Was zum Donnerwetter?«, murmelte Balfour. Er beugte sich über den Leichnam, betastete ihn mit seiner behandschuhten Hand, dann wies er einen seiner Leute an: »Spülen Sie das hier ab.«

Ein Angehöriger des Spurensicherungsteams kam herüber. Gemeinsam beugten sie sich über den missgestalteten Kopf des Tierkadavers, dann wusch der Mann den Matsch mit einer Sprühflasche ab.

Der Gestank war derart ekelerregend, dass Esterhazy die Galle hochkam. Mehrere der Männer zündeten sich hastig Zigaretten oder Pfeifen an.

Balfour richtete sich abrupt auf. »Das ist ein Schaf«, sagte er sachlich. »Zieht es beiseite und spült den Bereich hier ab, dann machen wir weiter.«

Die Männer arbeiteten schweigend, und schon bald war der Fanghaken zurück im Sumpf. Wieder und wieder suchten sie das Sumpfloch ab, wieder und wieder tauchten die Klauen des Hakens aus dem Morast auf, lediglich mit Unkraut versehen. Der Gestank des verwesten Schafs, das hinter ihnen lag, legte sich wie ein Sargtuch über die Szenerie. Esterhazy konnte seine nervöse innere Anspannung kaum noch ertragen. Wieso fanden diese Leute die Leiche nicht?

Sie gelangten zum anderen Ende des Sumpflochs. Balfour rief seine Männer ein wenig abseits zu einer Besprechung zusammen. Anschließend ging er zu Esterhazy hinüber.

»Sind Sie sicher, dass Ihr Schwager hier versunken ist?«

»Natürlich.« Esterhazy versuchte, seine Stimme im Griff zu behalten, die kurz davor war zu brechen.

»Aber anscheinend finden wir nichts.«

»Er ist da unten!« Esterhazy hob die Stimme. »Sie haben doch selbst die Patronenhülse aus meiner Waffe und die Abdrücke im Gras gefunden – Sie *wissen*, dass das hier die richtige Stelle ist.«

Balfour sah ihn forschend an. »Das scheint tatsächlich der Fall zu sein, aber …«

»Sie müssen ihn finden! Um Himmels willen, suchen Sie das Sumpfloch noch einmal ab!«

»Das haben wir auch vor, aber Sie haben ja selbst gesehen, wie gründlich wir vorgegangen sind. Wenn sich dort unten eine Leiche befindet …«

»Die Strömungen«, sagte Esterhazy. »Vielleicht wurde er von einer Strömung fortgetrieben.«

»Es gibt hier keine Strömungen.«

Esterhazy versuchte verzweifelt, sich in den Griff zu bekommen, und atmete tief durch. Er bemühte sich, ruhig zu sprechen, bekam das Zittern aber nicht ganz aus seiner Stimme heraus. »Schauen Sie, Mr. Balfour. Ich weiß, dass die Leiche dort unten liegt. *Ich habe gesehen, wie er untergegangen ist.*«

Ein knappes Nicken, dann wandte sich Balfour zu seinen Leuten um. »Sucht den Sumpf noch einmal ab, diesmal im rechten Winkel.«

Leises Protestgemurmel. Trotzdem begann die Suche wieder von vorn. Der Draggen wurde von der anderen Seite ins Sumpfloch geworfen, während Esterhazy, dem die Galle fast bis zum Hals stand, die Prozedur verfolgte. Während das letzte Licht aus dem Himmel wich und der Nebel dichter wurde, warfen die Scheinwerfer gespenstische weiße Lichtstrahlen, in denen sich mehrere Gestalten bewegten, verschwommene, bizarre Schatten, als seien sie

Verdammte, die im untersten Kreis der Hölle umgingen.

Das kann doch gar nicht sein, dachte Esterhazy. Es war ausgeschlossen, dass Pendergast überlebt hatte und geflohen war. Völlig ausgeschlossen.

Er hätte warten sollen. Er hätte bis zum bitteren Ende warten sollen … Er drehte sich zu Balfour um. »Schauen Sie, ist es denn überhaupt möglich, dass jemand da herauskommen, sich aus einem derartigen Sumpf herausziehen kann?«

Balfour wandte ihm sein schmales Gesicht zu. »Aber Sie haben doch gesehen, wie er untergegangen ist. Habe ich recht?«

»Ja, ja! Aber ich war so aufgeregt, und es herrschte ein derart dichter Nebel … Vielleicht ist er da ja doch rausgekommen.«

»Das ist höchst zweifelhaft.« Balfour blickte Esterhazy aus zusammengekniffenen Augen an. »Es sei denn natürlich, Sie sind weggegangen, während er noch um sein Leben gekämpft hat.«

»Nein, nein, ich habe versucht, ihn zu retten, so wie ich es gesagt habe. Aber mein Schwager ist unglaublich einfallsreich. Vielleicht …« Er bemühte sich, einen hoffnungsvollen Ton in seine Stimme zu legen, um auf diese Weise seine Panik zu verbergen. »Vielleicht ist er da ja doch rausgekommen. Ich *will* es einfach glauben.«

»Doktor Esterhazy«, sagte Balfour durchaus mitfühlend, »es besteht leider kaum noch Hoffnung. Aber Sie haben recht, wir müssen diese Möglichkeit ernsthaft in Betracht ziehen. Leider ist der verbliebene Spürhund so traumatisiert, dass er nicht mehr arbeiten kann, aber wir haben zwei Fachleute hier, die uns weiterhelfen können.« Er wandte sich um. »Mr. Grant? Mr. Chase?«

Der Wildhüter kam herüber, zusammen mit einem Mann, den Esterhazy als den Leiter des Spurensicherungsteams erkannte. »Ja, Sir?«

»Ich möchte, dass Sie beide den Bereich um das Sumpfloch hier untersuchen. Ich möchte, dass Sie nach Hinweisen suchen – allen möglichen Hinweisen –, dass sich das Opfer eventuell dort herausgezogen hat und fortgegangen ist. Suchen Sie überall, und halten Sie nach kleinsten Hinweisen Ausschau.«

»Ja, Sir.« Die Männer verschwanden in der Dunkelheit, lediglich die Lichtkegel ihrer Taschenlampen, die in dem Schummerlicht hierhin und dorthin stachen, waren weiterhin zu sehen.

Mittlerweile hatte sich der Dunst zu regelrechtem Nebel verdichtet. Esterhazy wartete schweigend. Schließlich kehrten die beiden Männer zurück. »Wir haben keinerlei Hinweise gefunden, Sir«, sagte Chase. »Allerdings hat es auch stark geregnet, was die feineren Spuren sicherlich zerstört hat. Aber ein Verwundeter, angeschossen, vielleicht auf allen vieren kriechend, stark blutend, schlammbedeckt – er hätte bestimmt irgendwelche Hinweise hinterlassen. Ausgeschlossen, dass der Mann aus dem Mire entkommen ist.«

Balfour wandte sich an Esterhazy. »Da haben Sie Ihre Antwort.« Dann fügte er hinzu: »Ich denke, wir machen jetzt am besten Schluss. Doktor Esterhazy, ich muss Sie leider bitten, sich bis zur gerichtlichen Untersuchung in der Nähe zur Verfügung zu halten.« Er zog ein Taschentuch hervor, betupfte seine laufende Nase und steckte es wieder ein. »Haben Sie mich verstanden?«

»Keine Sorge«, erwiderte Esterhazy leidenschaftlich. »Ich

habe durchaus die Absicht hierzubleiben, bis ich *ganz genau* erfahren habe, was mit meinem … meinem geliebten Schwager geschehen ist.«

8

Dr. John Felder fuhr hinter dem Mannschaftswagen der Polizei her, der die einspurige Straße entlangrumpelte, die mitten durch Little Governors Island führte. Es war warm für einen Abend Anfang Oktober, und hier und da lagen Nebelschwaden über dem sumpfigen Marschland beidseits der Straße. Die Fahrt nach Süden von Bedford Hills hatte knapp eine Stunde gedauert, und jetzt lag das Ziel direkt vor ihnen.

Der Mannschaftswagen bog in eine schmale Allee mit längst abgestorbenen Kastanien. Auch Felder bog ab. Durch die Bäume hindurch zeichneten sich der East River und die zahllosen schemenhaften Gebäude der East Side von Manhattan ab. So nah und doch so sehr, sehr fern.

Der Mannschaftswagen drosselte die Geschwindigkeit, dann hielt er vor einem hohen gusseisernen Tor. Ein Wachmann trat aus dem Häuschen daneben und ging zum Fahrer hinüber. Er warf einen kurzen Blick auf das Klemmbrett, das der Fahrer ihm hinhielt, dann nickte er, kehrte in sein Wachhäuschen zurück und ließ das Tor per Knopfdruck aufschwenken. Während die beiden Fahrzeuge auf das Gelände fuhren, fiel Felders Blick auf eine Bronzeplakette am Tor: MOUNT MERCY HOSPITAL FÜR

PSYCHISCH KRANKE STRAFTÄTER. Zwar hatte es in jüngster Zeit Bemühungen gegeben, der Einrichtung einen moderneren, weniger stigmatisierenden Namen zu verleihen, aber allem Anschein nach würde die mächtige Plakette noch eine Weile an ihrem Platz bleiben.

Der Mannschaftswagen fuhr auf eine kleine, mit Kopfstein gepflasterte Parkzone. Felder stellte seinen Volvo neben dem Polizeifahrzeug ab, stieg aus und blickte an dem riesigen neugotischen Bau hinauf, dessen prächtige alte Fenster mittlerweile vergittert waren. Es war die wohl pittoreskeste – um nicht zu sagen ungewöhnlichste – psychiatrische Klinik in ganz Amerika. Es hatte Felder sehr viel Zeit und Papierkram gekostet, die Überführung zu organisieren, und deshalb war er nicht nur ein wenig verärgert, dass der Mann, der ihm als Gegenleistung für diesen Gefallen versprochen hatte, über die Gefangene »alles zu enthüllen«, wie vom Erdboden verschluckt war.

Rasch schweifte sein Blick von dem Gebäude zum Mannschaftswagen der Polizei. Ein Gefängniswärter war vom Beifahrersitz aufgestanden, zur Hecktür gegangen und schloss sie gerade mit einem Schlüssel an einem großen Schlüsselbund auf. Kurz darauf öffnete sich die Tür, und ein Polizeibeamter, uniformiert und mit einer Schrotflinte bewaffnet, trat heraus. Während er mit dem Gewehr im Anschlag wartete, streckte der Gefängniswärter die Hand in den Mannschaftswagen, um dem anderen Insassen aus dem Wagen zu helfen.

Während Felder zuschaute, trat eine junge Frau Anfang zwanzig in die Abendluft. Sie hatte dunkles, zu einem kurzen, modischen Bob geschnittenes Haar, eine recht tiefe, melodiöse Stimme – zu hören, als sie dem Beamten für seine Hilfe dankte – und sprach in reserviertem, altmodischem Tonfall. Sie trug eine Gefängnisuniform, und ihre Hände steckten vor dem Körper in Handschellen. Während sie zum Eingang der Klinik geführt wurde, hielt sie den Kopf hoch und ging anmutig und würdevoll in aufrechter Haltung.

Felder schloss sich der kleinen Gruppe an, sobald diese an ihm vorbeikam.

»Doktor Felder«, sagte die junge Frau und nickte ihm ernst zu. »Es ist mir ein Vergnügen, Sie wiederzusehen.«

»Ganz meinerseits, Constance.«

Als sie sich der Eingangstür näherten, wurde diese von innen aufgeschlossen und von einem äußerst gepflegt aussehenden Mann geöffnet, der einen weißen Arztkittel über einem teuren Anzug trug. »Guten Abend, Miss Greene«, sagte er in ruhigem, leisem Tonfall, so, als spräche er mit einem Kind. »Wir haben Sie schon erwartet.«

Constance machte einen angedeuteten Knicks.

»Ich bin Doktor Ostrom, Ihr behandelnder Arzt hier im Mount Mercy.«

Die junge Frau neigte den Kopf. »Es freut mich, Ihre Bekanntschaft zu machen, Doktor Ostrom. Bitte nennen Sie mich Constance.«

Sie betraten den Wartebereich. Es war warm in dem Gebäude, die Luft roch leicht nach Desinfektionsmittel. »Ich kenne Ihren, äh, Vormund, Aloysius Pendergast«, fuhr Dr. Ostrom fort. »Es tut mir sehr leid, dass wir Sie nicht früher hierherholen konnten, aber es hat länger als erwartet gedauert, die nötigen Papiere zusammenzubekommen.«

Während Ostrom dies sagte, wechselte er einen kurzen Blick mit Felder. Felder wusste, dass das Zimmer, das

Constance – nach einer gründlichen Durchsuchung – im Mount Mercy beziehen würde, sehr sorgfältig gereinigt worden war, erst mit einem scharfen Reinigungsmittel, dann mit einem Desinfektionsmittel, und schließlich mit drei Schichten ölbasierter Farbe gestrichen worden war. Diese Maßnahmen waren deshalb für notwendig erachtet worden, weil die vorherige Bewohnerin des Zimmers für ihr Faible für Gifte berühmt war.

»Ich bin Ihnen außerordentlich dankbar für Ihre Aufmerksamkeit, Doktor Ostrom«, sagte Constance geziert.

Sie warteten kurz. Unterdessen unterschrieb Dr. Ostrom einige Formulare, die der Gefängniswärter ihm hinhielt.

»Sie können jetzt die Handschellen abnehmen«, sagte Ostrom und reichte das Klemmbrett zurück.

Der Wärter tat, wie ihm geheißen. Ein Pfleger brachte den Wachmann und den Polizeibeamten zur Tür und verschloss sie sorgfältig hinter ihnen. »Ausgezeichnet«, sagte Ostrom und rieb sich die Hände, so, als sei er höchst zufrieden mit dem Verlauf der Überführung. »Doktor Felder und ich bringen Sie jetzt auf Ihr Zimmer. Ich denke, Sie werden es recht hübsch finden.«

»Ich habe keinen Zweifel daran«, erwiderte Constance. »Sie sind sehr freundlich.«

Sie gingen einen langen, hallenden Flur entlang, dabei erläuterte Dr. Ostrom die Hausordnung im Mount Mercy und verlieh zudem der Hoffnung Ausdruck, dass Constance nichts gegen deren Vorschriften einzuwenden habe. Felder warf Constance einen verstohlenen Blick zu. Ganz klar, jeder würde sie für eine außergewöhnliche Frau halten: die altmodische Sprechweise, die unergründlichen Augen, die irgendwie älter wirkten als das Gesicht. Und doch machten einen weder ihr Aussehen noch ihr Benehmen auf die Wahrheit gefasst. Nämlich dass Constance Greene extrem geistesgestört war. Ihr Fall war Felders Erfahrung nach einzigartig. Sie behauptete, in den 1870er Jahren geboren worden zu sein, als Spross einer längst ausgestorbenen und vergessenen Familie, von der es im Stadtarchiv nur noch wenige, weit verstreute Spuren gab. Kürzlich war die junge Frau mit dem Schiff aus England zurückgekehrt. Während der Überfahrt hatte sie – laut eigenem Eingeständnis – ihren kleinen Sohn über Bord geworfen, weil er, wie sie stets wiederholt hatte, der leibhaftige Teufel sei.

In den zwei Monaten, in denen er mit Constances Fall befasst war, hatte Felder – erst im Bellevue und dann in der Justizvollzugsanstalt Bedford Hills – ihre Psychoanalyse fortgesetzt. Und obwohl ihn der Fall nur noch mehr fasziniert hatte, musste er doch zugeben, dass er keinerlei Fortschritte erzielt hatte, und zwar weder hinsichtlich ihrer Identität noch ihrer Krankheit.

Sie warteten, während ein Pfleger eine schwere Metalltür aufschloss, dann gingen sie wieder über einen hallenden Flur, bis sie schließlich vor einer Tür ohne Schild stehen blieben. Der Pfleger schloss auch diese auf, und Dr. Ostrom ging Dr. Felder und Constance voran in ein kleines, fensterloses und spärlich möbliertes Zimmer. Sämtliche Möbel – Bett, Tisch, ein Stuhl – waren fest mit dem Boden verschraubt. An einer Wand war ein Bücherschrank mit einem halben Dutzend Bänden befestigt. Auf dem Tisch stand ein kleiner Plastikblumentopf mit Narzissen aus dem Krankenhausgarten.

»Nun?«, fragte Ostrom. »Wie finden Sie Ihr Zimmer, Constance?«

Die junge Frau blickte sich um und nahm ihre Umgebung in Augenschein. »Absolut zufriedenstellend, danke.«

»Das freut mich zu hören. Doktor Felder und ich lassen Sie jetzt allein, damit Sie sich in Ihrem neuen Zuhause eingewöhnen können. Ich schicke eine Schwester zu Ihnen, sie wird Ihnen eine zweckmäßigere Garderobe aushändigen.«

»Ich bin Ihnen zu großem Dank verpflichtet.« Constances Blick blieb an dem Bücherschrank haften. »Du meine Güte – Cotton Mathers *Magnalia Christi Americana*. Benjamin Franklins *Autobiographie*. Richardsons *Clarissa*. Sind das nicht Großtante Cornelias Bücher?«

Dr. Ostrom nickte. »In neueren Ausgaben. Dies war ihr Zimmer, verstehen Sie, und Ihr Vormund hat uns gebeten, die Bücher für Sie zu kaufen.«

»Ah.« Constance errötete einen Moment lang – vor Freude, wie es schien. »Es ist fast so, als komme man nach Hause.« Sie wandte sich zu Felder um. »Wie schön es doch ist, die Familientradition hier fortzuführen.«

Es war zwar warm in dem Zimmer, dennoch lief Felder ein Schauder über den Rücken, so sehr bestürzte ihn diese Bemerkung.

9

Lieutenant Vincent D'Agosta starrte auf seinen Schreibtisch und bemühte sich, nicht deprimiert zu sein. Seit er nicht mehr krankgeschrieben war, hatte ihn sein Chef, Captain Singleton, in den Innendienst versetzt. Er tat eigentlich nichts anderes, als Papier von einer Seite des Schreibtischs zur anderen zu schieben. Er blickte durch die Tür in den Gruppenraum. Dort herrschte ein reges Treiben; Telefone klingelten, Straftäter wurden vernommen. Da *passierte* etwas. Er seufzte und blickte wieder auf seinen Schreibtisch. D'Agosta konnte den Papierkram nicht ausstehen. Fakt aber war, dass Singleton es gut meinte. Schließlich hatte er noch vor einem halben Jahr in Baton Rouge in einem Krankenhausbett gelegen und um sein Leben gerungen, nachdem eine Kugel sein Herz gestreift hatte. Er konnte von Glück reden, überhaupt noch am Leben zu sein, ganz zu schweigen davon, dass er einigermaßen wiederhergestellt war und wieder zur Arbeit gehen konnte. Aber wie auch immer, der Schreibtischdienst würde nicht ewig dauern. Er musste nur seine Kräfte wiedererlangen.

Außerdem hatte die ganze Sache ja auch ihr Gutes. Seine Beziehung zu Laura Hayward war noch nie besser gewesen. Dass sie ihn fast verloren hätte, hatte sie irgendwie verändert, sanfter gemacht, liebevoller und zugewandter. Mehr noch: Wenn er erst mal wieder ganz hergestellt war, wollte er ihr einen Heiratsantrag machen. Er bezweifelte zwar, dass ein normaler Paartherapeut empfehlen würde, sich in die Brust schießen zu lassen, aber in seinem Fall hatte das prima funktioniert …

Er merkte, dass jemand in der Tür zu seinem Büro stand, hob den Kopf und sah eine junge Frau, die seinen Blick erwiderte. Sie war um die neunzehn oder zwanzig, zierlich, trug Jeans und ein altes *Ramones*-T-Shirt. Von ihrem Arm hing eine schwarze Lederhandtasche, besetzt mit kleinen Metallnieten. Ihr Haar war schwarz gefärbt, und auf ihrem Oberarm lugte unter dem T-Shirt eine Tätowierung hervor, eine Zeichnung von M. C. Escher.

Eine Goth.

»Kann ich Ihnen helfen, Ma'am?«, fragte er. Wo steckte eigentlich die Sekretärin? Sie hätte so ein Mädchen überprüfen müssen.

»Sehe ich aus wie eine Ma'am?«, lautete die Antwort.

D'Agosta seufzte. »Was kann ich für Sie tun?«

»Sie sind Vincent D'Agosta, oder?«

Er nickte.

Sie betrat sein Büro. »Er hat Sie ein paarmal erwähnt. Ich habe ein schlechtes Namensgedächtnis, aber an Ihren Namen habe ich mich erinnert, weil er so italienisch klingt.«

»So italienisch«, wiederholte D'Agosta.

»Ich meine das nicht abfällig. Es ist nur so, dass da, wo ich herkomme, in Kansas, kein Mensch so einen Namen hat.«

»Die Italiener haben es eben nicht so weit bis ins Landesinnere geschafft«, erwiderte D'Agosta trocken. »Also, wer ist dieser ›er‹, den Sie erwähnten?«

»Agent Pendergast.«

»Pendergast?« Sein Tonfall klang wider Willen überrascht.

»Ja. Ich war seine Assistentin in Medicine Creek, Kansas. Wissen Sie noch – die ›Stillleben‹-Serienmorde?«

D'Agosta sah sie entgeistert an. Pendergasts Assistentin? Das Mädel litt wohl unter Wahnvorstellungen.

»Er muss von mir gesprochen haben. Ich bin Corrie Swanson.«

D'Agosta runzelte die Stirn. »Ich bin mit den Stillleben-Morden vage vertraut, aber ich kann mich nicht erinnern, dass er Ihren Namen erwähnt hat.«

»Er redet ja nie über seine Fälle. Ich habe ihn in der Gegend herumkutschiert, habe ihm geholfen, die Stadt auszukundschaften. Mit seinem schwarzen Anzug und so ist er aufgefallen wie ein bunter Hund, deshalb hat er einen Insider wie mich benötigt.«

D'Agosta wunderte sich, aber wahrscheinlich sagte sie die Wahrheit, wenn auch in übertriebener Form. Assistentin? Seine Irritation wich einem düsteren Gefühl. »Kommen Sie herein«, sagte er verspätet. »Nehmen Sie Platz.«

Sie setzte sich – ihr Metall klirrte – und strich ihr rabenschwarzes Haar nach hinten, wodurch eine violette und eine gelbe Strähne zum Vorschein kamen. D'Agosta lehnte sich im Stuhl zurück und ließ sich nichts anmerken. »Also, worum geht's?«

»Ich bin für ein Jahr in New York. Bin im September hergekommen. Ich studiere im zweiten Jahr und bin gerade aufs John Jay College of Criminal Justice gewechselt.«

»Reden Sie weiter«, sagte D'Agosta. Der John-Jay-Teil imponierte ihm. Sie war also keine Idiotin, auch wenn sie ihr Bestes gab, wie eine auszusehen.

»Ich besuche dort ein Seminar über ›Fallstudien zu Devianz und sozialer Kontrolle‹.«

»Devianz und soziale Kontrolle«, wiederholte D'Agosta. Klang wie ein Kurs, den auch Laura Hayward hätte besuchen können – sie hatte extrem viel Soziologie belegt.

»Zum Seminar gehört auch, dass wir eine Fallstudie durchführen und ein Referat schreiben. Ich habe mich für die Stillleben-Morde entschieden.«

»Ich bin mir nicht sicher, ob Pendergast damit einverstanden wäre«, sagte D'Agosta vorsichtig.

»Aber er hat seine Zustimmung gegeben. Das ist ja das Problem. Gleich nach meiner Ankunft hier in New York habe ich mich mit ihm zum Mittagessen verabredet. Das sollte gestern stattfinden. Aber er ist nicht gekommen. Dann bin ich zu seiner Wohnung im Dakota gefahren. Nichts, ich bin da nur vom Doorman abgewimmelt worden. Pendergast hat meine Handynummer, aber er hat mich weder angerufen noch das Essen abgesagt oder sonst was. Es ist, als hätte er sich in Luft aufgelöst.«

»Das ist komisch. Haben Sie sich vielleicht im Termin geirrt?«

Sie kramte in ihrer kleinen Handtasche, zog ein Kuvert hervor und reichte es ihm.

D'Agosta zog einen Briefbogen aus dem Umschlag und fing an zu lesen.

The Dakota
1 West 72nd Street
New York, NY 10023

5. September

Ms Corrie Swanson
844 Amsterdam Avenue, Apt. 30 b
New York, NY 10025

Meine liebe Corrie,
es freut mich zu hören, dass Sie im Studium gut vorankommen. Die Auswahl der Kurse findet meine Zustimmung. Ich glaube, Sie werden die Einführung in die Forensische Chemie höchst interessant finden. Ich habe ein wenig über Ihr Projekt nachgedacht und erkläre mich bereit, daran teilzunehmen, vorausgesetzt, ich darf das Endprodukt gründlich prüfen und Sie erklären sich damit einverstanden, gewisse kleinere Details in Ihrer Seminararbeit nicht zu erwähnen.

Wir sollten uns unbedingt zum Mittagessen verabreden. Ich werde im Laufe des Monats außer Landes sein, dürfte aber Mitte Oktober wieder zurück sein. Der 19. Oktober passt in meinen Kalender. Erlauben Sie mir, das Le Bernadin in der West 51 Street vorzuschlagen, um 13 Uhr. Die Reservierung lautet auf meinen Namen.
Ich freue mich darauf, Sie dann zu treffen.

Mit herzlichen Grüßen
A. Pendergast

D'Agosta las den Brief zweimal. Es stimmte schon, er hatte von Pendergast ein, zwei Monate nichts mehr gehört, aber das war an sich nicht besonders ungewöhnlich. Pendergast verschwand oftmals für längere Zeit. Aber er achtete immer penibel darauf, sein Wort zu halten. Nicht zu einer Verabredung zum Lunch zu erscheinen, nachdem er es vorgeschlagen hatte, sah ihm ganz und gar nicht ähnlich.

Er reichte den Brief zurück. »Hat es eine Reservierung gegeben?«

»Ja. Sie wurde einen Tag, nachdem er den Brief abgeschickt hatte, vorgenommen. Er hat nicht angerufen, um sie zu stornieren.«

D'Agosta nickte, um seine zunehmende Besorgnis zu verbergen.

»Ich hatte gehofft, dass Sie vielleicht wissen, wo er steckt. Ich mache mir Sorgen. Dass er nicht gekommen ist, passt nicht zu ihm.«

D'Agosta räusperte sich. »Ich habe Pendergast länger nicht gesprochen, aber es gibt bestimmt eine Erklärung.

Er steckt wahrscheinlich tief in Ermittlungen.« Er lächelte beruhigend. »Ich kümmere mich darum und rufe Sie an.«
»Hier ist meine Handynummer.« Sie zog sich vom Schreibtisch einen Notizblock heran und kritzelte eine Nummer darauf.
»Ich melde mich bei Ihnen, Miss Swanson.«
»Vielen Dank. Und Corrie bitte.«
»Gut. Corrie.« Je mehr D'Agosta über die Sache nachdachte, desto besorgter wurde er. Beinahe hätte er nicht bemerkt, wie sie ihre Handtasche nahm und zur Tür hinausging.

10

Cairn Barrow

Die High Street verlief mitten durchs Dorfzentrum, bog am Dorfplatz leicht nach Osten und führte hinunter bis zu den grünen Hügeln, die den Loch Lanark umgaben. Die Geschäfte und Häuser waren aus identischem erdfarbenem Naturstein errichtet und hatten steile Satteldächer aus verwittertem Schiefer. Die frisch gestrichenen Blumenkästen vor den Fenstern waren mit Primeln und Narzissen bepflanzt. Schläfrig schlugen die Glocken in dem gedrungenen Turm der Wee Kirk o' the Loch zehn Uhr vormittags. Es war selbst für Chief Inspector Balfours kritischen Blick ein unglaublich malerisches Bild.
Mit langen Schritten ging er die Straße entlang. Vor dem Pub *Die alte Distel* parkte ein Dutzend Autos – praktisch ein Verkehrsstau so spät in der Saison, denn die Tagesausflügler und ausländischen Urlauber, die im Sommer hier-

herkamen, waren wieder abgereist. Er betrat die Kneipe und nickte Phillip, dem Wirt, zu, dann trat er durch die Tür neben der Fernsprechkabine und stieg die knarrende Holztreppe zum Saal hinauf. Der größte öffentliche Raum im Umkreis von dreißig Meilen war fast bis auf den letzten Platz gefüllt – Männer und Frauen, Zeugen und neugierige Zuschauer. Sie saßen auf langen Bänken, die alle auf die Rückwand ausgerichtet waren, vor der ein großer Eichentisch stand. Hinter dem Tisch saß Dr. Ainslie, der örtliche Coroner, in düsteres Schwarz gekleidet. Sein verschrumpeltes altes Gesicht mit den tief eingekerbten Falten zeugte vom unablässigen Entsetzen über den Lauf der Welt und das Treiben der Menschen. Neben ihm, an einem viel kleineren Tisch, saß Judson Esterhazy.

Ainslie nickte kurz zu Inspector Balfour hinüber, als dieser Platz nahm. Dann blickte er sich im Saal um und räusperte sich.

»Dieses Untersuchungsgericht ist zusammengekommen, um die Sachverhalte im Zusammenhang mit dem Verschwinden und möglichen Ableben von Mr. Aloysius X. L. Pendergast festzustellen. Ich sage ›möglichen‹ aufgrund des Umstands, dass keine Leiche geborgen wurde. Der einzige Zeuge des Todes von Mr. Pendergast ist die Person, die ihn möglicherweise getötet hat – Doktor Judson Esterhazy, sein Schwager.« Ainslie legte die Stirn noch tiefer in Falten, wobei seine Gesichtshaut derart schrumpelte, dass es fast aussah, als würde sie abbröckeln. »Da Mr. Pendergast keine lebenden Verwandten hat, könnte man sagen, dass Judson Esterhazy hier nicht nur als die Person erschienen ist, die für Mr. Pendergasts Unfall verantwortlich ist, sondern auch als ein Angehöriger. Folglich ist dieses Verfahren keine übliche gerichtliche Untersuchung – und kann es nicht sein, denn in diesem Fall gibt es keine Leiche, und die Tatsache des Todes muss erst noch festgestellt werden. Wir werden uns jedoch an die Form eines gerichtlichen Verfahrens halten. Unser Ziel ist es also, die Sachverhalte hinsichtlich des Verschwindens sowie die ungefähren Begleitumstände festzustellen und zu entscheiden, sofern die Tatsachen dies zulassen, ob ein Todesfall eingetreten oder nicht eingetreten ist. Wir werden die Aussagen aller Betroffenen anhören und dann unseren Beschluss fassen.«

Ainslie wandte sich zu Esterhazy um. »Doktor Esterhazy, stimmen Sie mir zu, dass Sie Partei in dieser Angelegenheit sind?«

Esterhazy nickte. »Ja.«

»Und haben Sie es aus freiem Willen abgelehnt, sich einen Rechtsbeistand zu nehmen?«

»Das ist richtig.«

»Nun gut. Bevor wir anfangen, möchte ich alle Anwesenden an Paragraph sechsunddreißig der Prozessordnung erinnern: Eine gerichtliche Untersuchung ist keine Versammlung, bei der irgendein zivil- oder strafrechtliches Urteil gefällt werden kann – allerdings können wir bestimmen, ob die Umstände gewissen rechtlichen Definitionen von Schuldhaftigkeit entsprechen. Die Bestimmung des schuldhaften Verhaltens ist eine Angelegenheit, die – falls erforderlich – getrennt von den Gerichten vorgenommen wird. Gibt es irgendwelche Fragen?«

Als es im Raum still blieb, nickte Ainslie. »Dann kommen wir jetzt zur Beweisaufnahme. Wir beginnen mit einer Aussage von Ian Cromarty.«

Inspector Balfour hörte zu, wie sich der Pächter des Jagd-hotels ausschweifend über Pendergast und Esterhazy er-ging – über seinen ersten Eindruck von den beiden Män-nern, darüber, dass sie am Vorabend gemeinsam zu Abend gegessen hatten, darüber, dass Esterhazy am folgenden Morgen in die Lodge gestürmt kam und ausgerufen hatte, er habe seinen Schwager erschossen. Sodann befragte Ains-lie einige der Hotelgäste der Kilchurn Lodge, die Zeuge von Esterhazys Rückkehr in völlig aufgelöstem, zerzaustem Zustand geworden waren. Dann wandte er sich an Grant, den Wildhüter. Im weiteren Verlauf der Befragung blieben Ainslies Gesichtszüge eine leblose Maske der Missbilligung und des Misstrauens.

»Sie sind Robert Grant, richtig?«

»Ja, Sir«, antwortete der verhutzelte alte Mann.

»Wie lange arbeiten Sie schon als Wildhüter in Kil-churn?«

»Seit fünfunddreißig Jahren, Sir.«

Auf Ainslies Bitte hin schilderte Grant im Einzelnen, wie sie sich zum Ort des Unfalls aufgemacht hatten, sowie vom Tod des Spürhunds.

»Wie üblich ist es, dass sich Jäger aus Ihrem Hotel ins Foul-mire wagen?«

»Üblich? Völlig unüblich. Es verstößt gegen die Vorschrif-ten.«

»Mr. Pendergast und Doktor Esterhazy haben demnach gegen diese Vorschriften verstoßen?«

»Ganz genau.«

Auf diese Antwort reagierte Esterhazy, wie Balfour auffiel, mit einer gewissen Unruhe.

»Ein solches Verhalten zeugt von mangelnder Urteilskraft.

Aber warum haben Sie dann die beiden Männer allein losgehen lassen?«

»Weil ich sie von früher her kannte.«

»Fahren Sie fort.«

»Die beiden Männer waren schon einmal bei uns zu Gast, vor etwa zehn, zwölf Jahren. Ich bin selbst mit ihnen auf die Jagd gegangen. Verdammt gute Schützen, wussten genau, was sie taten, besonders Doktor Esterhazy hier.« Grant nickte in Richtung des Arztes. »Wenn ich nicht für sie hätte garantieren können, hätte ich sie niemals ohne Führer losgehen lassen.«

Balfour setzte sich auf. Ihm war natürlich bekannt, dass Pendergast und Esterhazy früher schon einmal in Kilchurn gejagt hatten – Esterhazy hatte dies während einer der Befragungen erwähnt –, aber dass Grant mit ihnen losgegangen war und bezeugen konnte, dass Esterhazy ein ausgezeichneter Schütze war, das war ihm neu. Esterhazy hatte sein jägerisches Können stets heruntergespielt. Balfour verfluchte sich, dass ihm dieses wichtige Detail nicht selbst aufgefallen war.

Als Nächstes wurde er befragt. Er schilderte seine Ankunft in der Lodge, Esterhazys erregten Zustand, die Suche nach dem Leichnam und das Absuchen des Sumpflochs sowie die nachfolgende ergebnislose Suche im Moor und in den umgebenden Dörfern nach irgendwelchen Hinweisen auf eine Leiche. Dabei sprach er langsam und bedächtig. Ainslie hörte genau zu und unterbrach ihn nur ganz selten mit einer Frage.

Als Balfour seine Aussage beendet hatte, blickte Ainslie in die Runde. »Und in den zehn Tagen seit der Anzeige des Jagdunfalls hat die Polizei ihre Suche fortgesetzt?«

»Das ist korrekt«, antwortete Balfour. »Wir haben das Sumpfloch nicht einmal, sondern zweimal abgesucht, und dann noch ein drittes und viertes Mal. Außerdem haben wir die Sumpfbecken in der Umgebung abgesucht. Wir haben Spürhunde eingesetzt, um so vielleicht eine Spur zu finden, die vom Ort des Unfalls wegführt. Sie haben nichts gefunden, allerdings hatte es auch sehr stark geregnet.«

»Also«, sagte Ainslie, »haben Sie weder objektive Beweise dafür gefunden, dass Mr. Pendergast tot ist, noch irgendwelche Beweise dafür, dass er noch lebt. Ist das korrekt?«

»Ja. Wir haben weder seine Leiche noch irgendwelche persönlichen Gegenstände gefunden, sein Gewehr eingeschlossen.«

»Inspector«, sagte Ainslie, »haben Sie Doktor Esterhazy in dieser Angelegenheit als kooperativ empfunden?«

»Größtenteils, ja. Allerdings hat er sein jägerisches Können recht abweichend von der Aussage von Mr. Grant dargestellt.«

»Und wie hat Doktor Esterhazy sein jägerisches Können bezeichnet?«

»Er hat sich als unerfahren bezeichnet.«

»Entsprachen seine Handlungen und Aussagen den Aussagen und Handlungen einer Person, die für einen solch ungeheuerlichen Unfall verantwortlich war?«

»Soweit ich das sehen kann, ja.« Balfour hatte trotz allem auf nichts in Esterhazys Handlungsweise den Finger legen können, das sich nicht mit Scham, Trauer und Selbstvorwürfen in Übereinstimmung bringen ließ.

»Würden Sie sagen, dass Doktor Esterhazy als verlässlicher und kompetenter Zeuge dieser Geschehnisse angesehen werden kann?«

Balfour zögerte. »Ich würde sagen, dass nichts, was wir bislang gefunden haben, in irgendeiner Weise seinen Aussagen widerspricht.«

Der Coroner dachte anscheinend eine Weile darüber nach. »Vielen Dank, Inspector.«

Als Nächster wurde Esterhazy selbst befragt. In den zehn Tagen seit dem Jagdunfall hatte er seine Fassung größtenteils wiedergewonnen, auch wenn sich ein etwas verhärmter, angstvoller Ausdruck in seinem Gesicht verstärkt zu haben schien. Er redete mit fester, ernster und leiser Stimme. Sprach von seiner Freundschaft zu Pendergast, die begann, als seine Schwester den FBI-Agenten heiratete. Kurz erwähnte er ihren schockierenden Tod, als sie von einem Löwen gefressen wurde, was im Publikum hörbare Seufzer des Entsetzens auslöste. Und schließlich – an dieser Stelle half der Coroner sanft nach – sprach er von den Ereignissen, die zu Pendergasts Tod geführt hatten: von der Jagd im Moor, der Diskussion, welchen Hirsch man sich vornehmen solle, der Pirsch im Foulmire, dem aufsteigenden Nebel, seiner Desorientiertheit, dem plötzlich hervorspringenden Hirsch und seinem instinktiven Schuss, seinen fieberhaften Bemühungen, den Schwager zu retten, und wie dieser im Sumpf versank. Während Esterhazy von diesen letzten Geschehnissen und seiner verzweifelten Rückkehr in die Kilchurn Lodge berichtete, zeigten sich in der Firnis seiner Ruhe Risse – er war sichtlich erregt, und seine Stimme brach. Die Zuschauer schüttelten den Kopf, waren sichtlich gerührt und hatten Mitleid. Ainslies Miene blieb, wie Balfour positiv vermerkte, so traurig und skeptisch wie immer. Zum Schluss hatte er noch ein paar Fragen bezüglich unbedeutender Einzelheiten – die zeitliche Abfolge bestimmter Ereignisse, Esterhazys Meinung als Arzt zu Pendergasts Schussverletzung –, aber keine, die darüber hinausgingen. Esterhazys Aussage war in einer Viertelstunde vorüber. Alles in allem eine erstaunliche Vorstellung.

Vorstellung. Also, wieso war Balfour gerade dieses Wort durch den Kopf gegangen?

Weil er trotz allem Esterhazy gegenüber auch weiterhin tiefes Misstrauen hegte. Es war nichts, auf das er den Finger legen konnte. Alle Indizien sprachen für ihn. Aber wenn er jemanden hätte töten und es wie einen Unfall hätte aussehen lassen wollen, dann wäre er genauso vorgegangen wie Esterhazy.

Diese und ähnliche Gedanken gingen ihm durch den Kopf, während mehrere unbedeutende Zeugen aussagten. Er warf Esterhazy einen kurzen Blick zu. Der Mann hatte sich große Mühe gegeben, als einfallsreich, offen und etwas unbeholfen rüberzukommmen – eben wie der typische unbeholfene Amerikaner. Doch er war nicht unbeholfen, und mit Sicherheit war er nicht dumm. Er hatte Medizin studiert und in dem Fach promoviert. Balfour hatte das nachgeprüft.

Ainslie fuhr mit tonloser Stimme fort. »Wie erwähnt, besteht das Ziel dieser gerichtlichen Untersuchung darin, festzustellen, ob ein Todesfall vorliegt. Die Indizien sind folgende: Doktor Esterhazy hat ausgesagt, dass er Aloysius Pendergast versehentlich erschossen hat; dass seiner ärztlichen Meinung nach die Wunde tödlich war und dass er mit eigenen Augen gesehen hat, wie Mr. Pendergast in dem Sumpf versank. Inspector Balfour und andere haben ausgesagt, dass der Ort des Unfalls umfassend untersucht wurde und dass die wenigen Beweise, die an diesem Ort gefunden wurden, mit Doktor Esterhazys Aussage übereinstimmen. Inspector Balfour hat darüber hinaus ausgesagt, dass weder eine Leiche noch persönliche Habe gefunden wurde, weder im Sumpfloch noch in der näheren Umgebung im Moor. Weiterhin hat Inspector Balfour ausgesagt, dass trotz einer großangelegten Suchaktion in den benachbarten Dörfern keine Spur von Mr. Pendergast gefunden wurde, und schließlich sind keine Zeugen ans Licht gekommen, die diesen tot oder lebendig gesehen haben.« Er blickte sich im Saal um. »Unter diesen Umständen gibt es zwei mögliche Urteile, die mit den vorliegenden Tatsachen in Einklang gebracht werden können: fahrlässige Tötung oder Feststellung der unbekannten Todesursache. Fahrlässige Tötung gilt – in juristischem Verständnis – als Mord, abgesehen davon, dass kein *Vorsatz* vorliegt. Bei der Feststellung der unbekannten Todesursache ist dieses Gericht zu dem Schluss gekommen, dass sich Ursache und Umstände des Todes, in diesem Fall sogar die Tatsache des Todes, derzeit nicht feststellen lassen.«

Er machte eine Pause und blickte wieder mit leicht zynischem Gesichtsausdruck in den Saal. »Auf Grundlage der Aussagen und Indizien, die heute hier vorgelegt wurden, ergeht der Beschluss, dass die Todesursache in diesem Fall nicht festgestellt werden kann.«

»Entschuldigen Sie, Sir!« Balfour sprang auf. »Ich muss gegen das Urteil Einspruch erheben.«

Ainslie blickte stirnrunzelnd in seine Richtung. »Inspector?«

»Zwar …«, Balfour zögerte, versuchte, sich zu sammeln, »zwar mag es sich bei der fraglichen Tat nicht um Mord handeln, aber der Tod wurde dennoch durch ein Fehlverhalten herbeigeführt. Dies spricht stark für eine Verurteilung aufgrund fahrlässiger Tötung. Wir haben Doktor Esterhazys eigene Aussage, die dieses Urteil stützt. Fahrlässigkeit war zweifelsohne der entscheidende Faktor, der zu dem Todesfall geführt hat. Es gibt auch nicht den geringsten Beweis, dass das Opfer den Schuss überlebt hat, vielmehr liegen überwältigende Beweise dafür vor, dass er ihn nicht überlebt hat.«

»Diese Aussage haben wir tatsächlich«, sagte Ainslie. »Aber darf ich Sie an eines erinnern, Inspector: Wir haben keine Leiche. Wir haben auch kein unterstützendes Beweismaterial. Es liegt lediglich die Aussage eines einzigen Augenzeugen vor. Und somit gibt es keine objektiven Beweise, dass tatsächlich jemand getötet wurde. Deswegen bleibt mir nach dieser gerichtlichen Untersuchung nichts anderes übrig, als eine richterliche Feststellung der unbekannten Todesursache vorzunehmen.«

Balfour blieb stehen. »Wenn eine solche richterliche Feststellung ergeht, dann habe ich keinerlei juristische Handhabe, Doktor Esterhazy in Schottland festzuhalten.«

»Wenn Sie Einspruch einlegen wollen«, fuhr der Coroner fort, »können Sie immer noch in Revision gehen.«

Im Publikum erhob sich leises Gemurmel. Balfour sah wieder zu Esterhazy hin. Aber ihm waren die Hände gebunden.

»Wenn das alles ist«, sagte Ainslie und blickte sich streng um, »erkläre ich die Sitzung für geschlossen.«

11

Mit sichtlicher Mühe strampelte der einsame Fahrradfahrer die schmale, gewundene Straße hinauf. Das schwarze Rad mit Dreigangschaltung war am Gepäckträger mit einem speziellen Gestell ausgerüstet, an dem lederne, von Gummiseilen gehaltene Fahrradtaschen hingen. Der Radler trug eine dunkelgraue Windjacke und eine taubengraue Cordhose und bildete zusammen mit dem schwarzen Rad eine merkwürdig farblose Gestalt vor dem Ginster und der Heide des schottischen Hochlands.

Oben auf dem Hügel angekommen, wo sich eine Reihe verwitterter Felsen wie große Klauen aus dem grünen Stechginster erhoben, gabelte sich die Straße an einer T-Kreuzung. Hier hielt der Radler an, stieg ab und zog – allem Anschein nach dankbar für die Pause – eine Karte unter der Jacke hervor, breitete sie auf dem Fahrradsattel aus und begann, sie in aller Ruhe zu studieren.

Doch im Inneren war Judson Esterhazy alles andere als ruhig. Er hatte seinen Appetit verloren; es kostete ihn schon Mühe, überhaupt etwas Essbares zu sich zu nehmen. Ständig musste er gegen den Drang ankämpfen, sich nach hinten umzuschauen. Er konnte nicht mehr durchschlafen. Immer wenn er die Augen schloss, sah er den tödlich verwundeten Pendergast, wie er aus dem Sumpfloch zu ihm heraufstarrte aus Augen, die unerbittlich und stechend glitzerten.

Wohl zum tausendsten Mal machte er sich bittere Vorwürfe, den FBI-Agenten im Foulmire zurückgelassen zu haben. Er hätte warten sollen, bis der Morast ihn vollständig verschlungen hatte. Warum hatte er nicht gewartet? Es lag an Pendergasts Augen; er hätte es nicht ertragen, auch nur eine Sekunde länger in diese schmalen, silbrigen Augen zu schauen, die seinen Blick skalpellscharf erwiderten. Eine erbärmliche und unentschuldbare Schwäche hatte ihn im Moment der Wahrheit überwältigt. Esterhazy wusste, dass Pendergast über alle Maßen einfallsreich war. *Sie machen sich ja keine Vorstellung – und ich meine: keinerlei Vorstellung –, wie gefährlich dieser Pendergast ist.* Waren das nicht seine eigenen Worte gewesen, vor einem Jahr? *Er ist hartnäckig und schlau. Und diesmal ist er motiviert* – in einzigartiger Weise *motiviert.* Esterhazy hatte die ganze Sache sorgfältig eingefädelt, und doch war sie noch immer nicht abgeschlossen.

Was für ein Fluch die Ungewissheit doch war.

Und während er neben dem Fahrrad stand und so tat, als lese er die Karte, und die kühle, feuchte Brise an seinen Hosenbeinen zerrte, rief er sich in Erinnerung, dass die Wunde tödlich gewesen war. Sie musste es gewesen sein. Selbst wenn Pendergast es irgendwie geschafft hatte, sich aus dem Sumpf zu ziehen – die Suchtrupps hätten in den Tagen und Nächten ihrer sorgfältigen Suche seinen Leichnam finden müssen. Höchstwahrscheinlich war das Absuchen des Sumpflochs nur deshalb ohne Ergebnis verlaufen, weil Pendergast zwar diesem entkommen, dann aber in irgendeinem Dickicht gestorben oder in einem anderen, entfernt gelegenen Sumpf versunken war.

Aber er wusste es nicht, jedenfalls nicht mit Sicherheit, und das trieb ihn fast in den Wahnsinn. Er *musste* die Wahrheit herausfinden. Die Alternative – ein Leben voller Angst und Wahn – war schlichtweg nicht akzeptabel.

Nach der gerichtlichen Untersuchung hatte er Schottland verlassen, und zwar möglichst auffällig. Der missmutige Inspector Balfour hatte ihn höchstpersönlich nach Glasgow gefahren. Und jetzt, eine Woche später, war er wieder da. Er hatte sich das Haar kurz schneiden lassen und schwarz gefärbt, trug eine dicke Schildpatt-Brille und hatte sich einen qualitativ hochwertigen Theater-Schnurrbart gekauft. Im unwahrscheinlichen Fall, dass er Balfour oder einem seiner Männer begegnete, war die Chance, dass man ihn erkannte, praktisch gleich null. Er war einfach nur ein amerikanischer Urlauber, der noch spät im Jahr eine Radtour durch die Highlands unternahm.

Fast drei Wochen waren seit dem Schuss auf Pendergast vergangen. Die Spur, so es denn eine gab, war mittlerweile kalt. Aber das ließ sich nicht ändern. Vor der gerichtlichen Untersuchung hatte man Esterhazy unter strenge Bewachung gestellt, um zu verhindern, dass er private Ermittlungen anstellte. Er musste jetzt so schnell wie möglich handeln, sicherstellen, dass keine Zeit vergeudet wurde. Er musste die Wahrheit herausfinden, um selbst zufriedengestellt zu sein, um zu wissen, dass Pendergast nicht überlebt hatte und auf allen vieren aus dem Mire herausgekrochen war. Erst wenn er das wusste, konnte er vielleicht Seelenfrieden finden.

Schließlich widmete er sich der Karte. Er fand seine Position, fand den Gipfel des Beinn Dearg und das Foulmire, fand Cairn Barrow, das größte Dorf in der Region. Die Fingerspitze auf den Punkt gelegt, wo er Pendergast erschossen hatte, sah er sich die Umgebung genauer an. Das nächste Dorf, Inverkirkton, lag fünfeinhalb Meilen vom Ort des Geschehens entfernt. Außer der Kilchurn

Lodge lag keine menschliche Ansiedlung näher. Wenn Pendergast überlebt hatte, er irgendwo hingegangen war, dann nach Inverkirkton. Und genau dort würde er mit der Suche anfangen.

Esterhazy faltete die Karte zusammen und warf einen Blick die andere Seite des Hügels hinunter. Von seiner Warte aus war Inverkirkton gerade noch eben zu sehen. Er räusperte sich und stieg wieder aufs Rad. Und kurz darauf sauste er, die Nachmittagssonne auf dem Rücken und ohne vom süßen Duft der Heide Notiz zu nehmen, in östlicher Richtung den Hügel hinab.

Inverkirkton war eine Ansammlung gepflegter Häuser an einer Biegung der Straße, verfügte aber über jene beiden Einrichtungen, deren sich offenbar jedes schottische Dorf rühmen konnte: einen Pub und einen Gasthof. Er radelte bis zum Gasthof, stieg ab und lehnte das Rad gegen die weiß gekalkte Steinmauer. Dann zupfte er ein Taschentuch aus der Hosentasche und trat ein.

Der kleine Eingangsbereich war hell und freundlich eingerichtet. An den Wänden hingen gerahmte Fotos von Inverness und dem Mull of Kintyre neben Tartans und einer Karte der Umgebung. Bis auf einen Mann Anfang sechzig, offenkundig der Gastwirt, der hinter einem Tresen aus poliertem Holz stand und in einer Zeitung las, war niemand da. Er hob den Blick, als Esterhazy eintrat, und sah ihn aus seinen hellblauen Augen fragend an. Esterhazy wischte sich mit dem Taschentuch ausgiebig das Gesicht und schneuzte sich lautstark. Bestimmt wussten alle in diesem winzigen Dorf über den »Jagdunfall« in der Nähe und die Ermittlungen Bescheid, weshalb er erleichtert feststellte, dass im Blick des Mannes keinerlei Anzeichen für ein Erkennen lag.

»Einen schönen guten Tag«, sagte der Mann mit ausgesprochen tiefer Stimme.

»Guten Tag«, antwortete Esterhazy, nachdem er anscheinend wieder ein wenig zu Atem gekommen war.

Der Gastwirt blickte über Esterhazys Schulter, dorthin, wo der Vorderreifen seines Fahrrads so gerade eben durch die Tür zu sehen war. »Machen Sie Urlaub hier in der Gegend?«

Esterhazy nickte. »Ich hätte gern ein Zimmer, wenn denn eins frei ist.«

»Ja, eines. Und wie heißen Sie, Sir?«

»Edmund Draper.« Wieder atmete er einige Male tief durch und wischte sich nochmals ausgiebig mit dem Taschentuch übers Gesicht.

Der Gastwirt holte ein großes Gästebuch vom Bord hinter sich. »Sie scheinen mir 'n bisschen erschöpft zu sein, junger Mann.«

Esterhazy nickte abermals. »Bin ganz von Fraserburgh hergeradelt.«

Der Gastwirt öffnete das Gästebuch nicht weiter. »Fraserburgh? Aber das sind ja knapp vierzig Meilen – 'ne ganz schön lange Strecke über die Berge.«

»Ich weiß. Ich hab's auf die harte Tour erfahren. Heute ist erst mein zweiter Urlaubstag, und ich hab's wohl übertrieben. Aber so bin ich nun mal.«

Der Gastwirt schüttelte den Kopf. »Na, eins steht mal fest. Heute Nacht können Sie bestimmt gut schlafen. Am besten, Sie lassen es morgen ruhig angehen.«

»Mir bleibt wohl nichts anderes übrig.« Noch eine Pause, um Atem zu holen. »Übrigens, ich habe den Pub nebenan gesehen – man kann dort auch essen, nehme ich an?«

»Ja, und zwar ziemlich gut. Und wenn ich Ihnen eine Emp-
fehlung geben darf, der hiesige Malt, Glen …«
Der Gastwirt hielt inne. Esterhazy hatte eine besorgte,
schmerzhafte Miene aufgesetzt.
»Ist irgendwas nicht in Ordnung?«
»Ich weiß nicht«, antwortete Esterhazy. Er ließ seine Stim-
me angestrengt klingen. »Ich habe da plötzlich so ein …
Ziehen … in der Brust.«
Ein Ausdruck der Besorgnis huschte über das Gesicht des
Gastwirts. Er eilte hinter dem Empfangstresen hervor,
führte Esterhazy in einen kleinen angrenzenden Raum und
setzte ihn vorsichtig in einen Polstersessel.
»Der Schmerz schießt mir in den Arm … O Gott, wie weh
das tut.« Esterhazy griff sich mit der rechten Hand an die
Brust.
»Soll ich Ihnen etwas zu trinken holen?« Der Gastwirt
beugte sich besorgt über ihn.
»Nein … rufen Sie einen Arzt. Schnell …« Und damit
sackte er zusammen und schloss die Augen.

12

New York City

Die Auffahrt, die zum Eingangsportal des Hauses 891
Riverside Drive hinaufführte, sah sehr viel besser aus als
beim ersten Mal, als D'Agosta sie gesehen hatte. Damals
war sie voller Müll gewesen, die Götterbäume und Gift-
sumachbüsche waren abgestorben oder standen kurz davor; die Fenster des Jugendstilgebäudes selbst waren mit

Brettern vernagelt, die Mauern mit Graffiti bedeckt gewesen. Mittlerweile war das Grundstück sauber und gepflegt, das vierstöckige Natursteingebäude vollständig saniert, das Mansardendach, die Türmchen und der Witwengang waren in ihren ursprünglichen Zustand zurückversetzt worden. Dennoch strahlte das Haus – während D'Agosta es von der Zufahrt aus betrachtete – eine gewisse Kälte und merkwürdige Leere aus.

Eigentlich wusste er selbst nicht, warum er hier war. Mehr als einmal hatte er sich eingeschärft, nicht mehr so paranoid zu sein, sich nicht länger wie ein altes Weib aufzuführen. Doch irgendetwas an Corrie Swansons Besuch hatte ihn nicht wieder losgelassen. Und diesmal, als der Impuls, bei Pendergasts Villa vorbeizuschauen, ihn wieder überkam, hatte er sich entschlossen, ihm nachzugeben.

Eine Minute blieb er stehen, damit er wieder zu Atem kam. Er hatte die Linie 1 bis zur 137. Straße genommen und war zu Fuß zum Fluss gegangen, aber selbst auf dieser kurzen Strecke war ihm die Puste ausgegangen. Er hasste es, dass seine Genesung so lange dauerte, hasste es, dass die Schusswunde, die Schweineherzklappe und die nachfolgende allmähliche Rekonvaleszenz ihm jegliche Kraft genommen hatten. Das einzig Gute an der Sache war, dass er abgenommen hatte, allerdings nahm er inzwischen auch wieder rasant zu. Und zwar, ohne dass er die Pfunde wieder abtrainieren durfte.

Nach einer Weile ging er über die Zufahrt und stieg die Stufen zur Haustür aus Eiche hinauf. Er umfasste den Türklopfer aus Messing und schlug damit kräftig gegen die Tür.

Stille.

Er wartete eine Minute, dann zwei. Er hielt das Ohr an die Tür und horchte, aber das Haus war so solide gebaut, dass kein Laut nach draußen drang. Er klopfte ein zweites Mal. Jetzt, da Constance Greene in einer psychiatrischen Klinik untergebracht war, war das Haus vielleicht tatsächlich so leer, wie es wirkte. Doch das ergab keinen Sinn, denn Pendergast beschäftigte Hausangestellte, sowohl hier als auch im Dakota. Flüsterleise drehte sich ein Schlüssel im gut geölten Schloss, dann wurde die Tür langsam geöffnet. Das Vestibül war zwar nur matt erleuchtet, trotzdem erkannte D'Agosta die Gesichtszüge von Proctor, Pendergasts Chauffeur und Gelegenheits-Butler. Der meistens ausdruckslose und unerschütterliche Proctor machte heute einen verdrießlichen, fast abweisenden Eindruck.

»Mr. D'Agosta, Sir. Wollen Sie nicht hereinkommen?«

D'Agosta trat ein, und Proctor schloss sorgfältig die Tür hinter ihm.

»Würden Sie mir bitte in die Bibliothek folgen?«

D'Agosta hatte das unheimliche Gefühl, erwartet zu werden. Er ging hinter Proctor über den langen, hallenden Flur bis ins Empfangszimmer mit der in Wedgewood-Blau gestrichenen Kuppel. Mattes Licht fiel auf die Dutzenden Glasvitrinen mit ihrem merkwürdigen Inhalt. »Ist Pendergast im Haus?«

Proctor blieb stehen und drehte sich um. »Es tut mir sehr leid, aber er ist nicht da, Sir.«

»Und wo ist er?«

Proctor verzog fast keine Miene. »Er ist tot, Sir.«

D'Agosta hatte das Gefühl, als würde sich alles um ihn herum drehen. »*Tot?* Wie?«

»Er befand sich auf einem Jagdausflug in Schottland. Mit Doktor Esterhazy.«

»Judson Esterhazy?«

»Ein Jagdunfall. Draußen im Moor, als sie einen Hirsch jagten. Doktor Esterhazy hat Mr. Aloysius angeschossen. Er ist in einem Sumpfloch versunken.«

Das konnte nicht wahr sein. Er musste sich verhört haben. »Wovon zum Teufel reden Sie da?«

»Vor fast drei Wochen.«

»Und was ist mit den Vorkehrungen für das Begräbnis? Wo steckt Esterhazy? Warum wurde ich nicht informiert?«

»Es gibt keine Leiche, Sir. Und Doktor Esterhazy ist verschwunden.«

»O mein Gott. Wollen Sie mir weismachen, dass Esterhazy Pendergast versehentlich *angeschossen* hat, dass es keine Leiche gibt und dass Esterhazy anschließend einfach *verschwunden* ist?« D'Agosta merkte selbst, dass er schrie, aber es war ihm egal.

Proctors Miene war noch immer nicht zu deuten. »Die örtliche Polizei hat tagelang nach ihm gesucht, die Beamten haben das Sumpfloch abgesucht, haben überall gesucht. Aber es wurde keine Leiche gefunden.«

»Warum behaupten Sie dann, dass Pendergast tot ist?«

»Weil Doktor Esterhazy dies während der gerichtlichen Untersuchung ausgesagt hat. Er hat ausgesagt, dass er Mr. Aloysius in die Brust geschossen habe. Er habe mit eigenen Augen gesehen, wie er im Sumpf versunken und verschwunden ist.«

D'Agosta hatte das Gefühl, nicht richtig Luft zu bekommen. »Esterhazy hat Ihnen das persönlich gesagt?«

»Ich habe durch einen Telefonanruf davon erfahren. Der Inspector, der in dem Fall ermittelt, hat mich angerufen. Er hat mir einige Fragen bezüglich Mr. Aloysius gestellt.«

»Und niemand sonst hat sich bei Ihnen gemeldet?«

»Niemand, Sir.«

»Wo hat sich das alles genau ereignet?«

»In der Nähe der Kilchurn Lodge. Im schottischen Hochland.«

»Menschen verschwinden nicht einfach so«, sagte D'Agosta entschlossen. »Etwas ist faul an der ganzen Geschichte.«

»Es tut mir leid, Sir, aber mehr weiß ich nicht.«

D'Agosta holte ein paarmal tief und erschauernd Luft. »Verdammte Sch …. Okay. Vielen Dank, Proctor. Entschuldigen Sie bitte meine Ausdrucksweise. Ich bin einfach nur völlig geschockt.«

»Verstehe. Möchten Sie vielleicht mit in die Bibliothek kommen und ein Glas Sherry trinken, bevor Sie gehen?«

»Machen Sie Witze? Ich muss etwas in der Sache unternehmen.«

Proctor sah ihn an. »Und was, wenn ich fragen darf?«

»Das weiß ich noch nicht. Aber auf eins können Sie Gift nehmen: Ich werde etwas unternehmen.«

13

Inverkirkton

Judson Esterhazy saß am abgewetzten Tresen des *Half Moon Pub*, vor sich ein Pint Guinness. Die Kneipe war winzig und passte zur Größe des Dorfes. Drei Plätze an der Bar, vier Sitzecken, je zwei an den gegenüberliegenden Wänden. Bis auf ihn und den alten MacFlecknoe, den Barkeeper, war der Raum leer, was sich aber schon bald ändern würde, denn es war kurz vor siebzehn Uhr.

Er trank aus, und MacFlecknoe eilte herüber. »Noch eins, Sir?«

Esterhazy tat so, als überlegte er, und nach einer Weile sagte er: »Warum eigentlich nicht? Dr. Roscommon hätte nichts dagegen, nehme ich an.«

Der Barkeeper lachte. »Bestimmt nicht, und es bleibt auch unter uns.«

Wie aufs Stichwort erblickte Esterhazy den Arzt durch das große runde Fenster in der Eingangstür. Roscommon ging mit schnellen Schritten die Straße entlang und blieb vor der Tür zu seiner Praxis stehen, die er mit einer geschickten Handbewegung aufschloss. Esterhazy sah, wie der Arzt im Gebäude verschwand und die Tür hinter sich schloss.

Als Esterhazy am Vortag einen Herzinfarkt vorgetäuscht hatte, hatte er ein klares Bild im Kopf, wie der Arzt wohl sein würde: direkt und schroff im Umgang, rotgesichtig, nicht mehr ganz jung, aber kräftig, ebenso gewohnt, kranke Kühe und Pferde wie Menschen zu kurieren. Aber Roscommon hatte ihn überrascht. Schlank, in den Vierzigern, mit hellen, wachen Augen und einem intelligenten Gesichtsausdruck. Er hatte seinen neuen Patienten auf eine professionelle, entspannte Art untersucht, die Esterhazy nur bewundern konnte. Obwohl Roscommon rasch festgestellt hatte, dass es sich bei den Schmerzen in der Brust um nichts Ernstes handelte, hatte er dennoch ein paar Tage Ruhe verordnet. Esterhazy hatte damit gerechnet, es sogar herbeigesehnt. Denn jetzt hatte er einen Vorwand, sich im Dorf herumzutreiben. Außerdem hatte er den Arzt am Ort kennengelernt. Das war schließlich sein Hauptziel gewesen. Er hatte gehofft, sich mit dem Arzt anzufreunden und ihm ein paar Informationen zu entlocken, aber wie sich dann herausstellte, war er der Inbegriff schottischer Reserviertheit und sagte kaum mehr als das, was aus ärztlicher Sicht nötig war. Das konnte zwar sein Naturell sein – aber vielleicht verbarg er auch etwas.

Während Esterhazy an seinem zweiten Guinness nippte, fragte er sich erneut, was jemanden wie Roscommon wohl in ein Nest wie Inverkirkton verschlagen hatte. Er war zweifellos ein versierter Arzt und hätte jederzeit eine lukrative Praxis in einer größeren Stadt eröffnen können. Falls Pendergast entgegen aller Wahrscheinlichkeit den Anschlag im Moor überlebt hatte, war Roscommon genau der Mann, den er aufgesucht hätte; er war schließlich die einzige Anlaufstelle im Ort.

Die Tür ging auf, und eine Frau betrat den Pub. Jennie Prothero. Esterhazy hatte schon jetzt das Gefühl, sämtliche Einwohner dieses verdammten Nests zu kennen. Mrs. Prothero betrieb den Souvenirshop am Ort und nahm, weil der Laden kaum etwas abwarf, nebenbei noch Wäsche an. Sie war rundlich und liebenswürdig und hatte ein beinahe krebsrotes Gesicht. Obwohl es ein milder Oktobertag war, trug sie einen dicken Wollschal.

»Hallo, Paulie«, begrüßte sie den Barkeeper und ließ sich auf einem der beiden freien Barhocker so sittsam nieder, wie es ihr mit ihren neunzig Kilo möglich war.

»Tag, Jennie«, antwortete MacFlecknoe und wischte pflichtschuldig die zerkratzte Holztheke vor ihr ab, zapfte ein Pint Bitter und stellte das Glas auf einen Bierdeckel.

Sie wandte sich zu Esterhazy um. »Und, wie geht's Ihnen heute, Mr. Draper?«

Esterhazy lächelte. »Schon viel besser, danke. Anscheinend war's nur ein gezerrter Muskel.«

Sie nickte vielsagend. »Das freut mich zu hören.«

»Ich habe Doktor Roscommon zu danken.«

»Er ist ein guter Arzt, ein richtig guter«, sagte der Barkeeper. »Wir können von Glück reden, dass wir ihn haben.«

»Ja, er scheint mir ein ausgezeichneter Arzt zu sein.« MacFlecknoe nickte. »Hat seine Ausbildung in London gemacht.«

»Offen gestanden wundert es mich, dass er hier in seiner Praxis genug zu tun hat.«

»Na ja, er ist der einzige Doc im Umkreis von zwanzig Meilen«, sagte Prothero. »Zumindest seit der alte Crastner im vergangenen Frühjahr verstorben ist.«

»Dann hat er also viel zu tun?« Esterhazy trank beiläufig einen Schluck von seinem Guinness.

»Das kann man wohl sagen«, antwortete MacFlecknoe. »Die Praxis ist durchgehend geöffnet.«

»Durchgehend? Das überrascht mich aber. Ich meine, bei einer Landarztpraxis.«

»Na ja, es gibt auch hier Notfälle, so wie überall«, erwiderte der Barkeeper. Mit einem Nicken wies er auf die gegenüberliegende Straßenseite, wo sich die Praxisräume des Arztes befanden. »Manchmal sind in seinem Haus bis weit nach Mitternacht die Lichter an.«

»Was Sie nicht sagen«, entgegnete Esterhazy. »Wann ist das denn zum letzten Mal passiert?«

MacFlecknoe dachte nach. »Vor ungefähr drei Wochen. Vielleicht ist es auch länger her. Ich kann das nicht so genau sagen. Kommt aber nicht besonders oft vor. Allerdings erinnere ich mich an dieses eine Mal, weil er zweimal aus dem Haus gegangen und wieder zurückgekommen ist. Und es war schon spät – nach neun.«

»Das könnte wegen der armen Mrs. Bloor gewesen sein«, sagte Jennie Prothero. »Ihr geht's schon seit einigen Monaten ziemlich schlecht.«

»Nein, er ist nicht Richtung Hithe gefahren«, sagte der Barkeeper. »Ich habe gehört, dass der Wagen nach Westen gefahren ist.«

»Nach Westen?«, fragte Mrs. Prothero. »Aber da ist doch nichts als das Moor.«

»Vielleicht wurde er zu einem der Hotelgäste oben in der Lodge gerufen«, sagte MacFlecknoe.

Mrs. Prothero trank einen Schluck von ihrem Bitter. »Jetzt, wo du das sagst – um die Zeit hab ich aus der Praxis des Doktors Wäsche zum Waschen bekommen. Die Sachen waren wirklich blutig.«

»Tatsächlich?« Esterhazys Herz schlug schneller. »Was für Wäsche denn?«

»Ach, das Übliche. Medizinische Verbände, Tücher.«

»Na, Jennie, das ist doch nichts Ungewöhnliches. Die Bauern hier in der Gegend haben doch dauernd Unfälle.«

»Ja«, sagte Esterhazy mehr zu sich selbst als zu den anderen beiden. »Aber nicht mitten in der Nacht.«

»Was sagten Sie, Mr. Draper?«, fragte Jennie Prothero.

»Ach, nichts.« Esterhazy trank sein Guinness aus.

»Woll'n Sie noch eins?«

»Nein danke. Aber ich möchte Ihnen und Mrs. Prothero eins ausgeben.«

»Aber gern, Sir, und haben Sie vielen Dank.«

Esterhazy nickte, schaute aber nicht zum Barkeeper hinüber. Vielmehr richtete er den Blick auf das kreisrunde Fenster in der Tür und die cremefarben gestrichene Praxis von Dr. Roscommon auf der anderen Straßenseite.

14

Ned Betterton fuhr vor der schmuddeligen Flachglas-Ladenfront des *Ideal Café* vor, betrat die nach Bacon und Zwiebeln riechenden Räumlichkeiten und bestellte einen Kaffee, süß und leicht. Das *Ideal* war eigentlich gar kein Café, aber Malfourche war ja eigentlich auch keine richtige Stadt. Ganz verarmt und halb verlassen, geriet das Leben hier langsam völlig aus den Fugen. Die Jugendlichen, die irgendetwas konnten, hauten so schnell wie möglich ab, flohen in größere und aufregendere Städte, so dass die Verlierer zurückblieben. Vier Generationen ging das nun schon so, und was dabei herauskam, war eine Stadt wie Malfourche. Verflucht, er war in genau so einem Kaff aufgewachsen. Nur war er nicht weit genug weggerannt. Nein, bitte streichen: Er rannte immer noch, rannte wie der Teufel, kam aber nirgendwo an.

Wenigstens der Kaffee war ganz ordentlich, und wenn er erst mal drin war, fühlte er sich in dem Café wie zu Hause. Zugegeben, ihm gefielen zünftige Läden wie der hier, mit ihren rauhen, aber herzlichen Kellnerinnen, den Truckern, die dickbäuchig an die Theke marschierten, den fetttriefenden Burgern und den Bestellungen, die aus vollem Hals gerufen wurden, und dem starken, frisch gebrühten Kaffee. Er hatte als Erster in seiner Familie die Highschool absolviert, vom College gar nicht zu reden. Ein kleines und rauflustiges Kind, war er von seiner alleinerziehenden Mutter großgezogen worden, sein Vater saß im Knast, weil er eine

Coca-Cola-Abfüllfabrik ausgeraubt hatte. Zwanzig Jahre, dank eines Karrieristen von Staatsanwalt und eines Richters Gnadenlos. Sein Vater war im Bau an Krebs gestorben, und es war die Verzweiflung gewesen, die ihn umgebracht hatte, das wusste Betterton. Und dann hatte der Tod des Vaters seine Mutter umgebracht.

Infolgedessen neigte Betterton zu der Annahme, dass jeder, der über eine herausgehobene Autoritätsposition verfügte, ein lügnerischer, egoistischer Dreckskerl war. Und genau deshalb hatte er sich auch zum Journalismus hingezogen gefühlt, mit dem er, wie er glaubte, diese Leute mit echten Waffen bekämpfen konnte. Allerdings hatte er mit seinem Abschluss in Kommunikationswissenschaften nur einen Job beim *Ezzerville Bee* an Land ziehen können, wo er in den vergangenen fünf Jahren gearbeitet hatte, während er sich gleichzeitig bei größeren Zeitungen bewarb. Der *Bee* war ein Wochenblatt, das überwiegend aus Annoncen bestand und stapelweise an Tankstellen und Supermärkten auslag. Der Eigentümer, Chefredakteur und Verleger Zeke Kranston, hatte eine Heidenangst davor, jemanden zu beleidigen, wenn auch nur die klitzekleine Chance bestand, dass der Betreffende in seiner Zeitung inserierte. Deshalb keine investigativen Geschichten, keine Enthüllungsberichte, keine schonungslosen politischen Artikel. »Die Aufgabe des *Ezzerville Bee* besteht darin, Anzeigen zu verkaufen«, war Kranstons ständiger Spruch, wenn er den durchgekauten Zahnstocher aus dem Mund genommen hatte, der ihm ständig von seiner Unterlippe zu hängen schien. »Versuchen Sie nur nicht, ein neues Watergate auszugraben. Das entfremdet uns nur die Leserschaft – und die Geschäftsleute.« Die Folge war, dass Bettertons Map-

pe mit Arbeitsproben aussah wie etwas aus *Woman's World:*
nichts als Bekanntmachungen, kurze Artikel über gerettete
Hunde und Berichte von Kirchen-Flohmärkten mit Kaffee
und Kuchen, Highschool-Footballspielen und Nachbar-
schaftsfeiern. Mit einer solchen Mappe war es kein Wunder, dass ihn keine ernstzunehmende Zeitung zum Vorstel-
lungsgespräch einlud.

Betterton schüttelte den Kopf. Verdammt, er hatte keine Lust, sein restliches Leben in Ezzerville zu versauern,
aber um das zu verhindern, gab es nur eine Möglichkeit:
Er musste eine große Exklusivstory landen. Ob es sich dabei um einen Kriminalfall handelte, eine Public-Interest-
Story oder um Außerirdische mit Ionenstrahlkanonen,
spielte keine Rolle. Eine Geschichte mit Schmackes, mehr
brauchte er nicht.

Er trank seinen Kaffee aus, bezahlte und trat hinaus in
den morgendlichen Sonnenschein. Vom Black-Brake-
Sumpf wehte ein leichter Wind unangenehm warm und
übelriechend in die Stadt. Betterton stieg in den Wagen,
ließ den Motor an und stellte die Klimaanlage auf höchste Stufe. Aber er fuhr nirgendwo hin, noch nicht. Bevor
er sich in diese Geschichte einarbeitete, wollte er sie erst
mal gründlich durchdenken. Mit großer Mühe und vielen
Versprechungen hatte er Kranston dazu gebracht, darüber
schreiben zu dürfen. Es handelte sich um eine seltsame
Human-Interest-Story, die zum ersten Beispiel für echten
Journalismus in seiner Mappe werden könnte. Und er hatte
vor, diese Gelegenheit bis zum Äußersten zu nutzen.

Betterton saß in seinem Wagen, in dem es langsam kühler
wurde, ging durch, was er sagen, welche Fragen er stellen
wollte, und versuchte, die Einwände vorwegzunehmen, die

mit Sicherheit kommen würden. Nach fünf Minuten war er so weit. Er kämmte sich noch einmal das feucht-schlaffe Haar und wischte sich den Schweiß von der Stirn. Dann warf er einen Blick auf die Internet-Karte, die er ausgedruckt hatte, legte den Vorwärtsgang ein, wendete und verließ die Stadt auf derselben maroden Straße, auf der er gekommen war.

Selbst als kleiner Lokalreporter, das hatte er gelernt, tat man gut daran, jedem Klatsch, jedem Gerücht – egal wie banal – Beachtung zu schenken. Und ihm waren Gerüchte über ein geheimnisvolles Paar zu Ohren gekommen, über sein Verschwinden vor Jahren und das plötzliche Wiederauftauchen vor einigen Monaten sowie über einen vorgetäuschten Selbstmord, der irgendwann stattgefunden haben sollte. Als Betterton am Morgen die örtliche Polizeistation aufgesucht hatte, hatte sich das Gerücht als zutreffend erwiesen. Außerdem hatte der irrsinnig kurze und beiläufige Polizeibericht mehr Fragen aufgeworfen als beantwortet.

Betterton blickte erst auf die Karte, dann auf die Reihen der trist wirkenden Schindelhäuser beidseits der Straße voller Schlaglöcher. Da war das Haus, ein kleiner Bungalow, weiß gestrichen und eingerahmt von Magnolien.

Langsam fuhr er an den Randstein, stellte den Motor aus und blieb noch eine Minute lang sitzen, um sich mental auf das Gespräch einzustellen. Dann stieg er aus, strich sein Sportsakko glatt und ging entschlossenen Schritts zur Tür. Keine Türklingel, nur ein Türklopfer. Betterton klopfte laut und vernehmlich an.

Er hörte, wie das Klopfen durchs ganze Haus hallte. Einen Augenblick lang nichts, dann das Geräusch, wie jemand zur Tür kam. Sie ging auf. Im Flur stand eine hochgewachsene, elegante Frau. »Ja?«

Betterton hatte natürlich nicht gewusst, was ihn erwartete, aber mit einer so attraktiven Frau hatte er nun auch nicht gerechnet. Nicht jung, natürlich nicht, aber über alle Maßen attraktiv.

»Mrs. Brodie? June Brodie?«

Die Frau musterte ihn aus kühlen blauen Augen. »Ja, das ist richtig.«

»Betterton mein Name. Ich komme vom *Ezzerville Bee*. Dürfte ich kurz mit Ihnen sprechen?«

»Wer ist da, June?«, ließ sich eine hohe Stimme aus dem Inneren des Hauses vernehmen. *Gut*, dachte Betterton. *Sie sind beide da.*

»Wir haben Leuten von der Presse nichts zu sagen«, sagte June Brodie. Sie trat einen Schritt zurück und wollte die Tür schließen.

Betterton stellte einen Fuß in die Tür. »Bitte, Mrs. Brodie. Ich weiß bereits alles. Ich war bei der Polizei, die Angelegenheit ist öffentlich zugänglich. Ich werde den Artikel schreiben, komme, was da wolle. Ich dachte nur, dass Sie vielleicht gern Gelegenheit hätten, sich in der Sache zu äußern.«

Sie sah ihn eine Weile an, durchbohrte ihn beinahe mit ihrem intelligenten Blick. »Von was für einer Sache reden Sie?«

»Davon, dass Sie Ihren Selbstmord vorgetäuscht haben und zwölf Jahre spurlos verschwunden waren.«

Kurzes Schweigen. »June?« Wieder rief die Männerstimme nach ihr.

Mrs. Brodie öffnete die Tür und trat einen Schritt zur Seite. Rasch, ehe sie es sich anders überlegen konnte, betrat Betterton das Haus. Geradeaus lag ein sauberes, aufgeräumtes Wohnzimmer, das ein wenig nach Mottenkugeln und Bohnerwachs roch. Der Raum war fast leer: ein Sofa, zwei Sessel, ein Sofatisch auf einem Perserteppich. Seine Schritte klackten auf dem Holzfußboden. Betterton hatte den Eindruck, als sei das Haus erst kürzlich bezogen worden. Wenige Augenblicke später wurde ihm klar, dass dies tatsächlich der Fall war.

Ein kleiner Mann, blass und schmächtig, trat aus einem dunklen Flur, einen Teller in der einen Hand und ein Geschirrtuch in der anderen. »Wer war das …«, begann er und hielt inne, als sein Blick auf Betterton fiel.

June Brodie drehte sich zu dem Mann um. »Das ist Mr. Betterton. Er ist Zeitungsreporter.«

Er blickte – plötzlich feindselig – von seiner Frau zu Betterton und dann wieder zu seiner Frau. »Was will er?«

»Er schreibt an einem Artikel über uns. Über unsere Rückkehr.« In ihrem Tonfall lag etwas – nicht ganz Hohn, nicht ganz Ironie –, das Betterton ein wenig nervös machte.

Behutsam stellte der Mann den Teller auf dem Sofatisch ab. Er war so nachlässig gekleidet wie seine Frau elegant.

»Sie sind Carlton Brodie?«, fragte Betterton.

Der Mann nickte.

»Erzählen Sie doch mal, was Sie wissen oder glauben zu wissen«, sagte June Brodie. Sie hatte ihm demonstrativ keinen Stuhl, keine Erfrischung angeboten.

Betterton legte los. »Ich weiß, dass Ihr Auto vor mehr als zwölf Jahren auf der Archer Bridge zurückgelassen wurde. In dem Wagen befand sich ein Abschiedsbrief, in Ihrer Handschrift geschrieben, in dem stand: *Ich kann nicht mehr. Alles mein Fehler. Verzeih mir.* Der Fluss wurde abgesucht, doch eine Leiche wurde nie gefunden. Ein paar Wochen später statteten Polizeibeamte Ihrem Ehemann, Carlton, einen Folgebesuch ab, stellten dabei jedoch nur fest, dass er zu einer Reise von unbestimmter Dauer und mit unbekanntem Ziel aufgebrochen war. Das war das Letzte, was man von den Brodies hörte – bis sie vor ein paar Monaten plötzlich wie aus dem Nichts hier wieder aufgetaucht sind.«

»So könnte man die Geschichte zusammenfassen«, sagte June Brodie. »Aber das ergibt noch lange keine Story, oder?«

»Im Gegenteil, Mrs. Brodie, es ist eine faszinierende Geschichte, und ich glaube, dass die Leser des *Bee* das genauso sehen würden. Was bringt eine Frau dazu, so etwas zu tun? Wo hat sie die ganze Zeit gesteckt? Und warum kehrt sie nach mehr als einem Jahrzehnt zurück?«

June Brodie runzelte die Stirn, sagte aber nichts. Es folgte ein kurzes, frostiges Schweigen.

Nach einer Weile seufzte Mr. Brodie. »Schauen Sie mal, junger Mann, ich fürchte, die ganze Sache ist nicht so interessant, wie Sie glauben.«

»Carlton, du bist ihm keine Rechenschaft schuldig.«

»Nein, Schatz, ich glaube, es ist besser, wenn wir es ihm erzählen«, widersprach Mr. Brodie. »Es einmal sagen und uns weigern, nochmals darauf zu sprechen zu kommen. Wir ziehen die ganze Sache nur in die Länge, wenn wir nicht kooperieren.« Er drehte sich zu Betterton um. »Wir machten damals in unserer Ehe gerade eine schwierige Zeit durch.«

Betterton nickte.

»Es ging uns schlecht«, fuhr Mr. Brodie fort. »Dann kam Junes Arbeitgeber bei einem Brand ums Leben, und als die

Firma Longitude Pharmaceuticals bankrottging, verlor June ihren Job. June wusste nicht mehr weiter, war halb verrückt. Sie musste fort – fort von allem. Und ich auch. Es war töricht von ihr, einen Selbstmord zu inszenieren, aber andererseits hatte sie auch kaum eine andere Wahl. Später bin ich auf sie zugegangen. Da haben wir uns entschlossen zu reisen, wir stiegen in einer Pension ab, das Haus war Liebe auf den ersten Blick, wir stellten fest, dass es zum Verkauf stand, kauften es und führten die Pension mehrere Jahre lang … Aber … na ja, wir sind älter und klüger geworden, und jetzt geht es uns besser, und so haben wir uns entschlossen, nach Hause zurückzukehren. Das ist alles.«

»Das ist alles«, wiederholte Betterton tonlos.

»Wenn Sie den Polizeibericht gelesen haben, dann wissen Sie ja bereits alles. Es gab natürlich Ermittlungen. Aber das liegt ja schon lange zurück. Es war kein Betrug im Spiel, es gab keine Flucht aus Schulden, keinen Versicherungsbetrug, keinen Gesetzesverstoß. Also wurde die Sache fallengelassen. Und jetzt wollen wir einfach nur in Ruhe und Frieden hier leben.«

Betterton dachte eine Weile darüber nach. Die Pension war im Polizeibericht erwähnt worden, allerdings ohne nähere Angaben. »Wo liegt denn diese Pension?«

»In Mexiko.«

»Wo in Mexiko?«

Kurzes Zögern. »In San Miguel de Allende. Es war Liebe auf den ersten Blick. Ein Ort in den Bergen von Zentralmexiko.«

»Und wie heißt die Pension?«

»Casa Magnolia. Wunderschön gelegen. In fußläufiger Entfernung zum Mercado des Artesanias.«

Betterton holte tief Luft. Ihm fielen keine weiteren Fragen ein. Und weil der Mann so offen und ehrlich gewesen war, konnte er auch nicht nachhaken. »Nun ja, ich danke Ihnen, dass Sie so offen mit mir gesprochen haben.«

Brodie antwortete mit einem Nicken und nahm Teller und Geschirrtuch vom Tisch.

»Darf ich Sie anrufen? Ich meine, falls ich weitere Fragen habe?«

»Das dürfen Sie nicht«, sagte June Brodie kurz angebunden. »Guten Morgen.«

Draußen, auf dem Weg zum Wagen, ging Betterton flotteren Schritts. Es war immer noch eine gute Story. Na gut, vielleicht nicht die größte Exklusiv-Story, die man an Land ziehen konnte, aber die Geschichte würde die Leute aufmerken lassen und sich gut in seiner Mappe machen. Eine Frau, die ihren Selbstmord vorgetäuscht und ihren Mann dazu überredet hatte, sie ins Ausland zu begleiten, und schließlich nach zwölf Jahren nach Hause zurückkehrte. Eine Human-Interest-Story mit einem Dreh. Mit ein wenig Glück könnten die Nachrichtenagenturen davon Wind bekommen.

»Ned, du alter Halunke«, sagte er, während er die Wagentür öffnete. »Okay, dann ist es eben nicht Watergate, aber vielleicht kriegst du mit der Geschichte ja die Kurve und kommst endlich raus aus Ezzerville.«

Mit ausdrucksloser Miene und kalten blauen Augen blickte June Brodie durchs Fenster dem Wagen hinterher, bis er sich in der Ferne verlor. Dann drehte sie sich zu ihrem Ehemann um. »Meinst du, er hat uns die Geschichte abgenommen?«

Carlton Brodie trocknete den Porzellanteller ab. »Die Polizei hat sie uns abgenommen, oder nicht?«

»Damals hatten wir keine andere Wahl. Aber jetzt ist die Geschichte ans Licht gekommen.«

»Sie war bereits ans Licht gekommen.«

»Aber sie hat nicht in den *Zeitungen* gestanden.«

Brodie lachte. »Du hältst zu große Stücke auf den *Ezzerville Bee*.« Dann hielt er inne und blickte sie an. »Was ist denn?«

»Weißt du nicht mehr, was Charles gesagt hat? Dass er immer so große Angst hatte? ›Wir müssen uns weiter versteckt halten‹, das hat er immer wieder gesagt. ›Im Verborgenen leben. *Die* können nicht wissen, dass wir am Leben sind. *Die* würden nach uns suchen‹.«

»Und?«

»Und was passiert, wenn *die* die Zeitung lesen?«

Wieder kicherte Brodie. »June, bitte. Es gibt keine *die*. Slade war alt. Alt, krank, psychisch gestört und enorm paranoid. Glaub mir, es ist besser so. Mit der Geschichte rausrücken, und zwar so, wie *wir* es wollen, ohne dass Gerüchte ins Kraut schießen und spekuliert wird. Alles im Keim ersticken.« Und damit ging er, immer noch den Teller abtrocknend, zurück in die Küche.

15

Cairn Barrow

D'Agosta saß auf dem Fahrersitz des gemieteten Ford und blickte verdrießlich auf die grau-grüne Moorlandschaft. Von der Anhöhe, auf der er geparkt hatte, schien es, als erstrecke sie sich endlos weiter bis in die dunstige Ferne. Und bei dem Glück, das er hatte, konnte sie sich genauso gut bis ins Unendliche erstrecken und ihre dunklen Geheimnisse bis in alle Ewigkeit verhüllen.

Er war müder, als er es je im Leben gewesen war. Selbst jetzt noch, sieben Monate danach, machte ihm die Schussverletzung enorm zu schaffen. Er kam schon außer Atem, wenn er nur eine Treppe hinaufstieg oder ein Flughafengebäude durchquerte. Die vergangenen drei Tage in Schottland hatten ihm das schonungslos vor Augen geführt. Dank des zuvorkommenden und kompetenten Chief Inspector Balfour hatte er alles gesehen, was es zu sehen gab. Er hatte alle offiziellen Gerichtsprotokolle, eidesstattlichen Aussagen und Beweismittel-Berichte gelesen. Er hatte eine Ortsbegehung vorgenommen. Er hatte mit den Mitarbeitern der Kilchurn Lodge gesprochen. Er hatte alle Häuser, Bauernhöfe, Scheunen und Steinhütten, alle Moore, Tors und Cairns, Schluchten und Senken und jedes weitere verfluchte Etwas im Umkreis von vierzig Meilen um diesen gottverlassenen Ort aufgesucht – alles ohne Erfolg. Die Ermittlungen hatten ihn erschöpft. Mehr als erschöpft.

Und das kühle, nieselige Schottland hatte auch nicht gerade geholfen. Er wusste zwar, dass es auf den britischen Inseln feucht sein konnte, aber seit seinem Abflug aus New York hatte er die Sonne nicht mehr zu Gesicht bekommen. Das Essen war miserabel, kein Teller Pasta im Umkreis von hundert Meilen zu bekommen. Am Abend seiner Ankunft hatte man ihn überredet, etwas namens *haggis* zu essen, und seitdem war sein Verdauungssystem nicht mehr dasselbe wie zuvor. Die Kilchurn Lodge selbst war zwar ziemlich elegant, aber zugig, so dass er eine durchdringende

Kälte empfand, die dafür sorgte, dass seine Wunde wieder schmerzte.

Er warf erneut einen Blick aus dem Fenster und seufzte. Das Letzte, wozu er Lust hatte, war, sich noch mal in dieses Moor zu begeben. Aber am Vorabend hatte er im Pub zufällig von einem alten Ehepaar gehört – verrückt, vielleicht auch nur ein wenig verwirrt, je nachdem, mit wem man sprach –, das draußen im Mire, nicht weit entfernt von der Insh-Marsch, in einem Steinhaus lebte. Die alten Leute züchteten Schafe, bauten den Großteil ihrer Lebensmittel selbst an und kamen kaum mal in die Stadt. Es führte keine Straße zu ihrem Haus, hatte man ihm gesagt, nur ein kleiner, mit Cairns ausgeschilderter Fußweg. Das Haus lag am Ende der Welt, weit abseits der Straße und knapp zwanzig Meilen von der Stelle entfernt, wo Esterhazy auf Pendergast geschossen hatte. Es war so gut wie ausgeschlossen, dass der schwer verletzte Pendergast das Haus über diese große Entfernung erreicht hatte, aber er schuldete es sich und seinem alten Freund, vor seinem Rückflug nach New York dieser letzten Spur nachzugehen.

Er warf einen weiteren Blick auf die topographische Karte, die er gekauft hatte, faltete sie zusammen und steckte sie in die Hosentasche. Er sollte jetzt lieber in die Gänge kommen – der Himmel hing tief, und im Westen zogen schon dunkle Wolken auf. Er zögerte kurz, dann öffnete er die Tür, wobei er vor Anstrengung ächzte, und stieg schwerfällig aus dem Wagen. Er zog den Regenmantel fester um sich und setzte sich in Bewegung.

Der Fußweg war ziemlich deutlich zu erkennen, ein schmaler Kiespfad, der sich zwischen Grasbüscheln und kleinen Flächen mit Heidekraut hindurchschlängelte. Er entdeckte den ersten Cairn – nicht der übliche Stapel aus Fels, sondern eine hohe, schmale Platte aus Granit, die im Boden steckte. Im Näherkommen sah er, dass auf der Vorderseite etwas eingeritzt war:

GLIMS HOLM
4 MI.

Das war er, der Name des Cottage, das die Leute im Pub erwähnt hatten. D'Agosta brummte zufrieden. *Vier Meilen*. Wenn er langsam ging, würde er wahrscheinlich zwei Stunden benötigen. Er setzte sich in Bewegung, die neu gekauften Wanderschuhe knirschten auf dem Kies, der scharfe Wind blies ihm ins Gesicht. Aber er hatte sich gut gegen die Kälte eingemummelt, und ihm blieben noch sieben Stunden Tageslicht.

Auf den ersten anderthalb Meilen führte der Weg über festen Boden und folgte einem leichten Anstieg, der sich bis ins Mire erstreckte. D'Agosta atmete tief durch, überrascht und mehr als nur ein wenig froh, dass er trotz all des Herumrennens in den vergangenen Tagen, trotz aller Müdigkeit und trotz der Schmerzen in der Wunde etwas mehr Kondition hatte. Der Fußweg war gut ausgeschildert, die langen, schmalen Granitplatten, die wie Pfähle in den Boden gerammt waren, zeigten die Richtung an.

Weiter im Mire war der Fußweg zwar nicht mehr so deutlich zu erkennen, aber die Markierungen waren nach wie vor auf Hunderte Meter Entfernung sichtbar. An jeder Markierung blieb er stehen, suchte die vor ihm liegende Landschaft ab, entdeckte die nächste Markierung und setzte dann seinen Weg fort. Obwohl das Gelände relativ flach und offen war, merkte er beim Weitergehen, dass es zahlreiche Senken und sanfte Erhebungen gab, die es ihm erschwerten, die Beschaffenheit des Geländes zu deuten und auf dem Weg zu bleiben.

Kurz vor elf führte der Fußweg allmählich ganz sanft bergab in Richtung einer tiefer gelegenen, sumpfigeren Moorlandschaft. In der Ferne, rechts von ihm, war eine dunkle Linie zu erkennen, die laut Karte die Grenze zur Insh-Marsch bildete. Es war fast windstill, nur ein laues Lüftchen regte sich, der Nebel sammelte sich in den Senken und stieg in Schwaden über düsteren Sumpfgebieten auf. Es wurde dunkler, Wolken wälzten sich heran.

Verflucht, dachte D'Agosta und blickte in den Himmel. Jetzt setzte dieser verdammte schottische Nieselregen ein. Mal wieder.

Er marschierte weiter. Plötzlich wurde der Nieselregen durch eine irrsinnig starke Windböe unterbrochen. Er hörte sie kommen, noch ehe sie eintraf – ein Art Summen über dem Moor, die Heide wurde flachgedrückt –, und dann prallte der Windstoß gegen ihn, ließ seinen Regenmantel flattern und zerrte an seinem Hut. Und schon prasselten schwere Tropfen auf den Boden. Es schien fast so, als würde der Nebel, der sich in den tiefliegenden Gebieten gesammelt hatte, daraus hervorspringen und sich in Wolken verwandeln, die über die Moorlandschaft hinwegzogen, vielleicht hatte sich aber auch der bleierne Himmel selbst bis zur Erde gesenkt.

D'Agosta sah auf die Uhr. Kurz vor zwölf.

Er blieb stehen und lehnte sich an einen Felsbrocken. Er hatte keine Schilder mehr nach Glims Holm gesehen, aber er musste schon mindestens drei Meilen gegangen sein.

Eine musste er noch. Er suchte die vor ihm liegende Landschaft ab. Nichts zu sehen, was einem Cottage ähnelte. Wieder fegte eine Windböe über ihn hinweg und schleuderte ihm kalte Regentropfen ins Gesicht.

Verdammter Mist. Er löste sich von dem Felsen und warf einen Blick auf die Karte, die aber ziemlich nutzlos war, weil in der Nähe keine Orientierungspunkte zu sehen waren, nach denen er die zurückgelegte Strecke hätte einschätzen können.

Lächerlich, dass jemand hier draußen wohnte. Das alte Ehepaar war offensichtlich mehr als »verwirrt« – es musste knallverrückt sein. Und was er hier veranstaltete, das war vergebliche Liebesmüh. Ausgeschlossen, dass Pendergast den weiten Weg bis zum Cottage zurückgelegt hatte.

Es regnete weiter, heftig und mit dicken Tropfen. Es wurde immer dunkler, so sehr, dass man beinahe das Gefühl hatte, es würde Nacht werden. Der Fußweg war nur noch undeutlich zu erkennen, die Sümpfe drängten sich auf beiden Seiten heran, und hier und da führten Schnürpfade oder flache, aneinandergereihte Steine über Wasserflächen. Wegen des Nebels, des Regens und der Dunkelheit fiel es D'Agosta immer schwerer, den nächsten Cairn ausfindig zu machen, so dass er lange in die Düsternis spähen musste, ehe er ihn entdeckte.

Wie weit noch? Er blickte auf seine Armbanduhr. Halb eins. Er war jetzt zweieinhalb Stunden gegangen. Das Cottage müsste sich in unmittelbarer Nähe befinden. Aber vor ihm erstreckte sich nichts als eine graue Moorlandschaft, die sich hier und da im Nebel und Regen abzeichnete.

Er hoffte verdammt stark, jemanden im Cottage anzutreffen und dass die Bewohner ein Kaminfeuer entfacht und

Kaffee oder wenigstens Tee hatten. Die Feuchtigkeit drang durch die Kleidung, ihn fror. Es war ein Fehler gewesen. Zu den Schmerzen in der Wunde gesellte sich nun hin und wieder ein Stechen im Bein. Ob er noch mal rasten sollte? Nein, er war fast am Ziel. Nach der Ruhepause wäre er vielleicht ganz steif und würde wahrscheinlich noch mehr frieren.

Er blieb stehen. Der Fußweg endete in einem breiten, schlammigen Sumpfloch. Er blickte sich nach Cairns um, die möglicherweise den Weg dort hindurch wiesen, sah aber keinen. Verdammt, er hatte nicht aufgepasst. Er wandte sich um und warf einen Blick zurück auf den Weg, den er gegangen war. Jetzt, wo er ihn sich genauer anschaute, sah er gar nicht mehr aus wie ein Weg, eher wie eine unverbundene Reihe unwegsamer Flächen. Er ging zurück und blieb verblüfft stehen. Da gab es zwei Wege, auf denen er hierhergekommen sein konnte, zwei Wanderwege. Als er sich beide genau anschaute, konnte er seine Fußabdrücke auf der harten Bodenoberfläche nicht erkennen, weil jetzt Pfützen darauf standen. Er richtete sich auf und suchte den Horizont ab, um eine der Granitmarkierungen zu erkennen. Aber so angestrengt er sich auch umschaute, er sah nichts als grauen, sumpfigen Grund und Nebelfetzen.

Er atmete tief durch. Die Cairns standen zweihundert Meter auseinander. Er konnte also nicht mehr als hundert Meter vom letzten entfernt sein. Er musste nur langsam gehen, es ruhig angehen lassen, locker bleiben und zum vorherigen Cairn zurückkehren.

Er entschied sich für den Weg zur Rechten und ging langsam, wobei er ab und zu stehen blieb, um nach vorn zu schauen und auf diese Weise den Cairn ausfindig zu machen. Nachdem er ungefähr fünfzig Meter zurückgelegt hatte, wurde ihm bewusst, dass das hier nicht der Weg sein konnte, den er gekommen war – der Cairn hätte längst zu sehen sein müssen. Okay, dann nahm er eben den anderen Weg. Er kehrte um und ging ungefähr fünfzig Meter weit, doch aus irgendeinem Grund führte der Fußweg nicht zurück zur Weggabelung, die ihn vorhin irritiert hatte. Er ging ein wenig weiter, weil er glaubte, dass er die Entfernung falsch eingeschätzt hatte, aber nur um festzustellen, dass der Pfad wieder in einem Sumpf endete.

D'Agosta blieb stehen, atmete langsam und ruhig. Na schön, er hatte sich verlaufen. Aber nicht *sehr*. Bestimmt befand er sich nicht weiter als ein-, zweihundert Meter vom letzten Cairn entfernt. Er musste sich nur umschauen. Er würde sich erst dann vom Fleck rühren, wenn er sich orientiert hatte und genau wusste, wohin er ging.

Der Wind trieb den Regen vor sich her. D'Agosta spürte, wie die Kälte ihm den Rücken hinunterkroch. Er ignorierte das und machte Bestandsaufnahme. Offenbar befand er sich in einer kesselähnlichen Niederung. Der Horizont war ringsum ungefähr anderthalb Meilen entfernt, was wegen der unaufhörlich umherziehenden Nebelschwaden allerdings schwer zu erkennen war. Er zog die Karte hervor und steckte sie dann doch wieder ein. Was sollte die ihm nützen? Er verfluchte sich, weil er keinen Kompass mitgenommen hatte. Hätte er einen dabei, dann wüsste er wenigstens, in welche Richtung er ging. Er sah auf die Uhr: halb zwei. Noch rund drei Stunden bis Sonnenuntergang.

»Verdammt«, sagte er laut, und dann lauter: »*Verdammt!*« Danach ging es ihm besser. Er wählte einen Punkt am

Horizont und suchte ihn nach einem Cairn ab. Und dort war er – ein ferner senkrechter Schemen in den wabernden Nebeln.

Er setzte sich in die Richtung des Cairns in Bewegung, wobei er von einer Fläche mit Kiessand zur nächsten trat. Aber die Sümpfe hatten sich gegen ihn verschworen, behinderten ihn auf Schritt und Tritt. Immer wieder musste er erst in die eine Richtung gehen, dann in die andere und schließlich wieder umkehren, bis es schien, als säße er auf einer Art schlangenförmiger Insel mitten in den Sümpfen fest. Verflucht noch mal, er konnte diesen dämlichen Cairn doch sehen – der war doch keine zweihundert Meter weit weg!

Schließlich gelangte er an ein schmales Sumpfgebiet und entdeckte, dass der eigentliche Fußweg auf der gegenüberliegenden Seite entlangführte: ein Stück Sandboden, das sich in Richtung Cairn schlängelte. D'Agosta fiel ein Stein vom Herzen. Er ging mal dahin und mal dorthin, auf der Suche nach einem Weg über das schmale Sumpfbecken. Zunächst war kein sicherer Übergang zu finden, dann aber fiel ihm auf, dass das Sumpfloch an einer Stelle mit kleinen, engstehenden Hügelchen durchsetzt war, auf denen er es überqueren konnte. Er holte tief Luft, trat auf den ersten kleinen Hügel, testete ihn, stellte sich mit dem ganzen Körpergewicht darauf und zog den anderen Fuß nach. Beim nächsten Hügel ging er genauso vor. Und so überquerte er das Sumpfloch, setzte den Fuß von einem Hügelchen auf das nächste, während unter ihm der dunkle Morast quatschte und gelegentlich Blasen aus Marschgas daraus emporstiegen, ausgelöst durch die Schwingungen, die seine Tritte hervorriefen.

Er war fast drüben. Er streckte seinen Fuß über eine große Lücke, stieß sich mit dem anderen ab – und verlor das Gleichgewicht. Unwillkürlich stieß er einen Schrei aus, versuchte, über die letzte Strecke des Sumpfs auf festen Boden zu springen, kam nicht weit genug und landete mit lautem Platschen im Morast.

Während sich der feuchte Modder um seine Oberschenkel legte, überkam ihn reine, hysterische Panik. Er schrie erneut auf und versuchte, ein Bein freizubekommen, aber durch die Bewegung sackte er noch tiefer ein. Seine Panik steigerte sich. Das andere Bein hochzureißen, hatte den gleichen Effekt. Wenn er sich wehrte, wäre er nur noch stärker dem eisigen Druck des Schlamms ausgesetzt, würde er nur noch tiefer einsinken, während seine Anstrengungen Blasen auslösten, die rings um ihn herum platzten und ihn in den Gestank von Sumpfgas einhüllten.

»Hilfe!«, rief D'Agosta, während der kleine Teil seines Gehirns, der sich noch nicht im Panik-Modus befand, registrierte, wie töricht dieser Schrei war. »Helft mir!«

Inzwischen ging ihm der Morast fast bis zur Brust. Instinktiv schlug er mit den Armen um sich, um rauszukommen, aber dadurch spreizten sich nur die beiden Arme, und er wurde noch tiefer reingezogen. Es war, als steckte man in einer Zwangsjacke. Wild um sich schlagend versuchte er, wenigstens einen Arm freizubekommen, aber er klebte fest wie eine Fliege im Honig und sackte langsam immer tiefer ein.

»Um Gottes willen, helft mir doch!«, rief D'Agosta, dessen Stimme über das menschenleere Moor hallte.

Du Idiot, ermahnte ihn jene kleine vernunftbegabte Region im Gehirn, *hör auf, dich zu bewegen*. Mit jeder Bewegung sank er noch tiefer ein. Mit einer fast übermenschlichen Willensanstrengung unterdrückte er seine panische Angst. *Tief Luft holen. Warten. Nicht bewegen.*

Es fiel ihm schwer zu atmen, weil der Morast auf seiner Brust lastete. Inzwischen reichte ihm der Matsch bis zu den Schultern, aber wenn er sich nicht bewegte, wenn er völlig regungslos verharrte, könnte er das Einsinken, so kam es ihm jedenfalls vor, ein wenig aufhalten. Er wartete und bemühte sich, das panikartige Gefühl zu bewältigen, während ihm der Schlamm weiter bis zum Hals stieg, wenn auch langsamer. Schließlich hörte das auf. D'Agosta verharrte im strömenden Regen, bis ihm klarwurde, dass er tatsächlich nicht mehr weiter einsank. Seine Lage war stabil, er sank nicht tiefer.

Und nicht nur das, denn jetzt erkannte er, dass er sich nur anderthalb Meter vom Saumpfad entfernt befand, der auf der gegenüberliegenden Seite entlangführte.

Ganz langsam hob er den Arm, wobei er die Finger gespreizt hielt, und zog ihn vorsichtig aus dem Morast, um jegliche Saugwirkung zu vermeiden und um dem Schlamm Zeit zu geben, am Arm herunterzufließen.

Ein Wunder. Sein Arm war frei. Indem er ihn so hielt, dass er auf der Oberfläche trieb, beugte er sich ganz langsam vor. Eine Riesenpanik erfasste ihn, als er spürte, wie ihm der Morast ins Genick rann, aber als er mit dem Oberkörper tiefer eintauchte, registrierte er an seinen unteren Gliedmaßen einen gewissen Auftrieb, außerdem fühlte es sich an, als hätten sich seine Füße ein wenig angehoben. Während er sich weiter nach vorn beugte, hoben sich, darauf reagierend, seine Füße. Sachte tauchte er mit dem Kopf teilweise in den Morast, was den Effekt verstärkte und seine Beine noch höher hob, und neigte den gesamten Körper dem Rand des Sumpfs entgegen. Indem er sich so entspannt wie möglich und quälend langsam bewegte, beugte er sich weiter vor, wodurch es ihm gelang – kurz bevor seine Nase den Morast berührte –, den Arm auszustrecken und einen kräftigen Zweig Heide zu packen.

Langsam und gegen leichten Gegendruck zog er sich zum Ufer, bis sein Kinn darauf zum Liegen kam. Dann zog er – langsam, ganz langsam – den anderen Arm heraus, ergriff einen anderen Heidestrauch und rettete sich auf festen Boden.

Und während er so dalag, spürte er eine unendlich große Erleichterung. Langsam hörte sein Herz auf, laut zu pochen. Der starke Regen fing an, ihm den Schlamm abzuspülen.

Nach ein, zwei Minuten gelang es D'Agosta aufzustehen. Er war ausgekühlt bis auf die Knochen, der übelriechende Modder tropfte an ihm herab, die Zähne klapperten. Er hielt das Handgelenk hoch, damit der Regen den Schlamm von der Uhr wusch: vier Uhr.

Vier Uhr! Kein Wunder, dass es schon dunkel war. Im Oktober ging die Sonne in diesen nördlichen Regionen früh unter.

Er zitterte am ganzen Leib. Es blies ein böiger Wind, es schüttete wie aus Eimern, und er konnte Donnergrollen hören. Er hatte nicht mal eine Taschenlampe oder ein Feuerzeug dabei. Der pure Wahnsinn, es bestand die Gefahr der Unterkühlung. Zum Glück hatte er den Fußweg gefunden. Als er in die Düsternis blinzelte, sah er geradeaus jenen Cairn, den er unbedingt hatte erreichen wollen.

Nachdem er möglichst viel Schlamm von sich abgeschüttelt hatte, ging er vorsichtig auf den Cairn zu. Im Näherkommen sah dieser jedoch irgendwie falsch aus. Zu schmal. Und als er dann davor stand, erkannte er, worum es sich in Wirklichkeit handelte – um einen kleinen, abgestorbenen Baumstamm, ohne Rinde, mit kahlen Zweigen und Ästen.

D'Agosta starrte ungläubig darauf. Ein einsamer abgestorbener Baumstamm, hier am Ende der Welt, meilenweit entfernt von irgendwelchen gesunden Bäumen. Wenn er schon einmal an ihm vorbeigekommen wäre, dann wäre er ihm mit Sicherheit aufgefallen.

Aber befand er sich denn nicht auf dem Fußweg …?

Während er sich in der zunehmenden Dunkelheit umblickte und den Fußweg inspizierte, ging ihm allmählich auf, dass es sich bei dem, was er für einen angelegten Weg gehalten hatte, lediglich um eine zufällige Ansammlung kleiner Flächen aus Sand und Kies handelte, die verstreut zwischen den Sümpfen lagen.

Jetzt wurde es richtig dunkel. Und die Temperatur sank. Durchaus möglich, dass sie unter null lag.

Allmählich ging ihm auf, wie kolossal dumm es gewesen war, sich allein ins Moor zu wagen. Er war schließlich immer noch geschwächt. Keine Taschenlampe, kein Kompass, das eine Sandwich längst gegessen. Seine Sorge um Pendergast hatte ihn dazu verleitet, törichte Risiken einzugehen und bis zum Äußersten zu gehen … und darüber hinaus.

Und was jetzt? Es war bereits so dunkel, dass es dämlich wäre, weiterzugehen. Die Landschaft war nur noch ein trübes, geflecktes Grau in Grau, so dass keinerlei Hoffnung mehr bestand, irgendeinen Cairn zu erkennen. Gott, ihm war noch nie im Leben so kalt gewesen. Es fühlte sich an, als härtete die Kälte das Mark in seinen Knochen.

Er würde die Nacht im Moor verbringen müssen.

Als er sich umschaute, sah er nicht weit entfernt zwei Felsbrocken. Bibbernd und mit laut klappernden Zähnen ging er dorthin und kauerte sich zwischen sie nieder, damit er aus dem Wind herauskam. Er versuchte, sich möglichst klein zu machen, eine Fötusstellung einzunehmen, und klemmte sich die Hände unter die Arme. Der Regen prasselte auf seinen Rücken, kroch in Rinnsalen am Hals und am Gesicht hinunter. Und dann merkte er, dass es nicht mehr regnete, sondern graupelte. Die dicken Tropfen aus Schneematsch prasselten auf seinen Regenmantel und rutschten daran herunter.

Gerade als er meinte, die Kälte nicht mehr ertragen zu können, verspürte er eine kriechende Wärme. Es war unglaublich, seine Strategie funktionierte, sein Körper reagierte, passte sich der intensiven Kälte an. Die Wärme ging von ganz innen aus und strahlte langsam, ganz langsam nach außen. Er fühlte sich schläfrig und seltsam friedlich. Er wurde ruhiger. Vielleicht würde er die Nacht ja doch überleben. Und am Morgen schien vielleicht die Sonne, die Luft würde sich erwärmen, und er konnte von neuem anfangen und den Fußweg finden.

Jetzt, wo ihm einigermaßen warm war, stieg seine Laune. Das hier war doch ein Kinderspiel. Selbst die Schmerzen in seiner Wunde waren verschwunden.

Die Nacht war hereingebrochen, D'Agosta fühlte sich unglaublich schläfrig. Es wäre gut, ein wenig Schlaf zu bekommen, die Nacht würde viel schneller vergehen. Während es stockfinster wurde, ließ der Schneeregen nach. Wieder hatte er Glück. Nein – jetzt schneite es. Na, wenigstens hatte der Wind nachgelassen. Gott, wie schläfrig er war.

Und dann, als er sich anders hinlegte, sah er es: einen schwachen Lichtschein in den Feldern der Finsternis – gelblich, flackernd. D'Agosta schaute genauer hin. Sah er Gespenster? Das musste Glims Holm sein, was sonst sollte es sein? Und das Haus befand sich auch nicht besonders weit entfernt. Er musste dort hingehen.

Aber nein, er war so herrlich schläfrig, dass er die Nacht hier verbringen und am Morgen zum Cottage gehen würde. Gut zu wissen, dass es ganz in der Nähe lag. Jetzt konnte er beruhigt einschlafen. Und dann trieb er davon, in ein herrlich warmes Meer des Nichts …

16

Antigua,
Guatemala

Der Mann im Leinenanzug und mit dem weißen Stroh-Fedora auf dem Kopf saß an einem kleinen Tisch auf der Vorderterrasse des Restaurants und nahm ein spätes Frühstück ein, bestehend aus *huevos rancheros* mit Sour Cream und Jalapeño-Sauce. In seinem Blickfeld lag der von Grün gesäumte Parque Central, vor dem rekonstruierten Springbrunnen in der Mitte hatten sich Touristen und Kinder versammelt. Dahinter lag der Arco de Santa Catalina, dessen ockerfarbener Torbogen mit dem Uhrturm allerdings eher zu Venedig als zu Mittelamerika passte. Und wenn man noch weiter blickte – über die pastellfarbenen Gebäude und dunkelbraunen Dächer hinweg –, erhoben sich riesige Vulkangipfel, deren dunkle Kegel von Wolkenbänken verhangen waren.

Selbst zu dieser Stunde erklang aus den offenen Fenstern leise Musik. Auf der Straße fuhren Autos vorbei und wirbelten gelegentlich Müll auf.

Es war ein warmer Morgen, der Mann nahm den Fedora ab und legte ihn auf den Tisch. Er war groß und stattlich, wobei der Leinenanzug den für Bodybuilder typischen, überaus kräftigen Körperbau nicht ganz verbergen konnte. Seine Bewegungen wirkten zwar langsam, fast wie einstudiert, aber seine blassen Augen blickten aufmerksam, nahmen alles wahr, es entging ihnen nichts. Seine tiefe Sonnenbräune stand in deutlichem Kontrast zum vollen weißen Haar, das weich, fast seidig war, so dass sich das Alter des Mannes nur schwer einschätzen ließ. Vielleicht vierzig, vielleicht fünfzig.

Als die Kellnerin seinen Teller abräumte, bedankte er sich in fließendem Spanisch. Dann blickte er wieder um sich, steckte die Hand in eine abgewetzte Aktentasche, die zwischen seinen Füßen stand, und zog eine schmale Mappe hervor. Er trank einen Schluck vom geeisten Espresso, zündete sich mit einem goldenen Feuerzeug ein Zigarillo an, dann schlug er die Mappe auf, während er sich fragte, warum die Angelegenheit eigentlich so eilig war. Normalerweise wurden solche Sachen durch geheime Kanäle versandt, mittels eines Remailing-Services oder in verschlüsselten Dateien übers Internet. Aber die Mappe war ihm persönlich ausgeliefert worden, durch einen Kurier, einen der wenigen, den die Organisation beschäftigte.

Es ist, dachte er, die einzige Art, wie sie sicher, hundertprozentig sicher sein konnten, dass die Mappe persönlich zugestellt wurde.

Er trank noch einen Schluck Espresso und legte den Zigarillo in einen Glasaschenbecher, dann zog er ein seidenes Taschentuch aus der Jacketttasche und wischte sich über die Stirn. Obwohl er schon seit Jahren in tropisch heißen Regionen lebte, hatte er sich immer noch nicht an die Hitze gewöhnt. Er hatte oft Träume – seltsame Träume – von den Sommern im alten Jagdhaus außerhalb von Königswinter mit seinen weiten Fluren und den Ausblicken aufs Siebengebirge und das Rheintal.

Er steckte das Taschentuch wieder ein und schlug die Mappe auf. Darin befand sich ein einziger Zeitungsausschnitt, gedruckt auf billigstem Papier. Der Artikel datierte zwar nur einige Tage zurück, trotzdem war das Papier bereits vergilbt. Eine amerikanische Zeitung mit dem lachhaften Namen *Ezzerville Bee*. Sein Blick fiel auf die Überschrift und die ersten Absätze:

Geheimnisvolles Paar taucht nach Jahren wieder auf
Von Ned Betterton

MALFOURCHE, MISSISSIPPI – Vor zwölf Jahren beging eine Frau namens June Brodie, verzweifelt, nachdem sie ihre Stellung als Vorstandssekretärin bei Longitude Pharmaceuticals verloren hatte, allem Anschein nach Selbstmord, indem sie von der Archer Bridge sprang. Sie hinterließ einen Abschiedsbrief …

Der Mann legte den Zeitungsausschnitt auf den Tisch. »*Scheiße*«, murmelte er auf Deutsch. Er nahm den Zeitungsausschnitt erneut zur Hand und las ihn zweimal durch. Dann faltete er ihn, legte ihn auf den Tisch und warf einen kurzen Blick über den Platz. Schließlich zog er das

Feuerzeug hervor, zündete eine Kante des Artikels an und ließ ihn in den Aschenbecher fallen. Dabei sah er aufmerksam zu und wartete, bis das Papier vollständig verbrannt war, dann zerstieß er die Asche mit der Spitze seines Zigarillos. Er holte tief Luft, zog ein Handy aus der Tasche und wählte eine lange Nummer.

Der Anruf wurde beim ersten Läuten entgegengenommen. »*Ja?*«, sagte die Stimme.

»Klaus?«, fragte der Mann.

Er hörte, dass die Stimme am anderen Ende der Leitung einen strengen Tonfall annahm, als der Sprecher ihn erkannte. »*Buenos días*, Señor Fischer«.

Fischer setzte das Gespräch auf Spanisch fort. »Klaus, ich habe einen Auftrag für Sie.«

»Natürlich, Sir.«

»Er besteht aus zwei Phasen. Die erste ist investigativ. Bei der zweiten geht's um Drecksarbeit. Sie müssen sofort anfangen.«

»Verfügen Sie über mich.«

»Gut. Ich rufe Sie heute Abend von Guatemala City aus an. Dann erhalten Sie detaillierte Anweisungen.«

Die Verbindung war zwar geschützt, trotzdem verschlüsselte Klaus die nächste Frage. »Welche Farbe hat die Fahne bei diesem Job?«

»Blau.«

Klaus' Stimme wurde noch härter. »Betrachten Sie die Sache als erledigt, Señor Fischer.«

»Ich weiß, ich kann auf Sie zählen«, sagte Fischer und legte auf.

17

D'Agosta hatte das Gefühl, in einer großen Tiefe des Behagens versunken zu sein und auf einer Woge der Wärme dahinzutreiben. Doch noch während er in diesem traumähnlichen Zustand verharrte, meldete sich wieder dieser kleine, rationale Teil seines Gehirns. Ein, nur ein Wort: *Unterkühlung.*

War ihm doch egal.

Du wirst sterben.

Die Stimme ähnelte einer lästigen Person, die einfach nicht zu reden aufhörte, nicht zuließ, dass man das Thema wechselte. Doch sie war gerade laut und furchterregend genug, dass er spürte, wie er langsam in die Realität zurückkehrte. *Unterkühlung.* Er hatte all die Symptome: das Gefühl extremer Kälte, gefolgt von Wärme, das unwiderstehliche Verlangen zu schlafen, Desinteresse an allem.

Verflucht, er nahm es einfach hin.

Du wirst sterben, du Idiot.

Mit einem unartikulierten Schrei und beinahe übermenschlicher Anstrengung rappelte er sich auf, hieb, hämmerte geradezu auf sich ein. Er schlug sich zweimal fest ins Gesicht und spürte ein kaltes Prickeln. Er haute derart fest zu, dass er wankte und stürzte, wieder aufstand und wie ein verwundetes Tier zappelte.

Er konnte kaum stehen, so geschwächt war er. Schmerzen schossen ihm die Beine hoch. Sein Kopf explodierte förmlich vor Schmerzen, seine verletzte Schulter pochte. Er fing an, in Kreisen herumzustapfen, sich abwechselnd die Arme um den Leib zu schlingen und mit ihnen gegen den Rumpf zu schlagen. Er schüttelte den Schnee ab, schrie, so laut er konnte, er brüllte, hieß den Schmerz willkommen. Schmerzen bedeuteten Überleben. Allmählich klarte sich sein Denken auf, Stück für Stück. Er sprang, sprang noch einmal. Währenddessen hielt er den Blick weiter auf das gelbliche Licht gerichtet, das da im Dunkeln flackerte. Wie dort hinkommen? Er wankte nach vorn und stürzte abermals, mit dem Gesicht nur Zentimeter vom Rand eines Sumpflochs entfernt.

Er legte die Hände an den Mund und schrie: »Hilfe! Helft mir!«

Seine Stimme hallte über die trostlose Moorlandschaft.

»Ich habe mich verlaufen! Ich versuche, Glims Holm zu finden!«

Das Schreien half enorm. Er spürte, wie sein Blut wieder in Wallung kam und sein Herz kräftig pumpte.

»Bitte helft mir!«

Und dann sah er es: ein zweites Licht neben dem ersten, heller. Es schien sich in der Dunkelheit zu bewegen und auf ihn zuzukommen.

»Hier drüben!«

Das Licht kam tatsächlich auf ihn zu. Allerdings befand es sich weiter entfernt, als er zunächst angenommen hatte. Es wanderte herum, verschwand manchmal und tauchte dann wieder auf. Dann verschwand es wieder. D'Agosta wartete.

»Hier drüben!«, rief er panisch. Hatten sie ihn gehört, oder handelte es sich um Zufall? Phantasierte er? »Ich bin hier drüben!« Warum erwiderten sie nicht seine Rufe? Waren sie im Moor versunken?

Und plötzlich sah er die Lampe direkt vor sich. Die Person, die sie in der Hand hielt, leuchtete ihm damit ins Gesicht, dann stellte sie sie auf den Boden. Im Schein der Lampe sah er eine seltsame Frau mit herabhängender Unterlippe. Sie trug einen Regenmantel, dazu Stiefel, Schal, Handschuhe und eine Mütze, unter der ein Schopf weißen Haars hervorschaute, hatte eine Hakennase und strahlend blaue Augen. Im Nebel und in der Dunkelheit sah sie aus wie ein Gespenst.

»Was in Teufels Namen …?«, fragte sie barsch.

»Ich suche Glims Holm.«

»Sie haben es gefunden.« Sarkastisch fügte sie hinzu: »Fast.« Sie hob die Lampe vom Boden auf und drehte sich um. »Passen Sie auf, wo Sie hintreten.«

D'Agosta ging leicht torkelnd hinter ihr her. Zehn Minuten später erschienen im Lichtschein der Lampe die verschwommenen Umrisse eines Cottage, dessen gefugte Steine früher einmal weiß gekalkt gewesen, inzwischen aber fast vollständig von Flechten und Moos bedeckt waren. Dach und Schornstein bestanden aus Schiefer.

Die Frau schob die Tür auf. D'Agosta folgte ihr in das erstaunlich warme, gemütliche Häuschen. Prasselndes Feuer im riesigen Kamin, altmodischer Emaille-Herd, bequeme Sofas und Sessel, auf dem Boden Knüpfteppiche, an den Wänden Bücher und ein paar Bilder, dazu eine Reihe von Hirschgeweihen, alles erleuchtet von Petroleumlampen.

Die Wärme war das Schönste, was D'Agosta in seinem ganzen Leben je verspürt hatte.

»Ziehen Sie sich aus«, sagte die weißhaarige Frau schroff und ging zum Kamin.

»Ich …«

»*Ausziehen*, Herrgott noch mal.« Sie ging in eine Ecke und zog einen großen Flechtkorb hervor. »Klamotten hier rein.«

D'Agosta zog seinen Regenmantel aus und ließ ihn in den Korb fallen. Dann legte er den durchnässten Pullover hinein, es folgten Schuhe, Socken, Hemd, Unterhemd und Hose. Schließlich stand er in seinen schlammigen Boxershorts da.

»Unterhose auch«, sagte die Frau. Sie hantierte am Herd und zog einen großen Topf von der Herdplatte, schüttete Wasser in ein verzinktes Waschbecken und stellte es neben den Kamin, legte einen Waschlappen und ein Handtuch bereit.

D'Agosta wartete, bis sie ihm den Rücken zukehrte, dann zog er die Boxershorts aus. Der Kamin verströmte eine heimelige Wärme.

»Und wie heißen Sie?«

»D'Agosta. Vincent D'Agosta.«

»Waschen Sie sich. Ich hol Ihnen saubere Sachen. Sie sind zwar 'n bisschen zu kräftig, um in die Kleider vom Mister zu passen, aber ich find schon was für Sie.« Sie ging eine schmale Stiege hinauf, er hörte, wie sie sich im Obergeschoss umherbewegte. Außerdem Gehuste und die nörgelnde Stimme eines alten Mannes, die gar nicht erfreut klang.

Die alte Frau kam mit einem Armvoll Kleidung zurück, als er sich gerade mit dem Waschlappen wusch. Als er sich umdrehen wollte, sah er, dass sie ihn anschaute, wobei ihr Blick allerdings nicht auf sein Gesicht gerichtet war. »Also *das* ist ja mal ein schöner Anblick für 'ne alte Frau.« Lachend legte sie ihm die Kleider hin und wandte sich wieder zum Kamin um, legte ein paar Scheite Holz nach und machte sich dann erneut am Herd zu schaffen.

Die Sache war D'Agosta ein wenig peinlich. Schließlich hatte er sich den Schlamm abgewaschen, sich trockengerubbelt und angezogen. Die Sachen waren zwar für einen größeren, schlankeren Mann gemacht, aber sie passten trotzdem ganz gut, nur ließ sich die Hose nicht zuknöpfen. Aber mit dem Gürtel konnte er sie oben halten. Die alte Frau hatte in einem Topf gerührt, und nun breitete sich ein köstlicher Duft von Lamm-Eintopf im Raum aus.

»Setzen Sie sich.« Mit einem großen Teller Eintopf und einigen Scheiben Brot, die sie von einem Laib abgeschnitten hatte, kam sie herüber und stellte das Brot und den Eintopf vor ihn auf den Tisch. »Und nun essen Sie erst mal.«

Gierig aß D'Agosta einen Löffel voll – und verbrannte sich den Mund. »Der Eintopf schmeckt wunderbar. Ich weiß gar nicht, wie ich Ihnen danken …«

Sie schnitt ihm das Wort ab. »Jetzt haben Sie Glims Holm gefunden. Was wollen Sie also hier?«

»Ich suche nach einem Freund.«

Sie sah ihn gespannt an.

»Vor knapp vier Wochen ist ein guter Freund von mir unten in der Nähe der Insh-Marsch verschwunden, drüben bei der sogenannten Coombe-Hütte. Kennen Sie die Gegend?«

»Ja.«

»Mein Freund ist Amerikaner, so wie ich. Er logierte in der Kilchurn Lodge und war auf der Jagd. Er wurde verletzt, versehentlich angeschossen. Die Polizei hat das Moor nach seiner Leiche abgesucht, konnte sie aber nicht finden, und weil ich ihn gut kenne, dachte ich mir, dass er eventuell irgendwie überlebt hat.«

Die alte Frau beäugte ihn argwöhnisch. Sie mochte zwar ein wenig verwirrt sein, besaß aber anscheinend jede Menge Bauernschläue.

»Die Coombe-Hütte liegt zwölf Meilen entfernt, auf der anderen Seite der Marsch.«

»Ich weiß – aber Sie sind meine letzte Hoffnung.« Das war zwar weit hergeholt, aber es war trotzdem einen Versuch wert.

»Ich habe weder ihn noch sonst jemanden gesehn.«

D'Agosta verspürte eine niederschmetternde Enttäuschung. »Vielleicht hat Ihr Mann ja meinen Freund gesehen ...?«

»Der geht nicht mehr aus. Er ist invalide.«

»Oder vielleicht haben Sie jemanden in der Ferne gesehen, jemanden, der im Moor herumgeirrt ist ...«

»Ich habe seit Wochen keine Menschenseele mehr gesehen.«

Er hörte, wie eine nörgelnde, erzürnte Stimme vom Dachgeschoss etwas runterrief, und zwar mit einem derart starken Akzent, dass D'Agosta das Gesagte nicht ganz verstand. Die Frau zog ein mürrisches Gesicht und ging mit schweren Schritten wieder die Stiege hinauf. D'Agosta hörte die gedämpfte, klagende Stimme des alten Mannes und die schroffen Erwiderungen der alten Frau. Sie kam wieder nach unten, immer noch mürrisch. »Zeit zum Zubettgehen. Ich schlafe unten neben dem Herd. Sie werden unterm Dach mit dem Mister schlafen müssen. Decke liegt auf'm Bett.«

»Vielen Dank, ich danke Ihnen vielmals für Ihre Hilfe.«

»Wecken Sie den Mister nicht auf, es geht ihm schlecht.«

»Ich werde ganz leise sein.«

Ein knappes Nicken. »Also dann, gute Nacht.«

D'Agosta stieg die knarrende, fast leitersteile Treppe hinauf und gelangte in einen niedrigen, von einer Petroleumlampe erhellten Raum mit Spitzdach. Am gegenüberliegenden Ende, unter der Dachschräge, stand ein Holzbett, darin sah er die zugedeckte Gestalt des Ehemanns, eine Vogelscheuche mit roter Knollennase und buschigem weißem Haar. Er starrte D'Agosta aus seinem einen gesunden Auge an, das durchaus bösartig funkelte.

»Hm, hallo.« D'Agosta wusste nicht genau, was er sagen sollte. »Tut mir leid, dass ich störe.«

»Ja, mir auch«, kam die gebrummte Antwort. »Mach'n Sie keinen Lärm.« Der alte Mann drehte sich unwirsch um und kehrte D'Agosta den Rücken zu.

Erleichtert zog D'Agosta das geliehene Hemd und die geliehene Hose aus und kroch unter die Decke, die auf einer primitiven Holzliege ausgebreitet lag. Er blies die Petroleumlampe aus, dann lag er im Dunkeln. Es war kuschelig warm hier unterm Dach, und die Geräusche des Gewitters und der heulende Wind übten eine eigenartig beruhigende Wirkung aus. Fast augenblicklich schlief er ein.

Eine unbestimmte Zeit später wachte er auf. Es war stockfinster, und er hatte so tief geschlafen, dass es einen angsterfüllten Augenblick dauerte, bis ihm einfiel, wo er sich befand. Schließlich hörte er, dass sich der Sturm gelegt hatte. Im Cottage war es jetzt sehr, sehr still. Sein Herz pochte. Er hatte das unabweisbare Gefühl, dass jemand oder etwas über ihm in der Dunkelheit stand.

D'Agosta lag im Stockfinstern da und versuchte, sich zu beruhigen. Es war nur ein Traum. Trotzdem wurde er das Gefühl nicht los, dass jemand über ihm stand, sich vielleicht sogar über ihn beugte.

Der Boden neben dem Bett knarrte leise.

Verflucht. Sollte er aufschreien? Wer konnte das sein? Bestimmt nicht der alte Mann. War jemand in der Nacht ins Zimmer gekommen?

Erneut knarrte der Fußboden – und da spürte er, wie eine Hand seinen Arm packte und mit stählernem Griff umklammert hielt.

18

»Mein lieber Vincent«, ließ sich die Flüsterstimme vernehmen. »Zwar rührt mich Ihre Fürsorge, dennoch bin ich äußerst verärgert, Sie hier anzutreffen.«

D'Agosta war wie gelähmt vor Schreck. Das träumte er doch bestimmt. Er hörte, wie ein Streichholz angerissen wurde, sah es kurz aufleuchten, dann wurde die Lampe angezündet. Über ihm stand der alte Mann, missgestaltet, offenbar schwer krank. D'Agosta starrte auf die fahle, faltige Haut, den dünnen Bart und das fettige schulterlange weiße Haar, die rötliche Knollennase. Und doch, die Stimme, so leise sie auch war, und das silberfarbene Glitzern, das das Leckauge nicht ganz zu verbergen vermochte – beides gehörte zweifellos zu dem Mann, nach dem er gesucht hatte.

»Pendergast?«, brachte D'Agosta schließlich heraus.

»Sie hätten nicht herkommen sollen«, sagte Pendergast im Flüsterton.

»Was … wie …?«

»Erlauben Sie mir, wieder ins Bett zu gehen. Ich bin noch nicht wieder so weit bei Kräften, dass ich lange stehen kann.«

D'Agosta setzte sich auf und sah zu, wie der alte Mann die Lampe an die Wand hängte und zum Bett zurückschlurfte.

»Holen Sie sich einen Stuhl, mein Freund.«

D'Agosta stand auf, zog die geliehene Kleidung an und nahm sich einen an der Wand stehenden Stuhl. Er setzte sich neben den alten Mann, der so erstaunlich wenig Ähnlichkeit mit dem FBI-Agenten hatte. »Gott, ich bin ja so glücklich, dass Sie noch leben. Ich dachte schon …« Seine Stimme versagte, die Gefühle überwältigten ihn.

»Vincent«, sagte Pendergast. »Ihr Herz ist so groß wie eh und je. Aber wir wollen doch nicht sentimental werden. Ich habe Ihnen viel zu erzählen.«

»Sie wurden angeschossen.« D'Agosta hatte seine Stimme wiedergefunden. »Was zum Teufel machen Sie hier draußen? Sie müssen sich in ärztliche Behandlung begeben, in ein Krankenhaus.«

Pendergast winkte ab. »Nein, Vincent, ich befinde mich in ausgezeichneter ärztlicher Behandlung, aber ich muss mich dennoch weiter versteckt halten.«

»Warum? Was zum Teufel läuft hier ab?«

»Wenn ich Ihnen das sage, Vincent, dann müssen Sie mir versprechen, sofort nach New York zurückzukehren und niemandem ein Sterbenswörtchen hiervon zu sagen.«

»Sie benötigen Hilfe. Ich lasse Sie hier nicht allein. Verdammt noch mal, ich bin Ihr Partner.«

Offensichtlich mühevoll setzte sich Pendergast ein wenig im Bett auf. »Sie *müssen* nach New York zurück. Und ich muss genesen. Und dann werde ich meinen Möchtegern-Mörder finden.« Er ließ sich langsam aufs Kissen zurücksinken.

D'Agosta atmete tief aus. »Die Drecksau hat also tatsächlich versucht, Sie umzubringen.«

»Und nicht nur mich. Ich glaube, dass er derjenige war, der Sie angeschossen hat, als Sie von Penumbra wegfuhren. Und auch derjenige, der versucht hat, Laura Hayward zu töten, auf unserer Fahrt, als wir Sie im Krankenhaus in Bastrop besuchen wollten. Er ist das fehlende Verbindungsglied. Die geheimnisvolle andere Person, die in das Projekt Aves involviert war.«

»Unglaublich. Dann ist er also der Mörder Ihrer Frau? Helens eigener Bruder hat sie umgebracht?«

Jähe Stille. »Nein. Er hat Helen nicht umgebracht.«

»Wer dann?«

»Helen lebt.«

D'Agosta konnte es kaum fassen. Mehr noch, er glaubte es nicht. Ihm fehlten die Worte.

Eine Hand wurde ausgestreckt, erneut packte sie mit stählernem Griff zu. »Nachdem er mich angeschossen hatte und ich in dem Sumpfloch versank, hat Judson mir gesagt, dass Helen noch am Leben ist.«

»Aber haben Sie denn nicht mit eigenen Augen gesehen, wie sie starb? Sie haben doch den Ring von ihrer abgetrennten Hand abgezogen. Sie haben ihn mir doch *gezeigt*.«

Einen langen Augenblick herrschte Stille im Zimmer. Dann sagte D'Agosta: »Der Dreckskerl hat das gesagt, um Sie zu quälen.« Er betrachtete die Gestalt im Bett, sah das Funkeln in Pendergasts silbrigen Augen. Es lag darin ein unleugbares Verlangen zu *glauben*.

121

»Wie sieht also Ihr, äh, Plan aus?«

»Ich werde Judson finden. Ich werde ihm eine Waffe an den Kopf halten. Und ich werde dafür sorgen, dass er mich zu Helen bringt.«

D'Agosta war schockiert. Der obsessive Tonfall, die Verzweiflung, die in der Stimme lag – das sah seinem guten Freund gar nicht ähnlich.

»Und wenn er nicht tut, was Sie sagen?«

»Er wird es, Vincent. Glauben Sie mir, ich werde schon dafür sorgen.«

D'Agosta entschied sich dagegen, Pendergast zu fragen, wie er das denn hinbekommen wollte. Stattdessen wechselte er das Thema. »Nachdem Sie angeschossen wurden ... wie sind Sie da entkommen?«

»Als ich durch den Aufprall der Kugel in das Sumpfloch zurückgeschleudert worden war, versank ich langsam darin. Nach einer Weile wurde mir bewusst, dass ich nicht weiter unterging – dass meine Füße auf etwas ruhten, nur einen Meter unterhalb der Oberfläche. Auf etwas Weichem und Elastischem, einem Tierkadaver, glaube ich. Er hat verhindert, dass ich unterging. Um vorzutäuschen, ich würde versinken, bin ich langsam in die Hocke gegangen. Ich hatte ein Riesenglück, dass Judson weggegangen ist, ohne abzuwarten, bis ich vollständig ... untergegangen war.«

»Riesenglück«, murmelte D'Agosta.

»Ich habe vier, vielleicht fünf Minuten gewartet«, sagte Pendergast. »Ich habe so stark geblutet, dass ich nicht länger warten konnte. Dann habe ich mich wieder erhoben, indem ich den Tierkadaver als eine Art Hebel benutzt habe, und mich aus dem Sumpf gezogen. Ich habe mir, so gut es eben ging, einen Druckverband angelegt. Ich befand mich meilenweit von allem entfernt – Meilen entfernt vom nächsten Dorf und von der Lodge.«

Ein, zwei Minuten lang schwieg Pendergast. Danach klang seine Stimme ein wenig kräftiger. »Judson und ich haben schon einmal hier gejagt, vor zehn Jahren. Während dieser Reise habe ich die Bekanntschaft eines hiesigen Arztes gemacht, eines gewissen Roscommon. Wir hatten einige gemeinsame Interessen. Er praktiziert in dem Dorf Inverkirkton, ungefähr drei Meilen entfernt. Zufällig liegt es per Luftlinie der Stelle, an der ich angeschossen wurde, am nächsten.«

»Wie ist es Ihnen gelungen«, fragte D'Agosta nach einer Weile, »zu diesem Roscommon hinzukommen, ohne irgendwelche Spuren zu hinterlassen?«

»Der improvisierte Verband hat verhindert, dass ich eine Blutspur hinterließ. Ich habe mich mit großer Umsicht bewegt. Den Rest hat der Regen besorgt.«

»Sie sind drei Meilen zu Fuß im Regen gegangen, mit einer offenen Brustverletzung, bis zum Haus des Arztes?«

Pendergast fixierte ihn mit seinem Blick. »Ja.«

»Mamma mia, *wie* …?«

»Ich hatte plötzlich etwas, für das es sich zu leben lohnte.«

D'Agosta schüttelte den Kopf.

»Roscommon ist außergewöhnlich intelligent und einfühlsam. Er hat meine Situation schnell verstanden. Zwei Dinge haben mir geholfen: Die Kugel hatte meine Schlüsselbeinschlagader um ein Haar verfehlt, und sie war ganz durchgegangen, so dass keine Operation notwendig war, um sie zu entfernen. Roscommon hat die Lunge wieder hinbekommen und es geschafft, die Blutung zu stillen. Im Schutz der Dunkelheit hat er mich in dieses

Cottage gebracht. Und seitdem kümmert sich seine Tante um mich.«

»Seine Tante?«

Pendergast nickte. »Sich um ihr Wohlergehen zu kümmern ist das Einzige, was ihn in diesem Teil Schottlands hält, sonst hätte er schon längst eine lukrative Privatpraxis in der Harley Street eröffnet. Er wusste, dass ich bei ihr in Sicherheit sein würde.«

»Und hier sind Sie in den vergangenen vier Wochen gewesen?«

»Und werde noch ein wenig länger bleiben – bis ich mich so weit erholt habe, dass ich die Angelegenheit zu Ende bringen kann.«

»Und dafür benötigen Sie mich.«

»Nein«, erwiderte Pendergast vehement. »*Nein*. Je früher Sie nach Hause zurückfliegen, desto besser. Um Gottes willen, Vincent, möglicherweise haben Sie durch Ihre Entdeckung zur Unzeit bereits den Wolf zur Tür geführt.«

D'Agosta verstummte.

»Ihre bloße Gegenwart bringt mich in Gefahr. Judson hält sich zweifellos noch immer hier in der Gegend auf. Er ist in heller Panik. Er weiß nicht, ob ich tot oder lebendig bin. Aber wenn er Sie sieht, vor allem in der Nähe dieses Cottage …«

»Ich kann Ihnen auf andere Art helfen.«

»Absolut nicht. Durch mein Verhalten haben Sie schon einmal fast das Leben verloren. Captain Hayward würde es mir niemals verzeihen, wenn ich das noch einmal zuließe. Am ehesten können Sie mir helfen, und zwar nur auf diese Weise, wenn Sie nach New York zurückkehren, Ihre Arbeit wieder aufnehmen und niemandem ein Sterbenswörtchen

hiervon erzählen. Was ich tun muss, *muss ich allein tun.* Kein
Wort zu niemandem, nicht zu Proctor, nicht zu Constance,
nicht zu Hayward. Haben Sie mich verstanden? Ich muss
erst wieder zu Kräften kommen, bevor ich Judson kriegen
kann. Und ich werde ihn kriegen. Wenn er nicht vorher
mich kriegt.«

Der letzte Satz versetzte D'Agosta einen Stich. Er sah Pendergast an, wie er da auf dem schmalen Bett lag, körperlich so schwach, mental so stark. Erneut fiel ihm auf, welch
obsessiver Fanatismus in Pendergasts Blick lag. Gott, er
musste diese Frau wirklich geliebt haben.

»Also gut«, sagte D'Agosta ungeheuer widerstrebend.
»Ich tue, was Sie sagen. Außer dass ich Laura hiervon erzählen muss. Ich habe geschworen, sie nie wieder zu hin-
tergehen.«

»In Ordnung. Wer weiß von Ihren Bemühungen, mich hier
zu finden?«

»Der Inspector, Balfour. Und noch ein paar andere. Ich
habe mich in der Gegend umgehört.«

»Dann weiß Esterhazy Bescheid. Das können wir zu unserem Vorteil nutzen. Erzählen Sie allen, dass Ihre Suche er-
gebnislos verlaufen ist, dass Sie nun von meinem Tod überzeugt sind. Fliegen Sie nach Hause, zeigen Sie alle äußeren
Anzeichen der Trauer.«

»Also, wenn Sie das wirklich möchten …«

Pendergasts Blick glitt zu ihm hin. »Ich *bestehe* darauf.«

19

Dr. John Felder schritt mit einer schmalen Mappe unterm Arm über einen der langen hallenden Flure im Mount Mercy Hospital. Neben ihm ging der ärztliche Direktor, Doktor Ostrom.

»Vielen Dank, dass Sie mir diese Visite gestatten, Doktor Ostrom.«

»Gern geschehen. Ich nehme an, Sie haben nicht nur ein vorübergehendes Interesse an der Patientin?«

»Ganz recht. Ihre Erkrankung ist … einzigartig.«

»Vieles, was mit der Familie Pendergast zusammenhängt, ist einzigartig.« Ostrom wollte noch mehr sagen, verstummte dann aber, als habe er in dieser Angelegenheit schon zu viel verraten.

»Wo ist eigentlich ihr Vormund, dieser Pendergast?«, fragte Felder. »Ich habe versucht, mich mit ihm in Verbindung zu setzen.«

»Ich werde nicht schlau aus ihm, fürchte ich. Er kommt und geht zu den merkwürdigsten Zeiten, stellt Forderungen und verschwindet dann wieder. Ich finde den Umgang mit ihm etwas schwierig.«

»Verstehe. Dann haben Sie also keine Einwände, dass ich die Patientin auch weiterhin besuche?«

»Überhaupt nicht. Ich werde Sie gern an meinen Beobachtungen teilhaben lassen, wenn Sie das wünschen.«

»Vielen Dank, Doktor.«

Sie kamen an die Tür. Ostrom klopfte leise an.

»Bitte kommen Sie herein.«

Ostrom schloss die Tür auf und überließ Felder den Vortritt. Das Krankenzimmer sah ähnlich aus wie beim letzten Mal, als er es gesehen hatte, außer dass sich mehr Bücher darin befanden – sehr viel mehr Bücher. Der Bücherschrank, in dem nur ein halbes Dutzend Bände gestanden hatte, enthielt jetzt deutlich mehr. Felder warf einen Blick auf die Titel: *The Complete Poems of John Keats*, C.G.Jungs *Symbole der Wandlung*, *Die hundertzwanzig Tage von Sodom* von Marquis de Sade, T.S.Eliots *Vier Quartette*, Thomas Carlyles *Sartor Resartus*. Kein Zweifel, die Bücher stammten aus der Bibliothek des Mount Mercy. Ein wenig schockiert stellte er fest, dass bestimmte Titel eigentlich gar nicht hätten ausgeliehen werden dürfen.

Es gab auch noch einen weiteren Unterschied: Auf dem Tisch in dem Zimmer lagen jetzt Blätter Kanzleipapier, vollgeschrieben mit engzeiligem Text, der von aufwendigen Skizzen, Diagrammen, Stillleben, Gleichungen und Da-Vinci-ähnlichen Zeichnungen unterbrochen wurde. Und dort hinter dem Tisch saß Constance. Sie schrieb gerade etwas, einen Federkiel in der Hand, ein Fässchen mit blauschwarzer Tinte neben sich auf dem Tisch.

Sie hob den Kopf, als die beiden Herren eintraten. »Guten Morgen, Doktor Ostrom. Guten Morgen, Doktor Felder.« Sie schob die Blätter zu einem kleinen Stapel zusammen, dann legte sie das oberste Blatt mit der Schriftseite nach unten darauf.

»Guten Morgen, Constance«, sagte Ostrom. »Haben Sie gut geschlafen?«

»Sehr gut, danke der Nachfrage.«

»Dann lasse ich Sie beide jetzt allein. Doktor Felder, ich stelle jemanden vor der Tür ab. Klopfen Sie einfach, wenn

Sie gehen möchten.« Ostrom verließ das Zimmer. Kurz darauf hörte Felder, wie sich ein Schlüssel geschmeidig im Schloss drehte.

Er wandte sich um und sah, dass Constance ihn mit ihren sonderbaren Augen betrachtete. »Bitte nehmen Sie Platz, Doktor Felder.«

»Vielen Dank.« Felder setzte sich auf den einzigen freien Stuhl im Zimmer, einen Plastikstuhl mit Stahlbeinen, die mit dem Fußboden verschraubt waren. Er hätte zwar gern gewusst, was sie da geschrieben hatte, entschloss sich aber, das Thema ein anderes Mal anzusprechen. Er legte die Mappe auf die Knie und wies mit einem Nicken auf den Federkiel. »Interessante Wahl für ein Schreibwerkzeug.«

»Ich musste mich entscheiden. Federkiel oder Buntstifte.« Sie machte eine Pause. »Ich habe nicht erwartet, Sie so bald wiederzusehen.«

»Ich hoffe, Sie finden unsere Unterhaltungen nicht unangenehm.«

»Im Gegenteil.«

Felder rutschte unruhig auf dem Stuhl herum. »Constance, wenn es Ihnen nichts ausmacht … Ich wollte mit Ihnen noch einmal kurz über … über Ihre Kindheit sprechen.«

Constance setzte sich leicht auf.

»Erlauben Sie, dass ich mich zunächst vergewissere, ob ich alles richtig verstanden habe. Sie behaupten, in den 1870er Jahren in der Water Street geboren worden zu sein, auch wenn Sie das genaue Jahr nicht kennen. Ihre Eltern starben an Tuberkulose, und auch Ihr Bruder und Ihre ältere Schwester sind einige Jahre darauf verstorben. Das würde bedeuten, dass Sie«, er machte eine Pause und rechnete, »über hundertdreißig Jahre alt sind.«

Einen Augenblick lang gab Constance keine Antwort. Sie betrachtete ihn nur ganz ruhig. Wieder war Felder von ihrer Schönheit beeindruckt, ihrem intelligenten Gesichtsausdruck, ihrem Bob aus kastanienbraunem Haar. Und sie besaß sehr viel mehr Selbstbeherrschung, als es für eine Frau, die wie zwei- oder dreiundzwanzig aussah, normal gewesen wäre.

»Doktor Felder«, sagte sie schließlich. »Ich habe Ihnen für vieles zu danken. Sie haben mich freundlich und respektvoll behandelt. Aber wenn Sie gekommen sind, um mich bei Laune zu halten, wird meine gute Meinung über Sie darunter leiden, fürchte ich.«

»Ich bin nicht gekommen, um Sie bei Laune zu halten«, sagte Felder aufrichtig. »Sondern um Ihnen zu helfen. Aber zunächst muss ich Sie besser verstehen.«

»Ich habe Ihnen die Wahrheit gesagt. Entweder Sie glauben mir oder nicht.«

»Ich möchte Ihnen ja glauben, Constance. Aber versetzen Sie sich doch einmal in meine Lage. Es ist eine biologische Unmöglichkeit, dass Sie hundertdreißig Jahre alt sind. Und deshalb suche ich nach anderen Erklärungen.«

Wieder schwieg sie einen Moment. »Eine biologische Unmöglichkeit? Doktor Felder, Sie sind doch ein Mann der Wissenschaft. Glauben Sie, dass das menschliche Herz von einem Menschen in den anderen verpflanzt werden kann?«

»Natürlich.«

»Glauben Sie, dass Röntgenbilder und MRI-Geräte vom Inneren des Körpers Aufnahmen machen können, ohne dass hierzu operative Verfahren erforderlich sind?«

»Selbstverständlich.«

»Zur Zeit meiner Geburt hätte man solche Dinge für ›eine

biologische Unmöglichkeit‹ gehalten. Ist es denn tatsächlich ›unmöglich‹, dass die Medizin den Alterungsprozess aufhalten und die Lebenserwartung über ihre natürliche Länge hinaus verlängern kann?«

»Nun … vielleicht kann sie unser Leben etwas verlängern. Aber dass eine junge Frau mehr als ein Jahrhundert lang Anfang zwanzig bleibt? Nein, tut mir leid, das ist einfach nicht möglich.« Noch während er das sagte, spürte Felder allerdings, dass seine Überzeugung ins Wanken geriet. »Wollen Sie damit sagen, dass Ihnen das widerfahren ist? Dass Sie irgendeiner Art medizinischem Verfahren unterzogen wurden, das Ihr Leben verlängert hat?«

Constance gab keine Antwort. Felder merkte, dass er ganz plötzlich weiterkam.

»Was ist bei diesem Verfahren geschehen? Wieso wurde es angewandt? Wer hat es durchgeführt?«

»Mehr zu sagen würde bedeuten, ein Versprechen zu brechen.« Constance strich über ihr Kleid. »Ich habe bereits mehr gesagt, als ich es hätte sollen. Ich erzähle Ihnen dies auch nur deshalb, weil ich fühle, dass es Sie aufrichtig danach verlangt, mir zu helfen. Aber mehr darf ich nicht sagen. Was Sie mir glauben wollen, liegt ganz allein bei Ihnen, Doktor Felder.«

»So ist es. Ich danke Ihnen, dass Sie sich mir anvertraut haben.« Felder zögerte. »Aber ich frage mich, ob Sie mir vielleicht einen Gefallen erweisen könnten.«

»Gewiss.«

»Ich möchte, dass Sie sich noch einmal in Ihre Kindheit in der Water Street versetzen, in die frühesten Erinnerungen daran.«

Sie musterte ihn sehr genau, so als suche sie in seinem

Gesicht nach Anzeichen für eine Täuschungsabsicht. Nach einer Weile nickte sie.

»Haben Sie deutliche Erinnerungen an die Water Street?«

»Ich erinnere mich noch gut an die Straße.«

»Sehr schön. Wenn ich mich recht entsinne, haben Sie gesagt, dass Ihr Elternhaus die Hausnummer sechzehn hatte.«

»Ja, das stimmt.«

»Und dass Sie ungefähr fünf Jahre alt waren, als Ihre Eltern gestorben sind.«

»Ja.«

»Erzählen Sie doch mal von der unmittelbaren Nachbarschaft – der Gegend rund um das Haus, meine ich.«

Einen Moment lang schien es, als schweife Constances wacher Blick in weite Ferne. »Nebenan befand sich ein Tabakladen. Ich erinnere mich, wie der Geruch von Cavendish und Latakia durchs Vorderfenster in unsere Wohnung wehte. Gegenüber befand sich ein Fischhändler. Die Katzen aus der Nachbarschaft versammelten sich gern auf der Backsteinmauer zum hinteren Garten.«

»Erinnern Sie sich noch an irgendetwas anderes?«

»Auf der anderen Straßenseite hatte ein Herrenausstatter sein Geschäft. London Town hieß es. Ich entsinne mich an die Modepuppe, die unter dem Ladenschild ausgestellt war. Und weiter unten in der Straße befand sich eine Drogerie – Huddell's. Ich erinnere mich deshalb, weil mein Vater mit uns dort hineingegangen ist und uns eine Penny-Tüte Süßigkeiten gekauft hat.« Bei dieser Erinnerung huschte ein Strahlen über ihr Gesicht.

Felder fand die Antworten mehr als nur ein wenig beunruhigend.

»Wie sieht's mit der Schulbildung aus? Sind Sie in der Water Street zur Schule gegangen?«

»Es gab zwar eine Schule unten an der Ecke, aber ich bin nicht hingegangen. Meine Eltern konnten es sich nicht leisten. Es gab damals ja noch kein öffentliches Bildungssystem. Und ich sagte Ihnen ja bereits, ich bin Autodidaktin.« Sie hielt kurz inne. »Warum stellen Sie mir diese Fragen, Doktor Felder?«

»Weil es mich interessiert zu erfahren, wie deutlich Ihre Erinnerungen an Ihre Kindheit sind.«

»Warum? Um sich selbst davon zu überzeugen, dass es sich um Wahnvorstellungen handelt?«

»Nein, ganz und gar nicht.« Er hatte Herzklopfen und bemühte sich, seine Erregung und seine Verwirrung zu verbergen.

Constance erwiderte seinen Blick, sie schien geradezu in sein Innerstes hineinzuschauen. »Wenn Sie mich nun bitte entschuldigen wollen, Doktor, ich bin müde.«

Er nahm die Mappe in beide Hände und erhob sich. »Nochmals vielen Dank, Constance. Ich weiß Ihre Offenheit sehr zu schätzen.«

»Gern geschehen.«

»Und wozu immer es auch gut sein mag«, sagte er unvermittelt, »ich glaube Ihnen. Ich begreife das alles zwar noch nicht einmal ansatzweise, aber ich glaube Ihnen.«

Ein sanfterer Ausdruck trat in ihr Gesicht. Ganz leicht neigte sie den Kopf.

Er drehte sich um und klopfte an die Tür. Was war denn nur in ihn gefahren, eine solch impulsive Aussage zu machen? Kurz darauf drehte sich der Schlüssel, und ein Pfleger erschien im Türrahmen.

Draußen auf dem Flur, als der Pfleger die Tür wieder abschloss, klappte Felder die Mappe auf, die er mitgebracht hatte und in der sich ein Zeitungsausschnitt aus der *New York Times* von heute befand. In dem Artikel ging es um einen historischen Fund, der an diesem Tag verkündet worden war: das Tagebuch eines jungen Mannes, Whitfield Speed, der von 1869 bis zu seinem viel zu frühen Tod im Jahr 1883, als er von einer Droschke überfahren wurde, in der Catherine Street gewohnt hatte. Speed, ein begeisterter New Yorker, war offenbar sehr eingenommen von Stows *A Survey of London* und hatte geplant, einen ähnlich detailgenauen Führer über die Straßen und Geschäfte von New York zu schreiben. Vor seinem Ableben hatte er es lediglich geschafft, ein einziges Tagebuch mit seinen Beobachtungen zu füllen. Das Journal war zusammen mit seinen wenigen Habseligkeiten in einem Koffer auf dem Dachboden verschlossen gewesen und erst einige Tage zuvor wieder aufgefunden worden. Das Journal wurde als bedeutender Beitrag zur Geschichte der Stadt New York gefeiert, da es sehr präzise Informationen über die Gegebenheiten von Speeds Viertel lieferte – Informationen, die aus keiner anderen Quelle zu erhalten waren.

Speeds Wohnhaus in der Catherine Street hatte ganz in der Nähe der Water Street gelegen. Auf einer der Innenseiten hatte die *Times* eine der aufwendigen Bleistiftskizzen aus Speeds laufenden Aufzeichnungen abgedruckt – eine Skizze, zu der auch eine detaillierte Karte der beiden Straßen, der Catherine und der Water Street, gehörte. Bis zu diesem Morgen hatte kein Lebender gewusst, welche Geschäfte es in diesen beiden Straßen in den 1870er Jahren gegeben hatte.

Kaum hatte Felder heute Morgen am Frühstückstisch den Artikel durchgelesen, war ihm eine Idee gekommen. Eine verrückte Idee natürlich, denn in Wirklichkeit tat er ja kaum mehr, als Constance zu verhätscheln, sie in ihren Wahnvorstellungen zu bestätigen, aber hier bot sich ihm eine ideale Gelegenheit, ihre Aussagen zu überprüfen. Angesichts der Wahrheit – der *tatsächlichen* Zusammensetzung von Geschäften, öffentlichen und privaten Bauten in der Water Street in den 1870er Jahren – ließe sich Constance vielleicht davon überzeugen, ihre Phantasiewelt hinter sich zu lassen. Felder stand im Flur, betrachtete eingehend die Abbildung in der Zeitung und versuchte, die alte Handschrift zu entziffern, in der etwas darübergekritzelt war. Auf einmal stockte er. Da war ja der Tabakladen. Und zwei Häuser weiter Huddell's Drogerie. Gegenüber lag der Herrenausstatter, London Town, und an der Ecke Mrs. Sarratts Akademie für Kinder.

Langsam klappte er die Mappe zu. Die Erklärung lag natürlich auf der Hand. Constance hatte die heutige Ausgabe der *Times* schon gelesen. Wenn man so wissbegierig war wie sie, wollte man schließlich wissen, was in der Welt so vor sich ging. Felder setzte sich in Richtung Empfang in Bewegung.

Als er sich dem Empfangstresen näherte, sah er Ostrom, der in einer offenen Tür stand und sich gerade mit einer Krankenschwester unterhielt.

»Doktor Ostrom?«, fragte Felder etwas atemlos.

Ostrom erwiderte seinen Blick und hob fragend die Augenbrauen.

»Constance hat doch die Morgenzeitung gelesen, oder? Die *Times*?«

Ostrom schüttelte den Kopf.

Felder erschrak. »Nein? Sind Sie sicher?«

»Ganz sicher. Die einzigen Zeitungen, Radio- und Fernsehgeräte, zu denen die Patienten Zugang haben, befinden sich in der Bibliothek. Außerdem war Constance den ganzen Vormittag auf ihrem Zimmer.«

»Niemand hat sie gesehen? Keine Krankenschwester, niemand vom nichtärztlichen Personal?«

»Niemand. Seit gestern Abend wurde ihre Tür nicht mehr aufgeschlossen. Das steht eindeutig im Protokoll.« Er runzelte die Stirn. »Stimmt irgendetwas nicht?«

Felder merkte, dass er die Luft angehalten hatte. Langsam atmete er aus. »Nein, alles in Ordnung. Vielen Dank.«

Und dann verließ er die Eingangshalle und trat in den hellen Sonnenschein.

20

Corrie Swanson hatte bei Google Alert das Stichwort »Aloysius Pendergast« eingegeben. Um zwei Uhr nachts, als sie ihren Laptop hochfuhr und ihre E-Mails abfragte, sah sie, dass sie einen Treffer hatte. Es handelte sich um ein obskures Dokument, die Abschrift einer gerichtlichen Untersuchung, die in einer Ortschaft namens Cairn Barrow, Schottland, stattgefunden hatte. Zwar lag die Untersuchung schon einige Wochen zurück, aber die Abschrift war erst heute online gestellt worden.

Während sie den in trockener Juristensprache verfassten Text las, überkam sie allmählich ein Gefühl vollkommenen

Unglaubens. Die Abschrift enthielt weder einen Kommentar noch eine Analyse, ja nicht einmal ein Fazit, sondern war lediglich die Wiedergabe der Aussagen verschiedener Zeugen im Zusammenhang mit einem Jagdunfall in irgendeinem Moor im schottischen Hochland. Ein furchtbarer, völlig unglaubwürdiger Vorfall.

Sie las den Text wieder und wieder und noch einmal, wobei sich ihr Gefühl der Irrealität jedes Mal steigerte. Ganz klar, diese seltsame Erzählung war nur die Spitze des Eisbergs, die wahre Geschichte lag unter Wasser. Nichts davon ergab Sinn. Corries Gefühle wandelten sich. Erst zweifelte sie, dann kam ihr alles irreal vor, und schließlich empfand sie eine angstvolle Verzweiflung. Pendergast, erschossen bei einem Jagdunfall? Unmöglich.

Mit ein wenig zittrigen Fingern zog sie ihr Notizbuch aus der Handtasche und schlug eine Telefonnummer nach, zögerte, dann fluchte sie leise und wählte die Nummer. Es war D'Agostas Privatnummer, deshalb würde er nicht gerade erfreut sein, zu dieser Stunde angerufen zu werden, aber scheiß drauf, der Bulle hatte sie nicht zurückgerufen, er hatte sein Versprechen, sich um die Sache zu kümmern, nicht eingehalten.

Wieder fluchte sie laut, lauter diesmal, weil sie sich verwählt hatte und nochmals wählen musste.

Das Telefon läutete wohl fünfmal, dann meldete sich eine Frauenstimme. »Hallo?«

»Ich möchte mit Vincent D'Agosta sprechen.« Sie hörte selbst, wie ihre Stimme zitterte.

Stille. »Mit wem spreche ich?«

Corrie atmete tief durch. Wenn sie nicht wollte, dass die Frau auflegte, sollte sie am besten ruhig Blut bewahren.

»Ich heiße Corrie Swanson. Ich möchte gern mit Lieutenant D'Agosta sprechen.«

»Der Lieutenant ist nicht zu Hause«, lautete die kühle Antwort. »Möchten Sie vielleicht eine Nachricht hinterlassen?«

»Richten Sie ihm bitte aus, er soll mich anrufen. Corrie Swanson. Er hat meine Nummer.«

»Und in welcher Angelegenheit?«

Sie holte tief Luft. Auf D'Agostas Frau, Freundin oder mit wem immer sie da sprach, wütend zu reagieren, wäre sicherlich wenig hilfreich. »Agent Pendergast. Ich versuche etwas über Pendergast herauszufinden«, sagte sie und fügte hinzu: »Ich habe gemeinsam mit ihm in einem Fall ermittelt.«

»Agent Pendergast ist ums Leben gekommen. Tut mir leid.«

Allein schon, dass sie den Satz hörte, brachte Corrie zum Verstummen. Sie versuchte, ihre Stimme wiederzufinden. »Wie denn?«

»Bei einem Jagdunfall in Schottland.«

Na bitte. Die Bestätigung. Sie versuchte, sich eine passende Erwiderung auszudenken, aber sie hatte eine Art Filmriss. Warum hatte D'Agosta sie nicht angerufen? Aber es hatte keinen Sinn, sich weiter mit dieser Person zu unterhalten. »Hören Sie, sagen Sie dem Lieutenant, er soll mich anrufen. Umgehend.«

»Ich werde es ihm ausrichten«, lautete die kühle Antwort. Dann hatte die Frau aufgelegt.

Corrie sackte auf dem Stuhl zusammen und starrte auf den Computerbildschirm. Die ganze Geschichte war verrückt. Was sollte sie jetzt machen? Plötzlich fühlte sie sich beraubt, als habe sie ihren Vater verloren. Und sie konnte mit niemandem darüber sprechen, mit niemandem trauern. Ihr Vater befand sich hundert Meilen entfernt, in Allentown, Pennsylvania. Auf einmal fühlte sie sich mutterseelenallein.

Und während sie immer noch auf den Computerbildschirm starrte, klickte sie auf den Link zur Website über Pendergast, die sie liebevoll unterhielt.

www.agentpendergast.com

Schnell, fast mechanisch, schuf sie einen Frame mit dickem schwarzem Rand und begann, darin zu schreiben.

Wie ich soeben erfahren habe, ist Agent P. – Special Agent A. X. L. Pendergast – bei einem grotesken, tragischen Unfall ums Leben gekommen. Das ist furchtbar. Ich kann kaum glauben, dass es stimmt. Ich kann nicht glauben, dass sich die Erde weiterdrehen kann, ohne dass er darauf wandelt.
Es geschah auf einem Jagdausflug in Schottland …

Aber noch während Corrie den Nachruf schrieb und dabei ihre Tränen unterdrückte, setzten sich allmählich wieder die surrealen Aspekte der Geschichte in ihrem Kopf fest. Und zum Schluss, als sie den Text verfasst hatte und abschickte, fragte sie sich, ob sie eigentlich selbst glaubte, was sie da eben geschrieben hatte.

21

Judson Esterhazy blieb stehen, um zu verschnaufen. Es war ein ungewöhnlich sonniger Morgen, und die sumpfige Moorlandschaft, die ihn auf allen Seiten umgab, erstrahlte in tiefen Braun- und Grüntönen. In der Ferne zeichnete sich die Insh-Marsch als dunkle Linie ab. Und zwischen den vor ihm liegenden Hügeln stand, ein paar hundert Meter entfernt, das kleine Steinhäuschen namens Glims Holm.

Esterhazy kannte das Cottage zwar vom Hörensagen, hatte es aber zunächst als irrelevant abgetan, weil es zu weit vom Ort des Unfalls entfernt lag und viel zu primitiv war, als dass Pendergast dort jene Art ärztlicher Behandlung hätte bekommen können, die er benötigt hätte. Dann aber hatte er erfahren, dass D'Agosta sich in Inverkirkton aufgehalten und nach Pendergast gefragt hatte, und dort hatte er dann herausgefunden, dass Glims Holm der letzte Ort war, den D'Agosta aufgesucht hatte, ehe er enttäuscht in die USA zurückgekehrt war.

Aber war D'Agosta wirklich enttäuscht gewesen? Je länger Esterhazy darüber nachdachte, desto mehr schien ihm das Cottage ironischerweise genau der Ort zu sein, den Pendergast für seine Genesung ausgewählt hätte.

Und dann war er – rein zufällig, im Rahmen einer Background-Recherche im Archiv des Shire of Sutherland – auf die Goldader gestoßen, die ihn vollends überzeugt hatte: Bei der seltsamen Alten, die das vor ihm liegende Steinhäuschen bewohnte, handelte es sich um Dr. Roscommons

Tante. Ein Umstand, den Roscommon – allzu offenkundig ein Mann der gewohnheitsmäßigen Zurückhaltung – vor den braven Leuten von Inverkirkton geheim gehalten hatte.

Esterhazy stellte sich hinter einem großen Stechginsterbusch auf und holte sein Fernglas hervor. Die alte Frau war durchs Fenster im Erdgeschoss zu sehen, sie hantierte an einem Herd und bewegte sich herum. Nach einer Weile nahm sie etwas vom Herd, ging am Fenster vorbei und geriet außer Sicht. Einen Augenblick lang war sie fort ... und dann ging sie am Fenster im ersten Stock vorbei, mit etwas in der Hand, das ein Becher zu sein schien. In der Dachkammer konnte er ihre Gestalt nur so gerade eben erkennen, sie beugte sich vor, offenbar über einen Kranken, der im Bett lag, half ihm dabei, sich aufzusetzen, und reichte ihm den Becher.

Esterhazys Herz schlug schneller. Er bohrte seinen Gehstock in den weichen Grund, ging um das Cottage herum und gelangte zur Rückseite. Dort befanden sich eine kleine Tür, roh gezimmert, die in einen kleinen Küchengarten führte, ein Schuppen und ein Schafstall aus Naturstein. Fenster gab es auf der Rückseite des Häuschens keine.

Er schaute sich vorsichtig um. Niemand zu sehen. Die schier endlosen Moore und Sümpfe ringsum waren bar allen Lebens. Er zog seine kleine Handfeuerwaffe aus der Tasche und vergewisserte sich, dass sie geladen war. Äußerst umsichtig näherte er sich dem Cottage von der fensterlosen Rückseite.

Kurz darauf hockte er neben der Hintertür. Mit dem Finger machte er auf dem Holz ein leises, kratzendes Geräusch und wartete.

Und tatsächlich, die Alte hatte es gehört. Er lauschte ihren Schritten und unverständlichen Flüchen, während sie näher kam. Ein Riegel wurde zurückgezogen, die Tür ging auf. Die Frau blickte nach draußen.

Ein gemurmelter Fluch.

Schnell und geschmeidig erhob sich Esterhazy, legte die Hand über ihren Mund und zerrte sie von der Tür weg. Mit dem Knauf seiner Waffe versetzte er ihr einen festen Schlag auf den Hinterkopf, dann legte er ihren bewusstlosen Körper auf den Rasen. Einen Augenblick später war er lautlos ins Cottage geschlüpft. Das Erdgeschoss bestand aus einem großen Raum; er sah sich schnell um und warf einen Blick auf den Emaille-Herd, die abgewetzten Stühle, die Geweihe an der Wand, die Stiege, die ins Dachgeschoss führte. Von dort war ein lautes, röchelndes Atmen zu hören.

Esterhazy bewegte sich äußerst vorsichtig in dem kleinen Raum, setzte dabei jeden Fuß ganz vorsichtig auf, schaute in der Toilette und im begehbaren Schrank nach, um sich zu vergewissern, dass sich niemand dort versteckt hielt. Dann ging er, die Waffe fest umklammert, zur Treppe hinüber. Die Stufen bestanden aus genagelten Holzdielen, die möglicherweise knarrten.

Unten an der Treppe blieb er stehen und horchte. Das schwere Atmen setzte sich fort. Als er hörte, wie der Mann sich oben im Bett umdrehte und schnaufte, offenbar aus Unbehagen, wartete Esterhazy und ließ fünf Minuten verstreichen. Alles schien normal.

Er hob das Bein und stellte den Fuß auf die unterste Stufe, setzte ihn mit Druck auf, Stück für Stück, bis sein volles Körpergewicht auf der Stufe lastete. Kein Knarren. Er stellte den anderen Fuß auf die nächsthöhere Stufe und führte die gleiche quälende Prozedur durch. Wieder kein Knarren. Irrsinnig langsam stieg er auf diese Art die Treppe hinauf, es dauerte Minuten, bis er ganz oben war. Anderthalb Meter entfernt war das Fußende eines primitiven Betts zu sehen. Esterhazy richtete sich ganz langsam auf und spähte von oben ins Bett. Eine Gestalt lag darin, den Rücken ihm zugekehrt, unter einer Bettdecke, schlafend, die Atmung schwerfällig, aber regelmäßig. Ein hagerer Alter im dicken Schlafanzug, das weiße Haar fast genauso wüst und zerzaust wie das der Alten. So schien es jedenfalls. Esterhazy wusste es besser.

Über dem Kopfbrett lag ein zusätzliches Kopfkissen. Esterhazy legte seine Waffe ab, ergriff das Kissen und nahm es, ohne den Mann aus den Augen zu lassen, hoch. Das Kissen mit beiden Händen gepackt, schlich er wie ein Tiger, dann machte er plötzlich einen Satz, landete auf dem Bett, legte das Kissen auf das Gesicht des Mannes und drückte mit aller Kraft zu.

Unter dem Kissen ertönte ein erstickter Schrei, eine Hand schnellte empor und schlug hektisch nach Esterhazy, aber es befand sich keine Waffe in der Hand, und da wusste er, dass sein Angriff perfekt ausgeführt und absolut überraschend gewesen war. Er drückte das Kissen noch fester nach unten, die gedämpften Laute verstummten, und jetzt kämpfte der geschwächte Mann, indem er mit wild gestikulierenden Händen in Esterhazys Hemd griff. Sein Körper, verblüffend kräftig für jemanden, der erst kürzlich so schwer verletzt worden war, hob sich ihm entgegen. Eine große, spinnengleiche Hand packte die Bettdecke, riss sie dahin und dorthin, als hielte sie die Decke irrtümlich für die Kleidung des Angreifers. Dann hoben sich Hände und

Beine ein letztes Mal, die Bettdecke fiel zur Seite, und der Oberkörper kam zum Vorschein. Aber Pendergasts Kräfte schwanden bereits, sein Ende nahte.

Auf einmal verharrte Esterhazy. Die knotigen alten Hände des Mannes. In dem trüben Licht sah er entgeistert auf die unteren Gliedmaßen des Mannes, die spindeldürren Beine, die Pergamenthaut, die Krampfadern. Das war ganz unverkennbar der Körper eines alten Mannes. Kein Mensch brachte es fertig, sich derart wirkungsvoll zu verkleiden. Aber noch wichtiger war, dass da kein Verband war, keine Narbe oder irgendetwas auf dem Oberkörper, was auch nur entfernt auf eine vier Wochen alte Schusswunde hindeutete.

Esterhazy überlegte wie wild, um seinen Schock und seine Wut zu überwinden. Er war sich so sicher gewesen, so absolut sicher …

Rasch ließ er das Kissen los – und da erblickte er die verzerrten Gesichtszüge des Alten, die Zunge hing ihm aus dem Mund, die Augen traten vor panischer Angst beinahe aus den Höhlen. Er hustete einmal, zweimal, schnappte nach Luft, die eingefallene Brust hob und senkte sich vor Anstrengung.

In blinder Panik warf Esterhazy das Kissen beiseite und lief strauchelnd die Treppe hinunter. Die Alte rannte gerade taumelnd zur rückwärtigen Tür, Blut rann ihr Gesicht hinunter.

»Du Teufel!«, kreischte sie und griff nach ihm mit ihrer knochigen Hand, während er an ihr vorbeilief, die Haustür aufriss und über die weite, leere Moorlandschaft zurücklief.

22

Milde Nachtluft drang durch das offene Fenster ins Wohnzimmer und bewegte die Tüllgardinen. June Brodie, die
gerade die Formulare des in Mississippi zuständigen Amts
für Alten- und Krankenpflege ausfüllte, spürte den Wind-
hauch auf ihrem Gesicht und blickte auf. Abgesehen vom
leisen Flüstern des Windes war die Nacht still. Sie sah auf
die Uhr: fast zwei Uhr morgens. Aus dem Nebenzimmer
war schwach das tiefe Geleier eines Fernsehmoderators
zu hören. Bestimmt sah Carlton sich eine dieser militär-
geschichtlichen Dokumentarsendungen an, die seine Leidenschaft waren.
Sie nahm einen Schluck aus der Colaflasche, die neben
ihrem Ellbogen stand. Sie hatte es immer geliebt, Cola aus
Glasflaschen zu trinken. Es erinnerte sie an ihre Kindheit
und die altmodischen Getränkeautomaten, bei denen man
ein schmales Glasfenster öffnen und die Flaschen am Hals
herausziehen musste. Aus der Flasche schmeckte die Cola
anders, davon war sie überzeugt. Doch in den letzten zehn
Jahren, draußen in den Sümpfen, hatte sie sich mit Alumi-
niumdosen zufriedengeben müssen. Charles Slade konnte
das Glitzern des Lichts auf Glas nicht ertragen, daher war
praktisch kein unverdecktes Glas auf Spanish Island erlaubt
gewesen. Selbst die Zylinder der Spritzen waren aus Plastik.
Sie stellte die Flasche zurück auf den Untersetzer. Die
Rückkehr zu einem normalen Leben hatte noch andere
Vorteile. Carlton konnte seine Fernsehsendungen sehen,
ohne Kopfhörer aufsetzen zu müssen. Die Rollos konnten

weit geöffnet werden, um Licht und frische Luft ins Zimmer zu lassen. Sie konnte das Haus mit frischen Blumen schmücken – Rosen und Gardenien und ihren Lieblingsblumen, Calla-Lilien –, ohne befürchten zu müssen, dass ihr Duft verzweifelte Proteste hervorrufen würde. Sie hielt sich in Form, sie mochte schöne Kleider und modische Frisuren, und jetzt würde sie Gelegenheit haben, sie auch vorzuführen. Zugegeben, sie waren in der Stadt mehr als üblich angestarrt worden – manchmal misstrauisch, manchmal nur neugierig –, aber die Leute aus der Nachbarschaft gewöhnten sich bereits daran, dass die Brodies zurück waren. Die Ermittlungen der Polizei waren abgeschlossen. Der nervige Journalist vom *Ezzerville Bee* war nicht wieder aufgetaucht. Zwar hatte eine Zeitung in Houston nach seinem Artikel eine kleine Meldung gebracht, aber die Nachricht schien sich nicht weiter verbreitet zu haben. Nach Slades Tod hatten sie sich Zeit gelassen – fast fünf Monate –, damit auch bestimmt niemand je erfuhr, wo sie gelebt und was sie getan hatten. Erst dann hatten sie ihr öffentliches Wiederauftauchen durchgezogen. Das Geheimnis ihres Lebens im Sumpf würde genau das bleiben – ein Geheimnis.

Etwas wehmütig schüttelte June Brodie den Kopf. Sie mochte sich das zwar alles einreden, aber trotzdem gab es Zeiten – Zeiten wie diese, in der Stille der Nacht –, in denen ihr Charles Slade so sehr fehlte, dass es fast körperlich weh tat. Zugegeben, ihre jahrelange Pflege des ausgezehrten Körpers des Mannes, dessen Geist durch Krankheiten und eine pathologische Überempfindlichkeit gegenüber allen Sinnesreizen verheert war, hatte ihre Liebe abgeschwächt. Doch früher hatte sie ihn rasend geliebt. Ihr war klar gewesen, dass es falsch war, absolut unfair gegenüber ihrem Mann. Aber als Vorstandschef von Longitude hatte Slade eine solche Macht besessen, er sah so wahnsinnig gut aus, war so charismatisch – und auf seine Weise war er sehr freundlich zu ihr gewesen … Sie war gewillt gewesen, mehr als gewillt, ihre Stelle als Krankenschwester aufzugeben und sich ganz ihm zu widmen, am Tag und – sehr häufig – auch in der Nacht.

Im Nebenzimmer war es still geworden. Carlton musste den Fernseher ausgestellt haben, um seiner anderen Leidenschaft zu frönen: dem Kreuzworträtsel der Londoner *Times*.

June Brodie blickte seufzend auf die Formulare, die auf ihrem Schoß lagen. Apropos Job, sie sollte sich besser daranmachen, diese Papiere auszufüllen. Ihre Zulassung als examinierte Pflegefachkraft war schon vor 2004 abgelaufen, und die Gesetze in Mississippi verlangten, dass sie …

Unvermittelt schaute sie auf. Carlton stand in der Tür, einen höchst eigenartigen Ausdruck im Gesicht.

»Carlton?«, sagte sie. »Was ist denn? Was …«

In diesem Augenblick trat eine andere Gestalt aus der Dunkelheit hinter ihrem Mann hervor. June Brodie stockte der Atem. Es war ein großer, hagerer Mann in einem dunklen, teuer aussehenden Trenchcoat. Eine schwarze Lederkappe war tief in die Stirn gezogen; die Augen musterten sie mit ruhiger Distanz. In einer seiner behandschuhten Hände hielt er eine Pistole, und die war auf die Schädelbasis ihres Mannes gerichtet. Der Lauf wirkte seltsam lang, bis sie erkannte, dass die Waffe mit einem Schalldämpfer ausgerüstet war.

»Hinsetzen«, sagte der Mann und stieß Carlton auf das Zweiersofa neben ihr. Obwohl June Brodie einen Adrenalinschub verspürte, so dass ihr Herz laut klopfte, fiel ihr sogleich der ausländische Akzent des Mannes auf. Europäisch, niederländisch vielleicht, wahrscheinlicher deutsch.

Er blickte sich im Zimmer um, bemerkte das offene Fenster, schloss es und zog die Vorhänge vor. Er legte seinen Trenchcoat ab und hängte ihn über einen Stuhl. Dann zog er den Stuhl heran, so dass er vor dem Ehepaar saß, setzte sich und schlug die Beine übereinander. Die Faustfeuerwaffe hing locker herab. Er zog die Hose an den Knien hoch und zog beiläufig die Manschetten heraus, so, als habe er einen Tausend-Dollar-Anzug statt Einbrecherkluft an. Als er sich vorbeugte, fiel June ein langes, dünnes, wurmförmiges Muttermal unter dem einen Auge auf. Absurderweise dachte sie: Warum lässt er das hässliche Ding nicht entfernen?

»Ich frage mich«, sagte er mit angenehmer Stimme, »ob Sie mich wohl über etwas aufklären könnten.«

June Brodie warf einen verstohlenen Blick auf ihren Mann.

»Könnten Sie mir bitte sagen, was *moon pie* ist?«

Im Raum blieb es still. Hatte sie sich vielleicht verhört?

»Regionale Spezialitäten interessieren mich«, fuhr der Mann fort. »Ich bin jetzt seit einem Tag in diesem eigentümlichen Teil Ihres Landes. Ich kenne den Unterschied zwischen *crawfish* und *crayfish* – es gibt keinen, beides bedeutet Flusskrebs. Ich habe *grits* und, wie nennt man es noch mal, *hush puppies* gekostet – frittierte Maismehlbällchen. Aber ich komme einfach nicht dahinter, was für eine Pastete *moon pie* ist.«

»Es ist keine Pastete«, sagte Carlton mit hoher, gezwungener Stimme. »Sondern ein großer Keks. Man macht ihn aus Marshmallows und Graham-Crackern. Und Schokolade.«

147

»Verstehe. Danke schön.« Der Mann hielt inne und musterte sie nacheinander. »Und würden Sie jetzt vielleicht so freundlich sein, mir zu sagen, wo Sie beide die letzten zwölf Jahre gewesen sind?«

June Brodie atmete tief durch. Beim Sprechen wunderte sie sich selbst, wie ruhig ihre Stimme klang. »Das ist kein Geheimnis. Es stand in der Zeitung. Wir haben eine Frühstückspension in San Miguel in Mexiko geführt. Sie heißt Casa Magnolia, und …«

Mit einer einzigen, sparsamen Bewegung hob der Mann seine Waffe und schoss – wobei ein gedämpftes *Peng* erklang – Carlton Brodies linke Kniescheibe weg. Brodie zuckte zusammen, als wäre er von einem elektrischen Viehtreiber berührt worden, krümmte sich und schrie vor Erstaunen und Schmerzen auf. Blut quoll zwischen seinen Fingern hervor, die das Knie umklammert hielten.

»Wenn Sie nicht sofort still sind«, sagte der Mann kühl, »geht der nächste Schuss in die Hirnschale.«

Carlton stopfte die Faust, die nicht das Knie umklammerte, in den Mund. Tränen quollen ihm aus den Augen. June war aufgesprungen und wollte zu ihm gehen, aber eine ruckartige Bewegung der Pistole ließ sie auf ihren Stuhl zurücksinken.

»Mich anzulügen, ist beleidigend«, sagte der Mann. »Tun Sie das nie wieder.«

Absolute Stille im Zimmer. Der Mann zupfte an seinen Handschuhen, erst am rechten, dann am linken. Als er die Ledermütze zurückschob, kamen feine, markante Gesichtszüge zum Vorschein: eine dünne Nase, hohe Wangenknochen, blondes, kurzgeschnittenes Haar, schmales Kinn, kalte blaue Augen, herabgezogene Mundwinkel. »Wir wissen,

Mrs. Brodie, dass Ihrer Familie ein Jagdcamp im Black-Brake-Sumpf gehört, nicht weit von hier. Das Camp ist als Spanish Island bekannt.«

June Brodie starrte ihn an. Ihr Herz hämmerte schmerzhaft in der Brust. Auf dem Sofa stöhnte und zitterte ihr Mann und hielt sein Knie umklammert, das der Mann zerschossen hatte.

»Vor nicht allzu langer Zeit, kurz vor Ihrem Wiederauftauchen, wurde ein Mann namens Michael Ventura tot im Sumpf aufgefunden, nicht weit von Spanish Island entfernt, erschossen. Früher arbeitete er als Sicherheitschef für Longitude Pharmaceuticals. Er ist von Interesse für uns. Wissen Sie vielleicht irgendetwas darüber?«

Wir wissen, hatte er gesagt. *Von Interesse für uns.* June Brodie dachte an die Worte, die der kranke Slade so oft geflüstert hatte, mit offensichtlicher Eindringlichkeit: *Bleib im Verborgenen. Sie können nicht wissen, dass wir noch leben. Sie würden uns holen kommen.* War es möglich, bestand die geringste Möglichkeit, dass es sich dabei nicht nur um das wirre Gerede eines paranoiden, halb verrückten Mannes gehandelt hatte?

Sie schluckte. »Nein, wir wissen nichts darüber«, antwortete sie. »Spanish Island ist schon vor Jahrzehnten bankrottgegangen, seitdem stehen die Gebäude leer. Alles ist verrammelt und verriegelt ...«

Der Mann hob erneut die Waffe und schoss Carlton Brodie beiläufig in den Unterleib. Blut, Körpergewebe und Körperflüssigkeiten ergossen sich über das Sofa. Brodie heulte auf vor Schmerz, krümmte sich, glitt vom Sofa und wand sich auf dem Boden.

»Schon gut!«, rief June. »Schon gut, *hören Sie auf, um der*

Liebe Gottes willen, bitte!« Die Worte sprudelten nur so aus ihr heraus.

»Bringen Sie ihn zum Schweigen«, sagte der Mann. »Sonst muss ich es tun.«

June stand auf und eilte zu Carlton, der zusammenge-krümmt dalag und vor Schmerzen schrie. Sie legte ihm die Hand auf die Schulter. Blut strömte aus seinem Knie und zwischen den Beinen hervor. Mit einem hässlichen Schwall übergab er sich über Hose und Schuhe.

»Reden Sie«, sagte der Mann, immer noch beiläufig.

»Wir lebten da draußen«, sagte sie, spuckte die Worte in ihrer Angst fast heraus. »Draußen in den Sümpfen. Auf Spanish Island.«

»Wie lange?«

»Seit dem Brand.«

Der Mann runzelte die Stirn. »Dem Brand bei Longitude?« Sie nickte fast eifrig.

»Was haben Sie da draußen im Sumpf gemacht?«

»Uns um ihn gekümmert.«

»Um ihn?«

»Charles. Charles Slade.«

Zum ersten Mal fiel die Maske gelassener Gleichgültig-keit. Erstaunen und Ungläubigkeit traten in die vorneh-men Züge des Mannes. »Unmöglich. Slade ist in den Flammen umgekommen …« Er verstummte. Seine Augen weiteten sich ein wenig und glänzten, so, als habe er etwas begriffen.

»Nein. Das Feuer war gelegt worden.«

Der Mann sah sie an und fragte scharf: »Warum? Um Be-weise aus dem Labor zu vernichten?«

Sie schüttelte den Kopf. »Ich weiß nicht, warum. Der

Großteil der Laborarbeit wurde auf Spanish Island erledigt.«

Wieder ein Ausdruck des Erstaunens. June blickte zu ihrem Mann, der unkontrolliert stöhnte und zitterte. Offenbar stand er kurz davor, bewusstlos zu werden. Vielleicht sogar zu sterben. Sie schluchzte, würgte, bemühte sich, sich zu beherrschen. »Bitte …«

»Warum haben Sie sich dort versteckt?«, fragte der Mann. Sein Ton war gleichgültig, aber das Funkeln war noch in seinen Augen.

»Charles wurde krank. Er hatte sich mit der Vogelgrippe angesteckt. Sie hat ihn … verändert.«

Der Mann nickte. »Und er hat Sie und Ihren Mann behalten, damit Sie sich um ihn kümmern?«

»Ja. Draußen im Sumpf. Wo ihn niemand finden würde. Wo er arbeiten konnte und dann später – als seine Krankheit sich verschlimmerte – gepflegt werden konnte.« Sie sagte das mit vor Angst erstickter Stimme. Der Mann war gewalttätig, aber wenn sie ihm alles erzählte, alles, würde er sie vielleicht gehen lassen. Und sie konnte ihren Mann ins Krankenhaus bringen.

»Wer wusste sonst noch von Spanish Island?«

»Nur Mike. Mike Ventura. Er brachte Vorräte, sorgte dafür, dass wir alles hatten, was wir brauchten.«

Der Mann zögerte. »Aber Ventura ist tot.«

»*Er* hat ihn umgebracht«, sagte June Brodie.

»Wer? Wer hat ihn umgebracht?«

»Agent Pendergast. Vom FBI.«

»FBI?« Zum ersten Mal erhob er merklich die Stimme.

»Ja. Zusammen mit einem Captain von der New Yorker Polizei. Eine Frau. Hayward.«

»Was wollten sie?«

»Der FBI-Agent suchte nach dem Mann, der seine Frau getötet hatte. Es hatte irgendetwas mit dem Projekt Aves zu tun – dem geheimen Vogelgrippe-Team bei Longitude … Slade hat sie umbringen lassen. Vor Jahren.«

»Ah ja«, sagte der Mann, als würde ihm plötzlich etwas klar. Er schwieg eine Weile und betrachtete die Fingernägel seiner linken Hand. »Wusste der FBI-Agent, dass Slade noch lebte?«

»Nein. Nicht bevor … Erst als er nach Spanish Island kam und Slade sich ihm zeigte.«

»Und was dann? Hat dieser FBI-Agent ihn ebenfalls umgebracht?«

»In gewisser Weise. Slade starb.«

»Warum kam nichts davon in den Nachrichten?«

»Der FBI-Agent wollte, dass die ganze Sache dort in den Sümpfen ein Ende fand.«

»Wann war das?«

»Vor mehr als sechs Monaten. Im März.«

Der Mann dachte kurz nach. »Sonst noch etwas?«

»Das ist alles, was ich weiß. Bitte! Ich habe Ihnen alles erzählt. Ich muss meinem Mann helfen. *Bitte* lassen Sie uns gehen!«

»Alles?«, fragte der Mann mit leisem Anflug von Skepsis in der Stimme.

»Alles.« Was konnte es sonst noch geben? Sie hatte ihm von Slade erzählt, von Spanish Island, vom Projekt Aves. Es gab sonst nichts weiter.

»Verstehe.« Der Mann schaute sie an. Dann hob er seine Waffe und schoss Carlton Brodie mitten zwischen die Augen.

»Gott, nein!« June spürte, wie der Körper in ihren Armen zuckte. Sie schrie.

Langsam senkte der Mann die Pistole.

»O nein!« June weinte. »*Carlton!*« Sie fühlte, wie der Leib ihres Mannes sich langsam in ihren Armen entspannte. Seiner Lunge entwich ein leises Pfeifen wie aus einem Blasebalg. Blut schoss in wahren Strömen aus seinem Hinterkopf und färbte den Sofabezug dunkel.

»Denken Sie gründlich nach«, sagte der Mann. »Sind Sie sicher, dass Sie mir alles erzählt haben?«

»Ja«, schluchzte sie und wiegte die Leiche in den Armen. »Alles.«

»Sehr schön.« Der Mann saß einen Augenblick ganz still da. Dann lachte er leise in sich hinein. »*Moon pie.* Wie eklig.« Schließlich erhob er sich und ging langsam zu dem Stuhl hinüber, auf dem June an den Antragsformularen gearbeitet hatte. Er betrachtete die Formulare kurz, während er die Pistole in den Hosenbund steckte. Dann griff er nach der halb geleerten Colaflasche, schüttete den Inhalt in einen Blumentopf und brach mit einem scharfen Knacken den Hals an der Tischkante ab.

Er wandte sich ihr zu, die Flasche auf Hüfthöhe vorgestreckt. June starrte auf den scharfkantigen Flaschenhals, auf das Glas, das im Schein der Lampen funkelte.

»Aber ich habe Ihnen doch alles gesagt«, flüsterte sie.

»Ich verstehe schon«, sagte er und nickte mitfühlend. »Trotzdem, man muss sichergehen.«

23

»Tag, Mr. Draper. Es ist ein richtig schöner Tag heute.«

»In der Tat, Robbie.«

»Haben Sie heut Morgen 'ne ordentliche Radtour unternommen?«

»O ja. Bin bis nach Fenkirk und zurück geradelt.«

»Ganz schön lange Strecke.«

»Ich wollte das gute Wetter nutzen. Morgen früh reise ich ab.«

»Ich verliere Sie ungern als Gast, Mr. Draper. Aber ich hab mir schon gedacht, dass Sie sich bald wieder auf den Weg machen. Wir können von Glück reden, dass wir Sie so lange bei uns hatten.«

»Wenn Sie mir bitte die Rechnung fertig machen, dann kann ich sie begleichen.«

»Sofort, Sir.«

»Sie waren sehr gastfreundlich. Ich glaube, ich gehe auf mein Zimmer und mache mich etwas frisch, und dann schaue ich im *Half Moon* vorbei, auf einen letzten *steak & kidney pie*.«

»Fein, Sir.«

Oben wusch Esterhazy sich am Waschbecken die Hände und trocknete sie mit dem Handtuch ab. Zum ersten Mal seit Wochen empfand er eine ungeheure Erleichterung. Die ganze Zeit über hatte er sich nicht davon überzeugen können, dass Pendergast tot war. Die Suche nach ihm hatte sich zu einer Obsession entwickelt, die jeden wachen Gedanken aufzehrte und ihn in seinen Träumen folterte. Doch sein Besuch in Glims Holm hatte ihn zu guter Letzt davon überzeugt, dass Pendergast tatsächlich tot war. Wenn der FBI-Agent noch lebte, hätte er, Esterhazy, bei seiner langen, intensiven Suche irgendeine Spur von ihm finden müssen. Wenn er noch am Leben wäre, wäre Roscommon bei einem von Esterhazys drei Besuchen in dessen Praxis irgendein unbedachtes Wort entschlüpft. Wenn Pendergast noch am Leben wäre, hätte Esterhazy ihn heute Morgen in dem Steincottage gefunden. Er hatte das Gefühl, als wäre ihm eine große Last von den Schultern genommen worden. Jetzt konnte er nach Hause fahren und sein Leben wieder aufnehmen, das auf den Kopf gestellt worden war, als Pendergast und D'Agosta vor seiner Tür erschienen.

Gutgelaunt pfeifend schloss er die Zimmertür und stieg die Treppe hinunter. Er machte sich keine Sorgen, dass die alte Frau sich trauen würde, in den Ort zu kommen, um von dem Überfall zu berichten. Und selbst wenn – man hielt sie im Dorf so offensichtlich für meschugge, dass niemand ihr die Geschichte abnehmen würde. Die Fahrradtour und die zwölf Meilen lange Wanderung übers Moor und zurück hatten seinen Appetit angeregt, und zum ersten Mal seit Wochen war sein Befinden nicht von Angst und Sorge gedämpft.

Er betrat den düsteren, würzig duftenden Schankraum des *Half Moon* und nahm gutgelaunt auf einem Barhocker Platz. Jennie Prothero und MacFlecknoe, der Wirt, befanden sich auf ihren üblichen Plätzen, der eine hinterm Tresen, die andere davor.

»Tag, Mr. Draper«, sagte MacFlecknoe und zapfte ein Pint vom Üblichen für Esterhazy.

»Tag, Paulie, Jennie.« Die zahlreichen Runden, die Esterhazy in der letzten Woche ausgegeben hatte, hatten ihm das Vorrecht eingeräumt, die beiden beim Vornamen nennen zu dürfen.

Mrs. Prothero nickte und lächelte. »Hallo, mein Lieber.« MacFlecknoe stellte das Bier vor Esterhazy ab und wandte sich dann wieder an Jennie Prothero. »Komisch, dass wir ihn vorher noch nie gesehen haben.«

»Na, er hat doch gesagt, dass er drüben bei den Braes von Glenlivet war.« Die alte Frau nahm einen Schluck von ihrem Bitter. »Glaubst du, dass er wegen der Sache beim Constable war?«

»Nee. Was sollte er denn auch sagen? Außerdem, in irgendwas reingezogen zu werden, ist bestimmt das Letzte, was er will, wo er doch im Urlaub ist und alles.«

Esterhazy spitzte die Ohren. »Habe ich etwas verpasst?«

MacFlecknoe und die Ladenbesitzerin/Wäscherin wechselten einen Blick.

»Einen Geistlichen«, sagte der Wirt. »Den haben Sie gerade verpasst. Hat auf ein Gläschen reingeschaut.«

»Mehrere Gläschen«, berichtigte Jennie mit vielsagendem Augenzwinkern.

»Netter alter Kerl«, sagte MacFlecknoe. »Für einen Waliser. Hat 'ne kleine Gemeinde unten auf Anglesey. Ist seit einem Monat hier oben in den Highlands.«

»Grabstein-Durchreibungen«, ergänzte Jennie Prothero kopfschüttelnd.

»Aber, aber, Jennie«, sagte der Wirt. »Das ist ein durchaus respektabler Zeitvertreib, besonders für einen Kirchenmann.«

»Kann sein«, erwiderte die alte Frau. »Er hat gesagt, er beschäftige sich mit Aquarien.«

»Antiquariat«, korrigierte MacFlecknoe. »Sammlung von Altertümern.«

Esterhazy unterbrach ihn freundlich. »Ich hätte gern den *steak & kidney pie*, Paulie.« In gleichgültigem Ton fügte er hinzu: »Was war das mit dem Constable?«

MacFlecknoe zögerte. »Also, Mr. Draper, ich weiß nicht recht, ob ich das weitererzählen darf. Er hatte ja schon drei Whiskys intus, als er uns die Geschichte erzählt hat, verstehen Sie.«

»Ach, nun sei doch nicht albern, Paulie!«, schalt Jennie Prothero. »Mr. Draper ist ein anständiger Kerl. Er wird dem alten Knaben schon keinen Ärger machen.«

Der Wirt überdachte das. »Also gut. Es war vor ein paar Wochen. Der Pfarrer war gerade in die Highlands gekommen und war auf dem Weg nach Auchindoun. Als er den Kirchhof der Ballbridge-Kapelle entdeckte – das ist eine Ruine, ganz in der Nähe der Insh-Marsch –, hat er Halt gemacht, um sich die Grabsteine anzusehen. Also, kaum war er auf dem Kirchhof, als ein Mann aus dem Nebel auftauchte. Betrunken und krank, war von oben bis unten voller Blut und Schlamm und hat am ganzen Leib gezittert.«

»Der arme Pfarrer war überzeugt, dass es sich um einen Flüchtling handelte«, sagte die Ladenbesitzerin und legte einen Finger an die Nase. »Auf der Flucht vor dem Gesetz.«

Esterhazy kannte die Kapellenruine – sie lag zwischen dem Foulmire und Inverkirkton. »Wie hat der Mann denn ausgesehen?« Sein Herz rasselte plötzlich in der Brust wie eine in einer Blechbüchse gefangene Ratte.

MacFlecknoe dachte kurz nach. »Also, davon hat er nichts gesagt. Aber verzweifelt war der Mann, hat ganz wirr geredet. Aber weil der Geistliche gedacht hat, dass der Mann die Beichte ablegen will, hat er ihm zugehört. Er war fast von Sinnen, meinte er. Zitternd am ganzen Leib, mit klappernden Zähnen. Hat irgend so eine wilde Geschichte erzählt und wollte wissen, wie man aus dem Moor rauskommt. Der Vikar hat ihm eine Art Karte gezeichnet. Er musste ihm versprechen, keiner Menschenseele etwas von ihrer Begegnung zu verraten. Der arme alte Pfarrer ging dann zu seinem Auto, um eine Decke aus dem Kofferraum zu holen. Als er wiederkam, war der Mann verschwunden.«

»Ich werd' heute Nacht meine Tür verrammeln«, sagte Jennie Prothero.

»Was für eine Geschichte hat der Mann dem Pfarrer denn erzählt?«, fragte Esterhazy.

»Na, Mr. Draper, Sie wissen ja, wie Geistliche so sind«, erwiderte der Wirt. »Das Beichtgeheimnis und so.«

»Sie haben gesagt, dass er seine Gemeinde auf Anglesey hat? War er auf dem Rückweg dorthin?«

»Nein. Er hat noch ein paar Tage Urlaub. Er wollte noch rüber nach Lochmoray.«

»Ein winzig kleines Dörfchen im Westen.« MacFlecknoes Ton deutete an, dass Inverkirkton im Vergleich dazu eine wahre Großstadt war.

»Jede Menge alte Grabsteine in St. Mun's zum Durchreiben«, fügte Jennie Prothero mit einem erneuten Kopfschütteln hinzu.

»St. Mun's«, wiederholte Esterhazy langsam, wie zu sich selbst.

24

Judson Esterhazy radelte bergauf und ließ die kleine Stadt weit unter sich zurück. Die Straße schlängelte sich durch die Granitfelsen, langsam verschwanden alle Anzeichen von Zivilisation. Anderthalb Stunden später tauchte in der Ferne ein Kirchturm aus grauem Naturstein auf, der gerade eben über die Gebirgsfalte ragte.

Das konnte nur die Kapelle von St. Mun's mit ihrem historischen Friedhof sein, wo Esterhazy – mit etwas Glück – den Pfarrer finden würde.

Er blickte auf die lange, gewundene Straße, hielt den Atem an und nahm die Steigung in Angriff.

Die Straße verlief bergan durch Kiefern und Tannen, bevor sie einen Bogen um die Bergschulter machte, um dann ins Tal hinab und zu der einsam gelegenen Kapelle hinaufzuführen. Ein kalter Wind wehte, und Wolken jagten über den Himmel, als Esterhazy oben auf der Bergschulter hielt, um das Terrain zu sondieren.

Und tatsächlich: Der Pfarrer stand auf dem Friedhof, ganz allein. Er war nicht in Schwarz geleidet, sondern trug Tweed; nur der Pfarrerkragen verriet seinen Stand. Sein Fahrrad lehnte an einem Grabstein, und der Geistliche selbst stand über ein Hochgrab gebeugt und war dabei, eine Frottage anzufertigen. Obwohl er sich dabei ein wenig idiotisch vorkam, tastete Esterhazy nach der beruhigenden Ausbuchtung in der Tasche – seiner Pistole – und vergewisserte sich, dass er schnell rankommen konnte. Dann stieg er wieder aufs Rad und sauste talwärts.

Es war schon erstaunlich. Dieser Schweinehund von Pendergast bereitete ihm nach wie vor Schwierigkeiten, noch über den Tod hinaus. Denn es musste Pendergast gewesen sein, auf den der Pfarrer da draußen im Moor gestoßen war. Vermutlich geschwächt vom Blutverlust, halb verrückt vor Schmerzen, nur Minuten vom Tod entfernt. Was hatte er dem Mann erzählt? Esterhazy konnte Schottland nicht verlassen, ohne es in Erfahrung gebracht zu haben.

Der Pfarrer erhob sich ungeschickt, als Esterhazy sich näherte, und bürstete Zweiglein und Gras von seinen Knien. Auf dem Grabstein lag ein großes Blatt Reispapier; die Frottage war halb fertig. Eine Mappe mit weiteren Frottagen lag davor, ausgebreitet auf einer Leinwand mit Buntstiften, Pastellkreiden und Kohle.

»Uff!«, murmelte der Pfarrer, rückte seine Kleidung zurecht und klopfte sich ab. »Guten Tag auch.« Er sprach mit einem starken walisischen Akzent, seine Gesichtshaut war rot und geädert.

Esterhazys gewohnheitsmäßige Vorsicht löste sich in Luft auf, als der Pfarrer die Hand ausstreckte. Sein Handschlag war unerfreulich feucht und nicht ganz sauber.

»Sie müssen der Pfarrer von Anglesey sein.«

»Ganz recht.« Das Lächeln wich einem Ausdruck von Verwirrung. »Aber woher wissen Sie das?«

»Ich komme gerade aus dem Pub in Inverkirkton. Dort sagte man mir, dass Sie in der Gegend sind. Um Frottagen von Grabsteinen zu machen.« Esterhazy wies mit dem Kopf auf das Grab.

Der alte Mann strahlte. »Ganz richtig! Ganz richtig!«

»Was für ein Zufall, dass wir uns über den Weg laufen. Mein Name ist Wickham.«

»Ich freue mich, Ihre Bekanntschaft zu machen.«
Sie verharrten einen Augenblick lang in freundlichem Schweigen.

»Es wurde auch erwähnt, dass Sie eine ziemlich wüste Geschichte erzählt haben«, fuhr Esterhazy fort. »Über einen Mann in einer verzweifelten Lage, dem Sie im Moor begegnet sind.«

»Ja, das bin ich wirklich!« Der Eifer im Gesicht des Mannes verriet Esterhazy, dass er zu jenen Menschen gehörte, die danach gierten, zu jedem nur erdenklichen Thema Ratschläge zu erteilen.

Esterhazy schaute sich mit gespielter Gleichgültigkeit um.

»Es würde mich interessieren, mehr darüber zu erfahren.«
Ein eifriges Nicken. »Ja, in der Tat. In der Tat. Es war … lassen Sie mal sehen … Anfang Oktober.«

Esterhazy wartete ungeduldig und bemühte sich, den Pfarrer nicht zu hart zu bedrängen.

»Ich habe zufällig einen Mann getroffen. Er ging taumelnd über das Moor.«

»Wie sah er denn aus?«

»Furchtbar. Er war krank, zumindest hat er das gesagt … Ich glaube ja eher, dass er betrunken war, oder noch wahrscheinlicher, auf der Flucht vor dem Gesetz. Er muss auf einen Felsen gestürzt sein – sein Gesicht war ganz blutig. Er war bleich, schlammbedeckt und durchnässt bis auf die Haut. Es hatte an dem Nachmittag stark geregnet, soweit ich mich erinnere. Ja, ich erinnere mich an diesen Regen. Aber zum Glück hatte ich ja meine Regenjacke dabei …«

»Aber wie hat er ausgesehen? Was für eine Haarfarbe hatte er?«

Der Geistliche verstummte, als sei ihm gerade eben ein

161

Gedanke gekommen. »Welches Interesse haben Sie denn an der Sache, wenn ich fragen dürfte?«

»Ich schreibe Kriminalromane. Ich bin ständig auf der Suche nach Ideen.«

»Oh. Nun, in dem Fall, lassen Sie mich mal nachdenken: helles Haar, bleiches Gesicht, groß. Trug Jagdkleidung. Tweed.« Der Pfarrer schüttelte den Kopf und gab ein vogelähnliches Glucksen von sich. »Der arme Teufel war in einem furchtbaren Zustand, wirklich.«

»Und hat er irgendetwas gesagt?«

»Also, ja. Aber darüber kann ich eigentlich nicht sprechen, Sie verstehen schon. Was ein Mensch vor Gott beichtet, ist ein geheiligtes Geheimnis.«

Der Pfarrer sprach derart langsam und bedächtig, dass Esterhazy befürchtete durchzudrehen. »Was für eine faszinierende Geschichte. Können Sie mir sonst noch etwas erzählen?«

»Er fragte nach dem Weg durch die Sumpfgebiete. Ich sagte ihm, das seien mehrere Meilen.« Der Pfarrer schürzte die Lippen. »Aber er hat nicht lockergelassen, deshalb habe ich ihm eine kleine Karte gezeichnet.«

»Eine Karte?«

»Tja, also, das war ja das mindeste, was ich tun konnte. Ich musste ihm den Weg aufzeichnen. Das Moor ist furchtbar tückisch, überall Sumpflöcher.«

»Aber Sie kommen doch aus Anglesey. Wieso kennen Sie dann die Gegend hier so gut?«

Der Pfarrer lachte leise. »Ich komme seit Jahren her. Seit Jahrzehnten! Ich bin auf all diesen Mooren gewandert. Habe jeden Kirchhof zwischen hier und Loch Linnhe besucht! Es ist eine Gegend von höchstem historischem

Interesse, wissen Sie. Ich habe Durchreibungen von Hunderten von Grabsteinen gemacht, einschließlich derer der Lairds von …«

»Ja, ja. Aber erzählen Sie von der Karte, die Sie gezeichnet haben. Könnten Sie mir die gleiche Karte machen?«

»Aber natürlich! Es wäre mir eine Freude! Schauen Sie, ich habe ihm den Weg um die Marschgebiete herum gezeigt, weil die Strecke an der Kilchurn Lodge vorbei sogar noch gefährlicher ist. Ich weiß ehrlich gesagt nicht, wie er überhaupt da hingeraten konnte.« Er gab wieder ein Glucksen von sich und zeichnete dabei eine grobe Karte, grauenhaft schlecht, krakelig und viel zu klein. »Hier standen wir«, erklärte er und deutete auf ein X.

Esterhazy musste sich vorbeugen, damit er mehr erkennen konnte. »Wo?«

»Hier.«

Bevor Esterhazy begriff, was geschah, verspürte er einen heftigen Ruck. Dann wurde er zu Boden gezwungen und dort festgehalten, die Arme hinter dem Rücken verdreht, das Gesicht ins Gras gedrückt –, und dann wurde ihm der kalte Lauf einer Pistole derart fest in den Gehörkanal gepresst, dass er ihm ins Fleisch schnitt und Blut hervortrat.

»Rede«, sagte der Geistliche.

Es war die Stimme von Pendergast.

Esterhazy wehrte sich, seine Gedanken rasten, aber der Pistolenlauf bohrte unbarmherzig. Eine Welle von Schrecken und Entsetzen ergriff ihn. Gerade als er überzeugt war, dass dieser Teufel tot war, endgültig fort, tauchte er wieder auf. Das war das Ende. Pendergast hatte gewonnen. Die ungeheuerliche Erkenntnis sickerte in ihn ein wie Gift.

»Helen lebt noch, hast du gesagt«, kam die Stimme, fast wie ein Hauch. »Und jetzt erzähl mir den Rest. Alles.«

Esterhazy bemühte sich, Ordnung in seine Gedanken zu bringen, den Schock zu überwinden, zu überlegen, was er sagen sollte und wie. Der Torfgeruch stieg ihm in die Nase und erzeugte einen Würgereiz. »Einen Augenblick«, japste er. »Lass mich erklären, wie es angefangen hat. Bitte, lass mich hoch.«

»Nein. Du bleibst unten. Wir haben reichlich Zeit. Und ich habe keinerlei Bedenken, dich zum Reden zu bringen. Du *wirst* reden. Aber wenn du mich anlügst, und sei es nur ein einziges Mal, bringe ich dich um. Ohne weitere Warnung.«

Esterhazy rang mit einer fast überwältigenden Angst. »Aber dann ... wirst du es nie erfahren.«

»Falsch. Jetzt, da ich weiß, dass sie lebt, werde ich sie finden. Aber du kannst mir viel Zeit und Mühe ersparen. Ich wiederhole: die Wahrheit, oder du stirbst.«

Esterhazy hörte das leise Klicken, als die Sicherung gelöst wurde.

»Ja, ich verstehe ...« Er versuchte erneut, sich zu sammeln, sich zu beruhigen. »Du hast ja keine Ahnung«, stieß er keuchend hervor, »du hast keine Ahnung, um was es hier geht. Das Ganze reicht weit zurück, in die Zeit vor Longitude.« Er keuchte, rang im taufeuchten Gras nach Atem. »Zurück bis in die Zeit vor unserer Geburt.«

»Ich höre.«

Esterhazy atmete tief durch. Ihm fiel das alles schwerer, als er es sich je ausgemalt hätte. Die Wahrheit war derart entsetzlich ...

»Fang am Anfang an.«

»Das wäre der April neunzehnhundertfünfundvierzig …«
Unvermittelt verschwand der Druck der Pistole. »Mein
Lieber, was für ein hässlicher Sturz! Warten Sie, ich helfe
Ihnen auf.« Pendergasts Stimme hatte sich verändert, und
der walisische Akzent war wieder da, in voller Stärke.

Einen Augenblick lang war Esterhazy völlig durcheinander.
»Sie haben sich ja am Ohr verletzt! Oje!« Pendergast tupfte an seinem Ohr herum, und Esterhazy spürte, wie die
Pistole, die jetzt in Pendergasts Tasche steckte, sich ihm
in die Seite bohrte. Gleichzeitig hörte er, wie eine Autotür zugeknallt wurde, und dann Stimmen – ein Chor von
Stimmen. Er blickte vom Boden auf und blinzelte. Eine
heitere Gruppe, bestehend aus Männern und Frauen mit
Wanderstöcken, Regenkleidung, Notizbüchern, Kameras
und Stiften, näherte sich. Der Minibus, in dem sie gekommen waren, parkte direkt vor der alten Steinmauer, die den
Kirchhof umgab. Weder Esterhazy noch Pendergast hatten
ihn kommen hören, so intensiv war ihre Auseinanderset-
zung gewesen.

»Hallo!« Der Leiter der Gruppe, ein kleiner, dicker, vita-
ler Mann, kam auf sie zugestapft und winkte mit seinem
zusammengerollten Regenschirm. »Alles in Ordnung mit
Ihnen?«

»Nur ein kleiner Sturz«, sagte Pendergast. Er half Esterhazy auf und hielt ihn gleichzeitig mit stahlhartem Griff
fest. Der Pistolenlauf wurde wie eine Pike in seine Nieren-
gegend gerammt.

»Man stelle sich das mal vor – in diesem vergessenen Winkel Schottlands auf andere Menschen zu stoßen! Und Sie
sind mit dem Fahrrad hergekommen, alle Achtung! Was
führt Sie denn in diese Wildnis?«

»Grab-Ikonographie«, sagte Pendergast erstaunlich gelassen. Sein Blick jedoch war alles andere als ruhig.

Esterhazy unternahm eine gewaltige Anstrengung, sich zusammenzureißen. Pendergast war zwar vorübergehend matt gesetzt, aber er konnte sicher sein, dass der FBI-Agent jede Gelegenheit nutzen würde, das Angefangene zu Ende zu bringen.

»Und wir sind Ahnenforscher!«, sagte der Mann. »Unser Interesse gilt Namen.« Er streckte die Hand aus. »Rory Monckton von der Schottischen Gesellschaft für Genealogie.«

Esterhazy sah seine Chance. Als der Mann überschwenglich Pendergasts widerstrebende Hand schüttelte, musste er Esterhazys Arm für einen Moment loslassen.

»Es freut mich, Ihre Bekanntschaft zu machen«, begann Pendergast, »aber ich fürchte, wir müssen uns jetzt wirklich auf den Weg …«

Esterhazy rammte unvermittelt seinen Arm gegen die verdeckte Pistole, entwand sich Pendergasts Griff und ließ sich auf den Boden fallen. Pendergast feuerte, aber eine Millisekunde zu spät, und dann hatte Esterhazy schon seine eigene Waffe gezückt.

»Heilige Muttergottes!« Der stämmige Mann warf sich ins Gras.

Die Angehörigen der Gruppe, die angefangen hatten, sich zwischen den Grabsteinen zu verteilen, verfielen in Hysterie, einige suchten Deckung, andere liefen wie Fasane auf die Berge.

Ein zweiter Schuss zerfetzte den Kapuzenrand von Esterhazys Jacke, während er gleichzeitig einen Schuss auf Pendergast abfeuerte. Der tauchte mit einem Satz hinter einen

Grabstein und schoss erneut, verfehlte Esterhazy aber. Er war nicht in Bestform, offensichtlich noch geschwächt von seiner Verletzung.

Esterhazy gab zwei Schüsse ab und trieb Pendergast dadurch hinter den Grabstein zurück – und dann rannte er wie der Teufel auf den Minibus zu, umrundete ihn und sprang geduckt von der anderen Seite hinein.

Der Schlüssel steckte.

Eine Kugel durchschlug das Seitenfenster und überschüttete ihn mit Glassplittern. Esterhazy erwiderte das Feuer.

Er ließ den Motor an, wobei er mit einer Hand weiter aus dem mittlerweile zertrümmerten Seitenfenster schoss, über die Köpfe der Ahnenforscher hinweg und zwischen den Grabsteinen hindurch. Damit hinderte er Pendergast daran, einen Treffer zu landen. Schreie gellten über den Friedhof, während Esterhazy mit durchdrehenden Reifen zurücksetzte, was den Kies wie Schrotkörner aufspritzen ließ. Er hörte, wie Kugeln den hinteren Teil des Minibusses trafen, während er wendete, Gas gab und losfuhr.

Wieder traf ein Kugelhagel den Minibus, dann war er hinter der Bergschulter und außer Schussweite. Esterhazy konnte sein Glück kaum fassen. Die Kapelle von St. Mun's lag zwölf Meilen von Lochmoray entfernt. Es gab hier keinen Handy-Empfang. Und kein Auto, nur zwei alte Fahrräder. Ihm blieben zwei Stunden, vielleicht etwas weniger, um zu einem Flughafen zu kommen.

25

»Sie können Ihr Hemd wieder anziehen, Mr. Pendergast.« Der nicht mehr ganz junge Arzt legte seine Instrumente in die abgegriffene Gladstone-Tasche zurück, eins nach dem anderen, hektisch und pedantisch: Stethoskop, Blutdruckmessgerät, Ohrenspiegel, Ministablampe, Augenspiegel, tragbarer EKG-Monitor. Er schloss die Tasche, sah sich in der luxuriösen Hotelsuite um und richtete seinen missbilligenden Blick schließlich wieder auf Pendergast. »Die Wunde ist schlecht verheilt.«

»Ja, ich weiß. Die Umstände der Rekonvaleszenz waren ... nicht optimal.«

Der Arzt zögerte. »Die Wunde wurde offenkundig durch eine Kugel hervorgerufen.«

»Ganz recht.« Pendergast knöpfte sein weißes Hemd zu und schlüpfte in einen seidenen Morgenmantel mit gedecktem Paisleymuster. »Ein Jagdunfall.«

»Solche Unfälle müssen gemeldet werden.«

»Vielen Dank, aber die Behörden wissen alles, was nötig ist.«

Das Stirnrunzeln des Arztes vertiefte sich. »Sie sind immer noch sehr geschwächt. Sie leiden unter akutem Blutmangel nach Ihrem plötzlichen schweren Blutverlust, hinzu kommt ein zu langsamer Herzschlag. Ich empfehle Ihnen mindestens zwei Wochen Bettruhe, vorzugsweise in einem Krankenhaus.«

»Ich weiß Ihre Diagnose zu schätzen, Doktor, und werde es mir überlegen. Wenn Sie mir jetzt bitte einen Bericht über meine Vitalfunktionen geben könnten sowie den EKG-Ausdruck, kümmere ich mich gern um Ihre Rechnung.«

Fünf Minuten später verließ der Arzt die Suite und schloss leise die Tür hinter sich. Pendergast wusch sich im Badezimmer die Hände und griff zum Telefon.

»Ja, Mr. Pendergast, womit kann ich dienen?«

»Bitte lassen Sie eine kleine Stärkung auf meine Suite bringen. Old Raj Gin und Noilly Prat. Und Zitrone.«

»Sehr wohl, Sir.«

Pendergast legte auf, ging ins Wohnzimmer, öffnete die Glastüren und trat auf den kleinen Balkon hinaus. Das Getöse der Stadt drang gedämpft zu ihm herauf. Es war ein kühler Abend. Unter ihm, auf der Princess Street, warteten mehrere Taxis vor dem Hoteleingang, und ein Lastwagen rollte vorbei. Reisende strömten in die Waverley Station. Pendergast hob den Blick über die Altstadt, hin zu dem ausladenden, sandfarbenen Komplex des hell erleuchteten Edinburgh Castle, das sich gegen den purpurnen Himmel des Sonnenuntergangs abhob.

Es klopfte, dann ging die Tür der Suite auf. Ein Zimmerkellner trat ein, in der Hand ein Silbertablett mit Gläsern, Eis, einem Cocktailshaker, Zitronenscheiben auf einem Tellerchen und zwei Flaschen.

»Danke«, sagte Pendergast, trat vom Balkon und drückte dem Mann einen Schein in die Hand.

»Es war mir ein Vergnügen, Sir.«

Der Zimmerkellner ging. Pendergast gab das Eis in den Cocktailshaker und fügte mehrere Fingerbreit Gin und einen Schuss Vermouth hinzu. Er schüttelte das Gemisch eine Minute lang, goss es in eins der Gläser und gab eine Zitronenscheibe hinzu. Mit dem Glas ging er auf den

Balkon hinaus, setzte sich auf einen Stuhl und versank tief in Gedanken.

Eine Stunde verstrich. Pendergast mixte sich einen zweiten Drink und kehrte auf den Balkon zurück, wo er eine weitere Stunde regungslos saß. Schließlich trank er aus, zog ein Handy aus seiner Tasche und wählte.

Es klingelte mehrmals, ehe sich eine schläfrige Stimme meldete. »D'Agosta.«

»Hallo, Vincent.«

»Pendergast?«

»Ja.«

»Wo sind Sie?« Die Stimme war augenblicklich hellwach.

»Im Hotel Balmoral in Edinburgh.«

»Wie ist Ihr Gesundheitszustand?«

»So gut, wie man es erwarten kann.«

»Und Esterhazy – was ist mit ihm passiert?«

»Es ist ihm gelungen, mir zu entwischen.«

»Herr im Himmel. Wie das?«

»Die Details sind ohne Belang. Es genügt zu sagen, dass gewisse Umstände auch einen genau durchdachten Plan zunichtemachen können.«

»Wo ist er jetzt?«

»In der Luft. Auf einem internationalen Flug.«

»Wie können Sie sich da so sicher sein?«

»Der Minibus, den er gestohlen hat, wurde auf einer Zufahrtsstraße vor dem Edinburgh Airport gefunden.«

»Wann?«

»Heute Nachmittag.«

»Gut. Sein Flieger ist also noch nicht gelandet. Sagen Sie mir, wohin dieser Schweinehund will, und ich werde für ein Empfangskomitee sorgen.«

»Ich fürchte, das kann ich nicht.«

»Warum denn nicht? Sagen Sie mir nicht, dass Sie ihn einfach nur entkommen lassen wollen.«

»Darum geht's nicht. Ich habe bereits mit dem Grenzschutz Rücksprache gehalten. Kein Judson Esterhazy hat Schottland verlassen. Hunderte von anderen Amerikanern, ja, aber kein Judson.«

»Gut, dann war der stehengelassene Minibus nur eine List. Er hat sich irgendwo da drüben verkrochen.«

»Nein, Vincent – ich habe die Sache aus allen erdenklichen Blickwinkeln durchdacht. Er ist eindeutig außer Landes geflohen, vermutlich in die Vereinigten Staaten.«

»Wie soll er denn das schaffen, ohne die Passkontrolle zu passieren?«

»Nach der gerichtlichen Untersuchung hat er Schottland mit großem Tamtam verlassen. Er hat die Passkontrolle passiert, Abreisedatum und Flugnummer sind bekannt. Aber es gibt keine Unterlagen über seine Rückkehr nach Schottland – obwohl wir beide wissen, dass er wieder im Land war.«

»Das ist unmöglich. Nicht bei den heutigen Sicherheitskontrollen auf den Flughäfen.«

»Es ist möglich, wenn man einen falschen Pass benutzt.«

»Einen falschen Pass?«

»Er muss sich in den Staaten einen beschafft haben, als er nach der Gerichtsverhandlung dorthin zurückgekehrt ist.« Es gab eine kurze Pause. »Es ist praktisch unmöglich, heutzutage einen US-Pass zu fälschen. Es muss eine andere Erklärung geben.«

»Es gibt keine. Er besitzt einen falschen Pass – was ich zutiefst beunruhigend finde.«

»Er kann sich nicht verstecken. Wir hetzen die Hunde auf ihn.«

»Er weiß jetzt, dass ich noch lebe und mir sehr viel daran liegt, ihn aufzuspüren. Darum wird er untertauchen. Nach ihm zu suchen, ist daher im Moment sinnlos. Er hatte ganz offensichtlich professionelle Hilfe. Und deshalb muss ich mit meiner Untersuchung einen anderen Weg einschlagen.«

»Ach ja? Und welchen?«

»Ich muss auf eigene Faust herausfinden, wo meine Frau sich aufhält.«

Das wurde mit einer noch längeren Pause quittiert. »Hm, Pendergast … So leid es mir tut, aber Sie wissen, wo sich Ihre Frau befindet. Im Grab Ihrer Familie.«

»Nein, Vincent. Helen ist am Leben. Ich bin mir dessen so sicher, wie ich es mir je im Leben über irgendetwas war.«

D'Agosta stieß einen hörbaren Seufzer aus. »Lassen Sie nicht zu, dass er Ihnen das antut. Merken Sie denn nicht, was los ist? Er weiß, wie viel Helen Ihnen bedeutet hat. Er weiß genau, dass Sie alles dafür geben würden, dass Sie alles tun würden, um sie zurückzubekommen. Er verarscht Sie – aus seinen eigenen sadistischen Gründen.«

Als Pendergast nichts erwiderte, fluchte D'Agosta leise. »Ich nehme an, das bedeutet, dass Sie sich nicht länger versteckt halten.«

»Das hat keinen Sinn mehr. Aber ich habe vor, auch in absehbarer Zukunft unterhalb des Radars zu operieren. Es besteht kein Grund, meine Bewegungen zu überwachen.«

»Kann ich irgendetwas tun? Von hier aus?«

»Sie können im Mount Mercy Hospital nach Constance sehen. Sorgen Sie dafür, dass es ihr an nichts fehlt.«

172

»Geht klar. Und Sie? Was wollen Sie machen?«

»Das, was ich Ihnen gerade eben gesagt habe. Meine Frau finden.« Und damit beendete Pendergast das Gespräch.

26

Er hatte die Zollabfertigung ohne Zwischenfälle passiert und seine Taschen an sich genommen. Und trotzdem hatte Judson Esterhazy nicht den Mumm, die Gepäckausgabe zu verlassen. Er blieb auf dem letzten Sitz einer Reihe Plastikstühle sitzen und musterte ängstlich die Gesichter der Vorbeigehenden. Bangor, Maine, war der unbedeutendste internationale Flughafen im ganzen Land. Und Esterhazy war zweimal umgestiegen – erst in Shannon und dann in Quebec –, in der Hoffnung, seine Spur zu verwischen und Pendergasts Verfolgung zu vereiteln.

Ein Mann nahm behäbig neben ihm Platz; Esterhazy drehte sich misstrauisch um. Aber der Reisende wog an die hundertfünfzig Kilo, und nicht mal Pendergast hätte die Art nachmachen können, in der das Fettgewebe des Mannes über den Hosenbund quoll. Esterhazy wandte sich wieder den Gesichtern der Vorbeigehenden zu. Pendergast konnte durchaus unter ihnen sein. Vielleicht saß er auch in irgendeinem Sicherheitsbüro in der Nähe und beobachtete ihn auf einem internen Überwachungsmonitor – schließlich besaß er einen FBI-Ausweis. Oder wartete im Wagen vor Esterhazys Haus in Savannah. Oder noch schlimmer: wartete *im* Haus, im Arbeitszimmer.

Der Überfall in Schottland hatte ihm eine Heidenangst eingejagt. Wieder spürte er, wie blinde Panik ihn übermannte, vermischt mit Wut. All die Jahre, in denen er seine Spuren verwischt hatte, in denen er so auf der Hut gewesen war … und jetzt machte Pendergast alles zunichte. Der FBI-Agent hatte ja keine Ahnung, wie groß die Büchse der Pandora war, die er mit Gewalt geöffnet hatte. Sobald *die* eingriffen … Er hatte das Gefühl, gnadenlos zwischen Pendergast auf einer Seite und dem Bund auf der anderen Seite zermahlen zu werden.

Keuchend zerrte er an seinem Kragen und kämpfte die Panik nieder. Er konnte die Sache hinbekommen. Er besaß die Intelligenz und das nötige Kleingeld. Pendergast war nicht unbesiegbar. Es musste irgendeine Möglichkeit geben, die Sache selbst hinzubekommen. Er würde sich verstecken; er würde untertauchen und damit Zeit zum Nachdenken gewinnen.

Aber welcher Ort war so abgelegen, so unbedeutend, dass Pendergast ihn dort nicht finden würde? Und selbst wenn er sich irgendwo in der tiefsten Provinz versteckte, er konnte einfach nicht weiterhin in Angst leben, Jahr um Jahr, so wie Slade und die Brodies.

Die Brodies. Er hatte in der Zeitung von ihrem grässlichen Tod gelesen. Zweifellos waren sie vom Bund entdeckt worden. Es war ein furchtbarer Schock – aber im Ernst, er hatte damit rechnen müssen. June Brodie hatte nur zur Hälfte gewusst, in was sie da hineingeraten war, worin er und Charlie Slade sie verstrickt hatten. Hätte sie es gewusst, sie wäre nie wieder aus diesem Sumpf herausgekommen. Erstaunlich, dass Slade trotz seiner Verrücktheit und seines körperlichen Verfalls dieses eine zentrale Geheimnis nicht preisgegeben hatte.

In diesem Augenblick der Angst und der Verzweiflung erkannte Esterhazy schließlich, was er zu tun hatte. Es gab nur eine Lösung, eine einzige. Allein konnte er es nicht schaffen. Jetzt, da Pendergast auf Rachefeldzug war, benötigte er diesen letzten Ausweg. Er musste Kontakt mit dem Bund aufnehmen, rasch, von sich aus. Es wäre weit gefährlicher, wenn er es diesen Leuten verheimlichte, wenn sie auf andere Weise herausfanden, was vor sich ging. Er musste als kooperativ rüberkommen, als vertrauenswürdig. Selbst wenn das bedeutete, sich abermals in ihre Gewalt zu begeben.

Ja. Je länger er darüber nachdachte, was er zu tun hatte, desto unausweichlicher erschien es ihm. Auf diese Weise konnte er steuern, welche Informationen sie bekamen, und jene Fakten zurückhalten, von denen sie niemals etwas wissen durften. Und wenn er sich unter den Schutz des Bundes stellte, wenn er diese Leute überzeugen konnte, dass Pendergast eine Bedrohung für sie darstellte, dann war sogar der FBI-Agent mit all seinen Tricks und Kniffen so gut wie tot. Und sein, Esterhazys, Geheimnis würde gewahrt bleiben.

Sein Entschluss verschaffte ihm ein wenig Erleichterung.

Er sah sich noch einmal um und musterte prüfend jedes Gesicht. Dann stand er auf, griff nach seinem Gepäck und ging zielstrebig aus der Gepäckannahme zum Taxistand.

Dort warteten mehrere Taxis. Gut.

Er ging zum vierten Taxi in der Schlange und beugte sich zum offenen Fenster der Beifahrertür hinunter. »Sind Sie heute schon lange im Dienst?«

Der Taxifahrer schüttelte den Kopf. »Die Nacht ist noch jung.«

Esterhazy öffnete die Fondstür, warf seine Taschen auf den Sitz und stieg ein. »Fahren Sie mich nach Boston.«

Der Mann starrte in den Rückspiegel. »Nach Boston?«

»Back Bay, Copley Square.« Esterhazy zog ein paar Hunderter aus der Hosentasche und ließ sie auf die Oberschenkel des Mannes fallen. »Das ist die Anzahlung. Die Fahrt wird sich lohnen für Sie.«

»Wie Sie meinen, Mister.« Und damit ließ der Taxifahrer den Motor an, manövrierte aus der Schlange und fuhr in die Nacht hinaus.

27

Nachdem Ned Betterton nach rechts und links geblickt hatte, überquerte er, eine weiße Papiertüte in der einen Hand, zwei Dosen Diätlimonade in der anderen, die breite, staubige Hauptstraße. Ein Chevy Impala stand mit laufendem Motor vor Dellas Waschsalon. Betterton ging um die Motorhaube herum und setzte sich auf den Beifahrersitz. Hinter dem Steuer saß ein kleiner, muskulöser Mann. Er trug eine Sonnenbrille und eine verwaschene Baseball-Kappe.

»Hallo, Jack«, sagte Betterton.

»Selber hallo«, kam die Antwort.

Betterton reichte dem Mann eine Dose, griff in die Papiertüte und holte ein in Fleischpapier eingewickeltes Sandwich hervor. »Flusskrebs-Po-Boy mit Remoulade, ohne

Salat. Wie bestellt.« Er reichte es dem Fahrer, griff nochmals in die Tüte und förderte seinen eigenen Lunch zutage: ein dick belegtes Frikadellen-Parmesan-Sandwich.

»Danke«, sagte sein Gefährte.

»Kein Problem.« Betterton biss von seinem Sandwich ab. Er hatte einen Mordshunger. »Was gibt's Neues bei unseren Jungs in Blau?«, nuschelte er, den Mund voller Frikadelle.

»Pogie scheißt mal wieder alle zusammen.«

»Schon wieder? Was für eine Laus ist dem Chief denn diesmal über die Leber gelaufen?«

»Vielleicht meldet sich sein Mitternachts-Arsch.«

Betterton lachte und biss in sein Sandwich. Mitternachts-Arsch war Polizeislang für »Hämorrhoiden«, ein nur allzu häufiges Leiden bei Polizisten, die oft stundenlang im Auto saßen.

»Also«, meinte Betterton. »Was kannst du mir über die Brodie-Morde erzählen?«

»Nichts.«

»Komm schon. Ich habe dir ein Sandwich spendiert.«

»Ich hab mich bedankt. Ein freies Mittagessen ist keine Kündigung wert.«

»Das wird nicht passieren. Du weißt genau, ich würde nie etwas schreiben, was man zu dir zurückverfolgen könnte. Ich will nur ein paar Insider-Infos haben.«

Der Mann, der Jack hieß, runzelte die Stirn. »Nur weil wir früher Nachbarn waren, meinst du, du kannst mich dauernd wegen Informationen anhauen.«

Betterton versuchte, gekränkt zu wirken. »Komm schon, das stimmt doch nicht. Du bist mein Freund – es müsste dein Wunsch sein, dass ich eine gute Story kriege.«

»Du bist mein Freund – dir sollte daran liegen, mich nicht in Schwierigkeiten zu bringen. Außerdem weiß ich auch nicht mehr als du.«

Betterton aß noch einen Bissen. »Quatsch.«

»Stimmt aber. Die Sache ist zu groß für uns Provinzbullen. Sie haben die Jungs vom FBI hinzugezogen, sogar eine Sonderkommission aus Jackson. Wir sind draußen.«

Der Journalist überlegte kurz. »Schau mal, ich weiß nur, dass das Ehepaar, das ich vor nicht allzu langer Zeit interviewt habe, brutal ermordet wurde. Etwas mehr als das musst du schon wissen.«

Der Mann am Steuer seufzte. »Man weiß, dass es kein Einbruch war. Es fehlt nichts. Und man weiß, dass es niemand von hier war.«

»Und woher weiß man das?«, nuschelte Betterton, der gerade ein großes Stück Frikadelle im Mund hatte.

»Weil niemand von hier so was machen würde.« Der Mann griff nach einem Ordner, der neben seinem Sitz lag, zog ein Hochglanzfoto daraus hervor und reichte es Betterton. »Und ich hab dir das nie gezeigt.«

Betterton warf einen Blick auf das Tatortfoto. Alle Farbe wich aus seinem Gesicht. Er kaute langsamer und hörte dann ganz auf. Dann, ganz bedächtig, öffnete er die Autotür und spie alles in den Rinnstein.

Der Fahrer schüttelte den Kopf. »Nett.«

Betterton gab ihm das Foto zurück, ohne einen weiteren Blick zu riskieren. Er wischte sich mit dem Handrücken den Mund ab. »O mein Gott«, stieß er heiser hervor.

»Verstehst du, was ich meine?«

»O mein Gott«, wiederholte Betterton. Sein gewaltiger Hunger war verschwunden.

»Jetzt weißt du alles, was ich weiß«, sagte der Polizist, aß seinen Po-boy auf und leckte sich die Finger. »Ach, nur noch eins – es gibt keine Spuren. Der Tatort war sauber. Ein Profi-Job. So was kriegen wir hier nicht allzu oft zu Gesicht.«

Betterton erwiderte nichts.

Der Mann warf ihm einen Blick zu und betrachtete sein halb gegessenes Frikadellen-Sandwich. »Isst du das noch?«

28

New York City

Corrie Swanson saß auf einer Bank an der Straße Central Park West, neben sich eine Tüte von McDonald's, und tat so, als lese sie in einem Buch. Es war ein schöner Morgen, das Laub der Bäume im Park hinter ihr zeigte seine erste Herbstfärbung, am Himmel zogen Schönwetterwolken dahin, und alle auf den Straßen genossen den Altweibersommer. Alle außer Corrie. Ihre ganze Aufmerksamkeit war auf die Fassade des Dakota-Gebäudes auf der anderen Straßenseite und dessen Eingang gerichtet, der um die Ecke lag, an der 72. Straße.

Da sah sie ihn: den silbernen Rolls-Royce, der den breiten Boulevard heraufgefahren kam. Sie kannte den Wagen – mehr als das, er würde ihr immer unvergesslich bleiben. Sie griff nach der McDonald's-Tüte, sprang auf, wobei das Buch zu Boden fiel, und lief trotz der roten Ampel über die Straße und schlängelte sich durch den Verkehr. An der Ecke Central Park West und 72. Straße blieb sie stehen und wartete ab, ob der Rolls abbiegen würde.

Er bog ab. Der Fahrer, den sie nicht sehen konnte, wechselte auf die linke Spur, blinkte und drosselte die Geschwindigkeit, als er sich der Straßenecke näherte. Corrie lief die 72. Straße entlang bis zum Dakota-Gebäude, wo sie kurz vor dem Rolls ankam. Als der Wagen langsam in die Einfahrt einbog, trat sie vor die Kühlerhaube. Der Rolls blieb stehen; sie blickte den Fahrer durch die Windschutzscheibe an.

Es war nicht Pendergast. Aber es war mit Sicherheit sein Wagen. In den ganzen USA gab es keinen anderen solchen Rolls-Royce-Oldtimer.

Sie wartete. Der Fahrer ließ die Seitenscheibe herunter und streckte den Kopf heraus. Ein stiernackiger Kerl mit gemeißelten Gesichtszügen.

»Entschuldigen Sie, Miss.« Sein Tonfall klang ruhig und angenehm. »Würde es Ihnen etwas ausmachen ...?« Seine Stimme verlor sich, und das Fragezeichen baumelte in der Luft.

»Ja, würde es«, sagte sie.

Der Mann musterte sie weiterhin. »Sie blockieren die Einfahrt.«

»Wie unangenehm für Sie.« Sie trat einen Schritt vor. »Wer sind Sie, und warum fahren Sie Pendergasts Auto?«

Der Fahrer schaute sie einen Augenblick an, dann ging die Tür auf, und er stieg aus. Das angenehme Lächeln war fast verschwunden, aber noch nicht ganz. Er war kräftig gebaut, hatte die Schultern eines Schwimmers und den Oberkörper eines Gewichthebers. »Und Sie sind?«

»Das geht Sie nichts an«, sagte Corrie. »Ich will wissen, wer Sie sind und warum Sie sein Auto fahren.«

»Ich heiße Proctor und arbeite für Mr. Pendergast.«

»Wie schön für Sie. Sie haben gerade die Gegenwartsform benutzt.«

»Bitte?«

»Sie sagten: ›Ich arbeite für Mr. Pendergast.‹ Wie kann das sein, wo er doch tot ist? Wissen Sie vielleicht etwas, was ich nicht weiß?«

»Hören Sie, Miss, ich weiß nicht, wer Sie sind, aber ich bin sicher, wir können das bequemer anderswo besprechen.«

»Wir werden es genau hier besprechen, so *un*bequem wie möglich, während wir die Einfahrt blockieren. Ich hab's nämlich satt, an der Nase herumgeführt zu werden.«

Der Dakota-Türsteher verließ sein Messing-Wachhäuschen. »Gibt's ein Problem?«, fragte er, wobei sein Adamsapfel ruckte.

»Ja«, sagte Corrie. »Ein Riesenproblem. Ich rühre mich nicht vom Fleck, bis der Mann hier mir gesagt hat, was er über den Besitzer dieses Wagens weiß, und wenn das ein Problem für Sie ist, dann rufen Sie besser die Bullen und melden eine Ruhestörung. Denn die wird es geben, wenn ich nicht bald Antworten kriege.«

»Das wird nicht notwendig sein, Charles«, sagte der Mann namens Proctor ruhig. »Wir werden die Sache rasch klären und die Einfahrt räumen.«

Der Türsteher runzelte zweifelnd die Stirn.

»Sie können ruhig auf Ihren Posten zurückkehren«, sagte Proctor. »Ich habe die Sache im Griff.« Seine Stimme blieb gelassen, strahlte aber eine unverkennbare Autorität aus. Der Türsteher gehorchte.

Proctor wandte sich wieder ihr zu. »Sind Sie eine Bekannte von Mr. Pendergast?«

»Darauf können Sie wetten. Ich habe in Kansas mit ihm zusammengearbeitet. Die Stillleben-Morde.«

»Dann müssen Sie Corrie Swanson sein.«

Sie war verblüfft, fasste sich aber schnell. »Also haben Sie von mir gehört. Gut. Also, was ist jetzt damit, dass Pendergast tot sein soll?«

»Ich bedaure, sagen zu müssen, dass er …«

»Hören Sie auf mit dem Scheiß!«, rief Corrie. »Ich habe darüber nachgedacht, und die Geschichte mit dem Jagdunfall stinkt schlimmer als Brad Hazens Suspensorium. Sagen Sie mir die Wahrheit, sonst … Ich spüre förmlich, wie die Ruhestörung anfängt.«

»Es besteht keinerlei Grund zur Aufregung, Miss Swanson. Wieso wünschen Sie denn, Kontakt mit …«

»Jetzt reicht's!« Corrie zückte den Kugelhammer, den sie in der McDonald's-Tüte mit sich herumgetragen hatte, und zielte damit auf die Windschutzscheibe.

»Miss Swanson«, sagte Proctor, »tun Sie nichts Unüberlegtes.« Er tat einen Schritt auf sie zu.

»Halt!« Sie hob den Arm.

»Das ist doch keine Art, an Informationen …«

Sie ließ den Hammer auf die Scheibe niederkrachen. Ein Sternmuster aus Rissen funkelte im Sonnenlicht.

»Mein Gott«, stieß Proctor ungläubig hervor, »haben Sie überhaupt eine Vorstellung, wie …«

»Lebt er, oder ist er tot?« Sie holte erneut aus. Als Proctor Anstalten machte, näher zu kommen, brüllte sie: »Wenn Sie mich anfassen, schreie ich, dass Sie mich vergewaltigen wollen.«

Charles stand mit hervorquellenden Augen in seinem Wachhäuschen.

Proctor erschrak. »Lassen Sie mir etwas Zeit. Sie werden Ihre Antwort schon bekommen – aber Sie müssen Geduld haben. Noch mehr Gewalt, und Sie kriegen gar nichts.«

Ein kurzer Moment des Zögerns, dann ließ Corrie langsam den Hammer sinken.

Proctor zückte ein Handy und hielt es hoch, damit sie es sehen konnte. Dann begann er zu wählen.

»Sie sollten sich beeilen. Charles ruft vielleicht schon die Bullen.«

»Das bezweifle ich.« Proctor sprach mit leiser Stimme ins Telefon, ungefähr eine Minute lang. Dann hielt er es ihr hin.

»Wer ist dran?«

Statt zu antworten, hielt Proctor ihr einfach weiter das Handy hin und musterte sie mit zusammengekniffenen Augen.

Sie nahm es. »Ja?«

»Meine liebe Corrie«, erklang die seidenweiche Stimme, die sie so gut kannte, »ich bedaure außerordentlich, dass ich unser Mittagessen im *Le Bernardin* versäumt habe.«

»Es heißt, Sie wären tot!«, stieß Corrie hervor und ärgerte sich, als ihr die Tränen in die Augen sprangen. »Man sagt …«

»Die Berichte über mein Hinscheiden«, kam die drollige Stimme, »sind stark übertrieben. Ich war untergetaucht. Der Krawall, den Sie da veranstalten, kommt mir ziemlich ungelegen.«

»Herrgott noch mal, das hätten Sie mir doch sagen können. Ich war ganz krank vor Sorge.« Die Erleichterung, die sie empfunden hatte, verwandelte sich allmählich in Wut.

»Das hätte ich vielleicht tun sollen. Ich habe vergessen, wie

183

einfallsreich Sie sind. Der arme Proctor, er hatte ja keine Ahnung, gegen wen er da antrat. Es dürfte Ihnen äußerst schwerfallen, seine gute Meinung von Ihnen zurückzugewinnen. Aber mussten Sie denn auch unbedingt die Windschutzscheibe meines Rolls zertrümmern, um seine Aufmerksamkeit zu erlangen?«

»Tut mir leid. Es war die einzige Möglichkeit.« Sie spürte, dass sie errötete. »Sie haben mich im Glauben gelassen, dass Sie *tot* sind! Wie konnten Sie nur!«

»Corrie, ich bin nicht verpflichtet, Ihnen Rechenschaft über meine Aktivitäten abzulegen.«

»Also, was ist das für ein Fall?«

»Ich kann nicht darüber sprechen. Es ist rein privat, inoffiziell und – wenn Sie den Jargon entschuldigen wollen – *freiberuflich*. Ich lebe, ich bin gerade in die Vereinigten Staaten zurückgekehrt, aber ich arbeite allein und benötige keine Hilfe. In keinster Weise. Sie können sich darauf verlassen, dass ich Sie für unser ausgefallenes Mittagessen entschädigen werde, aber das könnte noch etwas dauern. Bis dahin setzen Sie bitte Ihre Studien fort. Es handelt sich um einen außerordentlich gefährlichen Fall, und Sie dürfen sich da nicht einmischen. Haben Sie mich verstanden?«

»Aber …«

»Vielen Dank. Übrigens, ich war ganz gerührt von dem, was Sie da auf Ihrer Website geschrieben haben. Ein sehr schöner Nachruf, wie ich fand. So wie Alfred Nobel habe ich nun die eigenartige Erfahrung gemacht, meinen eigenen Nachruf zu lesen. Also, versprechen Sie mir hoch und heilig, absolut nichts zu unternehmen?«

Corrie zögerte. »Ja. Aber sind Sie immer noch angeblich tot? Was soll ich denn sagen, wenn mich jemand fragt?«

»Die Notwendigkeit für diese Lüge hat sich vor kurzem erledigt. Ich bin wieder da – obwohl ich mich noch ziemlich bedeckt halte. Nochmals meine Entschuldigung für den Verdruss, den ich Ihnen bereitet habe.«

Er hatte bereits aufgelegt, als sie sich noch verabschiedete. Sie blickte kurz auf das Handy und gab es Proctor zurück, der es einsteckte und sie kühl musterte.

»Ich hoffe«, sagte er in ziemlich eisigem Tonfall, »dass wir Sie nicht wieder in dieser Gegend sehen werden.«

»Kein Problem.« Corrie verstaute den Hammer wieder in der Tüte. »Aber ich an Ihrer Stelle würde beim Gewichtheben etwas kürzer treten. Sie haben ja einen Vorbau, auf den Dolly Parton stolz sein könnte.« Und damit machte sie auf dem Absatz kehrt und marschierte in den Park zurück. Der Nachruf war ihr tatsächlich ganz gut gelungen, fand sie. Vielleicht würde sie ihn noch eine Weile auf der Website lassen, nur so zum Spaß.

29

Plankwood,
Louisiana

Marcellus Jennings, Leiter des Gesundheitsamtes der Gemeinde St. Charles, saß in stille Betrachtungen versunken hinter seinem geräumigen Schreibtisch. Alles war in perfekter Ordnung, ganz so, wie er es gern hatte. Kein einziges Schreiben in dem altmodischen Eingangskorb war verrückt, kein Staubkörnchen, keine herumliegende Büroklammer in Sicht. Vier Bleistifte, frisch angespitzt, lagen ordentlich aufgereiht neben der Schreibunterlage mit Lederecken. Der Computer auf der rechten Seite des Schreibtischs war nicht hochgefahren. Drei offizielle Belobigungen hingen an der Wand, mit Lineal und Wasserwaage ausgerichtet, allesamt für die mustergültige Teilnahme an Konferenzen des Staates Louisiana. Auf einem kleinen Bücherregal hinter Jennings standen Bände mit Verordnungen und Handbücher, gründlich abgestaubt und nur selten aufgeschlagen.

Es klopfte leise an der Tür.

»Herein!«, rief Jennings.

Die Tür ging auf, und Midge, seine Sekretärin, steckte den Kopf ins Zimmer. »Ein Mr. Pendergast ist hier, Sir.«

Es war zwar der einzige offizielle Termin, den Jennings am heutigen Vormittag hatte, aber er zog dennoch eine Schreibtischschublade auf, holte seinen Terminkalender hervor und konsultierte ihn. Pünktlich, sehr pünktlich. Jennings bewunderte Pünktlichkeit. »Sie dürfen ihn hereinführen«, sagte er und verstaute den Kalender wieder.

Kurz darauf trat der Besucher ein. Jennings erhob sich, um ihn zu begrüßen – und erschrak vor Verwunderung. Der Mann sah aus, als stünde er an der Schwelle des Todes. Ausgezehrt, ohne ein Lächeln, bleich wie eine Wachspuppe. In seinem schwarzen Anzug, der durch nichts aufgehellt wurde, erinnerte er Jennings stark an Gevatter Tod. Es fehlte nur noch die Sense. Er hatte schon die Hand zur Begrüßung ausgestreckt, wechselte aber rasch zu einer einladenden Geste und wies auf die Reihe von Stühlen vor seinem Schreibtisch. »Bitte nehmen Sie Platz.«

Jennings verfolgte, wie der Mann vortrat und sich langsam auf einen Stuhl niedersinken ließ, als habe er Schmerzen.

Pendergast, Pendergast … Der Name kam ihm irgendwie bekannt vor, aber er wusste nicht genau, warum. Er beugte sich vor, legte die Ellbogen auf den Schreibtisch und verschränkte die breiten Unterarme. »Schöner Tag heute.«

Der Mann namens Pendergast ging überhaupt nicht ein auf seine nette Begrüßung.

»Nun.« Er räusperte sich. »Also, was kann ich für Sie tun, Mr. Pendergast?«

Als Antwort holte Pendergast ein kleines Ledermäppchen aus der Brusttasche seines Jacketts, klappte es auf und legte es auf den Tisch.

Jennings sah es prüfend an. »FBI. Sind Sie in, äh, offizieller Funktion hier?«

»Nein.« Die Stimme klang matt, aber melodiös, typisch für die Sprechweise der Angehörigen der Oberschicht von New Orleans. »Es ist eine rein private Angelegenheit.« Und doch lag der FBI-Dienstausweis auf dem Schreibtisch wie ein Zauber oder ein Totem.

»Verstehe.« Jennings wartete.

»Ich bin wegen einer Exhumierung hier.«

»Verstehe«, wiederholte Jennings. »Betrifft es eine Exhumierung, die bereits stattgefunden hat, oder einen bereits eingeleiteten Vorgang?«

»Es geht um eine neue Exhumierungsanordnung.«

Jennings nahm die Ellbogen vom Tisch, lehnte sich zurück, nahm die Brille ab und begann, sie mit dem breiten Ende seiner Polyester-Krawatte zu putzen. »Und wen genau wollen Sie exhumieren lassen?«

»Meine Frau. Helen Esterhazy Pendergast.«

Das Putzen hörte kurz auf. Dann wurde es in langsamerem Tempo wieder aufgenommen. »Und Sie sagen, die Exhumierung wurde nicht von einem Richter angeordnet? Es gibt keinen polizeilichen Antrag zur Feststellung der Todesursache?«

Pendergast schüttelte den Kopf. »Wie gesagt, es ist eine reine Privatangelegenheit.«

Jennings legte die Hand vor den Mund und hüstelte höflich. »Sie müssen verstehen, Mr. Pendergast, dass solche Dinge ihren gewohnten Gang gehen müssen. Es gibt Vorschriften, und die wurden mit gutem Grund erlassen. Die Exhumierung eines bestatteten Toten ist keine Angelegenheit, die leichthin unternommen werden sollte.«

Als Pendergast nichts erwiderte, fuhr Jennings, ermutigt durch den Klang der eigenen Stimme, fort: »Wenn keine Anordnung durch einen Richter oder von anderer offizieller Stelle vorliegt – beispielsweise zum Zwecke einer gerichtsmedizinischen Untersuchung, weil Zweifel an der Todesursache aufgetreten sind –, gibt es eigentlich nur einen einzigen Umstand, unter dem ein Antrag auf Exhumierung genehmigt werden kann …«

»Wenn die Familie des Verstorbenen wünscht, die sterblichen Überreste in eine andere Grabstätte zu überführen«, beendete Pendergast den Satz.

»Also, tja, genau das.« Der Einwurf hatte Jennings überrascht, so dass er einen Moment Mühe hatte, seinen Rhythmus wiederzufinden. »Ist dies denn der Fall?«

»Ja.«

»Also gut, dann können wir, glaube ich, jetzt den Antragsprozess einleiten.« Er zog eine Schublade des Aktenschranks auf, der neben dem Bücherregal stand, entnahm ihr ein Formular und legte es auf seine Schreibunterlage. Kurz studierte er das Formular. »Ihnen ist klar, dass es gewisse, äh, Voraussetzungen gibt. Beispielsweise benötigen wir eine Kopie der Sterbeurkunde Ihrer … verstorbenen Frau.«

Pendergast griff wieder in seine Anzugjacke, zog ein zusammengefaltetes Blatt Papier hervor, faltete es auseinander und legte es neben den FBI-Dienstausweis auf den Schreibtisch.

Jennings beugte sich vor und betrachtete es. »Ah. Sehr gut. Aber was ist das hier? Wie ich sehe, handelt es sich bei dem Friedhof, auf dem die Tote jetzt bestattet ist, um Saint-Savin. Der liegt ja ganz auf der anderen Seite der Gemeinde. Ich fürchte, Sie werden Ihren Antrag beim Gesundheitsamt West stellen müssen. Wir sind für derlei Aufträge nicht zuständig.«

Die silbrigen Augen fixierten ihn. »Sie sind ebenfalls zuständig – streng genommen.«

»Schon, aber das ist eine Frage der Verfahrensweise. Üblicherweise wird Saint-Savin nur vom Gemeindeamt West bearbeitet.«

»Ich habe mich aus einem ganz besonderen Grund für Sie entschieden, Mr. Jennings. Nur Sie können das für mich erledigen, niemand sonst.«

»Ich fühle mich geschmeichelt, ganz bestimmt.« Die Freude über den Vertrauensbeweis durchflutete Jennings. »Dann können wir wohl einmal eine Ausnahme machen. Kommen wir also zur Antragsgebühr …«

Erneut steckte der Mann seine bleiche, schlanke Hand in die Anzugtasche. Sie tauchte wieder auf, diesmal mit einem Scheck, datiert und unterschrieben, ausgefüllt mit dem korrekten Betrag.

»Also, wenn das so ist«, sagte Jennings und betrachtete den Scheck. »Und dann benötigen wir natürlich noch das

Einverständnisformular der Verwaltung des Friedhofs, auf dem die Leiche gegenwärtig bestattet ist. Ohne dieses kann ich nicht tätig werden.«

Ein Formular wurde gezückt und auf den Schreibtisch gelegt.

»Und die Einverständniserklärung des Friedhofs, auf den die Leiche überführt werden soll.«

Ein weiteres Formular wurde langsam und bedächtig auf die polierte Tischplatte gelegt.

Jennings blickte auf die aufgereihten Papiere vor sich. »Na, was sind wir heute aber gut organisiert!« Er versuchte ein Lächeln, wurde aber durch die grimmige Miene seines Gegenübers entmutigt. »Damit, äh, wäre dann wohl alles komplett. Oh – außer dem Formular des Bestatters, der die sterblichen Überreste von der alten Grabstätte in die neue überführen soll.«

»Das wird nicht notwendig sein, Mr. Jennings.«

Überrascht blinzelte Jennings die gespenstische Erscheinung auf der anderen Seite seines Schreibtischs an. »Ich verstehe nicht ganz.«

»Wenn Sie einen genaueren Blick auf die beiden Einverständniserklärungen werfen würden, wird, denke ich, alles klar werden.«

Jennings setzte die Brille wieder auf und überflog die beiden Schriftstücke. Dann blickte er rasch auf. »Aber das ist ja ein und derselbe Friedhof!«

»Ganz recht. Wie Sie sehen, besteht keine Notwendigkeit für eine Überführung. Die Friedhofsverwaltung ist zuständig für die Umbettung des Leichnams.«

»Stimmt etwas nicht mit der gegenwärtigen Grabstätte der Verstorbenen?«

»Die gegenwärtige Grabstätte ist sehr schön. Ich habe sie selbst ausgewählt.«

»Ist es eine Frage von Bautätigkeiten? Muss der Leichnam umgebettet werden, weil Veränderungen auf dem Friedhof vorgenommen werden?«

»Ich habe den Friedhof Saint-Savin ausdrücklich deshalb ausgewählt, weil sich dort nie etwas verändern wird – und keine neuen Familien zur Bestattung aufgenommen werden.«

Jennings beugte sich leicht vor. »Dürfte ich fragen, warum der Leichnam dann umgebettet werden soll?«

»Weil das, Mr. Jennings, die einzige Möglichkeit für mich ist, vorübergehend Zugang zu ihm zu erhalten.«

Jennings fuhr sich mit der Zunge über die Lippen. »Zugang?«

»Während der Exhumierung wird ein Rechtsmediziner des Staates Louisiana bereitstehen. Eine Untersuchung des Leichnams wird in einem mobilen forensischen Labor vorgenommen, das auf dem Friedhof geparkt ist. Dann wird der Leichnam wieder beigesetzt – in einem Grab direkt neben dem, in dem er vorher gelegen hat, im Familiengrab der Pendergasts. Das steht alles im Antrag.«

»Untersuchung?«, sagte Jennings. »Hat es etwas mit irgendeiner … Erbschaftssache zu tun?«

»Nein. Es ist eine rein persönliche Angelegenheit.«

»Das ist eigenartig, Mr. Pendergast, höchst eigenartig. Ich kann nicht gerade behaupten, dass wir einen derartigen Antrag schon einmal bearbeiten mussten. So leid es mir tut, aber das kann ich nicht genehmigen. Sie werden den Gerichtsweg einschlagen müssen.«

Pendergast fixierte ihn einen Moment lang. »Ist das Ihr letztes Wort?«

191

»Die Bestimmungen für Exhumierungen sind eindeutig. Ich kann da gar nichts machen.« Jennings breitete die Hände aus.

»Verstehe.« Pendergast steckte seinen FBI-Dienstausweis wieder in die Anzugtasche. Die Formulare ließ er liegen. »Würde es Ihnen etwas ausmachen, mich kurz zu begleiten?«

»Und wohin?«

»Es dauert nur eine Minute.«

Zögernd erhob sich Jennings.

»Ich möchte Ihnen zeigen«, sagte Pendergast, »warum ich mich entschlossen habe, diesen Antrag ausgerechnet bei Ihnen zu stellen.«

Sie durchquerten das äußere Büro, gingen den Hauptflur des Behördengebäudes entlang und verließen es durch den Haupteingang. Auf der breiten Steintreppe blieb Pendergast stehen.

Jennings blickte auf die belebte Durchfahrtsstraße. »Ein schöner Tag, wie ich schon sagte«, bemerkte er übertrieben munter. Das war sein Versuch, Konversation zu machen.

»Wirklich ein schöner Tag«, lautete die Antwort. »Das gefällt mir so an diesem Teil von Louisiana. Es kommt einem vor, als würde die Sonne heller scheinen als anderswo.«

»Ja. Das Licht vergoldet alles, worauf es fällt, ein ganz eigenartiger Effekt. Nehmen Sie beispielsweise diese Gedenktafel.« Pendergast wies auf eine alte Messingtafel, die in die Backsteinfassade des Gebäudes eingelassen war.

Jennings blickte auf die Tafel. Selbstverständlich kam er auf seinem Weg ins Büro jeden Morgen an ihr vorbei, aber es war viele Jahre her, dass er sich die Mühe gemacht hatte, einmal richtig hinzuschauen.

DIE ERBAUUNG DES RATHAUSES VON PLANK-
WOOD, LOUISIANA, IM JAHR DES HERRN 1892
WURDE ERMÖGLICHT DURCH EINE GROSS-
ZÜGIGE SPENDE VON COMSTOCK ERASMUS
PENDERGAST

»Comstock Pendergast«, murmelte Jennings leise. Kein Wunder, dass der Name ihm irgendwie bekannt vorgekommen war.

»Mein Urgroßonkel. Sehen Sie, in der Familie Pendergast ist es seit langem Tradition, bestimmte Städte in den Gemeinden New Orleans und St. Charles zu unterstützen, Orte, an denen verschiedene Zweige unserer Familie in den letzten Jahrhunderten gelebt haben. Zwar sind wir in vielen dieser Städte nicht mehr vertreten, doch unser Erbe lebt weiter.«

»Natürlich«, sagte Jennings und starrte auf die Gedenktafel. Ihn beschlich eine unerfreuliche Ahnung, aus welchem Grund Pendergast ausgerechnet sein Amt für diesen Antrag ausgesucht hatte.

»Wir hängen es nicht an die große Glocke, aber Tatsache ist, die diversen Pendergast-Stiftungen vergeben weiterhin Zuwendungen an verschiedene Städte – einschließlich Plankwood.«

Jennings schaute von der Tafel zu Pendergast. »Plankwood?«

Pendergast nickte. »Unsere Stiftungen vergeben Stipendien an Oberstufenschüler, tragen zur Erhaltung des Sozialwerks der Polizei und zum Erwerb von Büchern für die öffentliche Bücherei bei – und unterstützen die gute Arbeit des Gesundheitsamtes, Ihres ureigenen Amtes. Es wäre doch jammerschade, wenn diese Zahlungen verringert oder gar ganz eingestellt werden würden.«

»Eingestellt?«, wiederholte Jennings.

»Programme können gekürzt werden.« Pendergasts ausgezehrtes Gesicht nahm einen betrübten Ausdruck an. »Gehälter reduziert. Arbeitsplätze können verloren gehen.« Auf den letzten Satz legte er eine gewisse Betonung, während er mit seinen grauen Augen Jennings fixierte.

Jennings rieb sich nachdenklich das Kinn. »Bei näherer Betrachtung, Mr. Pendergast, bin ich mir eigentlich sicher, dass Ihr Antrag genehmigt werden könnte – sofern Sie mir versichern können, dass er von größter Wichtigkeit ist.«

»Das kann ich, Mr. Jennings.«

»In dem Fall werde ich den Antragsprozess einleiten.« Er warf erneut einen Blick auf die Gedenktafel. »Ich würde sogar so weit gehen, Ihnen zu versprechen, dass wir das Verfahren beschleunigen werden. In zehn Tagen, vielleicht sogar schon in einer Woche, sollte die Genehmigung vorliegen.«

»Danke. Ich werde morgen Nachmittag vorbeikommen und sie abholen«, sagte Pendergast.

»Wie bitte?« Jennings nahm seine Brille ab und blinzelte ins Sonnenlicht. »Oh, natürlich. Morgen Nachmittag.«

30

Boston,
Massachusetts

Der Mann mit den eingesunkenen Augen und dem nachmittäglichen Bartschatten schlurfte im Schatten des John-Hancock-Towers über den Copley Square. Abgesehen von kurzen Blicken auf die vorüberfahrenden Autos ließ er niedergeschlagen den Kopf hängen. Die Hände waren tief in den Taschen seines schmuddeligen Regenmantels vergraben.

Er bog in die Dartmouth Street ein und betrat die U-Bahn-Station Copley. Er passierte die Schlange wartender Fahrgäste, die elektronische Smart-Cards kauften, trottete die Betontreppe hinunter, blieb stehen und schaute sich um. Vor der gekachelten Wand rechts von ihm stand eine Reihe von Bänken, auf die er zusteuerte und an deren äußerstem Ende er Platz nahm. Dort blieb er sitzen, regungslos, die Hände immer noch in den Taschen seines Regenmantels vergraben, und starrte ins Leere.

Einige Minuten darauf kam ein anderer Mann herangeschlendert. Ein größerer Unterschied war kaum denkbar. Der Mann war groß und schlank, trug einen gut sitzenden Anzug und einen Burberry-Trenchcoat. In einer Hand hielt er einen ordentlich gefalteten *Boston Globe*, in der anderen Hand einen straff zusammengerollten schwarzen Regenschirm. Ein grauer Filzhut verbarg sein Gesicht. Das einzige besondere Kennzeichen war ein merkwürdiges Muttermal unter dem rechten Auge. Er ließ sich neben dem Obdachlosen auf der Bank nieder, schlug die Zeitung auf und begann, einen Artikel zu lesen.

Als quietschend ein Zug der Green Line einfuhr, ergriff der Mann mit dem Filzhut das Wort. Er sprach leise, verdeckt vom Lärm des Zuges und ohne den Blick von der Zeitung zu heben.

»Legen Sie die Art des Problems dar«, sagte er. Er sprach Englisch mit ausländischem Akzent.

Mit gesenktem Kopf antwortete der Obdachlose: »Es geht

um diesen Pendergast. Mein Schwager. Er hat die Wahrheit herausgefunden.«

»Die Wahrheit? Die ganze?«

»Noch nicht. Aber er wird es. Er ist ein äußerst befähigter und gefährlicher Mensch.«

»Was genau weiß er?«

»Er weiß, dass das, was in Afrika passiert ist, die Tötung durch den Löwen, Mord war. Er weiß alles über das Projekt Aves. Und er weiß«, Esterhazy zögerte, »Bescheid über Slade und Longitude Pharmaceuticals, die Familie Doane und Spanish Island.«

»Ah ja, Spanish Island«, sagte der Mann. »Das ist etwas, was auch *wir* gerade erst erfahren haben. Wir wissen jetzt, dass der Tod von Charles Slade vor zwölf Jahren ein raffinierter Schwindel war und dass Slade bis vor sieben Monaten noch lebte. Das sind höchst unglückselige Nachrichten. Warum haben Sie uns diese Dinge nicht mitgeteilt?«

»Ich hatte doch auch keine Ahnung«, log Esterhazy so nachdrücklich er konnte. »Ich schwör's Ihnen, ich habe nichts davon gewusst.« Er musste einfach den Geist wieder in die Flasche zurückbefördern, ein für allemal, sonst war er so gut wie tot. Als ihm auffiel, dass er die Stimme ein wenig gehoben hatte, senkte er sie wieder. »*Pendergast* hat das alles herausgefunden. Und das, was er noch nicht weiß, wird er bestimmt auch noch in Erfahrung bringen.«

»Pendergast.« Der Ton des Mannes mit dem Filzhut bekam einen skeptischen Klang. »Warum haben Sie ihn nicht umgebracht? Sie haben es uns versprochen.«

»Ich habe es versucht – mehrmals.«

Der Mann mit dem Filzhut antwortete nicht. Stattdessen blätterte er die Zeitung um und las weiter.

Nach mehreren Minuten meldete er sich erneut zu Wort.

»Wir sind enttäuscht von Ihnen, Judson.«

»Tut mir leid.« Esterhazy spürte, wie ihm das Blut ins Gesicht stieg.

»Vergessen Sie niemals, wo Sie herkommen. Sie verdanken uns *alles*.«

Er nickte stumm. Sein Gesicht brannte vor Scham – Scham über seine Angst, seine Unterwerfung, seine Abhängigkeit, sein Versagen.

»Ist diesem Pendergast die Existenz unserer Organisation bekannt?«

»Noch nicht. Aber er ist wie ein Pitbull. Er gibt nicht auf. Sie müssen ihn ausschalten. Wir können es uns nicht leisten, ihn frei herumlaufen zu lassen. Ich sage Ihnen, wir müssen ihn töten.«

»*Sie* können es sich nicht leisten, ihn frei herumlaufen zu lassen«, erwiderte der Mann. »Und *Sie* müssen mit ihm fertig werden – endgültig.«

»Gott weiß, ich habe es versucht!«

»Nicht angestrengt genug. Wie ermüdend, dass Sie annehmen, Sie könnten das Problem einfach bei uns abladen. Jeder Mensch hat eine Schwachstelle. Finden Sie seine, und nutzen Sie sie aus.«

Esterhazy spürte, dass er vor lauter Frust fast zitterte. »Sie verlangen das Unmögliche von mir. Bitte, ich brauche Ihre Hilfe.«

»Natürlich können Sie darauf zählen, jedwede Unterstützung zu bekommen, die Sie benötigen. Wir haben Ihnen bei Ihrem Pass geholfen, wir werden Ihnen wieder helfen. Mit Geld, Waffen, sicherem Unterschlupf. Und wir haben die *Vergeltung*. Aber Sie müssen sich selbst um diesen Mann kümmern. Die Erledigung dieser Angelegenheit – rasch und endgültig – würde viel dazu beitragen, unsere gute Meinung von Ihnen wiederherzustellen.«

Esterhazy ließ die Worte auf sich einwirken und schwieg einen Moment lang. »Wo liegt die *Vergeltung?*«

»In Manhattan. In der städtischen Marina an der 72. Straße.« Der Mann hielt inne. »New York … Dort lebt er doch, Ihr Agent Pendergast, oder?«

Die Frage kam derart überraschend, dass Esterhazy unwillkürlich den Blick hob und den Mann ansah.

Der widmete sich – anscheinend endgültig – erneut seiner Zeitungslektüre. Kurz darauf stand Esterhazy auf. Da ergriff der Mann noch einmal das Wort. »Haben Sie gehört, was mit den Brodies passiert ist?«

»Ja«, entgegnete Esterhazy leise. War die Frage als verschleierte Drohung gemeint?

»Keine Sorge, Judson«, fuhr der Mann fort. »Wir werden uns gut um Sie kümmern. So wie wir es stets getan haben.« Als erneut ein Zug kreischend in den U-Bahnhof einfuhr, wandte er sich wieder seiner Zeitung zu und sagte nichts mehr.

31

Malfourche

Ned Betterton fuhr in seinem verbeulten Nissan auf der Hauptstraße – eigentlich die einzige Straße – von Malfourche. Obwohl der Ort streng genommen zu seinem Zuständigkeitsbereich gehörte, mied er ihn meistens: zu viel bornierte Bayou-Mentalität. Aber die Brodies hatten hier gelebt. *Hatten* … Kranston hatte ihn widerstrebend weiterrecherchieren lassen, aber nur deshalb, weil dieser grauenhafte Doppelmord eine so große Sache war, dass es seltsam gewirkt hätte, wenn der *Bee* sie ignorierte. »Bringen wir die Sache hinter uns«, hatte Kranston geknurrt. »Möglichst schnell. Danach vergessen wir sie.«

Betterton hatte freundlich genickt, dabei hatte er aber durchaus nicht vor, die Sache zu vergessen. Vielmehr hatte er etwas getan, was er schon früher hätte machen sollen – nämlich die Geschichte überprüfen, die die Brodies ihm aufgetischt hatten. Sie hatte sich sogleich in Luft aufgelöst. Nach ein paar Anrufen war bewiesen, dass es zwar eine Frühstückspension namens Casa Magnalia in San Miguel gab, die Brodies sie aber nie geführt oder besessen hatten. Das Ehepaar war lediglich einmal dort abgestiegen, vor Jahren.

Die beiden hatten ihn dreist angelogen.

Und jetzt waren sie ermordet worden – der größte Mordfall in der Gegend seit einer Generation –, und Betterton war sich sicher, dass es irgendeinen Zusammenhang mit dem seltsamen Verschwinden des Ehepaars und seinem noch seltsameren Wiederauftauchen gab. Drogen, Industriespionage, Waffenhandel, alles war möglich.

Malfourche war der Ort, an dem die Fäden dieses rätselhaften Geschehens zusammenliefen, davon war Betterton überzeugt. In Malfourche waren die Brodies wieder aufgetaucht, und hier waren sie brutal ermordet worden. Außerdem waren ihm Gerüchte über seltsame Vorkommnisse im Ort einige Monate vor dem Wiedererscheinen der Brodies zu Ohren gekommen. Es hatte eine Explosion bei *Tiny's* gegeben, dem örtlichen, ein wenig verrufenen Anglershop plus Kneipe. Ursache sei ein undichter Propangas-Tank gewesen – so die offizielle Version der Geschichte –, aber es gab auch geflüsterte Hinweise auf weit interessantere Dinge.

Er fuhr an dem kleinen Häuschen der Brodies vorbei, wo er das Ehepaar vor kurzem interviewt hatte. Jetzt war die Haustür mit Absperrband gesichert, und der Wagen des Sheriffs stand davor.

Die Main Street machte eine leichte Biegung nach Westen, und der Rand des Black-Brake-Sumpfs kam in Sicht, ein dichter Saum von Grün und Braun, wie eine niedrighängende dunkle Wolke an einem ansonsten sonnigen Nachmittag. Betterton fuhr weiter in das triste Geschäftsviertel mit seinen abweisenden Ladenfronten und abblätternden Schildern. Vor der Anlegestelle hielt er an und stellte den Motor aus. Dort, wo das *Tiny's* gestanden hatte, erhob sich das Skelett eines neuen Gebäudes über den Trümmern des alten Baus. Ein Stapel halbverbrannter Holzbalken und kreosotimprägnierter Pfähle lag in der Nähe des Anlegers aufgehäuft. An der Vorderseite, zur Straße hin, war die neue Treppe des Gebäudes bereits fertiggestellt. Auf den Stufen gammelte ein halbes Dutzend schmuddelig aussehender Männer herum und trank Bier aus Flaschen in Papiertüten. Betterton stieg aus dem Auto und hielt auf sie zu. »Tag, alle miteinander.«

Die Männer verstummten und verfolgten sein Näherkommen mit Misstrauen.

»Tag«, erwiderte schließlich einer widerstrebend.

»Ned Betterton vom *Ezzerville Bee*«, stellte er sich vor. »Heißer Tag heute. Möchte vielleicht jemand was Kaltes?«

Ein unbehagliches Herumgerutsche. »Und was woll'n Sie dafür?«

»Was denn schon? Ich bin Reporter. Also will ich Informationen.«

Das wurde mit eisigem Schweigen quittiert.

»Ich hab ein paar Bierchen im Kofferraum.« Betterton ging langsam zum Auto zurück – bei solchen Leuten waren allzu schnelle Bewegungen nicht ratsam –, öffnete den Kofferraum, hob eine große Styropor-Kühlbox heraus, trug sie bis zu den Männern und stellte sie auf der Treppe ab. Er griff hinein, holte eine Dose heraus, öffnete sie knallend und nahm einen langen Zug. Bald darauf griff eine Reihe von Händen hinein, die sich die Dosen aus dem schmelzenden Eis holten.

Betterton setzte sich auf die Treppe und lehnte sich seufzend zurück. »Ich schreibe einen Artikel über die Brodie-Morde. Irgendeine Ahnung, wer die beiden umgebracht haben könnte?«

»Alligatoren vielleicht«, bemerkte jemand und erntete höhnisches Gejohle.

»Die Polizei hat uns auch schon danach gefragt«, sagte ein magerer Typ mit Tank-Top und Bartstoppeln auf den Wangen. Der hatte sich bestimmt seit fünf Tagen nicht mehr rasiert. »Wir wissen gar nichts.«

»Ich glaub ja, dass dieser Typ vom FBI sie umgebracht hat«, nuschelte ein alter, fast zahnloser Mann, der bereits angetrunken war. »Das miese Schwein war doch ein totaler Spinner.«

»FBI?«, hakte Betterton sofort nach. Das war neu.

»Der Kerl, der mit dieser Polizistin aus New York angekommen ist.«

»Und was wollten sie?« Betterton merkte, dass sich die Frage viel zu interessiert anhörte. Er kaschierte das, indem er noch einen Schluck Bier nahm.

»Wissen, wie man nach Spanish Island kommt«, antwortete der zahnlose Mann.

»Spanish Island?« Betterton hatte noch nie davon gehört.

»Ja. Ziemlicher Zufall, dass …« Die Stimme erstarb.

»Zufall? Was war ein Zufall?«

Eine Runde nervöser Blicke. Niemand sagte etwas. Heiliger Bimbam, dachte Betterton. Bei seinem Versuch, irgendetwas auszugraben, war er auf die Hauptader gestoßen.

»Du hältst die Klappe«, herrschte der Magere den alten Mann an und warf ihm einen drohenden Blick zu.

»Also, zum Teufel, Larry, ich hab doch gar nichts gesagt.« Das war ja wirklich einfach. Betterton merkte sofort, dass die Männer ihm irgendeine große Sache verschwiegen. Die ganze verdammte hirnlose Bande. Aber gleich würde er dahinterkommen.

Im selben Augenblick fiel ein breiter Schatten über ihn. Ein Berg von einem Mann war aus der Düsternis des unfertigen Gebäudes aufgetaucht. Sein rosa Schädel war kahlrasiert, ein Fettwulst von der Größe eines kleineren Rettungsrings umschloss seinen mit borstigen blonden Härchen besetzten Hals. Die eine Wange war aufgebläht, offenbar von einem Klumpen Kautabak. Er verschränkte seine Räucherschinken-Arme und starrte die sitzende Männergruppe an. Das konnte nur Tiny höchstpersönlich sein. Der Mann war eine lokale Legende, ein Bayou-Kriegsherr. Und plötzlich drängte sich Betterton die Frage auf, ob diese Hauptader vielleicht doch weiter entfernt war als angenommen.

»Was zum Teufel wollen Sie?«, fragte Tiny liebenswürdig.

Instinktiv probierte er es. »Ich bin wegen des FBI-Agenten hier.«

Der Ausdruck, der über Tinys Gesicht huschte, war kein besonders schöner Anblick. »Pendergast?«

Pendergast. So hieß er also. Und Betterton kannte diesen Namen – so hieß eine der reichen, im Niedergang begriffenen Antebellum-Familien aus New Orleans.

Tinys Schweinsäuglein wurden noch kleiner. »Sind Sie mit diesem Schwanz befreundet?«

»Ich bin vom *Ezzerville Bee*. Ich berichte über die Brodie-Morde.«

»Ein Reporter.« Tinys Miene verfinsterte sich. Erst jetzt fiel Betterton die entzündete Narbe am Hals des Mannes auf. Sie blähte sich jedes Mal auf, wenn die Ader darunter pulsierte.

Tiny blickte in die Runde. »Wieso quasselt ihr mit einem Reporter?« Er spie einen Schwall braunen Tabaksaft aus. Sein Publikum stand auf, einer nach dem anderen, und einige machten sich unauffällig davon – allerdings nicht, ohne sich vorher noch ein weiteres Bierchen aus der Kiste zu holen.

»Ein Reporter«, wiederholte Tiny.

Betterton sah den Wutausbruch zwar kommen, bewegte sich aber nicht so schnell, dass er ihm ausweichen konnte. Tiny packte Betterton am Kragen und hob ihn unsanft von den Stufen. »Sie können diesem Arschloch was von mir ausrichten«, sagte er. »Wenn ich den mageren Albino-Arsch von diesem Anzugträger jemals wieder hier erwische, richte ich ihn so schlimm zu, dass er eine Woche lang seine Zähne ausscheißt.«

Während er sprach, zog er Bettertons Kragen immer enger

zusammen, bis der Reporter keine Luft mehr bekam. Dann schleuderte er ihn mit einem groben Ruck zu Boden.

Betterton landete im Staub, wartete einen Moment und stand wieder auf.

Tiny stand mit geballten Fäusten da, kampfbereit.

Betterton war schmächtig. Als Kind hatten größere Kinder sich oft bemüßigt gefühlt, ihn herumzustoßen, weil sie meinten, das Risiko sei gleich null. Das fing im Kindergarten an und hörte erst am Ende seines ersten Jahres auf der Highschool auf.

»He«, sagte Betterton mit hoher Jammerstimme. »Ich geh schon, ich geh ja schon! Um Himmels willen, Sie müssen mir doch nicht weh tun!«

Tiny entspannte sich.

Betterton duckte sich, setzte seine beste kriecherische Miene auf und rückte mit gesenktem Kopf etwas näher an Tiny heran, so, als wolle er zu Kreuze kriechen. »Ich bin nicht auf einen Kampf aus. Ehrlich.«

»Das hört man gern ...«

Unvermittelt richtete Betterton sich auf und nutzte den Schwung der Aufwärtsbewegung, um seinen Haken direkt auf Tinys Kinn zu plazieren. Der Mann ging zu Boden wie weiche Butter, die auf Zement fällt.

Eine Lektion hatte Ned gelernt, als er frisch auf die Highschool kam: Egal, was es war, egal wie groß, man musste reagieren. Sonst würde so was nur wieder passieren oder Schlimmeres. Tiny wälzte sich zwar fluchend im Dreck, war aber zu betäubt, um aufstehen und ihm nachsetzen zu können. Rasch ging Betterton zum Wagen, an den Männern vorbei, die immer noch mit weit aufgerissenen Mündern herumstanden.

»Gentlemen, lasst euch das restliche Bier schmecken.«

Als er mit pochender Hand davonfuhr, fiel ihm ein, dass er in einer halben Stunde beim Backwettbewerb des Frauenhilfswerks aufkreuzen sollte. Zum Teufel damit. Keine Backwettbewerbe mehr für ihn.

32

Dr. Peter Lee Beaufort folgte dem mobilen forensischen Labor – in diskretem Grau lackiert – durch das Seitentor des Friedhofs Saint-Savin. Ein Friedhofswärter ließ den einen Torflügel zuschwingen und verriegelte das Tor. Langsam fuhren die beiden Fahrzeuge, Beauforts Kombi und das mobile Labor, über den schmalen, kiesbestreuten Weg, der von grazilen Hartriegel- und Magnolienbäumen gesäumt war. Saint-Savin gehörte zu den ältesten Friedhöfen von Louisiana. Die Gräber und Grünanlagen waren makellos gepflegt. Im Lauf der letzten zweihundert Jahre waren einige der berühmtesten Persönlichkeiten von New Orleans hier beigesetzt worden.

Bestimmt wären sie höchst erstaunt, sinnierte Beaufort, wenn sie wüssten, welche Prozedur auf dem Friedhof heute stattfand.

Der Weg gabelte sich, dann gabelte er sich nochmals. Vor dem mobilen Labor konnte Beaufort jetzt eine kleine Gruppe von Fahrzeugen erkennen: Behördenfahrzeuge, ein Rolls-Royce-Oldtimer, ein Saint-Savin-Van. Der

Laborwagen parkte auf einem schmalen Seitenstreifen hinter ihnen. Beaufort folgte ihm und warf einen Blick auf die Uhr.

Zehn Minuten nach sechs. Die Sonne stieg gerade über den Horizont und schien auf die Grünflächen und den Marmor. Exhumierungen wurden stets früh am Morgen durchgeführt, um so die größtmögliche Diskretion zu garantieren.

Beaufort stieg aus dem Auto. Als er sich dem Familiengrab näherte, sah er Arbeiter in Schutzkleidung, die Sichtschirme um eines der Gräber aufstellten. Es war ein selbst für Anfang November ungewöhnlich kühler Tag, wofür Beaufort zutiefst dankbar war. Exhumierungen an heißen Tagen waren immer unerfreulich.

Wenn man bedachte, wie reich die Familie Pendergast war und auf welch lange Geschichte sie zurückblicken konnte, handelte es sich um verhältnismäßig wenige Gräber. Beaufort, der die Pendergasts seit Jahrzehnten kannte, wusste sehr gut, dass die meisten Angehörigen der Familie es vorgezogen hatten, sich im Familiengrab auf der Penumbra-Plantage beisetzen zu lassen. Doch einige hegten eine eigentümliche Aversion gegen diese neblige, überwucherte Begräbnisstätte – oder die Gewölbe darunter – und zogen eine traditionellere Beisetzung vor.

Er trat um die Sichtschirme herum und stieg über den niedrigen schmiedeeisernen Zaun, der die Grabstätte umgab. Neben den Technikern entdeckte er die Totengräber, Saint-Savins Bestatter, den Friedhofsleiter und einen korpulenten, nervös wirkenden Mann, bei dem es sich vermutlich um Jennings handelte, den Vertreter des Gesundheitsamtes. Am anderen Ende stand Aloysius Pendergast selbst, reglos und stumm wie ein Gespenst. Beaufort musterte ihn neugierig. Als er Pendergast zuletzt gesehen hatte, war er noch ein junger Mann gewesen. Sein Gesicht hatte sich kaum verändert, aber er war hagerer als damals. Über dem schwarzen Anzug trug er einen langen, cremefarbenen Mantel, der nach Kamelhaar aussah, aber vermutlich, nach dem seidigen Glanz zu urteilen, eher aus Vicuña war.

Beaufort hatte die Bekanntschaft der Familie Pendergast als junger Pathologe der Gemeinde St. Charles gemacht. Nach etlichen Vergiftungen, für die eine verrückte alte Tante verantwortlich war, war er zur Penumbra-Plantage gerufen worden. Wie hieß die Tante noch mal – Cordelia? Nein, Cornelia. Er erschauderte bei der Erinnerung. Aloysius war damals noch ein Junge gewesen und hatte den Sommer auf Penumbra verbracht. Trotz der furchtbaren Umstände des Besuchs hatte der junge Aloysius sich an ihn gehängt wie eine Klette und war ihm überallhin gefolgt, fasziniert von forensischer Pathologie. Die folgenden Sommer hatte er Beauforts Labor im Keller des Krankenhauses heimgesucht. Der Junge lernte außerordentlich schnell und besaß eine selten anzutreffende, ausgeprägte Neugier. Zu ausgeprägt und beunruhigend morbid. Natürlich verblasste seine morbide Neugierde im Vergleich zu der seines Bruders ... Aber der Gedanke war zu peinigend, und Beaufort schob ihn beiseite.

Wie aufs Stichwort blickte Pendergast auf und erhaschte seinen Blick. Er kam herbei und ergriff Beauforts Hand. »Mein lieber Beaufort«, sagte er. »Vielen Dank, dass Sie gekommen sind.« Pendergast hatte schon immer – selbst als Junge – die Angewohnheit besessen, ihn nur mit dem Nachnamen anzureden.

»Es ist mir ein Vergnügen, Aloysius. Wie schön, Sie nach all den Jahren einmal wiederzusehen. Es tut mir nur leid, dass es unter diesen besonderen Umständen geschieht.«

»Aber ohne den Tod hätten wir uns nie kennengelernt, nicht wahr?«

Pendergast fixierte ihn mit seinen durchdringenden, silbrigen Augen, und als Beaufort über den Satz nachdachte, lief ihm ein Schauder den Rücken hinunter. Er hatte Aloysius Pendergast noch nie nervös oder aufgeregt erlebt. Und doch schien er, trotz aller äußeren Ruhe, heute beides zu sein.

Die Sichtschirme um das Grab herum waren aufgestellt, und Beaufort wandte seine Aufmerksamkeit den dortigen Vorgängen zu. Jennings hatte ständig auf die Uhr geschaut und nervös an seinem Kragen gezupft. »Fangen wir an«, sagte er mit hoher, nervöser Stimme. »Darf ich bitte die Exhumierungslizenz sehen?«

Pendergast zog sie aus der Manteltasche und reichte sie ihm. Der Vertreter des Gesundheitsamtes warf einen Blick darauf, nickte und gab sie zurück. »Vergessen Sie nicht, unsere Verantwortung gilt vor allem dem Schutz der öffentlichen Gesundheit und der Wahrung der Würde der Verstorbenen.«

Er blickte auf den Grabstein mit der schlichten Inschrift:

HELEN ESTERHAZY PENDERGAST

»Stimmen wir alle überein, dass es sich hier um das richtige Grab handelt?«

Allgemeines Kopfnicken.

Jennings trat einen Schritt zurück. »Nun gut. Die Exhumierung kann beginnen.«

Zwei Totengräber, die zusätzlich zu ihrer Schutzkleidung Handschuhe und Gesichtsmasken trugen, begannen, ein Rechteck aus dem dichten grünen Rasen auszustechen und die Grassoden gekonnt zu lösen, in Streifen aufzurollen und vorsichtig beiseitezulegen. Ein Arbeiter stand mit einem winzigen Friedhofsbagger bereit.

Als der Rasen entfernt war, machten sich die beiden Totengräber mit Spaten an die Arbeit. Abwechselnd stachen sie in die schwarze Erde und warfen diese ordentlich auf eine danebengelegte Plastikplane. Die Grube nahm Gestalt an, während die Totengräber die Wände zu scharfen Kanten und Flächen zurechtstachen. Dann traten sie zurück; der Bagger fuhr langsam vorwärts und senkte mit seinem Arm einen großen Eimer in das Loch.

Der Bagger und die beiden Totengräber wechselten sich ab. Die Totengräber schaufelten das Loch, während der Bagger die Erde herausholte. Die versammelte Gruppe schaute in geradezu liturgischer Stille zu. Als die Grube tiefer wurde, stieg ihnen ein Geruch in die Nase: lehmig und seltsam würzig, wie Humus und Waldboden. Leichter Dunst stieg aus dem Grab in die frühmorgendliche Luft. Jennings, der Mann vom Gesundheitsamt, griff in die Manteltasche, zog eine Gesichtsmaske hervor und legte sie an.

Beaufort warf einen unauffälligen Blick auf den FBI-Agenten. Der starrte wie gebannt auf die sich vertiefende Grube, mit einer Miene, die zumindest Beaufort nicht deuten konnte. Pendergast war der Frage, warum er den Leichnam seiner Frau ausgraben lassen wolle, ausgewichen. Er hatte nur gesagt, dass das mobile forensische Labor auf alle nur denkbaren Untersuchungen hinsichtlich der Identität vorbereitet sein sollte. Selbst für eine Familie, die auf so noble

Art exzentrisch war wie die Pendergasts, schien das unerklärlich und verstörend.

Es wurde eine Viertelstunde, dann eine halbe Stunde lang weitergegraben. Die beiden Männer mit Masken und Schutzkleidung legten eine kurze Pause ein, dann machten sie sich wieder an die Arbeit. Einige Minuten später stieß einer der Spaten mit einem lauten, hohlen *Plonk* auf einen schweren Gegenstand.

Die Männer, die um das offene Grab herumstanden, schauten einander an. Alle außer Pendergast, dessen Blick unverwandt auf die gähnende Grube zu seinen Füßen gerichtet war.

Die Totengräber glätteten die Wände des Grabs, vorsichtiger jetzt, und gruben dann tiefer. Allmählich legten sie den Standard-Betonbehälter frei, in dem der Sarg ruhte. Der Bagger, der mit Tragriemen ausgerüstet war, hob den Betondeckel an und gab den Sarg darinnen frei. Er war aus Mahagoni, noch schwärzer als die ihn umgebende Erde, besetzt mit Messinggriffen und Beschlägen. Ein neuer Geruch stieg in die bereits belastete Atmosphäre: ein schwacher Verwesungsgeruch.

Vier weitere Männer, die die »Hülle« trugen – einen neuen Sarg, der sowohl den alten Sarg als auch die exhumierten sterblichen Überreste aufnehmen würde –, erschienen am Grab. Sie stellten ihn auf den Boden und traten vor, um den Totengräbern zu helfen. Während die Gruppe schweigend zusah, wurden neue Gurtbänder ins Grab hinabgelassen und unter den Sarg geschoben. Gemeinsam – langsam, vorsichtig und per Hand – hievten die sechs Männer den Sarg aus seinem Ruheplatz.

Beaufort schaute zu. Erst schien der Sarg sich gegen die

Störung zu sträuben, dann aber löste er sich ächzend und stieg allmählich nach oben.

Die Zeugen traten zurück, um Platz zu machen, und die Friedhofsarbeiter hoben den Sarg aus dem Grab und stellten ihn auf den Boden neben den geräumigeren neuen Sarg. Jennings zog Gummihandschuhe über und trat vor. Er kniete vor der Kopfseite des Sargs nieder und beugte sich vor, um sich das Namensschild anzusehen.

»Helen Esterhazy Pendergast«, las er durch den Mundschutz vor. »Ich gebe zu Protokoll, dass der Name auf dem Sarg mit dem Namen auf der Exhumierungslizenz übereinstimmt.«

Jetzt wurde das Behältnis geöffnet. Beaufort sah, dass das Innere aus einer geteerten Zinkverkleidung bestand, bedeckt mit einer Plastikmembran und mit Isopon versiegelt. Alles ganz normal. Auf ein Nicken von Jennings hin – der rasch zurückgewichen war – hoben die Friedhofsarbeiter den Sarg von Helen Pendergast erneut an, trugen ihn mit Hilfe der Gurtbänder zu dem geöffneten Behältnis und bugsierten ihn hinein. Pendergast verfolgte es wie erstarrt, mit bleichem Gesicht und verhülltem Blick. Regungslos hatte er der Exhumierung beigewohnt, nur gelegentlich geblinzelt.

Als der Sarg sicher in dem neuen Behältnis untergebracht war, wurde der Deckel geschlossen und befestigt. Der Friedhofsverwalter trat vor, ein kleines Namensschild aus Messing in der Hand. Während die Arbeiter ihre Wegwerf-Schutzkleidung ablegten und sich die Hände mit Desinfektionslösung wuschen, hämmerte er das Namensschild auf das Behältnis.

Beaufort rührte sich. Jetzt war es fast an der Zeit, dass er mit der Arbeit begann. Die Arbeiter hoben den neuen Sarg an den Griffen an, und er führte sie zur Heckklappe des mobilen forensischen Labors, das in der Nähe auf dem Kiesstreifen, im Schatten der Magnolien, parkte. Der Generator surrte leise. Beauforts Assistent öffnete die Hecktüren und half den Friedhofsarbeitern, den Sarg hochzuheben und hineinzuschieben.

Beaufort wartete, bis die Hecktüren wieder geschlossen waren, dann folgte er den Arbeitern zurück zu dem abgeschirmten Grab. Die Gruppe war immer noch versammelt und würde das auch bleiben, bis die Prozedur beendet war. Einige Arbeiter fingen damit an, das alte Grab zuzuschütten, während andere mit Hilfe des Baggers anfingen, daneben ein neues Grab auszuheben. Wenn Beauforts Arbeit an den sterblichen Überresten beendet war, würden sie im neuen Grab beigesetzt werden. Beaufort wusste, dass die Voraussetzung für eine Genehmigung der Exhumierung war, dass Pendergast den Leichnam umbetten ließ, und sei die Entfernung noch so klein. Trotzdem – Pendergast musste einen enormen Druck auf den nervösen, schwitzenden Jennings ausgeübt haben.

Endlich regte sich Pendergast und schaute zu ihm hin. Die angespannte Erwartung und die Achtsamkeit in dem bleichen Gesicht hatten sich noch vertieft.

Beaufort trat zu ihm und sagte mit leiser Stimme: »Wir sind so weit. Also, welche Untersuchungen möchten Sie genau durchgeführt haben?«

Der FBI-Agent schaute ihn an. »Genproben, Haarproben, Fingerabdrücke, falls möglich, Röntgenaufnahmen der Zähne. Alles.«

Beaufort versuchte, es möglichst taktvoll auszudrücken.

»Es würde helfen, wenn ich wüsste, welchem Zweck das Ganze dient.«

Ein langer Moment verstrich, bevor Pendergast entgegnete: »Der Leichnam im Sarg ist nicht der meiner Frau.«

Beaufort nahm die Information in sich auf. »Was bewegt Sie zu der Annahme, dass es … einen Irrtum gegeben hat?«

»Führen Sie bitte nur die Untersuchungen durch«, sagte Pendergast ruhig. Seine weiße Hand tauchte aus dem Anzug auf; darin hielt er eine Haarbürste in einem verschließbaren Plastikbeutel. »Sie werden eine Probe ihrer DNA brauchen.«

Beaufort nahm den Beutel an sich, verwundert über einen Mann, der die Haarbürste seiner Frau noch zwölf Jahre nach ihrem Tod unberührt gelassen hatte. Er räusperte sich. »Und wenn der Leichnam doch der Ihrer Frau ist?«

Als er keine Antwort auf die Frage erhielt, stellte Beaufort eine andere. »Möchten Sie, äh, dabei sein, wenn wir den Sarg öffnen?«

Pendergasts gespenstischer Blick ließ Beaufort das Blut in den Adern gefrieren. »Es ist mir gleichgültig.«

Pendergast wandte sich wieder dem Grab zu und sagte nichts mehr.

33

New York City

Die Essensschlange vor der Mission in der Bowery Street rückte langsam zu den Tabletts vor, vorbei an der vorderen Reihe der im Refektoriums-Stil aufgestellten Tische.

»Verdammt«, sagte der Mann direkt vor ihm. »Nicht schon wieder Hähnchen mit Klößen.«

Zerstreut griff Esterhazy sich ein Tablett, nahm sich von dem Maisbrot und schlurfte weiter.

Er war immer noch unterhalb des Radars. Tief darunter. Von Boston aus hatte er den Bus genommen und hatte aufgehört, Kreditkarten zu benutzen und Geld aus dem Automaten zu ziehen. Er benutzte den Namen auf seinem falschen Pass und hatte sich ein neues Handy unter dem angenommenen Namen gekauft. Untergekommen war er in einem billigen Wohnheim an der Second Street, wo vorzugsweise Bargeld genommen wurde. Wenn irgendmöglich, ernährte er sich mit Hilfe von karitativen Essensausgaben wie dieser. Er hatte noch einen ordentlichen Batzen Bargeld von der Reise nach Schottland übrig, so dass er sich momentan um Geld keine Sorgen machen musste, und er würde auch noch eine Weile damit auskommen. Pendergasts Ressourcen waren beängstigend umfassend, da wollte er kein Risiko eingehen. Außerdem wusste er ja, dass *sie* ihm jederzeit mehr geben würden.

»Scheiß grüner Wackelpudding«, beschwerte sich der Mann vor ihm. Er war um die vierzig, trug ein dünnes Ziegenbärtchen zur Schau und war mit einem verwaschenen Holzfällerhemd bekleidet. Sein blasses, unsauberes Gesicht war von jeder Art Laster und Verdorbenheit gezeichnet. »Wieso gibt's nie mal roten Wackelpudding?«

Die Banalität des Bösen, dachte Esterhazy, während er ein Hauptgericht auf sein Plastiktablett stellte, ohne auch nur hinzusehen. Das war keine Art zu leben. Er musste aufhören mit dem Weglaufen und wieder in die Offensive gehen. Pendergast musste sterben. Zweimal hatte er versucht, Pendergast zu töten. Aller guten Dinge waren drei, so hieß es doch; vielleicht würde es ja beim dritten Mal klappen.

Jeder hat eine Schwachstelle. Finden Sie seine, und nutzen Sie sie aus.

Er trug sein Tablett zu einem der Tische und setzte sich auf den einzigen freien Platz neben dem Mann mit dem Ziegenbart. Er hob die Gabel, stocherte geistesabwesend in seinem Essen herum und legte das Besteck wieder hin.

Jetzt, wo er darüber nachdachte, erkannte Esterhazy, wie wenig er im Grunde über Pendergast wusste. Der Mann war mit seiner Schwester verheiratet gewesen. Aber obwohl sie ein freundschaftliches Verhältnis gehabt hatten, war er immer distanziert geblieben, kühl, eine unbekannte Größe. Wenn es Esterhazy nicht gelungen war, ihn zu töten, dann teilweise deshalb, weil er ihn nicht wirklich verstand. Er musste mehr über ihn in Erfahrung bringen: seinen Aktionsradius, seine Vorlieben, seine Abneigungen, seine Bindungen, was ihn antrieb, woran ihm etwas lag.

Wir werden uns gut um Sie kümmern. Wie wir es stets getan haben.

Esterhazy schaffte es kaum, den Bissen herunterzuschlucken, während der Satz in seinem Kopf nachhallte. Er legte die Gabel wieder hin und wandte sich dem ziegenbärtigen Vagabunden neben sich zu. Er starrte ihn an, bis der Mann aufhörte zu essen und aufschaute.

»Haste 'n Problem?«

»Hab ich tatsächlich, ja.« Esterhazy schenkte ihm ein freundliches Lächeln. »Dürfte ich Ihnen eine Frage stellen?«

»Und weswegen?« Der Mann war sofort misstrauisch.

»Jemand verfolgt mich«, sagte Esterhazy. »Bedroht mein Leben. Ich kann ihn nicht abschütteln.«

»Dann leg das Schwein doch um«, sagte der Mann und begann wieder, seinen Wackelpudding zu schlürfen.

»Das ist ja das Problem. Ich komme nicht nahe genug an ihn ran, um ihn zu töten. Was würden Sie tun?«

Die tiefliegenden Augen des Mannes funkelten vor lauter Bosheit, und er legte den Löffel hin. Das war etwas, das er verstand. »Du musst ihn über jemanden erwischen, der ihm nahesteht. Jemand Schwaches, Hilfloses. Eine Frau.«

»Eine Frau«, wiederholte Esterhazy.

»Nicht irgendeine Frau, seine Alte. An einen Mann kommt man am besten über seine Alte ran.«

»Das klingt logisch.«

»Scheiße, klar macht es Sinn. Ich hatte mal Zoff mit 'nem Dealer, Digger, wollte ihn in den Arsch treten, aber er hatte immer seine Leute um sich rum. Na, er hatte 'ne kleine Schwester, echt lecker …«

Es war eine lange Geschichte, aber Esterhazy hörte gar nicht mehr hin. Er war tief in Gedanken versunken.

Seine Alte …

34

Savannah,
Georgia

Das elegante Stadthaus schlummerte träge in der wohlriechenden Kühle des Herbstabends. Davor, in der Habersham Street und auf dem Whitefield Square, unterhielten sich Passanten angeregt, und die Touristen machten Fotos vom überladenen Kuppeldach-Pavillon im Park und von den historischen Backsteinhäusern, die ihn umgaben. Aber im Haus war alles still.

Bis sich mit einem leisen Kratzen von Metall auf Metall das Schloss drehte und die Hintertür aufgeschoben wurde. Special Agent Pendergast, kaum mehr als ein Schatten im schwindenden Tageslicht, betrat die Küche. Er machte die Tür wieder zu und verschloss sie. Dann drehte er sich um, lehnte sich dagegen und horchte. Das Haus war leer, aber er blieb trotzdem in der Stille stehen. Die Luft war abgestanden, die Jalousien waren heruntergelassen. Es lag schon einige Zeit zurück, dass jemand das Haus betreten hatte.

Er erinnerte sich an seinen letzten Besuch vor einigen Monaten – unter ganz anderen Umständen. Inzwischen war Esterhazy untergetaucht, und zwar tief. Aber es musste Spuren geben. Hinweise. Und die waren am ehesten in diesem Haus zu finden. Denn niemand konnte spurlos verschwinden.

Abgesehen vielleicht von Helen.

Pendergasts Blick schweifte suchend durch die Küche. Sie war fast zwanghaft ordentlich und aufgeräumt und, wie der Rest des Hauses, entschieden maskulin in der Wahl der Einrichtung: großer Frühstückstisch aus Eiche, übergroßer Messerblock, mit wuchtigen Messern gespickt, Küchenschränke aus dunklem Kirschholz, Arbeitsflächen aus schwarzem Granit.

Er verließ die Küche, ging durch den Flur und nach oben. Die Türen der Zimmer im ersten Stock waren alle geschlossen; er öffnete eine nach der anderen. Hinter einer Tür lag die Stiege zum Dachboden, die er emporstieg. Der unfertige Speicher mit den offenliegenden Deckenbalken roch nach Mottenkugeln und Staub. Nach einem Zug an der Schnur, die neben einer kahlen Glühbirne hing, war er in grelles Licht getaucht. Hier standen Kartons und Truhen, ordentlich vor den Wänden aufgereiht, alle verschlossen. In einer Ecke stand ein großer Spiegel, blind und von Spinnweben verhangen.

Pendergast zog ein Springmesser mit Perlmuttgriff aus der Jackentasche und ließ es aufklappen. Methodisch und ohne Hast schlitzte er die Kartons auf und untersuchte den Inhalt. Als er fertig war, versiegelte er sie mit neuem Klebeband. Als Nächstes kamen die Überseekoffer an die Reihe. Er brach die Schlösser auf, durchsuchte sie und verschloss sie wieder. Er ließ alles genauso zurück, wie er es vorgefunden hatte.

Auf dem Weg zur Treppe blieb er vor einem Spiegel stehen. Mit dem Ärmel seines schwarzen Anzugs polierte er den Spiegel an einer Stelle frei und schaute hinein. Das Gesicht, das ihm entgegensah, erschien ihm beinahe fremd. Er wandte sich ab.

Nachdem er das Licht ausgeschaltet hatte, stieg er wieder hinunter in den ersten Stock, dort befanden sich zwei Badezimmer, Esterhazys Schlafzimmer, sein Arbeitszimmer und ein Gästezimmer. Als Erstes nahm er sich die Bäder vor, öffnete die Medizinschränkchen und untersuchte deren Inhalt. Die Tuben mit Zahnpasta und Rasiercreme drückte er in der Toilette aus und schüttete das Talkumpuder hinein, um sicherzugehen, dass alles echt war und nicht als Versteck für Wertsachen diente. Die plattgedrückten und geleerten Tuben und Verpackungen stellte er an ihren Platz zurück. Dann kam das Gästezimmer an die Reihe. Nichts von Interesse.

Pendergasts Atmung ging ein wenig schneller.

Er nahm sich Esterhazys Schlafzimmer vor. Es war genauso ordentlich wie der Rest des Hauses. Romane und Biographien, alle mit Leinenumschlägen, waren fein säuberlich auf den Regalen aufgereiht, in kleinen Nischen war antikes Wedgwood- und Quimper-Porzellan ausgestellt.

Pendergast warf die Decken vom Bett und prüfte die Matratze, nahm sie herunter und tastete sie ab, zog den Bezug zur Seite und untersuchte die Federn. Er tastete die Kopfkissen ab und untersuchte das Bettgestell, dann richtete er das Bett wieder ordentlich her. Er öffnete die Türen des Kleiderschranks und tastete systematisch sämtliche Kleidungsstücke ab, um festzustellen, ob etwas darin verborgen war. Er zog alle Schubladen aus der alten Duncan-Phyfe-Kommode und durchsuchte den Inhalt, wobei er sich allerdings weniger Mühe gab, alles wieder ordentlich an seinen Platz zurückzulegen. Er nahm die Bücher aus den Regalen, eins nach dem anderen, blätterte sie durch und stellte sie in anderer Reihenfolge zurück. Seine Bewegungen wurden schneller, fast brüsk.

Dann war das Arbeitszimmer an der Reihe. Pendergast ging zum einzigen Aktenschrank, brach das Schloss mit einer brutalen Drehung des Klappmessers auf, zog die Hängeordner heraus, sah sie gründlich durch und hängte sie wieder zurück. Es dauerte fast eine Stunde, bis er alle Rechnungen, Steuerunterlagen, die Korrespondenz, die Bankunterlagen und andere Dokumente durchgegangen war – interessant wegen des Lichts, das sie auf Esterhazy warfen, jedoch ohne offensichtliche Bedeutung. Als Nächstes kamen die schweren Regale mit Nachschlagewerken und medizinischen Büchern. Der Inhalt des Schreibtischs folgte. Auf dem Schreibtisch stand ein Laptop. Pendergast holte einen Schraubenzieher aus der Tasche, schraubte das Gehäuse auf, nahm die Festplatte heraus und ließ sie in die Tasche gleiten. An den Wänden hingen gerahmte Belobigungen und Auszeichnungen. Er nahm sie ab, prüfte die Rückseiten und hängte sie gleichgültig wieder zurück.

Bevor er wieder nach unten ging, blieb er in der Tür stehen. Das Arbeitszimmer – so wie das ganze Haus – befand sich in einem mehr oder weniger ordentlichen Zustand. Niemand würde ahnen, dass hier jemand eingedrungen war, dass jeder Millimeter gründlich durchsucht und entweiht worden war ... niemand außer Judson. Er würde es wissen.

Pendergast stieg die Treppe hinunter und durchsuchte das Esszimmer ebenso gründlich wie die oberen Räume. Dann folgte das gemütliche kleine Wohnzimmer. Ihm fiel ein Wandsafe auf, hinter einem Diplom versteckt. Den würde er sich für später aufheben. Er öffnete und untersuchte den Waffenschrank, fand aber nichts von Bedeutung.

Endlich nahm er sich das Wohnzimmer selbst vor, den erlesensten Raum im Haus, mit polierter Mahagoni-Täfelung, antiken Tapeten und einer Reihe schöner Gemälde aus dem achtzehnten und neunzehnten Jahrhundert. Doch das Prunkstück war eine schwere Louis-Vitrine, in der eine Sammlung frühgriechischer Keramik ausgestellt war.

Pendergast beendete seine Durchsuchung mit der Vitrine. Eine rasche Drehung, dann war das Schloss geknackt. Er riss die Türen weit auf und betrachtete den Inhalt. Die Sammlung war ihm seit langem bekannt, trotzdem staunte er erneut, wie außerordentlich sie war, vielleicht die schönste kleine Sammlung ihrer Art auf der Welt. Sie bestand aus nur sechs Stücken, jedes einzelne ein unschätzbares, unersetzliches Beispiel für das Werk eines antiken griechischen Künstlers: Exekias; der Brygos-Maler; Euphronios; der Meidias-Maler; Makron; der Achilles-Maler. Pendergasts Blick wanderte über die Vasen, Trinkschalen, Kylixe und Kratere, jedes Stück ein unvergleichliches Meisterwerk, Zeugnis höchsten, verfeinerten künstlerischen Genies. Das war keine Sammlung, die aus Prestigegründen erstellt worden war oder um damit zu prahlen. Die Objekte waren mit äußerster Sorgfalt und zu erstaunlich hohen Kosten zusammengetragen worden, und zwar von einem echten Kenner. Nur ein Mensch, der diese Stücke wahrhaft liebte, konnte eine so vollkommene Sammlung erstellen, eine Sammlung, deren Verlust die Welt ärmer machen würde.

Das Geräusch schweren Atmens war zu hören.

Mit einer plötzlichen heftigen Armbewegung fegte Pendergast die Sammlung von den Regalen. Die schweren Gefäße stürzten auf den Eichenfußboden und zerbrachen in Hunderte Scherben; sie sprangen und hüpften überallhin. Keuchend vor Anstrengung, wie besessen in diesem Ausbruch ungezügelter Wut, zertrat Pendergast die Scherben in immer kleinere Stücke und zermahlte sie schließlich zu Staub.

Und dann war außer dem schweren Atmen nichts mehr zu hören. Pendergast war noch geschwächt nach seiner Tortur in Schottland, so dass es eine Zeitlang dauerte, bis seine Atmung sich normalisiert hatte. Nach einer langen Weile fegte er sich den Keramikstaub vom Anzug und ging mit steifen Schritten zur Kellertür. Er öffnete sie gewaltsam, stieg in den Keller und führte eine sorgfältige Inspektion der Räume durch.

Der Keller war so gut wie leer, bis auf die Heizungsanlage

samt Rohren. Doch hinter einer Tür in einem der Alkoven kam, gewaltsam geöffnet, ein großer Weinkeller zum Vorschein, der mit Kork ausgekleidet war. An der Wand hingen Temperatur- und Feuchtigkeitsmesser. Pendergast trat ein und inspizierte die Flaschen. Esterhazy besaß außerordentliche Weine, hauptsächlich französische. Offenbar bevorzugte er die Pauillacs. Pendergasts Blick glitt über die langen Reihen von Weinflaschen: Lafite Rothschild, Lynch-Bages, Pichon-Longueville Comtesse de Lalande, Romanée-Conti. Zwar war Pendergasts Weinkeller im Dakota-Gebäude und in Penumbra weitaus umfangreicher, aber Esterhazy besaß eine erstklassige Sammlung Château Latour einschließlich mehrerer Flaschen der bedeutendsten Jahrgänge, die in seinen eigenen Weinkellern fehlten. Er runzelte die Stirn.

Er wählte die besten Jahrgänge aus – 1892, 1923, 1934, der sagenhafte 1945er, 1955, 1962, ein halbes Dutzend weiterer –, nahm die Flaschen aus ihren Nischen und stellte sie behutsam auf den Fußboden. Alle Weine, die jünger waren als dreißig Jahre, ließ er stehen. Vier Gänge waren nötig, dann hatte er alle Flaschen nach oben ins kleine Wohnzimmer geschafft.

Er stellte sie auf das Sideboard und holte einen Korkenzieher, eine Karaffe und ein Rotweinglas aus der Küche. Nachdem er alle Flaschen der Reihe nach geöffnet hatte, ließ er sie atmen, während er sich von seinen Anstrengungen ausruhte. Draußen war es derweil dunkel geworden, und ein blasser Mond hing über den Palmen auf dem Platz. Pendergast betrachtete den Mond und fühlte sich fast wider Willen an jenen anderen Mond erinnert: an den ersten Mondaufgang, den er und Helen gemeinsam betrachtet hatten, nur zwei Wochen nach ihrer ersten Begegnung. Es war die Nacht, in der ihre Liebe füreinander so leidenschaftlich entbrannte. Sie lag jetzt fünfzehn Jahre zurück, und doch war seine Erinnerung daran so lebhaft, als wäre es gestern gewesen.

Er hielt die Erinnerung kurz fest wie einen kostbaren Edelstein, dann ließ er sie verblassen. Er wandte sich vom Fenster ab und ließ den Blick durch den Raum gleiten, musterte die afrikanischen Skulpturen, die schönen Mahagoni-Möbel, die Jadeschnitzereien und die Bücherregale, auf denen dicke Wälzer mit Goldrücken standen. Er wusste nicht, wann Esterhazy zurückkehren würde, aber er wünschte, er könnte dabei sein, um sein Vorhaben gebührend zu würdigen.

Nachdem er die Weine eine halbe Stunde hatte atmen lassen – eine längere Wartezeit wäre bei den älteren Jahrgängen zu riskant –, begann er mit der Verkostung. Er fing mit dem 1892er an, ließ einen Schluck in die Karaffe gluckern, schwenkte ihn langsam und prüfte die Farbe im Licht. Dann schenkte er sich ein, roch das Bouquet und nahm schließlich einen großzügigen Schluck. Er stellte die Flasche unverkorkt auf die Fensterbank und ging zum nächstjüngeren Jahrgang über.

Das Ganze dauerte vielleicht eine Stunde, und nach Ablauf dieser Zeit war Pendergasts Gleichmut vollständig wiederhergestellt.

Schließlich stellte er Karaffe und Glas zur Seite und erhob sich aus dem Sessel. Zu guter Letzt wandte er seine Aufmerksamkeit dem kleinen Tresor zu, den er vorhin hinter einem der Diplome entdeckt hatte. Er setzte sich tapfer gegen Pendergasts Bemühungen zur Wehr und gab erst nach langer, diffiziler Arbeit nach.

223

Gerade als er den Safe öffnen wollte, klingelte sein Handy. Er warf einen Blick auf die Nummer, ehe er den Anruf beantwortete. »Ja?«

»Aloysius? Hier ist Peter Beaufort. Ich hoffe, ich unterbreche Sie nicht gerade bei irgendetwas.«

Nach einer kurzen Pause erwiderte Pendergast: »Ich war gerade dabei, mir ein gutes Glas Wein zu gönnen.«

»Die Ergebnisse sind da.«

»Und?«

»Ich würde es Ihnen lieber persönlich sagen.«

»Ich würde es lieber sofort erfahren.«

»Ich will nicht am Telefon mit Ihnen darüber sprechen. Kommen Sie so schnell wie möglich her.«

»Ich bin in Savannah. Ich nehme einen späten Flug, wir treffen uns dann morgen früh in Ihrem Büro. Um neun.«

Pendergast steckte das Handy ein und wandte seine Aufmerksamkeit wieder dem Safe zu. Er enthielt das Übliche: Schmuck, ein paar Aktien, den Grundbucheintrag des Hauses, ein Testament und diverse andere Papiere, unter anderem alte Rechnungen eines Pflegeheims in Camden, Maine, ausgestellt auf eine Patientin namens Emma Grolier. Pendergast sammelte die Dokumente ein und steckte sie in die Tasche, um sie später genauer durchsehen zu können. Dann setzte er sich ans Rollpult, nahm sich ein Blatt leeres Büttenpapier und schrieb einen kurzen Brief.

Mein lieber Judson,
ich dachte, die Ergebnisse meiner vertikalen Verkostung Deiner Latours interessieren Dich vielleicht. Wie ich festgestellt habe, hat der 1918er traurig nachgelassen, und der 1949er Jahrgang wird meiner Ansicht nach überbewertet: Es endete

schlimmer, als es begann, mit Anklängen von Gerbstoff. Der
1958er war leider korkig. Aber der Rest war köstlich, der
'45er sogar überragend – immer noch vollmundig und un-
erreicht elegant, mit einem Aroma von schwarzen Johannis-
beeren und Trüffeln und einem langen, angenehmen Abgang.
Schade, dass Du nur eine einzige Flasche davon hattest.
Meine Entschuldigung für das, was mit Deiner Sammlung
alter Pötte passiert ist. Ich lasse Dir etwas zur Entschädigung
da.
P.

Er deponierte den Brief auf dem Schreibtisch, griff in die
Hosentasche, zog einen Fünf-Dollar-Schein aus der Brief-
tasche und legte ihn daneben.
Als er an der Tür angelangt war, kam ihm ein Gedanke.
Er kehrte um, ging zum Fensterbrett und griff nach der
1945er Flasche Château Latour. Er verkorkte sie sorgfältig
und nahm sie mit in die Küche und hinaus in die duftende
Nachtluft.

35

Armadillo Crossing, Mississippi

Betterton war gerade dabei, sich seinen ersten Kaffee am
Morgen zu holen, als ihm eine Idee kam. Es war ein kühner
Versuch, aber einen Umweg von fünfzehn Meilen allemal
wert.
Er wendete den Nissan und fuhr erneut in Richtung Mal-

fourche. Ein paar Meilen vor dem Städtchen, an einer öde aussehenden Kreuzung, die in der Gegend Armadillo Crossing genannt wurde, hielt er an. Wie erzählt wurde, hatte hier vor Jahren einmal jemand ein Gürteltier überfahren, und der zermatschte Kadaver war lange genug liegen geblieben, um der Kreuzung ihren Namen zu verleihen. Das einzige Haus an der Kreuzung war eine Hütte aus Teerpappe, der Wohnsitz eines gewissen Billy B. »Grass« Hopper.

Betterton hielt vor dem alten Hopper-Haus, das fast bis zur Unkenntlichkeit von Kudzu überwuchert war. Seine Hand pochte wie verrückt. Er fischte eine Schachtel Zigaretten aus dem Handschuhfach, stieg aus und steuerte im ersten Morgenlicht auf die Veranda zu. Dort saß Billy B., träge schaukelnd. Trotz der frühen Stunde hielt er eine Bierdose in der knorrigen Hand. Seitdem vor einigen Jahren ein Hurrikan den Wegweiser für die Abzweigung nach Malfourche abgerissen hatte, wurde Billy B., der unweigerlich seinen Schaukelstuhl bemannte, andauernd von Fremden befragt, wie man denn in die Stadt komme.

Betterton stieg die alten, knarrenden Stufen hinauf. »Hallo, altes Haus.«

Der Mann schielte ihn aus tief eingesunkenen Augen an. »Na so was. Ned. Wie geht's denn so, mein Junge?«

»Gut, gut. Macht's dir was aus, wenn ich mich setze?«

Billy B. deutete auf die oberste Stufe. »Ganz wie du willst.«

»Danke.« Betterton setzte sich vorsichtig hin, hielt die Schachtel Zigaretten hoch und schüttelte eine los. »Sargnagel?«

Billy B. zog die Zigarette aus der Packung. Betterton zündete sie ihm an und steckte die Schachtel wieder in seine Hemdtasche. Er selbst rauchte nicht.

In den nächsten Minuten plauderten sie über diese und jene lokalen Angelegenheiten, während Grass seine Zigarette rauchte. Schließlich arbeitete Betterton sich zum wahren Anlass seines Besuchs vor.

»Waren eigentlich in letzter Zeit irgendwelche Fremden in der Gegend?«, fragte er beiläufig.

Nach einem letzten Zug nahm Billy B. die Zigarette aus dem Mund, musterte prüfend den Filter und drückte ihn an einer Kudzu-Ranke aus. »Ein paar«, sagte er.

»Ja? Erzähl mir von ihnen.«

»Lass mich mal nachdenken.« Billy B. furchte nachdenklich die Stirn. »Eine Zeugin Jehovas. Hat nach dem Weg nach Malfourche gefragt und dabei versucht, mir eins von ihren Heftchen anzudrehen. Ich hab ihr gesagt, sie soll rechts abbiegen.«

Betterton rang sich ein Lachen über die Irreführung ab.

»Dann war da noch dieser Ausländer.«

Betterton sagte so beiläufig wie möglich: »Ein Ausländer?«

»Sprach mit Akzent.«

»Woher kam er, was glaubst du?«

»Europa.«

»Ich fass es nicht.« Betterton schüttelte den Kopf. »Wann war denn das ungefähr?«

»Ich weiß genau, wann es war.« Der Mann zählte an den Fingern ab. »Vor acht Tagen.«

»Wieso bist du da so sicher?«

Billy B. nickte weise. »Es war der Tag, bevor der Mord an diesen Brodies entdeckt wurde.«

227

Das war mehr, als Betterton sich in seinen kühnsten Träumen erhofft hatte. Mehr war also nicht dran am Enthüllungsjournalismus?

»Wie sah der Typ denn aus?«

»Großgewachsen, schlank, blondes Haar, hässliches Muttermal unter einem Auge. Er trug so einen schicken Trenchcoat, wie man ihn aus Spionagefilmen kennt.«

»Weißt du noch, was für einen Wagen er gefahren hat?«

»Ford Fusion. Dunkelblau.«

Betterton strich sich nachdenklich übers Kinn. Dieses Modell kam, wie er wusste, häufig als Mietwagen zum Einsatz. »Hast du das auch der Polizei erzählt?«

Ein aufsässiger Ausdruck stahl sich auf das Gesicht des Mannes. »Man hat mich nicht gefragt.«

Nur mit größter Mühe konnte Betterton sich davon abhalten, aufzuspringen und zu seinem Wagen zu laufen. Er zwang sich, zu bleiben und noch ein wenig Konversation zu machen.

»Schlimme Sache, das mit den Brodies«, bemerkte er.

Billy B. räumte ein, dass dem so war.

»Es gab ja in letzter Zeit jede Menge Aufregung hier in der Gegend«, fuhr Betterton fort. »Allein dieser Unfall mit dem *Tiny's* und das alles.«

Billy B. spuckte nachdenklich auf den Boden. »Das war kein Unfall.«

»Was meinst du damit?«

»Dieser FBI-Typ. Er hat die Kneipe in die Luft gejagt.«

»In die Luft gejagt?«, wiederholte Betterton.

»Er hat eine Kugel in den Propangastank gejagt. Da ist sie in die Luft geflogen. Hat auch eine Reihe von Booten versenkt. Mit einer Schrotflinte.«

»Also, da will ich doch … Warum hat er das gemacht?«
Das waren ja erstaunliche Neuigkeiten.

»Offenbar hatten Tiny und seine Kumpels ihn und seine Kollegin belästigt.«

»Sie belästigen jede Menge Leute hier in der Gegend.« Betterton dachte kurz nach. »Was wollte das FBI hier unten?«

»Keine Ahnung. Jetzt weißt du alles, was ich weiß.« Er machte eine neue Dose Bier auf.

Dieser letzte Satz war das Signal, dass Billy B. des Geplauders müde war. Betterton erhob sich.

»Komm mal wieder vorbei«, sagte Billy B.

»Mach ich.« Betterton verließ die Veranda. Dann blieb er stehen, langte in seine Hemdtasche und zog die Zigaretten hervor.

»Kannste behalten.« Er warf die Packung Billy B. auf die Oberschenkel und ging mit so viel Ruhe und Gesetztheit, wie er aufbringen konnte, zum Nissan.

Er war auf ein Gefühl hin hier herausgefahren und kam mit einer Story zurück, nach der sich Leute bei *Vanity Fair* oder *Rolling Stone* alle fünf Finger lecken würden. Ein Ehepaar, das den eigenen Tod vorgetäuscht hatte – nur um brutal ermordet zu werden. Ein in die Luft gejagter Angelshop. Eine geheimnisvolle Insel – Spanish Island. Ein Ausländer. Und vor allem ein durchgeknallter FBI-Agent namens Pendergast.

Seine Hand pochte immer noch, aber er spürte das kaum. Der Tag ließ sich wirklich ausgesprochen gut an.

36

Peter Beauforts Sprechzimmer erinnerte eher an das Arbeitszimmer eines wohlhabenden Professors als an das Sprechzimmer eines Arztes. Auf den Bücherregalen standen in Leder gebundene Folianten. Schöne Landschaften, in Öl gemalt, schmückten die Wände. Jedes Möbelstück war antik, liebevoll poliert und in gutem Zustand. Nirgendwo ein Zeichen von Stahl oder Chrom, von Linoleum gar nicht zu reden. Keine Augenhintergrundtafeln, keine anatomischen Drucke, keine Traktakte über Medizin, keine Skelette, die von Haken hingen. Dr. Beaufort selbst trug einen geschmackvollen Maßanzug; weißer Kittel und herabbaumelndes Stethoskop fehlten. In Kleidung, Verhalten und Erscheinung vermied er jeden Hinweis auf seinen Beruf als Mediziner.

Pendergast ließ sich auf den Besuchersessel nieder. In seiner Jugend hatte er viele Stunden hier verbracht, den Arzt mit Fragen über Anatomie und Physiologie bombardiert und über die Geheimnisse von Diagnose und Therapie diskutiert.

»Beaufort«, sagte er. »Vielen Dank, dass Sie mich so früh am Morgen empfangen.«

Der Pathologe lächelte. »Früher haben Sie mich immer so genannt«, erwiderte er. »Finden Sie nicht, dass Sie jetzt alt genug sind, um mich mit Peter anzureden?«

Pendergast neigte den Kopf. Der Ton des Arztes war beschwingt, sehr höflich. Doch Pendergast kannte ihn so gut, dass ihm auffiel, wie unbehaglich ihm zumute war.

Eine Aktenmappe lag zugeklappt auf dem Schreibtisch. Beaufort schlug sie auf, setzte seine Brille auf und studierte die oberste Seite. »Aloysius ...« Seine Stimme verklang, und er räusperte sich.

»Sie müssen nicht taktvoll sein, dazu besteht kein Anlass«, sagte Pendergast.

»Verstehe.« Beaufort zögerte. »Gut, dann will ich offen sprechen. Die Untersuchungsergebnisse sind eindeutig. Beim Leichnam in dem Grab handelt es sich um den Leichnam von Helen Pendergast.«

Als Pendergast nichts erwiderte, fuhr Beaufort fort. »Wir haben Übereinstimmungen auf einer Vielzahl von Ebenen festgestellt. Zunächst einmal besteht zwischen der DNA aus der Bürste und der DNA des Leichnams eine Merkmalsübereinstimmung.«

»Wie genau?«

»Über jeden Schatten eines mathematischen Zweifels hinaus. Ich habe ein halbes Dutzend Analysen jeder der vier Proben aus der Haarbürste und dem Leichnam angeordnet. Aber es ist nicht nur die DNA. Auch die Röntgenaufnahmen des Gebisses stimmen überein. Lediglich ein einziges kleines Loch im Zweier – dem rechten oberen Backenzahn. Ihre Frau hatte immer noch wunderschöne Zähne, obwohl so viel Zeit vergangen ist ...«

»Fingerabdrücke?«

Beaufort räusperte sich erneut. »Bei der Hitze und Feuchtigkeit in diesem Teil des Landes ... also, ich konnte zwar lediglich einige partielle Fingerabdrücke sichern, die jedoch ebenfalls übereinstimmen.« Beaufort schlug eine Seite um. »Meine forensische Analyse ergab, dass der Leichnam eindeutig teilweise von einem Löwen verzehrt wurde.

Zusätzlich zu den, äh, biologischen Spuren vom Zeitpunkt des Todes – Zahnspuren und so weiter an den Knochen – wurde *Leo pantera*-DNA gefunden. Löwen-DNA.«

»Sie sagten, die Fingerabdrücke seien nur partiell. Das ist nicht ausreichend.«

»Aloysius, die Ergebnisse der DNA-Analyse sind schlüssig. Es handelt sich um den Leichnam Ihrer Frau.«

»Das kann nicht sein, denn Helen ist noch am Leben.«

Es folgte ein längeres Schweigen. Beaufort breitete in einer resignierten Geste die Hände aus. »Ich hoffe, es macht Ihnen nichts aus, wenn ich das sage, aber das sieht Ihnen gar nicht ähnlich. Die Wissenschaft sagt uns, dass es sich anders verhält, und vor allem Sie respektieren doch die Wissenschaft.«

»Die Wissenschaft irrt.« Pendergast legte die Hand auf die Stuhllehne und wollte sich erheben. Aber dann sah er den Ausdruck auf Beauforts Gesicht und verharrte. Es war deutlich, dass der Pathologe noch mehr zu sagen hatte.

»Einmal abgesehen davon«, sprach Beaufort weiter, »gibt es noch etwas, das Sie wissen sollten. Vielleicht ist es unbedeutend.« Er wollte die Sache bagatellisieren, aber Pendergast spürte, dass es keine Kleinigkeit war. »Sind Sie vertraut mit der Untersuchung der mitochondrialen DNA?«

»Ganz allgemein, als Instrument der Forensik.«

Beaufort nahm die Brille ab, putzte sie und setzte sie sich wieder auf. Er wirkte seltsam verlegen. »Dann verzeihen Sie mir, wenn ich etwas wiederhole, was Sie bereits wissen. Die mitochondriale DNA ist vollständig getrennt von der regulären DNA eines Menschen. Es handelt sich um genetisches Material, das in den Mitochondrien jeder Zelle sitzt und unverändert von Generation zu Generation weitergegeben wird – in weiblicher Linie. Das bedeutet, alle Nachkommen – ob männlich oder weiblich – einer bestimmten Frau haben eine identische mitochondriale DNA, die wir mtDNA nennen. Diese DNA ist ein höchst wirksames Instrument der Forensik, und es gibt separate Datenbanken darüber.«

»Was ist damit?«

»Als Teil einer ganzen Batterie von Untersuchungen, denen ich die Überreste Ihrer Frau unterzogen habe, habe ich sowohl die DNA als auch die mtDNA durch einen Verbund von etwa fünfunddreißig medizinischen Datenbanken laufen lassen. Dadurch wurde Helens DNA bestätigt, aber es gab auch einen Treffer in einer der … etwas ungewöhnlicheren Datenbanken. Bezüglich ihrer mtDNA.«

Pendergast wartete.

Beauforts Verlegenheit schien sich zu vertiefen. »Einer Datenbank, die von der DTG unterhalten wird.«

»Der DTG?«

»Doctors' Trial Group. Die Ärzteprozess-Gruppe.«

»Die Nazijäger?«

Beaufort nickte. »Richtig. Die Organisation wurde gegründet, um die Naziärzte im Dritten Reich, die aktiv Beihilfe zum Verbrechen des Holocaust geleistet haben, zur Rechenschaft zu ziehen. Sie ist aus den sogenannten Ärzteprozessen entstanden, die nach dem Krieg in Nürnberg geführt wurden. Eine ganze Reihe von Ärzten ist nach Kriegsende aus Deutschland geflohen und nach Südamerika gegangen, und seither jagt die DTG sie. Die Organisation unterhält eine wissenschaftlich einwandfreie Datenbank mit genetischen Informationen über diese Ärzte.«

Als Pendergast sprach, war seine Stimme sehr ruhig. »Um was für eine Art Treffer handelt es sich genau?«

Der Mediziner nahm ein Blatt Papier aus der Mappe.

»Eine Übereinstimmung mit einem Doktor Wolfgang Faust. Geboren neunzehnhundertacht in Ravensbrück in Deutschland.«

»Und was genau bedeutet das?«

Beaufort holte tief Luft. »In den letzten Jahren des Zweiten Weltkriegs war Faust SS-Arzt in Dachau. Nach dem Krieg verschwand er. Neunzehnhundertfünfundachtzig konnte die DTG ihn endlich aufspüren. Aber es war zu spät, ihn zur Rechenschaft zu ziehen – er war bereits achtundsiebzig gestorben, eines natürlichen Todes. Die Organisation fand sein Grab und veranlasste eine Exhumierung, um die Überreste zu untersuchen. So ist Fausts mtDNA in die DTG-Datenbank gelangt.«

»Dachau«, flüsterte Pendergast. Er fixierte Beaufort scharf. »Und welche Verwandtschaftsbeziehung bestand nun zwischen diesem Arzt und Helen?«

»Sie stammen beide von derselben Vorfahrin ab. Es könnte eine Generation zurückliegen oder hundert.«

»Haben Sie weitere Information über diesen Arzt?«

»Wie zu erwarten, ist die DTG eine ziemlich zugeknöpfte Organisation. Es heißt, dass es Verbindungen zum Mossad gibt. Abgesehen von der öffentlich zugänglichen Datenbank sind die Akten der Gruppe versiegelt. Über Faust ist wenig bekannt, und ich habe keine weitergehenden Nachforschungen angestellt.«

»Und was bedeutet das alles?«

»Nur eine genealogische Nachforschung kann offenlegen, welche Verwandtschaftsbeziehung zwischen Helen und Doktor Faust besteht. Eine solche genealogische Forschung müsste die Abstammung Ihrer Frau in der weiblichen Linie zurückverfolgen – Mutter, Großmutter mütterlicherseits, Urgroßmutter mütterlicherseits und so fort. Dasselbe gilt für Faust. Es bedeutet lediglich, dass dieser Nazi-Arzt und Ihre Frau eine gemeinsame Vorfahrin mütterlicherseits haben. Dabei könnte es sich durchaus um eine Frau handeln, die im Mittelalter gelebt hat.«

Pendergast zögerte einen Augenblick. »Hat meine Frau über Faust Bescheid gewusst?«

»Das hätte nur sie Ihnen sagen können.«

»In dem Fall«, sagte Pendergast fast wie zu sich selbst, »werde ich sie fragen müssen, wenn ich sie sehe.«

Es folgte ein längeres Schweigen. Und dann sagte Beaufort: »Helen ist tot. Diese … donquichottehafte Überzeugung, der Sie nachhängen, bereitet mir Sorgen.«

Als Pendergast sich erhob, war seine Miene undurchdringlich. »Vielen Dank, Beaufort, Sie haben mir wirklich sehr geholfen.«

»Bitte denken Sie über das nach, was ich gerade gesagt habe. Bedenken Sie die Familiengeschichte …«

Pendergast brachte ein kaltes Lächeln zustande. »Eine weitere Hilfe Ihrerseits ist unnötig. Ich wünsche Ihnen einen guten Tag.«

37

New York City

Laura Hayward schnitt in das köstliche, saftige Fleisch, trennte es vom Knochen und schob die Gabel in den Mund. Genüsslich schloss sie die Augen. »Vinnie, das ist einfach perfekt.«

»Ich hab's nur schnell zusammengerührt, aber trotzdem danke.« D'Agosta machte zwar eine abwehrende Handbewegung, blickte aber trotzdem auf seinen Teller, um den erfreuten Ausdruck zu verbergen, der sich auf seinem Gesicht ausbreitete.

Er hatte immer gern gekocht, allerdings eher anspruchslose Junggesellengerichte: Hackbraten, Steak, Brathähnchen, gelegentlich eine italienische Spezialität seiner Großmutter. Doch seitdem er bei Laura Hayward eingezogen war, hatte er sich auf weit ernsthaftere Weise dem Kochen gewidmet. Anfänglich aus Schuldgefühlen heraus, als eine Art Ausgleich dafür, dass er in ihrer Wohnung wohnte, ihm aber nicht gestattet wurde, sich an der Miete zu beteiligen. Später – als Laura endlich eingewilligt hatte, die Miete zu teilen – war sein Interesse am Kochen weiter gewachsen. Teilweise lag das an Hayward selbst, die ebenfalls einiges draufhatte, wenn es um die Zubereitung vielseitiger und interessanter Gerichte ging. Teilweise waren seine Bemühungen sicherlich auch auf den Einfluss von Pendergast und dessen strikten Gourmet-Geschmack zurückzuführen. Aber es hatte auch etwas mit seiner Beziehung zu Laura zu tun. Es war etwas am Kochen und der Kochkunst, das er als liebevoll empfand, als Möglichkeit, seinen Gefühlen für sie Ausdruck zu verleihen, und zwar auf bedeutungsvollere Art als mit Blumen oder gar Schmuck. Von der Küche Süditaliens war er zu französischer Cuisine übergegangen, wodurch er die grundlegenden Zubereitungstechniken zahlreicher feiner Gerichte erlernte und auch eine Vorliebe für die Grundsaucen und ihre zahllosen Variationen entwickelte. Später war sein Interesse an verschiedenen regionalen amerikanischen

Spezialitäten erwacht. Hayward arbeitete meistens länger als er, was ihm die Zeit ließ, sich abends in der Küche zu entspannen, indem er mit aufgeklapptem Kochbuch an irgendeinem neuen Gericht arbeitete, das er ihr anbieten konnte, wenn sie kam, sozusagen als Liebesgabe. Und je öfter er das tat, desto mehr wuchs sein Können: Seine Handhabung der Messer verbesserte sich, er konnte Gerichte schneller und geschickter zusammenstellen und eigene Variationen von Meister-Rezepten ausprobieren. Heute Abend hatte er ein vorderes Rippenstück vom Lamm mit Burgunder-Granatapfel-Persillade auf den Tisch gebracht und konnte durchaus wahrheitsgemäß behaupten, dass ihm die Zubereitung überhaupt keine Mühe bereitet hatte.

Eine Weile aßen sie schweigend und genossen das Zusammensein. Dann tupfte sich Laura mit der Serviette den Mund ab, nahm einen Schluck Pellegrino und fragte freundlich ironisch: »Und wie war's heute im Büro, Schatz?«

D'Agosta lachte. »Singleton hat mal wieder eine seiner Motivationskampagnen gestartet.«

Hayward schüttelte den Kopf. »Dieser Singleton. Hat immer die Polizeipsychologie-Theorie *du jour* parat.«

D'Agosta nahm einen Bissen *épinards à la crème*. »Corrie Swanson war wieder da.«

»Das ist jetzt das dritte Mal, dass sie dir auf den Wecker geht.«

»Anfangs war sie eine Nervensäge, aber mittlerweile sind wir fast Freunde geworden. Sie fragt ständig nach Pendergast, will wissen, was er vorhat und wann er zurückkommt.«

Laura runzelte die Stirn. Jede Erwähnung von Pendergast

reichte offenbar aus, sie zu verstimmen, sogar nach ihrer informellen Zusammenarbeit mit ihm Anfang des Jahres.

»Was hast du ihr gesagt?«

»Die Wahrheit. Dass ich wünschte, ich wüsste es.«

»Du hast seitdem nichts mehr von ihm gehört?«

»Nicht mehr seit seinem Anruf aus Edinburgh. Als er sagte, dass er meine Hilfe nicht braucht.«

»Pendergast macht mir Angst«, sagte Hayward. »Weißt du, er vermittelt immer den Eindruck eisiger Selbstbeherrschung. Aber darunter … ist er wie ein Besessener.«

»Ein Besessener, der seine Fälle löst.«

»Vinnie, ein Fall ist nicht gelöst, wenn der Verdächtige tot ist. Wann hat Pendergast das letzte Mal einen Fall vor Gericht gebracht? Und jetzt diese Sache mit seiner Frau, die angeblich noch am Leben ist …«

D'Agosta legte die Gabel hin. Der Appetit war ihm vergangen. »Mir wäre es lieber, wenn du nicht so über Pendergast reden würdest. Selbst wenn …«

»Selbst wenn es stimmt, was ich sage?«

D'Agosta erwiderte nichts. Sie hatte einen wunden Punkt berührt; noch nie hatte er sich solche Sorgen um seinen Freund gemacht.

Einen Augenblick lang herrschte Schweigen. Und dann spürte D'Agosta mit einiger Überraschung, dass Laura ihre Hand auf die seine legte.

»Ich liebe deine Loyalität«, sagte sie. »Und deine Integrität. Ich möchte, dass du weißt, dass ich größeren Respekt vor Pendergast empfinde als früher, auch wenn ich seine Methoden verabscheue. Aber weißt du was? Er hat ganz recht, wenn er dich aus dieser Sache heraushält. Der Mann ist Gift für eine Karriere bei der Polizei. Für *deine* Karriere.

Ich bin also froh, dass du seinen Ratschlag befolgst und die Finger davon lässt.« Sie lächelte und drückte seine Hand. »Und jetzt komm und hilf mir beim Abwasch.«

38

Aloysius Pendergast schlenderte in die Eingangshalle eines nicht sehr bemerkenswerten Gebäudes auf dem Campus der National Security Agency. Er gab Waffe und Dienstausweis bei einem wartenden Soldaten ab, ging durch einen Metalldetektor und trat an den Empfang. »Mein Name ist Pendergast. Ich habe eine Verabredung mit General Galusha. Um halb elf.«

»Einen Augenblick bitte.« Die Sekretärin tätigte einen Anruf und stellte ein Besucher-Namensschild aus. Auf ihr Nicken hin kam ein zweiter Soldat mit einer Maschinenpistole herbei.

»Bitte folgen Sie mir, Sir.«

Pendergast befestigte das Namensschild an der Brusttasche seines Jacketts und folgte dem Soldaten zu den Fahrstühlen. Sie fuhren mehrere Ebenen abwärts. Die Türen öffneten sich, und sie betraten einen trostlosen Irrgarten aus Schlackenstein-Fluren, die schließlich zu einer unscheinbaren Tür führten, auf der lediglich GEN. GALUSHA stand.

Der Soldat klopfte höflich; eine Stimme sagte: »Treten Sie ein.«

Der Soldat öffnete die Tür, Pendergast betrat das Zimmer. Der Soldat schloss die Tür hinter ihm, darauf vorbereitet, draußen zu warten, bis das Gespräch beendet war.

Galusha war ein gepflegter, soldatisch wirkender Mann im militärischen Kampfanzug. Der schwarze Stern, der mit Klettband an der Brusttasche befestigt war, war der einzige Hinweis auf seinen Rang. »Bitte setzen Sie sich«, sagte er. Sein Verhalten war kühl und reserviert.

Pendergast nahm Platz.

»Ich muss Ihnen gleich sagen, Agent Pendergast, dass ich Ihrer Bitte nur nachkommen kann, wenn Sie und Ihre Vorgesetzten beim FBI die üblichen Kanäle einhalten. Und ich sehe keinesfalls, wie ich Ihnen behilflich sein kann.«

Pendergast schwieg einen Augenblick. Dann räusperte er sich. »Als einer der, äh, Wächter von M-LOGOS könnten Sie mir eine große Hilfe sein, General.«

Galusha wurde sehr still. »Und was genau wissen Sie über M-LOGOS, Agent Pendergast … vorausgesetzt, so etwas würde existieren?«

»Ich weiß eine ganze Menge darüber. Zum Beispiel, dass es sich um den leistungsstärksten Computer handelt, der bislang von Menschenhand erbaut wurde – und dass er in einem extra gesicherten Bunker unterhalb dieses Gebäudes steht. Ich weiß, dass er ein paralleles Prozessorsystem hat, mit einer speziellen KI, bekannt als Stutter-Logic, läuft und dass er zu einem einzigen Zweck entwickelt wurde: per Datenanalyse potenzielle Bedrohungen der nationalen Sicherheit abzuwenden. Diese Bedrohungen können viele Formen annehmen: Terrorismus, Industriespionage, Aktivitäten hasserfüllter inländischer Gruppierungen, Marktmanipulation, Steuerhinterziehung, sogar die Entstehung einer Pandemie.« Er schlug elegant ein Bein über das andere. »Zur Verfolgung dieses Ziels hat M-LOGOS eine Datenbank, in der alle nur möglichen Informationen gespeichert werden, von Handydaten und E-Mails bis zur Autobahnmaut, medizinische und juristische Daten, Daten aus sozialen Netzwerken sowie der Forschungsdatenbanken der Universitäten. Angeblich enthält die Datenbank Namen und Informationen von buchstäblich hundert Prozent sämtlicher Personen, die sich innerhalb der US-Grenzen aufhalten, alle kreuzverbunden und mit Querverweisen. Ich weiß nicht, wie hoch der Prozentsatz bei Personen außerhalb der Vereinigten Staaten ist, aber ich glaube, man kann mit Sicherheit behaupten, dass M-LOGOS sämtliche Informationen besitzt, die in digitaler Form über jeden Menschen in der industrialisierten Welt vorliegen.«

Der General hatte regungslos und schweigend zugehört. Jetzt sagte er: »Das war ja eine richtige kleine Ansprache, Agent Pendergast. Und wie genau sind Sie zu diesen Informationen gelangt?«

Pendergast zuckte mit den Achseln. »Durch meine Arbeit beim FBI bin ich mit verschiedenen, sagen wir einmal, exotischen Ermittlungsgebieten in Berührung gekommen. Aber lassen Sie mich eine Frage mit einer Gegenfrage beantworten: Wenn die Amerikaner eine Ahnung hätten, wie gründlich, umfassend und gut organisiert die M-LOGOS-Datenbank ist – und wie viele Informationen die Regierung über angesehene amerikanische Bürger besitzt –, wie, glauben Sie, würde die Reaktion ausfallen?«

»Aber sie werden es nicht erfahren, nicht wahr? Weil eine solche Enthüllung ein Akt des Verrats wäre.«

Pendergast legte den Kopf zur Seite. »Ich bin nicht an Enthüllungen interessiert. Ich interessiere mich für eine einzelne Person.«

»Verstehe. Und ich nehme an, Sie hätten gern, dass wir diese Person für Sie mit Hilfe der M-LOGOS-Datenbank ausfindig machen.«

Pendergast schlug die Beine übereinander und richtete den Blick auf General Galusha. Er sagte nichts.

»Da Sie so viel wissen, müsste Ihnen eigentlich auch bekannt sein, dass der Zugang zu M-LOGOS streng beschränkt ist. Ich kann unseren Höchstleistungsrechner nicht einfach für jeden hergelaufenen FBI-Agenten zugänglich machen, nicht einmal für einen so unerschrockenen Mann, wie Sie es offenbar sind.«

Pendergast erwiderte immer noch nichts. Sein plötzliches Schweigen nach dem ausgedehnten Monolog schien Galusha zu irritieren.

»Ich bin ein vielbeschäftigter Mann.«

Pendergast schlug die Beine neu übereinander. »General, bitte bestätigen Sie mir, dass Sie ermächtigt sind, mein Gesuch abzulehnen oder zu bewilligen.«

»Das bin ich, aber ich will keine Spielchen mit Ihnen spielen. Es ist ausgeschlossen, dass ich ein solches Gesuch bewillige.«

Erneut ließ Pendergast das Schweigen wirken, bis Galusha die Stirn runzelte. »Ich möchte nicht unhöflich sein, aber ich glaube, wir sind hier fertig.«

»Nein«, sagte Pendergast schlicht.

Galusha zog die Augenbrauen hoch. »Nein?«

Mit einer geschmeidigen Bewegung zog Pendergast ein Dokument aus seiner Anzugjacke und legte es auf den Schreibtisch.

Galusha warf einen Blick darauf. »Was zum Teufel – das ist ja mein Lebenslauf!«

»Ja. Sehr eindrucksvoll.«

Galusha fixierte ihn mit zusammengekniffenen Augen.

»General, ich sehe, dass Sie im Grunde ein guter Offizier sind, ein Mann, der seinem Land loyal ergeben ist und sich im Dienst ausgezeichnet hat. Aus diesem Grund bedauere ich wahrhaft, was ich gleich tun werde.«

»Wollen Sie mir drohen?«

»Ich hätte gern, dass Sie mir eine Frage beantworten: Warum empfanden Sie es als notwendig zu lügen?«

Ein langes Schweigen.

»Sie haben in Vietnam gedient. Man hat Ihnen einen Silver Star und einen Bronze Star für besondere Verdienste und zwei Verwundetenabzeichen verliehen. Sie haben von der Pike auf gedient, und Ihr Aufstieg ist allein auf Können zurückzuführen – niemand hat Ihnen dabei geholfen. Doch all das ist auf einer Lüge aufgebaut, denn Sie haben niemals Ihren Abschluss an der Universität von Texas gemacht, wie Sie es in Ihrem Lebenslauf behaupten. Sie haben keinen Universitätsabschluss. Sie haben das Studium im letzten Semester abgebrochen. Was bedeutet, dass Sie nicht für die Offizierslaufbahn geeignet waren. Erstaunlich, dass das nie jemand nachgeprüft hat. Wie haben Sie das geschafft? Offizier zu werden, meine ich.«

Galusha sprang auf, purpurrot im Gesicht. »Sie sind ein verachtenswerter Dreckskerl!«

»Ich bin kein Dreckskerl. Aber ich bin äußerst verzweifelt und würde alles tun, um zu bekommen, was ich will.«

»Und was wollen Sie?«

»Ich habe beinahe Angst, darum zu bitten. Denn jetzt, da

wir uns begegnet sind, spüre ich, dass Sie ein Mann sind, der genug Integrität besitzt, nicht auf die Erpressung einzugehen, die ich geplant hatte. Wahrscheinlich würden Sie eher mit fliegenden Fahnen untergehen, als mir Zugang zu dieser Datenbank zu gewähren.«

Langes Schweigen. »Da haben Sie verdammt recht.«

Pendergast sah, dass Galusha sich bereits wieder gefangen hatte, sich auf die furchtbaren Nachrichten einstellte und für das Kommende stählte. Pech, dass er es hier mit einem Mann wie Galusha zu tun hatte.

»Gut. Aber bevor ich gehe, möchte ich Ihnen sagen, warum ich gekommen bin. Vor zwölf Jahren starb meine Frau eines fürchterlichen Todes. Jedenfalls glaubte ich das. Aber jetzt habe ich erfahren, dass sie noch lebt. Ich habe keine Ahnung, warum sie nicht zu mir gekommen ist. Vielleicht wird sie gezwungen, gegen ihren Willen festgehalten. Vielleicht wird sie auf andere Weise unter Druck gesetzt. Wie dem auch sei, ich muss sie finden. Und M-LOGOS bietet die beste Möglichkeit dazu.«

»Tun Sie, was Sie wollen Mr. Pendergast, aber ich werde Ihnen nie Zutritt zu dieser Datenbank gewähren.«

»Das verlange ich auch gar nicht von Ihnen. Ich bitte Sie darum, es selbst zu überprüfen. Wenn Sie sie finden, lassen Sie es mich wissen. Das ist alles. Ich will keine vertraulichen Informationen. Nur einen Namen und einen Aufenthaltsort.«

»Sonst stellen Sie mich bloß.«

»Sonst stelle ich Sie bloß.«

»Das werde ich nicht tun.«

»Denken Sie gründlich über diese Entscheidung nach, General. Ich habe das voraussichtliche Ergebnis bereits recherchiert: Sie verlieren Ihren Posten, werden degradiert und sehr wahrscheinlich entlassen. Ihre glänzende Laufbahn beim Militär wird auf eine Lüge reduziert. Ihre ehrenhafte Karriere wird zum heiklen Thema in der Familie werden, an das man besser nicht rührt. Die Rückkehr ins zivile Leben kommt zu spät für einen Neuanfang oder eine zweite Karriere, und viele der Möglichkeiten, die pensionierten Offizieren offenstehen, werden Ihnen verschlossen sein. Sie werden für alle Zeit durch diese eine Lüge definiert werden. Es ist furchtbar unfair. Wir sind alle Lügner, und Sie sind ein weitaus besserer Mensch als die meisten. Die Welt ist ein hässlicher Ort. Ich habe schon vor langer Zeit aufgehört, mich gegen diese Tatsache zu wehren, und akzeptiere, dass ich Teil dieser Hässlichkeit bin. Das hat mir das Leben außerordentlich erleichtert. Wenn Sie nicht tun, worum ich Sie bitte, wodurch niemandem geschadet wird und womit Sie einem anderen Menschen helfen können, werden Sie ziemlich schnell entdecken, wie hässlich die Welt sein kann.«

Galusha schaute Pendergast an, und es lag so viel Traurigkeit und Selbstanklage in diesem Blick, dass der FBI-Agent fast erschrak. Vor ihm stand ein Mann, der schon viel von den Schattenseiten des Lebens zu Gesicht bekommen hatte.

Als der General wieder das Wort ergriff, geschah es fast im Flüsterton. »Ich benötige persönliche Informationen über Ihre Frau, um die Suche durchführen zu können.«

»Ich habe jede Menge Informationen mitgebracht.« Pendergast zog eine Aktenmappe aus seinem Jackett. »Da drin finden Sie DNA-Daten, Handschriftenproben, die medizinische Vorgeschichte, Röntgenaufnahmen des Gebisses, besondere körperliche Merkmale und mehr. Sie lebt irgendwo auf dieser Welt – bitte finden Sie sie für mich.« Galusha griff nach der Aktenmappe, als sei sie etwas Widerwärtiges, brachte es dann aber doch nicht über sich, sie anzufassen. Seine Hand verharrte in der Luft.

»Ich habe noch einen Anreiz für Sie«, fuhr Pendergast fort. »Ein gewisser Bekannter von mir besitzt außergewöhnliche Computerkenntnisse. Er wird die Unterlagen der Universität von Texas ändern, damit Sie den Bachelortitel bekommen, cum laude, den Sie bekommen hätten, wenn Ihr Vater nicht gestorben wäre, weshalb Sie Ihr Studium im letzten Semester abbrechen mussten.«

Galusha senkte den Kopf. Schließlich ergriff seine geäderte Hand die Aktenmappe.

»Wie lange wird das Ganze dauern?«, fragte Pendergast fast im Flüsterton.

»Vier Stunden, vielleicht weniger. Warten Sie hier. Sprechen Sie mit niemandem. Ich kümmere mich persönlich darum.«

Dreieinhalb Stunden später kehrte der General zurück. Sein Gesicht war aschfahl, seine Züge entgleist. Er legte die Aktenmappe auf den Schreibtisch, zog langsam seinen Stuhl hervor und setzte sich. Er bewegte sich wie ein alter Mann. Pendergast blieb ganz ruhig sitzen und sah ihn an.

»Ihre Frau ist tot«, sagte Galusha müde. »Sie muss tot sein. Denn sie ist vor zwölf Jahren spurlos verschwunden. Nachdem …« Er hob den müden Blick zu Pendergast. »Nachdem sie in Afrika von diesem Löwen getötet wurde.«

»Das ist nicht möglich.«

»Ich fürchte, es ist nicht nur möglich, sondern geradezu

alternativlos. Es sei denn, sie lebt in Nordkorea oder bestimmten Teilen von Afrika, Papua-Neuguinea oder einem anderen der wenigen hochgradig isolierten Orte auf der Welt. Ich weiß jetzt alles über Ihre Frau – und über Sie, Mr. Pendergast. Alle Daten, die mit ihr zu tun haben, alle Fäden, alle Spuren, enden in Afrika. Sie ist tot.«

»Sie irren sich.«

»M-LOGOS macht keine Fehler.« Galusha schob Pendergast die Mappe hin. »Ich kenne Sie jetzt gut genug, um zuversichtlich zu sein, dass Sie Ihren Teil der Abmachung einhalten werden.« Er holte tief Luft. »Also bleibt mir nur noch, mich zu verabschieden.«

39

Black-Brake-Sumpf,
Louisiana

Ned Betterton zog ein Taschentuch aus der Hosentasche und wischte sich damit zum gefühlten hundertsten Mal die Stirn ab. Er hatte ein weites T-Shirt und Bermuda-Shorts angezogen, aber dass die Luft im Sumpf so spät im Jahr noch so drückend sein würde, damit hatte er nicht gerechnet. Außerdem fühlten sich seine aufgeschürften Fingerknöchel in dem engen Verband so heiß an wie ein verdammtes Grillhähnchen.

Am Steuer des schäbigen Propellerboots stand Hiram – der zahnlose Alte, mit dem er auf der Vordertreppe von *Tiny's* gesprochen hatte –, eine formlose Mütze tief über die Ohren gezogen. Er beugte sich über die Reling, spuckte eine braune Ladung tabakgetränkten Speichel ins Wasser, richtete sich wieder auf und heftete den Blick erneut auf den engen aufgelassenen Kanal vor ihnen, der in eine grüne Feste führte.

Eine Stunde Recherche im Archiv der Bezirksstadt, mehr hatte Betterton nicht gebraucht, um herauszufinden, dass es sich bei Spanish Island um ein ehemaliges Angel- und Jagdcamp tief im Black-Brake-Sumpfgebiet handelte – und der Familie von June Brodie gehörte. Sowie er das in Erfahrung gebracht hatte, hatte er Hiram ausfindig gemacht. Es hatte viel guten Zuredens und erheblicher Überredungskunst bedurft, bis der alte Knabe bereit gewesen war, ihn nach Spanish Island zu bringen. Ein Hundert-Dollar-Schein und das Schwenken mit einer Quartflasche Old Grand-Dad hatten ihm die Entscheidung schließlich erleichtert, aber Hiram hatte darauf bestanden, dass sie sich an der nordwestlichen Ecke von Lake End trafen, fern der neugierigen Blicke von Tiny und dem Rest der Männer.

Als sie losfuhren, war Hiram mürrisch, nervös und unkommunikativ gewesen. Der Journalist hatte nicht versucht, ihn zum Reden zu bringen. Vielmehr hatte er den Old Grand-Dad in Reichweite gestellt, und jetzt – zwei Stunden und viele Züge aus der Pulle später – löste Hirams Zunge sich allmählich.

»Wie weit ist es noch?«, fragte Betterton und nahm wieder das Taschentuch zur Hand.

»Eine Viertelstunde.« Hiram schickte nachdenklich einen neuen Speichelstrahl über die Reling. »Vielleicht zwanzig Minuten. Wir kommen jetzt zum dichten Teil.«

Und zwar buchstäblich, dachte Betterton. Die Sumpfzypressen schlossen sich eng an beiden Seiten zusammen, und über ihnen sperrte das verschlungene Grün und Braun der dschungelähnlichen Vegetation die Sonne aus. Es war derart schwül und feucht, dass man fast das Gefühl hatte, man befände sich unter Wasser. Die Vögel und Insekten schrien und summten, und gelegentlich, wenn ein Alligator ins Wasser glitt, hörte man ein lautes Platschen.

»Glauben Sie, dass der Mann vom FBI es tatsächlich bis Spanish Island geschafft hat?«, fragte Betterton.

»Keine Ahnung«, entgegnete Hiram. »Hat er nicht gesagt.«

Betterton hatte ein paar höchst unterhaltsame Tage damit zugebracht, Pendergasts Herkunft und Werdegang zu erforschen. Es war nicht leicht gewesen, und er hätte gut und gern eine ganze Woche dransetzen können. Vielleicht sogar einen Monat. Der Mann gehörte tatsächlich zu den New-Orleans-Pendergasts, eine sonderbare alte Familie französischen und englischen Ursprungs. Das Wort »exzentrisch« reichte nicht mal annähernd aus, die Familienmitglieder zu beschreiben – sie waren Wissenschaftler, Entdecker, Quacksalber, Krämer, Magier, Betrüger … und Mörder. Ja, Mörder. Eine Großtante hatte ihre gesamte Familie vergiftet und war in einer Irrenanstalt weggesperrt worden. Ein Groß-Groß-Großonkel war ein berühmter Zauberkünstler gewesen, der Lehrer von Houdini. Ein Bruder von Pendergast war offenbar in Italien verschwunden. Es kursierten viele Gerüchte über ihn, aber Antworten gab es wenige.

Doch es war das Feuer, das Betterton am meisten faszinierte. Als Pendergast noch ein Kind war, hatte eine aufgebrachte Menschenmenge die alte herrschaftliche Villa der Familie in der Dauphine Street in New Orleans niedergebrannt. Die folgenden Ermittlungen hatten nicht genau klären können, warum es dazu gekommen war. Zwar gab niemand zu, dem Mob angehört zu haben, aber verschiedene Personen, die von der Polizei verhört wurden, gaben ganz unterschiedliche und sich widersprechende Gründe dafür an, dass sie das Herrenhaus abgefackelt hatten. Die Familie praktiziere Voodoo, der Sohn habe in der Nachbarschaft Haustiere getötet, die Familie plane, die Wasserversorgung zu vergiften. Doch als Betterton alle widersprüchlichen Informationen zusammengestellt hatte, erahnte er noch etwas anderes hinter der Tat der aufgebrachten Menge: eine geschickte und hochgradig subtile Desinformationskampagne, gesteuert von einer oder mehreren unbekannten Personen, mit dem Ziel, die Familie Pendergast zu vernichten. Offenbar hatten die Pendergasts einen mächtigen verborgenen Feind …

Das Propellerboot holperte über eine besonders seichte Schlammbank, und Hiram brachte den Motor auf Touren. Vor ihnen teilte sich der von grünem Bewuchs überwucherte Kanal. Hiram verlangsamte die Geschwindigkeit, bis sie fast zum Stillstand kamen. In Bettertons Augen wirkten die beiden Kanäle identisch: dunkel und düster, Ranken und Sumpfzypressenzweige hingen herab wie Räucherwürste. Hiram rieb sich fragend das Kinn und blickte nach oben, als wollte er eine himmlische Positionsbestimmung von der verschlungenen Decke über ihnen bekommen.

»Wir haben uns doch nicht verirrt, oder?«, fragte Betterton. Wahrscheinlich war es doch kein allzu kluger Schachzug gewesen, sich diesem betagten Kauz anzuvertrauen. Wenn hier draußen irgendwas passierte, war er geliefert.

Nie im Leben würde er allein den Weg aus diesem sumpfigen Irrgarten finden.

»Nee«, sagte Hiram. Er nahm noch einen Schluck aus der Pulle, gab unvermittelt Vollgas und steuerte das Boot in die linke Passage.

Der Kanal, zugewuchert von Entenflott und Wasserhyazinthen, verengte sich noch weiter. Das Geheule und Geschnatter unsichtbarer Tiere wurde lauter. Sie manövrierten das Boot um einen uralten Zypressenstumpf herum, der aus dem Sumpf ragte wie eine zerborstene Statue. Hiram verlangsamte das Tempo, um eine scharfe Kurve im Kanal zu nehmen, und spähte durch den dichten Vorhang aus Spanischem Moos, der die Sicht vor ihnen behinderte.

»Müsste direkt da hinten sein«, sagte er.

Er gab ein wenig Gas und steuerte das Propellerboot vorsichtig durch die dunkle, modrige Passage. Betterton duckte sich, als sie den Moosvorhang passierten, hob dann wieder den Kopf und spähte nach vorn. Die Farne und hohen Gräser schienen einer düsteren Lichtung Platz zu machen. Betterton starrte – und holte abrupt Luft.

Der Sumpf öffnete sich, und plötzlich sah man eine kleine, ungefähr kreisförmige Fläche schlammigen, etwas höher gelegenen Bodens, umstanden von uralten Sumpfzypressen. Der gesamte offene Bereich war versengt, als wäre er mit Napalm bombardiert worden. Die Überbleibsel Dutzender dicker, mit Kreosot imprägnierter Pfähle, schwarz und verbrannt, ragten zum Himmel wie Zähne. Verkohlte Holzteile lagen überall herum, zusammen mit verbogenen Metallteilen und Schutt. Ein feuchter, beißender Brandgeruch hing über der Insel wie ein Nebel.

»Das ist Spanish Island?«, fragte Betterton ungläubig.

251

»Das, was davon übrig geblieben ist, vermute ich mal«, erwiderte Hiram.

Das Propellerboot glitt in einen Stillwasser-Bayou und dann auf das schlammige Ufer hinauf, und Betterton stieg aus. Vorsichtig stakste er über die kleine Insel und schob die Trümmer mit dem Fuß auseinander. Der Schutt erstreckte sich über mindestens einen Morgen und enthielt eine wüste Vielzahl von Dingen: metallene Arbeitstische, Bettfedern, Besteck, ausgebrannte Überreste von Sofas, Geweihe, geschmolzenes Glas, Buchrücken und – zu seiner maßlosen Überraschung – die geschwärzten Überreste von Apparaten unbekannter Funktion, zertrümmert und verbogen. Betterton kniete sich hin und hob einen der Apparate auf. Trotz der intensiven Hitze, der es ausgesetzt gewesen war, konnte man noch sehen, dass es sich um irgendein Messgerät handelte: aufgerauhtes Metall mit einem Manometer mit Nadel, das irgendetwas in Millilitern maß. In einer Ecke befand sich ein kleines, geprägtes Logo: *MEDIZINISCHE PRÄZISIONSGERÄTE, FALL RIVER, MASS.*

Was zum Teufel war hier draußen passiert?

Er vernahm Hirams Stimme hinter seiner Schulter, hoch und nervös. »Vielleicht sollten wir besser zurückfahren.«

Plötzlich wurde Betterton der Stille gewahr. Im Gegensatz zum Rest des Bayous schwiegen die Vögel und Insekten hier. Die laute Stille verströmte etwas Furchterregendes. Er starrte auf das Durcheinander von Trümmern, die eigenartigen, verbrannten Metallstücke, die verbogenen Apparate unbekannter Funktion. Der Ort kam ihm tot vor. Schlimmer noch, er kam ihm vor wie ein Ort, an dem es spukte.

Urplötzlich erkannte Betterton, dass er nichts dringlicher

wollte, als von diesem unheimlichen Platz wegzukommen. Er drehte sich um und begab sich zurück zum Boot. Hiram, offensichtlich vom selben Gedanken besessen, war bereits auf halbem Wege. Sie brausten mit Vollgas aus dem Stillwasser-Bayou und fuhren zurück durch die engen, gewundenen Kanäle, die zum Lake End führten.

Einmal – nur einmal – blickte Betterton über die Schulter zurück auf die dichte grüne Feste hinter sich, schattenverwebt, geheimnisvoll, von allen Seiten und oben von verschlungenen Baumstämmen und Kudzu-Ranken umgeben. Was für Geheimnisse sie barg, was für grauenhafte Dinge auf Spanish Island passiert waren, konnte er nicht sagen. Aber eins wusste er mit Sicherheit: Dieser zwielichtige Mistkerl Pendergast stand im Zentrum des Geschehens.

40

River Pointe,
Ohio

In dem Mittelschichts-Vorort von Cleveland schlug die Uhr im Turm der St. Paul's Episcopal Church Mitternacht. Die breiten Straßen lagen verschlafen und ruhig da. Welke Blätter raschelten in den Rinnsteinen, von einer sanften Nachtbrise bewegt, irgendwo in der Ferne bellte ein Hund. Nur ein einziges Fenster des mit weißen Holzschindeln verkleideten Hauses, das an der Ecke Church Street und Sycamore Terrace stand, war schwach erleuchtet. Hinter diesem Fenster im ersten Stock – verschlossen, zugenagelt und von zwei Schichten dicker Vorhänge bedeckt –

lag ein Zimmer, das bis in die Ecken mit Elektronik vollgestopft war. Auf einem bis zur Decke reichenden Regal standen High-Density-Blade-Server, zahlreiche integrierte 48-Gigabit-Ethernet-Module und verschiedene NAS-Geräte, als RAID-2-Ansammlungen konfiguriert. Ein weiteres Regal enthielt passive und aktive Abhörgeräte, Packetsniffer sowie polizeiliche und zivile Scanner-Interceptors. Jeder freie Fleck war mit Tastaturen, drahtlosen Signalverstärkern, digitalen Infrarot-Thermometern, Netzwerk-Testern und Molex-Extractors übersät. Ein altes Modem mit einem akustischen Koppler stand auf einem hohen Regal, offenbar noch in Betrieb. Die Luft war geschwängert von Staub und Menthol. Das einzige Licht kam von LCD-Schirmen und zahllosen Bedienfeldern auf den Vorderseiten von Peripheriegeräten.

Mitten im Raum saß eine zusammengesunkene Gestalt im Rollstuhl. Der Mann war mit einem verwaschenen Schlafanzug und Frottee-Bademantel bekleidet. Er bewegte sich langsam von Terminal zu Terminal, überprüfte Ausdrucke, begutachtete Zeilen eines kryptischen Codes und feuerte gelegentlich eine maschinengewehrartige Reihe von Befehlen auf einer der drahtlosen Tastaturen ab. Eine seiner Hände war verkrüppelt, die Finger missgebildet und verschrumpelt, und dennoch tippte der Mann mit erstaunlicher Leichtigkeit.

Plötzlich hielt er inne. Auf einem kleinen Gerät oberhalb des Hauptmonitors war ein gelbes Licht angegangen.

Die Gestalt rollte rasch zum Zentralcomputer und gab einen wahren Hagel von Befehlen ein. Augenblicklich erschien auf dem Bildschirm ein schachbrettartiges Gitternetz schwarz-weißer Bilder: hereinkommende Einspeisungen der zwei Dutzend Sicherheitskameras, die im Haus und rundherum installiert waren.

Rasch überflog er die Bilder der verschiedenen Kameras. Nichts.

Die Panik, die sofort aufgeflammt war, ließ nach. Sein Sicherheitssystem war erstklassig und mehrfach redundant. Wenn es eine Störung gegeben hätte, dann wäre er von einem halben Dutzend Bewegungssensoren- und -meldern gewarnt worden. Es musste eine Funktionsstörung sein, nichts weiter. Er hatte heute Morgen ein Diagnoseprogramm laufen lassen – dieses Subsystem durfte auf gar keinen Fall ...

Plötzlich leuchtete ein rotes Licht neben dem gelben auf, und ein leiser Alarm begann zu blöken.

Angst und Ungläubigkeit erfassten ihn wie eine Flutwelle. Ein richtiger Einbruch ohne vorherige Warnung? Das war unmöglich, undenkbar ... Die verkrüppelte Hand griff nach einem kleinen Metallkasten, der an einer Lehne des Rollstuhls angebracht war, und löste den Sicherheitsschalter, der den Killer-Schalter bedeckte. Ein verkrümmter Finger schwebte über dem Schalter. Wenn er ihn umlegte, würden sehr schnell verschiedene Dinge passieren: Notrufe würden an die Polizei, die Feuerwehr und den Rettungsdienst abgehen, Scheinwerfer würden im ganzen Haus und auf dem Grundstück angehen, Alarmsirenen auf dem Dachboden und im Keller würden ohrenbetäubend schrillen, magnetische Medien-Degausser, die strategisch im Raum verteilt waren, würden fünfzehn Sekunden lang magnetische Felder erzeugen, die sämtliche Daten von den Festplatten löschten, und schließlich würde ein EMP-Schockimpulsgenerator feuern und sämtliche Mikroprozessoren und Elektronik in diesem Raum im ersten Stock durchbrennen lassen.

Der Finger legte sich auf den Schalter.

»Guten Abend, Mime«, ließ sich die unverkennbare Stimme aus dem dunklen Flur vernehmen.

Der Finger zuckte zurück. »Pendergast?«

Der FBI-Agent nickte und trat ins Zimmer.

Einen Moment lang war der Mann im Rollstuhl verblüfft. »Wie sind Sie hier reingekommen? Mein Sicherheitssystem ist auf dem neuesten Stand der Technik.«

»In der Tat. Schließlich habe ich Entwurf und Installation bezahlt.«

Der Mann wickelte den Bademantel enger um seine magere Gestalt. Er fasste sich rasch. »Wir hatten eine Abmachung. Wir wollten uns nie wieder persönlich begegnen.«

»Darüber bin ich mir im Klaren. Und ich bedaure zutiefst, die Abmachung brechen zu müssen. Aber ich habe ein Anliegen – und ich dachte mir, wenn ich es persönlich vorbringe, werden Sie besser verstehen, wie dringlich es ist.«

Langsam breitete sich ein zynisches Lächeln auf Mimes blassen Zügen aus. »Verstehe. Der Geheimagent hat ein Anliegen. Schon wieder, sollte ich sagen, will er etwas vom schwer geprüften Mime.«

»Unsere Beziehung hat immer auf einer – wie soll ich es ausdrücken? – symbiotischen Grundlage bestanden. Es ist schließlich erst ein paar Monate her, dass ich dafür gesorgt habe, dass eine Fiberoptik-Standleitung hier installiert wurde.«

»Ja, in der Tat. Sie erlaubt einem, in dreihundert Mbps zu schwelgen. Kein Ziehen am T3-Strohhalm mehr für mich.«

»Und ich habe wesentlich dazu beigetragen, dass diese lästigen Anklagen gegen Sie fallengelassen wurden. Sie erinnern sich, das Verteidigungsministerium behauptete …«

»Okay, Geheimagent-Mann, ich hab's nicht vergessen. Also, was kann ich an diesem schönen Abend für Sie tun? Mimes Cybermarkt steht all Ihren Hacker-Bedürfnissen offen. Keine Firewall ist zu dick, kein Verschlüsselungs-Algorithmus zu knifflig.«

»Ich benötige Informationen über eine bestimmte Person. Idealerweise ihren Aufenthaltsort, aber irgendetwas wird reichen: medizinische Daten, juristische Daten, Bewegungen. Angefangen vom Zeitpunkt ihres angeblichen Todes und darüber hinaus.«

Mimes eingesunkene, seltsam kindliche Gesichtszüge belebten sich. »Ihres angeblichen Todes?«

»Ja. Ich bin überzeugt, dass die Frau noch lebt. Jedoch ist mit hundertprozentiger Sicherheit davon auszugehen, dass Sie es unter einem angenommenen Namen tut.«

»Aber Sie kennen ihren richtigen Namen, hoffe ich?«

Pendergast antwortete erst nach einer Weile. »Helen Esterhazy Pendergast.«

»Helen Esterhazy Pendergast.« Mimes Miene wurde noch interessierter. »Na, da fress ich doch einen Besen.« Er dachte kurz nach. »Natürlich brauche ich so viele persönliche Daten, wie Sie beschaffen können, wenn ich einen ausreichend umfangreichen Such-Avatar Ihrer … Ihrer …

»… meiner Frau.« Pendergast reichte ihm einen dicken Ordner.

Mime griff eifrig zu und blätterte die Seiten mit seiner verkrüppelten Hand um. »Wie es scheint, haben Sie mir etwas vorenthalten.«

Pendergast ging nicht direkt darauf ein. Stattdessen entgegnete er: »Die Suche durch offizielle Kanäle hat nichts ergeben.«

»Ah. Also hat M-LOGOS nichts gefunden, oder?« Als Pendergast nicht antwortete, sagte Mime leise: »Und jetzt möchte der Geheimagent-Mann, dass ich es von der anderen Seite der Cyberstraße aus versuche. Den virtuellen Teppich anhebe und nachschaue, was sich darunter befindet. Die schäbige Unterseite des Informations-Superhighways erforsche.«

»Eine etwas holprige Mischung von Metaphern, aber doch, ja, so hatte ich es mir vorgestellt.«

»Tja, das kann eine Weile dauern. Tut mir leid, dass es keinen Stuhl gibt. Holen Sie sich einen aus dem Nebenzimmer. Nur machen Sie bitte nicht das Licht an.« Mime wies auf einen großen Iso-Behälter, der in einer Ecke stand. »Schokoriegel?«

»Nein danke.«

»Wie Sie wollen.«

In den folgenden anderthalb Stunden wurde kein Wort gesprochen. Pendergast saß in einer dunklen Ecke, reglos wie ein Buddha, während Mime von Terminal zu Terminal rollte, gelegentlich eine maschinengewehrartige Salve von Befehlen eingab, dann über längeren Kolonnen brütete, die über einen der unzähligen LCD-Monitore rollten. Als die Minuten langsam vergingen, wurde die Gestalt im Rollstuhl immer eingesunkener und fassungsloser. Seufzer ertönten immer häufiger. Dann und wann schlug eine Hand verärgert gegen eine Tastatur.

Endlich kam Mime angewidert vom zentralen Rechner zurückgerollt. »Bedaure, Agent Pendergast.« Seine Stimme klang fast zerknirscht.

Pendergast sah den Hacker an, aber Mime hatte ihm den Rücken zugewandt. »Nichts?«

»Oh, es gibt eine ganze Menge, aber alles stammt aus der Zeit vor dieser Reise nach Afrika. Ihre Arbeit bei Doctors With Wings, Schulunterlagen, medizinische Untersuchungen, Prüfungsergebnisse, Bücher, die sie aus einem halben Dutzend verschiedener Bibliotheken entliehen hat … sogar ein Gedicht, das sie auf dem College geschrieben hat, während sie auf irgendein Kind aufpasste.«

»*Für ein Kind, beim Verlieren seines ersten Zahns*«, murmelte Pendergast.

»Eben das. Aber nachdem sie von dem Löwen angegriffen wurde – nichts.« Mime zögerte. »Und das bedeutet gewöhnlich nur eins.«

»Ja, Mime«, sagte Pendergast. »Ich danke Ihnen.« Er dachte einen Moment nach. »Sie erwähnten Schulunterlagen und medizinische Untersuchungen. Ist Ihnen da irgendetwas Ungewöhnliches aufgefallen – irgendwas? Etwas, das Ihnen vielleicht seltsam vorgekommen ist, irgendetwas, das nicht ins Bild passt?«

»Nein. Sie war kerngesund. Aber das wissen Sie ja sicherlich. Und sie scheint eine gute Schülerin und Studentin gewesen zu sein. Ganz anständige Noten in der Oberstufe, erstklassige Noten im Studium. Sie war bereits auf der Grundschule ganz gut, was erstaunlich ist unter den Umständen.«

»Unter welchen Umständen?«

»Na, dafür, dass sie kein Englisch konnte.«

Pendergast erhob sich langsam von seinem Stuhl. »Wie bitte?«

»Das wussten Sie nicht? Hier steht's.« Mime rollte zurück zur Tastatur und tippte rasch. Ein Bild erschien auf dem Schirm, ein Transkript, auf einer mechanischen Schreibmaschine geschrieben, mit handgeschriebenen Anmerkungen darunter.

»Die Schulbehörde von Maine hat vor ein paar Jahren sämtliche alten Unterlagen digitalisieren lassen«, erklärte Mime. »Sehen Sie mal, die Anmerkung hier, unter ihrem Zeugnis der zweiten Klasse.« Er beugte sich zum Bildschirm vor und zitierte: »›Wenn man bedenkt, dass Helen erst Mitte letzten Jahres in die USA eingewandert ist, ihre Muttersprache Portugiesisch ist und sie kein Englisch konnte, sind ihre schulischen Fortschritte und ihre wachsende Beherrschung der Sprache beeindruckend.‹«

Pendergast trat zu Mime und betrachtete selbst das eingescannte Zeugnis, einen Ausdruck reinen Erstaunens auf dem Gesicht. Dann richtete er sich auf und meisterte seine Gefühlsregung. »Nur noch eins.«

»Was denn, Geheimagent-Mann?«

»Ich hätte gern, dass Sie sich Zugang zur Datenbank der Universität von Texas verschaffen und eine Korrektur der Unterlagen vornehmen. Ein Frederick Galusha hat das College im letzten Studienjahr ohne Abschluss verlassen. Die Unterlagen sollen zeigen, dass er seinen Abschluss gemacht hat, cum laude.«

»Eine Kleinigkeit. Aber warum nur cum laude? Für nur einen Dollar mehr könnte ich ihm ein summa cum laude und die Mitgliedschaft in der Phi Beta Kappa verschaffen.«

»Cum laude dürfte reichen.« Pendergast neigte den Kopf. »Und vergewissern Sie sich, dass er alle Scheine hat, die er braucht, damit es plausibel bleibt. Ich finde selbst hinaus.«

»Ist mir recht. Und denken Sie daran: keine Über-
raschungsbesuche mehr. Und bitte vergessen Sie auch
nicht, alles wieder freizuschalten, was Sie möglicherweise
beim Hineingehen gesperrt haben.«

Als Pendergast sich zum Gehen wandte, sprach die Gestalt,
die sich Mime nannte, erneut. »He, Pendergast?«

Der FBI-Agent schaute sich um.

»Nur noch eins. Esterhazy ist ein ungarischer Name.«

»In der Tat.«

Er kratzte sich am Nacken. »Wie kommt es dann, dass ihre
Muttersprache Portugiesisch war?«

Doch als er den Kopf hob, sprach er mit einem leeren Türrahmen. Pendergast war bereits gegangen.

41

New York City

Als Judson Esterhazy aus dem Taxi stieg, blickte er kurz
aus einer erdrückenden Häuserschlucht in Lower Manhattan an den Wolkenkratzern hinauf, dann nahm er seine
Leder-Aktentasche vom Sitz und bezahlte den Taxifahrer.
Gemessen und selbstbewusst schritt er über den schmalen
Bürgersteig, strich dabei seine Krawatte glatt und betrat
die niedrige Eingangshalle des New Yorker Amtes für Gesundheit.

Es fühlte sich gut an, mal wieder einen Anzug zu tragen,
auch wenn er immer noch tief im Geheimen operierte.
Und es fühlte sich noch besser an, in der Offensive zu sein,
mehr zu tun, als nur zu fliehen. Die Angst und die Unge-

wissheit, die an ihm genagt hatten, waren fast verschwunden, ersetzt – nach einer ersten Zeit der reflexhaften Panik – durch einen klaren und entschlossenen Plan. Einen Plan, der sein Pendergast-Problem ein für allemal lösen würde. Doch genauso wichtig war, dass sein Plan *die* zufriedenstellte. *Die* würden ihm helfen. Endlich.

An einen Mann kommt man am besten durch seine Alte ran.

Ein ausgezeichneter Ratschlag, wenngleich ziemlich derb formuliert. Und diese »Alte« zu finden, war Esterhazy leichter gefallen als erwartet. Die nächste Herausforderung bestand darin, einen Weg zu finden, wie man an die besagte Alte herankam.

Während er zur Auskunftstafel hinüberging, sah er, dass die Abteilung für Gesundheitspflege im siebten Stock lag. Er ging zu den Fahrstühlen, betrat eine offen stehende Kabine und drückte den Knopf »7«. Die Tür schloss sich, er fuhr nach oben.

Dass er sich mit medizinischen Datenbanken auskannte, hatte sich als unschätzbare Hilfe erwiesen. Am Ende hatte es nur einiger Treffer bedurft, damit er an die erforderlichen Informationen herankommen und dementsprechend seinen Angriffsplan entwerfen konnte. Beim ersten Treffer hatte es sich um eine Anhörung betreffend eine Zwangseinweisung gehandelt, zu der Pendergast als interessierte Person zwar geladen, aber – perverserweise – einfach nicht erschienen war. Der zweite Treffer war ein Aufsatz von einem gewissen Dr. Felder gewesen, noch nicht veröffentlicht, aber der Ärzteschaft zur Begutachtung vorgelegt. Darin ging es um eine höchst interessante Patientin, die vorübergehend in der Justizvollzugsanstalt Bedford Hills inhaftiert war, jedoch ins Mount Mercy Hospital verlegt werden sollte. Der Name der Patientin war natürlich unter Verschluss gehalten worden; angesichts der Anhörung betreffend die Zwangseinweisung war es jedoch ein Leichtes, ihre Identität festzustellen.

Esterhazy trat aus dem Fahrstuhl und fragte einen Angestellten, wie er zum Büro von Dr. Felder komme. Der Psychiater war bei der Arbeit, er saß in seinem sauberen, aufgeräumten und winzigen Büro und erhob sich aus seinem Stuhl, als Esterhazy eintrat. Er war klein, so wie sein Büro, sehr gepflegt gekleidet, hatte kurzes mausgraues Haar und einen getrimmten Spitzbart.

»Doktor Poole.« Felder streckte ihm die Hand entgegen.

»Doktor Felder«, Esterhazy schüttelte die ihm dargebotene Hand, »es freut mich, Sie kennenzulernen.«

»Ganz meinerseits.« Felder wies seinem Besucher einen freien Stuhl zu. »Jemanden kennenzulernen, bei dem Constance bereits in Behandlung gewesen ist, stellt für meine Arbeit einen unerwarteten Segen dar.«

Für meine Arbeit. Alles lief genauso, wie Esterhazy es sich ausgemalt hatte. Er sah sich in dem unpersönlichen Büro um, blickte auf die Lehrbücher und bemüht unauffälligen Gemälde. Aus eigener Beobachtung wusste er, dass die Arbeit eines von Gericht bestallten Psychiaters eine ziemlich undankbare Aufgabe war. Die Hälfte der Patienten, die man betreute, waren ganz normale Soziopathen; die andere Hälfte täuschte Symptome vor, damit sie freigesprochen wurden. Esterhazy hatte einen Einblick in Felders Ambitionen bekommen, als er die für die Kollegen bestimmte Fassung seines Fachartikels gelesen hatte. Es handelte sich um einen Fall, in den man sich hineinbeißen, mit dem man vielleicht sogar Karriere machen konnte. Felder war zweifelsohne ein vertrauensseliger Bursche, begierig, offen und, so wie viele intelligente Menschen, ein wenig naiv. Das perfekte Opfer.

Wie dem auch sei, er musste äußerst umsichtig vorgehen. Jeglicher Hinweis darauf, dass er in Wirklichkeit von der Patientin und dem Fall nichts wusste, würde sogleich Argwohn erregen. Der Trick bestand darin, diese Unwissenheit zum eigenen Vorteil zu nutzen.

Er machte eine knappe Handbewegung. »Constances klinisches Erscheinungsbild ist einzigartig, zumindest meiner Erfahrung nach. Mit großer Freude habe ich Ihren Aufsatz gelesen, denn es handelt sich hier ja nicht nur um einen interessanten, sondern möglicherweise, wie ich glaube, einen bedeutenden Fall. Vielleicht sogar um einen Maßstäbe setzenden Fall. Allerdings habe ich selbst keinerlei Interesse an einer Publikation – meine Interessen liegen anderswo.«

Felder nickte nur, als Zeichen, dass er verstanden hatte, dennoch sah Esterhazy in seinem Blick einen Schimmer der Erleichterung. Es war wichtig, dass Felder erkannte, dass sein Besucher keine Bedrohung für seine Ambitionen darstellte.

»Wie oft haben Sie mit Constance gesprochen?«, fragte Esterhazy.

»Ich habe bislang vier Konsultationen durchgeführt.«

»Und hat sich bei ihr bereits eine Amnesie gezeigt?«

Felder runzelte die Stirn. »Nein. Ganz und gar nicht.«

»Das war der Teil der Therapie, den ich am anspruchsvollsten fand. Wenn ich eine Sitzung mit ihr beendet hatte, hatte ich das Gefühl, bei der Behandlung einiger ihrer bedrohlicheren Wahnvorstellungen Fortschritte erzielt zu haben. Aber wenn ich dann zur nächsten Sitzung wieder zurückkam, stellte ich fest, dass sie keine Erinnerung mehr an die vorhergehende Sitzung hatte. Sie behauptete dann sogar, sich überhaupt nicht mehr an mich zu erinnern.«

Felder legte die Fingerspitzen aneinander. »Merkwürdig. Meiner Erfahrung nach verfügt sie über ein ausgezeichnetes Erinnerungsvermögen.«

»Interessant. Die Amnesie hat sowohl dissoziative als auch lakunäre Ursachen.«

Felder begann, sich Notizen zu machen.

»Am interessantesten finde ich, dass es starke Anzeichen dafür gibt, dass es sich hier möglicherweise um einen seltenen Fall von krankhafter dissoziativer Fugue handelt.«

»Was beispielsweise die Ozeanreise erklären könnte.« Felder schrieb weiter.

»Ganz genau – wie auch den unerklärlichen Ausbruch von Gewalt. Und eben deshalb, Doktor Felder, habe ich diesen Fall als einzigartig bezeichnet. Ich denke, wir haben eine Chance – Sie haben die Chance –, das medizinische Wissen substanziell voranzubringen.«

Felder kritzelte schneller.

Esterhazy verlagerte sein Gewicht auf dem Stuhl. »Ich habe mich oft gefragt, ob ihre, äh, ungewöhnlichen persönlichen Beziehungen zu der Krankheit beigetragen haben könnten.«

»Sie spielen auf ihren Vormund an? Diesen Pendergast?«

»Nun …« Esterhazy schien zu zögern. »Es stimmt schon, *Vormund* ist der Begriff, den Pendergast verwendet. Allerdings – ich spreche hier von Arzt zu Arzt, Sie verstehen sicherlich – war die Beziehung weitaus intimer, als der Begriff ausdrückt. Was auch erklären mag, warum sich Pendergast – jedenfalls verstehe ich das so – geweigert hat, bei der Anhörung bezüglich ihres Geisteszustands zu erscheinen.«

Dr. Felder hörte auf zu schreiben und hob den Kopf. Esterhazy nickte langsam und bedeutend.

»Das ist höchst interessant«, sagte Felder. »Sie bestreitet das ausdrücklich.«

»Natürlich«, antwortete Esterhazy mit leiser Stimme.

»Wissen Sie«, Felder hielt kurz inne, als dächte er über etwas nach, »wenn ein schweres seelisches Trauma vorliegen würde, sexuelle Nötigung oder sogar Missbrauch, dann könnte das womöglich nicht nur ihre Fugue, ihren Wandertrieb, erklären, sondern auch ihre eigentümlichen Vorstellungen hinsichtlich ihrer Vergangenheit.«

»Eigentümliche Vorstellungen hinsichtlich ihrer Vergangenheit? Das muss eine neue Entwicklung sein.«

»Constance hat mir gegenüber darauf bestanden, dass sie – nun, um es rundheraus zu sagen, Doktor Poole – ungefähr hundertvierzig Jahre alt ist.«

Esterhazy hätte fast laut losgelacht. »Tatsächlich?«

Felder nickte. »Sie behauptet, in den siebziger Jahren des neunzehnten Jahrhunderts geboren zu sein. Dass sie in der Water Street, nur ein paar Häuserblocks von hier entfernt, aufgewachsen sei. Dass beide Eltern starben, als sie jung war, und sie über Jahre in einer Villa wohnte, die einem Mann namens Leng gehört hat.«

Esterhazy spann das Argument weiter. »Das könnte die andere Seite der Medaille ihrer dissoziativen Amnesie und ihrer Fugue sein.«

»Die Sache ist nur die: Ihre Kenntnisse der Vergangenheit – zumindest über den Zeitraum, in dem sie ihrer Behauptung nach aufwuchs – sind erstaunlich anschaulich. Und präzise.«

Was für ein absoluter Quatsch. »Constance ist ein außergewöhnlich intelligenter, wenngleich psychisch schwer gestörter Mensch.«

Einen Augenblick lang betrachtete Felder nachdenklich seine Notizen. Dann sah er Esterhazy an. »Doktor Poole, dürfte ich Sie wohl um einen Gefallen bitten?«

»Selbstverständlich.«

»Könnten Sie sich vorstellen, dass ich mich mit Ihnen in diesem Fall berate?«

»Ich wäre hocherfreut.«

»Ich würde gern eine zweite Meinung einholen. Ihre früheren Erfahrungen mit der Patientin und Ihre Beobachtungen würden sich zweifelsohne als unschätzbar erweisen.«

Esterhazy freute sich diebisch. »Ich bin zwar nur ein, zwei Wochen in New York, oben an der Columbia, aber ich würde Ihnen gern alle Unterstützung zukommen lassen, die ich geben kann.«

Zum ersten Mal lächelte Dr. Felder.

»Angesichts der lakunären Amnesie, die ich erwähnte«, sagte Esterhazy, »wäre es besser, mich ihr so vorzustellen, als wären wir einander noch nie begegnet. Dann können wir beobachten, wie sie reagiert. Es wird interessant sein zu sehen, ob die Amnesie auch im Zustand der Fugue fortdauert.«

»Wirklich interessant.«

»Wie ich höre, ist sie zurzeit im Mount Mercy untergebracht.«

»Das ist richtig.«

»Und ich nehme an, Sie können es regeln, dass ich dort den erforderlichen Status als Konsultationsarzt erhalte?«

»Ich glaube, ja. Natürlich benötige ich Ihren Lebenslauf, Angaben zu Mitgliedschaften in Berufsverbänden, den üblichen Papierkram ...« Plötzlich stockte Felder und wirkte verlegen.

»Gewiss! Zufällig habe ich alle nötigen Papiere dabei. Ich habe sie mitgebracht, um sie den Ärzten an der Columbia vorzulegen.« Er klappte seine Aktentasche auf und holte eine Mappe heraus, die wunderschön gefälschte Zulassungsbescheinigungen und Dokumente enthielt, erstellt mit freundlichen Grüßen vom Bund. Es gab tatsächlich einen echten Dr. Poole, für den Fall, dass Felder das nachprüfte, aber wenn man seine vertrauensselige Art bedachte, war er wahrscheinlich keiner, der herumtelefonierte und nachfragte.

»Und hier ist ein Abriss – eine kurze Zusammenfassung – meiner Therapie mit Constance.« Er zog eine zweite Mappe hervor, deren Inhalt eher dazu diente, Felders Neugier zu wecken, als echte Informationen zu liefern.

»Vielen Dank.« Felder klappte die erste Mappe auf, blätterte kurz darin, dann klappte er sie zu und reichte sie zurück. So wie Esterhazy gehofft hatte, war dieser erste Schritt in seinem Plan schnell erledigt, eine bloße Formalität. »Ich müsste Ihnen bis morgen Bescheid geben können.«

»Hier ist meine Handynummer.« Esterhazy reichte eine Visitenkarte über den Tisch.

Felder steckte sie in seine Jacketttasche. »Ich kann Ihnen gar nicht sagen, wie sehr es mich freut, Doktor Poole, in dieser Angelegenheit Ihre Unterstützung zu erhalten.«

»Glauben Sie mir, Doktor Felder, die Freude ist ganz auf

meiner Seite.« Und damit erhob sich Esterhazy und schüttelte Felder herzlich die Hand, lächelte in dessen ernstes Gesicht und verließ das Zimmer.

42

Penumbra-Plantage,
Gemeinde St. Charles

»Herzlich willkommen zu Hause, Mr. Pendergast«, sagte Maurice beim Öffnen der Haustür, als wäre Pendergast nur einige Minuten statt zwei Monate fort gewesen. »Wünschen Sie zu Abend zu essen, Sir?«

Pendergast betrat das Haus, und Maurice schloss die Tür, um die kühlen Nebel der winterlichen Luft draußen zu halten. »Nein danke. Aber wenn's Ihnen nichts ausmacht, ein Glas Amontillado im Salon im ersten Stock wäre schön.«

»Ich habe Feuer gemacht.«

»Fabelhaft.« Pendergast stieg die Treppe zum Salon hinauf, dort brannte ein kleines Feuer im Kamin, das die klamme Feuchtigkeit, die normalerweise im Haus herrschte, vertrieben hatte. Er setzte sich in einen Ohrensessel in der Nähe, und einen Augenblick später kam Maurice mit einem Silbertablett herein, auf dem ein kleines Glas mit Sherry stand.

»Vielen Dank, Maurice.«

Als der weißhaarige Butler sich zum Gehen wandte, sagte Pendergast: »Ich weiß, dass Sie sich Sorgen um mich gemacht haben.«

Maurice blieb stehen, gab aber keine Antwort.

»Nachdem ich hinter die Umstände des Todes meiner Frau gekommen war«, fuhr Pendergast fort, »war ich nicht mehr ich selbst. Ich kann mir vorstellen, dass Sie beunruhigt waren.«

»Ich habe mich gesorgt«, sagte Maurice.

»Danke. Ich habe davon gehört. Aber jetzt bin ich wieder ganz der Alte, und es besteht weder die Notwendigkeit, mein Kommen oder Gehen zu überwachen, noch meine Frau meinem Schwager gegenüber zu erwähnen ...« Er hielt kurz inne. »Sie standen, nehme ich an, mit Judson bezüglich meiner Situation in Verbindung?«

Maurice errötete. »Er ist Arzt, Sir, und hat mich um Hilfe gebeten, vor allem, was Ihre Reisen betrifft. Er befürchtete, Sie könnten etwas Übereiltes tun. Da habe ich mir gedacht, angesichts der Geschichte Ihrer Familie ...« Er stockte.

»Das war schon richtig, gewiss. Allerdings hat sich herausgestellt, dass Judson möglicherweise nicht meine Interessen im Blick hatte. Wir hatten ein kleines Zerwürfnis, fürchte ich. Und wie gesagt, ich bin völlig genesen. Sie sehen also, es gibt keinen Grund, ihn über irgendwelche Entwicklungen auf dem Laufenden zu halten.«

»Gewiss. Ich hoffe, es hat Ihnen keine Unannehmlichkeiten bereitet, dass ich mich Doktor Esterhazy anvertraut habe?«

»Überhaupt keine.«

»Haben Sie sonst noch einen Wunsch?«

»Nein danke. Gute Nacht, Maurice.«

»Gute Nacht, Sir.«

Eine Stunde lang saß Pendergast reglos in dem kleinen Raum, der früher einmal seiner Mutter als Ankleidezimmer gedient hatte. Er hatte die Tür hinter sich abgeschlossen.

Das schwere alte Mobiliar war entfernt und durch einen Ohrensessel und einen davor stehenden Mahagonitisch ersetzt worden. Die elegante William-Morris-Tapete war abgenommen und stattdessen eine dunkelblaue Schallisolierung installiert worden. Es gab nichts in dem Zimmer, was die Blicke auf sich gelenkt oder Interesse erregt hätte. Das einzige Licht in dem fensterlosen Raum spendete eine Bienenwachskerze, die auf dem kleinen Tisch stand und deren flackerndes Licht auf die strukturlosen Wände fiel. Es handelte sich um das intimste und abgelegenste Zimmer im Herrenhaus.

In der völligen Stille, die in dem Raum herrschte, richtete Pendergast seinen Blick auf die Kerzenflamme und verlangsamte bewusst seine Atmung und seinen Puls. Mittels der esoterischen meditativen Disziplin des Chongg Ran, die er Jahre zuvor im Himalaya erlernt hatte, bereitete er sich darauf vor, in den höheren Bewusstseinszustand des *stong pa nyid* einzutreten. Pendergast hatte diese uralte buddhistische Praktik mit der Idee vom Gedächtnispalast verbunden, die Giordano Bruno in seiner *Ars Memoriae* entwickelte, und so seine eigene, einzigartige Form der geistigen Konzentration geschaffen.

Er schaute in die Flamme und ließ seinen Blick – langsam, ganz langsam – deren flackerndes Herz durchdringen. Während er reglos dasaß, ließ er zu, dass sein Bewusstsein in die Flamme eindrang, von ihr verzehrt wurde, sich mit ihr zunächst zu einem organischen Ganzen verband und dann – während die Minuten verstrichen – auf einer noch tieferen Ebene zusammenkam, bis ihm war, als seien die Moleküle seines fühlenden Wesens mit denen der Flamme verbunden. Die flackernde Hitze nahm zu, durchdrang sein geistiges

Auge mit einem endlosen, nicht zu löschenden Feuer. Und dann, ganz plötzlich, erloschen die Flammen. Totale Finsternis trat an ihre Stelle.

In vollkommener Gelassenheit wartete Pendergast, dass sein Gedächtnispalast – das Lagerhaus des Wissens und der Erinnerung, in das er sich zurückziehen konnte, wenn er der Leitung bedurfte – vor ihm erschien. Doch es stiegen nicht die vertrauten marmornen Mauern aus dem Dunkel auf. Vielmehr fand er sich in einem schummrigen, wandschrankgroßen Raum mit einer tiefhängenden Decke wieder. Vor sich erblickte er einen mit durchbrochenem Gittermuster versehenen Durchgang, der auf einen Service-Flur hinausging; hinter ihm befand sich eine von jugendlicher Hand mit Rube-Goldberg-ähnlichen Zeichnungen vollgekritzelte Wand.

Es handelte sich um das Versteck namens Platons Höhle, unter der Hintertreppe des alten Hauses in der Dauphine Street, das er und sein Bruder Diogenes immer dann aufgesucht hatten, wenn sie ihre kindlichen Pläne und Projekte schmiedeten … vor dem EREIGNIS, das ihre Kameradschaft für immer beendete.

Es war nun schon das zweite Mal, dass Pendergasts Erinnerungsfahrt eine unerwartete Abzweigung an diesen Ort genommen hatte. Plötzlich von Bangigkeit erfüllt, spähte er in den dunklen Raum ganz hinten in Platons Höhle. Und tatsächlich: Da war sein Bruder, neun oder zehn Jahre alt, in marineblauem Blazer und Shorts, die Uniform der Luther, der Schule, die sie beide besuchten. Er blätterte gerade in einem Bildband mit Gemälden von Caravaggio. Er blickte zu Pendergast auf, schenkte ihm ein sardonisches Lächeln und widmete sich wieder seiner Lektüre.

»Ah, du schon wieder«, sagte Diogenes, wobei er eigenarti-
gerweise mit einer Erwachsenenstimme sprach. »Kommst
aber genau richtig. Maurice hat gerade eben gesehen, wie
in der Nähe des Hauses der Le Petres ein tollwütiger Hund
auf der Straße herumgelaufen ist. Wollen wir versuchen,
den Hund dazu zu bringen, in den Konvent der Heiligen
Maria zu laufen, was meinst du? Es ist gerade Mittagszeit,
die Nonnen sitzen wahrscheinlich alle beisammen und lesen die Messe.«

Als Pendergast nicht antwortete, blätterte Diogenes eine
Seite um. »Das hier ist eines meiner Lieblingsbilder«, sagte
er. »*Die Enthauptung Johannes des Täufers*. Schau mal, wie
die Frau auf der Linken den Korb tiefer hält, um den Kopf
darin aufzufangen. Wie zuvorkommend. Und der Adlige,
der über Johannes steht und das Gerichtsverfahren lei-
tet ... was für ein Gestus ruhiger Befehlsgewalt! Genau so
möchte ich aussehen, wenn ich ...« Er verstummte jäh und
blätterte wieder um.

Pendergast schwieg immer noch.

»Lass mich mal raten«, sagte Diogenes. »Es hat mit deiner
lieben verstorbenen Frau zu tun.«

Pendergast nickte.

»Ich habe sie mal gesehen, weißt du«, fuhr Diogenes fort,
ohne dass er von dem Buch aufblickte. »Ihr beide habt im
Pavillon im Garten gesessen und Backgammon gespielt.
Ich habe hinter der Glyzinie gehockt und euch beobachtet.
Priapus im Gebüsch und das alles. Es war ja ein so idylli-
sches Bild. Sie hatte ja so eine Selbstsicherheit, war eine so
elegante Erscheinung. Sie erinnerte mich an die Madon-
na in Murillos *Unbefleckte Empfängnis*.« Er hielt inne. »Du
glaubst also, dass sie noch lebt, *frater*?«

Pendergast meldete sich erstmals zu Wort. »Judson hat es mir gesagt, und er hatte kein Motiv zu lügen.«

Diogenes steckte den Kopf immer noch ins Buch. »Kein Motiv? Das kann ich dir leicht beantworten. Er wollte dir im Augenblick deines Todes den größtmöglichen Schmerz zufügen. Du hast diese Wirkung auf Menschen.« Er blätterte abermals um. »Ich nehme an, du hast sie ausgegraben?«

»Ja.«

»Und?«

»Die DNA-Proben stimmen überein.«

»Und trotzdem glaubst du immer noch, dass sie lebt?« Wieder ein Kichern.

»Die Zahnarztunterlagen stimmen auch überein.«

»Hat dem Leichnam denn auch eine Hand gefehlt?« Eine lange Pause. »Ja. Aber der Fingerabdruck war nicht beweiskräftig.«

»Die Leiche muss ja in einem ziemlich scheußlichen Zustand gewesen sein. Wie schrecklich für dich, dieses Bild – dein *letztes* Bild von ihr – ständig im Kopf zu haben. Hast du schon ihre Geburtsurkunde gefunden?«

Die Frage erstaunte Pendergast. Jetzt, wo die Sprache darauf kam, erinnerte er sich nicht, ihre Geburtsurkunde je gesehen zu haben. Es schien ihm damals nicht wichtig zu sein. Er hatte die ganze Zeit angenommen, dass Helen in Maine geboren war, was sich inzwischen aber als Lüge erwiesen hatte.

Diogenes tippte auf ein Bild auf der Buchseite. *Die Kreuzigung des heiligen Petrus.* »Ich frage mich, wie es sich auf die Denkprozesse auswirkt, wenn man mit dem Kopf nach unten aufgehängt wird.« Er blickte auf. »*Frater.* Du hast –

um es mal krass zu formulieren – zwischen ihren Schenkeln gelegen. Du bist ihr Seelengefährte gewesen, nicht wahr?«

»Das habe ich geglaubt.«

»Tja, dann sortiere doch mal deine Gefühle. Was sagen sie dir?«

»Dass sie am Leben ist.«

Diogenes stieß ein schallendes Gelächter aus, warf den jungenhaften Kopf in den Nacken und riss dabei den Mund weit auf – es war auf eine groteske Weise das Lachen eines Erwachsenen. Pendergast wartete, dass es aufhörte. Schließlich hielt Diogenes inne, strich sich übers Haar und legte das Buch beiseite. »Das ist krass. So als würde eine faulige Flut aufsteigen, tritt das schlechte alte Erbgut der Pendergasts schließlich auch in dir hervor. Du hast jetzt deine ganz eigene Obsession. Herzlichen Glückwunsch, und willkommen in der Familie!«

»Es ist keine Obsession, es ist die Wahrheit.«

»Oho!«

»Du bist tot. Was weißt du denn schon?«

»Bin ich das wirklich? *Et in Arcadia ego!* Der Tag wird kommen, da wir – alle Pendergasts – zu einem großen Familientreffen im untersten Kreis der Hölle zusammenkommen. Das wird vielleicht eine Party! Ha, ha, ha!«

Mit einer jähen, heftigen Willensanstrengung beendete Pendergast die Erinnerungsfahrt. Er befand sich wieder in dem alten Ankleidezimmer und saß im Lederohrensessel, während ihm nur die flackernde Kerze Gesellschaft leistete.

43

Pendergast ging in den Salon im ersten Stock zurück und nippte nachdenklich an seinem Sherry. Er hatte Maurice zwar gesagt, er sei völlig genesen, aber das war im Grunde gelogen – was umso klarer wurde, als er begriff, welch großes Versäumnis er sich hatte zuschulden kommen lassen.

Als er damals Helens Papiere und Unterlagen durchsah, war ihm entgangen, dass *ein* wichtiges Dokument fehlte. Alle anderen befanden sich in seinem Besitz. Dass Helen in der zweiten Klasse nur Portugiesisch gesprochen hatte, hatte ihn derart erstaunt, dass er nicht die irritierenden Fragen stellte, die sich daraus für ihre Geburtsurkunde – beziehungsweise deren Fehlen – ergaben. Helen musste die Urkunde an einem Ort versteckt haben, der zugänglich und doch sicher war. Was nahelegte, dass sich die Urkunde immer noch irgendwo im letzten von ihr bewohnten Haus befand.

Er trank noch einen Schluck Sherry und betrachtete die tiefe bernsteingelbe Farbe. Penumbra war ein großes, weitläufiges Plantagenhaus, deshalb gab es darin eine fast endlose Anzahl von Orten, an denen man ein einzelnes Blatt Papier verstecken konnte. Helen war schlau. Er musste alles genau durchdenken.

Langsam begann er, die möglichen Verstecke einzugrenzen. Es musste sich um einen Ort handeln, in dem Helen Zeit verbrachte, so dass man es nicht ungewöhnlich gefunden hätte, sie dort anzutreffen. Einen Ort, an dem sie sich wohlfühlte. Einen Ort, an dem sie nicht gestört wurde. Außerdem musste sich die Urkunde in irgendeiner Ecke oder in irgendeinem Möbelstück befinden, das niemals verrückt, geleert, ausgewischt, gelüftet oder durchsucht wurde.

Tief in Gedanken versunken, blieb Pendergast mehrere Stunden lang in dem Salon und durchsuchte im Geiste jedes Zimmer, jeden Winkel des großen Hauses. Dann – als er seine Suche abschließend auf ein Zimmer gerichtet hatte – erhob er sich schweigend und stieg die Treppe in die Bibliothek hinunter. An der Schwelle blieb er stehen und ließ den Blick durch den Raum schweifen, betrachtete die Jagdtrophäen, den großen Refektoriumstisch, die Bücherregale und Kunstgegenstände, erwog nacheinander Dutzende mögliche Verstecke – und verwarf alle wieder.

Nachdem er eine halbe Stunde lang überlegt hatte, grenzte er seine Suche auf ein Möbelstück ein.

An der Wand zur Linken stand der mächtige Schrank, in dem das doppelte Elefanten-Folio von Audubon – Helens Lieblingsbuch – aufbewahrt wurde. Pendergast betrat die Bibliothek, schloss die Schiebetür und ging hinüber zum Schrank. Nachdem er ihn eine Weile betrachtet hatte, zog er die unterste Schublade auf, in der die beiden mächtigen Bände des Folios lagen. Er trug jeden Band einzeln zum Refektoriumstisch, der mitten im Raum stand, und legte sie behutsam nebeneinander. Dann ging er zum Schrank zurück, zog die Schublade ganz auf und drehte sie um.

Nichts.

Pendergast gestattete sich ein leises Lächeln. Es gab in dem Schrank nur zwei logische Verstecke. In dem einen hatte sich nichts befunden. Das bedeutete, dass die Geburtsurkunde definitiv im anderen war.

Er streckte die Hand in den leeren Raum, an dem sich die Schublade befunden hatte, und tastete und strich mit der

Hand über den Boden des darüber befindlichen Regals, wobei er mit den Fingern auch die Rückseite des tiefen Schranks absuchte.

Wieder nichts.

Pendergast zuckte zurück, als habe er sich verbrannt. Er stand auf und schaute zum Schrank hin. Er hob die Hand mit leicht zittrigen Fingerspitzen zum Mund. Dann, nach einem langen Augenblick, wandte er sich ab und sah sich, einen unergründlichen Ausdruck im Gesicht, in der Bibliothek um.

Maurice war Frühaufsteher. Er hatte es sich zur Gewohnheit gemacht, nicht später als sechs Uhr auf den Beinen zu sein, um im Haus aufzuräumen, auf dem Grundstück nach dem Rechten zu sehen und das Frühstück zuzubereiten. Doch an diesem Morgen blieb er bis weit nach acht im Bett liegen.

Er hatte kaum geschlafen. Wach im Bett liegend, hatte er gehört, wie Pendergast die ganze Nacht hindurch gedämpfte Geräusche machte. Er war treppauf, treppab gegangen, hatte Möbel gerückt, Dinge auf den Fußboden fallen lassen, Gegenstände von hier nach da geschoben. Zunehmend besorgt, hatte er gehorcht, während das Rumsen, Kratzen und Poltern, das Ziehen und Knallen immer weitergegangen war, vom Dachboden bis zum Salon, vom Frühstückszimmer bis zu den hinteren Schlafzimmern und zum Keller, Stunde um Stunde. Und jetzt, obwohl die Sonne vollständig aufgegangen und der Morgen schon fortgeschritten war, hatte Maurice beinahe Angst, sein Zimmer zu verlassen und sich in den Räumen umzuschauen. Das Haus musste in einem furchtbaren Zustand der Unordnung sein.

Dennoch: Es konnte nicht ewig hinausgeschoben werden. Und so schlug er seufzend die Bettdecke zur Seite und richtete sich auf.

Er stand auf und ging mit leisen Schritten zur Tür. Im Haus herrschte angespannte Stille. Er ergriff den Türknauf und drehte ihn. Knarrend öffnete sich die Tür. Sachte, zunehmend nervös und unruhig steckte er den Kopf durch den Türrahmen.

Der Flur war in tadellosem Zustand.

Leise tappte Maurice von einem Zimmer zum anderen. Alles stand da, wo es hingehörte. In Penumbra herrschte Ordnung. Nur Pendergast war nirgends zu finden.

44

Zwölf Meilen über
West Virginia

»Noch einen Tomatensaft, Sir?«

»Nein, vielen Dank. Ich möchte nichts mehr.«

»Gern.« Die Stewardess setzte ihren Weg durch den Mittelgang des Flugzeugs fort.

In der Ersten Klasse sitzend, betrachtete Pendergast das vergilbte Dokument, das er schließlich nach Stunden erschöpfter und erschöpfender Suche an einem höchst sonderbaren Ort aufgestöbert hatte: eingerollt im Lauf eines alten Gewehrs, was aber wieder nur bewies, wie wenig er seine Frau gekannt hatte. Er ließ den Blick erneut über das Dokument schweifen.

República Federativa do Brasil
Registro Civil das Pessoas Naturais

Certidão de Nascimento

Nome
Helen von Fuchs Esterházy

Locál de Nascimento: Nova Godói, RIO GRANDE DO SUL
Filiação Pai: András Ferenc Esterházy
Filiação Mãe: Leni Faust-Schmid

Helen war in Brasilien zur Welt gekommen, in einem Ort namens Nova Godói. Nova Godói – *Nova G.* Er erinnerte sich an den Namen, er und Laura Hayward hatten ihn auf einem angekohlten Fetzen Papier in den Ruinen des pharmakologischen Labors Longitude gefunden.
Helens Muttersprache sei Portugiesisch, hatte Mime gesagt. Jetzt ergab das Sinn.
Brasilien. Pendergast überlegte. Helen hatte vor der Heirat knapp fünf Monate in Brasilien verbracht, im Rahmen eines Einsatzes für Doctors With Wings. Zumindest hatte sie das damals gesagt. Wie er auf die harte Tour gelernt hatte, konnte man bei Helen jedoch nie ganz sicher sein.
Er blickte nochmals auf die Geburtsurkunde. Ganz unten befand sich ein Kasten mit der Überschrift OBSERVAÇÕES/AVERBAÇÕES, Bemerkungen/Anmerkungen. Er betrachtete den Kasten genauer und zog ein kleines Vergrößerungsglas aus der Tasche.
Was immer in dem Kasten gestanden hatte, es war nicht

einfach geschwärzt worden. Enorm kunstfertig war aus dem Papier ein Teil herausgeschnitten und durch ein anderes mit dem gleichen Wasserzeichen penibel ersetzt und mikroskopisch genau wieder eingefügt worden. Es handelte sich um eine äußerst professionelle Arbeit.

In diesem Moment akzeptierte er schließlich, dass er seine geliebte Frau tatsächlich nicht gekannt hatte. Wie so viele andere fehlbare Menschen hatte auch ihn die Liebe blind gemacht. Also war das letzte Geheimnis der Identität seiner Frau auch nicht ansatzweise gelüftet.

Mit einer an Ehrfurcht grenzenden Sorgfalt faltete er die Geburtsurkunde wieder zusammen und steckte sie tief in seine Jacketttasche.

45

New York City

Langsam stieg Dr. John Felder die Treppe der Filiale der New Yorker Stadtbibliothek in der 42. Straße hinauf. Es war später Nachmittag, und auf den breiten Stufen wimmelte es von Studenten und kameraschwenkenden Touristen. Aber Felder nahm keine Notiz von ihnen, ging zwischen den Marmorlöwen hindurch, die die Jugendstilfassade bewachten, und drängelte sich in das hallende Foyer.

Seit Jahren nutzte Felder diese Hauptfiliale der Stadtbibliothek als eine Art Zufluchtsort. Er liebte es, wie sich hier eine Atmosphäre der Eleganz und des Reichtums mit Forschung und Wissenschaft verband. Schon während seiner armen Kindheit und Jugend war er eine Leseratte gewesen,

der Sohn eines Vertreters für Kurzwaren und einer Grund-
schullehrerin, und in dieses Gebäude hatte er sich immer
vor dem Trubel geflüchtet, der in der elterlichen Wohnung
in der Jewel Avenue herrschte. Selbst jetzt noch, da ihm
im Amt für Gesundheit sämtliches Recherchematerial zur
Verfügung stand, kehrte er immer wieder in die Stadtbibliothek zurück. Schon beim Betreten der nach Büchern
riechenden Räumlichkeiten empfand er Trost, denn er verließ die gemeine Welt und betrat einen schöneren Ort.

Nur heute nicht. Heute war ihm irgendwie anders zumute.
Er stieg die beiden Treppen zum großen Lesesaal hinauf
und ging an den Dutzenden der langen Eichentische vorbei
in eine der hinteren Ecken. Er stellte seine Tasche auf die
zerkratzte Tischplatte und zog eine Tastatur zu sich heran.
Er überlegte. Es lag schätzungsweise ein halbes Jahr zurück, dass er sich erstmals mit dem Fall Constance Greene
befasst hatte. Ursprünglich war es eine Routineangelegen-
heit gewesen: erneut eine vom Gericht angeforderte Befragung einer straffällig gewordenen psychiatrischen Patientin. Doch das Ganze hatte sich schnell ausgeweitet. Greene
war anders als alle anderen Patienten, denen er begegnet
war. Und plötzlich hatte er verwirrt, fassungslos, fasziniert
und, ja, erregt reagiert.

Erregt. Er hatte es sich schließlich selbst eingestehen müssen. Aber es lag nicht nur an ihrer Schönheit, sondern auch
an ihrem seltsamen Gebaren, so als käme sie aus einer anderen Welt. Constance Greene hatte etwas Einzigartiges
an sich, etwas, das über ihren offensichtlichen Wahnsinn
hinausreichte. Und ebendieses Etwas trieb Felder um, trieb
ihn dazu an, sie verstehen zu wollen. Auf eine Weise, die er
nicht ganz begriff, verspürte er das tiefsitzende Verlangen,

ihr zu helfen, sie zu *heilen.* Und dieser Wunsch wurde noch dadurch gesteigert, dass sie offenbar keinerlei Interesse daran hatte, dass man ihr half.

Und in diese seltsame Gemengelage von Gefühlen war Dr. Ernest Poole soeben eingedrungen. Dabei war sich Felder durchaus bewusst, dass er Poole gemischte Gefühle entgegenbrachte. Er hatte ein gewisses Besitzinteresse an Constance, und die Vorstellung, dass ein anderer Psychiater sie vor ihm untersucht hatte, fand er auf sonderbare Weise ärgerlich. Doch Pooles eigene Erfahrungen mit Constance – offenbar ganz andere als seine eigenen – boten vielleicht noch die beste Aussicht, in ihre Geheimnisse einzudringen. Dass Pooles klinische Bewertungen so ganz anders ausfielen, war dabei ebenso verwirrend wie ermutigend. Pooles Einschätzungen könnten eventuell einen einzigartigen, umfassenden Blick von allen Seiten auf das eröffnen, was – da war sich Felder zunehmend sicher – *die* Fallstudie seiner ganzen Berufslaufbahn werden würde.

Er legte die Finger auf die Tastatur und überlegte wieder. *Ich wurde tatsächlich in der Water Street geboren, in den Siebzigern – den Siebzigern des 19. Jahrhunderts.* Seltsam, Constances intensiver Glaube, gepaart mit ihren fotografischen, bislang noch nicht erklärlichen Kenntnissen über ihr altes Viertel, hatte ihn fast glauben gemacht, dass sie tatsächlich hundertvierzig Jahre alt war. Aber dass Poole von ihrer lakunären Amnesie gesprochen hatte, ihrer dissoziativen Fugue, das hatte ihn in die Wirklichkeit zurückgeholt. Dennoch: Er fand, dass er es Constance schuldete, eine letzte Recherche durchzuführen.

Schnell tippend, holte er sich die Datenbank der Periodika der Bibliothek auf den Bildschirm. Er würde noch eine

Recherche durchführen, diesmal betreffend die siebziger Jahre des 19. Jahrhunderts – der Zeitraum, in dem Constance laut eigener Aussage geboren wurde.

Er bewegte den Cursor auf das Feld »Suchparameter«, dann hielt er inne und las in seinen Notizen. *Als meine Eltern und meine Schwester starben, wurde ich Waise und obdachlos. Mr. Pendergasts Haus am Riverside Drive 89 gehörte damals einem Mann namens Leng. Schließlich wurde es frei. Dort habe ich gewohnt.*

Er würde nach drei Begriffen suchen: Greene, Water Street und Leng. Aus früheren Erfahrungen wusste er jedoch, dass er die Suchbegriffe vage halten musste – eingescannte Zeitungen waren berüchtigt wegen ihrer Fehlerhaftigkeit. Also würde er sich normale Begriffe ausdenken und eine logische UND-Verknüpfung eingeben.

Er tippte weiter und gab die Suchbedingungen ein:

[suchen] Greene [und] Wat St + Leng

Fast auf Anhieb landete er einen Treffer. Ein drei Jahre alter Artikel in der *New York Times*. Wieder Tastengeklapper. Dann erschien der Artikel auf dem Bildschirm. Felder begann zu lesen, und plötzlich stockte ihm fast der Atem.

Wiederentdeckter Brief wirft neues Licht auf Morde im 19. Jahrhundert
Von WILLIAM SMITHBACK JR.

NEW YORK – 8. Oktober. In den Archiven des New Yorker Museums für Naturkunde wurde ein Brief gefunden, der unter Umständen den grausigen Leichenfund erklären kann, der Anfang vergangener Woche im unteren Manhattan gemacht wurde.

284

Bei Ausschachtungsarbeiten stießen Arbeiter, die ein Wohnhochhaus an der Ecke Henry und Catherine Street errichteten, auf einen Kellergang mit den sterblichen Überresten von sechsunddreißig jungen Männern und Frauen. Erste forensische Analysen zeigen, dass die Opfer seziert oder vielleicht auch obduziert und anschließend zerstückelt wurden. Vorläufige Datierungen der Ausgrabungsstelle durch eine Archäologin des New Yorker Naturkundemuseums deuten darauf hin, dass die Morde zwischen 1872 und 1881 stattgefunden haben, als an dieser Straßenecke ein dreistöckiges Gebäude stand, in dem sich ein Privatmuseum namens »J. C. Shottum's Kabinett der Kuriositäten und Naturprodukte« befand. Das Museum brannte 1881 nieder. Besitzer Shottum kam in den Flammen ums Leben. Bei den nachfolgenden Recherchen entdeckte Dr. Kelly den besagten, von J. C. Shottum selbst verfassten Brief. Shottum schrieb ihn kurz vor seinem Tod und schildert darin seine Entdeckung der medizinischen Experimente seines Untermieters, eines Tierpräparators und Drogisten mit Namen Enoch Leng. In dem Brief deutet Shottum an, dass Leng chirurgische Experimente an Menschen durchführe, um so das eigene Leben zu verlängern.

Die sterblichen Überreste der Personen wurden zwar ins Gerichtsmedizinische Institut der Stadt New York überstellt, bislang jedoch noch nicht zur Untersuchung freigegeben. Der Kellergang wurde von Moegen-Fairhaven Inc., dem Bauunternehmen, während der regulären Bauarbeiten zerstört.

Ein Bekleidungsartikel, der sich vor Ort fand, ist erhalten, ein Kleid, das ins Museum gebracht und von Dr. Kelly untersucht wurde. Eingenäht in das Kleid fand Dr. Kelly ein kleines Blatt Papier, möglicherweise eine Notiz zur Selbstidentifizierung, geschrieben von einer jungen Frau, die offenbar glaubte, nicht mehr lange zu leben. »Ich bin Mary Greene, Allter [sic] 19 Jahre, Watter [sic] Street 16.« Untersuchungen deuten darauf hin, dass die Notiz mit menschlichem Blut geschrieben wurde.

Das Federal Bureau of Investigation interessiert sich für den Fall. Special Agent Pendergast vom Büro New Orleans ist vor Ort gesehen worden. Das Büro New York und das Büro New Orleans des FBI lehnten allerdings jede Stellungnahme ab.

Watter Street 16. Mary Greene hatte den Straßennamen falsch geschrieben, deshalb war er nicht schon früher auf den Namen gestoßen.

Felder las den Artikel einmal, dann noch einmal, und schließlich ein drittes Mal. Dann setzte er sich ganz langsam in seinem Stuhl zurück und packte die Lehnen derart fest, dass ihm die Handknöchel weh taten.

46

Neun Stockwerke und exakt siebenundfünfzig Meter unterhalb von Dr. Felders Tisch im großen Lesesaal hörte Special Agent Aloysius Pendergast gespannt dem steinalten bibliophilen Rechercheur namens Wren zu. Sollte Wren einen Vornamen haben, so kannte ihn niemand, auch Pendergast nicht. Wrens gesamte Lebensgeschichte – wo er wohnte, woher er stammte, was genau er jede Nacht und die meisten Tage in den tiefsten Untergeschossen der Bibliothek trieb – war ein Rätsel. Nach den vielen Jahren ohne Sonnenlicht hatte seine Haut die Farbe von Pergament angenommen, und er roch ein wenig nach Staub und Buchbinderleim. Seine Haare standen ihm wie eine Aureole vom Kopf ab, die Augen waren so schwarz und leuchtend wie die eines Vogels. Ungeachtet der exzentrischen äußeren Erscheinung besaß Wren allerdings zwei Talente, die Pendergast mehr als alle anderen schätzte: einzigartige Recherchefähigkeiten sowie eine profunde Kenntnis der scheinbar unerschöpflichen Bestände der New Yorker Stadtbibliothek.

Jetzt, auf einem riesigen Stapel von Papieren wie ein strubbeliger Buddha sitzend, redete Wren schnell und lebhaft und unterstrich seine Worte mit jähen, schroffen Gesten.

»Ich habe ihren Stammbaum gefunden«, sagte er. »Habe ihn sehr sorgfältig zurückverfolgt, *hypocrite lecteur*. Was gar nicht so leicht war. Die Familie scheint sich nämlich größte Mühe gegeben zu haben, Details ihrer Abstammungslinie geheim zu halten. Dem Herrn sei Dank, dass es die Heiligenstadt-Aggregation gibt.«

»Die Heiligenstadt-Aggregation?«

Wren nickte knapp. »Dabei handelt es sich um eine weltweite Sammlung zur Familiengeschichtsforschung, die der Bibliothek in den 1980er Jahren von einem recht exzentrischen Ahnenforscher geschenkt wurde, der aus Heiligenstadt in Deutschland stammt. Eigentlich wollte die Bibliothek die Sammlung nicht ankaufen, aber als der Sammler auch noch mehrere Millionen spendete, damit die Sammlung, äh, ausgestellt wird, wurde sie angekauft. Natürlich wurde sie sofort in einen tiefen, dunklen Winkel des Museums verbannt. Aber Sie wissen ja, was tiefe, dunkle Winkel für mich sind.« Wren keckerte und versetzte dem einen Meter zwanzig hohen Stapel aus Computerausdrucken, der neben ihm stand, einen freundlichen Klaps. »Die Sammlung ist besonders umfassend, was deutsche, österreichische und estnische Familien betrifft – was sich als enorm hilfreich erwies.«

»Das ist ja höchst interessant«, sagte Pendergast mit kaum verhohlener Ungeduld. »Aber vielleicht wollen Sie mich über Ihre Entdeckungen aufklären.«

»Natürlich. Aber«, hier hielt der kleine Wren inne, »ich fürchte, es wird Ihnen nicht gefallen, was ich Ihnen zu sagen habe.«

Pendergast kniff ganz leicht die Augen zusammen. »Meine Vorlieben sind ohne Belang. Details, bitte.«

»Gewiss, gewiss!« Wren hatte sichtlich Spaß an der Sache und rieb sich die Hände. »Man lebt ja doch für die Details!« Er gab dem Turm mit den Computerausdrucken noch einen väterlichen Klaps. »Doktor Wolfgang Fausts Mutter war Helens Urgroßmutter. Die Abstammung ist wie folgt: Helens Mutter Leni heiratete András Esterházy, der zufällig ebenfalls Arzt war. Helens Eltern sind schon vor einiger Zeit gestorben.« Er machte eine Pause. »Wussten Sie übrigens, dass Esterházy ein sehr alter und adliger ungarischer Name ist? Während der Herrschaft der Habsburger ...«

»Wollen wir uns die Geschichte des Habsburger Reiches vielleicht für ein andermal aufsparen?«

»Gern.« Wren zählte die Details an seinen langen, gelben Fingernägeln ab. »Helens Großmutter war Mareike Schmid, geborene von Fuchs. Wolfgang Faust war Mareikes Bruder. Die gemeinsame Verwandte war Helens Urgroßmutter, Klara von Fuchs. Beachten Sie die matrilineare Folge.«

»Sprechen Sie weiter«, sagte Pendergast.

Wren breitete die Hände aus. »Mit anderen Worten, Doktor Wolfgang Faust, Kriegsverbrecher, SS-Arzt in Dachau, Nazi-Flüchtling in Südamerika, war der Großonkel Ihrer Frau.«

Pendergast verzog keine Miene.

»Ich habe hier mal einen kleinen Stammbaum aufgezeichnet.«

Pendergast nahm das vollgekritzelte Blatt Papier, faltete es und steckte es ein, ohne einen Blick darauf zu werfen.

»Wissen Sie, Aloysius …« Wren zögerte weiterzusprechen.

»Ja?«

»Nur dieses eine Mal wünsche ich mir fast, dass meine Recherche nichts ergeben hätte.«

47

Coral Creek,
Mississippi

Ned Betterton bog auf den Parkplatz von U-Save Rent-a-Car und sprang vom Fahrersitz. Mit einem breiten Lächeln im Gesicht ging er rasch auf das Gebäude zu. In den vergangenen Tagen waren ihm neue Enthüllungen praktisch in den Schoß gefallen. Und eine davon lautete: Ned Betterton war ein verdammt guter Reporter. Die Jahre, in denen er über Dinner der Rotarier, gesellige Veranstaltungen von Kirchengemeinden, Treffen von Elternverbänden, Beerdigungen und Paraden zum Memorial Day berichtet hatte, waren eine bessere Schule gewesen als zwei Jahre an der Journalistenschule der Columbia University. Ziemlich erstaunlich. Kranston beschwerte sich zwar allmählich schon, dass er zu viel Zeit für die Story aufwendete, aber er hatte den Alten kurzerhand zum Schweigen gebracht, indem er einfach Urlaub nahm. Dagegen war Kranston machtlos. Der alte Gauner hätte schon vor einem Jahr einen zweiten Reporter einstellen sollen. Es war seine eigene Schuld, wenn er nun selbst über alles schreiben musste.

Betterton packte den Griff der Glastür und zog sie auf. Es war an der Zeit, einer weiteren Intuition zu folgen – um einmal zu sehen, ob ihm das Glück noch immer hold war.

An einem der beiden Tresen beendete Hugh Fourier gerade sein Gespräch mit einem spätnachmittäglichen Kunden. Damals, im zweiten Jahr an der Jackson State, hatte Fourier mit Betterton ein Zimmer im Studentenwohnheim geteilt, heute leitete er die einzige Autovermietung im Umkreis von siebzig Meilen von Malfourche – noch ein hübscher Zufall, der Betterton davon überzeugte, dass er immer noch einen Lauf hatte.

Er wartete, während Fourier dem Kunden einen Schlüssel und einen Packen Papiere aushändigte, dann trat er an den Tresen.

»Hi, Ned!«, sagte Fourier, dessen berufsmäßiges Lächeln sich in ein sehr viel aufrichtigeres verwandelte, als er seinen ehemaligen Zimmergenossen erkannte. »Wie geht's denn so?«

»Ganz gut«, sagte Betterton und schüttelte die entgegengestreckte Hand.

»Irgendwelche aktuellen Geschichten, die du gern loswerden möchtest? Eine Exklusivstory über den Buchstabier-wettbewerb an der örtlichen Mittelschule vielleicht?« Fourier lachte über seinen eigenen Witz.

Betterton stimmte in das Lachen ein. »Und wie läuft das Autovermietungsgeschäft?«

»Gut. Richtig gut. Und weil Carol heute krank ist, renne ich schon den ganzen Tag rum wie ein Einbeiniger bei einem Arschtritt-Wettbewerb.«

Betterton zwang sich, auch über diesen Spruch zu lachen, denn ihm fiel ein, dass Hugh sich für einen großen Witzbold hielt. Es wunderte ihn gar nicht, dass bei You-Save so viel los war – am Internationalen Flughafen Gulfport-Biloxi wurden größere Bauarbeiten durchgeführt, und deshalb waren die Fluggastzahlen am lokalen Flughafen erheblich angestiegen.

»Haste mal irgendwelche von den alten Kumpels von der Jackson getroffen?«, fragte Fourier und schob gleichzeitig etliche Unterlagen in Reih und Glied.

Sie unterhielten sich noch eine Weile über alte Zeiten, dann brachte Betterton die Sprache aufs Geschäftliche.

»Könntest du mir vielleicht einen Gefallen tun?«

»Na klar. Was willst du haben? Ich kann dir einen super Wochenpreis für eins von unseren Cabrios machen.« Wieder kicherte Fourier.

»Mich interessiert, ob eine gewisse Person bei dir einen Wagen gemietet hat.«

Fouriers Lächeln erstarb. »Eine gewisse Person? Warum willst du das wissen?«

»Weil ich Reporter bin.«

»Oh, oh, das ist doch wohl nicht für 'ne Geschichte? Seit wann berichtest du über echte Neuigkeiten?«

Betterton zuckte so lässig wie möglich mit den Schultern. »Ich muss da nur was nachbereiten.«

»Du weißt, ich darf über unsere Kunden keine Auskunft geben.«

»Ich benötige nicht viele Informationen.« Betterton beugte sich noch weiter vor. »Hör zu, ich beschreib dir mal den Mann. Sag dir, was er gefahren hat. Ich will nur seinen Namen und von wo er mit dem Flieger gekommen ist.«

Fourier runzelte die Stirn. »Ich weiß nicht, ob ich das …«

»Ich schwöre, dass ich dich und U-Save völlig aus der Geschichte raushalte.«

»Mann, das ist ziemlich viel verlangt. Diskretion wird in unserer Branche echt großgeschrieben …«

»Der Typ ist Ausländer. Spricht mit europäischem Akzent. Großgewachsen, schlank. Er hat ein Muttermal unter einem Auge. Trug einen teuren Regen-Trenchcoat. Müsste einen dunkelblauen Ford Fusion gemietet haben, vermutlich am achtundzwanzigsten Oktober.«

Ein Lächeln huschte über Fouriers Gesicht, und da wusste Betterton, dass er auf Gold gestoßen war.

»Ned …«

»Ach, komm schon, Hugh.«

»Ich darf das nicht.«

»Schau mal, du siehst ja, wie viel ich über den Typen schon weiß. Ich brauche nur dieses kleine bisschen mehr von dir. Bitte.«

Fourier zögerte. Dann seufzte er. »Also gut. Ich kann mich an den Mann erinnern. Genau wie du ihn beschrieben hast. Starker Akzent, deutsch.«

»Und war er am Achtundzwanzigsten hier?«

»Ich glaube, ja. Das muss vor ein, zwei Wochen gewesen sein.«

»Könntest du mal nachsehen?« Betterton hoffte, dass er, wenn er Fourier dazu brachte, die Angaben in den Computer einzugeben, einen Blick auf die Ergebnisse erhaschen konnte.

Aber Fourier biss nicht an. »Nein, ich kann das nicht machen.«

O Mann. »Und eine Name?«

Wieder zögerte Fourier. »Falkoner. Conrad Falkoner, glaube ich. Nein – Klaus Falkoner.«

»Und von wo ist er mit dem Flieger gekommen?«

»Aus Miami. Mit Dixie Airlines.«

»Woher weißt du das? Hast du das Ticket gesehen?«

»Wir bitten die Kunden, uns ihren Ankunftsflug zu nennen, damit wir im Fall einer Verspätung die Reservierung aufrechterhalten können.«

Fourier hatte dichtgemacht, und Betterton ahnte, dass er nicht mehr aus ihm herausbekommen würde. »Okay, danke, Hugh. Du hast mir echt geholfen. Ich bin dir einen Gefallen schuldig.«

»Ja, das stimmt.« Als ein neuer Kunde hereinkam, wandte sich Fourier sichtlich erleichtert ab.

Kaum saß er auf dem Parkplatz von U-Save in seinem Nissan, fuhr Betterton seinen Laptop hoch, vergewisserte sich, dass die Drahtlosverbindung gut war, und recherchierte kurz auf der Website der Dixie Airlines. Dabei fiel ihm auf, dass der lokale Flughafen nur zweimal täglich angeflogen wurde, einmal aus Miami und einmal aus New York. Beide Maschinen landeten innerhalb einer Stunde.

Er trug so einen schicken Trenchcoat, wie man ihn aus Spionage-
filmen kennt. Das hatte jedenfalls Billy B. gesagt.

Noch ein kurzer Check, dann hatte Betterton in Erfahrung gebracht, dass der achtundzwanzigste Oktober in Miami heiß und sonnig gewesen war. In New York hingegen war es kalt gewesen und hatte stark geregnet.

Also hatte der Mann – Betterton war fast überzeugt, dass es sich um den Killer handelte – gelogen und einen falschen Abflugort genannt. Nicht überraschend. Es konnte natürlich sein, dass er auch die falsche Fluggesellschaft angegeben und sich vielleicht einen falschen Namen zugelegt hatte. Aber das war dann doch wohl zu viel der Paranoia.

Nachdenklich klappte er den Laptop zu. Falkoner war aus New York gekommen, und Pendergast wohnte in New York. Steckten die beiden unter einer Decke? Pendergast war mit Sicherheit nicht in offizieller Mission in Malfourche gewesen; er hatte schließlich eine Bar in die Luft gejagt und einen Haufen Boote versenkt. Und dieser Captain von der New Yorker Polizei … New Yorker Cops standen im Ruf, korrupt zu sein und im Drogenhandel mitzumischen.

Allmählich zeichnete sich das größere Bild vor ihm ab: der Mississippi, das ausgebrannte Labor in dem Sumpfgebiet, die New-York-Connection, der brutale, hinrichtungsähnliche Mord an den Brodies, korrupte Gesetzeshüter …

Verdammt, wenn das nicht eine größere Drogenoperation war.

Damit stand fest: Er würde nach New York fliegen. Er zog sein Handy aus der Tasche und wählte.

»*Ezzerville Bee*«, ließ sich eine schrille Stimme vernehmen. »Janine am Apparat.«

»Janine, ich bin's, Ned.«

»Ned! Wie ist dein Urlaub?«

»Lehrreich, danke.«

»Bist du morgen wieder im Büro? Mr. Kranston braucht nämlich jemanden, der über den Spareribs-Essenswettkampf drüben in der ...«

»Tut mir leid, Janine. Ich verlängere meinen Urlaub um ein paar Tage.«

Pause. »Hm, und wann genau kommst du wieder?«

»Ich weiß noch nicht. Vielleicht in drei, vier Tagen. Ich sag dir Bescheid. Ich hab noch eine Woche Urlaub.«

»Ja, aber ich bin mir nicht sicher, ob Mr. Kranston das auch so sieht ...«

»Bis dann.« Betterton klappte das Handy zu, bevor sie noch mehr sagen konnte.

48

New York City

Mit raschen Schritten ging Judson Esterhazy – in seiner Rolle als Dr. Poole – über den Flur des Mount Mercy Hospitals, Felder neben sich. Sie folgten Dr. Ostrom, dem ärztlichen Direktor, der einen höflichen, diskreten und äußerst professionellen Eindruck machte. Ausgezeichnete Eigenschaften für einen Mann in seiner Position.

»Ich glaube, Sie werden die Morgenvisite höchst interessant finden«, sagte Esterhazy zu Ostrom. »Wie ich Doktor Felder hier bereits erklärt habe, ist es sehr wahrscheinlich, dass sie unter einer selektiven Amnesie leidet, was meine Person betrifft.«

»Ich bin gespannt«, sagte Ostrom.

»Und Sie haben ihr nichts von mir erzählt und sie auch nicht auf irgendeine Weise auf die Visite vorbereitet?«

»Ihr wurde nichts gesagt.«

»Ausgezeichnet. Wir sollten die eigentliche Visite recht kurz halten. Was immer sie zu wissen oder nicht zu wissen vorgibt, der emotionale Stress wird, auch wenn er höchstwahrscheinlich unbewusst bleibt, erheblich sein.«

»Eine kluge Vorsichtsmaßnahme«, pflichtete Felder bei.

Sie bogen um eine Ecke und warteten, dass ein Pfleger eine Metalltür aufschloss.

»Sie wird sich höchstwahrscheinlich unwohl fühlen«, fuhr Esterhazy fort. »Das liegt zum Teil sicherlich auch daran, dass ihr ihre unterdrückten Erinnerungen im Zusammenhang mit meiner damaligen Therapie Unbehagen bereiten.«

Ostrom nickte.

»Noch eine letzte Sache. Am Ende der Visite wäre ich gern kurz allein mit ihr.«

Ostrom ging langsamer und blickte fragend nach hinten über die Schulter.

»Ich möchte gern herausbekommen, ob ihr Verhalten sich auf irgendeine Weise ändert, sobald Sie nicht mehr im Zimmer sind, oder ob sie weiterhin so tut, als würde sie mich nicht wiedererkennen.«

»Ich sehe kein Problem darin«, sagte Ostrom. Er blieb vor einer Tür – wie die anderen mit einer Nummer versehen – stehen, dann klopfte er leise an.

»Treten Sie ein«, ließ sich eine Stimme von drinnen vernehmen.

Ostrom schloss die Tür auf, dann ging er Felder und Esterhazy voran in einen kleinen fensterlosen Raum. Das Mobiliar bestand lediglich aus einem Bett, einem Tisch, einem Bücherregal und einem Plastikstuhl. Auf dem Stuhl saß eine junge Frau, in einem Buch lesend. Sie blickte auf, als die drei Männer eintraten.

Esterhazy musterte sie neugierig. Er hatte sich gefragt, wie Pendergasts Mündel wohl aussehen würde – und wurde aufs angenehmste überrascht. Constance Greene war sehr, mehr noch: äußerst attraktiv. Schlank und zierlich, kurzes dunkelbraunes Haar, makellose Porzellanhaut und veilchenblaue Augen, die wach und klug, aber seltsam unergründlich wirkten. Sie schaute von einem Mann zum anderen. Als ihr Blick auf Esterhazy fiel, hielt sie inne, allerdings ohne dass sich ihr Gesichtsausdruck veränderte.

Esterhazy machte sich keine Sorgen, dass sie ihn als Pendergasts Schwager wiedererkannte. Pendergast war nicht der Typ, der Fotos von Familienangehörigen im Haus aufstellte.

»Doktor Ostrom«, sagte sie, legte ihr Buch auf den Tisch und stand höflich auf. Esterhazy sah, dass sie in Sartres *Das Sein und das Nichts* gelesen hatte. »Und Doktor Felder, wie reizend, Sie wiederzusehen.«

Esterhazy war fasziniert. Ihre Bewegungen, ihre Art zu sprechen, ihr ganzes Wesen schien einer früheren, würdevolleren Epoche anzugehören. Es schien fast so, als habe sie sie zu Gurken-Sandwiches und Hagebuttentee ins Zimmer gebeten. Sie wirkte so gar nicht wie eine irre Kindsmörderin, die in einer geschlossenen Abteilung untergebracht war.

»Bitte nehmen Sie doch Platz, Constance«, sagte Dr. Ostrom. »Wir bleiben nur kurz. Doktor Poole hier ist zufällig in der Stadt, und da dachten wir, Sie würden ihn vielleicht gern treffen.«

»Doktor Poole«, wiederholte Constance, während sie sich wieder auf den Stuhl setzte. Als sie sich zu Esterhazy umwandte, blitzte in ihrem eigenartig fernen Blick eine Spur von Neugier auf.

»Ganz recht«, sagte Felder.

»Sie können sich nicht an mich erinnern?«, fragte Esterhazy, wobei er seine Stimme so modulierte, dass sie wohlwollende Sorge zum Ausdruck brachte.

Constance runzelte leicht die Stirn. »Ich hatte nicht das Vergnügen, Ihre Bekanntschaft zu machen, Sir.«

»Nicht, Constance?« Jetzt klang sein Tonfall ein ganz klein wenig enttäuscht und mitleidig.

Sie schüttelte den Kopf.

Aus dem Augenwinkel sah Esterhazy, dass Ostrom und Felder einen kurzen, bedeutungsvollen Blick wechselten. Die Sache lief genau so, wie er gehofft hatte.

Constance sah ihn ein wenig forschend an, dann wandte sie sich zu Ostrom um. »Was hat Ihnen den Eindruck verschafft, dass ich diesen Herrn gern treffen möchte?«

Ostrom errötete leicht und nickte in Richtung Esterhazy.

»Schauen Sie, Constance«, sagte Esterhazy, »ich habe Sie früher einmal behandelt, vor Jahren, auf die Bitte Ihres, äh, Vormunds.«

»Sie lügen«, sagte Constance schroff und erhob sich wieder. Dann drehte sie sich erneut zu Ostrom um. Jetzt drückte ihre Miene Verwirrung und Beunruhigung aus. »Doktor Ostrom, ich habe diesen Mann noch nie im Leben gesehen. Und ich möchte Sie dringend bitten, ihn aus diesem Zimmer zu entfernen.«

»Es tut mir leid, dass es zu diesem Durcheinander gekommen ist, Constance.« Ostrom warf Esterhazy einen fragenden Blick zu. Der wiederum deutete mit knapper Geste an, dass es an der Zeit sei zu gehen.

»Wir gehen jetzt, Constance«, fügte Felder hinzu. »Doktor Poole hat gebeten, kurz mit Ihnen allein sein zu dürfen. Wir warten so lange vor der Tür.«

»Aber …«, begann Constance und verstummte dann. Sie sah Esterhazy an. Einen Moment lang war er bestürzt, welch große Feindseligkeit in ihrem Blick lag.

»Bitte fassen Sie sich kurz, Doktor«, sagte Ostrom, als er die Tür aufschloss und öffnete. Er verließ den Raum, gefolgt von Felder. Erneut schloss sich die Tür.

Esterhazy trat einen Schritt von Constance fort, ließ die Arme fallen und nahm eine möglichst gelassene Körperhaltung ein. Die junge Frau strahlte etwas aus, das alle Alarmglocken bei ihm schrillen ließ. Er musste aufpassen – extrem gut aufpassen.

»Sie haben ja recht, Miss Greene«, sagte er leise. »Sie sind mir noch nie im Leben begegnet. Ich habe Sie zu keinem Zeitpunkt behandelt. Das war alles ein Täuschungsmanöver.«

Constance, die hinter dem Tisch saß, schaute ihn nur an; ihr Argwohn war geradezu mit Händen greifbar.

»Ich heiße Judson Esterhazy. Ich bin Aloysius' Schwager.«

»Ich glaube Ihnen kein Wort«, sagte Constance. »Er hat Ihren Namen nie erwähnt.« Ihre Stimme klang leise und völlig neutral.

»Das ist typisch Aloysius. Hören Sie, Constance. Helen Esterhazy war meine Schwester. Dass sie von einem Löwen gefressen wurde, war vermutlich das Schlimmste, was ihm je widerfahren ist – außer vielleicht, dass seine Eltern bei dem Brand in New Orleans ums Leben gekommen sind. Sie kennen ihn sicherlich gut genug, um zu wissen, dass er keiner ist, der gern von der Vergangenheit spricht, vor allem nicht von einer derart schmerzlichen. Aber er hat mich gebeten, ihm zu helfen, weil ich der Einzige bin, dem er vertrauen kann.«

Constance blieb hinter dem Schreibtisch sitzen, schwieg und starrte ihn nur an.

»Wenn Sie mir nicht glauben, hier ist mein Pass.« Er zog ihn aus der Tasche und klappte ihn auf. »Esterhazy ist kein verbreiteter Name. Ich habe Großtante Cornelia, die Giftmischerin, gekannt, die in eben diesem Zimmer untergebracht war. Ich bin auf der Plantage der Familie gewesen, in Penumbra. Ich bin mit Aloysius in Schottland auf die Jagd gegangen. Welche Beweise brauchen Sie noch?«

»Warum sind Sie hier?«

»Aloysius hat mich geschickt, damit ich Ihnen helfe, hier herauszukommen.«

»Das ergibt keinen Sinn. Er hat es geregelt, dass ich hierher überstellt werde, und er weiß, dass ich mit meiner Situation völlig zufrieden bin.«

»Sie verstehen nicht. Er hat mich nicht hierhergeschickt, damit ich Ihnen helfe, sondern weil er *Ihre* Hilfe benötigt.«

»Meine Hilfe?«

Esterhazy nickte. »Schauen Sie, er hat eine furchtbare Entdeckung gemacht. Es sieht ganz danach aus, als sei seine Frau – meine Schwester – nicht zufällig ums Leben gekommen.«

Constance runzelte die Stirn.

Esterhazy wusste, dass er am meisten ausrichten konnte, wenn er möglichst nahe bei der Wahrheit blieb. »Helens Gewehr war am Tag der Löwenjagd mit Platzpatronen geladen. Und jetzt hat sich Pendergast auf die Suche begeben, um die verantwortliche Person zu finden. Allerdings sind die Dinge außer Kontrolle geraten. Er kann das nicht allein schaffen. Er braucht die Hilfe derjenigen, denen er am meisten vertraut. Soll heißen: mich und Sie.«

»Was ist mit Lieutenant D'Agosta?«

»Der Lieutenant hatte ihm geholfen. Und hat für seine Mühe eine Kugel ins Herz geschossen bekommen. Er ist nicht tot, aber schwer verletzt.«

Constance erschrak.

»Ganz recht. Ich sagte ja, die Dinge sind außer Kontrolle geraten. Darum habe ich die einzige Maßnahme ergriffen, die mir möglich war, um mit Ihnen in Kontakt zu treten. Ich habe so getan, als hätte ich Kenntnis von Ihnen und … Ihrem Fall. Das war natürlich eine List.«

Constance starrte ihn noch immer an. Die Feindseligkeit war größtenteils aus ihren Gesichtszügen gewichen, aber die Unsicherheit war geblieben.

»Ich werde einen Weg finden, Sie hier herauszuholen. Bis dahin streiten Sie bitte auch weiterhin ab, dass Sie mich kennen. Sie können auch ein zunehmend besseres Erinnerungsvermögen vortäuschen – entscheiden Sie selbst, womit Sie sich wohler fühlen. Spielen Sie einfach mit. Ich habe nur eine Bitte: Helfen Sie mir dabei, dass ich Sie hier herausbekomme. Denn uns läuft die Zeit davon. Pendergast benötigt Ihren wachen Verstand, Ihre Intuition, Ihre Recherchefähigkeiten. Und jede Stunde zählt. Sie können sich ja nicht vorstellen – ich habe im Moment leider nicht die Zeit, Ihnen alles zu erklären –, was für Truppen in diesem Moment gegen ihn aufmarschieren.«

Constance schaute ihn immer noch an; ihre Miene drückte gleichermaßen Misstrauen, Besorgnis und Unentschlossenheit aus. Am besten ging er jetzt, damit sie über alles nachdenken konnte. Esterhazy drehte sich um und klopfte leise an die Tür. »Doktor Ostrom? Doktor Felder? Wir können gehen.«

49

Das 18. Loch im *Palmetto Spray Golf Links* gehörte zu den berüchtigtsten Bahnen an der gesamten Ostküste: ein Par 5 mit einem 560-m-Drive mit einer tückischen Biegung und einem Dutzend breiter Bunker, die den Fairway eng säumten.

Meier Weiss fuhr mit dem Rollstuhl an den Abschlag, nahm die Decke von seinen kaputten Beinen, packte die Krücken, die an seiner Golftasche hingen, drückte sich hoch, bis er stand, und verriegelte die Scharniere an den Beinstützen.

»Dürfte ich Ihnen noch einige weitere Ratschläge geben?« Aloysius Pendergast stellte seine geliehene Golftasche auf den Rasen. »Bitte seien Sie so freundlich.«

»Es ist eine lange Bahn, aber wir haben den Wind im Rücken. Normalerweise probiere ich es mit einem kontrollierten Fade. Mit etwas Glück landet der Ball dann rechts vom Fairway, und ich komme mit zwei Schlägen aufs Grün.«

»Ich bin leider ein Skeptiker, was den Begriff ›Glück‹ angeht.«

Der alte Mann rieb sich die sonnenverbrannte Stirn und lachte. »Ich spiele immer gern eine Runde, bevor ich aufs Geschäftliche zu sprechen komme. Sagt mir alles, was ich über meinen Partner wissen muss. Also, bei Ihren letzten Bahnen ist mir eine Verbesserung aufgefallen. Denken Sie nur daran, den Schwung zu Ende zu bringen, so wie ich es Ihnen gezeigt habe.«

Weiss nahm sein Holz 1 und hinkte zum Abschlag hinüber. Er stützte sich auf die Krücken und hob den Schläger nach hinten, dann schwang er ihn im vollendeten Halbbogen nach unten. Mit einem *Kräck* flog der Ball in die Luft, bog elegant nach rechts und geriet hinter dem Saum von Bäumen außer Sicht.

Pendergast hatte zugesehen, jetzt drehte er sich zu Weiss um. »Bei dem Schlag hatten Sie aber kein Glück.«

Weiss gab den Krücken und den Beinstützen einen Klaps. »Oh, ich habe viel Zeit mit diesen Dingern verbracht, um mein Golf zu verbessern.«

Pendergast trat an den Abschlag, hob seinen Driver und schlug. Er traf den Ball mit einer zu offenen Schlägerfläche, und das, was als Fade gemeint war, wurde zu etwas, das eher einem Slice glich.

Der ältere Mann schüttelte den Kopf und lachte mitfühlend, konnte seine Freude jedoch kaum verhehlen. »Kann sein, dass Sie nach dem suchen müssen.«

Pendergast überlegte einen Moment lang und fragte dann: »Ich nehme an, Sie denken nicht daran, mir noch einen Versuch zu erlauben?« Er kannte die Antwort zwar bereits, war jedoch neugierig, wie Weiss darauf reagierte.

»Mr. Pendergast, ich wundere mich über Sie. Ich hätte Sie gar nicht für so einen Typ gehalten.«

Ein leises Lächeln huschte über Pendergasts Züge, während Weiss sich zurück in den Rollstuhl setzte und seine Beinstützen entriegelte. Angeschoben von seinen muskulösen Armen, setzte er sich in Gang, schoss geradezu vorwärts auf dem Kiesweg. Es war eine Facette der starken Persönlichkeit des Nazijägers, dass er den Luxus eines Golfkarrens verschmähte, sondern sich lieber eigenhändig über den Platz rollte. Obwohl es sich um einen großen 18-Loch-Platz handelte, zeigte Weiss keinerlei Anzeichen von Erschöpfung.

Während sie die Spielbahn entlang- und um die Biegung herumgingen, kamen ihre Bälle in Sicht: Weiss' Ball lag in guter Position für einen Schlag aufs Grün, Pendergasts in einem Bunker unmittelbar neben den Bäumen.

Weiss schüttelte erneut den Kopf. »Euer Ehren.«

Pendergast schlenderte um den Bunker herum, dann ging er neben dem Ball in die Hocke und schätzte die Flugbahn bis zur Flagge ab. Er wartete, bis Weiss eine Empfehlung aussprach.

»Ich an Ihrer Stelle würde mich für den Lob Wedge entscheiden«, sagte Weiss nach einer Weile. »Er verzeiht einem mehr als der Pitching Wedge.«

Pendergast kramte in seiner Golftasche, zog den Wedge heraus, stellte sich zum Abschlag auf, vollführte einige Übungsschwünge, und dann schlug er unter großem Aufstieben von Sand. Der Ball bewegte sich rund einen halben Meter die Seite des Bunkers hinauf.

Weiss schüttelte den Kopf. »Denken Sie nicht zu viel. Visualisieren Sie den Schlag, bevor Sie schwingen.«

Pendergast stellte sich erneut auf. Diesmal bekam er den Chip besser hin, und der Ball schien auch die richtige Länge zu haben, landete jedoch mit viel Rückwärtsdrall auf der hinteren Seite des Grüns, ohne dass er weit rollte.

»Kompliment!«, rief Weiss und strahlte.

»Reines Glück, fürchte ich«, sagte Pendergast.

»Ah, aber Sie sagten doch, dass Sie nicht an Glück glauben. Nein, Sie sind meinem Vorschlag gefolgt, und jetzt sehen Sie das ausgezeichnete Ergebnis.« Weiss wählte ein Eisen 7 und chippte den Ball bis auf drei Meter ans Loch. Pendergast, sieben Meter entfernt, konnte die ersten beiden Putts nicht unterbringen und lochte schließlich mit einem Bogey ein. Weiss lochte mit einem Schlag ein und beendete die Bahn mit einem Eagle.

Pendergast trug das Ergebnis ein und reichte Weiss die Scorecard. »Neunundsechziger-Runde. Meinen Glückwunsch.«

»Es ist mein Heimatplatz. Und ich bin mir sicher: Wenn Sie einige von meinen Tipps befolgen, werden Sie schnell besser werden. Sie haben den Körperbau des geborenen Golfers. Aber nun lassen Sie uns reden.«

Die Golfpartie, der Form halber gespielt, war beendet, die beiden Männer begaben sich zu Weiss' Haus, das direkt neben dem Abschlag des 15. Lochs lag. Sie setzten sich auf die Terrasse, während Heidi, Weiss' Ehefrau, ihnen einen Krug Minz-Julep brachte.

»Nun aber zum Geschäftlichen«, sagte Weiss in bester Laune, goss ihre Gläser voll und hob sein Glas. »Sie sind also wegen Wolfgang Faust zu mir gekommen.«

Pendergast nickte.

»Dann sind Sie genau an der richtigen Adresse, Mr. Pendergast. Ich habe mein Leben der Aufgabe gewidmet, den Dachau-Arzt zur Strecke zu bringen. Nur *die hier* haben mich davon abgehalten.« Er deutete auf seine Beine, die unter einer Decke lagen. Dann stellte er sein Glas ab und griff nach einem dicken Aktenordner, der an der Kante des Terrassentischs lag. »Die Arbeit eines ganzen Lebens, Mr. Pendergast.« Weiss tätschelte den Ordner. »Zusammengefasst zwischen diesen Aktendeckeln. Und ich kenne den Inhalt auswendig.« Er trank einen großen Schluck von seinem Julep. »Wolfgang Faust wurde neunzehnhundertacht in Ravensbrück, Deutschland, geboren und besuchte die Universität München, wo er den drei Jahre älteren Josef Mengele kennenlernte und zu dessen Schützling aufstieg. Am Institut für Erbbiologie und Rassenhygiene in Frankfurt arbeitete er als Mengeles Assistent. Neunzehnhundertvierzig promovierte er zum Doktor der Medizin und trat in die Waffen-SS ein. Später arbeitete er, auf Mengeles Empfehlung hin, für Mengele im Klinikblock in Auschwitz. Sie wissen, welche Art von ›Arbeiten‹ Mengele dort durchführte?«

»Ich habe eine ungefähre Vorstellung.«

»Brutale, grausame und menschenverachtende Operationen, die häufig ohne Narkose durchgeführt wurden.« Weiss' offenes und heiteres Gesicht hatte eine Wandlung durchlaufen und wirkte jetzt hart und unerbittlich. »Unnötige Amputationen. Grässlich schmerzhafte und entstellende medizinische ›Experimente‹, ausgeführt an kleinen Kindern. Elektroschockbehandlungen. Sterilisierungen. Gehirnoperationen, um die Zeitwahrnehmung zu verändern. Den Versuchspersonen wurden verschiedene Gifte und Krankheitserreger injiziert. Menschen wurden so lange einer Unterkühlung ausgesetzt, bis sie starben. Mengele war fasziniert von allem Ungewöhnlichen oder Anomalen: Heterochromie, Zwergwuchs, eineiige Zwillinge, Vielfingrigkeit. Roma – Zigeuner – waren seine bevorzugten Opfer. Hunderte von ihnen infizierte er mit Lepra, um auf diese Weise eine biologische Waffe zu entwickeln. Und als seine teuflischen Experimente beendet waren, brachte er die Opfer um, oftmals mit Chloroform-Injektionen ins Herz, um am Ende eine Autopsie durchzuführen, damit er die pathologischen Veränderungen dokumentieren konnte. Genauso wie bei Laborratten.«

Er trank noch einen Schluck. »Faust zeichnete sich in Auschwitz so sehr aus, dass er nach Dachau geschickt wurde, damit er seine eigene Einrichtung aufbaute. Über die Art der Experimente in Dachau ist nicht viel bekannt – Faust gelang es sehr viel besser als Mengele, seine Unterlagen zu vernichten und Zeugen umzubringen –, aber unsere Kenntnisse über ihn sind genauso beunruhigend wie Mengeles Greueltaten, wenn nicht noch beunruhigender. Ich will hier nicht von den Details sprechen; sie befinden sich in diesem Ordner, wenn Sie wirklich erfahren wollen, wie tiefreichend die moralische Verkommenheit eines Menschen sein kann. Lassen Sie uns stattdessen darüber reden, was nach dem Krieg geschah. Nach dem Fall Berlins ging Faust mit Hilfe von Nazi-Sympathisanten, die ihn in einer Dachkammer in Deutschland versteckt gehalten hatten, in den Untergrund. Diese Sympathisanten hatten alle gute Verbindungen und viel Geld oder vielleicht beides.«

»Woher wissen Sie das?«

»Weil diese Leute in der Lage waren, gefälschte Dokumente von sehr hoher Qualität anzufertigen oder zu besorgen.

Heiratsurkunden, Personalausweise, Pässe und dergleichen. Diese Sympathisanten verschafften Faust einen falschen, auf den Namen Wolfgang Lanser ausgestellten Pass. Irgendwann in den späten vierziger Jahren – man weiß nicht genau, wann – wurde er außer Landes geschmuggelt und gelangte mit dem Schiff nach Südamerika. Sein erster Anlaufhafen lag in Uruguay. Dies alles, was ich Ihnen bisher erzählt habe, herauszufinden, hat mich zehn Jahre Arbeit gekostet.«

Pendergast neigte den Kopf.

»Er ließ sich in einer Reihe abgeschiedener Städte nieder und verdiente sein Geld, indem er die Bauern ärztlich versorgte, aber es scheint, dass er an keinem Ort lange willkommen war. Offenbar waren seine Honorare exorbitant, und manchmal folgte er seiner Neigung, verschiedene, äh, ›Heilkuren‹ auszuprobieren, die dann mit dem Tod endeten.«

»Der unverbesserliche Experimentator«, murmelte Pendergast.

»Neunzehnhundertachtundfünfzig hatte ich ihn in Uruguay aufgespürt. Irgendwie erfuhr er davon, dass ich ihm auf der Spur war. Erneut änderte er seine Identität – diesmal zu Willy Linden –, ließ eine Gesichtsoperation vornehmen und siedelte nach Brasilien um. Aber dort endet die Spur. Denn um das Jahr neunzehnhundertsechzig verschwand er völlig. Ich konnte nichts weiter ans Licht holen, absolut nichts, was seinen Aufenthaltsort oder seine Aktivitäten betraf. Mehr noch: Erst fünfundzwanzig Jahre später stieß ich auf seine Grabstelle – und das war fast ein Zufall, eher ein Glückstreffer als das Ergebnis sorgfältiger Ermittlungen. Die sterblichen Überreste wurden erst mittels zahnärztlicher Unterlagen und später durch DNA-Proben identifiziert.«

»Wann ist er gestorben?«, fragte Pendergast.

»Soweit sich das eingrenzen lässt, irgendwann in den späten siebziger Jahren, achtundsiebzig oder neunundsiebzig.«

»Und Sie haben keine Ahnung, was er in diesen letzten zwanzig Jahren getan hat?«

Weiss zuckte mit den Schultern. »Ich habe mich bemüht, es herauszufinden. Weiß Gott, ich hab es versucht.« Weiss trank sein Glas aus, wobei seine Hand jetzt leicht zitterte.

Einige Minuten lang blieben die beiden Männer schweigend sitzen, dann blickte Weiss Pendergast an.

»Und nun verraten Sie mir einmal, Mr. Pendergast, warum Sie sich für Wolfgang Faust interessieren.«

»Ich habe Grund zu der Annahme, dass er möglicherweise … auf irgendeine Art mit einem Todesfall in meiner Familie zu tun hat.«

»Ah ja. Natürlich. Er hat Tausende Familien auf diese Weise zerstört.« Weiss hielt kurz inne. »Nachdem ich auf die sterblichen Überreste gestoßen war, war der Fall im Grunde abgeschlossen. Andere Nazijäger hatten wenig Interesse, die Lücken in Fausts Leben auszufüllen. Der Mann war tot, warum sich weiter damit abgeben? Aber eine Leiche zu finden oder jemanden vor Gericht zu bringen, reicht einfach nicht aus. Ich glaube, wir müssen alles wissen, was es über dieses Ungeheuer zu wissen gibt. Es ist unsere Verantwortung und unsere Pflicht zu verstehen. Außerdem gibt es noch so viele unbeantwortete Fragen, was Faust betrifft. Warum wurde er am Ende der Welt, in einem schlichten Kiefernsarg beerdigt? Wieso hatte niemand in der Umgebung eine Ahnung, wer er war? Niemand, den ich in einem Zwanzig-Meilen-Radius der Grabstelle befragt habe, hatte den Mann namens Willy Linden je gesehen oder von ihm gehört. Aber nach meinem Unfall … gab es niemanden, der die Sache von mir übernehmen wollte. *Meier*, hat man mir gesagt, *der Mann ist tot. Du hast sein Grab gefunden. Was willst du mehr?* Ich bemühe mich, nicht verbittert zu sein.«

Plötzlich stellte Weiss das leere Glas ab und schob den Aktenordner Pendergast hin. »Wollen Sie mehr darüber herausbekommen, was der Mann in den letzten zwanzig Jahren seines Lebens getrieben hat? Dann tun Sie es. Führen Sie meine Arbeit fort.« Er ergriff Pendergasts Handgelenk. Weiss mochte zwar an den Rollstuhl gefesselt sein, doch allem sanften Gebaren zum Trotz besaß er die Wildheit und Stärke eines Löwen.

Pendergast wollte seinen Arm befreien, aber Weiss hielt ihn fest. »Führen Sie meine Arbeit fort«, wiederholte er. »Finden Sie heraus, wo sich dieser Teufel aufgehalten, was er getrieben hat. Dann können wir das Buch über diesen Dachau-Arzt endlich schließen.« Er sah Pendergast ins Gesicht. »Wollen Sie das tun?«

»Ich werde tun, was ich kann«, erwiderte Pendergast.

Nach einer Weile entspannte sich Weiss und ließ Pendergasts Handgelenk los. »Aber geben sie acht. Noch heute haben Teufel wie Doktor Faust ihre Unterstützer … diejenigen, die die Nazi-Geheimnisse bewachen, und zwar selbst bis über seinen Tod hinaus.« Er tippte bedeutungsvoll auf die Armlehne des Rollstuhls.

Pendergast nickte. »Ich werde achtgeben.«

Der Anfall von Leidenschaftlichkeit hatte sich gelegt, und Weiss' Miene wirkte wieder ruhig und sanft. »Dann bleibt

uns nur noch eines zu tun. Noch ein Glas zu trinken, wenn
Sie Lust dazu haben.«

»Gern. Bitte richten Sie Ihrer Frau aus, dass sie ausgezeichnete Juleps mixt.«

»Aus dem Munde eines Mannes, der aus dem tiefen Süden
stammt, ist das ein großes Kompliment.« Und damit hob
Weiss den Krug und füllte ihre Gläser nach.

50

Dr. Ostroms Büro im Mount Mercy war früher – ziemlich passend, wie Esterhazy fand – das Sprechzimmer des
»Irrenarztes« des Krankenhauses gewesen. Es wies noch
immer Spuren aus jenen Tagen auf, in denen das Gebäude
als Klinik für reiche Privatpatienten gedient hatte: großer
Rokoko-Marmorkamin, kunstvoll geschnitzte Wandver-
kleidungen, Bleiglasfenster, die mittlerweile mit Stahlstre-
ben versehen waren. Fast rechnete Esterhazy damit, dass
ein Butler im Frack eintrat, um Sherrygläser auf einem Silbertablett zu servieren.

»Also, Doktor Poole«, sagte Felder, beugte sich auf seinem
Stuhl vor und legte die Handflächen auf die Knie. »Wie
fanden Sie die Sitzung heute Abend?«

Esterhazy musterte Felder und erwiderte dessen begierigen, intelligenten Blick. Felder war derart besessen von
Constance und den seltsamen Aspekten ihres Falls, dass es
seine professionelle Objektivität und seine normalerweise
abwägende Klugheit blendete. Esterhazy hingegen interes-

sierten Constance beziehungsweise ihre Perversitäten jenseits ihrer Verwendung als Figur in seinem Spiel nicht im Geringsten. Und dass sie ihn nicht interessierte, verschaffte ihm einen riesigen Vorteil.

»Ich fand, Sie haben sie mit großem Takt behandelt, Doktor«, sagte er. »Ihre Wahnvorstellungen nicht direkt, sondern im Zusammenhang einer umfassenderen Realität anzugehen, das ist zweifelsohne eine heilsame Strategie.« Er hielt inne. »Und ich will ganz offen eingestehen: Als ich mich wegen dieses Falls an Sie wandte, hatte ich meine Zweifel. Sie kennen ja die langfristige Prognose für paranoide Schizophrenie ebenso gut wie ich oder besser. Und meine damalige Therapie verlief, wie ich Ihnen erklärte, weniger als zufriedenstellend. Aber ich bin der Erste, der zugibt, dass Sie, wo ich gescheitert bin, jetzt Erfolg haben. Und zwar in einem Maße, wie ich es nie für möglich gehalten hätte.«

Felder wurde ein wenig rot und nickte zum Dank.

»Ist Ihnen eigentlich aufgefallen, dass ihre selektive Amnesie ein wenig nachgelassen hat?«

Felder räusperte sich. »Das habe ich bemerkt, ja.«

Esterhazy lächelte kurz. »Zudem ist ganz klar, dass diese Klinik keine geringe Rolle bei den Fortschritten der Patientin gespielt hat. Die einladende und geistig anregende Atmosphäre des Mount Mercy hat enorm viel bewirkt. Meiner Ansicht nach hat sie dazu beigetragen, eine sehr zurückhaltende Prognose in eine eher positive umzukehren.«

Ostrom, der in einem Ohrensessel in der Nähe saß, neigte den Kopf. Er war reservierter als Felder und – wenngleich zweifellos an dem Fall interessiert – nicht besessen davon.

Esterhazy musste ihn mit Glacéhandschuhen anfassen. Doch Schmeicheleien taten eigentlich immer ihre Wirkung.

Esterhazy blätterte in der Krankenakte, die Ostrom mitgebracht hatte, und versuchte, sich alle wertvollen Details, die ihm weiterhelfen konnten, zu merken. »Ich sehe hier, dass Constance offenbar auf zwei Aktivitäten besonders gut anspricht: Lesen in der Bibliothek und Spazierengehen auf dem Krankenhausgelände.«

Ostrom nickte. »Sie scheint eine für das neunzehnte Jahrhundert typische Vorliebe für Spaziergänge im Freien zu haben.«

»Das ist eine positive Entwicklung, und zwar eine, von der ich meine, dass wir sie fördern sollten.« Esterhazy legte die Krankenakte beiseite. »Haben Sie schon mal daran gedacht, einen Tagesausflug zu organisieren, beispielsweise im Botanischen Garten?«

Ostrom blickte ihn an. »Nein, ich muss gestehen, das habe ich nicht. Ausflüge erfordern in der Regel die Zustimmung des Gerichts.«

»Ich verstehe. Sie sagen ›in der Regel‹. Aber ich glaube, wenn Mount Mercy erklärt, dass Constance weder für sich noch für andere eine Gefahr darstellt, und wenn der Ausflug als medizinisch notwendig erachtet wird, kein Gerichtsbeschluss erforderlich ist.«

»So gehen wir selten vor«, erwiderte Ostrom. »Die Haftungsrisiken sind zu hoch.«

»Aber denken Sie doch an die Patientin. An das *Wohl* der Patientin.«

Hier schaltete sich Felder ein, so wie Esterhazy es gehofft hatte. »Ich stimme mit Doktor Poole voll und ganz überein. Constance hat weder aggressive Verhaltensweisen noch Suizidneigungen gezeigt. Und es droht auch keine Gefahr, dass sie flieht, ganz im Gegenteil. Nicht nur würde ein solcher Ausflug ihr Interesse an Aktivitäten im Freien erhöhen, vielmehr würden Sie mir sicherlich beipflichten, dass ein solcher Ausdruck unseres Vertrauens höchst heilsam wäre und sie dazu veranlassen würde, ihre Abwehrhaltung zu verringern.«

Ostrom dachte darüber nach.

»Ich denke, Doktor Felder hat vollkommen recht«, sagte Esterhazy. »Und wenn ich's mir recht überlege – ich halte den Zoo im Central Park für eine noch bessere Wahl.«

»Selbst wenn kein Gerichtsbeschluss erforderlich ist«, sagte Ostrom, »müsste ich dennoch die Zustimmung eines Gerichtsverwalters bekommen, denn Miss Greene ist rechtskräftig verurteilt.«

»Das dürfte kein ernsthaftes Hindernis darstellen«, erwiderte Felder. »Ich kann das auf dem kleinen Dienstweg regeln und meine Position im Amt für Gesundheit dazu nutzen.«

»Ausgezeichnet.« Esterhazy strahlte. »Und wie lange wird das Ihrer Einschätzung nach dauern?«

»Ein, zwei Tage.«

Ostrom ließ sich etwas Zeit mit der Antwort. »Ich möchte, dass Sie beide sie begleiten. Und der Ausflug sollte auf einen einzigen Vormittag beschränkt sein.«

»Sehr klug«, antwortete Esterhazy. »Würden Sie mich auf dem Handy anrufen, Doktor Felder, sowie Sie die nötigen Vorkehrungen getroffen haben?«

»Mit Freuden.«

»Vielen Dank. Meine Herren, wenn Sie mich nun entschul-

digen wollen – die Zeit wartet auf niemanden.« Und damit
gab Esterhazy ihnen lächelnd nacheinander die Hand und
verließ das Zimmer.

51

Der Mann, der sich Klaus Falkoner nannte, entspannte
sich auf dem Sonnendeck der *Vergeltung*. Wieder war es
ein milder Nachmittag, und die städtische Marina an der
79. Straße lag ruhig und schläfrig im spätherbstlichen Sonnenschein. Auf einem kleinen Tisch neben ihm lag eine
Packung Gauloises, daneben standen eine nicht geöffnete
Flasche »Cognac Roi de France Fine Champagne« und ein
Cognacschwenker.

Falkoner zog eine Zigarette aus der Packung, zündete sie
mit einem goldenen Dunhill-Feuerzeug an, inhalierte tief,
dann warf er einen Blick auf die Flasche. Äußerst behutsam
zog er das alte Wachs, original 19. Jahrhundert, vom Flaschenhals, zerdrückte es zu einer kleinen Kugel und ließ es
in einen Zinn-Aschenbecher fallen. Der Cognac funkelte
in der Nachmittagssonne wie flüssiges Mahagoni, ein erstaunlich dunkler, tiefer Farbton für eine solche Spirituose.
Im Weinkeller der *Vergeltung* lagerten Dutzende weiterer
solcher Flaschen – ein winziger Prozentsatz jener Kriegsbeute, die Falkoners Vorgänger während der Besetzung
Frankreichs gemacht hatten.

Es stieß den Zigarettenqualm aus und blickte zufrieden
um sich. Ein anderer kleiner Teil der Kriegsbeute – Gold,
Schmuck, Bankkonten, Kunstgegenstände und Antiquitä-

ten, die vor mehr als sechzig Jahren erbeutet worden waren –
war für den Kauf der *Vergeltung* aufgewendet worden. Und
es war wirklich eine ganz besondere Trideck-Yacht: neun-
undreißig Meter lang, neun Meter breit und ausgestattet
mit sechs Luxuskabinen. Mit einer Treibstoffkapazität von
200 000 Litern Diesel konnte die Yacht mit ihren 1800 PS
starken Caterpillar-Twin-Motoren bis auf den Pazifik jedes
Weltmeer überqueren. Diese Art von Unabhängigkeit, diese Fähigkeit, sowohl außerhalb des Gesetzes als auch unterhalb des Radars zu operieren, war das A und O für jene Arbeit, der Falkoner und seine Organisation nachgingen.

Er nahm noch einen Zug von der Zigarette und drückte sie
nur halb geraucht im Aschenbecher aus. Er war begierig,
den Cognac zu kosten. Sehr behutsam goss er ein Quan-
tum in den Tulpenschwenker, dem er – angesichts des Alters und der Feinheit der Spirituose – den Vorzug vor dem
weniger eleganten Ballonschwenker gegeben hatte. Vorsichtig schenkte er das Glas voll und roch das Aroma, dann
hob er es köstlich langsam an die Lippen und trank einen
winzigen Schluck. Das fabelhaft komplexe Bouquet des
Cognacs schmeichelte seinem Gaumen und war überraschend robust für eine so alte Flasche aus dem legendären
»Kometen«-Jahrgang von 1811. Er schloss die Augen und
nahm einen größeren Schluck.

Leise Schritte ertönten auf dem Teakholzdeck, dann hörte
er neben sich ein ehrerbietiges Hüsteln. Falkoner blickte
auf. Ruger, einer von der Crew, stand im Schatten der Flybridge und hielt ein Telefon in der Hand.

»Ein Anruf für Sie«, sagte er auf Deutsch.

Falkoner stellte den Cognacschwenker auf den kleinen
Tisch. »Ich wünsche, nicht gestört zu werden, es sei denn,

Herr Fischer ist am Apparat.« *Herr Fischer.* Also der konnte einem wirklich Angst einjagen.

»Es ist der Herr aus Savannah.« Ruger hielt das Telefon in Diskretionsabstand.

»Verflucht«, murmelte Falkoner leise, während er das dargebotene Telefon entgegennahm. »Ja?«, sagte er in die Sprechmuschel. Verärgert, weil sein Ritual unterbrochen worden war, fügte er seinem Tonfall eine uncharakteristische Strenge hinzu. Der Kerl entwickelte sich langsam von einer Plage zu einem Problem.

»Sie haben mich gebeten, dass ich mich abschließend mit Pendergast befasse«, kam die Stimme vom anderen Ende der Leitung. »Ich bin gerade dabei, genau dies zu tun.«

»Ich will nicht hören, was Sie gerade tun. Ich will wissen, was Sie *getan haben.*«

»Sie haben mir Ihre Unterstützung angeboten. Die *Vergeltung.*«

»Und?«

»Ich plane, einen Besucher an Bord zu bringen.«

»Einen Besucher?«

»Einen widerspenstigen Besucher. Jemand, der Pendergast nahesteht.«

»Soll ich daraus schließen, dass es sich um einen Lockvogel handelt?«

»Ja. Er wird Pendergast an Bord locken, so dass man sich ein für allemal mit ihm befassen kann.«

»Das klingt riskant.«

»Ich habe alles bis ins Kleinste ausgearbeitet.«

Falkoner stieß einen dünnen Luftstrom aus. »Ich freue mich darauf, die Angelegenheit näher mit Ihnen zu besprechen. Aber nicht am Telefon.«

»Also gut. Aber bis dahin brauche ich Zwangsmittel. Handschellen, Knebel, Seile, Klebeband, das ganze Programm.«
»Wir bewahren solche Sachen in unserem geheimen Unterschlupf auf. Ich muss sie erst holen. Kommen Sie heute Abend vorbei, dann besprechen wir die Details.«
Falkoner legte auf, reichte das Telefon dem wartenden Crew-Mitglied und sah dem Mann hinterher, bis er außer Sichtweite war. Dann nahm er den Tulpenschwenker erneut zur Hand, während sich der Ausdruck der Zufriedenheit allmählich wieder auf seinem Gesicht ausbreitete.

52

Ned Betterton fuhr in seinem Chevy Aero den FDR Drive hinauf und fühlte sich mehr als nur ein wenig niedergeschlagen. In ungefähr einer Stunde musste er den Mietwagen am Flughafen zurückgeben, und am Abend flog er zurück nach Mississippi.
Sein kleines Reportage-Abenteuer war vorbei.
Es war kaum zu glauben, dass er noch vor ein paar Tagen einen guten Lauf gehabt hatte. Er hatte einen Hinweis auf den »ausländischen Burschen« bekommen. Unter Einsatz seiner Social-Engineering-Strategie – auch bekannt unter dem Begriff Vorwand – hatte er bei Dixie Airlines angerufen, sich als Bulle ausgegeben und die Adresse von Klaus Falkoner erhalten, der vor knapp zwei Wochen nach Mississippi geflogen war: 702 East End Avenue.
Ein Kinderspiel. Aber dann war er gegen eine Mauer gerannt. Zunächst einmal gab es keine 702 East End Avenue.

Die noch nicht einmal zehn Häuserblocks lange Straße lag direkt am Ufer des East River, und die Hausnummern gingen nicht so weit hoch.

Als Nächstes hatte er Special Agent Pendergasts Spur bis zu einem Apartmentgebäude namens Dakota verfolgt. Aber der Kasten war eine verdammte Festung, und sich Zutritt zu verschaffen, erwies sich als so gut wie unmöglich. Ständig stand ein Doorman in seinem Häuschen vor dem Eingang, und drinnen liefen Bedienstete und Fahrstuhlführer herum, die alle seine Versuche und Tricks, ins Gebäude zu gelangen oder Auskünfte zu erhalten, höflich, aber bestimmt zurückwiesen.

Dann hatte er versucht, an Informationen über diesen Captain der New Yorker Polizei ranzukommen. Aber es gab mehrere weibliche Captains, und er konnte einfach nicht herausfinden, ganz egal, wen er fragte, welche von denen mit Pendergast als Partner zusammengearbeitet hatte oder nach New Orleans geflogen war – nur dass das außerhalb des Dienstes geschehen sein musste.

Das grundlegende Problem aber stellte dieses durchgeknallte New York dar. Die Leute knauserten mit Informationen und waren paranoid, was ihre sogenannte Privatsphäre betraf. Die Dinge liefen hier ziemlich anders als im tiefen Süden. Nur hatte Betterton keine Ahnung, wie sie hier liefen, er wusste nicht mal, wie man Leute richtig ansprach und Fragen stellte. Selbst sein Akzent war problematisch und schreckte sie ab.

Schließlich hatte er sich Falkoner gewidmet und hätte fast einen Durchbruch erzielt. Für den Fall, dass Falkoner tatsächlich in der Straße wohnte, aber eine gefälschte Hausnummer angegeben hatte – die East End Avenue war schließlich eine seltsame Wahl für eine falsche Adresse –, hatte Betterton die Straße von oben bis unten abgeklappert, an Türen geklopft, Passanten angesprochen, gefragt, ob sie einen großgewachsenen, blonden Mann kannten, der in der Nachbarschaft wohnte, mit einem hässlichen Muttermal im Gesicht und deutschem Akzent. Die meisten Leute, typische New Yorker, weigerten sich entweder, mit ihm zu reden, oder sagten nur, er solle abhauen. Einige der älteren Anwohner waren jedoch freundlicher. Und durch sie erfuhr Betterton, dass das Viertel, bekannt als Yorkville, früher eine bevorzugte Wohngegend von deutschen Einwanderern gewesen war. Die älteren Einwohner sprachen wehmütig von Restaurants wie *Die Loreley* und *Café Mozart*, vom fabelhaften Kuchen in der *Kleinen Konditorei*, den hell erleuchteten Tanzlokalen, die allabendlich Volkstänze auf dem Programm hatten. Mittlerweile war das alles verschwunden und ersetzt worden durch anonyme Einkaufsläden, Supermärkte und schicke Boutiquen.

Aber egal, etliche Leute glaubten tatsächlich, einen solchen Mann gesehen zu haben. So behauptete ein alter Herr, bemerkt zu haben, dass ein solcher Mann in einem Gebäude mit heruntergezogenen Jalousien in der East End Avenue zwischen der 91. und 92. Straße, am Nordende des Carl-Schurz-Parks, ein und aus ging.

Betterton hatte das Gebäude überwacht. Ziemlich schnell war ihm klargeworden, dass es schlichtweg nicht möglich war, davor herumzulungern, ohne Aufmerksamkeit oder Argwohn zu erregen. Das hatte ihn dazu gezwungen, einen Wagen zu mieten und seine Observation von der Straße aus vorzunehmen. Drei anstrengende Tage hatte er damit verbracht, das Gebäude zu beobachten. Stunde um Stunde hatte er es observiert, aber niemand ging hinein, keiner kam heraus. Ihm war das Geld ausgegangen, und seine Urlaubsuhr tickte. Schlimmer noch, Kranston hatte angefangen, ihn täglich anzurufen und zu fragen, wo er eigentlich stecke, und sogar angedeutet, ihn ersetzen zu wollen.

Auf diese Weise waren die Tage, die er in seinem Zeitplan New York zugeteilt hatte, zu Ende gegangen. Das Ticket für den Rückflug nach Hause war nicht erstattungsfähig, und für einen Umtausch müsste er vierhundert Dollar hinblättern. Geld, das er nicht besaß.

Und so fuhr Betterton also um fünf Uhr morgens auf dem FDR Drive in Richtung Flughafen, um den Rückflug anzutreten. Doch als er das Ausfahrtsschild zur East End Avenue sah, veranlasste ihn irgendeine abartige, unerschütterliche Hoffnung abzubiegen. Noch ein Blick – nur einer –, und dann würde er sich auf den Rückweg machen.

Weil er nirgends parken konnte, musste er mehrmals um den Block fahren. Es war zum Verrücktwerden. Er würde seinen Flug verpassen. Doch als er zum vierten Mal um die Ecke bog, sah er, dass ein Taxi vor dem Gebäude hielt. Plötzlich hellwach geworden, fuhr Betterton rechts ran, stellte sich im Halteverbot vor das Taxi, zog eine Straßenkarte hervor, tat so, als konsultiere er sie, und beobachtete den Eingang des Gebäudes mit den geschlossenen Jalousien.

Fünf Minuten verstrichen, dann ging die Haustür auf. Ein Mann trat heraus, in jeder Hand eine Reisetasche – und Betterton stockte der Atem. Großgewachsen, schlank und blond. Sogar auf diese Entfernung war das Muttermal unter dem rechten Auge zu erkennen.

»Du heilige Sch…«, murmelte er.

Der Mann warf die Reisetaschen ins Taxi, stieg ein und schloss die Tür. Kurz darauf fuhr das Taxi an und passierte Bettertons Chevy. Betterton holte tief Luft, legte die Straßenkarte aus der Hand, wischte sich die Handflächen am Hemd ab. Und dann folgte er dem Taxi, das jetzt in die 91. Straße bog und Richtung Westen fuhr.

53

Dr. John Felder kam sich vor wie das fünfte Rad am Wagen, während Poole mit Constance am Arm durch den Zoo im Central Park spazierte. Sie hatten die Seelöwen und die Eisbären besucht, und gerade eben hatte Constance darum gebeten, sich die japanischen Schneeaffen ansehen zu dürfen. Sie war extrovertierter, als er sie je erlebt hatte – nicht aufgeregt, das nicht, er konnte sich nicht vorstellen, dass jemand mit einem solchen Phlegma je aufgeregt sein könnte –, aber sie war zweifellos zu einem gewissen Grad aus sich herausgegangen. Nur wusste Felder nicht genau, was er davon halten sollte, dass Constance, die Dr. Poole zunächst mit Misstrauen begegnet war, sich mit diesem angefreundet zu haben schien.

Vielleicht ein wenig zu sehr angefreundet, dachte Felder säuerlich, der auf Constances anderer Seite ging.

Während sie sich dem Außengehege der Schneeaffen näherten, hörte er das Gekreische und Geschrei der Tiere, die miteinander spielten, in ihrem Gehege voller Felsen und Teiche herumtollten und einen Heidenlärm veranstalteten.

Er warf Constance einen kurzen Blick zu. Der Wind hatte ihr Haar nach hinten geweht, und eine leichte Röte überzog ihre meistens bleichen Wangen. Sie schaute den Affen zu und lächelte über die Possen insbesondere eines Jungtiers, das vor Vergnügen kreischend von einem Felsen ins Wasser sprang, genauso wie ein Kind, dann den Felsen wieder hinaufkletterte und noch einmal heruntersprang.

»Komisch, ihnen ist gar nicht kalt«, sagte Constance.

»Daher der Name Schneeaffen«, erwiderte Poole und lachte. »Dort, wo sie leben, fällt sehr viel Schnee.«

Sie sahen eine Weile zu, während Felder verstohlen auf die Uhr schaute. Ihnen blieb noch eine halbe Stunde, aber er hatte es ehrlich gesagt ziemlich eilig, Constance ins Mount Mercy zurückzubringen. Der Zoo war eine zu unbeherrschbare Umgebung, außerdem hatte er das Gefühl, dass Dr. Poole mit seinem Lachen, seinen Witzeleien und seinem Arm-Einhaken die sich geziemende Distanz von Arzt und Patientin allzu sehr verringerte, wenn nicht gar beseitigte.

Constance murmelte Poole etwas zu, woraufhin dieser zu Felder hinüberschaute. »Wir müssen leider die Damentoilette aufsuchen. Ich glaube, sie ist dort drüben, im Troparium.«

»Also gut.«

Sie gingen den Weg entlang und betraten das Troparium, das wie ein tropischer Regenwald angelegt war, mit lebenden Tieren und Vögeln in ihren jeweiligen Lebensräumen. Die Toiletten befanden sich am hinteren Ende eines langen Flurs. Felder wartete vorn im Flur, während Poole Constance bis zur Damentoilette begleitete, ihr die Tür aufhielt und dann davor Stellung bezog.

Einige Minuten vergingen. Felder schaute erneut auf die Uhr. Zwanzig vor zwölf. Um zwölf sollte der Ausflug enden. Als er den Flur entlangblickte, sah er Poole, der mit verschränkten Armen und nachdenklichem Gesichtsausdruck an der Tür wartete.

Wieder verstrichen mehrere Minuten. Langsam wurde Felder mulmig zumute. Er ging den Flur hinunter. »Sollen wir nachsehen?«, fragte er leise.

»Ich denke, ja.« Poole beugte sich mit dem Kopf an die Tür. »Constance? Ist alles in Ordnung?«

Keine Antwort von drinnen.

»Constance!« Er klopfte an die Tür.

Immer noch keine Antwort. Poole sah Felder erschrocken an. »Besser, ich gehe rein.«

Felder unterdrückte eine jähe Panik und nickte. Poole betrat die Damentoilette und kündigte sich allen darin lauthals an. Als die Tür zuschwang, hörte Felder, wie er Constances Namen rief, Kabinentüren öffnete und schloss.

Einen Augenblick später kam er, aschfahl im Gesicht, zurück. »Sie ist weg! Und das Fenster auf der Rückseite steht offen!«

»O mein Gott«, sagte Felder.

»Sie kann nicht weit sein«, sprudelte es aus Poole heraus. »Wir müssen sie finden. Gehen wir nach draußen – Sie nach links, ich nach rechts, wir gehen ums Gebäude herum … und um Gottes willen halten Sie die Augen offen!«

Felder spurtete zum Ausgang, stürmte durch die Tür und bog nach links, lief um das Gebäude herum und sah sich in allen Richtungen nach Constance um. Nichts.

Er gelangte zur Rückseite des Gebäudes, dort, wo sich die

Toiletten befanden. Da war das Toilettenfenster, es stand offen, aber es war vergittert.

Vergittert?

Er sah sich hektisch nach Poole um, der den anderen Weg eingeschlagen hatte und aus der anderen Richtung eintreffen müsste. Aber Poole erschien nicht. Fluchend lief Felder weiter um das Gebäude herum und erreichte eine Minute später den Eingang.

Kein Poole.

Felder schärfte sich ein, ruhig zu bleiben, das Problem logisch zu durchdenken. Wie hatte Constance durch ein vergittertes Fenster fliehen können? Und wo zum Teufel steckte Poole? Verfolgte er sie? Das musste es sein. Ihm fiel ein, dass der Zoo vollständig von einer Mauer umgeben war. Es gab nur zwei Ausgänge. Der eine lag an der Ecke 64. Straße und Fifth Avenue, der andere am Südende. Er sprintete zum Südausgang, stürmte durchs Drehkreuz und blickte hinaus in den Central Park – Bäume mit kahlen Ästen, lange Promenaden. Es gingen kaum Leute spazieren; angesichts der Tageszeit wirkte der Park merkwürdig leer. Constances auffällige Gestalt war nirgends zu sehen, ebenso wenig wie Dr. Poole.

Ganz klar, sie befand sich noch im Zoo. Oder sie hatte ihn durch den anderen Ausgang verlassen. Plötzlich ging Felder auf, in welch schreckliche Lage er geraten war: Constance war eine Mörderin, die das Gericht für geistig unzurechnungsfähig erklärt hatte. Er selbst hatte diesen Ausflug organisiert und seine Position in einer städtischen Behörde dazu genutzt. Sollte Constance aus seiner Obhut entkommen, dann war seine Karriere beendet.

Sollte er die Polizei rufen? Noch nicht. Ihn schwindelte, als er sich die Schlagzeilen in der *Times* vorstellte …

Reiß dich zusammen. Poole musste Constance gefunden haben. Er *musste* es. Ihm blieb nur eines übrig: Poole aufzuspüren.

Er lief zum Eingang an der 64. Straße, betrat erneut den Zoo und begab sich zurück auf den Weg zum Troparium. Er schaute sich in dem Areal gründlich um, suchte im Gebäude, um Poole oder Constance zu finden. *Poole hat sie unter seine Kontrolle gebracht*, dachte Felder. Er hatte sie eingeholt und hielt sie fest, irgendwo hier in der Nähe. Vielleicht brauchte er ja Unterstützung.

Felder zog sein Handy hervor und wählte Pooles Nummer, doch sofort schaltete sich die Mailbox ein.

Er ging zur Damentoilette zurück und stürmte hinein. Das Fenster stand immer noch offen, aber es war vergittert. Felder starrte darauf. Und plötzlich wurde ihm voll und ganz bewusst, was das bedeutete.

Er hätte schwören können, gehört zu haben, wie Poole die Kabinentüren geöffnet und geschlossen und dabei Constances Namen gerufen hatte. Aber warum hatte er das getan, wenn das Fenster vergittert war und keine Fluchtmöglichkeit bestand? Er sah sich in der kleinen, leeren Toilette um, aber es gab hier keinen Ort, an dem man sich hätte verstecken können.

Und dann erkannte Felder mit jäher, fürchterlicher Klarheit, dass es nur eine Erklärung gab. Poole musste an der Flucht mitgewirkt haben.

54

Corrie Swanson hörte das Klingeln ihres Handys durch die Ohrhörer, während sie auf dem Bett in ihrem Zimmer im Studentenwohnheim lag und den *Nine Inch Nails* lauschte. Sie stand auf, nahm die kleinen Ohrhörer heraus, schlängelte sich durch die fünfzig Zentimeter hohe Schicht aus Kleidungsstücken auf dem Boden und kramte das Handy aus ihrer Handtasche.

Eine Nummer, die sie nicht kannte. »Jaa?«

»Hallo?«, erklang eine Stimme. »Spreche ich mit Corinne Swanson?«

»Corinne?« Der Mann sprach mit einem starken Südstaaten-Akzent, nicht so kultiviert und melodiös wie Pendergasts, aber auch nicht so ganz anders. Sofort war sie auf der Hut. »Ja, ich bin *Corinne*.«

»Corinne, mein Name ist Ned Betterton.«

Sie wartete.

»Ich bin Reporter.«

»Für welche Zeitung?«

Ein Zögern. »Den *Ezzerville Bee*.«

Corrie musste lachen. »Okay, wer sind Sie wirklich, und was soll der Scherz? Sind Sie mit Pendergast befreundet?«

Stille am anderen Ende der Leitung. »Ich habe keinen Scherz gemacht, aber es stimmt, Pendergast ist der Grund, weshalb ich anrufe.«

Corrie wartete.

»Entschuldigen Sie, dass ich auf diese Weise Kontakt mit Ihnen aufnehme, aber meines Wissens sind Sie diejenige, die die Website über Special Agent Pendergast unterhält.«

»Das stimmt«, bestätigte Corrie vorsichtig.

»Dort habe ich auch Ihren Namen gefunden«, sagte der Mann. »Mir ist erst heute klargeworden, dass Sie in der Stadt sind. Ich schreibe an einer Geschichte über einen Doppelmord, der sich unten in Mississippi ereignet hat. Ich würde gern einmal mit Ihnen reden.«

»Dann reden Sie doch.«

»Nicht am Telefon. Persönlich.«

Corrie zögerte. Ihre Intuition riet ihr, den Mann abzuwimmeln, aber sie war neugierig, was dessen Verbindung zu Pendergast betraf. »Wo?«

»Ich kenne mich in New York nicht besonders gut aus. Wie wär's, hm, mit dem Carnegie Deli?«

»Ich esse keine Pastrami.«

»Es gibt dort auch leckeren Käsekuchen, hab ich gehört. Wie wär's in einer Stunde? Ich werde einen roten Schal tragen.«

»Was auch immer.«

Im Deli saßen ungefähr zehn Leute, die einen roten Schal trugen, und als Corrie Betterton schließlich gefunden hatte, war sie mieser Stimmung. Er stand auf, als sie näher kam, und rückte ihr den Stuhl hin.

»Ich kann mich selber setzen, danke, ich bin nicht irgend so eine Südstaaten-Schöne, die ständig in Ohnmacht fällt«, sagte sie, packte den Stuhl und setzte sich.

Er war Ende zwanzig, klein, sah aber tough aus, muskulös, vernarbte Akneflecken auf dem ansonsten hübschen Gesicht. Er trug ein billiges Sportsakko, hatte kurzes braunes Haar und eine Nase, die aussah, als ob sie schon einmal gebrochen worden war. Attraktiv.

328

Er bestellte ein Stück Trüffel-Käsekuchen, Corrie entschied sich für ein Sandwich mit Bacon, Salat und Tomaten. Als die Kellnerin gegangen war, verschränkte sie die Arme und fixierte Betterton. »Okay, worum geht's?«

»Vor knapp zwei Wochen wurde ein Ehepaar, Carlton und June Brodie, in Malfourche, Mississippi, brutal ermordet. Erst gefoltert und dann getötet, um genau zu sein.«

Kurz übertönten das Geklapper von Geschirr und eine Kellnerin, die eine Bestellung rief, seine Worte.

»Reden Sie weiter«, sagte Corrie.

»Der Mord ist noch nicht aufgeklärt. Aber zufällig bin ich auf einige Informationen gestoßen, die ich überprüfe. Nichts Definitives, verstehen Sie, aber vielversprechend.«

»Welche Rolle spielt Pendergast in dieser Angelegenheit?«

»Darauf komme ich gleich. Die Geschichte geht so: Vor etwa zehn Jahren verschwanden die Brodies. Die Ehefrau täuschte einen Selbstmord vor, dann verschwand der Ehemann. Vor einigen Monaten tauchten sie wieder auf, als wäre nichts passiert, zogen nach Malfourche zurück und nahmen ihr altes Leben wieder auf. Die Ehefrau führte den vorgetäuschten Selbstmord auf Ehe- und Job-Probleme zurück, und beide erzählten herum, sie hätten in Mexiko eine Pension geführt. Nur, das haben sie nicht. Das war gelogen.«

Corrie beugte sich vor. Die Sache war interessanter, als sie erwartet hatte.

»Nicht lange vor dem Wiederauftauchen der Brodies traf Pendergast mit einem Captain von der New Yorker Polizei – einer Frau – im Schlepptau in Malfourche ein.«

Corrie nickte. Das musste Hayward sein.

»Niemand kann mir sagen, was sie dort getan haben, oder

warum. Es sieht ganz so aus, als hätte er sich für einen Ort tief in dem angrenzenden Sumpfgebiet interessiert, einen Ort namens Spanish Island.« Er fuhr fort, Corrie alles zu erzählen, was er herausgefunden hatte, und erwähnte dabei auch seine Vermutung, dass es sich bei der ganzen Sache um eine große Drogenoperation handelte.

Corrie nickte. Daran hatte Pendergast also im Geheimen gearbeitet.

»Erst vor zwei Wochen tauchte ein Mann mit deutschem Akzent in Malfourche auf. Die Brodies wurden brutal ermordet. Ich bin dem Mann bis hierher nach New York gefolgt. Er benutzt eine falsche Adresse, aber es ist mir gelungen, ihn mit einem kleinen Brownstone in der 428 East End Avenue in Verbindung zu bringen. Ich habe dort ein wenig recherchiert. Das Gebäude liegt im Herzen von Yorkville, der früheren Wohngegend deutschstämmiger Einwanderer, und gehört seit neunzehnhundertvierzig ein und demselben Unternehmen. Einer Immobilien-Holding. Und es scheint so, dass der Mann eine riesige Yacht besitzt, die in der städtischen Marina liegt. Ich bin ihm von dem Brownstone bis zur Yacht gefolgt.«

Erneutes Nicken von Corrie. Langsam fragte sie sich, was er im Austausch gegen diese Informationen wohl von ihr verlangen würde. »Und?«

»Und deshalb glaube ich, dass dieser Pendergast, über den Sie offenbar so viel wissen, der Schlüssel zu der ganzen Sache ist.«

»Kein Zweifel. Das hier ist der große Fall, an dem er arbeitet.«

Betretenes Schweigen. »Das kommt mir eher unwahrscheinlich vor.«

»Was meinen Sie damit?«

»Ein FBI-Agent jagt keine Bar in die Luft und versenkt kein Boot – vom Niederbrennen des Pharmalabors in dem Sumpf ganz zu schweigen. Nein, in dieser Sache hat Pendergast nicht im Auftrag des FBI ermittelt.«

»Kann sein. Er ermittelt oft auf … freiberuflicher Basis.«

»Das waren keine Ermittlungen. Das war Vergeltung. Eine Abrechnung. Dieser Pendergast, ich glaube, er ist der Drahtzieher hinter der ganzen Operation.«

Sie starrte ihn an. »Der Drahtzieher hinter was?«

»Den Brodie-Morden. Dem Drogenhandel – wenn es sich denn darum handelt. Aber es läuft hier etwas Großes und Illegales ab, so viel ist klar.«

»Einen Moment! Sie bezeichnen Pendergast als Drogenbaron, womöglich sogar als *Mörder?*«

»Sagen wir, ich vermute stark, dass er involviert ist. Alles, was passiert ist, sieht für mich nach Drogenhandel aus, und dieser FBI-Agent steckt da bis zum Hals drin …«

Corrie stand jählings auf. Ihr Stuhl fiel klappernd um. »Sind Sie irgend so ein Spinner?«, sagte sie laut.

»Setzen Sie sich, bitte …«

»Ich werde mich *nicht* setzen! Pendergast soll mit *Drogen* handeln?« Ihr angewiderter und ungläubiger Tonfall fiel derart auf, dass sich einzelne Gäste in dem vollbesetzten Restaurant umwandten. Es war ihr egal.

Betterton zuckte innerlich zusammen, denn der Gefühlsausbruch seiner Gesprächspartnerin war ihm peinlich. »Seien Sie doch still …«

»Pendergast ist einer der ehrlichsten Menschen, der Ihnen je begegnen wird. Sie dürften ihm nicht mal die Füße lecken.«

331

Sie sah, dass Betterton vor Zerknirschung errötete. Jetzt hatte sie die Aufmerksamkeit des gesamten Restaurants. Schon eilten mehrere Kellner und Kellnerinnen herbei. Das Ganze hatte etwas Befriedigendes.

Ihre tiefe Enttäuschung wegen Pendergasts Verschwinden, ihre Wut, dass er sie im Glauben gelassen hatte, er sei tot, fanden in Betterton ihr Ziel. »Sie nennen sich Reporter?«, rief sie. »Worüber schreiben Sie Reportagen, über Duschbeutel? Pendergast hat mir das Leben gerettet! Er hat mein Studium bezahlt, nur zu Ihrer Information, und glauben Sie ja nicht, dass zwischen uns irgendwas läuft, denn er ist der anständigste Mensch, den es gibt, Sie Arschgesicht.«

»Entschuldigen Sie, Miss!« Ein Kellner fuchtelte hektisch mit den Händen, als könnte er sie dadurch aus dem Restaurant zaubern.

»Nennen Sie mich nicht ›Miss‹, ich gehe.« Sie drehte sich um und warf einen Blick auf die Gäste im Restaurant. »Was denn, Kraftausdrücke gefallen euch nicht? Dann geht doch zurück in eure Käffer.«

Sie stolzierte aus dem Restaurant, trat auf die Seventh Avenue, und dort, inmitten der Menschen, die auf dem Weg zum Mittagessen waren, gelang es ihr, ihr inneres Gleichgewicht wiederzufinden und wieder zu Atem zu kommen.

Das hier war eine ernste Sache. Anscheinend war Pendergast in Schwierigkeiten, vielleicht in großen Schwierigkeiten. Aber bisher hatte er die immer gemeistert. Sie hatte ihm ein Versprechen gegeben, nämlich dass sie sich nicht einmischen würde, und sie hatte vor, es auch zu halten.

55

Constance saß im Fond des privaten Wagens, der die Madison Avenue hinaufraste. Sie war milde überrascht gewesen, als sie das kurze, auf Deutsch geführte Gespräch zwischen Dr. Poole und dem Fahrer des Wagens mitbekam, aber Poole hatte ihr hinsichtlich der Pläne, die er und Pendergast für ihre Wiedervereinigung mit Pendergast geschmiedet hatten, keine Erklärung gegeben. Sie verspürte ein beinahe überwältigendes Verlangen, Pendergast und die Räumlichkeiten des Hauses am Riverside Drive wiederzusehen.

Neben ihr saß Judson Esterhazy alias Dr. Poole. Seine hochgewachsene, aristokratische Gestalt und die feinen Gesichtszüge zeichneten sich in der nachmittäglichen Sonne in scharfem Umriss ab. Die Flucht war reibungslos verlaufen, genau so wie geplant. Dr. Felder tat ihr natürlich leid, und ihr war auch klar, dass diese Sache seiner Karriere schaden würde, aber Pendergasts Sicherheit ging vor.

Sie warf Esterhazy einen kurzen Blick zu. Trotz der familiären Verbindung hatte er etwas, das ihr nicht gefiel. Es war seine Körpersprache, der arrogante Ausdruck des Triumphs in seinen Zügen. Ehrlich gesagt hatte sie ihn von Anfang an nicht gemocht – seine Art und seine Sprechweise hatten etwas, das instinktiv ihr Misstrauen weckte.

Wie auch immer. Sie faltete die Hände, entschlossen, Pendergast auf jede erdenkliche Weise zu helfen.

Der Wagen drosselte die Geschwindigkeit. Durch die getönten Scheiben sah Constance, dass sie nach Osten in die 92. Straße abbogen.

»Wohin fahren wir?«, fragte sie.

»Nur ein Zwischenstopp, während die Vorkehrungen an Ihrem, äh, endgültigen Bestimmungsort beendet werden.« Die Formulierung gefiel Constance ganz und gar nicht.

»Meinem endgültigen Bestimmungsort?«

»Ja.« Esterhazys arrogantes Lächeln wurde breiter. »Vergeltung, sehen Sie, dort wird es enden.«

»Wie bitte?«

»Mir gefällt der Klang der Formulierung ganz gut«, sagte Esterhazy. »Ja, *Vergeltung*, dort wird es enden.«

Sie schrak zusammen. »Und Pendergast?«

»Machen Sie sich nur keine Gedanken um Pendergast.«

Seine brüske Art und die Weise, wie er den Namen förmlich ausspuckte, beunruhigten Constance. »Wovon reden Sie?«

Esterhazy stieß ein harsches Lachen aus. »Ist Ihnen das noch immer nicht klar? Sie sind nicht gerettet worden, sondern entführt.«

In einer fließenden Bewegung wandte er sich zu ihr um, und bevor sie reagieren konnte, spürte sie, wie sich seine Hand auf ihren Mund legte, und roch den süßlichen Geruch von Chloroform.

Langsam kam Constance aus einem schläfrigen Nebel wieder zu Bewusstsein. Sie wartete, bis sie ganz bei Besinnung war. Sie war an einen Stuhl gefesselt, man hatte ihr einen Knebel in den Mund gesteckt. Auch ihre Fußgelenke waren gefesselt. Allmählich nahm sie ihre Umgebung wahr: den muffigen Geruch des Zimmers, die leisen Geräusche im Haus. Es handelte sich um einen kleinen Raum, leer bis auf ein Bücherregal ohne Bücher, einen staubbedeckten Tisch, ein Bettgestell und den Stuhl, an dem sie festgebunden war. Ein Stockwerk unter ihr ging jemand herum – zweifellos Esterhazy –, und von draußen drang Verkehrslärm ins Zimmer. Als Erstes empfand sie eine Flut von Selbstvorwürfen. Töricht, dumm und auf unverzeihliche Art hatte sie sich übertölpeln lassen. Sie hatte bei ihrer eigenen Entführung kooperiert.

Darauf bedacht, ihre Atmung im Griff zu behalten, machte sie eine Bestandsaufnahme ihrer Situation. Man hatte sie mit Stricken, nein, mit Klebeband an einen Stuhl festgebunden. Doch als sie mit den Händen wackelte, merkte sie, dass das Klebeband nicht besonders stramm angebracht war: eine hastige Arbeit, ein Art Provisorium. Esterhazy hatte sogar etwas in der Richtung angedeutet. *Nur ein Zwischenstopp, während die Vorkehrungen an Ihrem endgültigen Bestimmungsort beendet werden.*

Ihrem endgültigen Bestimmungsort …

Sie spannte Arme und Handgelenke an, dehnte das Klebeband und zog daran. Langsam, aber stetig fing es an, sich zu lösen. Sie hörte immer noch, wie Esterhazy im Stockwerk unter ihr herumging. Gut möglich, dass er gleich wieder heraufkam und sie abholte.

Mit einer letzten Willensanstrengung gelang es ihr, das Klebeband loszubekommen. Als Nächstes nahm sie den Knebel aus dem Mund und befreite ihre Fußgelenke. Sie stand auf, ging so leise wie möglich zur Tür und versuchte, sie zu öffnen. Abgeschlossen, natürlich, und sehr stabil.

Sie trat an das einzige Fenster im Raum, das zu einem verwahrlosten Garten hinausging. Das Fenster war verschlossen und vergittert. Sie blickte durch die schmutzige Scheibe. Es handelte sich um einen für die Upper East Side typischen Hinterhof, die gemeinsamen hinteren Gärtchen der umliegenden Brownstonehäuser waren durch hohe Backsteinmauern voneinander getrennt. Der Innenhof hinter ihrem Gefängnis war verwildert und leer, aber im angrenzenden Garten sah sie eine rothaarige Frau im gelben Pullover, die in einem Buch las.

Constance wollte winken, dann klopfte sie leise ans Fenster, doch die Frau war in ihre Lektüre versunken.

Rasch durchsuchte sie den Raum, zog die Schubladen in dem leeren Schreibtisch und im Schrank auf und fand ganz hinten in einer Schublade einen Tischler-Bleistift.

Auf dem obersten Bücherbord lag ein einzelnes altes Buch. Sie nahm es, riss das Leerblatt heraus und kritzelte darauf hastig eine längere Notiz. Dann faltete sie das Blatt und schrieb einen zweiten Text auf die Außenseite:

Bitte bringen Sie diesen Brief sofort zu
Dr. Felder, c/o Mount Mercy Hospital,
Little Governors Island. Bitte.
ES GEHT UM LEBEN UND TOD.

Nach kurzer Überlegung fügte sie hinzu:

Felder wird Ihnen eine Belohnung auszahlen.

Constance trat ans Fenster. Die Frau las immer noch. Sie klopfte ans Fenster, aber die Frau hörte es nicht. Schließlich – sie wurde zunehmend verzweifelter – nahm sie das Buch und schlug mit dem Rücken gegen die Fensterscheibe. Das Glas zersprang, und die Frau im Nachbargarten blickte auf.

Sofort hörte Constance, wie Esterhazy mit lauten Schritten die Treppe heraufgerannt kam.

Sie legte den Brief ins Buch und warf es in den Nachbargarten. »Nehmen Sie den Brief!«, rief sie herunter. »Und gehen Sie – bitte!« Die Frau starrte sie an, während das Buch nahe ihren Füßen zu Boden fiel, und als Letztes sah Constance, wie die Frau – sich dabei auf einen Stock stützend – sich nach unten beugte und das Buch aufhob.

Constance drehte sich gerade vom Fenster weg, als Esterhazy vor Überraschung fluchend ins Zimmer gestürmt kam und auf sie zu lief. Sie hob die Hand, um ihm die Augen auszukratzen; er versuchte, die Hand wegzuschlagen, aber es gelang ihr, ihm auf der einen Wange zwei tiefe Kratzer beizubringen. Er stöhnte vor Schmerz, fing sich allerdings schnell und attackierte sie. Er stürzte sich auf sie, sie rangen, schließlich hielt er ihre Arme fest und drückte ihr erneut ein chloroformiertes Tuch auf Mund und Nase. Dann spürte sie, dass sie bewusstlos wurde, und abermals wurde ihr schwarz vor Augen.

56

Camden, Maine

Das ehemalige Pflegeheim war dem Erdboden gleichgemacht worden, an seiner Stelle stand jetzt eine Eigentumswohnanlage, eine verlorene Reihe leerer Stadthäuser mit flatternden Plakaten davor, die mit Preisreduzierungen und finanziellen Anreizen warben.

Pendergast schlenderte in das kleine Verkaufsbüro, fand

es leer vor und betätigte eine Klingel auf dem Tresen. Aus einem Hinterzimmer trat eine verhärmt wirkende Frau, die fast erschrak, als sie ihn sah. Sie begrüßte ihn mit berufsmäßigem Lächeln.

Pendergast legte seinen dicken Mantel ab und strich den schwarzen Anzug glatt, damit er wieder wie angegossen saß. »Guten Morgen.«

»Kann ich Ihnen helfen?«

»Ja, das können Sie. Ich suche nach einer Immobilie in dieser Gegend.«

Das schien die Verkäuferin zu verwundern. Sie hob die Brauen. »Sind Sie an einer unserer Eigentumswohnungen interessiert?«

»Ja.« Pendergast legte den abscheulichen Wintermantel über eine Stuhllehne und setzte sich. »Ich stamme aus dem Süden, suche aber für meinen Vorruhestand nach einem Objekt in einer Gegend, in der es kühler ist. Die Hitze, Sie wissen schon.«

»Ich weiß auch nicht, wie die Leute es dort unten aushalten.«

»In der Tat. Aber erzählen Sie doch einmal, was Sie anbieten können.«

Die Frau blätterte in einer Mappe und zog mehrere Broschüren heraus, legte sie auf dem Tisch aus und startete das Verkaufsgespräch. »Wir haben Zwei-, Drei-, und Vierzimmerwohnungen, alle mit Marmorbad und Premium-Ausstattung: Gefrierschränke, Bosch-Geschirrspüler, Wolf-Herde ...«

Während sie weiterredete, ermutigte Pendergast sie, indem er nickte und zustimmend murmelte. Als sie geendet hatte, schenkte er ihr ein strahlendes Lächeln. »Prima. Nur zweihunderttausend für die Dreizimmer-Wohnung? Mit Blick aufs Wasser?«

Das löste weitere Verkaufsargumente aus, und wieder wartete Pendergast, bis die Verkäuferin zum Ende kam. Dann lehnte er sich auf dem Stuhl zurück und faltete die Hände. »Es scheint irgendwie richtig für mich zu sein, hier zu leben. Schließlich hat meine Mutter bis vor ein paar Jahren hier gewohnt.«

Das verwirrte die Frau ein bisschen. »Wie schön, aber ... nun ja, wir haben gerade erst mit der Vermarktung ...«

»Natürlich. Ich spreche von dem Pflegeheim, das früher einmal hier stand. Das Bay Manor.«

»Ach, das. Ja, das Bay Manor.«

»Erinnern Sie sich?«

»Gewiss. Ich bin hier aufgewachsen. Es hat zugemacht, als ... nun ja, das muss wohl vor sieben, acht Jahren gewesen sein.«

»Es gab dort eine sehr nette Pflegerin, die sich um meine Mutter gekümmert hat.« Pendergast schürzte die Lippen. »Kannten Sie irgendwelche von den Mitarbeitern in dem Pflegeheim?«

»Tut mir leid, nein.«

»Schade. Sie war eine so reizende Person. Ich hatte gehofft, ihr einen Besuch abstatten zu können, solange ich in der Stadt bin.« Er schenkte der Frau einen recht durchdringenden Blick. »Wenn ich ihren Namen sehe, würde ich ihn sicherlich wiedererkennen. Könnten Sie mir weiterhelfen?« Sie stürzte sich förmlich auf die Gelegenheit. »Ich kann das sicherlich versuchen. Lassen Sie mich ein, zwei Telefonate führen.«

»Sehr freundlich von Ihnen. Ich schaue mir so lange die

Broschüren hier an.« Er klappte eine auf, las gewissenhaft und nickte zustimmend, während die Frau zu telefonieren anfing.

Pendergast hörte, dass sie ihre Mutter, eine alte Lehrerin, anrief und danach die Mutter eines Freundes. »Nun«, sagte die Verkäuferin und legte schließlich auf. »Ich habe einige Auskünfte erhalten. Das Bay Manor wurde vor Jahren abgerissen, aber ich habe die Namen von drei Leuten, die dort gearbeitet haben.« Mit triumphierendem Lächeln legte sie ein Blatt Papier vor ihn auf den Tisch.

»Lebt irgendeine von diesen Personen noch?«

»Die erste. Maybelle Payson. Sie wohnt immer noch hier in der Gegend. Die anderen beiden sind verstorben.«

»Maybelle Payson … Also, ich glaube, das ist genau die Frau, die ich meine!« Pendergast strahlte sie an und nahm das Blatt Papier.

»Und nun, wenn Sie möchten, würde ich Ihnen gern die Musterwohnungen zeigen …«

»Mit Vergnügen! Wenn ich mit meiner Frau zurückkomme, würden wir die Wohnungen sehr gern besichtigen. Sie waren außerordentlich freundlich.« Er nahm die Broschüren, steckte sie in sein Jackett, zog den voluminösen Mantel an und trat hinaus in die barbarische Kälte.

57

Maybelle Payson lebte in einem heruntergekommenen Vierparteienhaus, in zweiter Reihe vom Wasser gelegen, in einem Arbeiterviertel. Die arbeitende Klasse setzte sich fast vollständig aus Hummerfängern zusammen, deren Boote in ihren Gärten standen, ohne Motor, mit Stützen versehen, mit Plastikplanen zugedeckt. Ein paar Boote waren sogar größer als die Trailer, in denen die Besitzer lebten.

Pendergast schlenderte über den Zugangsweg, betrat die knarrende Veranda, klingelte und wartete. Nachdem er nochmals geläutet hatte, hörte er, wie jemand im Haus herumging, schließlich erschien im Türfenster ein eulenartiges, verhutzeltes Gesicht, umkränzt von dünnem bläulichem Haar. Die alte Frau sah ihn aus weit aufgerissenen, fast kindlichen Augen an.

»Mrs. Payson?«

»Wer ist da?«

»Mrs. Payson? Darf ich hereinkommen?«

»Ich kann Sie nicht hören.«

»Mein Name ist Pendergast. Ich würde gern mit Ihnen sprechen.«

»Worüber?« Die wässrigen Augen starrten ihn argwöhnisch an.

Pendergast schrie gegen die Tür: »Über das Bay Manor. Eine Verwandte von mir hat dort gelebt. Sie hat Sie in den höchsten Tönen gelobt, Mrs. Payson.« Die Tür ging auf, und er trat hinter der kleinen Frau in ein winziges Wohnzimmer. Die Wohnung war unaufgeräumt, schmutzig und roch nach Katzen. Sie scheuchte eine Katze von einem Stuhl und setzte sich aufs Sofa. »Bitte nehmen Sie Platz.«

Pendergast ließ sich auf dem Stuhl nieder, der komplett mit weißen Katzenhaaren bedeckt war. Sie sprangen förmlich auf seinen schwarzen Anzug über, wie magnetisch angezogen.

»Möchten Sie einen Tee?«

»Oh, nein danke«, sagte Pendergast hastig. Er holte ein Notizbuch hervor. »Ich stelle eine kleine Familiengeschichte zusammen und würde mit Ihnen gern über eine Verwandte sprechen, die vor einigen Jahren im Bay Manor gelebt hat.«

»Wie heißt sie?«

»Emma Grolier.«

Langes Schweigen.

»Erinnern Sie sich an sie?«

Wieder eine lange Pause. In der Küche pfiff der Teekessel, was die Frau aber offenbar nicht hörte.

»Erlauben Sie mir«, sagte Pendergast und stand auf, um den Kessel zu holen. »Was für einen Tee möchten Sie, Mrs. Payson?«

»Wie bitte?«

»Tee. Was für eine Sorte möchten Sie?«

»Earl Grey. Ohne Milch.«

In der Küche öffnete Pendergast eine Teedose, die auf dem Küchentresen stand, nahm einen Beutel heraus, legte diesen in einen Becher und goss das kochende Wasser hinein. Lächelnd ging er mit dem Becher ins Wohnzimmer zurück und stellte ihn vor der alten Frau auf den Tisch.

»Oh, das ist sehr freundlich«, sagte sie und blickte ihn jetzt mit weitaus herzlicherem Gesichtsausdruck an. »Sie müssen öfter kommen.«

Pendergast ließ sich wieder auf dem Katzenhaar-Stuhl nieder und schlug die Beine übereinander.

»Emma Grolier«, sagte die alte Krankenschwester. »Ich erinnere mich noch gut an sie.« Ihre wässrigen Augen verengten sich und drückten wieder Argwohn aus. »Ich bezweifle sehr, dass sie höflich von mir oder irgendjemandem gesprochen hat. Was möchten Sie wissen?«

Pendergast hielt inne. »Ich stelle aus persönlichen familiären Gründen Informationen zusammen und möchte gern alles über Mrs. Grolier wissen. Wie war sie als Mensch?«

»Ah, verstehe. Nun, es tut mir leid, Ihnen sagen zu müssen, dass sie schwierig war. Eine zänkische Frau mit Haaren auf den Zähnen. Verdrießlich. Entschuldigen Sie, wenn ich so unverblümt spreche. Sie gehörte nicht zu meinen Lieblingspatienten. Sie beklagte sich ständig, schrie, warf mit Essen um sich, wurde sogar gewalttätig. Sie hatte eine schwere kognitive Behinderung.«

»Gewalttätig, sagen Sie?«

»Und sie war kräftig. Sie hat Leute geschlagen, hat im Zorn Dinge zerschlagen. Hat mich einmal gebissen. Wir mussten sie öfter festbinden.«

»Ist sie von Familienangehörigen besucht worden?«

»Sie hat nie Besuch bekommen. Allerdings muss sie noch Angehörige gehabt haben, denn sie hatte einen eigenen Arzt, bekam die beste Pflege, bezahlte Ausflüge, schöne Kleidung, Geschenke, die zu Weihnachten angeliefert wurden, solche Sachen eben.«

»Einen eigenen Arzt?«

»Ja?«

»Und wie hieß dieser Arzt?«

Langes Schweigen. »Sein Name ist mir leider entfallen. Ein ausländischer. Er ist zweimal im Jahr gekommen, ein wichtigtuerischer Kerl, kam hereinstolziert, als wäre er Sigmund Freud persönlich. Sehr anspruchsvoll! Immer hatte er etwas auszusetzen. Seine Besuche waren immer lästig. Es war eine solche Erleichterung, als dieser andere Arzt sie schließlich fortgeholt hat.«

»Und wann war das?«

Noch eine lange Pause. »Ich kann mich einfach nicht erinnern, so viele Patienten sind gekommen und gegangen. Es ist alles so lange her. Ich erinnere mich jedoch an den Tag. Er kam ohne Vorwarnung, hat sie abgemeldet, und das war's dann. Hat nichts von ihrer persönlichen Habe mitgenommen. Sehr seltsam. Wir haben sie nie wiedergesehen. Das Bay Manor war damals in finanziellen Schwierigkeiten und wurde einige Jahre später geschlossen.«

»Wie sah dieser Arzt denn aus?«

»Ich erinnere mich kaum. Hochgewachsen, gutaussehend, gut gekleidet. Zumindest ist das meine vage Erinnerung.«

»Gibt es sonst noch ehemalige Pflegekräfte, mit denen ich sprechen kann?«

»Nicht dass ich wüsste. Die meisten sind nicht lange bei uns geblieben. Die Winter, verstehen Sie.«

»Wo befinden sich die Krankenakten jetzt?«

»Aus dem Bay Manor?« Die alte Krankenschwester runzelte die Stirn. »Solche Sachen werden in der Regel ins Staatsarchiv in Augusta geschickt.«

Pendergast erhob sich. »Sie sagten, meine Verwandte sei geistig behindert gewesen. In welcher Weise denn?«

»Intelligenzminderung.«

»Keine altersbedingte Demenz?«

Die alte Krankenschwester schaute ihn an. »Natürlich nicht! Emma Grolier war *eine junge Frau*. Also, sie kann nicht älter als siebenundzwanzig oder achtundzwanzig gewesen sein.« Sie blickte ihn noch misstrauischer an. »Sie sagten, sie sei eine Verwandte von Ihnen?«

Pendergast hielt nur kurz inne. Das war eine verblüffende Information, deren Bedeutung ihm nicht sofort einleuchtete. Er überspielte seine Reaktion mit einem freundlichen

Lächeln. »Danke, dass Sie sich Zeit für mich genommen haben.«

Als er zurück an die kühle Luft trat, verärgert, weil ihn eine halbtaube Achtzigjährige düpiert hatte, tröstete er sich mit dem Gedanken, dass die Krankenakten in Augusta die fehlenden Details nachliefern würden.

58

Aloysius Pendergast saß im Keller des Staatsarchivs des Bundesstaates Maine, umgeben von den Akten des Pflegeheims Bay Manor. Stirnrunzelnd sah er auf die kalkgetünchte Wand aus Betonschalstein und tippte sichtlich verärgert mit dem Fingernagel auf die Tischplatte.

Bei seiner gründlichen Suche nach der Krankenakte von Emma Grolier hatte er nur eine einzige Karteikarte gefunden. Diese verwies darauf, dass die vollständige Akte auf ärztliche Anweisung an einen Dr. Judson Esterhazy weitergeleitet worden war, Leiter einer Klinik in Savannah, Georgia. Diese Weiterleitung hatte ein halbes Jahr nach Helens angeblichem Tod in Afrika stattgefunden. Die Karteikarte war von Esterhazy unterzeichnet, die Unterschrift war echt.

Was hatte Esterhazy mit diesen Unterlagen angestellt? Sie hatten sich nicht im Safe in seinem Haus in Savannah befunden. Es war fast sicher, dass er die Akte vernichtet hatte – sofern Pendergasts Theorie zutraf, die in seinem Kopf langsam Gestalt annahm. Aller Wahrscheinlichkeit nach war es ein Versehen, dass die Rechnungen des Pflegeheims noch existierten. *Emma Grolier. War es möglich ...?* Langsam und nachdenklich stand er auf und schob den Stuhl bedächtig zurück.

Während er aus dem Keller nach oben ging und zurück in die nachmittägliche Kälte trat, klingelte sein Handy. D'Agosta.

»Constance ist geflohen«, sagte er ohne jede Einleitung.

Pendergast blieb abrupt stehen. Einen Augenblick lang sagte er nichts, dann öffnete er eilig die Tür seines Mietwagens und stieg ein. »Unmöglich. Sie hat kein Motiv zu fliehen.«

»Trotzdem, sie ist entflohen. Und halten Sie sich fest, denn was ich Ihnen gleich sage, wird Sie umhauen.«

»Wann ist es passiert? Wie?«

»Um die Mittagszeit. Eine bizarre Geschichte. Constance befand sich auf einem Ausflug.«

»Außerhalb des Krankenhauses?«

»Im Zoo im Central Park. Wie's aussieht, hat einer der Ärzte ihr bei der Flucht geholfen.«

»Doktor Ostrom? Doktor Felder? Unmöglich.«

»Nein. Offenbar heißt er Poole. Ernest Poole.«

»Wer zum Teufel ist Poole?« Pendergast ließ den Motor an. »Und was in drei Teufels Namen hat eine geständige Kindsmörderin außerhalb der Mauern des Mount Mercy zu suchen?«

»Das ist die Eine-Million-Dollar-Frage. Sie können wetten, dass die Presseleute ihren großen Tag haben, wenn sie das herausfinden – was ihnen vermutlich gelingen wird.«

»Halten Sie die Sache um jeden Preis von der Presse fern.«

»Ich gebe mein Bestes. Natürlich werden die Leute vom Morddezernat in der Sache ermitteln.«

»Rufen Sie sie zurück. Ich will nicht, dass dort ein Haufen Detectives herumläuft.«

»Keine Chance. Die Beamten müssen ermitteln. Das ist das ganz normale Verfahren.«

Vielleicht zehn Sekunden lang saß Pendergast regungslos da und überlegte. Schließlich sagte er: »Haben Sie sich über die Vorgeschichte dieses Doktor Poole informiert?«

»Noch nicht.«

»Wenn das Morddezernat sich mit etwas beschäftigen muss, dann lassen Sie die Beamten ermitteln. Die werden schon feststellen, dass es sich bei diesem Poole um einen Betrüger handelt.«

»Sie wissen, wer er ist?«

»Ich möchte im Moment nicht darüber spekulieren.« Pendergast machte wieder eine Pause. »Ich war ein Trottel, dass ich das nicht vorausgesehen habe. Ich habe geglaubt, dass Constance im Mount Mercy absolut sicher ist. Ein furchtbarer Irrtum, ein *weiterer* furchtbarer Irrtum.«

»Nun ja, sie ist vermutlich nicht wirklich in Gefahr. Vielleicht hat sie sich ja in den Arzt verliebt, ist wegen irgendeiner Art Flirt geflohen …« D'Agosta merkte selbst, dass das nicht besonders überzeugend klang.

»Vincent, ich habe Ihnen bereits gesagt, dass Constance nicht geflohen ist. Sie ist entführt worden.«

»Entführt?«

»Ja. Zweifellos von diesem sogenannten Doktor Poole. Halten Sie das von der Presse fern, und halten Sie die Leute vom Morddezernat davon ab, im Trüben zu fischen.«

»Ich werde tun, was ich kann.«

347

»Danke.« Und damit gab Pendergast Gas, fuhr auf die eis-glatte Straße, wobei das Heck des Mietwagens ausbrach und Schnee aufwirbelte, und machte sich auf den Weg zum Flughafen und nach New York City.

59

Ned Betterton stand am Eingang zur städtischen Marina in der 79. Straße und blickte auf das Gewirr von Motor- und Segelyachten und diversen Ausflugsbooten, die im ruhigen Wasser des Hudson sanft hin und her schaukelten. Er trug das einzige Sakko, das er mitgenommen hatte – einen blau-en Blazer –, und hatte sich eine knallbunte Ascot-Krawatte gekauft, dazu eine weiße Mütze, salopp auf den Kopf ge-setzt. Es war kurz vor sechs Uhr nachmittags, die Sonne versank rasch hinter den Uferbefestigungen von New Jer-sey.

Die Hände in den Hosentaschen, blickte er zur Yacht hin-über, die in einiger Entfernung von den Stegen auf Reede vor Anker lag und zu der der Deutsche, wie er am Vortag gesehen hatte, mit einem kleinen Motorboot übergesetzt hatte. Es handelte sich um eine Superyacht, strahlend weiß, mit drei Etagen getönter Scheiben, gut und gerne dreißig Meter lang. An Bord waren keinerlei Aktivitäten zu erken-nen.

Bettertons Urlaub war zu Ende, und die Anrufe von Kranston waren drohend geworden. Kranston war sau-er, weil er selbst über die kirchlichen Veranstaltungen und den anderen Mist schreiben musste. Okay, zum Teufel mit ihm. Das hier, diese Yacht, war eine heiße Spur. Könnte sein, dass er dank dieser Story dem *Bee* adieu sagen konnte.

Sie nennen sich Reporter? Worüber schreiben Sie Reportagen, über Duschbeutel? Betterton errötete bei dem Gedanken, wie Corrie Swanson ihn heruntergeputzt hatte. Und auch deshalb war er zur Marina zurückgekehrt. Denn Pendergast hatte garantiert auf die eine oder andere Art mit der Sache zu tun ... aber *nicht* als Ermittler.

Es war, ehrlich gesagt, der blaue Blazer gewesen, der ihn auf die Idee gebracht hatte. Wie er wusste, war es unter benachbarten Yachtbesitzern üblich, sich gegenseitig zu besuchen, gemeinsam ein Gläschen zu trinken oder sich gegenseitig auf andere Weise Höflichkeitsbesuche abzustatten. Er würde sich also als Yachtbesitzer ausgeben, an Bord gehen und nachschauen, was es dort zu sehen gab. Aber er hatte es hier mit bösen Buben, Drogenbaronen zu tun, er musste da sehr, sehr vorsichtig agieren.

Allerdings hatte er ziemlich schnell festgestellt, dass es nicht sehr leicht sein würde, in den Yachthafen einfach so hineinzuspazieren. Das Gelände war von einem Maschendrahtzaun umgeben, und neben dem geschlossenen Tor befand sich ein Wachhäuschen, das ständig besetzt war. Auf einem großen Schild stand BESUCHER NUR NACH VORANMELDUNG. Die ganze Anlage stank nach Geld und schottete sich ab vom gemeinen Volk.

Betterton betrachtete den Maschendrahtzaun, der sich am Ufer entlangzog und in irgendein Gebüsch führte. Er vergewisserte sich, dass ihn niemand gesehen hatte, folgte dem Zaun bis in das Gebüsch und schlug sich bis zum Bewuchs am Flussufer durch. Und dort fand er, was er gesucht hatte: eine Lücke unten im Zaun.

Er zwängte sich hindurch, reckte sich, klopfte sich ab, setzte die Mütze wieder auf, zog das Jackett glatt und ging am Flussufer entlang, wobei er sich weiter in den Büschen versteckt hielt. Nach fünfzig Metern sah er vor sich ein Bootshaus und den Beginn der Anlegestege und des Hafenbeckens. Nachdem er seine Kleidung noch mal glattgestrichen hatte, trat er ins Freie und kraxelte schnell zum Personensteg oberhalb des Anlegers hinunter, dann begann er darüberzuschlendern, als sei er ein x-beliebiger Yachtbesitzer, der ein wenig frische Luft schnappte. Hinter dem Bootshaus, wo mehrere Dutzend Beiboote an numerierten Pfosten vertäut lagen, arbeitete ein Angestellter der Marina.

»Guten Abend«, sagte Betterton.

Der Mann blickte auf, begrüßte ihn und machte sich wieder an die Arbeit.

»Entschuldigen Sie«, sagte Betterton, »aber wären Sie vielleicht bereit, mich zu der Yacht da drüben überzusetzen?« Er zog einen Zwanziger aus der Hosentasche und wies mit knappem Nicken zur weißen Yacht, die ungefähr fünfhundert Meter entfernt vor Anker lag.

Der Mann erhob sich, warf einen Blick auf den Zwanziger, dann auf Betterton. »Zur *Vergeltung?*«

»Genau. Und bitte warten Sie dort, damit Sie mich zurückbringen können. Ich werde nicht länger als fünf Minuten an Bord sein, vielleicht zehn, höchstens.«

»Und was wollen Sie dort?«

»Ein Höflichkeitsbesuch. Ein Yachtbesitzer, der den anderen besucht. Ich bewundere das Boot und denke daran, mich selbst ein wenig zu vergrößern und etwas Ähnliches zu kaufen. Meine Yacht liegt da drüben.« Er hob die Hand vage in Richtung der Reede.

»Tja, ich weiß nicht …«

Im Dunkel des Bootshauses war eine Bewegung zu erkennen, ein weiterer Mann erschien, um die Mitte dreißig, er hatte ausgeblichenes, braunes Haar und war sonnengebräunt, obwohl es November war. »Ich fahr ihn rüber, Brad«, sagte der Neuankömmling und musterte Betterton.

»Okay, Vic. Kannst ihn haben.«

»Und Sie warten auf mich, solange ich an Bord bin?«, fragte Betterton.

Der Mann nickte, dann wies er auf eines der Beiboote der Hafenverwaltung. »Springen Sie rein.«

60

Dr. Felder ging an den Bleiglasfenstern im Gang vor Dr. Ostroms Büro auf und ab. Er holte tief und erschauernd Luft und schaute hinaus auf die braune Marsch, über die ein Schwarm Gänse gen Süden flog.

Was für ein Nachmittag das gewesen war, was für ein fürchterlicher Nachmittag. Beamte der New Yorker Polizei waren im Mount Mercy ein und aus gegangen, hatten es von oben bis unten durchsucht, Fragen gestellt, die Ruhe der Patienten gestört und Constances Zimmer umgekrempelt. Einer der Beamten befand sich noch immer auf dem Gelände, für Nachfolgeermittlungen. Er stand jetzt vor dem Büro und unterhielt sich leise mit Dr. Ostrom. Ostrom blickte zu Felder hinüber, sah, dass der ihn anschaute, runzelte missbilligend die Stirn und drehte sich wieder zu dem Detective um.

Bislang war es ihnen gelungen, die Geschichte aus den Zeitungen herauszuhalten, aber das würde ihm auch nicht sehr viel helfen. Außerdem würde es nicht lange so bleiben. Er hatte bereits einen Anruf vom Bürgermeister erhalten, der ihm mit unmissverständlichen Worten klargemacht hatte, dass er, Felder, anfangen könne, sich nach einem anderen Job umzuschauen – es sei denn, Constance Greene werde mit minimalem Aufwand und null Kollateralschaden ins Mount Mercy zurückgebracht. Dass es jetzt so aussah, als sei Dr. Poole an der Flucht beteiligt gewesen – er sie vielleicht sogar arrangiert hatte –, brachte ihm eigentlich auch nichts. Fakt war: Sein Name stand auf dem Ausflugsantrag. Was hatte dieser Dr. Poole denn nur mit Constance vor? Warum war er ein derart großes Risiko eingegangen, als er Constance aus dem Mount Mercy entführte? Arbeitete er auf Anweisung eines unbekannten Familienangehörigen? Steckte womöglich Pendergast dahinter?

Beim Gedanken an Pendergast lief es Felder kalt den Rücken hinunter.

Von weiter hinten im Flur, in der Nähe der Wachstation neben dem Eingang, waren laute Stimmen zu hören. Ein weiß gekleideter Pfleger ging auf Ostrom und den Detective zu. Felder hörte auf, auf und ab zu gehen, während sich der Pfleger kurz mit Ostrom beratschlagte.

Der Direktor des Mount Mercy wandte sich zu Felder um. »Eine Frau möchte Sie sprechen.«

Felder runzelte die Stirn. »Eine Frau?« Wer wusste denn, dass er zurzeit hier war, außer Dr. Ostrom und dem Personal? Trotzdem ging er hinter dem Pfleger den Gang entlang und zur Wachstation.

Und in der Tat, am Eingang wartete eine Frau. Um die fünfzig, klein, gertenschlank, mit feuerrotem Haar und hellrotem Lippenstift. Über die Schulter gehängt trug sie eine nachgemachte Burberry-Handtasche. Sie ging am Stock.

»Ich bin Doktor Felder«, sagte er und trat an der Wachstation vorbei. »Sie wollten mich sprechen?«

»Nein«, sagte sie mit hoher, klagender Stimme.

»Nein?«, wiederholte Felder überrascht.

»Ich habe keine Ahnung, wer Sie sind. Und Sie aufzuspüren war eigentlich auch nicht meine Vorstellung von einem angenehmen Nachmittag. Ich besitze kein Auto, und wissen Sie eigentlich, wie schwierig es ist, ohne eins hier rauszukommen? Es war schon schwer genug herauszufinden, *wo* das Mount Mercy liegt. Little Governors Island – pah. Ich sage Ihnen, ich hätte es zweimal fast aufgegeben.« Sie beugte sich vor und klopfte mit dem Gehstock auf den Marmorboden, um ihren Worten Nachdruck zu verleihen. »Aber man hat mir *Geld* versprochen.«

Felder sah sie verdutzt an. »Geld? Wer hat Ihnen Geld versprochen?«

»Das junge Ding.«

»Was für ein junges Ding?«

»Die junge Frau, die mir den Brief gegeben hat. Sie hat mir gesagt, ich soll ihn zu Doktor Felder ins Mount Mercy bringen. Hat gesagt, ich würde *bezahlt* werden.« Wieder das Klopfen mit dem Gehstock.

»Die junge Frau?« Felder schwante etwas. Mein Gott, das musste Constance sein. »Wo haben Sie die junge Frau gesehen?«

»Von meinem Garten aus, hinterm Haus. Aber das ist nicht wichtig. Ich will nur eins wissen: Bezahlen Sie mich oder nicht?«

»Haben Sie den Brief?«, fragte Felder. Er merkte, dass er errötete, weil er so gespannt darauf war, ihn zu sehen.

Die Frau nickte, aber misstrauisch, so, als wollte man sie einer Leibesvisitation unterziehen.

Mit ein wenig zittriger Hand griff Felder in seine Jacketttasche, zog ein Portemonnaie hervor, nahm einen Fünfziger heraus und hielt ihn der Frau hin.

»Ich musste zwei Taxis nehmen«, sagte die Frau und steckte den Geldschein in ihre Handtasche.

Felder zog einen Zwanziger aus dem Portemonnaie und reichte ihn der Frau.

»Und außerdem muss ich mit dem Taxi zurück. Es wartet draußen.«

Noch ein Zwanziger – Felders letzter Geldschein – wurde gezückt, der ebenso rasch wie die anderen eingesteckt wurde. Dann griff die Frau in die Handtasche und zog ein Blatt Papier heraus, einmal gefaltet. Der eine Rand war gezackt, als sei das Blatt aus einem Buch herausgerissen worden. Die Frau gab ihm das Papier. Darauf stand in Constances penibler altertümlicher Handschrift:

Bitte bringen Sie diesen Brief sofort zu Dr. Felder, c/o Mount Mercy Hospital, Little Governors Island. Bitte. ES GEHT UM LEBEN UND TOD. Felder wird Ihnen eine Belohnung auszahlen.

Während seine Hände noch mehr zitterten, faltete Felder das Blatt Papier auseinander. Zu seinem Erstaunen war die

Nachricht darin an jemand anders adressiert – an Pendergast.

Aloysius, ich bin von einem Mann entführt worden, der behauptet, Dein Schwager zu sein. Er nennt sich Poole. Ich werde in einem Haus in der Upper East Side festgehalten, werde aber in Kürze verlegt. Ich weiß nicht, wohin. Ich fürchte, er will mir weh tun. Er hat mehr als einmal mit merkwürdigem Nachdruck zu mir gesagt: <u>Vergeltung, dort wird es enden.</u> Bitte verzeih mir meine Dummheit und Leichtgläubigkeit. Was immer geschieht, vergiss nie, dass ich das Wohl meines Kindes letztlich Deiner Fürsorge anvertraue.
Constance

Felder blickte auf. Plötzlich stellten sich ihm tausend Fragen, aber die Frau war nirgends mehr zu sehen.

Er ging nach draußen, doch die Frau war verschwunden. Er kehrte wieder zurück in den Flur und trat zu Dr. Ostrom und dem Detective des Morddezernats, die auf ihn warteten.

»Nun?«, fragte Dr. Ostrom. »Was wollte sie?«

Wortlos händigte Felder das Schriftstück aus. Er sah, dass Ostrom erst die Nachricht auf der Außenseite, dann die auf der Innenseite las.

»Wo ist die Frau?«, fragte Ostrom schroff.

»Sie ist verschwunden.«

»Großer Gott.« Ostrom ging zu einem Wandtelefon hinüber und nahm den Hörer ab. »Hier ist Doktor Ostrom. Verbinden Sie mich mit dem Torhaus.«

Es bedurfte nur eines kurzen Gesprächs, um festzustellen, dass das Taxi der Frau das Krankenhausgelände bereits verlassen hatte. Ostrom fotokopierte das Schriftstück, dann gab er das Original dem Detective. »Wir müssen die Frau aufhalten. Rufen Sie Ihre Leute an. Holen Sie sie ein. Haben Sie verstanden?«

Der Detective eilte davon, zückte sein Funkgerät und sprach hinein.

Felder wandte sich zu Ostrom um, der gerade den Hörer auflegte. »Miss Greene behauptet, ihr Kind sei am Leben. Was kann das bedeuten?«

Ostrom schüttelte nur den Kopf.

61

Esterhazy beobachtete die hektische Betriebsamkeit, die plötzlich an Deck der *Vergeltung* herrschte, während das motorisierte Dinghy sich unerwartet vom Marinakomplex her näherte. Mit einem Fernglas besah er sich das kleine Boot durch die getönten Fensterscheiben im großen Salon. So unwahrscheinlich eine derartige Vorgehensweise auch war, er fragte sich, ob es sich wohl um Pendergast handeln konnte. Aber nein, es war jemand, den er noch nie gesehen hatte und der ein wenig unsicher im Bugbereich des kleinen Boots hockte.

Falkoner kam herüber. »Ist er das?«

Esterhazy schüttelte den Kopf. »Nein. Ich kenne die Person nicht.«

»Ahoi, die Yacht!«, sagte der Mann, der im Bug saß. Er trug übertrieben maritime Kleidung: marineblauer Blazer, Mütze, Ascotkrawatte.

»Hallo«, rief Falkoner ihm freundlich zu.

»Ich bin ein Nachbar«, sagte der Mann. »Ich habe Ihre Yacht bewundert. Störe ich Sie?«

»Überhaupt nicht. Möchten Sie an Bord kommen?«

»Gern.« Der Mann wandte sich zu dem Marina-Angestellten um, der den Außenbordmotor bediente. »Bitte warten Sie.«

Der Mitarbeiter nickte.

Der Yachtbesitzer betrat die Boardingplattform am Heck der Yacht, während Falkoner den Heckspiegel öffnete, damit er an Bord kommen konnte. Als der Mann an Deck trat, strich er seinen Blazer glatt und streckte die Hand aus.

»Betterton mein Name. Ned Betterton.«

»Ich bin Falkoner.«

Esterhazy schüttelte Betterton die Hand, dabei lächelte er, sagte aber nicht, wie er hieß. Beim Lächeln schmerzten die Kratzer in seinem Gesicht. Das würde ihm nicht noch einmal passieren. Constance war eingeschlossen im Laderaum, mit Handschellen gefesselt, der Mund geknebelt und mit Klebeband versehen. Und trotzdem lief ihm ein kalter Schauer über den Rücken, als er sich an ihren Gesichtsausdruck im sicheren Unterschlupf in der Upper East Side erinnerte. Zwei Dinge waren ihm im Gedächtnis haften geblieben, so eindeutig wie die Tatsache, dass er lebte: Hass und Klarheit des Verstandes. Die Frau war mitnichten eine Irre, so wie er angenommen hatte. Und ihr Hass auf ihn war in seiner Intensität und Mordlust enorm beunruhigend. Er merkte, dass er nicht wenig verunsichert war.

»Meine Yacht liegt da drüben«, Betterton wies mit dem Daumen vage über die Schulter, »und da habe ich mir gedacht, ich komm mal kurz rüber, um Ihnen einen angenehmen Abend zu wünschen. Und weil mich – um ehrlich zu sein – Ihre Yacht fasziniert.«

»Schön, dass mein Schiff Ihnen gefällt«, erwiderte Falkoner und warf Esterhazy einen kurzen Blick zu. »Hätten Sie Lust auf eine kleine Besichtigungstour?«

Betterton nickte begierig. »Danke, ja.«

Esterhazy sah, dass Bettertons Blick überallhin schweifte, dass der Mann alles musterte. Es wunderte ihn, dass Falkoner ihm eine Besichtigung angeboten hatte – es ging irgendwie etwas Falsches, Unechtes von dem Mann aus. Er sah nicht aus wie ein Yachtbesitzer, der blaue Blazer war Billigware, außerdem trug er No-name-Deckschuhe von der Landratten-Sorte.

Sie betraten den wunderschön ausgestatteten Salon, während Falkoner zu einer Schilderung der technischen Eigenschaften und edlen Ausstattungsmerkmale der *Vergeltung* anhob. Betterton hörte mit fast kindlichem Eifer zu und sah sich nach wie vor um, als wollte er alles in seinem Gedächtnis einprägen.

»Wie viele Leute haben Sie an Bord?«, fragte Betterton.

»Wir haben eine achtköpfige Crew. Dann noch mich und meinen Freund hier, der aber nur für ein paar Tage auf Besuch ist.« Falkoner lächelte. »Und wie sieht's auf Ihrem Boot aus?«

Betterton winkte ab. »Drei Mann Besatzung. Haben Sie mit ihr in letzter Zeit irgendwelche Fahrten unternommen?«

»Nein. Wir haben hier seit mehreren Wochen festgemacht.«

»Und Sie waren die ganze Zeit über an Bord? Das ist aber schade, selbst auf so einem prächtigen Boot. Wo Ihnen doch ganz New York zu Füßen liegt.«

»Bedauerlicherweise hatte ich keine Zeit für Ausflüge.«

Sie gingen durch den Speiseraum bis in die Galley, wo Falkoner eine Menükarte hervorholte und dabei die Qualitäten des Kochs pries. Esterhazy folgte stumm und fragte sich, worauf das hier hinauslief.

»Pazifische Scholle an Trüffelbutter und Mousse aus Schwarzwurzelgemüse«, sagte Betterton mit einem Blick aufs Menü. »Sie essen gut hier.«

»Möchten Sie vielleicht zum Abendessen bleiben?«, fragte Falkoner.

»Danke, aber ich habe schon eine Verabredung.«

Sie gingen weiter durch einen holzvertäfelten Korridor.

»Würden Sie gern die Brücke sehen?«

»Selbstverständlich.«

Sie erklommen eine Treppe zum Oberdeck und zum Steuerhaus.

»Das ist Captain Joachim«, sagte Falkoner.

»Erfreut, Sie kennenzulernen«, sagte Betterton, während er sich umsah. »Sehr eindrucksvoll.«

»Ja, ich bin ganz zufrieden damit«, antwortete Falkoner. »Die Unabhängigkeit, die einem eine solche Yacht verleiht, ist durch nichts zu ersetzen. Aber das wissen Sie ja selbst am besten. Das LORAN-System an Bord ist auf dem neuesten Stand.«

»Das glaube ich gern.«

»Haben Sie auch ein LORAN auf Ihrem Boot?«

»Natürlich.«

»Eine großartige Erfindung.«

Esterhazy warf Falkoner einen Blick zu. LORAN? Diese alte Technik war längst durch GPS ersetzt worden. Auf einmal verstand er, was Falkoner hier spielte.

»Und welche Art Schiff besitzen Sie?«, fragte Falkoner.

»Oh, es ist ein, äh, Chris Craft. Fünfundzwanzig Meter lang.«

»Ein Fünfundzwanzig-Meter-Chris-Craft. Hat es denn eine ordentliche Reichweite?«

»Oh, sicher.«

»Und welche?«

»Achthundert Seemeilen.«

Falkoner schien darüber nachzudenken. Dann fasste er Betterton am Arm. »Kommen Sie. Wir zeigen Ihnen eine der Gästekabinen.«

Sie verließen die Brücke und stiegen zwei Ebenen in den Wohnbereich auf dem Unterdeck hinab. Aber Falkoner blieb hier nicht stehen, sondern stieg eine weitere Treppe zu den Maschinenräumen hinunter. Er ging einen Flur voran bis zu einer Tür ohne Kennzeichnung. »Ich bin neugierig«, sagte er, als er die Tür öffnete. »Was für eine Maschine hat Ihre Yacht? Und was ist ihr Heimathafen?«

Sie betraten keine Gästekabine, sondern einen spartanisch wirkenden Lagerraum. »Ach, mich interessiert das Seemännische nicht allzu sehr«, sagte Betterton, lachte und wedelte mit der Hand. »Das überlasse ich lieber meinem Kapitän und der Besatzung.«

»Komisch«, antwortete Falkoner, während er den Deckel einer Segel-Backskiste anhob. »Ich selbst mache lieber alles allein.« Er zog aus der Backskiste eine große Abdeckplane aus Segeltuch und entrollte sie auf dem Boden.

»Das hier ist eine Gästekabine?«, fragte Betterton.

»Nein«, antwortete Falkoner und schloss die Tür. Er warf Esterhazy einen kurzen Blick zu, der etwas beängstigend Kaltes verströmte.

Betterton sah auf die Uhr. »Also, vielen Dank für die Besichtigungstour. Ich glaube, ich mache mich wieder auf …« Er stockte, als er das zweischneidige Kampfmesser in Falkoners Hand erblickte.

»Wer sind Sie?«, fragte Falkoner leise. »Und was wollen Sie?«

Betterton blickte von Falkoner zum Messer und wieder zu Falkoner. »Das habe ich Ihnen doch gesagt. Meine Yacht liegt kurz hinter der …«

So schnell wie eine zuschlagende Schlange packte Falkoner eine von Bettertons Händen und stach mit der Messerspitze in das Gewebe zwischen Zeige- und Mittelfinger.

Betterton schrie auf vor Schmerz und versuchte, seine Hand loszureißen. Aber Falkoner verstärkte nur seinen Griff und zog Betterton nach vorn, so dass er über der Segeltuchplane stand.

»Wir vergeuden hier nur unsere Zeit. Bringen Sie mich nicht dazu, mich zu wiederholen. Judson, geben Sie mir Feuerschutz.«

Esterhazy holte seine Pistole hervor und trat einen Schritt zurück. Ihm war speiübel. Das hier war unnötig. Und Falkoners offenkundiger Eifer machte alles nur noch schlimmer.

»Sie begehen einen schweren Fehler«, fing Betterton an, dessen Stimme plötzlich leise und drohend klang. Aber bevor er weiterreden konnte, packte Falkoner das Messer wieder fester und drückte es noch tiefer hinein, diesmal in die Haut zwischen Mittel- und Ringfinger.

»Ich bring dich um«, keuchte Betterton.

Während Esterhazy mit wachsendem Entsetzen zusah, hielt Falkoner das Handgelenk des Fremden mit eisernem Griff gepackt und bohrte weiter mit dem Messer.

Betterton strauchelte, er stöhnte, sagte aber kein Wort.

»Sagen Sie mir, warum Sie hier sind.« Falkoner drehte das Messer tiefer ins Fleisch.

»Ich bin ein Dieb«, keuchte Betterton.

»Interessante Geschichte«, sagte Falkoner. »Aber ich nehme sie Ihnen nicht ab.«

»Ich …«, begann Betterton, aber in einem plötzlichen Ausbruch von Gewalttätigkeit stieß Falkoner ihm das Knie in den Unterleib und versetzte ihm einen Kopfstoß. Betterton stürzte auf die Plane. Er stöhnte, aus seiner gebrochenen Nase strömte Blut.

Falkoner zog eine Ecke der Plane über Betterton wie ein Laken, dann kniete er darauf nieder und setzte sich auf Bettertons Brust. Mit dem Messer zeichnete er eine Linie an der weichen Unterseite des Kinns nach. Betterton, der nicht aufstehen konnte und halb betäubt war, drehte den Kopf von einer Seite zur anderen und stöhnte wirr.

Falkoner seufzte, ob aus Bedauern oder Ungeduld, konnte Esterhazy nicht erkennen, stach dann mit dem Messer in das weiche Fleisch unmittelbar über dem Hals, unterhalb des Kinns, und versenkte es zwei Fingerbreit in den Gaumen des Mannes.

Jetzt schrie Betterton endlich auf und wehrte sich wie wild. Nach einem Augenblick zog Falkoner das Messer heraus.

Betterton hustete und spuckte Blut. »Reporter«, sagte er nach einem Moment. Es klang wie ein nasses Gurgeln, war schwer zu verstehen.

»Reporter? Der was recherchiert?«

»Den Tod … von June und Carlton Brodie.«

»Wie haben Sie mich gefunden?«, fragte Falkoner.

»Ortsansässige … Autovermietung … Fluggesellschaft.«

»Das hört sich schon glaubwürdiger an«, sagte Falkoner.

»Haben Sie irgendjemandem von mir erzählt?«

»Nein.«

»Gut.«

»Sie müssen mich gehen lassen … Ein Mann wartet auf mich … im Boot …«

Mit einer brutalen Bewegung zog Falkoner das Messer fest über die Kehle des Reporters und sprang gleichzeitig zurück, um dem Blutschwall auszuweichen.

»O mein Gott!«, rief Esterhazy und trat schockiert und entsetzt einen Schritt zurück.

Betterton hob die Hände an die Wunde, aber es war eine instinktive Bewegung. Während dunkelrotes Blut zwischen den Fingern des Mannes hervortrat, zog Falkoner die Plane um Beine, die bereits spastisch zuckten.

Esterhazy starrte hin, wie gelähmt vor Schreck. Falkoner stand auf, wischte das Messer an der Plane ab, richtete seine Kleidung, wischte sich die Hände ab und blickte mit einer Miene auf den sterbenden Reporter herab, die sehr nach Befriedigung aussah. Er drehte sich zu Esterhazy um.

»Bisschen stark für Sie, Judson?«

Esterhazy gab keine Antwort.

Sie stiegen wieder zwei Ebenen hinauf; Esterhazy hatten die Brutalität und Falkoners sichtliche Freude daran völlig verstört. Er folgte Falkoner durch den Salon aufs Hinterdeck. Das kleine Motorboot wartete immer noch im Schatten der Yacht.

Falkoner beugte sich über die Reling und sprach mit dem Mann im Boot, dem, der Betterton zur Yacht übergesetzt hatte. »Vic, die Leiche ist unten im vorderen Laderaum.

Komm nach Einbruch der Dunkelheit zurück und schaff sie weg. Diskret.«

»Ja, Herr Falkoner«, sagte der Mann im Boot.

»Du wirst eine passende Geschichte brauchen, die erklärt, warum dein Passagier nicht zur Hafenanlage zurückgekehrt ist. Er ist ein prima Kerl, wir haben ihn zu einer kurzen Kreuzfahrt eingeladen.«

»Sehr gut.«

»Ich schlage vor, die Leiche im Riverside Park zu deponieren. Oben in den Hundertern – da ist die Bebauung immer noch ziemlich lückenhaft. Lass es aussehen wie einen Raubüberfall. Ich würde sie zwar lieber auf See über Bord werfen, aber das wäre letztlich schwieriger zu erklären.«

»Ja, Herr Falkoner.« Der Mann ließ den Motor an und kehrte zum Marinakomplex zurück.

Falkoner sah dem davonfahrenden Dinghy eine Minute lang hinterher. Dann warf er Esterhazy einen Blick zu. Seine Miene wirkte angespannt. »Ein verdammter ahnungsloser Reporter – und er hat mich gefunden. Hat die *Vergeltung* gefunden.« Er kniff die Augen zusammen. »Mir fällt da nur eine Möglichkeit ein: Er ist *Ihnen* gefolgt.«

»Das kann nicht sein. Ich habe extrem gut aufgepasst. Außerdem bin ich nie auch nur in der Nähe von Malfourche gewesen.«

Das wurde mit einem langen Blick aus leicht zugekniffenen Augen quittiert, aber schließlich schien sich Falkoner zu entspannen. »Ich nehme an, wir können das hier als erfolgreichen Probelauf bezeichnen, ja?«

Esterhazy schwieg.

»Wir sind bereit für diesen Pendergast. Solange Sie den

Haken mit dem richtigen Köder versehen haben und sicher sind, dass er kommt.«

»Nichts, was Pendergast betrifft, ist sicher«, sagte Esterhazy schließlich.

62

Felder stand hinten in einer Ecke von Constance Greenes Zimmer im Mount Mercy Hospital. Dr. Ostrom war anwesend, zusammen mit Agent Pendergast und einem Lieutenant von der New Yorker Polizei namens D'Agosta. Am gestrigen Nachmittag hatte die Polizei alle Bücher Constances, ihre privaten Aufzeichnungen, diverse persönliche Gegenstände und sogar die Bilder an den Wänden mitgenommen. Am Morgen hatten die Beamten abschließend geklärt, dass Poole ein Betrüger war, und Felder hatte sich vom echten Poole abkanzeln lassen müssen, der ihn schonungslos kritisiert hatte, weil er die Referenzen des Mannes nicht überprüft hatte.

Pendergast hatte sich gar nicht erst die Mühe gemacht, seine stählerne Verachtung dafür, dass man Constance erlaubt hatte, Mount Mercy zu verlassen, zu verbergen. Ein Teil seines Missvergnügens war gegen Ostrom gerichtet gewesen, aber das Gros seines eisigen Zorns hatte Felder zu spüren bekommen.

»Also, meine Herren Ärzte«, sagte Pendergast jetzt, »erlauben Sie mir, Ihnen zur ersten Flucht in hundertzwanzig Jahren aus dem Mount Mercy zu gratulieren. Wo wollen wir die Plakette anbringen?«

Schweigen.

Pendergast zog ein Foto aus seiner Anzugjacke und zeigte es erst Ostrom und dann Felder. »Erkennen Sie diesen Mann wieder?«

Felder schaute sich das Foto genauer an. Es handelte sich um das leicht verschwommene Foto eines gutaussehenden Mannes mittleren Alters.

»Er sieht Poole ähnlich«, sagte Felder, »aber ich bin mir ziemlich sicher, dass es sich nicht um denselben Mann handelt. Um seinen Bruder vielleicht?«

»Und Sie, Doktor Ostrom?«

»Schwer zu sagen.«

Pendergast zog einen dünnen Filzstift aus der Tasche, beugte sich über die Fotografie und malte ein wenig darauf herum. Dann fügte er etwas mit einem weißen Stift hinzu. Schließlich wandte er sich wieder zu den beiden Ärzten um und zeigte ihnen kommentarlos die Fotografie.

Felder warf erneut einen Blick auf das Foto, und jetzt erkannte er den Mann. Pendergast hatte einen graumelierten Spitzbart hinzugefügt.

»Mein Gott, das ist er. Poole.«

Ostrom nickte zustimmend und betrübt.

»In Wirklichkeit heißt der Mann Esterhazy«, sagte Pendergast und warf die Fotografie angewidert auf den leeren Tisch.

Er setzte sich neben den Tisch, legte die Finger aneinander, richtete den Blick nach innen. »Ich war ein verdammter Trottel, Vincent. Ich dachte, ich hätte ihn tief ins Gebüsch getrieben. Aber ich habe nicht vorhergesehen, dass er auf dem Fußweg kehrtmachen und sich mir von hinten nähern würde wie ein Kapbüffel.«

Der Lieutenant gab ihm keine Antwort. Eine unbehagliche Stille breitete sich im Zimmer aus.

»In dem Brief«, sagte Felder, »behauptet sie, ihr Kind sei noch am Leben. Wie kann das sein? Dass sie hier ist, liegt doch allein daran, dass sie den Kindsmord zugegeben hat.«

Pendergast warf ihm einen vernichtenden Blick zu. »Ehe wir ein Baby von den Toten erwecken, Doktor, sollten wir da nicht zunächst die Mutter zurückholen?«

Pause. Dann wandte sich Pendergast zu Ostrom um. »Hat sich dieser sogenannte Poole mit präzisen psychiatrischen Begriffen zu Constances Erkrankung geäußert?«

»Ja.«

»Und war seine Einschätzung widerspruchsfrei? Glaubhaft?«

»Sie hat mich überrascht, angesichts dessen, was ich über Miss Greene wusste. Die innere Logik war allerdings fehlerfrei, darum habe ich angenommen, dass Doktor Pooles Diagnose korrekt ist. Er hat behauptet, dass sie seine Patientin gewesen sei. Ich habe keinen Grund gesehen, das anzuzweifeln.«

Pendergast trommelte mit seinen spinnengleichen Fingern auf die Armlehne des Stuhls. »Und Sie sagen, dass Doktor Poole, als er Constance zum ersten Mal besuchte, darum gebeten hat, einen Augenblick mit ihr allein zu sein?«

»Ja.«

Pendergast sah D'Agosta an. »Ich denke, die Situation ist einigermaßen klar. Mehr noch: glasklar.«

Felder war sie zwar überhaupt nicht klar, doch er schwieg. Pendergast wandte sich wieder zu Ostrom um. »Und natürlich war es derselbe Poole, der vorgeschlagen hat, Constance einen Ausflug außerhalb des Krankenhausgeländes zu gestatten?«

»Das ist richtig«, sagte Ostrom.

»Wer hat sich um den Papierkram gekümmert?«

»Doktor Felder.«

Pendergast warf Felder einen verstohlenen Blick zu. Der zuckte zusammen.

Pendergast schaute sich lange und forschend im Zimmer um. Dann wandte er sich wieder an D'Agosta. »Vincent, dieser Raum und dieses Krankenhaus sind für uns nicht weiter von Interesse. Wir müssen uns auf den Brief konzentrieren. Können Sie ihn uns bitte noch einmal zeigen?«

D'Agosta griff in seine Anzugjacke und holte die Fotokopie hervor, die Ostrom angefertigt hatte. Pendergast nahm sie und las sie durch, einmal, zweimal.

»Die Frau, die das hier abgegeben hat«, sagte er. »Haben Sie ihr Taxi aufspüren können?«

»Nein.« D'Agosta wies mit einem Nicken auf den Brief. »Da steht nicht viel drin.«

»Nicht viel«, sagte Pendergast. »Aber vielleicht gerade genug.«

»Ich verstehe nicht ganz«, erwiderte D'Agosta.

»In diesem Brief artikulieren sich zwei Stimmen. Die eine kennt Constances endgültigen Bestimmungsort, die andere nicht.«

»Wollen Sie damit sagen, dass die Stimme zu Poole gehört? Ich meine Esterhazy.«

»Genau. Und Ihnen ist sicherlich auch aufgefallen, dass ihm, vielleicht unabsichtlich, eine bestimmte Formulierung herausgerutscht ist, die Constance zitiert. ›Vergeltung, dort wird es enden.‹«

»Und?«

»Esterhazy war immer übermäßig eingebildet auf seine geistreiche Art. ›Vergeltung, dort wird es enden.‹ Ist das nicht eine merkwürdige Formulierung, Vincent?«

»Ich bin mir nicht sicher, wirklich nicht. Das ist doch der Sinn der ganzen Sache: Vergeltung.«

Pendergast wedelte ungeduldig mit der Hand. »Und wenn er nun nicht von einer *Handlung*, sondern von einem Objekt gesprochen hat?«

Dem folgte ein langes Schweigen.

»Esterhazy hat Constance an irgendeinen *Ort* namens Vergeltung gebracht. Vielleicht handelt es sich um eine alte Familienvilla. Ein Anwesen. Ein Unternehmen irgendeiner Art. Das ist genau die Art Wortspiel, das Esterhazy gebrauchen würde – zumal im Moment des Triumphs, als den er die Entführung ohne Zweifel betrachtet.«

D'Agosta schüttelte den Kopf. »Ich finde die Argumentation ziemlich dürftig. Wer würde denn schon irgendein Objekt ›Vergeltung‹ nennen?«

Pendergast fixierte mit seinen silbrigen Augen den skeptischen D'Agosta. »Haben Sie sonst noch etwas, mit dem wir weitermachen können?«

D'Agosta hielt inne. »Ich schätze nicht.«

»Und hätten Hunderte Beamte der New Yorker Polizei, wenn sie auf Büsche einschlagen und Türen eintreten, größere Erfolgsaussichten als ich, wenn ich dieser möglichen Spur nachgehe?«

»Da suchen Sie doch eine Stecknadel im Heuhaufen. Wie wollen Sie denn ein solches Objekt aufspüren?«

»Ich kenne jemanden, der in solchen Dingen außergewöhnlich geschickt ist. Gehen wir, die Zeit drängt.«

369

Pendergast wandte sich zu Felder und Ostrom um. »Wir sind so weit, meine Herren.«

Im Gehen, wobei er so rasch ausschritt, dass Felder und Ostrom fast in Laufschritt fallen mussten, um sein Tempo mitzuhalten, holte er sein Handy hervor und wählte.

»Mime?«, sprach er ins Gerät. »Pendergast hier. Ich habe noch einen Auftrag für Sie, wieder einen sehr schwierigen, fürchte ich …« Er sprach weiter, schnell und leise, bis sie zur Eingangshalle kamen, dann klappte er das Handy zu, drehte sich zu Ostrom und Felder um und sagte in höchst ironischem Tonfall: »Vielen Dank, meine Herren *Ärzte*, aber wir finden schon allein hinaus.«

63

Langsam kam Constance wieder zu Bewusstsein. Es war stockfinster. Ihr war speiübel, und sie hatte rasende Kopfschmerzen. Sie stand einen Augenblick reglos nach vorn gebeugt da, bis sie einen klareren Kopf bekam. Und dann, ganz plötzlich, fiel ihr ein, was passiert war.

Sie versuchte, sich zu bewegen, stellte aber fest, dass ihre Hände mittels einer Kette um die Taille gefesselt waren und ihre Beine an irgendetwas hinter ihr festgebunden waren – diesmal extrem stramm. Ihr Mund war mit Klebeband verschlossen. Die Luft war feucht und roch nach Diesel, Öl und Schimmel. Constance spürte ein sanftes Schaukeln und hörte, wie Wasser gegen einen Rumpf schlug. Sie befand sich auf einem Schiff.

Sie horchte. Es waren Leute an Bord – über ihr waren gedämpfte Stimmen zu hören. Sie blieb völlig regungslos stehen und sammelte ihre Gedanken, ihr Herz schlug langsam und regelmäßig. Ihre Glieder waren steif und wund. Sie musste Stunden, vielleicht viele Stunden bewusstlos gewesen sein.

Die Zeit verstrich. Und dann hörte sie Schritte, die näher kamen. Auf einmal erschien ein schmaler Lichtstrahl, und kurz darauf wurde eine Glühbirne eingeschaltet. Sie schaute hin. Im Türrahmen stand der Mann, der sich als Esterhazy und Dr. Poole ausgab. Er erwiderte ihren Blick, seine attraktiven Gesichtszüge waren von Nervosität und auch den Kratzern entstellt, die sie ihm beigebracht hatte. Hinter ihm, in einem schmalen Flur, sah sie eine zweite Gestalt im Schatten.

Er trat auf sie zu. »Wir verlegen Sie. Um Ihrer eigenen Sicherheit willen. Bitte leisten Sie keinen Widerstand.«

Sie starrte ihn nur an. Sie konnte sich nicht bewegen, konnte nicht sprechen.

Er zog ein Messer aus der Hosentasche und schnitt die Klebebandschichten durch, mit denen ihre Beine an einem senkrechten Pfeiler festgebunden waren. Im nächsten Moment war sie frei.

»Kommen Sie.« Er streckte den Arm aus und hakte seine Hand unter einen ihrer mit Handschellen gefesselten Arme. Sie taumelte nach vorn, die Füße taub, die Beine verkrampft, bei jeder Bewegung zuckten Schmerzen hindurch. Er stieß sie vor sich her und schob sie sanft in Richtung der winzigen Tür. Sie beugte den Kopf und ging durch die Tür, Esterhazy folgte.

Die Gestalt im Schatten stand dahinter – eine Frau. Constance erkannte sie wieder, es war die rothaarige Frau aus dem angrenzenden Garten. Die Frau erwiderte ihren Blick kühl, ein leises Lächeln auf den Lippen.

Pendergast hatte den Brief also doch nicht erhalten. Es hatte nichts genützt, ihn zu schreiben. In Wirklichkeit hatte es sich offenbar um eine Art List gehandelt.

»Nehmen Sie den anderen Arm«, sagte Esterhazy zu der Frau. »Man weiß nie, was sie als Nächstes tut.«

Die Frau packte Constance am anderen Arm, und gemeinsam führten Esterhazy und die Frau sie über einen Korridor bis zu einer weiteren, kleineren Lukentür. Constance ließ sich widerstandslos weiterziehen, mit gesenktem Kopf. Als Esterhazy sich vorbeugte, um die Lukentür zu öffnen, sammelte Constance ihre Kräfte, dann drehte sie sich schnell um und versetzte der Frau einen Rammstoß mit dem Kopf. Die andere stürzte nach hinten und prallte gegen das Schott. Esterhazy wirbelte herum, und da wollte Constance auch ihm einen Kopfstoß verpassen, aber er schlang die Arme um sie und hielt sie fest. Die Frau rappelte sich auf, beugte sich über Constance, zog ihren Kopf an den Haaren zurück und schlug ihr fest ins Gesicht, einmal, zweimal.

»Das ist nicht nötig«, herrschte Esterhazy sie an. Er zog Constance zu sich herum. »Du tust, was wir dir sagen, oder die Leute hier werden dir richtig weh tun. Verstanden?«

Sie starrte zurück, brachte kein Wort heraus, versuchte immer noch, wieder zu Atem zu kommen.

Er stieß sie in den dunklen Raum hinter der Lukentür, dann folgte er ihr, zusammen mit der Rothaarigen. Wieder standen sie in einem Laderaum, im Boden befand sich eine weitere Luke. Esterhazy löste die Verriegelung und klappte die Luke auf, woraufhin ein dunkler, muffiger Raum zum Vorschein kam. In dem schummrigen Licht sah Constance, dass es sich um den untersten Bereich des Kielraums handelte, dort, wo der Rumpf sich v-förmig verjüngte – zweifellos im Bugbereich des Schiffs.

Esterhazy wies lediglich in die Richtung der dunklen, klaffenden Lukenöffnung.

Constance wich zurück.

Plötzlich verspürte sie einen Hieb an der einen Kopfseite; die Frau hatte sie fest mit der flachen Hand geschlagen. »Geh da runter!«

»Lassen Sie mich das machen«, sagte Esterhazy verärgert.

Constance setzte sich, streckte die Beine in die Öffnung und ließ sich langsam hinab. Der Raum war größer, als er aussah. Sie blickte auf und sah, dass die Frau sie erneut schlagen wollte, diesmal mit der Faust. Aber Esterhazy legte ihr die Hand unsanft auf den Arm. »Das ist nicht nötig. Ich sage das nicht noch einmal.«

Eine Träne stieg in Constances Auge auf, aber sie schüttelte sie weg. Sie hatte in mehr Jahren, als sie sich erinnern konnte, nicht mehr geweint, und sie dachte nicht daran, vor diesen Leuten in Tränen auszubrechen. Es musste am Schock liegen, als sie die Frau erkannt hatte. Und da ging ihr auf, wie sehr sie sich an die vage Hoffnung geklammert hatte, die der Brief genährt hatte.

Sie setzte sich und lehnte sich mit dem Rücken an das Schott. Die Luke schloss sich hinter ihr, gefolgt von einem metallischen Quietschen, als sie verriegelt wurde.

Es war stockdunkel im Raum, noch finsterer als in dem Laderaum, in dem sie sich zuvor befunden hatte. Das Geräusch von Wellen, die gegen den Schiffsrumpf schwappten, erfüllte den Kielraum, so dass sie fast das Gefühl hatte, sich unter Wasser zu befinden.

Sie fühlte sich unwohl, so, als müsste sie sich übergeben. Aber wenn das passierte, würde das Klebeband auf ihrem Mund dazu führen, dass sie sich verschluckte, vielleicht sogar erstickte. Das durfte sie nicht zulassen.

Sie verlagerte ihr Gewicht und versuchte, eine bequeme Haltung einzunehmen und ihre Gedanken auf etwas anderes zu lenken. Sie war schließlich dunkle, enge Räume gewohnt. Das hier war nichts Neues. Überhaupt nichts Neues.

64

Um halb drei Uhr nachmittags, kurz nach dem Aufstehen, verließ Corrie Swanson ihr Zimmer im Studentenwohnheim und machte sich auf den Weg zu ihrem Platz in der Sealy Library in der Tenth Avenue. Unterwegs kehrte sie kurz in einem griechischen Coffeeshop ein. Ganz plötzlich kam es ihr vor, als wäre Winter, ein kalter Wind wehte Müll über den Bürgersteig. Aber der Coffeeshop war eine warme Oase aus Geschirrgeklapper, gerufenen Bestellungen und Betriebsamkeit. Corrie legte ihr Geld auf den Tresen und zog eine *New York Times* mitten aus dem Stapel, der darauf lag, dann bestellte sie einen Becher Kaffee, schwarz. Sie wandte sich zum Gehen, als ihr Blick auf die Schlagzeile in der *New York Post* fiel:

Grausige Enthauptung im Riverside Park

Ein wenig verlegen nahm sie sich auch die *Post*. Im Grunde hielt sie die *Post* für ein Blatt für Kretins, aber gar nicht selten berichtete es von den wirklich grausigen Verbrechen, vor denen sich die *Times* zierte. Solche Geschichten zu lesen, war ihr heimliches Laster.

Kaum war sie an ihrem Platz in der Bibliothek angekommen, setzte sie sich, schaute sich um, um sich zu vergewissern, dass ihr niemand zusah, und schlug mit einem vagen Gefühl der Scham zunächst die *Post* auf.

Fast augenblicklich richtete sie sich entsetzt auf. Bei dem Opfer handelte es sich um einen gewissen Edward Betterton aus Mississippi, auf Urlaub in New York, dessen Leiche in einem abgelegenen Bereich des Riverside Park, hinter der Statue der Jeanne d'Arc, aufgefunden worden war. Seine Kehle war so brutal aufgeschlitzt worden, dass der Kopf fast vom Körper abgetrennt worden war. Es gab weitere, nicht näher angegebene Verstümmelungen, möglicherweise Anzeichen für einen durch eine Gang verübten Mord, schrieb die *Post*, allerdings gab es auch Hinweise darauf, dass es sich um einen brutalen Raubüberfall gehandelt haben könnte, weil die Taschen des Opfers von innen nach außen gekehrt waren und seine Armbanduhr, Geld und Wertgegenstände fehlten.

Corrie las den Artikel noch einmal, langsamer. Betterton. Das war furchtbar. Er war ihr nicht vorgekommen wie ein Bösewicht, er war nur weit weg von zu Hause gewesen. Im Rückblick tat es ihr leid, ihn derart zusammengestaucht zu haben.

Doch dieser brutale Mord konnte kein Zufall sein. Betterton war irgendetwas auf der Spur gewesen – einem Drogendeal, hatte er gesagt –, allerdings war seine Vermutung,

Pendergast hätte mit der Sache zu tun, absolut hirnrissig. Wie lautete noch mal die Adresse des Hauses, von dem er ihr erzählt hatte? Sie konzentrierte sich und verspürte eine jäh aufsteigende Panik, weil sie befürchtete, ihr könnte die Adresse entfallen sein, aber dann fiel sie ihr doch ein. 428 East End Avenue.

Nachdenklich legte sie das Boulevardblatt aus der Hand. Pendergast. Was genau hatte er mit der Sache zu tun? Wusste er über Betterton Bescheid? Ermittelte er wirklich allein, ohne Unterstützung? Hatte er tatsächlich eine Bar in die Luft gejagt?

Sie hatte ihm versprochen, sich nicht einzumischen. Aber etwas nachzuprüfen – nur nachzuprüfen –, das konnte selbst Pendergast nicht als »Einmischung« bezeichnen.

65

Special Agent Pendergast saß in einem Mietwagen an der kreisförmigen Auffahrt oberhalb der Marina an der 79. Straße in der Upper West Side von Manhattan und betrachtete durch sein Fernglas die Yacht, die rund zweihundert Meter vom Ufer entfernt vor Anker lag. Es handelte sich um die größte Yacht in dem Hafen, knapp vierzig Meter lang, schnittig und bestens ausgestattet. Als der nachmittägliche Wind drehte, schwang das Schiff an seiner Ankerkette, so dass am Heck Name und Heimathafen sichtbar wurden.

VERGELTUNG
ORCHID ISLAND, FLORIDA

Vom Wasser her wehte ein kalter Wind und rüttelte den Wagen durch, auf dem breiten Hudson erhoben sich kleine Schaumkronen.

Das Handy, das auf dem Beifahrersitz lag, klingelte. Pendergast nahm das Fernglas von den Augen und ging ran. »Ja?«

»Ist da mein Geheimagent-Mann?«, ließ sich die Flüsterstimme am anderen Ende der Leitung vernehmen.

»Mime«, sagte Pendergast. »Wie geht es Ihnen?«

»Haben Sie die Yacht gefunden?«

»Ich schaue Sie mir gerade an.«

Aus dem Handy erklang ein erfreutes, heiseres Lachen. »Hervorragend. *Ganz hervorragend.* Und glauben Sie, dass wir einen, hm, Treffer haben?«

»Das glaube ich tatsächlich, Mime. Dank Ihnen.«

»*Vergeltung.* Das war eine ziemliche Herausforderung. Aber andererseits, das Ghostnet von Zombie-PCs, die ich in ganz Cleveland eingerichtet habe, ist in letzter Zeit ziemlich faul gewesen. Es war höchste Zeit, dass die mal an was Nützlichem gearbeitet haben.«

»Ich würde es vorziehen, von den Details nichts zu erfahren. Aber Sie haben meinen Dank.«

»Freut mich, dass ich diesmal mehr helfen konnte. Bleib locker, Kumpel.« Ein Klicken, dann war die Leitung unterbrochen.

Pendergast steckte das Handy ein, fuhr los und steuerte auf den Eingang der Marina und die Tür zu, die zum Hauptanlegesteg führte. Ein Mann in frisch gebügelter Uniform, ohne Zweifel ein ehemaliger Polizist, beugte sich aus dem Wachhäuschen. »Kann ich helfen?«

»Ich möchte Mr. Lowe, den Hafenmanager, sprechen.«

»Und Sie sind?«

Pendergast zückte seinen Dienstausweis. »Special Agent Pendergast.«

»Haben Sie einen Termin?«

»Nein.«

»Und in welcher Angelegenheit ...?«

Pendergast sah den Mann einfach nur an. Dann lächelte er unvermittelt. »Gibt's ein Problem? Wenn es nämlich eins gibt, möchte ich das sofort wissen.«

Der Mann blinzelte. »Einen Moment.« Er zog sich zurück und sprach in ein Telefon. Dann öffnete er das Tor. »Sie können durchfahren und parken. Mr. Lowe kommt gleich raus zu Ihnen.«

Es dauerte mehr als nur einen Augenblick. Schließlich trat ein hochgewachsener, sportlicher, seemännisch wirkender Mann mit einer griechischen Fischermütze auf dem Kopf aus dem Hauptgebäude der Marina und kam mit langen Schritten herüber; sein Atem kondensierte hinter ihm in kleinen Wölkchen. Pendergast stieg aus dem Wagen, blieb stehen und wartete auf ihn.

»Meine Güte. FBI?«, sagte der Mann, streckte die Hand aus, lächelte freundlich und blitzte Pendergast mit seinen strahlend blauen Augen an. »Was kann ich für Sie tun?«

Mit einem Nicken wies Pendergast auf die auf Reede liegende Yacht. »Ich möchte gern etwas über die Yacht dort wissen.«

Der Mann hielt inne. »Und in welcher Funktion?« Er lächelte weiterhin freundlich.

»In offizieller«, sagte Pendergast und erwiderte das Lächeln.

»In offizieller ... Also, das ist ja eigenartig«, sagte der Mann.

»Ich habe nämlich gerade eben das New Yorker Büro des FBI angerufen und dort gefragt, ob ein gewisser Special Agent Pendergrast in einem Fall ermittelt, bei dem unser Yachthafen eine Rolle spielt ...«

»Pender*gast*.«

»Entschuldigen Sie. *Pendergast*. Dort hat man mir gesagt, dass Sie Urlaub genommen haben, und versichert, dass Sie im Moment in keinem laufenden Fall ermitteln. Also muss ich annehmen, dass Sie auf eigene Faust handeln und Ihren Dienstausweis unter einem falschen Vorwand zücken. Was gegen die Vorschriften des FBI verstoßen muss. Habe ich recht?«

Pendergast lächelte unbeirrt weiter. »Sie haben recht, in allen Punkten.«

»Und darum gehe ich jetzt zurück in mein Büro, und Sie verschwinden, und wenn ich noch mehr über diese Angelegenheit höre, rufe ich das FBI noch einmal an und erstatte Anzeige, dass sich einer ihrer Special Agents in der Stadt herumtreibt und seinen Dienstausweis einsetzt, um gesetzestreue Bürger einzuschüchtern.«

»Einschüchtern? Wenn ich anfange, Sie einzuschüchtern, dann werden Sie es schon merken.«

»Ist das eine Drohung?«

»Nein, eine Ansage.« Mit einem Nicken wies Pendergast in Richtung Wasser. »Ich nehme an, Sie können die Yacht dort drüben sehen? Ich habe Grund zu der Annahme, dass in Kürze darauf eine schwere Straftat begangen wird. Wenn diese Straftat begangen wird, dann *werde* ich in dem Fall ermitteln – und zwar in der offiziellsten aller möglichen Funktionen –, und dann wird selbstverständlich gegen Sie wegen Beihilfe ermittelt werden.«

»Eine leere Drohung. Ich bin unschuldig, und das wissen Sie auch. Wenn in Kürze eine Straftat begangen wird, dann schlage ich vor, dass Sie die Polizei rufen, Mr. Prendergast.«

»*Pender*gast.« Sein Tonfall klang weiter ruhig und vernünftig. »Ich möchte von Ihnen, Mr. Lowe, lediglich ein paar Informationen über die Yacht, die Angehörigen der Crew, ihr Kommen und Gehen. Was unter uns bleiben muss. Denn ich sehe, dass Sie ein freundlicher Mann sind, der den Strafverfolgungsbehörden gern hilft.«

»Wenn Sie das Einschüchterung nennen, dann funktioniert sie nicht. Meine Aufgabe besteht darin, die Privatsphäre der Kunden, die diesen Yachthafen regelmäßig anlaufen, zu schützen, und das habe ich auch vor. Wenn Sie mit einem Durchsuchungsbefehl zurückkommen wollen, okay. Wenn die New Yorker Polizei herkommt, okay. Dann werde ich kooperieren. Aber nicht mit einem FBI-Agenten, der während seiner dienstfreien Zeit mit irgendeinem Blech herumwedelt. Und nun verschwinden Sie.«

»Wenn wir in dieser Strafsache ermitteln, werden meine Kollegen und das New Yorker Morddezernat wissen wollen, warum Sie von den Leuten auf der Yacht Geld angenommen haben.«

Ein Flackern huschte über das Gesicht des Mannes. »Sonderzuwendungen sind ein ganz normaler Bestandteil dieses Geschäfts. Ich bin wie ein Taxifahrer – Trinkgelder sind Standard hier. Das ist nicht illegal.«

»Natürlich. Allerdings nur dann, wenn das ›Trinkgeld‹ nicht eine gewisse Höhe überschreitet. Dann wird es zu einer Zahlung. Vielleicht sogar zu einer Bestechung. Und wenn das besagte Geld zum Zweck gezahlt wird, eine verdeckte Gegenleistung zu erhalten, nun ja, Mr. Lowe, dann hätten Sie sich tatsächlich der Beihilfe schuldig gemacht, und dann kommen Angehörige der Strafermittlungsbehörden vorbei und stellen Fragen. Zumal wenn bekannt wird, dass Sie nicht nur gedroht haben, mich umzubringen, sollte ich das Gelände nicht verlassen, sondern auch New Yorks Polizisten mit vulgären Ausdrücken beleidigt haben.«

»Was zum Teufel …? Ich habe weder Ihnen noch der Polizei je gedroht.«

»Ihre exakten Worte lauteten: *Ich habe Freunde, die Ihnen eine Kugel in den Kopf jagen, wenn Sie nicht sofort von hier verschwinden. Und das gilt auch für die Schweine von der New Yorker Polizei.*«

»Ich habe nichts dergleichen gesagt, Sie Dreckskerl von einem Lügner!«

»Das ist richtig. Aber das wissen nur Sie und ich. Alle anderen werden glauben, dass ich die Wahrheit sage.«

»Damit kommen Sie nie durch! Sie bluffen!«

»Ich bin verzweifelt, Mr. Lowe, und operiere außerhalb der Regeln. Ich werde alles tun – lügen, nötigen und täuschen –, um Sie zur Kooperation zu zwingen.« Er holte sein Handy hervor. »Also, ich rufe gleich eine Notfallnummer des FBI an, um Ihre Drohungen zu melden und Unterstützung anzufordern. Wenn ich das tue, wird sich Ihr Leben ändern … für immer. Oder Sie …?« Er hob eine Augenbraue, zusammen mit dem Handy.

Lowe starrte ihn an, zitternd vor Wut. »Sie Dreckskerl.«

»Ich interpretiere das als Ja. Wollen wir uns nun in Ihr Büro zurückziehen? Vom Hudson her weht doch ein recht unangenehmer Wind.«

66

Das Haus in der East End Avenue hatte die Bezeichnung *Brownstone* nicht verdient. Es war aus Backstein, nicht Naturstein erbaut, es war schmal, und es war lediglich drei Stockwerke hoch. *Ein trostloseres und verwahrlosteres Gebäude findet sich in der ganzen Upper East Side nicht,* dachte Corrie, während sie auf der anderen Straßenseite mit dem Rücken an einem Gingko-Baum lehnte, Kaffee trank und zum wiederholten Mal so tat, als lese sie in einem Buch.

Die heruntergezogenen Jalousien im Innern sahen aus, als seien sie über Jahrzehnte immer mehr vergilbt. Die Fenster selbst waren schmutzig, mit Gittern geschützt und erkennbar mit Alarmfolie aus Blei versehen. Die Vorderterrasse war rissig, und im Kellereingang hatte sich Müll angesammelt. Trotz der schäbigen äußeren Erscheinung schien das Gebäude ziemlich gut gesichert zu sein, mit glänzenden neuen Schlössern an der Haustür. Und die Gitter an den Fenstern sahen auch nicht gerade alt aus.

Corrie trank ihren Kaffee aus, steckte ihr Buch ein und schlenderte die Straße hinunter. Der Stadtteil, ehemals von deutschstämmigen Einwanderern bewohnt, war heutzutage scherzhaft unter dem Namen »Mädels-Ghetto« bekannt, der bevorzugte Stadtteil für Hochschulabsolventen, meist Frauen, die neu in Manhattan waren und nach einer sicheren Bleibe suchten. Das Viertel war ruhig, sauber und unbestreitbar sicher. Die Straßen waren voller attraktiver, schick gekleideter junger Frauen, von denen die meisten aussahen, als arbeiteten sie an der Wall Street oder in einer der Rechtsanwaltskanzleien in der Park Avenue.

Corrie rümpfte die Nase und ging weiter bis zum Ende des Blocks. Betterton hatte gesagt, er habe gesehen, wie jemand das Haus verlassen hatte, aber es machte eher den Eindruck, als stünde es schon seit Ewigkeiten leer.

Sie drehte sich um und schlenderte den Block wieder zurück, wobei sie sich frustriert fühlte. Das Gebäude war Teil einer Reihe echter Brownstones, deshalb verfügte jedes auf der Rückseite zweifellos über ein kleines Gärtchen oder eine Terrasse. Wenn sie einen Blick auf die Rückseite des Gebäudes werfen könnte, könnte sie die Lage etwas besser checken. Natürlich konnte das Ganze auch Bettertons überhitzter Phantasie entsprungen sein. Andererseits hatte seine Geschichte, derzufolge Pendergast eine Bar in die Luft gejagt, ein medizinisches Labor abgefackelt und einen Haufen Boote versenkt hatte, etwas fast Glaubhaftes. Und auch wenn Betterton sich geirrt hatte, musste sie doch zugeben, dass er einen intelligenten, zähen Eindruck gemacht hatte. Er war ihr nicht wie jemand vorgekommen, den man problemlos um die Ecke bringen konnte. Aber irgendwer hatte es getan.

Als sie sich der Mitte der Häuserreihe näherte, nahm sie die beiden Brownstones neben der Nummer 428 in Augenschein. Bei beiden handelte es sich um typische Upper-East-Side-Gebäude, mit mehreren Wohnungen pro Etage. Noch während sie sich das Haus ansah, trat eine junge Frau aus einem der Häuser, im schicken Kostüm und mit einer Aktentasche in der Hand. Die Frau drängelte sich an ihr vorbei, praktisch ohne sie eines Blicks zu würdigen, und ließ eine Fahne teuren Parfüms hinter sich zurück. Andere junge Frauen aus dem Viertel kamen und gingen – und schienen alle dem gleichen Typus anzugehören: junge Akademikerinnen im Business-Kostüm oder Jogginganzug. Corrie wurde bewusst, dass sie mit ihrem Goth-Outfit – das stachelige, mit Farbsträhnen gefärbte Haar, all das baumelnde Metall, die vielen Ohrringe und Tattoos – auffiel wie ein bunter Hund.

Was tun? Sie ging in einen Bagel-Shop, bestellte einen Bialy mit Räucherlachspaste und setzte sich ans Fenster, von wo aus sie einen guten Blick die Straße hinunter hatte. Wenn es ihr gelang, sich mit jemandem aus einem Erdgeschoss-Apartment auf der einen oder anderen Seite des Gebäudes anzufreunden, könnte sie sich vielleicht einschmeicheln und einen Blick in den hinteren Garten werfen. Aber in New York ging man nicht so einfach auf Leute zu und sagte hallo. Sie war nicht mehr in Kansas …

Und da sah sie, wie aus dem Brownstone rechts von Nummer 428 eine junge Frau mit langem schwarzem Haar und in Lederminirock und hohen Lederstiefeln heraustrat.

Corrie legte ein paar Dollarscheine auf den Tisch, lief aus dem Bagel-Shop und ging die Straße hinunter, ihre Handtasche schwingend und in den Himmel schauend, auf Kollisionskurs mit der anderen Goth, die ihr da entgegenkam.

Es war kinderleicht gewesen. Mittlerweile ging die Sonne unter, und Corrie relaxte in der winzigen Küche der Erdgeschosswohnung, trank grünen Tee und hörte zu, wie sich ihre neue Freundin über die vielen Yuppies im Viertel beschwerte. Sie hieß Maggie, arbeitete als Kellnerin in einem Jazz-Club und versuchte gleichzeitig, Schauspielerin zu werden. Sie war intelligent, witzig und litt eindeutig unter mangelnder Gesellschaft.

»Ich würde ja gern nach Long Island City oder Brooklyn

ziehen«, sagte Maggie und umfasste ihren Teebecher, »aber mein Dad glaubt, dass jedes Viertel außer der Upper East Side von Vergewaltigern und Mördern bevölkert wird.«

Corrie lachte. »Vielleicht hat er ja recht. Das Gebäude nebenan sieht ziemlich gruselig aus.« Sie hatte ein furchtbar schlechtes Gewissen, eine junge Frau zu manipulieren, die sie gern zur Freundin gehabt hätte.

»Ich glaube, das Haus steht leer. Ich denke nicht, jemals irgendjemand da hinein- oder hinausgehen gesehen zu haben. Komisch, denn es ist wahrscheinlich fünf Millionen wert. Eine Premium-Immobilie, die einfach vor die Hunde geht.«

Corrie blickte in ihren Teebecher und fragte sich, wie sie jetzt, da sie hier war, nach draußen auf die Terrasse hinter dem Brownstone und über die knapp drei Meter hohe Mauer in den Hintergarten des Spukhauses kommen und dann da einbrechen konnte.

Einbrechen. Wollte sie das tatsächlich? Zum ersten Mal hielt sie inne, um darüber nachzudenken, warum sie eigentlich hier war und was sie vorhatte. Sie hatte sich eingeredet, lediglich die Lage checken zu wollen. Aber war es wirklich intelligent, über einen Einbruch nachzudenken, während sie am John Jay studierte, um Polizistin zu werden?

Und das war nur die eine Seite. Sicher, zu Hause in Medicine Creek war sie in mehr als nur ein paar Häuser eingebrochen – allerdings nur zum Spaß –, aber wenn Betterton recht hatte, handelte es sich bei diesen Leuten um gefährliche Drogenhändler. Und Betterton war tot. Und dann war da natürlich auch noch das Versprechen, das sie Pendergast gegeben hatte …

Ganz klar, sie würde da nicht einbrechen. Aber sie würde

sich das Haus einmal ansehen. Sie würde auf Nummer sicher gehen, durchs Fenster spähen, Distanz halten. Beim ersten Anzeichen von Ärger oder Gefahr oder irgendwas würde sie sich zurückziehen.

Sie wandte sich zu Maggie um und seufzte. »Es gefällt mir hier. Ich wünschte, ich hätte auch so eine Wohnung. Übermorgen muss ich aus meiner raus, und in die neue kann ich erst am Ersten einziehen. Da muss ich wohl in einer Jugendherberge übernachten oder so was.«

Maggies Gesicht hellte sich auf. »Du brauchst ein Zimmer, wo du ein paar Tage pennen kannst?«

»Ja!« Corrie lächelte.

»Hey, es wäre super, jemanden um sich zu haben. Allein zu leben, kann einem manchmal ziemlich Angst machen. Weißt du, als ich gestern Abend nach Hause gekommen bin, da hatte ich so ein merkwürdiges Gefühl, dass jemand während meiner Abwesenheit in der Wohnung war ...«

67

Um zehn Uhr abends hatte der Wind aufgefrischt, auf der dunklen Wasseroberfläche des Hudson River standen kleine Schaumkronen, und die Temperatur lag nur ein paar Grad über dem Gefrierpunkt. Es herrschte Ebbe, und der Fluss floss träge nach Süden in Richtung New Yorker Hafen. Die Lichter von New Jersey spiegelten sich kalt auf der dunklen, bewegten Oberfläche des Wassers.

Zehn Häuserblocks nördlich der städtischen Marina an der 79. Straße, an der Steinaufschüttung unterhalb des West

Side Highways, bewegte sich unten am Wasser eine dunkle Gestalt. Sie zog ein zerbrochenes Stück Treibgut über die Steine – den demolierten Rest eines Pontons, ein paar Holzplanken, die an einem abgeschliffenen Stück wasserfesten Styropors hafteten. Die Gestalt ließ das Treibgut ins Wasser, stieg hinein und bedeckte sich mit dem vergammelten Teil einer weggeworfenen Plane. Während das Floß an der Böschung lag, holte die Gestalt einen am Ende flach geschnitzten Stock hervor, damit dieser, wenn er ins Wasser eintauchte, fast unsichtbar war und geschickt das Vorankommen des vermeintlichen Treibguts steuerte.

Mit dem Stock stieß der Mann das improvisierte Wasserfahrzeug von der Uferböschung ab, so dass es in die Strömung geriet und sich anderem Strand- und Treibgut zugesellte.

Es trieb weiter hinaus auf den Fluss, bis es ungefähr hundert Meter vom Ufer entfernt war. Dort schwamm es, sich langsam drehend, träge auf eine Gruppe von Yachten zu, die vor Anker lagen und deren Ankerlichter das Dunkel durchdrangen. Langsam trieb das Floß an den Booten vorbei, wobei es auf seiner scheinbar ziellosen Fahrt gegen den einen oder anderen Rumpf prallte. Allmählich näherte es sich der größten Yacht am Ankerplatz, stieß leicht gegen den Rumpf und trieb daran vorbei. Während es sich dem Heck näherte, war eine ganz leise Bewegung zu hören, ein Rascheln und leises Eintauchen ins Wasser, schließlich Stille, dann trieb das jetzt insassenlose, improvisierte Floß an der Yacht vorbei und verschwand in der Dunkelheit.

Pendergast hockte im glatten Neoprenanzug auf der Schwimmplattform hinter dem Heckspiegel der *Vergeltung* und horchte. Alles war still. Nach einem Augenblick hob er den Kopf und spähte über den Rand des Hecks. Er sah zwei Männer in der Dunkelheit, der eine entspannte sich, eine Zigarette rauchend, in einem Sitzbereich auf dem Achterdeck. Der andere ging auf dem Vorderdeck herum, das von Pendergasts Warte aus allerdings nur schwer einzusehen war.

Während er die beiden Männer beobachtete, hob derjenige auf dem Achterdeck eine große Bierflasche an die Lippen und trank einen ordentlichen Schluck. Nach einigen Minuten erhob er sich ein wenig unsicher aus seinem Stuhl und spazierte auf dem Deck umher. Knapp drei Meter von Pendergast entfernt blieb er am Heck stehen und blickte hinaus aufs Wasser, dann begab er sich zurück zu seiner Sitzgelegenheit und nahm wieder einen großen Schluck aus der Flasche. Er drückte die Zigarette aus und zündete sich eine neue an.

Aus dem kleinen Tauchbeutel, den er bei sich trug, holte Pendergast seine Les Baer Kaliber 45 und überprüfte sie kurz. Er steckte sie zurück in den Beutel und holte einen kurzen Gummischlauch daraus hervor.

Wieder wartete und beobachtete er. Der Mann trank und rauchte weiterhin, dann erhob er sich schließlich, ging nach vorn und betrat durch eine Tür die Räumlichkeiten der Yacht, wo aus verschiedenen Fenstern mattes Licht fiel.

Blitzartig sprang Pendergast aufs Achterdeck und kauerte sich hinter zwei Begleitboote.

Dank seines neuen Freundes Lowe hatte er erfahren, dass sich vermutlich nur wenige Crewmitglieder an Bord befanden. Die meisten waren am Nachmittag an Land gegangen, so dass sich, wie der Hafenmanager glaubte, nur vier auf dem Schiff aufhielten. Wie zutreffend diese Auskunft war, blieb abzuwarten.

Laut Lowes Beschreibung handelte es sich bei einem der Männer eindeutig um Esterhazy. Außerdem waren da noch die Lieferungen, die kürzlich geladen worden waren, darunter eine lange Edelstahl-Kiste für Trockengüter, die groß genug war, um eine bewusstlose Person darin zu verstecken – oder auch eine Leiche.

Pendergast überlegte kurz, was er mit Esterhazy tun würde, falls der Kerl Constance bereits getötet hatte.

Esterhazy saß auf einem Schott im Maschinenraum neben Falkoner, der rothaarigen Frau, deren Namen er nicht kannte, und vier Männern, bewaffnet mit identischen Beretta 93R-Maschinenpistolen, die auf 3-Schuss-Automatik eingestellt waren. Falkoner hatte darauf bestanden, sich zum Zweck der Operation in den Maschinenraum, den sichersten Ort auf dem Schiff, zurückzuziehen. Keiner sagte ein Wort.

Vor der Tür näherten sich leise Schritte, dann ertönte ein leises dreimaliges Klopfen, gefolgt von einem Doppelklopfen. Falkoner stand auf und schloss die Tür auf. Ein Mann mit einer Zigarette im Mundwinkel trat ein.

»Mach die aus«, sagte Falkoner schroff.

Der Mann drückte die Zigarette aus. »Er ist an Bord.«

Falkoner sah ihn an. »Wann?«

»Vor ein paar Minuten. Er hat das ziemlich geschickt angestellt – ist auf einem Floß aus Müllteilen eingetroffen. Fast hätte ich es übersehen. Er ist auf die Schwimmplattform geklettert und hält sich jetzt im Bereich des Achterdecks auf. Vic oben auf der Flybridge behält ihn mit dem Infrarot-Nachtsichtgerät im Auge.«

»Hat er irgendeinen Verdacht geschöpft?«

»Nein. Ich habe so getan, als ob ich betrunken bin, so wie Sie gesagt haben.«

»Sehr gut.«

Esterhazy stand auf. »Verdammt noch mal, wenn Sie die Gelegenheit hatten, ihn zu töten, dann hätten Sie sie ergreifen müssen! Werden Sie ja nicht übermütig – der Mann nimmt es mit einem halben Dutzend von euch auf. Erschießt ihn bei der ersten Gelegenheit.«

Falkoner drehte sich um. »Nein.«

Esterhazy starrte ihn an. »Was soll das heißen, *nein?* Wir haben doch bereits besprochen ...«

»Nehmt ihn lebendig fest. Ich habe ein paar Fragen an ihn, bevor wir ihn töten.«

Esterhazy starrte ihn an. »Sie begehen einen Riesenfehler. Selbst wenn Sie es schaffen, ihn lebendig zu fangen, er wird ihnen keine Fragen beantworten.«

Falkoner bedachte Esterhazy mit einem gemeinen Lächeln, das das ohnehin schon abstoßende Muttermal noch weiter auseinanderzog. »Ich habe nie Probleme, Leute dazu zu bringen, Fragen zu beantworten. Aber ich frage mich schon, Judson, warum *Sie* ein Problem damit haben. Haben Sie Angst, wir könnten etwas herausfinden, das Sie lieber unter der Decke halten würden?«

»Sie haben ja keine Ahnung, mit wem Sie es zu tun haben«, erwiderte Esterhazy rasch, als plötzlich diese altbekannte Beklemmung seine Angst noch verstärkte. »Sie sind ein Narr, wenn Sie ihn nicht auf der Stelle, beim ersten Anblick, töten, bevor er dahinterkommt, was hier vor sich geht.«

Falkoner kniff die Augen zusammen. »Wir sind ein Dutzend. Schwer bewaffnet, gut ausgebildet. Was ist denn los mit Ihnen, Judson? Wir haben in all den Jahren gut für Sie gesorgt, und jetzt vertrauen Sie uns auf einmal nicht mehr? Ich bin überrascht. Und gekränkt.«

Falkoners Tonfall war voller Sarkasmus. Wieder verspürte Esterhazy die alte Angst in der Magengrube.

»Wir werden uns auf offener See befinden, auf unserem eigenen Boot. Wir haben den Vorteil des Überraschungsmoments. Er hat keine Ahnung, dass er in eine Falle getappt ist. Und wir haben seine Frau, die dort unten gefesselt ist. Er ist uns ausgeliefert.«

Esterhazy schluckte. *So wie ich.*

Falkoner sprach ins Headset. »Wir laufen aus.« Er warf einen Blick in die Runde, die sich da im Maschinenraum versammelt hatte. »Die anderen sollen sich um ihn kümmern. Wenn etwas schiefgeht, schlagen wir zu.«

Pendergast, der immer noch hinter den Beibooten kauerte, spürte, wie ein Grollen die Yacht erbeben ließ. Die Maschinen wurden gestartet. Er hörte vorn einige Stimmen sowie das Klatschen, als eine Anker-Flagge über Bord geworfen wurde, und dann spürte er, wie der Bug der Yacht nach Westen schwang, in Richtung der Fahrrinne des Flusses, während die Motoren auf Vollgas beschleunigten.

Pendergast dachte darüber nach, dass seine Ankunft auf dem Boot und dessen Abfahrt zeitlich zusammengefallen waren, und kam zu dem Schluss, dass es sich dabei keineswegs um einen Zufall handeln konnte.

68

Esterhazy wartete im Maschinenraum, zusammen mit Falkoner. Die Twin-Dieselmotoren, die inzwischen mit Reisegeschwindigkeit liefen, dröhnten laut in dem beengten Raum.

Er sah auf die Uhr. Es war zehn Minuten her, dass Pendergast an Bord gekommen war. Sein Gefühl der nervösen inneren Anspannung hatte sich allmählich gelegt. Aber ihm gefiel das alles nicht – ganz und gar nicht. Falkoner hatte ihn angelogen.

Esterhazy hatte äußerste Vorsicht walten lassen, als er Pendergast auf die Yacht gelockt hatte. Constance hatte genau das getan, was er erwartet hatte, sie hatte die lockeren Fesseln abgestreift, einen kurzen Brief geschrieben und diesen dann aus dem Fenster des sicheren Unterschlupfs in den Nachbargarten geworfen. Und weil Pendergast sich jetzt an Bord befand, hatte er den Köder, den er so sorgsam ausgeworfen hatte – die »Vergeltung« –, zweifellos geschluckt. Es war ein schwieriger Balanceakt gewesen, Pendergast gerade so viele Informationen zu geben, dass er die Yacht fand, aber nicht so viele, dass er annahm, in eine Falle getappt zu sein.

Doch jetzt bestand Falkoner darauf, Pendergast lebendig zu fangen. Esterhazy verspürte einen Anflug von Übelkeit, denn er wusste, dass Falkoner Pendergast auch deshalb lebendig haben wollte, weil er Spaß am Foltern hatte. Der Mann war pervers, und es konnte durchaus sein, dass er mit seiner Arroganz und seinem Sadismus alles vermasselte.

Esterhazy merkte, wie sich das vertraute Gefühl der Furcht und der Paranoia steigerte. Er überprüfte seine Faustfeuerwaffe und lud durch. Wenn Falkoner die Sache nicht bei der ersten sich bietenden Gelegenheit beendete, musste er das selber machen. Beenden, was er im schottischen Moor begonnen hatte. Und zwar bevor Pendergast absichtlich oder sonstwie das Geheimnis preisgab, das Esterhazy in den letzten zwölf Jahren vor dem Bund verborgen hatte. Verflucht, wenn Pendergast doch nur nicht dieses alte Gewehr untersucht hätte, wenn er doch nur keine schlafenden Hunde geweckt hätte. Pendergast hatte ja keine Ahnung, *keine Ahnung*, welchen Wahnsinn er entfesselt hatte. Vielleicht hätte er Pendergast ja vor Jahren in das grauenvolle Geheimnis einweihen sollen, damals, als er seine Schwester heiratete.

Aber dafür war es jetzt zu spät.

Falkoners Funkgerät knisterte. »Ich bin's, Vic«, ließ sich die Stimme vernehmen. »Ich weiß nicht, wie, aber wir haben seine Spur verloren. Er hockt nicht mehr hinter dem Dinghy.«

»*Verdammter Mist!*«, rief Falkoner verärgert auf Deutsch. »Wie konnte das passieren?«

»Keine Ahnung. Er hatte sich versteckt, wo wir ihn nicht sehen konnten. Wir haben eine Zeitlang gewartet, und als nichts passiert ist, habe ich Berger im großen Salon als Wache zurückgelassen und bin zum Skydeck, um aus einem besseren Blickwinkel nachzuschauen, und da war er verschwunden. Ich weiß nicht, wie. Wir hätten ihn sehen müssen, egal, in welche Richtung er gegangen ist.«

»Er muss noch irgendwo da unten stecken«, sagte Falkoner. »Sämtliche Türen sind abgeschlossen. Schick Berger aufs Achterdeck. Gib ihm Feuerschutz von deinem Posten auf der Flybridge.«

Esterhazy sprach ins Funk-Headset. »Eine abgeschlossene Tür stellt für Pendergast überhaupt kein Hindernis dar.«

»Er kann nicht an der Tür zur Hauptkabine vorbeigekommen sein, ohne dass wir ihn gesehen hätten«, sagte Vic.

»Scheucht ihn auf«, wiederholte Falkoner. »Captain, wie lautet unsere Position?«

»Wir laufen gerade in den New Yorker Hafen ein.«

»Halten Sie Reisegeschwindigkeit bei. Kurs offenes Meer.«

Vic kauerte auf der Flybridge der *Vergeltung*, drei Decks oberhalb der Wasserlinie. Die Yacht hatte gerade eben die Baustelle des schnell wachsenden One World Trade Centers passiert und umrundete jetzt die Südspitze von Manhattan, links sah man die Battery erhellt von Scheinwerfern. Die Gebäude des Finanzdistrikts erhoben sich wie schimmernde Nadeln, warfen ihr Umgebungslicht aufs Wasser und ließen die Yacht erstrahlen.

Unter Vic wurde das Achterdeck der *Vergeltung* vom Lichtschein der New Yorker Innenstadt matt erhellt. Auf dem Backbord-Achterdeck lagen zwei Dinghys mit Außenbordmotor – kleine Motorboote, mit denen man an Land und zurück fuhr, wenn die Yacht vor Anker lag –, Seite an Seite, jedes auf seiner Stapellaufwiege, zugedeckt mit Segeltuchplanen. Es war ausgeschlossen, dass Pendergast nach vorn gegangen sein konnte, ohne das offene Deck zu überqueren. Und sie hatten das Deck mit Habichtsaugen beobachtet. Er musste sich also immer noch hinten im Achterdeckbereich aufhalten.

Durch das Nachtsichtgerät sah er, wie Berger aus dem großen Salon kam, mit der Waffe im Anschlag. Vic senkte das Nachtsichtgerät und hob seine Waffe, um ihm Feuerschutz zu geben.

Berger blieb einen Moment lang im Schatten stehen, machte sich bereit, dann huschte er im Schutz des ersten Tenders längsseits und hockte sich hinter den Bug.

Vic wartete, die Beretta im Anschlag, um bei der geringsten Bewegung aus kürzester Entfernung zu feuern. Er hatte früher einmal bei der Armee gedient, deshalb war ihm Falkoners Befehl, den Mann lebendig zu fassen, ziemlich egal. Wenn der Kerl seinen Kopf zeigte, knallte er ihn ab. Er hatte keine Lust, das Leben der anderen aufs Spiel zu setzen, nur um einen Gefangenen zu machen.

Langsam arbeitete sich Berger längs der Yacht in Richtung Heck vor.

Vics Funkgerät knisterte. Berger meldete sich übers Headset. »Kein Spur von ihm hinter den Tendern.«

»Sieh zweimal nach. Und pass auf, vielleicht ist er achtern hinter den Heckspiegel geschlichen und wartet bloß darauf, dahinter hervorzuspringen, sobald jemand an Deck kommt.«

Die Waffe weiter auf den Bereich gerichtet, verfolgte Vic, wie Berger vom ersten zum zweiten Tender schlich.

»Er ist nicht da«, ließ sich Bergers Flüsterstimme vernehmen.

»Dann hält er sich doch hinterm Heck versteckt«, sagte Vic.

Er beobachtete, wie Berger zur Heckreling vorrückte und dabei tief in der Hocke blieb. Dann hielt Berger inne, richtete sich zu voller Größe auf und zielte mit seiner Waffe auf die beiden Schwimmplattformen hinter dem Heck.

Kurz darauf ging er wieder in die Hocke. »Nichts.«

Vic überlegte wie wild. Das Ganze war verrückt. »Drinnen. Vielleicht versteckt er sich in einem der Boote, unter der Persenning.«

Vic schwenkte die Waffe in Richtung der beiden Tender, während Berger die Heckleiter des ersten Beiboots ergriff, sie herunterzog, einen Fuß daraufsetzte und sich nach oben zog. Er beugte sich über den Propellerschaft, um den Rand der Abdeckplane anzuheben und einen Blick darunter zu werfen.

Über Funk hörte Vic ein leises Klicken, dann ein elektronisches Piepen.

O verdammt, das Geräusch kannte er! »Berger …!«

Aus dem Außenbordmotor des Tenders brach ein jähes, ohrenbetäubendes Dröhnen hervor. Berger schrie auf, und dann sah man einen Schauer dunklen Sprühnebels, während der wirbelnde Propeller Berger zur Seite stieß und die eine Körperhälfte weit aufriss.

Nach einem kurzen Moment des Entsetzens feuerte Vic mehrere Salven aus der Beretta auf den Tender ab. Dabei schwenkte er sie so lange hin und her, bis das Magazin leer war, damit die Kugeln das Segeltuch zerfetzten, den Bootsrumpf durchschlugen und jeden durchlöcherten, der sich womöglich darin versteckt hielt. Kurz darauf schlugen Flammen aus dem Heckbereich des Tenders. Reglos lag Berger dort, wo er zu Boden gestürzt war, unter ihm breitete sich eine dunkle Lache aus.

Mit zittrigen Händen nahm Vic das leere Magazin aus der Beretta und rammte ein neues hinein.

»Was ist da los?«, fragte Falkoner wütend über sein Headset.

»Er hat Berger gekillt!«, rief Vic. »Er …«

»Hör auf herumzuballern! Wir befinden uns auf einem Schiff, du Idiot! Sonst bricht ein Feuer aus!«

Vic starrte auf die Flammen, die aus dem Tender schlugen und am Segeltuch emporzüngelten. Man hörte ein gedämpftes *Wumm*, spürte ein leichtes Beben, dann schlugen weitere Flammen aus dem durchlöcherten Treibstofftank empor. »Scheiße, wir haben schon eins.«

»Wo?«

»Im Tender.«

»Lass ihn zu Wasser. Schaff ihn von der Yacht. *Sofort!*«

»Okay.« Vic lief über das Hauptdeck zum Tender. Dieser Pendergast war nirgends zu sehen – zweifellos lag er tot in dem Beiboot. Er löste die Halterungen vorn und achtern, klappte den Heckspiegel auf und drückte auf den Schalter für die Winsch. Während die Gänge der Winsch surrten, ruckte der vier Meter lange Tender nach hinten und glitt auf die Startschienen. Vic packte den Bug und versetzte dem Boot einen zusätzlichen Stoß, damit es schneller hinunterglitt. Als das brennende Heck auf das strudelnde Kielwasser traf, wurde es vom Wasser erfasst, so dass der Tender ruckartig vom Deck heruntergezogen wurde und die Ketten rissen. Dadurch geriet Vic aus dem Gleichgewicht, aber es gelang ihm noch, die Heckreling zu packen, und er fand schnell wieder Halt. Der brennende Tender fiel achteraus und drehte sich im Wasser, sank aber bereits. Er hatte das Feuer und höchstwahrscheinlich die Leiche der Zielperson mit sich genommen. Vic war ungeheuer erleichtert.

Bis er einen festen Stoß in den Rücken verspürte, gleichzeitig sein Headset weggerissen wurde und er kopfüber hinter dem brennenden Tender ins Wasser stürzte.

69

Pendergast kauerte an der Backbordseite des verbliebenen Beiboots und verfolgte, wie der brennende Tender in der Dunkelheit verschwand, während sich das Wasser des New Yorker Hafens darüber schloss. Die Schreie des Mannes, den er über Bord gestoßen hatte, wurden immer leiser und verloren sich bald in den Geräuschen der Yacht, des Windes und des Wassers. Er setzte das Headset auf, rückte es zurecht und begann, sich das alarmierte Geschnatter anzuhören. Daraus formte er in seinem Kopf ein Bild von der Anzahl der Akteure, ihrer jeweiligen Standorte und unterschiedlichen Gefühlslagen.

Höchst aussagekräftig.

Beim Zuhören streifte er den Neoprenanzug ab, der seine Bewegungsfreiheit einschränkte, und warf ihn über Bord. Dann zog er seine Kleidungsstücke aus dem wasserdichten Tauchbeutel, den er mitgebracht hatte, zog sich schnell an und ging zum Bug des Tenders. Auf der Flybridge, ganz oben auf der Yacht, war anscheinend niemand. Inzwischen patrouillierte ein einzelner Bewaffneter auf dem Skydeck. Von jeder Seite seines Patrouillengangs bot sich dem Mann ein unverstellter Blick aufs Achterdeck.

Pendergast schaute zu, wie der Mann auf dem Skydeck in die Richtung des sinkenden Tenders blickte und etwas in sein Funkgerät sprach. Nach einer Minute betrat er die Skylounge und begann, vor dem Steuerhaus auf und ab zu gehen, um es zu schützen. Pendergast zählte die Sekunden ab, die er für jede Strecke brauchte, dann plante er seine Aktion, sprintete über das offene Hauptdeck zum

Achter-Eingang des großen Salons. Im Türrahmen hockte er sich so hin, dass der Überstand ihn vor Blicken von oben schützte. Er versuchte, die Tür zu öffnen: abgeschlossen. Das Fenster war getönt, der dahinter befindliche große Salon dunkel, so dass darin nichts zu sehen war.

Nach einer kurzen Attacke war das einfache Schloss aufgebrochen. Die Umgebungsgeräusche reichten aus, um Pendergasts Bewegungen zu übertönen. Die Tür war jetzt unverschlossen, aber er öffnete sie noch nicht. Den Gesprächen, die über Funk geführt worden waren, hatte er entnommen, dass mehr Personen an Bord waren, als er vorausgesehen hatte. Lowe war getäuscht worden. Außerdem wurde ihm klar, dass er in eine Falle getappt war. Die Yacht steuerte mittlerweile auf die Narrows und zweifellos auf den dahinterliegenden Atlantik zu. Eine unglückselige Entwicklung.

Unglückselig, was die Überlebenschancen der Crewmitglieder betraf.

Erneut lauschte Pendergast den Gesprächen über Funk, wodurch sich in seinem Kopf ein immer klareres Bild über die Verhältnisse an Bord formte. Hinweise, wo Constance steckte, befanden sich allerdings nicht darunter. Eine Person, eindeutig der Mann, der das Sagen hatte, sprach in einer Mischung aus Deutsch und Englisch von einem Standort mit lauten Hintergrundgeräuschen – vielleicht der Maschinenraum. Die anderen Männer waren über die ganze Yacht verstreut, alle an Ort und Stelle, alle Befehle erwartend. Esterhazys Stimme hörte er nicht.

Laut dem, was Pendergast den Gesprächen entnehmen konnte, befand sich jedoch niemand im großen Salon. Äußerst vorsichtig zog er die Tür auf und spähte in den schummrigen, eleganten Raum: mahagonivertäfelt, weiße Ledersitzgruppen, eine Bar mit Granit-Tresen und ein dicker Teppichboden, der im Umgebungslicht kaum zu sehen war. Pendergast sah sich schnell in dem Raum um und vergewisserte sich, dass sich niemand darin befand.

Er hörte Schritte auf dem Niedergang und mehrmals kurze Dialoge über Funk. Mehrere Männer waren auf dem Weg nach achtern und würden in Kürze im Salon eintreffen.

Rasch trat er wieder aus der Tür und zog sie vorsichtig zu. Erneut kauerte er sich in der Dunkelheit des Türrahmens hin, das Ohr an die Fiberglasplatte gelegt. Die Schritte kamen von der Bugseite in den Salon. Aus den geflüsterten Funkgesprächen erfuhr er, dass es sich um zwei Männer handelte. Sie befanden sich auf dem Weg, um nach Vic zu suchen, der zuletzt auf dem Achterdeck gesehen worden war und sich seit dem Zuwasserlassen des brennenden Tenders nicht mehr über Funk gemeldet hatte.

Ausgezeichnet.

Pendergast schlich von der Tür um die Ecke und drückte sich gegen die hintere Mauer, wobei ihn der Überstand vor Blicken von oben schützte. Plötzlich herrschte Stille im Salon. Auch die beiden Männer warteten und horchten und schienen Angst zu haben.

Pendergast bewegte sich äußerst vorsichtig und gelangte zu einer Leiter, die zum oberen Achterdeck führte. Er ergriff eine Sprosse und stieg hoch; und dann, indem er das eine Bein ausstreckte, ließ er sich von der Leiter auf einen kleinen Dachbereich oberhalb des Salons hinunter. Dabei schützte ihn eine große Lüfterhaube noch immer vor Blicken von oben.

Er streckte sich auf dem polierten Fiberglas aus, beugte

sich über den Überstand und schrappte mit dem Lauf der Waffe über die Tür. Das erzeugte ein leises Geräusch, das im Salon mit Sicherheit lauter klang.

Keine Reaktion. Jetzt müssten die beiden Männer im Salon eigentlich noch aufgeregter sein. Sie konnten ja nicht sicher sein, ob es sich um ein zufälliges Geräusch handelte oder ob sich jemand vor der Tür befand. Diese Ungewissheit dürfte dafür sorgen, dass sie vorerst an Ort und Stelle blieben.

Nachdem Pendergast wieder aufs Dach über dem Salon geglitten war und sich hinter der Lüfterhaube versteckt hatte, setzte er den Lauf seiner Les Baer an das Fiberglasdach und drückte ab. Im darunterliegenden Salon ertönte ein lauter Knall, als das 45er ACP-Black-Talon-Expansionsprojektil ein Loch ins Dach riss und den Salon zweifellos mit Fiberglas und Harzstaub füllte. Sofort sprang Pendergast auf und zog sich zum Türrahmen zurück, während die beiden panischen Männer mit ihren Maschinenpistolen das Feuer durchs Dach eröffneten und den Bereich durchlöcherten, an dem er sich soeben noch befunden hatte, wodurch sie ihren Standort im Salon preisgaben. Einer tat das Erwartete und kam aus der Tür gestürmt, dabei um sich schießend. Pendergast, hinter der Tür postiert, versetzte ihm einen Tritt ans Schienbein und gab ihm anschließend einen Handkantenschlag ins Genick. Durch den Vorwärtsschwung stürzte der Mann mit dem Gesicht nach unten aufs Deck und blieb bewusstlos liegen.

»Hammar!«, ertönte es aus dem Salon.

Ohne sein Tempo zu verringern, stürmte Pendergast durch die Tür, die jetzt offen stand. Der zweite Mann drehte sich um und feuerte eine Salve ab, aber Pendergast hatte das vorausgesehen und warf sich auf den mit Teppich ausgelegten Boden, rollte sich ab und schoss dem Mann mitten in die Brust. Der Gegner prallte rücklings gegen einen Plasmafernseher und brach in einem Schauer aus Glassplittern zusammen.

Pendergast sprang auf, bog scharf nach links und lief durch die Backbord-Salontür, dann drückte er sich mit dem Rücken flach gegen die Wand neben dem zurückversetzten Eingang. Versteckt unter dem Überhang, machte er eine Pause, um den fortgesetzten Funkverkehr zu belauschen und um das Bild, das er vom Schiff und von den wechselnden Standorten der Männer an Bord im Kopf hatte, neu zu ordnen.

»*Szell. Antworten Sie!*«, ertönte die Stimme des Leiters. Andere Stimmen verstopften die Frequenz, fragten voller Angst nach den Schüssen, bis der Deutsche sie zum Schweigen brachte. »*Szell!*«, rief der Mann schroff über Funk. »*Hören Sie mich?*«

Zufrieden dachte Pendergast, dass Szell mit Sicherheit nichts mehr hörte.

70

Zunehmend beunruhigt hörte Esterhazy, was Falkoner in sein Funkgerät sprach. »Szell. Hammar. Antwortet.«

In seinem Headset ertönte statisches Knistern.

»Verdammt noch mal«, entfuhr es Esterhazy. »Ich habe Ihnen doch gesagt, dass Sie ihn unterschätzen!« Frustriert schlug er mit der Hand aufs Schott. »Sie haben ja keine

Ahnung, mit was für einem Gegner Sie es zu tun haben! Er wird sie alle umbringen! Und sich anschließend uns vorknöpfen!«

»Es steht ein Dutzend bewaffnete Männer gegen einen.«

»Aber Sie haben kein Dutzend mehr!«, erwiderte Esterhazy wie aus der Pistole geschossen.

Falkoner spuckte auf den Boden, dann sagte er in sein Headset: »Kapitän? Bitte melden.«

»Hier spricht der Kapitän, Sir«, ertönte die ruhige Stimme.

»Ich habe Schüsse im Salon gehört. Auf einem der Tender ist ein Feuer ausgebrochen …«

»Das weiß ich selber. Wie sieht's auf der Brücke aus?«

»Hier oben ist alles okay. Gruber ist bei mir, wir haben uns eingeschlossen, alles verriegelt und sind schwer bewaffnet. Was ist da unten eigentlich los?«

»Pendergast hat Berger und Vic Klemper ausgeschaltet. Ich habe Szell und Hammar in den großen Salon geschickt, kann sie jetzt aber nicht erreichen. Halten Sie die Augen offen.«

»Ja, Sir.«

»Halten Sie Kurs. Und warten Sie auf weitere Anweisungen.«

Esterhazy starrte Falkoner an. Dessen kantige Gesichtszüge wirkten immer noch ruhig und gesammelt. Er drehte sich zu Esterhazy um und sagte: »Ihr Mann scheint jede Aktion vorauszusehen. Wie kann das sein?«

»Er ist ein Teufel«, sagte Esterhazy.

Falkoners Augen wurden schmaler. Es schien fast so, als wollte er etwas sagen, aber dann wandte er sich ab und sprach ins Headset. »Baumann?«

»Hier.«

»Deine Position?«

»Obere VIP-Kabine. Mit Eberstark.«

»Klemper ist erledigt. Du übernimmst die Leitung. Ich möchte, dass du und Eberstark euch Nast auf dem Skydeck anschließt. Du gehst die Achterleiter rauf. Eberstark, du gehst die Hauptleiter hoch. Wenn die Zielperson dort ist, nehmt ihr sie ins Kreuzfeuer. Geht äußerst vorsichtig vor. Wenn ihr die Zielperson nicht seht, bestreicht ihr drei das Skydeck und die oberen Decks, von vorn nach hinten. Vergesst, was ich darüber gesagt habe, ihn lebendig zu fassen. Erschießt ihn.«

»Ja. Erschießen.«

»Ich möchte, dass Zimmermann und Schultz auf dem Hauptdeck auf Posten gehen und jeden aus dem Hinterhalt angreifen, der auf der einen oder anderen Treppe herunterkommt. Wenn ihr ihn nicht auf dem Skydeck erwischt, wird die Zangenbewegung oben ihn nach unten und nach vorn treiben, wo die beiden warten.«

»Verstanden.«

Esterhazy ging in dem schmalen Maschinenraum auf und ab und überlegte wie wild. Falkoners Plan war gut. Wie konnte Pendergast – *selbst* Pendergast – fünf mit automatischen Maschinenpistolen bewaffneten Männern auf einem engen Schiff entkommen, wenn sie ihn von zwei Seiten unter Beschuss nahmen?

Er betrachtete Falkoner, der immer noch ruhig in sein Headset sprach. Er erinnerte sich voll Entsetzen an den begierigen Ausdruck in Falkoners Augen, als er den Journalisten gefoltert und getötet hatte. Es war das erste Mal, dass er gesehen hatte, dass Falkoner an etwas Spaß hatte. Und er erinnerte sich an Falkoners Augen, als er gesagt hatte, man müsse Pendergast festnehmen: derselbe gierige Blick der Vorfreude, wie Durst. Obwohl es im Maschinenraum warm war, fröstelte es ihn. Allmählich ging ihm auf, dass – selbst wenn Pendergast getötet werden würde – seine Probleme mit dem Bund bei weitem noch nicht vorbei waren. Mehr noch: Es konnte sein, dass sie gerade erst anfingen.

Es war ein gravierender Fehler gewesen, die Aktion auf die *Vergeltung* zu verlegen. Denn jetzt war auch er diesen Leuten ausgeliefert.

71

Pendergast kletterte an der Seite der Yacht hinauf, klammerte sich dabei wie eine Klette außen an das Oberdeck und nutzte die Kanten der Fenster als Halt für Hände und Füße. Er gelangte zur Unterkante der Brückenfenster. Die Fenster der Kabinen waren zwar getönt, so dass man nicht hineinsehen konnte, aber die Brückenfenster waren durchsichtig. Als er hineinspähte, sah er im schwachen Lichtschein der elektronischen Geräte das Personal auf der Brücke: der Kapitän und ein bewaffneter Maat, der zugleich als Navigator fungierte. Dahinter, in der Skylounge, ging der eine Securitymann mit seiner automatischen Waffe auf und ab. Gelegentlich trat er dabei aufs Skydeck hinter der Lounge, drehte eine Runde und ging wieder hinein. Außerhalb der Skylounge war das Skydeck verlassen, bis auf einen leeren Whirlpool ohne Plane und einige Sitzgelegenheiten. Die Brücke selbst war verschlossen und verriegelt. Eine Yacht wie diese musste selbstverständlich hohe Sicherheitsstandards haben. Die Fenster waren bestimmt bruchsicher und, nach der Dicke zu urteilen, vielleicht sogar kugelsicher. Er konnte da nicht reinkommen, auf keine Weise.

Pendergast bewegte sich so lange an der schrägen Wand entlang, bis er sich unmittelbar unter der Ebene der Fußreling befand, dort, wo die Glasschiebetüren von der Skylounge zum Skydeck hinausgingen.

Er griff in die Tasche, zog eine Münze hervor und warf sie so, dass sie klirrend gegen die Glastür prallte.

Der Mann in der Skylounge erschrak, dann ging er blitzartig in die Hocke. »Nast hier«, gab er flüsternd über Funk durch. »Ich habe was gehört.«

»Wo?«

»Hier, auf dem Skydeck.«

»Schau nach. *Vorsichtig.* Baumann, Eberstark, macht euch bereit, ihm Feuerschutz zu geben.«

Pendergast sah den Mann in undeutlichem Umriss, er kauerte hinter der Glastür und spähte nach draußen. Als der Wächter sich vergewissert hatte, dass das Deck frei war, stand er auf, schob die Tür auf und trat, die Waffe im Anschlag, vorsichtig nach draußen. Pendergast senkte den Kopf unter die Deckskante und sagte in rauhem, unkenntlichem Flüsterton ins gestohlene Headset: »Nast. Backbordseite, hinter der Reling. Schau mal nach.«

Er wartete. Kurz darauf erschien direkt über ihm und hinunterblickend der Kopf des Mannes als dunkle Silhouette. Pendergast schoss ihm ins Gesicht.

Der Getroffene stieß einen röchelnden Aufschrei aus, sein Kopf wurde nach hinten gerissen, dann sackte die Leiche nach vorn, wobei Pendergast ein wenig nachhalf, damit sie über die Reling fiel. Sie prallte auf die Deckskante des

Hauptdecks, blieb daran hängen und kam teilweise ausgestreckt auf dem Laufgang zum Liegen. Pendergast packte einen Pfosten und sprang gerade aufs Skydeck, während er über Funk plötzlich lautes Durcheinandergerede hörte. Er sprang in den leeren Whirlpool und kauerte sich tief hinein. Jetzt wusste er, dass zwei weitere Männer auf dem Weg zum Skydeck waren.

Ausgezeichnet.

Fast augenblicklich kamen sie polternd aufs Deck heruntergerannt, der eine von achtern, der andere von vorn. Pendergast wartete auf die richtige Ausrichtung, dann sprang er aus dem Whirlpool und gab dabei einen Schuss ab, um die beiden Männer zu erschrecken. Erwartungsgemäß gaben sie Feuerstöße aus ihren automatischen Waffen ab, der eine stürzte zu Boden, getötet durch das Kreuzfeuer seines Partners; der andere warf sich auf den Boden und feuerte auf wilde, wirkungslose Weise.

Pendergast setzte den Mann mit einem Schuss außer Gefecht, dann sprang er über die Skydeckreling und landete auf dem darunter befindlichen Laufgang des Hauptdecks. Nasts Leiche verschaffte ihm eine angenehm weiche Landung. Dann sprang er über die Hauptdeckreling, wobei er sich an zwei Stahlstützen festhielt, um zu verhindern, dass er ins Meer stürzte. Einen Moment lang baumelten seine Beine über dem Wasser, während unter ihm der Schiffsrumpf leicht geneigt abfiel. Nach einer kurzen Anstrengung fand er auf der Abtropfkante eines der unteren Bullaugen mit den Füßen Halt.

Dort wartete er, während er sich unterhalb der Ebene des Hauptdecks an den Rumpf klammerte, und horchte. Erneut verriet ihm der Funkkontakt, was er wissen musste.

72

Unten im Maschinenraum ging Esterhazy auf und ab und nahm dabei die zunehmend von Verwirrung und Panik bestimmte Atmosphäre wahr, die seinen eigenen inneren Aufruhr widerspiegelte.

Wie stellte Pendergast das bloß an? Es war, als könnte er ihre Gedanken lesen …

Und plötzlich war ihm alles klar. *Natürlich.* Es war so einfach. Und das brachte ihn auf eine Idee.

Er sprach zum ersten Mal in sein Funk-Headset. »Esterhazy hier. Schafft das Mädchen aufs Vordeck. Versteht ihr mich? Bringt sie her, schnell. Wir müssen sie loswerden, sie stellt nur noch ein Hemmnis für uns dar.«

Er stellte das Headset aus und signalisierte Falkoner mit einem Nicken, sein Headset nicht zu benutzen.

»Was zum Teufel machen Sie da?«, flüsterte Falkoner in barschem Tonfall. »Mit wem reden Sie? Sie dürfen sie nicht beseitigen, wir würden dadurch jedes Druckmittel verlieren …!«

Esterhazy unterbrach ihn aufs Neue mit einer Handbewegung. »Er besitzt ein Funkgerät. So macht er das. Der Mistkerl hat ein Funkgerät.«

Sofort zeichnete sich Verstehen in Falkoners Gesichtszügen ab.

»Sie und ich, wir gehen nach oben. Wir überraschen ihn, wenn er zum Bug kommt, um sie zu retten. Beeilen Sie sich. Wir rufen so viele Männer zusammen wie möglich.«

Sie verließen den Maschinenraum und liefen mit gezückten Waffen die Treppe hinauf, dann durch die Pantry und aus der Lukentür am gegenüberliegenden Ende. Dort wartete Schultz mit gezogener Waffe.

»Ich habe auf dem Skydeck Schüsse gehört ...«, begann er. Falkoner brachte ihn mit einer knappen Handbewegung zum Schweigen. »Kommen Sie mit«, flüsterte er.

Zu dritt bewegten sie sich rasch und lautlos zum Vordeck, dann knieten sie sich hinter den Rettungsinseln hin. Binnen einer Minute kam eine Gestalt im schwarzen Anzug die Reling an der Steuerbordseite heraufgeklettert, sich schnell wie eine Fledermaus bewegend, und drückte sich flach an die Wand der Vorderkabine.

Schultz nahm die Gestalt ins Visier.

»Lass ihn nahe rankommen«, flüsterte Falkoner. »Warte, bis es ganz sicher ist.«

Doch nichts geschah. Pendergast blieb hinter der Kabinenwand.

»Wir haben ihn«, sagte Falkoner leise.

»Nein«, sagte Esterhazy. »Warten Sie.«

Minuten verstrichen. Und plötzlich kam die Gestalt aus ihrem Versteck und flitzte über das Vordeck.

Schultz gab einen Feuerstoß ab, der die Wand der Vorderkabine beharkte, und die Gestalt warf sich hinter einen der vorderen Davits und nutzte die niedrige Stahlverankerung als Deckung.

Das Spiel war eröffnet. Falkoner feuerte, die Kugeln prallten unter lautem Scheppern vom Stahl ab, dass die Funken stoben.

»Wir haben ihn festgenagelt!«, sagte Falkoner und schoss erneut. »Da kommt er nicht wieder raus. Passt auf, was ihr trefft!«

Hinter den Davits ertönte ein Schuss, instinktiv zogen sie

den Kopf ein. In dieser kurzen Zeitspanne, in der sie abgelenkt waren, sprang die dunkle Gestalt aus der Deckung heraus, sie flog förmlich durch die Luft, machte einen Kopfsprung über die Reling und verschwand hinter der Bordwand. Alle drei feuerten, doch zu spät.

Falkoner und Schultz standen auf, liefen zur Bordwand und schossen ins Wasser, aber die Gestalt war verschwunden.

»Er ist erledigt«, sagte Schultz. »Bei dieser Wassertemperatur ist er in einer Viertelstunde tot.«

»Seien Sie sich da nicht so verdammt sicher«, sagte Esterhazy, als er zu ihnen trat und nach achtern blickte. Das dunkle Wasser breitete sich aus, wogend und kalt, das trübe Kielwasser verlor sich im Nichts. »Er wird aufs Boot zurückkommen, mit Hilfe der Badereling am Heck.«

Falkoner blickte achteraus. Und da zeigte sich zum ersten Mal ein Riss in der Fassade seiner fast übernatürlichen Ruhe, und es traten Schweißperlen auf seine Stirn, obwohl es kalt war. »Dann stürmen wir das Heck. Knöpfen ihn uns vor, sobald er wieder an Bord kommt.«

»Zu spät«, sagte Esterhazy. »So langsam, wie wir sind, ist er bestimmt schon wieder an Bord – und wartet mit Sicherheit nur darauf, dass wir genau diesen Schritt unternehmen.«

Pendergast kauerte hinter dem Heck und wartete, dass seine Angreifer kamen. Durch die kurze Zeit im Wasser hatte das Headset einen Kurzschluss erlitten. Schade, aber die jüngsten Ereignisse bedeuteten, dass es ohnehin nutzlos geworden war. Er warf es über Bord. Die Yacht pflügte durchs Wasser und durchquerte die Meerenge The Narrows. Über ihnen schimmerte die Verrazano-Brücke. Als sie darunter hindurchfuhren, fielen die eleganten Lichterbögen hinter ihnen zurück, während die Yacht Kurs auf die äußere Bucht des Hudson und das dahinterliegende offene Meer nahm.

Und Pendergast wartete immer noch.

73

Falkoner sah Esterhazy eindringlich an. »Wir können ihn nach wie vor schlagen. Wir haben immer noch ein halbes Dutzend bis an die Zähne bewaffnete Männer. Wir massieren die Männer, starten einen Frontalangriff …«

»Ich bezweifle, dass noch so viele übrig sind!«, rief Esterhazy. »Begreifen Sie denn nicht? Er tötet uns einen nach dem andern. Wir müssen ihn überrumpeln.«

Falkoner, der schwer atmete, stierte ihn nur weiter an.

Und in der Tat, Esterhazy hatte wie wild nachgedacht, seit sie den Maschinenraum verlassen hatten. Doch alles geschah zu schnell, es blieb einfach nicht genug Zeit, Pendergast und Constance waren …

Constance. Ja – das könnte klappen. *Könnte.*

Er wandte sich zu Falkoner um. »Die Sache mit der Frau hat ihn aus seinem Versteck gelockt. Da ist er verwundbar.«

»Das wird nicht noch einmal klappen.«

»Doch. Wir benutzen die Frau, diesmal aber richtig.«

Falkoner runzelte die Stirn. »Zu welchem Zweck?«

»Ich kenne Pendergast. Glauben Sie mir, *es wird funktionieren.*«

Falkoner sah ihn an und wischte sich über die Stirn. »Also gut. Holen Sie die Frau her. Ich warte hier mit Schultz.«

Ein kurzer Korridor verband den Maschinenraum mit dem vorderen Laderaum. Esterhazy kam unten an der Treppe an, spurtete den Gang entlang, zog die Tür auf, betrat den Laderaum, knallte die Tür zu und verriegelte sie. Die knackte auch der geschickteste Einbrecher nicht.

Der Fußboden war nach dem Mord an dem Journalisten am Vortag makellos sauber, das Segeltuch fort. Esterhazy ging zur Lukentür in der Mitte des v-förmigen Raums, entriegelte sie und stieß sie auf. In dem schummrigen Kielraum starrte das Gesicht der jungen Frau zu ihm herauf, das Haar verfilzt, das Gesicht mit Maschinenöl verschmiert. Als sich das Licht in ihren Augen spiegelte, war Esterhazy erneut verblüfft von dem nackten, überwältigenden Hass, der darin lag. Es war ein ungeheuer beunruhigender Gesichtsausdruck. Er deutete zwar eine unergründliche Gewalt an, war jedoch von einer Art distanzierter, starrer Ruhe überlagert. Ihr Mund war geknebelt und mit Klebeband verschlossen. Esterhazy war heilfroh, dass sie nichts sagen konnte.

»Ich hole Sie hier raus. Bitte wehren Sie sich nicht.«

Er steckte seine Waffe in den Hosenbund, griff ihr ins Haar und packte sie an den Schultern. Ihr Mund und ihre Hände waren noch immer fest mit Klebeband versehen, den unheilvollen Blick hielt sie weiter auf ihn gerichtet. Esterhazy schob sie zur Tür, dann hielt er kurz inne und horchte. Während er sie – für den Fall, dass sie auf Pendergast stießen – wie einen Schutzschild vor sich hielt, entriegelte er die Tür, öffnete sie und drängte sich nach vorn, wobei er die Waffe auf Constances Hals gerichtet hielt. Im Gang war niemand.

»Gehen Sie.« Esterhazy dirigierte sie den Gang hinunter zur vorderen Treppe. Sie stiegen hinauf und gelangten schließlich aufs Vorderdeck. Die Yacht pflügte durch eine leichte See, gegen einen kalten Kopfwind. Die Lichter von Manhattan waren ein ferner Schein, der elegante Bogen der Verrazano-Brücke verschwand im Dunkel hinter ihnen. Esterhazy spürte, wie das Schiff rollte. Jetzt befanden sie sich auf dem offenen Meer.

Falkoners Gesicht war noch blasser als zu dem Zeitpunkt, als Esterhazy gegangen war. »Niemand kann Eberstark oder Baumann erreichen«, sagte er. »Und schauen Sie mal, was mit Nast passiert ist.« Er wies auf die Reling des Hauptdecks, wo schlaff eine blutige Leiche hing.

»Wir müssen schnell handeln«, antwortete Esterhazy. »Folgen Sie meinem Beispiel.«

Falkoner nickte.

»Sie und Schultz halten sie fest. Aber passen Sie auf. Ich schneide sie jetzt los.«

Die beiden Männer packten Constance. Sie hatte aufgehört, sich zu wehren. Esterhazy löste ihre Handschellen, dann entfernte er das Klebeband von ihrem Mund.

»Ich bring dich um für das, was du getan hast«, sagte sie sofort.

Esterhazy warf Falkoner einen kurzen Blick zu. »Wir werfen sie über Bord.«

Falkoner starrte ihn an. »Wenn Sie das tun, verlieren wir unser einziges ...«

»Ganz im Gegenteil.«

»Aber sie ist doch einfach nur eine Irre! Er wird sein Leben nicht gegen ihres tauschen. Er wird sie ertrinken lassen.«

»Ich habe mich geirrt«, sagte Esterhazy. »Sie ist überhaupt nicht irre. Pendergast sorgt sich um sie – sehr. Sagen Sie

413

dem Kapitän, er soll auf dem GPS eine Position eintragen, wenn sie über Bord geht. Beeilen Sie sich!«

Sie fesselten sie an die Reling. Plötzlich stieß sie einen kurzen Schrei aus und fing an, sich mit aller Kraft zu wehren.

»Nein«, sagte sie. »Tun Sie das nicht. Ich kann nicht ...«

Esterhazy hielt inne. »Sie können was nicht?«

»Schwimmen.«

Esterhazy fluchte. »Holt ihr eine Schwimmweste.«

Falkoner holte eine aus einem Rettungs-Container, der an Deck stand. Esterhazy schnappte sich die Rettungsweste und warf sie Constance hin. »Zieh die über.«

Sie fing an, die Weste anzulegen. Ihre eisige Haltung war zurückgekehrt, aber ihre Hände zitterten, als sie mit dem Schnappverschluss hantierte. »Irgendwie kann ich die ...«

Esterhazy ging hinüber und schnallte den vorderen Gurt der Weste zu, wobei er sich nach vorn beugte, um ihn straff zu ziehen.

Mit einer plötzlichen Bewegung schlug sie ihm mit der Faust von unten gegen das Kinn. Im Taumeln sah er, wie sie wieder mit ihren Fingernägeln nach seinen Augen hieb. Vor Schmerz stöhnend riss er sich los und schüttelte sie ab. Sie stürzte aufs Deck. Falkoner versetzte ihr einen Tritt in die Seite, dann griff er in ihre Haare und zog sie hoch, während Schultz sie packte und in Richtung Reling zerrte und sie dabei an den Armen festhielt. Sie schrie auf, riss den Kopf hin und her und versuchte, Schultz zu beißen.

»Ruhig!«, sagte Esterhazy schroff. »Wenn ihr sie umbringt, schlägt der Plan fehl.«

»Hochheben!«, rief Falkoner und packte sie an den Schultern. »Und jetzt!«

Sie wehrte sich mit jäher, fieberhafter, schockierender Kraft.

»Und rüber!«, rief Falkoner.

In einer fließenden Bewegung hoben sie Constance über die Reling. Klatschend landete sie im Meer, nach einem Augenblick tauchte sie mit schwenkenden Armen wieder auf. Eine Zeitlang übertönten ihre Rufe noch den Lärm des Windes und des Wassers, dann verklangen sie rasch, während sie in der Dunkelheit verschwand.

74

Sobald er ihre Rufe gehört hatte, lief Pendergast in Richtung Bug. Während er den Laufgang hinuntersprintete, sah er kurz, wie etwas Weißes ins Wasser fiel, Constance vorbeihuschte und dann im Dunkel hinter dem Kielwasser verschwand.

Einen Augenblick war er vor Schreck wie gelähmt, dann begriff er.

Vom Vorderdeck schallte eine Stimme herüber: Esterhazy.

»Aloysius! Hörst du mich? Komm raus, mit erhobenen Händen. Ergib dich. Wenn du's tust, wenden wir das Schiff. Wenn nicht, fahren wir weiter. Beeil dich!«

Pendergast zog seine 45er und rührte sich nicht.

»Wenn du willst, dass wir umdrehen, dann zeig dich mit erhobenen Händen. Es ist November – du weißt besser als jeder andere, wie kalt das Wasser ist. Ich gebe ihr fünfzehn Minuten, höchstens zwanzig.«

Wieder bewegte sich Pendergast nicht. Er konnte sich nicht bewegen.

»Wir haben ihre Position auf dem GPS«, rief Esterhazy. »Wir können sie in Minuten finden.«

Pendergast zögerte einen letzten quälenden Augenblick. Fast hätte er Esterhazys brillante List bewundert. Dann hob er die Hände über den Kopf und trat langsam vor. Er ging um die Vorderkabine herum und sah Esterhazy und die beiden anderen Männer, die mit gezückten Waffen auf dem Vorderdeck standen.

»Komm auf uns zu, langsam, die Hände über dem Kopf.«

Pendergast gehorchte.

Esterhazy trat vor, nahm ihm die 45er aus der Hand und steckte sie sich in den Hosenbund. Dann durchsuchte er ihn. Gründlich und professionell. Esterhazy nahm ihm die Messer, eine 32er Walther, mehrere Päckchen mit Chemikalien, Draht und diverse Werkzeuge ab. Er tastete sich durch das Innenfutter der Jacke und fand weitere Werkzeuge und Gegenstände, die lose darin eingenäht waren.

»Zieh die Jacke aus.«

Pendergast streifte sie ab und ließ sie aufs Deck fallen.

Esterhazy drehte sich zu einem der anderen um. »Fesseln und binden. Komplett. Ich will, dass er so unbeweglich ist wie eine Mumie.«

Einer der Männer trat vor. Pendergasts Hände wurden hinter seinem Rücken mit schwarzen Plastikgurten gefesselt, sein Mund mit Klebeband verschlossen.

»Hinlegen«, sagte der dritte Mann, der mit deutschem Akzent sprach.

Pendergast tat, wie ihm geheißen. Sie fesselten seine Fußgelenke, dann wickelten sie Klebeband um seine Handgelenke, Arme und Beine, bis er lang ausgestreckt auf dem Deck lag und sich nicht bewegen konnte.

»Also gut«, sagte Esterhazy zum Deutschen gewandt. »Und nun sagen Sie dem Kapitän, er soll das Schiff wenden und das Mädchen aus dem Wasser ziehen.«

»Warum?«, sagte der Mann. »Wir haben unser Ziel erreicht. Ist doch egal, was mit ihr passiert.«

»Sie wollen doch, dass er redet, oder? Ist er nicht deshalb noch am Leben?«

Nach kurzem Zögern sprach der Deutsche mit dem Kapitän über sein Headset. Kurz darauf verlangsamte die Yacht ihre Fahrt und begann zu wenden.

Esterhazy sah auf die Uhr, dann drehte er sich zu Pendergast um. »Es ist jetzt zwölf Minuten her. Hoffentlich hast du nicht zu lange gezögert.«

75

Esterhazy hob eine Festmacherleine vom Deck. »Helfen Sie mir, ihn an dieser Klampe hier festzubinden«, sagte er zu Schultz.

Seine Gedanken rasten. Er hatte Bravour und eine Aura der Befehlsgewalt vorgetäuscht, aber unmittelbar unter der Oberfläche war er fast außer sich vor Angst. Er musste jetzt einen Weg finden, wie er seine Haut retten konnte. Aber ihm fiel keine Lösung ein. *Was ist denn los, Judson?*, hatte Falkoner gesagt. *Sie vertrauen uns auf einmal nicht mehr? Ich bin überrascht. Und gekränkt.*

Esterhazy wurde klar, dass er möglicherweise ebenso todgeweiht war wie Pendergast.

Das Schiff hatte gewendet und verlangsamte jetzt seine

Fahrt, während es sich Constances Position näherte. Esterhazy setzte sich in Richtung Bug in Bewegung, um nach ihr zu suchen, während zwei Scheinwerfer von der Brücke aus die Wellen beleuchteten.

»Dort!«, sagte Esterhazy, als plötzlich ein reflektierendes Band an der Schwimmweste im Licht des einen Scheinwerfers aufblitzte.

In wenigen Augenblicken hatte das Boot sie erreicht, es verlangsamte seine Fahrt noch weiter und drehte bei. Esterhazy lief im Laufschritt nach achtern, schnappte sich die Rettungsweste mit einem Festmacherhaken und zog Constance zum Heck herum. Falkoner kam nach achtern, und gemeinsam zogen sie Constance auf die Schwimmplattform, dann trugen sie sie durch den Heckspiegel in den großen Salon, wo sie sie auf den Teppich legten.

Sie war nur halb bei Bewusstsein, aber sie atmete noch. Esterhazy fühlte kurz ihren Puls: langsam und gleichmäßig.

»Unterkühlung«, sagte er zu Falkoner. »Wir müssen ihre Körpertemperatur irgendwie hochbringen. Wo steckt die Frau?«

»Gerta? Sie hat sich in der Mannschaftsunterkunft eingeschlossen.«

»Sie soll ein lauwarmes Bad einlaufen lassen.«

Falkoner verschwand, während Esterhazy die Rettungsweste, das nasse Kleid und die Unterwäsche aufknöpfte und abstreifte und Constance eine trockene Afghan-Decke umlegte, die gefaltet auf einem Stuhl in der Nähe lag. Er legte ihr Handschellen an und lockere Fesseln um die Fußgelenke, so dass sie gerade genug Spiel hatte, um gehen zu können.

Einen Augenblick später traf die Frau zusammen mit Falkoner ein. Sie war blass, aber gefasst. »Das Bad läuft ein.«

Sie trugen Constance durch den Salon ins Badezimmer in einer der vorderen Gästekabinen, wo sie sie in das lauwarme Wasser setzten. Sie erholte sich bereits und murmelte etwas.

»Ich gehe nach vorn, um Pendergast im Auge zu behalten«, sagte Esterhazy.

Falkoner sah ihn einen Moment lang an – ein forschender, berechnender Blick. Dann lächelte er schief. »Wenn sie sich erholt hat, setzen wir sie ein, um ihn zum Reden zu bringen.«

Esterhazy lief es kalt den Rücken hinunter.

Er fand Pendergast dort vor, wo er ihn zurückgelassen hatte, Schultz passte auf ihn auf. Er zog einen Deckstuhl heran und setzte sich, legte seine Pistole auf den Schoß und musterte Pendergast. Es war das erste Mal, dass sie einander von Angesicht zu Angesicht und unverkleidet gegenüberstanden, seit er den Agenten allein gelassen hatte, schwer verletzt und im Sumpf des Foulmire versinkend. Pendergasts silbrig-helle Augen waren in dem schummrigen Licht kaum zu sehen und wie üblich undurchdringlich.

Zehn Minuten verstrichen, während Esterhazy jedes Szenario durchging, jeden möglichen Plan, wie er von der *Vergeltung* herunterkommen konnte, aber vergebens. Die würden ihn umbringen – er hatte es in dem Blick gelesen, den Falkoner ihm zugeworfen hatte. Dank Pendergast hatte er dem Bund zu viel Ärger bereitet, hatte ihn zu viele Männer gekostet, als dass diese Leute ihn am Leben lassen würden. Er hörte erhobene Stimmen und sah, wie Constance von Gerta, der rothaarigen Frau, auf dem Backbord-Laufgang vorangestoßen wurde, gefolgt vom Gemurmel Falkoners. Kurz darauf erschienen sie an Deck. Zimmermann hatte sich ihnen angeschlossen. Constance trug einen langen weißen Frotteebademantel, darüber ein Herrensakko. Falkoner gab ihr einen letzten Schubs, dann stürzte sie vor Pendergast aufs Deck.

»Dieses freche Luder«, sagte Falkoner und betupfte sich seine blutende Nase. »Hat sich ganz schön schnell wieder erholt. Bindet sie an dem Pfosten dort fest.«

Schultz und die rothaarige Frau stießen sie in Richtung einer Stahlstrebe für eine Rettungsleine, dann banden sie sie daran fest. Sie leistete keine Gegenwehr, sondern blieb merkwürdig ruhig. Als sie sie festgebunden hatten, betupfte Falkoner seine Stirn und warf Esterhazy einen kühlen, triumphierenden Blick zu. »Ich regle das hier«, sagte er kurz angebunden. »Das ist schließlich mein Spezialgebiet.«

Er riss Pendergast das Klebeband vom Mund. »Wir wollen doch kein Wort verpassen, das dieser Mann sagt, nicht wahr?«

Esterhazy blickte zur Brücke hinauf: eine Reihe matt schimmernder Fenster auf dem Oberdeck, oberhalb und hinter dem Vorschiff. Er konnte den Kapitän hinter dem Steuerrad sehen. Gruber, der Maat, stand neben ihm. Beide konzentrierten sich auf ihre Arbeit und schenkten dem Drama, das sich unter ihnen auf dem Vorderdeck abspielte, keine Beachtung. Das Schiff hielt unterdessen Kurs nach Norden, fuhr parallel zur Südküste von Long Island. Esterhazy fragte sich, wohin sie wohl fuhren. Falkoner war in dieser Hinsicht mehr als vage gewesen.

»Also gut«, sagte Falkoner und drehte sich unmittelbar vor Pendergast auf prahlerische Weise um. Er steckte seine Waffe ins Holster und zog ein Kampfmesser aus der Scheide. Er stellte sich vor Pendergast auf und spielte damit in dem matten Licht, testete die Schärfe, kniete sich hin, dann stach er Pendergast mit der Spitze und zog einen Strich seine Wange hinunter. Blut quoll hervor.

»Jetzt hast du einen Heidelberger Schmiss, genau wie mein Großvater. Hübsch.«

Die rothaarige Frau schaute zu; ein gemeiner Ausdruck der Vorfreude trat in ihre Gesichtszüge.

»Siehst du, wie scharf das Messer ist?«, fuhr Falkoner fort. »Aber es ist nicht für dich bestimmt. Sondern für *sie*.«

Er schlenderte zu Constance hinüber und stellte sich über sie, spielte mit dem Messer und sprach sie direkt an. »Wenn er meine Fragen nicht prompt und vollständig beantwortet, dann ritze ich dich an. Und zwar ziemlich schmerzhaft.«

»Er wird kein Wort sagen«, erwiderte Constance mit leiser, ruhiger Stimme.

»Er wird, wenn wir anfangen, die Fische zu füttern, und zwar mit deinen Körperteilen.«

Sie starrte ihn an. Esterhazy war überrascht, wie wenig Angst in ihrem Blick lag. Sie war wirklich furchterregend. Falkoner kicherte bloß und drehte sich wieder zu Pendergast um. »Deine kleine Suche, der wir erst vor kurzem gewahr wurden, war höchst lehrreich. Zum Beispiel hatten wir in all den Jahren geglaubt, dass Helen tot ist.«

Esterhazy gefror das Blut in den Adern.

»Stimmt's, Judson?«

»Nein«, sagte Esterhazy matt.

Falkoner winkte ab, als handele es sich um eine Bagatelle. »Wie auch immer. Hier ist die erste Frage: Was weißt du über unsere Organisation, und woher hast du deine Informationen?«

Aber Pendergast gab keine Antwort. Stattdessen wandte er

sich mit einem seltsam einfühlsamen Ausdruck in den Augen zu Esterhazy um. »Du bist als Nächster dran, das ist dir sicher klar.«

Falkoner ging mit langen Schritten zu Constance und packte ihre Hände, die hinter der Stütze gefesselt waren. Er zückte sein Messer und schnitt langsam und absichtsvoll in ihren Daumen. Sie unterdrückte einen Aufschrei und wandte den Kopf jäh zur Seite.

»Beim nächsten Mal sprichst du mit mir und beantwortest meine Frage.«

»Sag nichts!«, rief Constance mit heiserer Stimme, ohne sich umzudrehen. »Sag gar nichts. Die bringen uns sowieso um.«

»Stimmt nicht«, sagte Falkoner. »Wenn er redet, dann setzen wir dich lebendig an Land ab. Sein Leben kann er nicht retten, aber deins.«

Er wandte sich wieder zu Pendergast um. »Beantworte die Frage.«

Und Pendergast packte aus. Er erzählte kurz, wie er entdeckt hatte, dass das Gewehr seiner Frau mit Platzpatronen geladen war, und wie ihm klarwurde, dass dies bedeutete, dass sie vor zwölf Jahren in Afrika ermordet worden war. Er sprach langsam, klar und völlig ausdruckslos.

»Und deshalb bist du also nach Afrika geflogen«, sagte Falkoner, »und hast unsere kleine Verschwörung aufgedeckt, mit der wir sie beseitigt haben.«

»Eure Verschwörung?« Pendergast dachte offenbar darüber nach.

»Warum erzählst du ihm das?«, fragte Constance unvermittelt. »Glaubst du wirklich, er lässt mich frei? Natürlich nicht. Hör auf, Aloysius, wir beide sterben sowieso.«

Mit erregter Miene packte Falkoner ihre Hand und schnitt ihr wieder langsam in den Daumen, dieses Mal sehr viel tiefer. Sie verzog das Gesicht und wand sich vor Schmerzen, schrie aber nicht auf.

Aus dem Augenwinkel sah Esterhazy, dass Schultz und Zimmermann ihre Waffen ins Holster steckten und die Vorstellung genossen.

»Nicht«, sagte Esterhazy zu Falkoner. »Wenn Sie damit weitermachen, redet er nicht mehr.«

»Verdammt, ich weiß genau, was ich tue. Ich mache so etwas seit Jahren.«

»Sie kennen *ihn* nicht.«

Aber Falkoner hatte aufgehört. Er hielt das blutige Messer hoch, wedelte Pendergast damit vor dem Gesicht herum und wischte das Blut an den Lippen des Agenten ab. »Beim nächsten Mal schneide ich ihr den Daumen ab.« Er lächelte schief. »Lieben Sie sie? Sie müssen sie lieben. Jung, schön, lebhaft. Wer würde es nicht?« Er richtete sich auf und ging langsam auf dem Deck herum. »Ich warte, Pendergast. Reden Sie weiter.«

Aber Pendergast redete nicht weiter. Stattdessen schaute er Esterhazy forschend an.

Falkoner unterbrach seinen Rundgang und legte den Kopf auf die Seite. »Na schön. Ich halte immer meine Versprechen. Schultz, halt ihre Hand fest.«

Schultz packte Constances Hand, während Falkoner das Messer zückte. Esterhazy sah, dass er tatsächlich vorhatte, ihr den Daumen abzuschneiden. Und wenn er das tat, würde es kein Zurück geben, nicht für Pendergast und nicht für ihn.

76

»Einen Augenblick!«, sagte Esterhazy.

Falkoner hielt inne. »Was ist?«

Esterhazy ging rasch zu Falkoner hin und flüsterte ihm ins Ohr: »Ich habe vergessen, Ihnen etwas zu sagen. Etwas, das Sie wissen müssen. Es ist sehr wichtig.«

»Verdammt, ich bin mitten bei der Arbeit.«

»Kommen Sie mit zur Reling. Die sollen das nicht hören. Ich sage Ihnen, es ist von *größter* Wichtigkeit.«

»Das ist ein verdammt schlechter Zeitpunkt, mich bei der Arbeit zu unterbrechen!«, murmelte Falkoner, während sein sadistisches Lächeln einer düsteren Miene der Enttäuschung wich.

Esterhazy ging Falkoner voran zur Backbordreling und dort ein wenig nach achtern. Er blickte hoch: Hier waren sie weder von der Brücke noch vom Vorschiff aus zu sehen.

»Was ist das Problem?«, fragte Falkoner barsch.

Esterhazy beugte sich vor, um ihm etwas zuzuflüstern, und legte ihm dabei die Hand auf die Schulter. Während sich ihre Köpfe annäherten, riss Esterhazy seine Pistole hoch und jagte dem Deutschen eine Kugel durch den Kopf. Eine Wolke aus Blut und Knochensplittern platzte aus der anderen Schädelseite und spritzte ihm mitten ins Gesicht.

Falkoner ruckte mit weit aufgerissenen, erstaunten Augen nach vorn, dann fiel er Esterhazy in die Arme. Esterhazy packte ihn an den Schultern, hob die Leiche mit einer brüsken Bewegung auf die Reling und stieß sie über Bord.

Als er den Schuss hörte, kam Zimmermann um die Ecke gerannt. Esterhazy schoss ihm zwischen die Augen.

»Schultz!«, schrie er. »Hilf uns!«

Kurz darauf erschien Schultz mit der Waffe in der Hand; Esterhazy erschoss auch ihn.

Dann trat Esterhazy einen Schritt zurück, geifernd und spuckend, wischte sich das Gesicht mit einem Taschentuch sauber und kehrte mit gezückter Pistole zu der kleinen Gruppe zurück. Gerta starrte ihn an wie gelähmt.

»Geh da rüber«, sagte er zu ihr. »Langsam und entspannt. Oder du bist auch tot.«

Sie gehorchte. Als sie die Ecke der Kabine erreichte, packte er sie und umwickelte ihre Fußgelenke, ihre Handgelenke und ihren Mund mit demselben Klebeband, mit dem er auch Pendergast gefesselt hatte. Er ließ sie auf dem Laufgang zurück, wo sie von der Brücke aus nicht zu sehen war, dann ging er mit langen Schritten zum Achterdeck zurück, wo Hammar langsam wieder zu Bewusstsein kam, stöhnend und murmelnd. Esterhazy fesselte auch ihn. Er machte einen raschen Rundgang über die oberen Decks, fand den verletzten Eberstark und fesselte ihn ebenfalls. Dann ging er wieder nach vorn, dorthin, wo Pendergast und Constance gefesselt an Deck lagen.

Er musterte sie. Beide waren Zeuge seiner Taten geworden. Constance sagte kein Wort, aber er sah, dass sie aus dem verletzten Finger blutete. Er kniete nieder und untersuchte ihn. Der zweite, tiefere Schnitt ging bis auf den Knochen, aber nicht hindurch. Er holte ein sauberes Taschentuch aus der Tasche und verband den Finger. Dann stand er auf und sah Pendergast ins Gesicht. Die silbrig-hellen Augen glitzerten zurück. Esterhazy glaubte, eine leise nachklingende Überraschung darin zu lesen.

»Du hast mich einmal gefragt, wie ich es fertigbringen

konnte, meine eigene Schwester zu töten«, sagte Esterhazy. »Ich habe dir damals die Wahrheit gesagt. Und ich sage dir jetzt wieder die Wahrheit. Ich habe sie nicht getötet. Helen lebt.«

77

Esterhazy hielt inne. Ein neuer Ausdruck war in Pendergasts Augen getreten, ein Ausdruck, den er nicht ganz verstand. Und dennoch schwieg Pendergast.

»Du glaubst, du kämpfst nur gegen mich«, fuhr Esterhazy rasch fort. »Aber du irrst dich. Es geht nicht nur um mich. Nicht nur um diese Yacht und diese Crew. Fakt ist, dass du keine Ahnung hast, keine *Ahnung*, womit du es hier zu tun hast.«

Keine Reaktion von Pendergast.

»Hör zu. Falkoner wollte auch mich umbringen. Sobald du tot gewesen wärst, wollte er das Gleiche mit mir tun. Das ist mir erst heute Abend klargeworden, auf diesem Schiff.«

»Sie haben ihn also umgebracht, um sich zu retten«, sagte Constance. »Und damit wollen Sie unser Vertrauen gewinnen?«

Esterhazy tat sein Bestes, die Frage zu überhören. »Verdammt, Aloysius, hör mir zu. Helen lebt, und du brauchst mich, damit du zu ihr kommen kannst. Wir haben nicht die Zeit, hier herumzustehen und uns darüber zu unterhalten. Später werde ich dir alles erklären – nicht jetzt. Willst du nun mit mir kooperieren oder nicht?«

Constance lachte freudlos.

Esterhazy schaute Pendergast lange in die eiskalten Augen. Sein Blick war nicht zu deuten. Dann holte er tief Luft. »Ich lasse es darauf ankommen«, sagte er. »Darauf, dass du mir irgendwo in deinem merkwürdigen Kopf einfach glaubst – in dieser Frage, wenn nicht auch in anderen.« Er zückte ein Messer, beugte sich herüber, um Pendergast loszuschneiden, dann zögerte er.

»Weißt du, Aloysius«, sagte er ruhig, »ich bin zu dem geworden, als der ich geboren wurde. Ich wurde da hineingeboren, und das hat sich meiner Kontrolle entzogen. Hättest du das Grauen erlebt, dem Helen und ich unterworfen waren, du würdest mich verstehen.«

Er zerschnitt die Leinen, mit denen Pendergast am Pfosten gefesselt war, durchtrennte das Klebeband und ließ ihn frei. Pendergast stand langsam auf, massierte sich die Arme, aber sein Gesichtsausdruck war noch immer nicht zu deuten. Esterhazy zögerte einen Moment. Dann zog er Pendergasts 45er aus dem Hosenbund und reichte sie dem FBI-Agenten, mit dem Griff voran. Pendergast nahm die Pistole, steckte sie ein und ging wortlos zu Constance hinüber und schnitt sie los.

»Gehen wir«, sagte Esterhazy.

Einen Augenblick lang bewegte sich niemand.

»Constance«, sagte Pendergast, »warte beim Tender am Heck auf uns.«

»Moment!«, sagte Constance. »Du willst ihm doch wohl nicht glauben …«

»Bitte geh zum Tender. Wir kommen gleich zu dir.«

Nach einem langen Blick auf Esterhazy drehte sie sich um, ging nach achtern und verschwand in der Dunkelheit.

»Es sind zwei Männer auf der Brücke«, sagte Esterhazy zu

Pendergast. »Wir müssen sie neutralisieren und vom Boot schaffen.«

Als Pendergast ihm keine Antwort gab, ging Esterhazy voran und schob eine Kabinentür auf, wobei er über einen leblosen Körper trat. Sie gingen durch den großen Salon und stiegen dann eine steile Treppe hinauf. Als sie auf dem Skydeck ankamen, öffnete er die Glasschiebetür und ging mitten durch die Skylounge. Pendergast postierte sich neben der Tür zur Brücke und zückte die Waffe. Esterhazy klopfte an.

Kurz ertönte die Stimme des Kapitäns über die Gegensprechanlage. »Wer ist da? Was ist denn passiert? Was waren das für Schüsse?«

Esterhazy antwortete mit sehr ruhiger Stimme: »Ich bin's, Judson. Es ist alles vorbei. Falkoner und ich haben sie im Salon gefesselt.«

»Und die übrige Crew?«

»Nicht mehr da. Die meisten getötet oder kampfunfähig – oder über Bord gegangen. Aber jetzt ist alles unter Kontrolle.«

»Jesses!«

»Falkoner will, dass Gruber für ein paar Minuten nach unten kommt.«

»Wir haben versucht, Falkoner über Funk zu erreichen.«

»Er hat sein Funkgerät weggeworfen. Dieser Pendergast hat ein Headset in die Finger bekommen und hat unseren Funkverkehr abgehört. Hören Sie zu, Captain, wir haben nicht viel Zeit, Falkoner möchte, dass der Maat nach unten kommt. Sofort.«

»Wie lange? Ich brauche ihn auf der Brücke.«

»Fünf Minuten, höchstens.«

Er hörte, wie die Tür zur Brücke erst entriegelt, dann aufgeschlossen wurde. Sie öffnete sich. Sofort kickte Pendergast die Tür zurück und schlug den Maat mit dem Griff seiner Waffe bewusstlos, während Esterhazy auf den Kapitän zustürmte und ihm seine Waffe ins Ohr drückte. »Runter!«, schrie er. »Auf den Boden!«

»Was zum …?«

Esterhazy feuerte die Pistole zur Seite ab, dann drückte er dem Kapitän die Mündung wieder an den Kopf. »Sie haben mich verstanden! Gesicht nach unten, Arme ausbreiten!«

Der Kapitän sank auf die Knie, dann legte er sich ausgestreckt hin und spreizte die Arme ab. Esterhazy drehte sich um und sah gerade noch, wie Pendergast den Maat fesselte. Er ging zum Steuerpult hinüber, wobei er die Pistole weiter auf den Kapitän gerichtet hielt, und stellte die Twin-Dieselmotoren zurück auf Leerlauf. Die Yacht verlangsamte ihre Fahrt und stoppte schließlich ganz.

»Was zum Teufel machen Sie da?«, rief der Kapitän. »Wo ist Falkoner?«

»Bind den hier auch fest«, sagte Esterhazy.

Pendergast kam herüber und fesselte den Kapitän.

»Sie sind so gut wie tot«, sagte der Kapitän zu Esterhazy. »Die bringen Sie um. Gerade Sie sollten das wissen.«

Esterhazy sah zu, wie Pendergast zum Steuerstand ging, den Blick darüberschweifen ließ, eine kleine Abdeckung mit einem roten Hebel darunter anhob und den Hebel umlegte. Ein Alarm wurde ausgelöst. »Was ist das?«, fragte Esterhazy beunruhigt.

»Ich habe das EPIRB aktiviert, den Notrufsender«, erwiderte Pendergast. »Ich möchte, dass du nach unten gehst, den Tender zu Wasser lässt und auf mich wartest.«

»Warum?« Esterhazy fand es beunruhigend, wie schnell Pendergast die Führung übernommen hatte.

»Wir verlassen das Schiff. Tu, was ich sage.«

Der ausdruckslose, kühle Tonfall machte Esterhazy Angst. Pendergast verschwand von der Brücke und begab sich in Richtung der unteren Decks. Esterhazy stieg die Treppe zum großen Salon und zum Heck hinunter. Dort fand er Constance vor, sie wartete.

»Wir verlassen das Schiff«, sagte Esterhazy. Er zog die Segeltuchplane vom zweiten Tender. Es handelte sich um ein fünf Meter langes Valiant mit einem 75-PS-Honda-Viertakt-Außenbordmotor. Er öffnete den Heckspiegel und warf die Winsch an. Das Boot glitt von der Laufschiene ins Wasser. Er machte es am Heck fest, stieg hinein und startete den Motor.

»Steigen Sie ein«, sagte er.

»Erst wenn Aloysius zurück ist«, antwortete Constance. Ihre veilchenblauen Augen blieben auf ihn gerichtet, und nach einem Augenblick sagte sie in ihrer sonderbaren, archaischen Art: »Sie erinnern sich bestimmt, Doktor Esterhazy, was ich Ihnen früher einmal gesagt habe. Lassen Sie es mich wiederholen: An irgendeinem Punkt in der Zukunft, wenn die Zeit reif ist, werde ich Sie töten.«

Esterhazy schnaubte verächtlich. »Reden Sie nicht in den Wind. Sparen Sie sich Ihre leeren Drohungen.«

»Leere Drohungen?« Sie lächelte freundlich. »Es ist eine Tatsache der Natur, so unausweichlich wie die Drehung der Erde.«

78

Esterhazy wandte seine Gedanken Pendergast zu und dem, was er vorhatte. Er bekam seine Antwort, als er unten eine gedämpfte Explosion hörte. Kurz darauf erschien Pendergast. Er half Constance in den Tender, dann sprang er selbst hinein, während eine zweite Detonation die Yacht erschütterte. Plötzlich war die Luft von Rauchgeruch erfüllt.

»Was hast du gemacht?«, fragte Esterhazy.

»Maschinenbrand«, sagte Pendergast. »Durch den Notrufsender haben die, die noch am Leben sind, eine sportliche Chance. Übernimm das Steuer und schaff uns von hier weg.«

Esterhazy steuerte das Boot rückwärts von der Yacht weg. Eine dritte Explosion schickte einen Feuerball in den Himmel, brennende Teile aus Holz und Fiberglas regneten rings um sie nieder. Esterhazy wendete das Boot und gab so viel Gas, wie er es sich in dem Wellengang traute. Das Boot stampfte und gierte, der Motor brummte.

»Kurs Nordwest«, sagte Pendergast.

»Wohin fahren wir?«, fragte Esterhazy, perplex, weil Pendergast einen solchen Befehlston angeschlagen hatte.

»Zur Südspitze von Fire Island. Sie müsste zu dieser Zeit des Jahres verlassen sein. Der ideale Ort, um unbemerkt an Land zu gehen.«

»Und dann?«

Das Boot pflügte durch die mittelhohe See, rauf und runter, und ritt auf der Dünung. Pendergast schwieg, beantwortete die Frage nicht. Die Yacht verschwand in der Dunkelheit hinter ihnen, selbst die Flammen und der schwarze Rauch, die aus ihr aufstiegen, waren kaum noch zu sehen. Ringsum war es dunkel, die schummrigen Lichter von New York City ein ferner Glanz, Nebel lag tief auf dem Wasser.

»Gas runter auf neutral«, sagte Pendergast.

»Warum?«

»Tu's einfach.«

Esterhazy befolgte die Anweisung. Und dann, plötzlich, gerade als eine Welle ihn aus dem Gleichgewicht brachte, packte Pendergast ihn, warf ihn auf den Boden des Tenders und hielt ihn nieder. Esterhazy erlebte einen Augenblick des Déjà-vu, auch auf dem schottischen Friedhof hatte Pendergast ihn niedergezwungen. Er spürte, wie ihm ein Pistolenlauf gegen die Schläfe gedrückt wurde.

»Was machst du denn da?«, rief er. »Ich habe dir gerade eben das Leben gerettet.«

»Leider neige ich nicht zu sentimentalen Anwandlungen«, sagte Pendergast mit leiser, drohender Stimme. »Ich brauche Antworten, und zwar sofort. Erste Frage: Warum hast du das getan? Warum hast du sie geopfert?«

»Aber ich habe Helen nicht geopfert! Sie lebt. Ich könnte sie niemals töten – ich liebe sie!«

»Ich spreche nicht von Helen. Ich spreche von ihrer Zwillingsschwester. Derjenigen, die du Emma Grolier genannt hast.«

Esterhazy spürte, dass einen Moment lang ein gewaltiges Erstaunen seine Angst verdrängte. »Warum … warum weißt du das?«

»Die Logik ist unausweichlich. Zum ersten Mal habe ich das vermutet, als ich erfuhr, dass die Frau im Pflegeheim Bay Manor jung und nicht alt war. Es war die einzige Erklärung. Eineiige Zwillinge besitzen eine identische DNA – so ist dir ein Täuschungsmanöver gelungen, das sogar über den Tod hinaus bestehen konnte. Helen hatte wunderschöne Zähne, und ihr Zwilling offensichtlich auch. Ihrer Zwillingsschwester eine Zahnfüllung anfertigen zu lassen – sie Helens anzupassen –, war ein zahnärztliches Kunststück.«

»Ja«, sagte Esterhazy nach einem Augenblick. »Das war es.«

»Wieso hast du es getan?«

»Ich musste mich entscheiden: sie oder Helen. Emma war ... sehr gestört, geistig stark zurückgeblieben. Der Tod war fast eine Erlösung. Aloysius, bitte glaube mir, wenn ich dir sage, dass ich nicht der böse Mensch bin, für den du mich hältst. Um Himmels willen, wenn du wüsstest, was Helen und ich durchgemacht haben, dann würdest du alles in einem völlig anderen Licht sehen.«

Die Pistole drückte fester an seine Schläfe. »Und was habt ihr durchgemacht? Warum hast du dieses irrsinnige Täuschungsmanöver inszeniert?«

»Jemand musste eben sterben, begreifst du das nicht? Der Bund wollte Helen tot sehen. Die haben geglaubt, dass ich sie bei dem Löwenangriff getötet hätte. Jetzt wissen sie es besser. Und deshalb schwebt Helen jetzt in großer Gefahr. Wir müssen untertauchen – wir alle.«

»Was ist der Bund?«

Esterhazy spürte sein Herz laut pochen. »Wie kann ich dich dazu bringen, dass du mir glaubst? Longitude Pharmaceuticals? Charles Slade? Das ist nur der Anfang. Was du auf Spanish Island gesehen hast, das war nur ein Nebenkriegsschauplatz, eine Fußnote.«

Pendergast schwieg.

»Der Bund schließt sein Büro in New York und löscht seine

Spuren in den USA. Die Granden kommen in die Stadt, um das Ganze zu überwachen. Vielleicht sind sie bereits hier.«

Pendergast gab noch immer keine Antwort.

»Um Gottes willen, wir müssen uns endlich beeilen! Nur dann kann Helen überleben. Alles, was ich getan habe, hat dazu gedient, Helen am Leben zu halten, weil sie ...« Er hielt inne. »Ich habe sogar meine andere Schwester geopfert, so krank sie psychisch auch war. Du musst das verstehen. Es geht hier nicht mehr nur um dich oder Helen. Es ist größer. Ich werde dir alles erklären, aber im Moment müssen wir Helen retten.« Seine Stimme brach, er stieß einen Schluchzer aus, den er schnell unterdrückte. Er packte Pendergast an der Jacke. »Begreifst du denn nicht, dass das die einzige Möglichkeit ist?«

Pendergast erhob sich und steckte die Waffe ein.

Aber Constance, die geschwiegen hatte, sagte: »Aloysius, vertraue diesem Mann nicht.«

»Das Gefühl ist echt. Er lügt nicht.« Pendergast übernahm das Steuer, gab Gas und steuerte das Boot nach Nordost, in Richtung Fire Island. Er warf Esterhazy einen kurzen Blick zu. »Sobald wir an Land gegangen sind, bringst du mich auf direktem Weg zu Helen.«

Esterhazy zögerte. »So kann das nicht funktionieren.«

»Und warum nicht?«

»Ich habe sie über die Jahre gelehrt ... extreme Sicherheitsmaßnahmen zu ergreifen. Die gleichen Sicherheitsmaßnahmen, die ihr in Afrika das Leben gerettet haben. Ein Telefonat wird nicht genügen, und sie mit dir zu überraschen, das wäre zu gefährlich. Ich muss selbst zu ihr gehen und sie zu dir *bringen*.«

»Hast du einen Plan?«

»Noch nicht. Wir müssen eine Möglichkeit finden, wie wir den Bund bloßstellen und vernichten können. Es geht hier ums Ganze: die oder wir. Helen und ich wissen sehr viel über diese Leute, und du bist ein Meister im Ersinnen von Strategien. Gemeinsam können wir das hinbekommen.«

Pendergast hielt inne. »Wie lange brauchst du, um sie zu holen?«

»Sechzehn, vielleicht achtzehn Stunden. Wir sollten uns an einem öffentlichen Ort treffen, dort, wo der Bund es nicht wagt zu handeln, und von dort direkt untertauchen.«

Wieder kam eine leise Warnung von Constance. »Er lügt, Aloysius. Lügt, um seine erbärmliche Haut zu retten.«

Pendergast legte seine Hand auf ihre. »Du hast recht, dass sein Instinkt zur Selbsterhaltung übermäßig ausgeprägt ist, trotzdem glaube ich, dass er die Wahrheit sagt.«

Sie verstummte. Pendergast fuhr fort: »Meine Wohnung im Dakota verfügt über einen sicheren Raum, mit einer Geheimtür, aus der man, wenn nötig, fliehen kann. Im Central Park, auf der anderen Seite des Dakota, gibt es einen öffentlichen Bereich namens Conservatory Water. Es handelt sich um einen kleinen Teich, auf dem man Modellboote fahren lassen kann. Kennst du ihn?«

Esterhazy nickte.

»Der Teich befindet sich nicht weit weg vom Zoo«, bemerkte Constance in scharfem Ton.

»Ich werde vor *Kerbs Boathouse* warten«, sagte Pendergast, »morgen um achtzehn Uhr. Kannst du Helen bis dann dort hinbringen?«

Esterhazy sah auf die Uhr: kurz nach elf. »Ja.«

»Der Transfer zu mir wird nur fünf Minuten dauern. Das Dakota liegt direkt am Park.«

Vor sich sah Esterhazy das matte Blinken des Moriches-Inlet-Leuchtfeuers und die Linie der Cupsogue-Dünen, weiß wie Schnee unter dem strahlend hellen Mond. Pendergast steuerte den Tender darauf zu.

»Judson?«, sagte Pendergast leise.

Esterhazy drehte sich zu ihm um. »Ja?«

»Ich glaube, dass du die Wahrheit sagst. Aber weil die Angelegenheit mir so nahegeht, kann es sein, dass ich dich falsch einschätze. Constance glaubt anscheinend, dass dies der Fall ist. Du bringst Helen zu mir wie geplant – oder, um Thomas Hobbes zu paraphrasieren: Dein restliches Leben hier auf Erden wird grässlich, viehisch und kurz sein.«

79

New York City

Corrie hatte den ersten Teil des Abends damit zugebracht, ihrer neuen Freundin dabei zu helfen, die Wohnung sauber zu machen und eine Lasagne zu kochen – während sie gleichzeitig das Gebäude nebenan im Auge behielt. Maggie war um acht Uhr abends zur Arbeit in den Jazz-Club gegangen und würde erst um zwei Uhr nachts wieder zurück sein.

Jetzt war es fast Mitternacht. Corrie trank ihren dritten Kaffee in der winzigen Küche und betrachtete ihre Ausrüstung. Sie hatte ihre zerfledderte Kopie des Underground-Klassikers *The MIT Guide to Lock Picking* gelesen, dann nochmals gelesen, aber die neuen Schlösser an dem Haus könnten, wie sie befürchtete, gezahnte Schließzylinder haben, so dass man sie so gut wie nicht knacken konnte.

Und dann war da noch das Alarm-Tape aus Bleifolie, das sie gesehen hatte. Es bedeutete: Selbst wenn sie das Schloss aufbräche, würde beim Öffnen der Tür der Alarm losgehen. Beim Öffnen oder Einschlagen eines Fensters würde das Gleiche passieren. Außerdem: Das Haus machte zwar einen verlassenen Eindruck, dennoch könnten überall darin Bewegungsmelder und Laser-Alarmanlagen installiert sein. Was man aber erst wissen konnte, wenn man drin war. Drin? Wollte sie das wirklich machen? Bislang hatte sie lediglich erwogen, das Haus von außen auszukundschaften. Aber irgendwie hatten sich ihre Pläne im Lauf des Abends unbewusst geändert. Warum? Sie hatte Pendergast versprochen, sich aus der Sache herauszuhalten, aber gleichzeitig hatte sie ein tiefes, instinktives Gefühl, dass er sich der Gefahr, in der er schwebte, nicht in vollem Umfang bewusst war. Wusste er, was diese Drogenhändler Betterton und dem Ehepaar Brodie angetan hatten? Das waren böse, böse Menschen.

Und was sie selbst anging, sie war kein Trottel. Sie würde nichts, aber auch gar nichts tun, was sie in Gefahr brachte. Das Haus in der 428 East End Avenue vermittelte durchaus den Eindruck, unbewohnt zu sein – drinnen war kein einziges Licht zu sehen. Sie hatte das Haus den ganzen Tag observiert, niemand war gekommen oder gegangen.

Sie hatte nicht vor, die Grenze ihres Versprechens Pendergast gegenüber zu überschreiten. Und erst recht nicht, sich mit Drogenschmugglern anzulegen. Sie würde nur einbrechen, sich ein paar Minuten im Haus umsehen und wieder verschwinden. Beim ersten Anzeichen von Ärger, egal wie gering, würde sie abhauen. Sollte sie irgendetwas Wertvolles finden, würde sie es zu diesem muskelbepackten Chauffeur Proctor bringen, und der konnte es dann an Pendergast weitergeben.

Sie sah auf die Uhr: Mitternacht. Es hatte keinen Sinn, länger zu warten. Sie faltete die Dietriche zusammen und steckte sie in ihren Rucksack zu den anderen Sachen: ein kleiner tragbarer Bohrer mit Sätzen für Glas, Holz und Mauerwerk, ein Glasschneider, Saugnäpfe, ein Satz Elektrodrähte, Abisolierzangen und andere Werkzeuge, Dentalspiegel und -klammern, zwei kleine LED-Taschenlampen, ein Strumpf fürs Gesicht für den Fall, dass Überwachungskameras installiert waren, Handschuhe, Pfefferspray, Feinmechaniköl, Lappen, Klebeband und Sprayfarbe – und zwei Handys, eins davon in ihrem Stiefel versteckt.

Sie spürte eine wachsende Anspannung. Die Sache würde Spaß machen. Zu Hause in Medicine Creek hatte sie oft solche Brüche durchgezogen, und es war wahrscheinlich eine gute Idee, nicht aus der Übung zu kommen, dranzubleiben. Sie fragte sich, ob sie wirklich für eine Laufbahn bei der Polizei geeignet war, oder ob sie nicht vielleicht überlegen sollte, stattdessen Einbrecher zu werden … Aber andererseits, viele Leute bei der Polizei fühlten sich auf perverse Weise vom Verbrechen angezogen. Pendergast zum Beispiel.

Sie verließ die Küche und trat auf die winzige Terrasse hinterm Haus, die auf allen Seiten von einer zwei Meter fünfzig hohen Mauer umgeben war. Der Garten war verwildert, mehrere Gartenmöbel aus Gusseisen waren auf der Terrasse aufgestellt. Das schummrige Licht aus den umgebenden rückwärtigen Fenstern war hell genug, dass sie etwas sehen konnte, und schützte sie zugleich vor neugierigen Blicken.

Sie wählte den dunkelsten Bereich der Backsteinmauer, die an 428 grenzte, und stellte ein Gartenmöbel dagegen, stieg darauf, dann zog sie sich über die Mauer und ließ sich in den hinteren Garten des verlassenen Hauses hinuntergleiten. Er war völlig verwildert, zugewachsen mit Götterbäumen und Giftsumach: noch mehr perfekte Deckung. Sie zog einen wackligen alten Tisch zur Mauer herüber, über die sie gerade geklettert war, dann ging sie ganz langsam durch das Gestrüpp in Richtung Rückseite des Hauses. Absolut keine Lichter, keinerlei Anzeichen für Aktivitäten darin.

Die Terrassentür war aus Metall und verfügte über ein relativ neues Schloss. Sie schlich weiter, kniete sich hin, klappte den Satz Dietriche auf und wählte einen aus. Sie schob ihn ins Schloss und stieß von den Zuhaltungen ab, wobei sie schnell feststellte, dass das Schloss schwierig zu knacken sein würde. Vielleicht nicht für Pendergast, aber sicherlich für sie.

Besser, sich nach einer Alternative umzusehen.

Sie schlich an der Rückseite des Hauses entlang und entdeckte entlang der Mauer mehrere Souterrainfenster. Sie kniete sich hin und leuchtete mit der Taschenlampe in das nächstgelegene Fenster. Es war schmutzig, fast undurchsichtig, und sie streckte den Arm aus und fing an, es mit einem Lappen zu putzen. Nachdem sie das Fenster so weit sauber gewischt hatte, dass sie hindurchsehen konnte, stellte sie fest, dass die elektrisch leitende Alarmfolie auch vor diesem Fenster verlegt worden war.

Also damit konnte sie etwas anfangen. Sie holte den schnurlosen Bohrer aus dem Rucksack, steckte eine 0,5-mm-Diamantspitze auf, schaltete den Bohrer ein und bohrte zwei Löcher ins Glas, eines durch die obere Bleifolie nahe der Verbindungsstelle und eines durch das untere Folienband, wobei sie darauf achtete, das Band nicht zu durchtrennen und dadurch den Alarm auszulösen. Sie entmantelte einen Kupferdraht und fädelte ihn durch beide Löcher, wobei sie eine dünne Dentalklammer verwendete, um den Kupferdraht auf der Metallfolie an der Innenseite zu befestigen und so den Stromkreislauf komplett aufrechtzuerhalten und um – was entscheidend war – den Alarm für das restliche Haus zu deaktivieren.

Dann bohrte sie mehrere Löcher in die Fensterscheibe, damit sie eine Öffnung hatte, die groß genug war, um hindurchschlüpfen zu können. Als Nächstes ritzte sie mit dem Glasschneider einen Kreis in die Fensterscheibe und verband alle Löcher miteinander. Sie brachte den Saugnapf an, klopfte einmal fest auf das Glas; es brach exakt entlang der Kreislinie. Sie entfernte das Stück und legte es beiseite. Zwar war die Bleifolie entlang des Schnitts eingerissen, aber das spielte keine Rolle. Dank des Kupferdrahts war der Stromkreislauf aufrechterhalten.

Sie trat einen Schritt zurück und warf einen Blick auf die umliegenden Gebäude. Niemand hatte sie gesehen oder gehört, niemand nahm Notiz von ihr. Sie blickte am Gebäude hoch, das vor ihr lag. Es war immer noch dunkel und grabesstill.

Sie konzentrierte sich wieder aufs Fenster. Während sie auf den eventuell installierten Bewegungsmelder achtgab, richtete sie den Strahl der Taschenlampe durchs Fenster, konnte aber bis auf Aktenschränke und Bücherstapel nichts erkennen. Bei dem Alarmkabel handelte es sich um ein ziemlich simples Sicherheitssystem, und sie vermutete, dass es sich im Inneren – wenn überhaupt – um das gleiche System handelte. Mittels eines Dentalspiegels war sie imstande, den Lichtstrahl in alle Ecken des Raums zu richten, entdeckte jedoch nichts, was einem Bewegungsmelder, einer Infrarot- oder Laser-Alarmanlage ähnelte.

Sie steckte den Arm durchs Fenster und wedelte damit herum, bereit, beim ersten Anzeichen, dass irgendwo in der Dunkelheit ein rotes Licht anging, loszulaufen.

Nichts.

Okay. Sie wandte sich um, steckte die Füße durch das Loch im Fenster, zwängte sich vorsichtig hindurch und ließ sich auf den Fußboden fallen, dann zog sie den Rucksack hinein ins Haus.

Wieder wartete sie reglos im Dunkeln und suchte nach irgendwelchen blinkenden Lichtern, irgendeinem Hinweis auf ein Sicherheitssystem. Alles blieb ruhig.

Sie zog einen Stuhl aus einer Ecke und stellte ihn unter das Fenster, für den Fall, dass sie schnell flüchten musste. Dann blickte sie sich um. Das Mondlicht war gerade hell genug, um den Inhalt des Raums erkennen zu können. Wie sie von draußen gesehen hatte, handelte es sich in erster Linie wohl um einen Lagerraum voller Metallaktenschränke, vergilbter Aktenordner aus Pappe und Bücherstapel.

Sie ging zum ersten Bücherstapel und hob die schmierige Plastikplane an. Zum Vorschein kamen ältere, identische Hardcover mit Buckram-Einband, jedes mit einem großen schwarzen Hakenkreuz in weißem Kreis, umgeben von einer roten Fläche.

Bei dem Buch handelte es sich um *Mein Kampf*, der Autor: Adolf Hitler.

80

Nazis. Corrie legte die Plastikplane zurück auf den Bücherstapel und achtete darauf, nicht damit zu rascheln. Es lief ihr kalt den Rücken herunter. Jetzt ergab alles, was Betterton ihr erzählt hatte, Sinn. Das Gebäude existierte seit dem Zweiten Weltkrieg; der Stadtteil war von deutschen Einwanderern bewohnt worden; der Killer, von dem der Reporter gesprochen hatte, hatte einen deutschen Akzent. Und jetzt das hier.

Das waren gar keine Drogenschmuggler. Das waren Nazis, und sie mussten seit dem Zweiten Weltkrieg in diesem Haus agieren. Sogar nach der deutschen Kapitulation, sogar nach den Nürnberger Prozessen, sogar nach der sowjetischen Besatzung Ostdeutschlands und dem Fall der Berliner Mauer hatten sie von hier aus operiert. Es war unglaublich, unfassbar. All diese Nazis der ersten Stunde mussten doch inzwischen tot sein, oder? Wer waren diese Leute? Und was in Gottes Namen trieben sie heute, nach all den Jahren?

Sollte Pendergast von dieser Sache nichts wissen, und sie vermutete, dass er nichts wusste, dann war es zwingend erforderlich, dass sie mehr in Erfahrung brachte.

Sie bewegte sich jetzt mit großer Vorsicht, ihr Herz schlug schnell. Zwar hatte sie keinerlei Anzeichen für Aktivitäten gefunden, keinerlei Hinweise darauf, dass jemand gekommen oder gegangen war, trotzdem konnten sich Leute im Haus befinden. Sie konnte da einfach nicht sicher sein.

In der Ecke stand ein Tisch mit irgendwelchen elektronischen Gerätschaften, ebenfalls von einer schmuddeligen

Plastikplane bedeckt. Sie hob eine Ecke an, langsam, leise, und sah diverse alte Funkgeräte. Als Nächstes widmete sie sich den Aktenschränken und untersuchte die Beschriftungen. Sie waren auf Deutsch geschrieben, aber sie konnte kein Deutsch. Sie wählte aufs Geratewohl einen Aktenschrank aus, stellte fest, dass er verschlossen war, und holte ihre Picks heraus. In einer Minute hatte sie das simple Schloss geknackt und die Schublade aufgezogen. Nichts. Die Schublade war leer. Aber nach den Staubrändern zu urteilen, sah es so aus, als sei das Schubfach bis vor kurzem noch voll gewesen.

Etliche weitere Schubfächer bestätigten das. Was für Unterlagen auch immer darin aufbewahrt worden waren, sie waren verschwunden – allerdings noch nicht lange.

Als sie ihre Taschenlampe hervorholte und damit kurz im Raum umherleuchtete, entdeckte sie in jeder der gegenüberliegenden Wände Türen. Eine davon musste nach oben führen. Sie ging zur nächstgelegenen, ergriff den Türknauf und zog die Tür ganz vorsichtig auf, wobei sie das Quietschen der rostigen Türangeln auf ein absolutes Mindestmaß reduzierte.

Im Licht der Taschenlampe sah sie einen Raum, der auf dem Boden, an der Decke und allen vier Wänden weiß gefliest war. In der Mitte war ein Stahlstuhl mit dem Boden verschraubt, unter dem Stuhl befand sich ein Abfluss. Stählerne Handschellen hingen von den Lehnen und Beinen des Stuhls. In der Ecke lag ein aufgerollter Schlauch, daneben befand sich ein rostiger Wasserhahn.

Sie zog sich zurück, fühlte sich dabei ein wenig übel, und ging zur Tür auf der anderen Seite des Raums. Diese führte zu einer schmalen Treppe.

Oben auf dem Treppenabsatz befand sich eine weitere geschlossene Tür. Corrie horchte sehr lange, dann ergriff sie den Türknauf und schob die Tür einen Zentimeter weit auf. Eine kurze Inspektion mit Hilfe des Dentalspiegels zeigte eine staubbedeckte, ausgediente Küche. Sie schob die Tür weit auf und sah sich dahinter um, dann ging sie leise durch das Esszimmer und dann in das dahinter gelegene, opulente Wohnzimmer. Es war in bayrischem Jagdhaus-Stil eingerichtet: Geweihe an holzvertäfelten Wänden, wuchtiges, gedrechseltes Mobiliar, Landschaften in schweren Rahmen, Gestelle mit alten Gewehren und Stutzen. Über dem Kamin hing ein zotteliger Wildschweinkopf mit leuchtend gelben Stoßzähnen und funkelnden Glasaugen. Rasch überflog sie die Bücherborde und durchsuchte einige Schränke. Die Dokumente und Bücher waren allesamt auf Deutsch.

Sie ging auf den Flur. Hier blieb sie stehen, kaum atmend, und horchte. Alles blieb still. Schließlich stieg sie die Treppe hinauf, eine Stufe nach der anderen, und hielt nach jedem Schritt inne, um zu lauschen. Auf dem Treppenabsatz im zweiten Stock wartete sie wieder, betrachtete die geschlossenen Türen und öffnete dann die erstbeste. Dahinter befand sich ein Raum, der bis auf ein leeres Bettgestell, einen Tisch, einen Stuhl und ein Bücherregal fast ohne Möbel war. Ein zerbrochenes Fenster ging in den hinteren Garten hinaus, auf dem Fenstersims lagen noch die Glasscherben. Das Fenster war vergittert.

Sie sah sich die anderen Zimmer im zweiten Stock an. Alle waren ähnlich – alles Schlafzimmer, alle ausgeräumt –, bis auf den letzten Raum. Bei diesem handelte es sich um ein völlig verstaubtes Fotolabor samt Dunkelkammer, zusätzlich standen mehrere Druckerpressen und primitiv aussehende Fotokopiergeräte darin. Vor einer Wand standen Regale mit Kupferdruckplatten aller Größen, viele mit aufwendigen und offiziell aussehenden Mustern und Siegeln geprägt. Anscheinend handelte es sich um eine alte Fälscherwerkstatt.

Zurück im Flur, stieg sie die Treppe in den dritten Stock hinauf. Sie gelangte auf einen großen Dachboden, der in zwei Räume unterteilt war. Der erste – der Raum, in dem sie jetzt stand – war ziemlich eigenartig. Auf dem Boden lagen dicke, persisch aussehende Teppiche. Dutzende Kerzen, groß und dick, standen in kunstvollen, freistehenden Kerzenhaltern, Stränge aus geschmolzenem Wachs hingen wie Stalaktiten von den Aufsätzen der Halter. An den Wänden hingen Teppiche mit bizarren gelben und goldfarbenen Symbolen, manche eingenäht, andere aus dickem Filz angefertigt: Hexagramme, astronomische Symbole, lidlose Augen, ineinandergreifende Dreiecke, fünf- und sechszackige Sterne. Unten an einem solchen Wandvorhang war ein einziges Wort zu lesen, eingefasst von einem Wappenschild: ARARITA. In einer Ecke des Raums führten drei Stufen zu etwas, das wie ein Altar aussah.

Das hier war einfach zu gruselig, Corrie zog sich zurück. Ein Zimmer noch, dann würde sie von hier verschwinden. Fröstelnd trat sie durch den niedrigen Durchgang in den zweiten Raum im Dachgeschoss. Er war voller Bücherborde und hatte früher wohl mal als Bibliothek oder vielleicht Studierstube gedient. Aber jetzt waren alle Bücherregale leer, die Wände nackt bis auf eine mottenzerfressene Nazi-Flagge, die schlaff von der gegenüberliegenden Wand hing.

Mitten im Raum stand ein großer industrieller Papier-schredder neueren Datums, er wirkte auf absurde Weise deplaziert in dieser Zeitkapsel aus der Mitte des 19. Jahrhunderts. Auf einer Seite davon standen ein Dutzend kippliger Papierstapel, auf der anderen eine Reihe schwarzer Müllsäcke voll mit dem geschredderten Papier. An der gegenüberliegenden Wand stand eine Tür offen, die zu einem Wandschrank gehörte.

Sie dachte an die leeren Aktenschränke im Untergeschoss, die leeren Schlafzimmer. Was immer hier abgelaufen war, es würde bald der Vergangenheit angehören. Alles in der Wohnung deutete darauf hin, dass die belastenden Inhalte entfernt worden waren.

Corrie erkannte – und dabei empfand sie leise Furcht: Wenn diese Arbeiten noch im Gange waren, dann konnten sie jederzeit wieder aufgenommen werden.

Es handelte sich hier um die einzigen Schriftstücke, die im Haus verblieben waren. Pendergast würde sie mit Sicherheit sehen wollen. Schnell und leise ging sie zu den Papierstapeln hin und sah sie sich an. Die meisten gingen zurück bis zum Zweiten Weltkrieg und waren mit einem Nazi-Briefkopf versehen, komplett mit Hakenkreuzen und alter deutscher Frakturschrift. Sie verfluchte sich, weil sie kein Deutsch konnte, und durchstöberte die Schriftstücke, wobei sie darauf achtgab, sie in der richtigen Reihenfolge und denselben Stapeln zu lassen und alle herauszusuchen, die von besonderem Interesse sein könnten.

Während sie sich durch die Stapel arbeitete und die Dokumente umschichtete, wobei sie sich nur ein, zwei aus jedem riesigen Packen genauer ansah, wurde ihr klar, dass die Dokumente, die ganz unten lagen, neueren Datums waren als die oben. Sie wandte sich von den älteren Dokumenten ab und konzentrierte sich auf die neueren. Sie waren alle auf Deutsch verfasst, so dass sie ihre Bedeutung nicht herausbekommen konnte. Trotzdem sammelte sie jene Dokumente ein, die am wichtigsten aussahen, die mit den meisten Stempeln und Siegeln, dazu andere, auf denen mit großen roten Buchstaben stand:

STRENG GEHEIM

Was in ihren Augen ziemlich so aussah wie der Stempel TOP SECRET.

Plötzlich fiel ihr Blick auf einen Namen auf einem der Dokumente: ESTERHAZY. Sie erkannte ihn sofort wieder, das war der Mädchenname von Pendergasts verstorbener Frau Helen. Der Name tauchte überall in dem Dokument auf, und während sie die direkt darunter liegenden Dokumente durchsah, fand sie weitere, die ebenfalls diesen Namen trugen. Sie sammelte sie alle ein und stopfte sie in ihren Rucksack.

Und dann stieß sie auf einen Packen Dokumente, die nicht auf Deutsch, sondern teils auf Spanisch und – glaubte sie – teils auf Portugiesisch verfasst waren. Sie konnte Spanisch, wenigstens so einigermaßen, aber die meisten dieser Unterlagen waren ziemlich langweilig: Rechnungen, Bestellscheine, Listen mit Ausgaben und Rückerstattungen, dazu jede Menge Krankenakten mit den Namen der Patienten, geschwärzt oder nur mit Initialen vermerkt. Trotzdem stopfte sie die am wichtigsten aussehenden in ihren Rucksack, der inzwischen zum Bersten voll war.

Da hörte sie ein Dielenbrett knarren.

Sie schrak zusammen, Adrenalin wurde ausgeschüttet. Sie horchte. Nichts.

Langsam schloss sie ihren Rucksack und stand auf, wobei sie darauf achtete, keinerlei Geräusche zu machen. Die Tür stand nur einen Spaltbreit offen, durch den ein Streifen schummriges Licht fiel. Sie lauschte weiter und hörte nach einem Augenblick wieder ein Knarren. Es war leise, kaum hörbar … wie wenn jemand vorsichtig auftrat.

Sie saß in der Falle, im Dachgeschoss, aus dem nur eine Treppe nach unten führte. Es gab keine Fenster, keine Möglichkeit, sich zu verstecken. Aber es wäre falsch, in Panik zu geraten; es könnte ja an ihrer hyperaktiven Phantasie liegen, dass sie etwas gehört hatte. Sie wartete in dem Schummerlicht, alle Sinne hellwach.

Wieder ein Knarren, diesmal höher und näher. Nein, sie bildete sich das nicht nur ein: Jemand war definitiv im Haus – und stieg die Treppe herauf.

Vor lauter Aufregung wegen der Dokumente hatte sie vergessen, sich ganz leise zu verhalten. Hatte die Person auf der Treppe sie gehört?

Äußerst vorsichtig ging sie durchs Zimmer zu dem Wandschrank, der auf der gegenüberliegenden Seite offen stand. Es gelang ihr, da hinzukommen, ohne dass eine einzige Holzdiele knarrte. Sie stellte sich in den Wandschrank und zog die Tür fast, aber nicht ganz zu und hockte sich in der Dunkelheit hin. Ihr Herz schlug derart heftig und so schnell, dass sie fürchtete, der Eindringling könnte es hören.

Wieder ein kaum vernehmbares Knarren – und dann ein leises Stöhnen. Die Tür zum Zimmer ging auf. Corrie spähte aus dem Wandschrank und traute sich kaum zu atmen. Nach einer langen Zeit, in der alles still war, betrat eine Gestalt den Raum.

Corrie hielt den Atem an. Der Mann war schwarz gekleidet, trug eine runde, getönte Brille, sein Gesicht lag im Dunkeln. Ein Einbrecher?

Er ging in die Mitte des Raums, blieb dort stehen und zückte schließlich eine Pistole. Dann drehte er sich zu dem Wandschrank um, hob die Waffe und zielte auf die Wandschranktür.

Corrie kramte verzweifelt in ihrem Rucksack.

»Komm da bitte sofort raus«, sagte die Stimme mit starkem Akzent.

Nach einem langen Moment stand Corrie auf und stieß die Tür auf.

Der Mann lächelte. Er löste den Sicherheitshebel und zielte genau.

»*Auf Wiedersehen*«, sagte er auf Deutsch.

81

Special Agent Pendergast saß auf einer Ledercouch im Empfangszimmer seiner Wohnung im Dakota. Die Schnittwunde auf seiner Wange war desinfiziert worden und nur noch ein schmaler roter Strich. Neben ihm saß Constance Greene, sie trug einen weißen Kaschmirpullover und einen knielangen korallenroten Faltenrock. Kammmuschelförmige Achat-Einbauleuchten, die unmittelbar unter der Decke angebracht waren, tauchten das Zimmer in ein weiches Licht. Das Zimmer hatte keine Fenster. Drei der Wände waren in Altrosa gestrichen, die vierte Wand bestand ganz aus schwarzem Marmor, über den sich ein dünner Wasserfall ergoss und leise in den Teich darunter plätscherte, in dem Lotusblüten trieben.

Auf einem Tisch aus brasilianischem Purpurholz stand eine Teekanne aus Eisen, daneben zwei kleine Tassen, die mit einer grünen Flüssigkeit gefüllt waren. Constance und Pendergast unterhielten sich leise, kaum hörbar durch das Plätschern des Wasserfall-Springbrunnens.

»Ich begreife noch immer nicht, warum du ihn gestern Nacht hast entkommen lassen«, sagte Constance gerade. »Du vertraust ihm doch nicht.«

»Ich vertraue ihm zwar nicht«, erwiderte Pendergast. »Aber in dieser Sache *glaube* ich ihm. Er hat mir die Wahrheit gesagt, was Helen angeht, dort im Foulmire. Und er sagt auch jetzt die Wahrheit. Außerdem«, fuhr er mit noch leiserer Stimme fort, »weiß er, dass ich ihn, sollte er sein Versprechen nicht halten, aufspüren werde. Komme, was da wolle.«

»Und wenn du ihn nicht aufspürst«, sagte Constance, »dann ich.«

Pendergast warf seinem Mündel einen Blick zu. Kalter Hass flackerte in ihren Augen auf, ein Flackern, das er schon einmal gesehen hatte. Es stellte, das war ihm sogleich klar, ein ernsthaftes Problem dar.

»Es ist halb sechs«, sagte sie und sah auf die Uhr. »In einer halben Stunde …« Sie hielt inne. »Wie fühlst du dich, Aloysius?«

Pendergast antwortete nicht sofort. Schließlich verlagerte er sein Gewicht auf dem Stuhl. »Ich bekenne mich zu einem höchst unangenehmen Gefühl von Angst.«

Constance blickte ihn an, ihre Gesichtszüge waren voll Sorge. »Nach zwölf Jahren ... wenn es stimmt, dass deine ... deine Frau dem Tod entronnen ist, warum hat sie sich nie mit dir in Verbindung gesetzt? Warum diese – verzeih mir, Aloysius –, aber warum diese ungeheuerliche Täuschung?«

»Ich weiß es nicht. Ich kann nur vermuten, dass es mit diesem Bund zu tun hat, den Judson erwähnte.«

»Und wenn sie noch lebt ... Würdest du sie dann noch lieben?« Sie errötete ein wenig und senkte den Blick.

»Das weiß ich auch nicht«, antwortete Pendergast so leise, dass es selbst für Constance kaum zu hören war.

Ein Telefon auf dem Tisch klingelte. Pendergast streckte die Hand danach aus. »Ja?« Er hörte einen Augenblick lang zu und legte den Hörer auf die Gabel zurück. Er wandte sich zu Constance um. »Lieutenant D'Agosta ist auf dem Weg hierher.« Nach einer Pause fuhr er fort: »Constance, ich muss dir das sagen: Wenn du zu irgendeiner Zeit Bedenken hast oder es nicht mehr erträgst, inhaftiert zu sein, lass es mich wissen, ich hole dann das Kind und kläre die ganze Sache auf. Wir müssen nicht ... den Plan einhalten.«

Sie brachte ihn mit einer sanften Geste zum Schweigen, ihre Gesichtszüge wurden weicher. »O doch, wir *müssen* ihn einhalten. Und außerdem kehre ich gern ins Mount Mercy zurück. Auf eine sonderbare Weise finde ich es tröstlich, dort zu sein. Die Unsicherheit und die Geschäftigkeit der Welt dort draußen sind mir gleichgültig. Aber eines will ich sagen. Ich erkenne jetzt, dass ich mich geirrt habe – geirrt, das Kind als den Sohn deines Bruders zu betrachten. Ich hätte den Jungen von Anfang an als den Neffen meines ... liebsten Vormunds ansehen sollen.« Und dabei drückte sie ihm die Hand.

Die Türglocke läutete. Pendergast erhob sich und öffnete die Tür. D'Agosta stand mit langem Gesicht im Vestibül.

»Danke, dass Sie gekommen sind, Vincent. Ist alles vorbereitet?«

D'Agosta nickte. »Der Wagen wartet unten. Ich habe Doktor Ostrom gesagt, dass Constance sich auf dem Weg zurück in die Klinik befindet. Der arme Kerl ist vor Erleichterung fast zusammengebrochen.«

Pendergast holte aus einem Wandschrank einen Vicuñamantel, zog ihn an und half Constance in ihren Mantel. »Vincent, bitte sorgen Sie dafür, dass Doktor Ostrom voll und ganz versteht, dass Constance freiwillig zurückkehrt – dass es sich bei ihrem Verlassen des Krankenhauses um eine Entführung und keine Flucht gehandelt hat und dass alles ausschließlich die Schuld dieses falschen Doktor Poole war. Nach dem wir immer noch suchen, den wir aber vermutlich nie finden werden.«

D'Agosta nickte. »Ich kümmere mich darum.«

Sie verließen die Wohnung und betraten den wartenden Aufzug. »Wenn Sie ins Mount Mercy zurückkehren, vergewissern Sie sich bitte, dass sie ihr altes Zimmer zurückbekommt, samt all ihren Büchern, Möbeln und Notizbüchern. Wenn nicht, protestieren Sie kraftvoll.«

»Ich werde einen heiligen Aufstand veranstalten, glauben Sie mir.«

»Ausgezeichnet, mein lieber Vincent.«

»Aber … verdammt, finden Sie nicht, dass ich mit Ihnen zum Bootshaus gehen sollte? Nur für den Fall, dass es Schwierigkeiten gibt?«

Pendergast schüttelte den Kopf. »Unter allen anderen Umständen, Vincent, würde ich Ihre Hilfe annehmen. Aber

Constances Sicherheit ist zu wichtig. Sie sind natürlich bewaffnet?«

»Natürlich.«

Der Fahrstuhl traf im Erdgeschoss ein, die Tür glitt leise
auf. Sie verließen das Gebäude durch die Südwest-Lobby
und gingen durch den Innenhof.

D'Agosta runzelte die Stirn. »Womöglich stellt Esterhazy
uns eine Falle.«

»Das bezweifle ich, aber ich habe Vorsichtsmaßnahmen er-
griffen. Für den Fall, dass jemand uns zu stören versucht.«
Sie gingen an einem neugotischen Gebäude vorbei und
durch den Eingangstunnel zur 72. Straße. Ein ziviler
Wagen stand im Leerlauf neben dem Wachhäuschen des
Doormans, ein uniformierter Polizist saß hinterm Steuer.
D'Agosta blickte sich kurz um, dann öffnete er die hintere
Tür und hielt sie Constance auf.

»Gib auf dich acht, Aloysius«, flüsterte sie.

»Ich bin so bald wie möglich wieder bei dir«, versicherte
er ihr.

Sie drückte ihm ein letztes Mal die Hand und setzte sich in
den Fond des Wagens.

D'Agosta schloss die Wagentür und ging um den Wagen
herum. Er warf Pendergast einen letzten, entschlossenen
Blick zu. »Pass auf deinen Arsch auf, Partner.«

»Ich werde Ihren Rat befolgen – im übertragenen Sinne
natürlich.«

D'Agosta stieg ein, und der Wagen fädelte sich in den Verkehr ein.

Pendergast blickte dem Wagen hinterher, der in der be-
ginnenden Abenddämmerung verschwand. Dann griff er
in seine Anzugjacke, zog ein winziges Bluetooth-Headset

hervor und befestigte es am Ohr. Er schob die Hände in die Manteltaschen, überquerte die breite Durchgangsstraße, betrat den Central Park und ging den gewundenen Fußweg Richtung Conservatory Water hinunter.

82

Um 17.55 Uhr lag der Central Park wie unter dem schläfrigen Zauber eines Gemäldes von Magritte. Vom Himmel schien ein helles Licht, die Bäume und Wege dunkel in der Abenddämmerung. Jetzt, am frühen Abend, hatte sich der Puls der Stadt verlangsamt, auf der Fifth Avenue fuhren die Taxis gemächlich und leise vorbei, die Fahrer waren sogar zum Hupen zu träge.

Das *Kerbs Boathouse* erhob sich wie ein Konfekt aus Ziegel und Grünspan neben der spiegelglatten Oberfläche des Conservatory Water. Jenseits davon, hinter einem Saum von Bäumen, die ihr Herbstkleid trugen, erhoben sich die monolithischen Bauten der Fifth Avenue, deren Steinfassaden im reflektierten Glanz der untergehenden Sonne pinkfarben leuchteten.

Special Agent Pendergast ging zwischen den Kirschbäumen auf dem Pilgrim Hill hindurch und blieb in den langen Schatten stehen, damit er das Bootshaus und seine Umgebung überblicken konnte. Es war ein ungewöhnlich warmer Herbstabend. Der ovale Teich lag völlig still da, die spiegelglatte Oberfläche loderte in den Karmesin- und Zinnobertönen des Himmels. Das Café neben dem Boots- haus war geschlossen, nur noch eine Handvoll Möchtegern-Yachtbesitzer steuerten vom Rand des Teichs ihre Modellboote. Ein paar Kinder saßen oder lagen neben den Männern, rührten träge mit den Händen im Wasser und blickten hinaus auf die kleinen Schiffe.

Langsam ging Pendergast um den Teich, dabei kam er, während er sich dem Bootshaus näherte, an der Alice-im-Wunderland-Statue vorbei. Ein Geiger stand vor der steinernen Brüstung, die sich vor dem See erhob, sein Koffer lag offen zu seinen Füßen, und spielte »Geschichten aus dem Wienerwald« mit fast mehr Rubato, als das Musikstück vertragen konnte. Ein junges Pärchen saß auf einer der Bänke vor dem Bootshaus, hielt Händchen, flüsterte und kuschelte, identische Rucksäcke neben sich. Auf der Bank daneben saß Proctor, bekleidet mit einem dunklen Serge-Anzug, offenbar vertieft in die Lektüre des *Wall Street Journal*. Ein Verkäufer von Maronen und heißen Brezeln schloss seinen Karren und machte Feierabend, und im tiefen Schatten hinter dem Bootshaus, in einer Gruppe Rhododendren, bereitete ein Obdachloser sein Bett aus Karton für den Abend. Hier und da schritten Fußgänger über die verschiedenen Fußwege, die zur Fifth Avenue führten.

Pendergast fasste an seinen Ohrhörer. »Proctor, hören Sie mich?«

»Ja, Sir.«

»Irgendetwas Auffälliges?«

»Nein, Sir. Alles ist ruhig. Ein Liebespaar, das anscheinend nicht genug voneinander bekommen kann. Ein Stadtstreicher, der gerade aufgehört hat, sich eine Mahlzeit aus dem Mülleimer zu klauben. Jetzt macht er es sich mit einer Flasche Night Train, glaube ich, für die Nacht bequem. Kunststudenten haben am See gemalt, aber die sind vor einer Viertelstunde gegangen. Die letzten Modellyachtbesitzer packen ihre Boote ein. Sieht so aus, als könnte es losgehen.«

»Sehr gut.«

Während sie sprachen, hatten sich Pendergasts Hände unbewusst verkrampft. Jetzt öffnete er sie ganz bewusst und beugte die Finger. Er unternahm den erfolgreichen Versuch, seinen Puls auf ein normales Niveau zu verlangsamen. Er holte tief Luft, trat ins Offene und schlenderte zu der niedrigen Brüstung, die den Teich umgab.

Er sah erneut auf die Uhr: Punkt 18.00 Uhr. Er blickte sich um – und verharrte völlig reglos.

Zwei Gestalten näherten sich aus der Richtung des Bethesda Fountain, undeutlich zu erkennen unter dem dunklen Blätterdach. Während er dort hinschaute, überquerten sie den East Drive und kamen näher, am Trefoil Arch vorbei, an der Hans-Christian-Andersen-Statue vorbei. Er wartete, die Hände an der Seite, und bewegte sich ganz langsam und lässig. Neben ihm stieß ein kleiner Junge ein freudiges Lachen aus, als zwei Spielzeugyachten beim Einlaufen in den Hafen kollidierten.

Die Gestalten, die sich wie Silhouetten vom Abendhimmel abhoben, blieben auf der anderen Seite des Conservatory Water stehen und blickten in seine Richtung. Bei der einen handelte es sich um einen Mann, bei der anderen um eine Frau. Als sie sich wieder in Bewegung setzten und um den See gingen, auf ihn zu, entdeckte er etwas an der Frau, an ihrer Körperhaltung, der Art, wie sie sich beim Gehen bewegte, das sein Herz kurz aussetzen ließ. Alles um ihn herum, die Modellyachtbesitzer, das Liebespaar, der Geiger, all die anderen verschwanden, als er die Frau anschaute. Als der Mann und die Frau den kleinen See umrundeten, traten sie in einen Streifen Abendlicht – und die Gesichtszüge der Frau kamen deutlich zum Vorschein.

Die Zeit selbst schien jäh aufgehoben zu sein. Pendergast war nicht in der Lage, sich zu rühren. Nach einem kurzen Innehalten trennte sich die Frau von dem Mann und kam mit zögernden Schritten auf ihn zu.

War das wirklich Helen? Das volle kastanienbraune Haar war gleich – kürzer, aber ebenso glänzend, wie er es in Erinnerung hatte. Sie war schlank, wie sie es gewesen war, als er sie kennenlernte, vielleicht noch schlanker, und bewegte sich auf dieselbe anmutige Art, die ihm so gut in Erinnerung war. Doch während sie sich näherte, fielen ihm Veränderungen auf: Krähenfüße in den Winkeln ihrer veilchenblauen Augen; Augen, die an jenem fürchterlichen Tag zwischen den Fieberbäumen so blicklos zu ihm aufgeschaut hatten. Ihre Haut, immer etwas dunkel und leicht sommersprossig, war blass geworden, ja fahl. Statt der gewohnheitsmäßigen Selbstsicherheit, die sie ausgestrahlt hatte wie die Sonne ihr Licht, sonderte sie nun die Reserviertheit eines Menschen ab, den die Wechselfälle des Lebens niedergedrückt hatten.

Sie blieb ein, zwei Meter vor ihm stehen, und sie schauten einander an.

»Bist du's wirklich?«, sagte er, seine Stimme kaum mehr als ein Krächzen.

Sie versuchte zu lächeln, aber es war ein wehmütiges, beinahe verlorenes Lächeln. »Es tut mir leid, Aloysius. So unendlich leid.«

Als er sie sprechen hörte – mit einer Stimme, die er inzwischen nur noch im Traum hörte –, durchrieselte Pendergast ein weiterer Schock. Zum ersten Mal im Leben versagte seine Selbstbeherrschung. Er war völlig außerstande, klar zu denken, völlig unfähig, die richtigen Worte zu finden.

Sie trat auf ihn zu und berührte mit der Fingerspitze die Schnittwunde auf seiner Wange. Dann schaute sie über ihn hinweg nach Osten und zeigte dorthin.

Er folgte ihrer Geste, blickte durch die Bäume des Parks in Richtung Fifth Avenue. Dort erhob sich, eingerahmt von den imposanten Gebäuden, ein buttergelber Vollmond.

»Schau«, flüsterte sie. »Nach all den Jahren geht der Mond immer noch für uns auf.«

Es war immer ihr Geheimnis gewesen. Sie hatten sich unter dem Vollmond kennengelernt, und in den kurzen Jahren, die folgten, hatten sie es sich zu einer fast religiösen Pflicht gemacht, einmal im Monat ganz für sich allein zu sein, um dem Aufgang des Vollmonds zuzuschauen.

Das überzeugte Pendergast von dem, was er bereits in seinem Herzen fühlte: dass es tatsächlich Helen war.

83

Judson Esterhazy hatte sich in diskreter Distanz von dem Pärchen gehalten und nahm jetzt eine Position unter dem Dach des Bootshauses ein. Er wartete, die Hände in den Jackentaschen, und betrachtete das friedliche Bild. Der Geiger beendete den Walzer und ging fließend in eine rührselige Interpretation von »Moon River« über.

Seine Angst vor dem Bund hatte ein wenig nachgelassen. Diese enorm einflussreichen Leute wussten jetzt, dass Helen lebte, doch in Pendergast hatte er seinen eigenen starken Verbündeten gefunden. Jetzt würde alles gut werden.

Ein Dutzend Meter entfernt hatte der letzte Yachtbesitzer sein Modellboot aus dem Wasser geholt, nahm es auseinander und steckte die Einzelteile in einen Aluminiumkoffer, ausgekleidet mit Schaum-Ausschnitten. Esterhazy verfolgte, wie Pendergast und Helen am Rand des Teichs entlangschlenderten. Er empfand zum ersten Mal in seinem Leben ein unermessliches Gefühl der Erleichterung – darüber, dass er schließlich den Weg aus dem Labyrinth des Bösen gefunden hatte, in dem er seit den frühesten Kindheitserinnerungen gefangen war. Es war alles so plötzlich geschehen, dass er es kaum glauben konnte. Er fühlte sich fast wie neugeboren.

Und doch konnte sich Esterhazy, trotz der idyllischen Szene, immer noch nicht von diesem alten, ewigen Gefühl der Angst befreien. Er konnte nicht sagen, warum – es gab absolut keinen Grund zur Sorge. Es war ausgeschlossen, dass der Bund erfahren hatte, wo sie sich treffen würden. Kein Zweifel, seine innere Unruhe war nur eine Gewohnheit.

Jetzt begann er, den beiden hinterherzuschlendern, und ließ sich dabei ein wenig zurückfallen, damit Helen und Pendergast einige Augenblicke für sich allein hatten. Das Dakota lag auf der anderen Seite des Parks, zu Fuß auf den bevölkerten Wegen schnell zu erreichen. Doch fürs Erste … Die gemurmelten Sätze der beiden schwebten zu ihm herüber, während sie langsam um den kleinen Teich gingen.

Als sie sich wieder dem Bootshaus näherten, griff Pendergast in die Jackentasche. Er zog einen Ring hervor, einen

Goldring mit einem großen Sternsaphir. »Erkennst du ihn wieder?«

Eine Röte überzog ihr Gesicht. »Ich habe nicht geglaubt, ihn je wiederzusehen.«

»Und ich habe nicht geglaubt, dass ich die Gelegenheit bekommen würde, ihn dir wieder anzustecken. Bis Judson mir erzählt hat, dass du noch am Leben bist. Ich wusste, ich *wusste*, dass er die Wahrheit sagt, auch wenn niemand sonst mir geglaubt hat.« Er streckte den Arm nach ihrer linken Hand aus und bereitete sich darauf vor, ihr den Ring über den Ringfinger zu schieben.

Doch als er ihren Arm anhob, hielt er inne. Die Hand war verschwunden. Nur ein Stumpf war übrig geblieben, mit einer langen gezackten Narbe.

»Aber warum *deine* Hand? Ich dachte, deine Schwester …«

»Die ganze Sache ist schiefgegangen. Ein fürchterliches Desaster, zu kompliziert, es dir jetzt zu erklären.«

Er erwiderte ihren Blick. »Helen. Warum hast du bei diesem mörderischen Plan mitgemacht? Warum hast du diese Dinge vor mir verborgen – das Schwarzgerahmte, Audubon, die Familie Doane, alles andere? Warum hast du nicht …«

Sie ließ den Arm sinken. »Bitte, lass uns nicht darüber sprechen. Nicht jetzt. Später werden wir jede Menge Zeit haben.«

»Aber Emma, deine Zwillingsschwester – hast du gewusst, dass sie geopfert wurde?«

Ihr Gesicht wurde sehr blass. »Ich habe erst … hinterher davon erfahren.«

»Aber du hast dich nie mit mir in Verbindung gesetzt, nie. Wie soll ich …«

Sie stoppte ihn mit der unverletzten Hand. »Aloysius, hör auf. Es gibt Gründe für alles. Es ist eine schreckliche, eine *schreckliche Geschichte*. Ich werde sie dir erzählen, von Anfang bis Ende. Aber dafür ist jetzt nicht die richtige Zeit, hier ist nicht der richtige Ort. Also, bitte lass uns gehen.« Sie versuchte zu lächeln, aber ihr Gesicht war bleich.

Sie hob die andere Hand, und wortlos schob er ihr den Ring auf den Ringfinger. Dabei sah er an ihr vorbei auf die bukolische Szene. Nichts hatte sich verändert. In der Ferne näherten sich zwei Jogger aus Richtung des Sees. Ein kleines Kind weinte, nachdem es sich in der Leine eines aufgeregten Yorkshireterriers verheddert hatte. Der Geiger fidelte immer noch fleißig weiter.

Pendergasts Blick fiel auf den letzten verbliebenen Modellyachtbesitzer – er packte sein Boot zusammen und versuchte noch immer ungeschickt, die Einzelteile in seinen Koffer einzupassen. Pendergast zitterten die Hände, und obwohl die Luft kühl war, merkte er, dass ihm ein dünner Schweißfilm auf der Stirn stand.

Der Bruchteil einer Sekunde verging, in dem Pendergast ein Dutzend Gedanken durch den Kopf gingen – Mutmaßungen, Erkenntnisse, Entscheidungen.

Locker und gelassen wandte er sich zu Esterhazy um und deutete mit einer lässigen Geste an, dass er sich ihnen zugesellen sollte.

»Judson«, sagte er leise. »Nimm Helen und schaff sie weg von hier. Ruhig, aber schnell.«

Helen sah ihn verwirrt an. »Aloysius, was soll …«

Pendergast brachte sie mit einem kurzen Kopfschütteln zum Schweigen. »Bring sie ins Dakota – ich komme nach. Bitte geht. *Sofort.*«

Als sie gingen, blickte Pendergast in Richtung Proctor, der hundert Meter entfernt auf der Bank saß. »Wir haben ein Problem«, sagte er ins Headset. Dann schlenderte er weiter am Rand des Teichs entlang, auf den Yachtbesitzer zu, der sich immer noch mit seinem Koffer abmühte. Im Vorbeigehen blieb er stehen und behielt dabei Esterhazy und Helen im Auge, die auf dem Weg vor ihm davongingen.

»Hübsches Boot«, sagte er und blieb stehen. »Slup oder Ketsch?«

»Na ja«, sagte der Mann mit einem verlegenen Gesichtsausdruck. »Ich bin ein ziemlicher Neuling auf dem Gebiet und könnte Ihnen den Unterschied nicht erklären.«

Mit einer schnellen, lockeren Bewegung zog Pendergast seine 45er und zielte damit auf den Mann. »Aufstehen, und zwar langsam. Die Hände so halten, dass ich sie sehen kann.«

Der Mann blickte auf, mit merkwürdig leerem Gesichtsausdruck. »Spinnen Sie?«

»Tun Sie's.«

Der Modellschiffbesitzer erhob sich. Und dann riss er blitzartig eine Waffe unter seiner Jacke hervor. Pendergast fällte ihn mit einem einzigen Schuss. Der Knall aus der 45er zerriss die abendliche Stille.

»*Lauft!*«, rief er Esterhazy und Helen zu.

Sofort brach die Hölle los. Das Liebespaar auf der Bank sprang auf, zog TEC-9er aus seinen Rucksäcken und feuerte auf Esterhazy, der losgerannt war und Helen an der Hand mit sich zog. Das Maschinengewehrfeuer mähte Esterhazy nieder, der aufschrie und die Arme in die Luft reckte.

Helen blieb stehen und drehte sich um. »Judson!«, rief sie durch den Tumult.

»Lauf weiter!«, keuchte und hustete Esterhazy, der sich auf dem Rasen wand. »Lauf ...«

Wieder traf ihn eine Salve knatternden Maschinengewehrfeuers und schleuderte ihn auf den Rücken.

Überall liefen Menschen herum, schreiend und kreischend. Pendergast rannte auf Helen zu und legte gleichzeitig den Mann des Liebespaars mit einem Schuss aus seiner 45er um. Proctor war aufgesprungen und feuerte mit einer Beretta 93R, die plötzlich in seiner Hand auftauchte, auf die Frau, die hinter die Bank gelaufen war und ihren gestürzten Gefährten als Deckung nutzte. Während Pendergast versuchte, auch sie zu treffen, sah er aus dem Augenwinkel, wie sich der Obdachlose aus seinem Pappkarton-Bett erhob und eine Schrotflinte aus einem Gebüsch zog.

»Proctor!«, rief Pendergast, »der Obdachlose ...!«

Aber noch während er das rief, donnerte bereits die Schrotflinte. Proctor, der sich gerade umdrehte, wurde durch den Aufprall von den Beinen geholt und nach hinten geschleudert, seine Beretta fiel auf den Boden. Er stürzte schwer, zuckte, dann blieb er regungslos liegen.

Während der Obdachlose sich umdrehte und auf Pendergast schießen wollte, brachte der ihn mit einer Kugel in die Brust zur Strecke. Der Mann wurde rücklings ins Gebüsch geschleudert.

Als Pendergast sich umwandte, sah er Helen hundert Meter entfernt, eine niedrige Gestalt, umgeben von Flüchtenden. Sie beugte sich noch immer über ihren gestürzten Bruder, schrie voll Verzweiflung und hielt seinen Kopf in ihrer unverletzten Hand.

»Helen!«, rief er und sprintete erneut auf sie zu. »Fifth Avenue! Lauf zur Fifth Avenue!«

Hinter der Bank ertönte ein Schuss. Pendergast spürte einen fürchterlichen Schlag in den Rücken. Die großkalibrige Kugel warf ihn zu Boden, betäubte ihn mit ihrem wuchtigen Aufprall. Seine kugelsichere Weste hatte die Kugel gestoppt, aber er bekam keine Luft mehr. Er rollte sich zur Seite, hustete und erwiderte das Feuer der Schützin hinter der Bank aus einer liegenden Position. Helen hatte sich endlich erhoben und lief auf die Fifth Avenue zu. Wenn er ihr Deckung gab, das feindliche Feuer unterdrückte, könnte sie es vielleicht schaffen.

Die Frau hinter der Bank feuerte, wodurch Zentimeter neben Pendergasts Gesicht eine kleine Sandwolke aufstob. Er erwiderte das Feuer und hörte, wie der Schuss vom Metallrahmen der Bank abprallte. Wieder ein Schuss zwischen den Schieferplatten hervor; Pendergast verspürte einen Luftzug an der Wange, als die Kugel an seinem Kopf vorbeipfiff und sich in seine Wade bohrte. Er ignorierte den brennenden Schmerz, sammelte sich, atmete aus und gab erneut einen Schuss ab. Diesmal drang er durch die Schieferplatten und traf die Schützin mitten ins Gesicht. Sie wurde nach hinten geschleudert, warf überrascht die Arme hoch und stürzte.

Der Schusswechsel war zu Ende.

Pendergast ließ den Blick über den Schauplatz des Gemetzels schweifen. Sechs Körper lagen regungslos rings um ihn herum: das Liebespaar, der Modellyachtbesitzer, der Obdachlose, Proctor, Esterhazy. Alle anderen waren geflüchtet, kreischend und schreiend. In der Ferne sah er Helen, die noch immer rannte, auf ein Parktor zu, das zum Bürgersteig der Fifth Avenue führte. Ferne Sirenen waren bereits zu hören. Er stand auf und wollte Helen folgen, humpelte aber wegen des verletzten Beins.

Da sah er etwas anderes: Die beiden Jogger – die stehen geblieben waren, sich dann aber entfernt hatten, als das Gewehrfeuer ausbrach – liefen jetzt direkt auf Helen zu. Und sie joggten nicht mehr. Sie sprinteten.

»Helen!«, rief er und humpelte so schnell wie möglich an dem Bootshaus vorbei, während das Blut nur so aus seinem Bein strömte. »Pass auf! Links von dir!«

In der Dunkelheit unter den Bäumen, immer noch laufend, drehte sich Helen um und sah sofort, dass die Jogger ihr am Parkeingang den Weg abschneiden wollten. Sie bog unvermittelt ab und rannte auf ein Wäldchen neben dem Weg zu.

Die Jogger wendeten und nahmen die Verfolgung auf. Pendergast, der erkannte, dass er Helen nicht einholen konnte, ließ sich auf das unverletzte Bein fallen, zielte mit der 45er und gab einen Schuss ab. Aber das Ziel war mehr als siebzig Meter entfernt und bewegte sich schnell – kaum zu erwarten, dass er auf die Entfernung traf. Er schoss erneut, verschoss verzweifelt seine letzte Kugel und verfehlte abermals sein Ziel. Helen spurtete auf einen Hain Platanen an der Begrenzungsmauer des Central Park zu. Wutentbrannt zog Pendergast das Magazin und schob ein neues ein.

Ein Aufschrei ertönte, als die beiden Jogger Helen einholten, der eine warf sich mit einem Hechtsprung auf sie, dann rissen die beiden sie wieder auf die Beine.

»Aloysius!«, hörte er ihren Schrei, der zu ihm herübergeweht kam. »Hilfe! Ich kenne diese Leute! Der Bund! Die wollen mich umbringen! *Hilf mir*, bitte!«

Sie zerrten Helen zurück in Richtung des Tors an der Fifth Avenue. Stöhnend vor Wut rappelte sich Pendergast auf, dann humpelte er weiter, wobei er die letzten seiner nachlassenden Kräfte mobilisierte und sich zwang, auf den Beinen zu bleiben. Die Wunde blutete extrem stark, er ignorierte sie und lief humpelnd weiter.

Er sah, wohin die Jogger steuerten: zu einem Taxi, das am Bordstein an der Fifth Avenue wartete. Er würde es niemals schaffen, aber wenigstens bot das Taxi ein gutes Ziel. Er ließ sich wieder zu Boden sinken, während sich in seinem Kopf alles drehte, und schoss auf das Taxi, die Kugel schlug mit dumpfem Laut aufs Seitenfenster und prallte ab. Gepanzert. Er zielte tiefer, auf die Reifen, gab zwei weitere Schüsse ab, aber die Kugeln prallten ohne Wirkung von den gepanzerten Radkappen ab.

»Aloysius!«, schrie Helen, als die Jogger das Taxi erreichten und die hintere Tür aufrissen. Sie schoben Helen ins Taxi und stiegen hinter ihr ein.

»Los, verschwinden wir hier!«, hörte er einen der Jogger auf Deutsch rufen. »Gib Gas!«

Die Beifahrertür knallte zu. Pendergast blieb stehen, zielte genau und bereitete einen weiteren Schuss auf die Reifen vor, aber da fuhr das Taxi kreischend vom Bordstein los, und die letzte Kugel prallte harmlos scheppernd an der Stoßstange ab.

»Helen!«, rief er. »*Nein!*«

Während vor seinem inneren Auge ein schwarzer Nebel aufstieg, sah er noch, wie das Taxi in einem Meer identisch aussehender Taxis auf der Fifth Avenue nach Süden fuhr. Bevor ihm inmitten der Laute der nahenden Sirenen schwarz vor Augen wurde, flüsterte er noch einmal: »Helen.«

Er hatte Helen Esterhazy Pendergast gefunden, aber nur, um sie wieder zu verlieren.

ANMERKUNGEN DER AUTOREN

Die meisten Städte und anderen Orte des Geschehens in *Revenge – Eiskalte Täuschung* sind fiktiv, und existierende Orte wie Schottland, New York City, New Orleans und Savannah haben wir abgewandelt. In diesen Fällen haben wir nicht gezögert, die Geographie, Topologie, Geschichte und weitere Details zu ändern und den Erfordernissen der Handlung anzupassen.

Alle im vorliegenden Roman erwähnten Personen, Orte, Polizeibehörden, Firmen, Institutionen, Museen und Regierungsbehörden sind entweder frei erfunden oder werden fiktiv verwendet.

Wir werden häufig gefragt, in welcher Reihenfolge unsere Bücher gelesen werden sollten. Diese Frage lässt sich am leichtesten für jene Romane beantworten, in denen Special Agent Pendergast vorkommt. Betonen möchten wir, dass die meisten Romane in sich abgeschlossen sind und sie daher in beliebiger Reihenfolge gelesen werden können.

Eine entsprechende Auflistung finden Sie auf den folgenden Seiten.

DIE PENDERGAST-ROMANE

in der inhaltlich chronologischen Reihenfolge

RELIC – Museum der Angst
war unser erster Roman und der erste, in dem Special Agent
Pendergast vorkommt.

ATTIC – Gefahr aus der Tiefe
ist die Fortsetzung von RELIC.

FORMULA – Tunnel des Grauens
ist unser dritter Pendergast-Roman und steht ganz für sich.

RITUAL – Höhle des Schreckens
ist der nächste Roman in der Pendergast-Reihe. Auch dieser Roman enthält eine in sich abgeschlossene Geschichte. Die Leser, die mehr über Constance Greene erfahren möchten, werden hier allerdings auch fündig werden.

BURN CASE – Geruch des Teufels
ist der erste Roman in der Reihe, die wir inoffiziell die Diogenes-Trilogie nennen. Zwar ist auch dieser Roman in sich abgeschlossen, doch nimmt er einige Fäden auf, die erstmals in FORMULA gesponnen wurden.

DARK SECRET – Mörderische Jagd
ist der mittlere Roman der Diogenes-Trilogie. Obwohl man ihn als in sich abgeschlossenes Buch lesen kann, ist zu empfehlen, BURN CASE vorher zur Hand zu nehmen.

MANIAC – Fluch der Vergangenheit
ist der abschließende Roman der Diogenes-Trilogie. Um das größte Lesevergnügen zu haben, sollte der Leser zumindest DARK SECRET vorher gelesen haben.

DARKNESS – Wettlauf mit der Zeit
ist ein in sich abgeschlossener Roman, der nach den Ereignissen in MANIAC spielt.

CULT – Spiel der Toten
ist ein eigenständiger Roman, bezieht sich aber teilweise, wie es bei uns üblich ist, auf vorhergehende Romane.

FEVER – Schatten der Vergangenheit
ist der Auftakt zu einer neuen Trilogie um die dunkelsten Geheimnisse der Familie Pendergast; die Fortsetzung dazu halten Sie soeben in Ihrer Hand.

GIDEON CREW –
UNSER NEUER ERMITTLER

Zu Beginn dieses Jahres haben wir eine neue Reihe von Thrillern mit einem ungewöhnlichen Ermittler namens Gideon Crew gestartet.

Das erste Buch der Serie, **MISSION** – Spiel auf Zeit, wurde im Mai 2011 veröffentlicht. Wir arbeiten im Moment hart am zweiten und freuen uns sehr, dass Paramount Pictures die Rechte zu den Gideon-Crew-Thrillern erworben hat und sie, wie wir hoffen, bald verfilmen wird.

Wir möchten Ihnen versichern, dass unsere Ergebenheit gegenüber Special Agent Pendergast ungetrübt bleibt und dass wir auch weiterhin Romane über den geheimnisvollsten FBI-Agenten der Welt mit der gleichen Frequenz wie bisher schreiben werden.

UNSERE ANDEREN ROMANE

Wir haben neben den Fällen von Special Agent Pendergast und Gideon Crew eine Reihe von in sich abgeschlossenen Abenteuerromanen geschrieben, die an dieser Stelle – anders als unsere Soloromane, die in Deutschland bei verschiedenen Verlagen erscheinen – natürlich nicht unerwähnt bleiben sollen:

MOUNT DRAGON – Labor des Todes
ist unser zweiter gemeinsamer Roman, den wir nach RELIC geschrieben haben.

RIPTIDE – Mörderische Flut
entführt die Leser auf eine spannende Schatzsuche.

THUNDERHEAD – Schlucht des Verderbens
ist der Roman, in dem die Archäologin Nora Kelly eingeführt wird, die als Figur in allen späteren Pendergast-Romanen auftaucht.

ICE SHIP – Tödliche Fracht
stellt unter anderem Eli Glinn vor, der in DARK SECRET, MANIAC und den neuen Gideon-Crew-Romanen eine Rolle spielt.

Und für all diejenigen, die noch dazu auf einen Blick sehen möchten, in welcher Reihenfolge wir unsere gemeinsamen Romane geschrieben haben:

RELIC – Museum der Angst
MOUNT DRAGON – Labor des Todes
ATTIC – Gefahr aus der Tiefe
RIPTIDE – Mörderische Flut
THUNDERHEAD – Schlucht des Verderbens
ICE SHIP – Tödliche Fracht
FORMULA – Tunnel des Grauens
RITUAL – Höhle des Schreckens
BURN CASE – Geruch des Teufels
DARK SECRET – Mörderische Jagd
MANIAC – Fluch der Vergangenheit
DARKNESS – Wettlauf mit der Zeit
CULT – Spiel der Toten
FEVER – Schatten der Vergangenheit
MISSION – Spiel auf Zeit
REVENGE – Eiskalte Täuschung

Wir schätzen uns außergewöhnlich glücklich, dass es Menschen gibt wie Sie, denen es ebenso viel Freude bereitet, unsere Romane zu lesen, wie es uns Freude macht, sie zu schreiben.

Mit besten Grüßen